DIANA

Das Buch

Auf dem Campusgelände des altehrwürdigen Simsbury-College steht das düstere, große Stammhaus der Studentenverbindung Sigma Delta Phi. Die Sigma-Bruderschaft ist eine verschworene Gemeinschaft, es sind Freunde fürs Leben, denen Macht und Geld auf ihrem Lebensweg garantiert sind. Nur die Besten und Stärksten können Brüder werden, und kein Außenstehender ahnt, wie schikanös und brutal das geheime Auswahlverfahren oft ist. Als der leblose, geschändete Körper des Bruderschafts-Anwärters Chad Ewing im Sigma-Haus gefunden wird, ist das 200 Jahre alte Machtkartell Sigma durch die kriminelle Wahrheit über dessen Tod plötzlich bedroht. An die Existenz von Sigma ist jedoch auch die Existenz des College geknüpft, das auf großzügige Spenden der Alten Herren angewiesen ist. Um offizielle Ermittlungen, die mit der Schließung des Sigma-Hauses enden könnten, zu verhindern, setzt der Dekan von Simsbury einen studentischen Untersuchungsausschuß ein – eine Farce. Die Studenten Mark und Shawn sind als Mitglieder des Ausschusses unwissentlich Werkzeuge der Vertuschung: Er, ein Ex-Bruder mit dunkler Vergangenheit, für den Sigma die Familie ist. Sie, eine selbstbewußte junge Frau, die sich vom Sigma-Macho-Gehabe nicht beeindrucken läßt. Als die beiden das Spiel durchschauen und den Brüdern den Kampf ansagen, geht es nicht mehr nur um Sigmas Existenz, sondern auch um ihre eigene.

Der Autor

Rob Kean, geboren 1970, war selbst Jahre lang Bruder einer griechischen Studentenverbindung. Er arbeitet in einer großen Bostoner Treuhandgesellschaft und lebt in Winchester, Massachussetts. *Die Auserwählten* ist sein erster Roman.

Rob Kean

Die Auserwählten

Roman

Aus dem Amerikanischen
von Friedrich Mader

DIANA VERLAG
München Zürich

Diana Taschenbuch Nr. 62/0196

Die Originalausgabe
»The Pledge«
erschien bei Warner Books, New York

Taschenbucherstausgabe 09/2001

Der Diana Verlag ist ein Unternehmen
der Heyne Verlagsgruppe, München
Printed in Germany 2001

Umschlagillustration: Bildagentur Mauritius/nonstock
Umschlaggestaltung: Hauptmann und
Kampa Werbeagentur, CH-Zug
Satz: Filmsatz Schröter GmbH, München
Druck und Bindung: Elsnerdruck, Berlin
Gedruckt auf chlor- und säurefreiem Papier

ISBN: 3-453-19020-3

http://www.heyne.de

I. BUCH

Die Spieler

1. KAPITEL

Das 200ste Jahr

Sonntag, 22. Februar

6.44 Uhr
Sie hatten ihn schon vor mehreren Stunden umgebracht, aber er hatte noch einige Minuten zu leiden.

Jung und nackt lag er da, sein bleicher, vergifteter Leib hingestreckt auf dem feuchten Teppich. Die Folter um Mitternacht hatte ihn zu Fall gebracht, aber jetzt, da die Morgensonne durch ein Erkerfenster auf seinen nackten Hintern fiel, erwachte er aus seinem Koma. Als er die Augen öffnete, überkam ihn die schreckliche Erkenntnis, daß etwas nicht stimmte.

Ich bin blind, dachte er, zu abgestumpft, um in Panik zu geraten.

Er ordnete das Durcheinander seiner Glieder und setzte sich mühsam auf. Er berührte die Augenbinde, die steif von getrockneten Giften und seinen eigenen Absonderungen war.

Und dann, als sich die Welt um ihn drehte, erinnerte er sich.

Das Rennen. Die Zugabe. Die zahllosen Fäuste, die ihn bewußtlos schlugen. Die gnadenlosen Füße, die immer noch weitertraten.

Und die zeitlosen Reime, die auf ihn niederprasselten.

Aus Schmerz und aus Stolz, diesem ewigen Paar,
Wird die Treue geschmiedet auf immerdar.

Stolz, begraben unter Schmerz. Die Treue, die nirgends zu finden war. Eine von Kerzen beschienene Welt aus Schlägen und Schatten und Stiefeln und Schrecken.

Und Befehlen.

Ihr seid die Schwachen, wir haben die Macht,
Drum setzt euch in Marsch, singt uns Lieder und lacht …

Die Beine marschierten, die Lippen murmelten. Der Hals würgte an einem Lied und an etwas Ekligem. Und der Magen erbrach alles wieder.

Ihr habt uns enttäuscht, doch wir woll'n euch verzeihn.
Kriecht auf Händen und Knien und leckt alles rein …

Hände und Knie rutschten über widerlichen Schleim.

Die Zunge leckte über den dreckigen Boden.

Jetzt stand er zitternd auf und lauschte auf eine ferne Stimme – seine und doch nicht seine –, die verworrene und jämmerliche Bruchstücke eines Verses sang, den er sonst im Schlaf beherrschte.

»Bund … Schlund … Gesetz … Netz … Schwäche …« Seine Stimme versagte, und erschöpft sank er wieder zu Boden. Die klitschige Kälte des Teppichs erinnerte ihn daran, daß er nackt war.

Und warum.

Kommt wieder hoch, Jungs, es geht ins Quartier
Eines knallharten Bruders, der tritt wie ein Stier …

Tastend suchte er nach etwas Festem und fand eine glatte Strebe am Balkongeländer im ersten Stock des Verbindungshauses. Er zog sich wieder auf die Beine und legte die gebrochene Hand auf das Geländer, um sich abzustützen. Mit der gesunden Hand versuchte er vergeblich, den Knoten der Augenbinde zu lösen. Dann krallte er die Finger in das Tuch und zog es irgendwie nach unten übers Gesicht, bis es ihm lose um den Hals hing.

Als er nach Atem ringend innehielt, hörte er hinter sich ein leises Geräusch, in dem er in klarerem Zustand die verstohlene Bewegung eines Menschen erkannt hätte. Aber an diesem Morgen bestand die Welt nur aus seinem eigenen verseuchten Selbst. Er kam gar nicht auf die Idee, das Gehörte der Gegenwart und dem Willen eines anderen zuzuordnen.

Langsam, ganz langsam öffnete er die Augen.

Sonnenlicht stach ihm in die Pupillen und warf ihn zurück auf den Ledersessel, der unter dem Porträt irgendeiner Berühmtheit stand. Das Leder war klebrig und durchweicht – wovon, wußte er nicht, und es war ihm auch vollkommen gleichgültig. Vergangene Nacht hatte er genug von so ziemlich allem geschluckt, da würde ihn die oberflächliche Berührung der unbekannten Flüssigkeit an den Beinen bestimmt nicht umbringen.

Der Tod lauerte woanders.

Aber wie die meisten Menschen, die eines plötzlichen und gewaltsamen Todes sterben, ahnte er nichts von dem drohenden Unheil. In diesen letzten Augenblicken seines bewußten Lebens fühlte er nur, daß die Pfütze auf dem Sessel an den wunden Schenkeln brannte wie die Hölle.

Und daß er schon bald für all seine Qualen belohnt werden würde.

Denn schon bald würde er ein Bruder sein.

Doch zuerst mußte er sich übergeben.

Er sprang auf.

Viel zu schnell.

Sein Blickfeld verschwamm und füllte sich mit seltsamen Farben, und als er sich erbrach, taumelte er gegen das Geländer. Das lackierte Holz traf ihn auf Schenkelhöhe, und, ohne die Hände auf seinem Rücken zu spüren und ihre Absicht zu erkennen, stürzte er nach vorn ins Leere.

Ich fliege, dachte er, als ihm der Boden unter den Füßen wegbrach.

Fünf Meter tiefer schlug er mit dem Kopf auf.

Er lag völlig reglos, ohne Schmerz und Angst, und der Wirbel seiner Welt verebbte allmählich. Nicht lange, und er würde ganz zum Stillstand kommen.

7.14 Uhr

Penny Ward fuhr mit ihrem klapprigen Chevy auf den eisbedeckten Parkplatz des Verbindungshauses Sigma Delta Phi und schlitterte auf blanken Reifen an die übliche Stelle zwischen dem Hintereingang der Küche und dem großen blauen Müllcontainer. Sie zog die Handbremse, stellte sachte den Motor ab und klammerte sich verzweifelt fest, bis das letzte Stottern und Röcheln erstorben war. Mit einem Seufzer der Erleichterung schielte sie nach der Kirchturmuhr in der Ferne.

7.15 Uhr. Fünfzehn Minuten Verspätung, stellte sie ohne große Besorgnis fest. An einem Sonntagmorgen im Februar lagen die Sigma-Brüder mindestens noch drei Stunden länger im Bett, um die Sünden der vergangenen Nacht auszuschlafen.

In der Zwischenzeit würde Penny das Frühstück zubereiten.

Für neun Dollar pro Stunde hatte sie als Köchin dafür zu sorgen, daß sich die Sigma-Mitglieder fünfmal in der Woche am Morgen mit Omeletts und Waffeln den Bauch vollschlagen konnten.

Auch Sonntag morgens hatte sie Dienst.

Sie seufzte noch einmal und langte über den gerippten Kunststoffsitz nach ihrer Handtasche. Dabei konnte sie sich einen kurzen Blick in den gesprungenen Rückspiegel nicht verkneifen. Sie mußte sich unbedingt die Haare schneiden und färben lassen. Auch der Körper einer Zwanzigjährigen, die noch kein Kind zur Welt gebracht hat, hätte nicht schaden können, aber sie konnte natürlich keine Wunder verlangen.

Sie war fünfzig, grauhaarig und ein wenig untersetzt, aber ansonsten bei bester Gesundheit. Und damit konnte sie leben.

Sie hakte einen Finger in den Griff der Tasche, warf die Schulter gegen die Fahrertür und stieg aus dem Wagen.

Mit dem ersten Schritt in Richtung Verbindungshaus trat sie auf glattes Eis und verlor den Halt. Im Fallen knallte sie mit der Hand gegen die verrostete Stoßstange ihres Autos.

»Scheiße!« schrie sie und bekam sofort Schuldgefühle. Immerhin war Sonntag.

Auf dem Rücken liegend, begutachtete sie ihre Verletzung und sah Blut über den Ärmel ihrer weißen Lederjacke laufen, für die sie ein volles Monatsgehalt hingelegt hatte.

»Verdammte Scheiße!« Diesmal war sie sich ihrer Sache sicher.

Drinnen schleuderte sie die Handtasche auf die Anrichte und lief zum Verbandkasten im Bad. Den Daumen auf die Wunde gedrückt, stürmte sie durch den weiträumigen Speisesaal und wünschte sich, am Wochenende zu Hause bleiben zu können wie jeder normale Mensch.

Als sie das Wohnzimmer betrat, drang ein leises Klirren an ihr Ohr, das sie erkannte, noch bevor sie von ihrer Wunde aufgeblickt hatte. Eine Hundekette. Und da sah sie auch schon hinter einem der Sofas das massige schwarze Hinterteil von Geronimo, dem sabbernden Köter eines Studenten im ersten Stock. Normalerweise mochte Penny Hunde, aber für diesen war kein Platz in ihrem Herzen, weil sie jeden Arbeitstag alle Hände voll damit zu tun hatte, seinen gefräßigen Appetit von der Küche fernzuhalten. Offenbar hatte sie den Hund wie schon so oft dabei ertappt, wie er etwas vom Boden leckte.

Sie konnte nicht erkennen, was es war.

Bestimmt etwas ganz Widerliches.

Und so genau wollte sie es auch gar nicht wissen.

Aber als sie weitereilte, fiel ihr Blick unwillkürlich nach unten, und was sie sah, verschlug ihr den Atem.

Auf dem Boden unter dem Balkon im ersten Stock lag ein nackter, verrenkter Körper. Penny brauchte einige Augenblicke, um sich an das Gesicht zu erinnern und die blutverschmierte Gestalt mit einem Namen in Verbindung zu bringen. Es war ein Sigma-Fuchs – Chad Soundso, das wußte sie. Und sie wußte auch, daß es sich hier nicht einfach um einen bis zur Bewußtlosigkeit Betrunkenen handelte. Ihr Herz begann zu hämmern. Die Position des Fuchses war unnatürlich verkrümmt, und seine Haut war mit schwarzer Schrift bedeckt. Sein Kopf lag in einer Blutlache, an der sich Geronimo gütlich tat.

Penny spürte kaum noch den Boden unter sich, als sie auf schwachen Füßen zurückwich. Sie hatte keinen Gedanken mehr für ihre Fleischwunde, als sie herumfuhr und in die Küche floh. Etwas Katholisches flüsternd, griff sie nach dem Telefonhörer und versuchte sich an die Nummer 911 zu erinnern.

2. KAPITEL

Sonntag, 22. Februar

7.54 Uhr

Eine regelmäßige Kost aus Macht und Sex verlieh Anson J. Templeton ein jugendliches und tyrannisches Gefühl, und seine Tätigkeit als Dekan des Simsbury College bot ihm beides im Überfluß. Er sah sich gern als Halbgott der akademischen Welt, der nur italienische Kaffeemischungen trank und von seinen Lehrern forderte, daß sie ihn mit »Dekan« oder »Sir« ansprachen. Eine Ausnahme machte er nur für Linda Regis, die Gesundheitswissenschaft unterrichtete. Am Telefon durfte sie ihn »Anson« nennen und »mein Hengst« im Bett.

Als er an diesem Morgen vor dem Spiegel im Bad stand und sein schwindendes blondes Haar ordnete, war er ungeheuer zufrieden mit sich selbst, denn vor ihm lag so etwas wie ein privater Festtag. Es war der erste Tag in seinem achtundvierzigsten Lebensjahr, und zur Feier hatte er einen kleinen, entspannenden Ausflug nach Boothbay Harbor geplant, dessen furioses Ende in einem bereits reservierten Zimmer mit Seeblick stattfinden sollte. Beim Gedanken an die Berührung durch Lindas Körper lief ihm ein wohliger Schauer über den Rücken. Er liebte amerikanische Frauen. Sie waren so fit. Sie waren so ordinär.

Er lehnte sich über das Waschbecken und schnitt ein paar Nasenhaare ab.

Heftiges Klopfen an der Badezimmertür ließ ihn zusammenfahren, und er rammte sich die kleine Schere in die frisch rasierte Haut zwischen Nase und Oberlippe. Fluchend zeigte er dem Spiegel eine Grimasse und ließ erbost den Kopf sinken.

»Anson? Bist du da drinnen?«

Es war Judith, seine Frau. Sie war wach und wahrscheinlich noch fetter als gestern.

»Anson?«

»Was ist?« fauchte Templeton und betupfte die frische Verletzung mit einem Papiertaschentuch.

»Telefon.«

Stirnrunzelnd warf er einen Blick auf seine Rolex. Drei vor acht an einem Sonntagmorgen. Linda konnte es nicht sein – sie würde es nicht wagen.

Er warf das Taschentuch in die Toilette und betätigte mit nacktem Fußballen die Spülung. »Ich komme.«

Er glitt in den Bademantel, riß sich ein Stück gewachste Zahnseide ab und stapfte ins Schlafzimmer.

Das schnurlose Telefon lag mit den Tasten nach oben auf seinem Nachttisch und blinkte um Hilfe. Judith hatte gestern abend wieder einmal vergessen, es in die Ladestation zurückzustellen. Er hätte sie gescholten, wenn sie sich nicht schon umgedreht hätte und wieder eingeschlafen wäre. Er ließ sie in Ruhe, denn nach dem Aufwachen neigte sie zur Lüsternheit.

Nicht zum ersten Mal fiel ihm diese Ironie des Schicksals auf: Er liebte Geld und Sex, aber zugleich haßte er seine reiche, sexhungrige Frau.

Er nahm das Telefon mit ins Bad und schloß die Tür.

»Hallo?«

»D-Dekan Templeton?« Es war eine tiefe Stimme mit dem starken Yankee-Akzent eines Einheimischen, der die Gegend nie verlassen hatte.

»Ja?«

»Hier ist George B-Bianco.«

»Wer?«

»Vom C-Campus-Wachd-dienst.«

Templeton erinnerte sich. Bianco war der klobige, stotternde, leicht zurückgebliebene Wachmann vom Simsbury-Sicherheitsdienst, der vor über fünfzehn Jahren aus Mitleid eingestellt worden war und seinen Posten nur behalten hatte, weil das College eigentlich nicht einmal Schlösser an den Türen und schon gar keinen Wachdienst benötigte.

»Was kann ich an diesem schönen Sonntag morgen für Sie tun, Mr. Bianco? Hat wieder mal irgendein betrunkener Taugenichts den Feueralarm ausgelöst? Sie haben meine Erlaubnis, den Kerl festzunehmen, wenn Sie ihn erwischen.«

Schweigen. »Äh, n-nein ... Wir ... W-Wir hatten hier im Sigma-Haus einen Z-Zwischenfall.«

»Was ist los, George?« Templeton gab sich beiläufig, während er mit der Zahnseide herumoperierte. »Ist den Brüdern vielleicht das geliebte Budweiser ausgegangen?«

Schweigen.

»Mach's nicht so spannend, George.« Er schüttelte die Zahnseide in den Mülleimer und griff nach dem Kamm, um sich noch einmal seinem Skalp zu widmen.

»W-Wir ha-haben ... W-Wir ha-haben ...«

»Spuck's schon aus. Du klingst ja wie ein Rapper.«

»W-Wir haben hier eine Situa-ation, Dekan Templeton.«

»Das hatte ich mir fast schon gedacht.« Templeton verlor allmählich die Geduld.

»Ich g-glaube, Sie sollten herkommen.«

»George«, sagte Templeton wie zu einem kleinen Kind. »Ich komme nirgendwohin, solange du mir nicht sagst, was passiert ist.«

Kurze Pause. »E-Es hat einen U-Unfall gegeben.«

Templeton erstarrte, mit einem Schlag hellwach. »Was für einen Unfall?« fragte er zögernd.

»Einen b-blutigen.«

Die Sonne kroch höher und strahlte auf den Postkartenglanz des Simsbury College: glitzerndes Winterlicht auf unbewegten Schneewehen. Weiße Klumpen auf grünen Kiefern. Schimmerndes Eis auf Efeuranken. Uhrentürme und Kirchtürme. Statuen und Promenaden.

Und das rot rotierende Signallicht des Krankenwagens, das die grün-weiße Pracht mit einem Hauch von Blut sprenkelte.

8.15 Uhr

Hinter dem lammfellbezogenen Steuer seines Wochenendautos sitzend, hob Templeton die Augen zum Himmel, als das Sigma-Delta-Phi-Gebäude näher rückte. Er ließ den Blick wieder nach unten gleiten und fluchte leise vor sich hin. Auf dem weiten, schneebedeckten Rasen stand ein Rettungswagen, dessen Lichter sich drehten und blitzten wie obszöne Discokugeln. Neben dem Ambulanzwagen parkte ein Auto der Cumberland-County-Polizei. Die offene Fahrertür gab den Blick auf die schwergewichtige Gestalt eines uniformierten Officers frei, der anscheinend den Lagebericht in ein Handdiktiergerät sprach.

Sieht nicht gut aus, dachte Templeton, als er in den Parkplatz einbog.

Höchste Zeit für ein wenig Schadensbegrenzung.

Höchste Zeit, etwas zu leisten für sein Gehalt.

Und ein wenig Herrgott zu spielen.

Im Sigma-Haus, einem nach klassischem Vorbild gestalteten Bau, in dem normalerweise ausgelassenes Treiben herrschte, war es vollkommen still. Ungefähr zwei Dutzend trüb und verschlafen dreinblickende Sigma-Brüder füllten das Wohnzimmer und den Treppenaufgang. Die meisten trugen Schlafanzüge, Boxershorts und Muscleshirts. Alle Augen waren auf die Stelle unter dem Balkon gerichtet, wo zwei Sanitäter und Wachmann George Bianco über einem reglosen Körper knieten.

Langsam und mit geübtem dramatischem Effekt betrat Templeton die Szenerie. Er spürte, wie sich ihm die Aufmerksamkeit der Studenten zuwandte, und bemerkte voller Stolz, daß einige von ihnen unauffällig über die Treppe nach oben zurückwichen.

Macht, der kalte Gedanke erfüllte ihn mit Wärme. *Sie scheißen sich in die Hosen vor mir.*

Er kniete sich neben Bianco und begrüßte ihn mit einem freudlosen Nicken. Der Wachmann nickte grimmig. Die Sanitäter waren damit beschäftigt, irgendwelche Geräte an dem Liegenden anzuschließen, und nahmen Templeton nicht zur Kenntnis.

Er setzte die Brille ab und steckte sie sorgfältig in den Ausschnitt seines Pulllovers. Mit analytischem Blick inspizierte er den leblosen Körper und verschaffte sich einen persönlichen Überblick über den Schaden.

Die Lider des jungen Mannes lagen über friedlich geschlossenen Augen. Der Rest war ein einziges Blutbad.

Blut aus einer Kopfwunde hatte das Haar des Jungen zu klumpigen Strähnen verklebt. Die Stirn und der blonde Flaum auf seinen Wangen waren ebenfalls verschmiert.

»Wie alt ist dieser Junge?« Templetons Frage richtete sich an niemand Bestimmten, aber er erwartete trotzdem eine Antwort.

»Er ist im ersten Jahr hier«, klang es nervös von einer Stimme auf halber Höhe der Treppe. »Ein Fuchs.«

Templeton schüttelte den Kopf und ließ den Blick weiter über den Körper des jungen Studenten gleiten.

Er kam nicht weit.

Der Fuchs hatte sich das Genick gebrochen. *Nein, nicht nur gebrochen. Abgeknickt*. Später erinnerte sich Templeton daran, daß der Hals von Chad Francis Ewing ausgesehen hatte wie die Feder eines Schachtelteufels nach dem Herausspringen. Kopfschüttelnd staunte er über die Kraft, die notwendig war, um den Hals eines Menschen so zu verformen. Nach einem Blick hinauf zum Balkon fünf Meter über dem Boden des Wohnzimmers zog er die einzige Schlußfolgerung, die einen Sinn ergab.

Der Student war heruntergefallen und direkt auf dem Kopf gelandet.

Die Augenbrauen nach oben gezogen, atmete der Dekan tief durch und wandte sich wieder dem Liegenden zu.

Ein scharfer Knochen hatte die Haut über der linken Schulter durchstoßen, und aus der Wunde floß ein dünner Blutfaden. Der ganze Rumpf war mit Blut und Schmutz bedeckt.

Templeton beugte sich vor. *Nein, kein Schmutz. Tinte.*

Der Fuchs war beschrieben worden.

Er war *verwüstet* worden.

Seine nackte Haut war über und über mit gekritzelten Sätzen bedeckt, doch Templeton war so sehr in das blutige Schauspiel versunken gewesen, daß er die mit Filzstift geschriebenen Zeichen erst jetzt bemerkte. Auf einmal sah er sie, immer mehr davon. Er hielt die Brille vor den geneigten Kopf und begann zu lesen.

Und je mehr er las, um so klarer wurde ihm das Ganze.

Auf der unbehaarten Brust:

Ich bin noch kein Mann, aber einst werd ich's sein.
Drum rammt ihn mir rein, ich versuch nicht zu schrein.

Auf dem flachen Bauch:

Von Mama die Schönheit, von Papa die Kröten.
Schlagt mich noch härter, dann geh ich euch flöten.

Auf einem mageren Bein:

Na los, nennt mich Schwächling und Tunichtgut.
Doch denkt dran: Mit Blut zahl' ich meinen Tribut.

Gedichte, dachte Templeton, als er das Geschriebene verarbeitete. *Interessant.*

Weitere Reimpaare zierten die Haut des Studenten, die alle auf drastische Weise die Themen Gewalt und Sex behandelten. Und der Penis des Fuchses war ... *ausgestrichen* worden, nur so konnte man es ausdrücken. Von der Wurzel bis zur Spitze schwarz eingefärbt.

Der Preis für die Aufnahme, spekulierte Templeton.

Oder das Zeichen für den Ausschluß.

Oder etwas noch Dunkleres und Merkwürdigeres.

Die Sanitäter hatten den Fuchs auf die Tragbahre geschnallt und trafen Anstalten, sie hochzuheben. Templeton wandte sich an einen der beiden, einen kräftigen Typ mit südländischen Gesichtszügen, der hastig etwas auf einem Klemmbrett notierte. Auf seinem Namensschild stand »De Lasa«.

»Ist er tot?« fragte Templeton.

»Noch nicht«, antwortete De Lasa, ohne aufzusehen.

»Wie stehen seine Chancen?«

»Nicht gut.«

Templeton nickte nachdenklich. »Ich hoffe, diese Einstellung sagt nichts über die Kompetenz, mit der er behandelt wurde.«

De Lasas Stift hielt mitten im Wort inne, und der Sanitäter blickte langsam auf. »Und wer zum Teufel sind Sie?«

»D-Das«, stammelte Bianco mit wildem Blinzeln, »d-das ist der D-Dekan des C-College, Anson Templeton.«

De Lasa starrte Templeton unbeeindruckt an. »Okay, Mr. Dekan. Der Junge hier hat einen Genickbruch und schwere Kopfverletzungen. Er kann von Glück sagen, wenn er stirbt.«

Templeton nickte und stand auf. Er zog Bianco hinter sich her durch das geheimnisvolle Licht, das durch die Buntglasfenster mit den griechischen Buchstaben fiel, bis sie etwas abseits in einem der vielen Morgenschatten des Zimmers standen. Er legte dem Wachmann die Hände auf die massigen Arme und ließ sich einen Moment Zeit, um ihn in seiner vollen Höhe und Breite zu betrachten. Er mußte ein süffisantes Grinsen verschlucken, weil ihn der Anblick an eine Auffassung erinnerte, zu der er schon sehr früh in seinem Leben gelangt war: je größer der Körper, desto kleiner das Gehirn.

»Sie werden nicht mehr gebraucht, George«, flüsterte er und blickte in die leeren braunen Augen. »Ich kann die Sache jetzt übernehmen.«

»Was?«

»Verschwinden Sie.«

»Ach so. O-Okay.« Schwerfällig wandte sich Bianco zum Gehen.

»Ach, George?« Templeton war plötzlich etwas eingefallen.

Der Wachmann fuhr beflissen herum. »J-Ja?«

»Was Sie heute hier gesehen haben, sollte nicht zu Mißverständnissen führen.«

In Biancos Miene malte sich Hilflosigkeit. »Äh, wie bitte?«

»Ich sagte, was Sie heute hier gesehen haben, sollte nicht zu Mißverständnissen führen.«

»O-Okay.«

»Das wäre dann alles.«

Er rieb sich mit der Hand sanft über den Nacken, als

Bianco mit schweren Schritten das Haus verließ. *Nicht alle Menschen sind gleich,* dachte er erleichtert. Als nunmehr einziger verbliebener Vertreter der Simsbury-Autorität im Sigma-Haus setzte sich Templeton auf die unterste Stufe der Treppe und beaufsichtigte das restliche Geschehen unbeteiligt aus der Distanz.

Während in seinem Kopf die sachlichen und nützlichen Konsequenzen durcheinanderpurzelten.

Betreten beobachteten die Sigma-Brüder, wie der Fuchs ihrer Verbindung durch die schwere Eingangstür abtransportiert wurde. Mit gesenktem Kopf hörten sie das leiser werdende Sirenengeheul des Rettungswagens, der zum St. Elizabeth's Hospital raste.

Als auch der letzte Ton verklungen war, durchbrach die Stimme des Dekans das Schweigen.

»Alle in den Speisesaal, und Türen schließen. Sofort.«

Die Brüder der Verbindung Sigma Delta Phi zogen nacheinander gehorsam in den Speisesaal. Templeton verriegelte die Vorder- und die Seitentür und trat ebenfalls ein.

9.00 Uhr

Während Dekan Templeton die Entfernung vom Boden zum Balkon maß und die steuerlichen Folgen erwog, schliefen die heimlichen Herren der Nation.

Und in einem ruhigen Bostoner Vorort warf ein Zwei-Milliarden-Dollar-Trust Sekunde für Sekunde Zinsen ab.

3. KAPITEL

Sonntag, 22. Februar

9.45 Uhr
Da im Verwaltungsgebäude die Heizung abgeschaltet war, hatte Templeton den Kragen seiner italienischen Tausend-Dollar-Lederjacke hochgeschlagen, während er im Büro saß und an einem Cappuccino nippte. Vor ihm lagen wild verstreut die Seiten aus Chad Ewings aufgeschlagener Personalakte, die der Dekan soeben studiert hatte. Jetzt inspizierte er die Zimmerdecke und sann über die einzige Gewißheit nach, die ihm dieser schwindelerregende Morgen beschert hatte.

Chad Ewing würde sterben.

Und danach würde das reinste Chaos ausbrechen. Schlechte Presse. Prozesse. Vielleicht sogar eine Anklageerhebung. Zugleich war sich Templeton darüber im klaren, daß durchaus nicht alle Konsequenzen dieses Vorfalls negativer Art sein mußten.

Nicht, wenn er das Spiel richtig anging.

Er sah seine Arbeit als Mittel zum Zweck. Das Gehalt war gut, die Zusatzleistungen hervorragend. Seine Stellung bot ihm flexible Arbeitszeiten, lange Sommerferien, ein Muschelwaschbecken im Badezimmer seines Büros und die Macht über das Schicksal der jungen Menschen, die seiner Obhut anvertraut waren.

Er war Dekan des weltberühmten Simsbury College.

Und der Job war im Grunde sehr bequem, denn die keimfreien Studenten von Simsbury, die laut einer Erhebung von *U. S. News & World Report* zu den klügsten jungen Männern und Frauen der Nation gehörten, machten so gut wie keine Probleme. Klar, ab und zu flippten progressivere Gruppen der Studentenschaft aus und organisierten einen friedlichen Protestmarsch gegen die Verfolgung von kleinen Pelztieren oder von Schwulen und Lesben, für das Recht der Frauen auf Abtreibung oder was in diesen hypersensitiven Zeiten sonst gerade auf der Tagesordnung politischer Korrektheit stand. Auch Schlägereien am Samstagabend waren nichts Ungewöhnliches, und Templeton war schon des öfteren aus seinem tiefen Schlaf gerissen worden, weil einem volltrunkenen Studenten der Magen ausgepumpt werden mußte. Und vor einigen Jahren hatte es diesen Vorfall mit Angela McSheffrey gegeben …

Aber meistens hatte Anson Templeton eine sorgenfreie Tätigkeit: weit nach Sonnenaufgang ins Büro, vor Sonnenuntergang wieder heraus. Ausgedehnte Mittagspausen der speisenlosen Art mit Linda. Ein kontinuierlich wachsendes Bankkonto. Eigentlich mußte er sagen, daß die besten Teile seiner Arbeit in der Tätigkeitsbeschreibung gar nicht erwähnt wurden.

Templeton hatte reich geheiratet, denn seine Studienzeit in Oxford hatte ihn gelehrt, daß man am sichersten zu Geld kam, wenn man es erbte. Oxford war randvoll gewesen mit den Sprößlingen von Betuchten, und er hätte liebend gern seine neidische Seele dafür hingegeben, wenn er mit ihnen hätte tauschen können. Sie stolzierten völlig unbekümmert über den Campus, weil sie wußten, daß ihre Existenz nach dem Studium schon gesichert war – ob mit oder ohne Arbeit. Als vierter Sohn eines Glasbläserlehrlings und einer chancenlosen Proletin, die aus Liebe geheiratet und dann im Elend gelebt hatten, hatte Templeton solche Annehmlichkeiten nicht genießen können. Und deshalb hatte er es sich als oberstes Ziel gesetzt, zum Abschluß seines Studiums ein reiches Mädchen mit einem kranken Daddy zu heiraten.

Als Opfer suchte er sich Judith Gilmartin aus. Sie

war die einsame, pummelige Tochter von Byron Gilmartin, einem reichen Londoner Unternehmer, der auf die Sechzig zuging und reich war wie ein Scheich. Damals schätzte Templeton vorsichtig, daß Byron mit seinen tabakzerfressenen Lungen und dem doppelten Bypass höchstens noch zehn Jahre zu leben hatte. Und sein zeitiges Ableben würde Templeton noch in relativ jungen Jahren zu einem stinkreichen Mann machen.

Templeton heiratete Judith an einem strahlenden Frühlingstag und mußte danach voller Grauen mit ansehen, daß sein Schwiegervater weitere achtzehn Jahre durchhielt.

Aber es kam noch schlimmer. Byron bestand darauf, daß sein akademischer Schwiegersohn seinen Lebensunterhalt selbst verdiente. Als aktives Mitglied des Aufsichtsrats der Oxford University schuf Byron eine Verwaltungsstelle am College, und damit begann Anson J. Templetons Laufbahn im Bildungssektor.

Mit Byrons Hilfe erkletterte er rasch die Karriereleiter. Nach einer kürzeren Beschäftigung als Betreuer für studentische Angelegenheiten brachte er es schließlich zum Leiter der Zulassungsstelle. Zehn Jahre nach Beginn seiner ungewollten Laufbahn, zu dem Zeitpunkt also, da er mit dem Hinscheiden seines Schwiegervaters und mit einer beträchtlichen Hinterlassenschaft gerechnet hatte, wurde Templeton zum Dekan des College ernannt.

Dann entdeckte er eine eigene Goldmine.

Bis dahin hatte er Oxford als ein völlig überschätztes Denkmal für öde Bücher, langweilige Vorlesungen, muffige Schlafsäle, zerkochte Speisen und eingebildete Frauen betrachtet. Der Glorienschein von Oxford hatte ihn immer kaltgelassen, und weder dem Ort noch dem Ansehen, noch dem gepflegten Efeu hatte er etwas abgewinnen können. Tatsächlich hatte er selbst nur deshalb an dieser Universität studiert, weil man ihn angenommen und weil seine Mutter ihn gezwungen hatte, sich dort einzuschreiben.

Als frischgebackener Dekan des College entdeckte er eine völlig neue und geheime Seite an Oxford.

Eine Seite, die vom großen Geld beherrscht wurde.

Diese Seite war ihm sofort sympathisch. Der untadelige Ruf, so lernte er schnell, hatte einen erstaunlich hohen Preis, und den Ruf von Oxford von jedem Makel rein zu halten, erwies sich als ein ebenso einfaches wie einträgliches Geschäft. Der Sohn eines britischen Parlamentsabgeordneten war den Härten des Collegelebens noch nicht gewachsen und durch die Prüfung gefallen? Dekan Templeton erteilte huldvoll die Wiederzulassung im nächsten Semester und erhielt dafür eine diskrete fünfstellige Spende vom Vater des Jungen. Die neue Lehrerin, eine freizügig denkende junge Frau, war wegen Nackttanzens in einem anrüchigen Pub festgenommen worden? Dekan Templeton vergab, vergaß und vertuschte die Geschichte im Austausch gegen ein Wochenende mit Wein, Fasan und Fellatio in einem ländlichen Cottage.

Er entwickelte sich zum strengen Zuchtmeister, ein kleiner Mann mit großer Macht. Er verkehrte mit dem Königshaus und besuchte Polospiele. Er füllte seinen Kleiderschrank mit Designeranzügen und sein Notizbuch mit den Telefonnummern von Frauen, die einen lockeren Lebenswandel pflegten und auf Gefälligkeiten angewiesen waren. Er spielte Schach mit Männern, die ihm geistig ebenbürtig waren, und sah sich dabei als weißen König, der wertlose Bauern und Springer aussandte, um sich gegen die Angriffe der schwarzen Kräfte zu schützen.

Und währenddessen wartete er auf den Tod seines Schwiegervaters.

Das Wunder geschah in Form eines Flugzeugunglücks – eine plötzliche, verdächtige und immer noch ungeklärte Explosion, die Byrons Privatjet und alle vierzehn Passagiere in Stücke riß. Byrons Überreste wurden verstreut auf einem schottischen Kartoffelfeld gefunden. Gefunden wurde auch, und das war wichtiger, sein letzter Wille in der hintersten Ecke seiner Schreibtischschublade. Das bei klarem Verstand verfaßte Testament war einfach und schnörkellos:

Eine Hälfte von Byrons Vermögens fiel an seine über alles geliebte Tochter Judith und ihren Gatten Anson.

Am nächsten Tag kündigte Templeton mit sofortiger Wirkung und gab als Grund tiefe Trauer an. Danach übernahm er die alleinige Kontrolle über Judiths Erbanteil, mit der Absicht, ihn zu verdoppeln und zu verdreifachen und sie dann mit nichts außer Scheidungspapieren, gefälschten Kontoauszügen und ein paar Beuteln ihrer kalorienreichen Macadamianüsse sitzenzulassen.

Den größten Teil des Geldes steckte er in riskante Anlageprojekte, die alle scheiterten. Den Rest verspielte er. Zwei Jahre nach Byrons Tod stand er am Rande des Bankrotts und hatte beträchtliche Schulden bei Leuten mit Knarren. In seiner Not floh er nach Amerika, seine unhandliche Frau im Schlepptau. Erst hatte er mit dem Gedanken gespielt, sie in London zurückzulassen, doch dann hatte er es sich anders überlegt. Judiths Mutter lebte noch, und von ihr war ein kaum weniger großzügiges Erbe zu erwarten als vom alten Byron.

Außerdem mußte jemand das Flugticket bezahlen.

Die Templetons ließen sich zunächst in Boston nieder und zogen dann in eine billigere Wohnung im steuerfreien New Hampshire. Templeton war völlig pleite und sah keine andere Möglichkeit, als sich eine Arbeit zu suchen. Die besten Chancen sah er in einem Neuanfang im »Bildungsgeschäft«. Er stellte es sich nicht besonders schwer vor, einen Job zu finden.

Schließlich stand der Name Oxford in seinem Lebenslauf.

Und kaum hatte er die Sache angepackt, da erhielt er schon einen Anruf vom kleinen geisteswissenschaftlichen Simsbury College in Georgeville, Maine. Der vorherige Dekan von Simsbury war bei einem Skiunfall ums Leben gekommen (Häschen am Hang, helle Sonne, Halsbruch), und der Aufsichtsrat hatte händeringend nach sofortigem Ersatz gesucht. Aus dieser Verzweiflung entsprang ein attraktives Angebot für Templeton. Und der schlug auf der Stelle ein.

Simsbury war entzückt über seine Einstellung. Ein waschechter Akademiker aus Oxford trat an die Spitze des viertältesten College in Amerika! Wie angemessen! Ehre, wem Ehre gebührt! Der Aufsichtsrat tat öffentlich kund, das Zusammentreffen Templetons mit dem Simsbury College habe »der Himmel selbst gefügt«. Ungeachtet des tragischen Verlustes, den das College mit dem Tod des früheren Dekans Ackerly erlitten hatte, war es eine frohe Zeit für die Simsbury-Oberen und eine berauschende Zeit für Templeton, der in seinen ersten drei Wochen als Dekan kaum etwas anderes tat, als die Hände bewundernder Studenten, Lehrer und Ehemaliger zu schütteln.

Abgesehen natürlich von den Stunden, in denen er allein in seinem Büro die Wände anstarrte, sein Pech verfluchte und sich an das üppig seidige Gefühl von all dem Geld erinnerte, das er verschleudert hatte.

In den vergangenen fünf Jahren hatte er dank jährlicher Gehaltserhöhungen und lohnender Verbindungen zu dem komfortablen Lebensstil zurückgefunden, den er in seiner Oxforder Zeit genossen hatte. Seine Altersvorsorge im Ausland hatte sich verdoppelt, dann vervierfacht, bis sie schließlich ein neues Konto erforderte. Seine ursprünglich für drei Wagen vorgesehene Garage beherbergte mittlerweile sechs verschiedene Autos, und zur Zeit schuf er gerade Platz für ein Motorrad (Geschwindigkeit war eines von Lindas vielen Lebenselexieren). Auch sein Kleiderschrank hatte sich wieder gefüllt.

Am Simsbury College hatte es nie etwas gegeben, wovor er sich hätte fürchten müssen. Längst nicht mehr vertrauliche gesundheitliche Probleme machten den College-Präsidenten Edison Carlisle zu einem Faktor, der für die Verwaltung nicht zählte. Zum größten Teil überließ der Aufsichtsrat Templeton die Alleinherrschaft. Und auf den Ruf des College im schläfrigen Georgeville am Rande von Cumberland County war über Jahre hinweg praktisch kein Makel gefallen.

Aber heute war ein neuer Tag. Ein Tag, an dem er sich auf einmal vor sehr viel fürchten mußte. Das bevorstehende Ableben von Chad Ewing würde dem Simsbury College den Nimbus der Reinheit nehmen. Die Zeitungen würden die Nachricht weidlich ausschlachten. Die Anwälte standen Gewehr bei Fuß. Die Studenten würden flüstern, mit dem Finger zeigen und ihr Urteil sprechen. Die Verwandten des Toten würden Antworten verlangen. Und der Aufsichtsrat würde einen kollektiven Herzinfarkt erleiden.

Aber zugleich wußte er auch, daß Chad Ewings Tod zum finanziellen Glücksfall für ihn werden konnte.

Vorausgesetzt, er wurde zum Unfall erklärt.

10.31 Uhr

Völlig erschlagen und wie in Trance kehrte er zu seinem Zimmer im Wohnheim zurück. Er war Student im ersten Jahr, ein Freshman, und hatte noch keine Ahnung davon, daß er fast einen Monat lang nicht mehr schlafen würde. Er öffnete die Tür, stolperte an seinem verblüfften Zimmergenossen vorbei und ließ sich vor seiner Kommode auf die Knie fallen.

Später würden ihn die ungeheuerlichen Ereignisse der letzten zwölf Stunden mit voller Wucht treffen. Doch jetzt war er in den Fängen des schrecklichsten Katers seines jungen Lebens, und er suchte verzweifelt nach Trost und Geborgenheit.

Er hob den glasigen Blick zur Kommodenplatte.

Bisher hatte der um die Lampe drapierte Rosenkranz nur dazu gedient, seine katholische Mutter bei ihren monatlichen Besuchen zu besänftigen. Doch da er gesehen hatte, was er gesehen hatte, und wußte, was er wußte, hielt er nun den Zeitpunkt für gekommen, um es noch einmal mit Gott zu versuchen.

Er faltete die Hände und begann mit geschlossenen Augen zu beten.

10.44 Uhr

Police Officer Obediah Ames lag drei Jahre unter dem vorgeschriebenen Pensionsalter, und obwohl man ihn bei Beförderungen mehrmals übergangen hatte, war er eigentlich immer noch stolz auf seine Arbeit. In den letzten fünf Jahren hatte er keinen einzigen Tag wegen Krankheit gefehlt, und er lieferte seine Berichte stets gewissenhaft und pünktlich ab. Als er an diesem Morgen mit der rechten Hand an die Drahtfenstertür zum Büro von Police Chief Martin Sullivan klopfte, hielt er in der Linken sowohl die schriftliche Darstellung seines morgendlichen Einsatzes als auch einen halb geleerten Kaffeebecher aus Styropor.

Sullivan blickte von seiner Sportseite auf und winkte Ames herein.

»Morgen, Sully«, sagte Ames und warf den Bericht auf Sullivans Schreibtisch.

»Was soll daran gut sein?« knurrte Sullivan. »Die Celtics spielen Scheiße, und ich Idiot bin bis spät in der Nacht aufgeblieben, um mich selbst davon zu überzeugen.« Er schmiß den Sportteil mit Schwung in den Eimer für nicht wiederverwertbaren Müll und griff nach dem Bericht. »Ist das der Unfall drüben in der Schule?«

»Von wegen Unfall«, schnaubte Ames.

Sullivan lachte kurz auf und begann zu lesen. Sein Gesicht verzerrte sich immer wieder zu Grimassen, als er die sorgfältig dokumentierten, grausigen Fakten zum folgenschweren Sturz eines Simsbury-Studenten namens Chad Ewing überflog. Am Ende angelangt, schüttelte er den Kopf und schob den Bericht in die Ablage für Eingänge.

»Wird er sterben?« fragte er Ames.

»Ganz sicher.«

»Hmm.«

»Es ist eine Schande«, meinte Ames, auf den Bericht deutend. »Soll ich das für Sie zu den Akten legen?«

Sullivan runzelte die Stirn und lehnte sich zurück. »Was für ein Verbindungshaus war das?«

»Ich hab den Namen vergessen, aber im Bericht steht es genau drin.«

»Das große weiße?«

»Das große weiße was?«

»Das große weiße Verbindungshaus.«

»Die sind doch alle groß und weiß.«

»Das *ganz* große.«

»Ja. Das riesige. Das an der Ecke des Collegegeländes.«

Sullivan grinste verbissen und nickte wie zur Bestätigung. Dann beugte er sich vor und kramte in irgendwelchen Papieren herum. Ames wartete in der Annahme, daß der Chief nach Unterlagen im Zusammenhang mit dem Unfall suchte. Aber nach einer langen Minute des

Schweigens war klar, daß Sullivan das Gespräch als beendet betrachtete und sich anderen Dingen zugewandt hatte.

»Ach, Chief«, begann Ames unsicher. »Äh, soll ich den Bericht zu den Akten legen?«

Sullivan blickte auf und schien fast überrascht, als er sah, daß sich Ames nicht vom Fleck gerührt hatte. »Nein.«

Ames blinzelte. »Was wollen Sie damit machen?«

Sullivan stöberte wieder in seinen Papieren herum. »Nichts, bis ich vom Leichenbeschauer gehört habe.«

Ames kannte den Leichenbeschauer, kannte ihn sogar sehr gut, und mußte lächeln. »Und wenn Sie nichts von ihm hören?«

Sullivan zupfte etwas aus seiner Nase und schnippte es in Richtung des Eimers für wiederverwertbaren Müll. »Wenn ich nichts höre, mache ich ein kleines Tänzchen und warte auf einen Anruf.«

Sein Blick wurde plötzlich hart, als er auf den Bericht deutete. »Denn dann weiß ich, daß das da ein Vermögen wert ist.«

11.16 Uhr

Templeton hatte die letzten vierzig Minuten am Telefonhörer geklebt und über den Unglücksfall am Morgen referiert. Zuerst hatte er Linda angerufen, um ihr die Situation zu erklären und ihr voller Bedauern mitzuteilen, daß sie sich an diesem Tag wahrscheinlich nicht sehen konnten. Sie hatte am Anfang tiefe Betroffenheit über den drohenden Tod eines Studenten geäußert. Dann brachte sie das Gespräch auf die bevorstehende Bekanntgabe der Festanstellungen (in diesem Jahr stand ihr Fall zur Entscheidung, und sie legte in dieser Sache die gleiche schwungvolle Hemmungslosigkeit an den Tag wie in anderen, schwüleren Angelegenheiten), ehe sie eine komplette Kehrtwendung machte und ihn zu einer kurzen Runde Telefonsex überredete.

Als er auflegte, fühlte sich Templeton viel weniger angespannt.

Der nächste Anruf verlief nicht ganz so sexy. Er begann mit einem düsteren »Guten Morgen, Mrs. Ewing« und enthielt Phrasen wie »betrüblicher Unfall«, »zutiefst bestürzt« und »das College übernimmt selbstverständlich Ihre Flugkosten«. Es war ein einseitiger Dialog, die Übermittlung schlechter Nachrichten und banaler Entschuldigungen, und Templeton war sogar äußerst erleichtert, als Chad Ewings Mutter zum vierten Mal »O mein Gott!« ins Telefon wimmerte und auflegte.

Natürlich wußte er, daß er die Ewings noch einmal anrufen mußte, um einige Details zu besprechen. Aber in diesem Augenblick war es ihm nicht so ungelegen gekommen, daß die Eltern des sterbenden Jungen einen Teil ihres Schocks an einem fernen Ort untereinander ausmachten.

Als nächstes hatte er den Verrückten vom Dienst angerufen, Präsident Edison Carlisle, ihm den Unfall aber nur in groben Zügen geschildert. Carlisle schnappte nach Luft und stammelte einige zusammenhanglose Satzfetzen. Dann schlug er für 20.00 Uhr einen »runden Tisch« im Sigma-Haus vor. Templeton erklärte sich bereit, das Treffen zu organisieren.

Nach all den Anrufen atmete er tief aus. Eine Weile saß er ganz still da, tief in strategischen Gedanken versunken.

Die aktuelle Lage hatte für ihn eine gewisse Ähnlichkeit mit einer schwierigen Situation in einem Schachspiel. Chad Ewing war ein Bauer und eigentlich schon geschlagen. Auch die Polizisten waren Bauern, aber sie waren ein wenig gefährlicher, weil sie noch auf dem Brett standen. Carlisle war ein Springer, dessen besten

Tage vorüber waren und der verschlungene, dämmerige Pfade beschritt, fernab vom eigentlichen Geschehen. Die Ewings und der Aufsichtsrat standen als Läufer und Türme in der zweiten Reihe, beweglicher, gefährlicher, aber noch unbeteiligt. Und ihre Beteiligung würde sich auf ein Minimum beschränken, weil Templeton als Adjutant des Königs die Figuren bewegte.

Und er hatte noch eine zusätzliche Trumpffigur im Ärmel.

Mark Jessy.

Der Gedanke an Mark Jessy erinnerte ihn daran, daß er noch ein Telefonat führen mußte, bevor er wieder bei den Ewings anrief. Er griff nach dem Hörer und begann zu wählen.

4. KAPITEL

Sonntag, 22. Februar

12.31 Uhr

Als Dr. Charles F. K. Marston pflichtbewußt um Chad Ewings Leben kämpfte, nagte in ihm eine vertraute Stimme.

Laß ihn sterben.

Die Stimme war nicht unheimlich. Das war sie nie. Nein, sie war friedlich und vernünftig, Ausdruck des reinen Gewissens von Doc Marston, der aus Erfahrung wußte, daß sich die meisten Verunglückten mit schweren Kopf- und Halsverletzungen niemals ganz erholten, sondern den Rest ihres Lebens ans Bett gefesselt waren.

Die Wahrheit war, daß er in seinen siebenundzwanzig Jahren als Chefarzt des St. Elizabeth's Hospital noch nie einen Patienten mit einem derart entstellten Kopf gesehen hatte. Weiterzuleben wäre für Chad Ewing eine Strafe gewesen. Natürlich lebte er ohnehin nicht mehr; nur eine Maschine aus dem Zeitalter der Raumfahrt hielt ihn noch am Leben.

Die Liste der Verletzungen war lang: Genickbruch. Schädelbasisbruch. Deutliche traumatische Rückenmarkschädigung bis hinauf zur Halsregion. Offene Schlüsselbeinfraktur. Völlig zerschmetterte rechte Hand. Mehrere gebrochene Rippen. Wahrscheinlich Lungenschaden. Dehydrierung durch übermäßigen Alkoholgenuß. Beträchtlicher Blutverlust.

Gnädiger Gott, dachte Marston, *bitte laß mich im Schlaf sterben.*

Er wischte sich mit einem Ärmel übers Gesicht, überprüfte die Anzeige der Lebensfunktionen und blieb weiterhin die letzte Grenze zwischen seinem Patienten und dem Jenseits.

Am Telefon hatte Chad Ewings Vater Marston mit tränenerstickter Stimme die Erlaubnis gegeben, alle nur erdenklichen Maßnahmen zu ergreifen, um das Leben seines Sohns zu erhalten oder zu verlängern. Die Ewings flogen von Chicago aus und würden am Abend ankommen.

Marston versprach, sein Bestes zu geben.

Doch das würde leider nicht genügen. Mr. Ewing würde seinen Sohn nicht mehr lebend antreffen. Nie mehr würde er sein strahlendes Jungenlächeln sehen. Nie mehr würde er den typischen Gang seines Sohnes sehen. Nie mehr würde er erleben, wie er mit der behandschuhten Hand den Ball auffing und mit der bloßen Hand zurückwarf. *Wird dieses Spiel überhaupt noch von Vätern und Söhnen gespielt?* schoß es ihm kurz durch den Kopf. Mr. Ewing würde höchstens noch ein kleines, dezent eingerahmtes Foto auf einem geschlossenen Sarg sehen. Er würde mit dem Andenken an seinen gesunden Jungen leben statt mit der Erinnerung an einen völlig lädierten Körper.

Marston hatte zwar sein Wort gegenüber Mr. Ewing gehalten, aber angesichts des äußerst instabilen Zustands von Chad konnte man nur abwarten. Während also die neuen Krankenpfleger Dennis Bradley und Janine Hammond das Kardiogramm und das Beatmungsgerät genau im Auge behielten und auf die vielen Schläuche aufpaßten, die sich bis unter die Haut des Verunglückten schlängelten, sah Marston schweigend zu.

Er lehnte sich gegen ein Anzeigegerät und fuhr sich, nachdem er die Handschuhe abgestreift hatte, mit puderigen Händen durchs Haar. Mit einem schweren Seufzer vertrieb er alle medizinischen Gedanken aus seinem Kopf und versuchte, aus logischer Sicht eine Erklärung für die Situation zu finden.

In seiner vierzigjährigen Berufserfahrung als Arzt hatte er noch nie einen Fall gehabt, der seinen Verstand so sehr auf die Probe stellte. Chad Ewing war kurz vor neun gebracht worden, splitternackt, nach Whiskey und Erbrochenem stinkend und über und über mit unflätigen Gedichten beschmiert. Die Sanitäter waren sich nicht sicher, was passiert war, aber anscheinend war der Junge drüben am Simsbury College aus einer Höhe von fünf Metern kopfüber vom Balkon eines Verbindungshauses gestürzt. So ein Unfall war gewiß nichts Alltägliches, aber es waren weder die Nacktheit noch die Gedichte, die Dr. Marston so zu schaffen machten. Auch der üble Geruch und die seltsamen Verletzungen (wie konnte jemand voll auf den Kopf fallen und sich dabei mehrere Rippen brechen und die Hand zertrümmern?) brachten ihn nicht aus der Fassung. Es war etwas anderes – etwas, das sich ihm entzog.

Plötzlich erkannte er es. Er hatte sich so darauf konzentriert, was da war, daß er gar nicht darauf achtete, was *nicht* da war. Es fehlte etwas; etwas so Offensichtliches, daß es einem förmlich ins Gesicht sprang.

Besucher.

Niemand saß im Wartezimmer und weinte um Chad Ewing.

Keine Menschenseele. Den ganzen Vormittag über.

Ein Polizist war kurz erschienen, war aber nach Erledigung der Formalitäten zusammen mit den Sanitätern wieder gegangen. Abgesehen davon war kein mit dem Leben und den Lebensumständen Chad Ewings vertrauter Mensch voller Unruhe im kleinen Warteraum vor der Unfallstation auf und ab gegangen. Keine Freunde. Keine Kommilitonen. Kein Dekan. Kein Präsident. Keine Presse.

Niemand.

Marston hatte schon viele Opfer von Schlägereien am College behandelt. Er hatte schon so manche Nase gerichtet, während ein Dutzend Freunde des Faustkämpfers voller Sorge warteten und zum Teil sogar so weit gingen, zum Beten in die Krankenhauskapelle zu eilen.

Nase gebrochen.

Er blickte auf Chad Ewing. *Alles gebrochen.*

Ein durchdringender, hoher Ton riß ihn plötzlich aus seinen Gedanken.

»Code neun-neun!« riefen beide Krankenpfleger wie aus einem Mund. Das Herz des Patienten hatte aufgehört zu schlagen.

Marston vergaß seine Verwirrung und machte sich an die Arbeit. Während die Pfleger im Kreis hin und her rannten, griff er nach der vorbereiteten Spritze und trat ans Bett. Er stand über die Brust des Patienten gebeugt und blickte nach unten, vorbei an den Reimen und durch den stechenden Dunst aus Alkohol- und Körperdämpfen. Er tastete über das Brustbein, fand den geeigneten Punkt und hielt die Nadel bereit.

Aber die Nadelspitze blieb mitten in der Luft stehen und durchstach keine Haut. Statt dessen wurde sie bedächtig und ruhig auf das kalte Metall des Bettgestells gelegt.

Dr. Marstons innere Stimme hatte wieder protestiert.

Und diesmal hörte er auf sie.

Langsam trat er zurück, die Augen auf das Gesicht des sterbenden Chad Ewing geheftet. Bradley und Hammond unterbrachen ihr hektisches Herumirren und nahmen ihrerseits ernst und schweigend die Totenwache auf.

Der Herzstillstandsalarm riß stotternd ab und verstummte schließlich ganz.

Chad Ewing hatte die Maschinen besiegt.

Chad Ewing war tot.

Marston hob die müden Augen zur Decke. *Gott sei Dank,* flüsterte er. *Gott sei Lob und Dank.*

Die Brise fegte über die Kiefern und Kirchtürme, glitt unter die schwere Tür des Verbindungshauses und brachte im Vorbeiwehen Tränen in die Augen und Ängste in die Herzen der Brüder.

Die Brise war schnell wieder erstorben, und einen Augenblick lang blieb alles still und reglos.

Und stählerne Entschlossenheit keimte im Stärksten und floß in den Willen der Starken. Befehle wurden gebellt. Mit Fingern gedeutet. Eimer und Lappen und Besen tauchten auf, und die ganze verdammte Sauerei wurde unter den Teppich gekehrt und in die Vergessenheit geschrubbt.

5. KAPITEL

Sonntag, 22. Februar

19.55 Uhr
Das Haus der Verbindung Sigma Delta Phi verfügte über zwei wunderschön gestaltete Bibliotheken: eine für Geister, die andere für Sex.

Daß das Haus mehr als eine Bibliothek enthielt, war nicht weiter schockierend (es war Platz genug für sechs und Geld genug für Dutzende). Aber es war frustrierend für die Ehemaligen – die alten Herren, wie sie liebevoll genannt wurden –, daß keine von beiden für ihren ursprünglichen Zweck benutzt wurde. Die ältere der Bibliotheken im Erdgeschoß war während der Errichtung des gegenwärtigen Hauses entstanden, die vor eineinhalb Jahrhunderten abgeschlossen worden war, nachdem das erste Sigma-Haus – ein Schuppen im Vergleich – bis auf die Grundmauern abgebrannt war. Diese »obere Biblio« glich mit ihren antiken Sofas, thronartigen Ledersesseln und dem herrlichen offenen Kamin, der ein tosendes Geräusch machte, wenn ein Feuer angezündet wurde, der Kopfgeburt eines Innenausstatters. Das einzige Manko waren die archaische Beleuchtung durch Wandlaternen und die Fenster nach Norden, beides Schattenseiten, die gemeinsam dafür sorgten, daß der Saal nie genügend Licht hatte. Je nach Kälteempfindlichkeit des Benutzers lud die obere Bibliothek zum Dösen oder zum Frieren, aber gewiß nicht zum Studieren ein. So lag sie nun wie das versiegelte, verschwiegene Testament eines vergangenen Zeitalters, ein verlassener Gesellschaftsraum für besondere Anlässe, uralte Fotografien und die reichen und berühmten Geister der Sigma-Geschichte.

Da die obere Bibliothek nicht benutzt wurde, hatte die Korporation der Sigma-Ehemaligen dafür gestimmt, einen der Lagerräume im Untergeschoß zu einer modernen und praktischen Bibliothek auszubauen, ohne freilich auf den angemessenen Prunk zu verzichten. Diese vor fünf Jahren fertiggestellte »untere Biblio« war mit luxuriösen Sofas, gediegenen Eichenkonferenztischen und hellen Leselampen ausgestattet. Die gesamte Einrichtung schien förmlich zu rufen: »Kommt, ihr jungen Brüder, lest und sonnt euch im Licht! Schreibt Supernoten, steigt in Superjobs ein und gebt dann als alte Herren haufenweise Geld an die Verbindung zurück, damit noch mehr Superräume gebaut werden können!«

Die Sache hatte nur einen Haken. Da die Bibliothek im Untergeschoß lag, war sie durch das tobende Nachtleben der unmittelbar angrenzenden Hausbar einem enormen Lärmpegel und einer starken Geruchsbelästigung ausgesetzt. Entdeckt wurde dieser Sachverhalt erst nach der Fertigstellung der Bibliothek, und die Ehemaligen betrachteten das ganze Projekt als eine traurige Geldverschwendung.

Was, so fragten die alten Herren, *haben die studentischen Brüder denn in einer Bibliothek zu suchen, die direkt neben einer Bar liegt?*

Sex! riefen die studentischen Brüder unisono, wenn sie sicher waren, daß keine alten Herren in der Nähe waren.

Denn so schlecht die untere Bibliothek für Studienzwecke gelegen war, für Verführungen unter Alkoholeinfluß war ihr Standort perfekt. Auf amouröse Annäherungsversuche in der Bar konnte man gleich nebenan Taten folgen lassen, in einem Raum, der drei romantische Vorzüge aufwies: Die Sofas waren samtweich, die Türen waren wirklich dicht, und, das Wichtigste, in der

Wand zwischen der Bibliothek und dem Heizraum gab es ein Loch, das ungefähr halb so groß war wie ein Baseball. Das Vorhandensein und die Bedeutung dieser Öffnung wurden so geheim wie möglich gehalten, aber die Eingeweihten wußten eines: Jeden Sonntagabend nach der wöchentlichen Besprechung von Sigma vergab der Festkoordinator einen Preis an den Bruder, der am Wochenende die beste Live-Sexshow gezeigt hatte.

Das hohe Verkehrsaufkommen in der unteren Bibliothek führte dazu, daß der Boden und die Sofas mit benutzten Kondomen und Spermaflecken übersät waren. Die Füchse hatten die Aufgabe, die Bibliothek sauberzuhalten, aber an diesem schwarzen Tag war die Reinigung des Saales vernachlässigt worden. Zum Glück war dies einem der älteren Studenten nach dem Abendessen aufgefallen, und er hatte dringend dazu geraten, die Besprechung in der oberen Bibliothek anzusetzen.

Und dort trafen sich die sechs Männer, um über den ersten Todesfall in der Geschichte von Simsbury, dem geisteswissenschaftlichen Elitecollege in Georgeville, Maine, zu konferieren.

Und um auf die Ankunft der Eltern des Verunglückten zu warten.

Als sich die Männer in den königlichen Ledersesseln und -sofas niederließen, wurde Templeton bewußt, daß es sich hier um eine durchaus buntgemischte Ansammlung der Macht handelte. Steve Hughes, der Vorsitzende der Sigma-Ehemaligen, war ein schlanker, sportlich wirkender Investmentbanker, ein höflicher Millionär, der wahrscheinlich nur wenig Feinde hatte. Jeff Edelstein, der Rechtsberater des Sigma-Hauses, war ein fettleibiger, gerissener Wall-Street-Anwalt, ein widerwärtiger Millionär, der wahrscheinlich nur wenig Freunde hatte. Beide waren Sigma-Ehemalige mit Sprachrohrfunktion, deren Studium schon zwei Jahrzehnte zurücklag und die auf dem besten Weg zum vorzeitigen Ruhestand waren.

Sigma-Studentenpräsident Dave Fairchild war im letzten Collegejahr. Er war das Paradepferd von Simsbury, und sein gutes Aussehen hätte Templeton eifersüchtig gemacht, wenn er sich dazu herabgelassen hätte, sich mit einem Zweiundzwanzigjährigen zu vergleichen. Fairchild war eine eins neunzig große Mischung aus blondem Haar, blauen Augen und blendender Figur, und nur eine kleine Macke in einem Vorderzahn schien zu verhindern, daß er völlig die Bodenhaftung verlor. Aber dieser Makel war seiner Erscheinung kaum abträglich; wenn überhaupt, machte er ihn nur authentischer und gab ihm die Aura eines bescheidenen jungen Mannes, dem auch der strengste Vater seine Tochter anvertrauen konnte.

In jeder anderen Hinsicht war Fairchild vollkommen und verdiente die Sympathie, die ihm von allen Seiten entgegengebracht wurde. Er studierte sowohl Chemie als auch Internationales Recht und stand davor, beide Hauptfächer mit nationaler Auszeichnung abzuschließen. Er war eine Führungspersönlichkeit, wahrscheinlich der einzige seines Jahrgangs, der sich bei einer Studienplatzbewerbung oder in einem Lebenslauf zu Recht einer solchen Eigenschaft rühmen durfte. Doch keines von beiden hatte er nötig, denn neben all seinen beeindruckenden Collegeleistungen war seine Verpflichtung als Spieler der National Hockey League für das kommende Jahr bereits eine ausgemachte Sache.

Für die Lehrer und Verwaltungskräfte war er »der Inbegriff dessen, wonach das Simsbury College strebt«.

Für die Mädchen war er ein Schatz.

Im Gegensatz zu Fairchild war A. J. Dominic, der andere anwesende studentische Sigma-Vertreter, der Bulle von Simsbury, dessen zerstörerische Qualitäten noch von seiner bedrohlichen Hünengestalt unterstrichen wurden. Er war die Verkörperung von Muskelkraft mit hellen, fast elfenbeinfarbenen Haarborsten, die bis knapp an den Schädel geschoren waren, und eisigen Augen, die manisch hervorquollen, wenn sie aus einem Football-Gesichtsschutz herausblickten. Er war schon zweimal wegen Schlägereien in Templetons Büro zitiert worden, zuletzt, weil er einen Angehörigen des Navy-Stützpunkts in Brunswick fast zu Tode geprügelt hatte.

Dominic hatte sich seinen einschüchternden Ruf bestimmt nicht zu Unrecht erworben, aber Templetons *eigentlicher* Chef, das wußte der Dekan, betrachtete das studentische Kraftpaket als einen jungen Mann, der weder körperliche noch geistige Schwächen aufwies. Und das war in der Sigma-Welt ein ideales Zusammentreffen. Dominic würde in den kommenden Jahren zu einem überaus wichtigen Bruder aufsteigen.

Trotz seines hochtrabenden Titels war Edison Carlisle der unmaßgeblichste Mann der Runde. Der Simsbury-Präsident war einundsiebzig Jahre alt und hatte für das College etwa die gleiche administrative Bedeutung wie die Queen für England. Nach Templetons Meinung war er eine aus fossiler Pulpe geschnittene Papierpuppe. Seine zaudernde Stimme sprach kein logisches Wort, und sein Verstand schien nichts behalten zu können. Templeton hatte aus zuverlässiger Quelle erfahren, daß bei Carlisle während der Weihnachtsferien Alzheimer im Anfangsstadium diagnostiziert worden war. Bei all dem Schwachsinn, den Carlisle in den letzten Jahren dahergeredet und angerichtet hatte, hielt Templeton diese Diagnose für längst überfällig.

Doch mit seinen tollen akademischen Urkunden an den Bürowänden war Carlisle immer noch der Liebling des Aufsichtsrates, und Templeton kam bestenfalls an zweiter Stelle. Aus diesem Grunde wußte er auch, daß er vor dem Mann auf der Hut sein mußte.

Besonders in heiklen Situationen wie dieser.

Templeton blickte auf die Uhr. »Sie müssen jede Minute hier sein. Ihr Flug ist um 19.15 angekommen.«

»Vorausgesetzt, er war pünktlich«, sagte Edelstein. »Mein Flug aus New York wurde eine volle Stunde aufgehalten.«

Carlisle blickte sich um wie ein herrenloser Hund. »New York? Ich dachte, die Ewings kommen aus Cheyenne.«

Templeton starrte Carlisle an. »Äh, nein, sie sind aus Chicago.«

»Chicago?«

»Chicago. Illinois. Heimatstadt der Bulls.«

»Ach so.«

Hinüber, dachte Templeton. *Der Typ ist völlig hinüber.*

Er wollte sich mit einer Bemerkung an Hughes wenden, wurde aber unterbrochen vom Geräusch der riesigen Bibliothekstür, die sich öffnete wie der Eingang zu einer Gruft. Alle Versammelten wandten sich zur Tür.

Die Ewings traten ein, geführt von einem ernst dreinschauenden Jungen, der über seinem Herzen die Nadel eines Sigma-Fuchses trug. Carla Ewing war eine äußerst attraktive Frau mit schulterlangem braunem Haar, das hohe Wangenknochen und eine starke Kinnlinie umrahmte. Roy Ewing war breitschultrig und gut aussehend, sein wogendes Haar dunkel meliert. An anderen Tagen gaben die Ewings bestimmt ein schönes Paar ab. Aber an diesem Abend entsprachen sie mit ihren verquollenen Augen und erschöpften Gesichtern genau dem Bild von Eltern, die gerade ihren einzigen Sohn verloren haben.

Der Fuchs zog sich rasch zurück, und die Ewings standen steif und unbeholfen in der Tür. Templeton sprang auf und lief ihnen mit ausgestreckter Hand entgegen. »Anson Templeton, Dekan des College. Wir haben miteinander telefoniert.«

Die Ewings starrten Templeton lange einfach nur an, und schließlich flüsterte Carla Ewing: »Ich möchte wissen, was mit meinem Jungen passiert ist.«

Dann fiel sie ihrem Mann um den Hals und begann zu schluchzen.

20.16 Uhr

Mit zitternden Fingern schloß sich der Freshman in seinem Schlafraum ein und wich vor der Tür zurück. Er wandte keinen Blick vom Türknauf und wünschte inbrünstig, daß das Schloß noch stärker sein möge als vom Hersteller vorgesehen.

Er saß im Dunkeln auf dem Bettrand und wurde von der Stille heimgesucht, die ihn ununterbrochen anschrie.

Ich bin verrückt, sagte er sich. Sie waren nicht hinter ihm her. Sie hatten keinen Grund dazu. Es war ein Unfall. Aber noch während er sich belog, dachte er an die Schläge und die Blindheit, an das Brennen und an die Schmerzen.

Und er erinnerte sich an andere Dinge.

Er sah auf den Wecker neben dem Bett und merkte sich genau die Uhrzeit. Vor Mitternacht mußte er zurück in die Hölle, die er sich selbst ausgesucht hatte, und der Gedanke ließ ihn vor Angst zusammenzucken.

Er stellte den Wecker auf 23.00 Uhr und legte sich langsam nieder. Er umklammerte sich mit den Armen, um das Schlottern seines Körpers zu beruhigen, suchte Schlaf und fand keinen.

20.54 Uhr

Das Treffen mit den Ewings war glatt verlaufen, wie Templeton seinem *eigentlichen* Chef später erklären sollte. Natürlich wurde geweint, gejammert und Theater gemacht, aber das war kaum anders zu erwarten. Dreimal war Carla Ewing schreiend und schluchzend in die Knie gegangen. Der dramatische Höhepunkt kam, als sie sich auf die inzwischen klinisch saubere Stelle des Holzbodens warf, die den Sturz ihres Sohnes unterbrochen und seinem Leben ein jähes Ende bereitet hatte. An einem Punkt hatte Roy Ewing mit verkniffenen Lippen geäußert, daß ihm das Geländer, über das sein Sohn gefallen war, niedrig und wenig stabil scheine. Daraufhin war Anwalt Edelstein, der immer gefaßt war auf mögliche Klagen, diesem Vorwurf entgegengetreten. Jeder Aspekt, *jeder Aspekt* im Haus der Verbindung Sigma Delta Phi, so versicherte er, entspreche exakt den Vorschriften der Wohnbehörde von Maine.

Aber abgesehen von diesen wenigen spannungsgeladenen Momenten war die Zusammenkunft mit so viel Würde vorübergegangen, wie dies in einer solchen Situation überhaupt möglich war. Gegen Ende hatte der gute Fairchild, das nützliche Werkzeug, noch erklärt, daß die Sigma-Brüder den Sohn der Ewings vermissen würden und daß sie zu seinem Andenken einen Baum pflanzen würden, sobald der Boden genügend aufgetaut sei. Zuletzt hatte Templeton Roy Ewing den Weg zum besten Hotel in Cumberland County beschrieben; das College, so fügte er geflissentlich hinzu, werde selbstverständlich die Kosten übernehmen.

Da ihnen außer Weinen nichts mehr zu sagen und zu tun blieb, waren die Ewings mit ihrer Trauer durch die Eingangstür hinaus in die lange Nacht verschwunden. Präsident Carlisle hatte etwas von der Gnade Gottes gefaselt und war ihnen gefolgt.

Die anderen nahmen wieder Platz und lehnten sich zurück in die Schatten der oberen Bibliothek.

Hughes wandte sich an Fairchild und Dominic. »Tut mir leid, Jungs, daß ihr das mit ansehen mußtet.«

Dominic lachte bellend auf. »Mann, wollen Sie mich veräppeln? Ich habe miterlebt, wie es Arabern das verdammte Gesicht weggerissen hat. Sie brauchen sich nicht bei mir entschuldigen, bloß weil manche Leute mit dem Tod nicht klarkommen.«

Hughes nickte unbestimmt, entweder nicht fähig oder nicht willens, Dominics Reaktion zu ergründen. Sein nächster Satz war an Templeton gerichtet. »Das ist nicht gerade gut gelaufen.«

Templeton zuckte die Schultern. »Es hätte schlechter laufen können.«

»Kann ich mir nicht vorstellen. Roy Ewing wird klagen.«

»Ach was!«

»Er wird nicht klagen«, pflichtete ihm Edelstein bei. »Und wenn, dann verliert er. Dieses Geländer ist so hoch und hart wie eine Morgenlatte.«

»Es wird keinen Prozeß geben«, sagte Templeton bestimmt. »Zumindest noch nicht.«

Schweigen.

»Und was ist mit der Polizei?« fragte Hughes.

Templeton nickte in Richtung Edelstein. »Was meinen Sie?«

»Schwer zu sagen. Hängt davon ab, ob sie hier heute morgen etwas Verdächtiges gefunden haben.«

Templeton sah Fairchild und Dominic an. Die beiden Studenten tauschten Blicke aus, und dann prustete Dominic verächtlich los. »Wollen Sie mich verarschen? Mann, der Junge ist da runtergefallen, ganz einfach. Es war seine Schuld, nicht unsere.«

»Ganz ruhig, A. J.«

Edelstein wischte sich mit einem Taschentuch den Schweiß von der Stirn und stopfte es wieder zurück in die Hemdtasche. »Die, äh, Polizei mischt sich in unsere Angelegenheiten normalerweise nicht ein, aber andererseits hat es hier auch noch nie einen Toten gegeben. Im ungünstigsten Fall bekommen wir ein Verfahren wegen Abgabe von Alkohol an Minderjährige angehängt. Dann bekennen wir uns schuldig und bekommen eine Geldstrafe. Wir schieben die Kohle rüber, und sie sind zufrieden.« Nach einem kurzen Seitenblick auf Hughes sah er wieder zu Boden. Templeton bemerkte die Körpersprache und folgerte daraus, was ihm ohnehin schon klar war. Weder die Polizei noch irgendeine lokale Strafverfolgungsbehörde stellten die geringste Bedrohung für Sigma dar.

Nachdem er genug von der Sigma-Seite gesehen und gehört hatte, erhob sich Templeton und übernahm die Kontrolle über das Gespräch. »Meine Herren, ich bin schon sehr lange in Colleges tätig, und ich weiß sehr genau, was in den geheimen Winkeln der Verbindungen vorgeht. Ich weiß von den Eiden, den Ritualen, den Traditionen. Ich weiß, was ewige Bruderschaft für junge Männer bedeutet, und ich weiß von den schrecklichen Dingen, die sie einander antun und voneinander ertragen, um diese Bruderschaft zu verwirklichen. Ich weiß, was ›Schikanieren‹ heißt, und erkenne es, wenn ich es sehe. Und eins steht fest: Heute morgen habe ich es gesehen. Dieser Junge war nackt. Er sah aus wie eine Reklametafel. Er roch wie eine Schnapsbrennerei. Da gibt es überhaupt nichts zu beschönigen, wenn Sie mich fragen.«

Er blieb stehen und blickte auf. »Chad Ewing wurde schikaniert, meine Herren, und jetzt ist er tot.«

Er setzte sich wieder in Bewegung. »Wenn die Ewings oder unser Aufsichtsrat das herausfinden, wird auch

Ihre altehrwürdige Verbindung tot sein. Ihr edles Gebäude wird in ein Studentenwohnheim umfunktioniert, und Ihre geschätzten Ehemaligen werden eine Millionenklage am Hals haben.« Templeton blieb abrupt stehen und zeigte auf Fairchild. »Diese Sauerei haben wir euch zu verdanken, Dave Fairchild. Ihr habt euch da reinmanövriert, und jetzt müßt ihr selbst zusehen, wie ihr da wieder rauskommt. Wenn hier Köpfe rollen, dann eure und bestimmt nicht meiner.«

Fairchild nickte respektvoll.

»Dekan Templeton«, forschte Hughes, »welche disziplinarischen Maßnahmen wird das College Ihrer Ansicht nach ergreifen?«

Templeton setzte eine nachdenkliche Miene auf. »Das hängt zum großen Teil davon ab, wieviel der Aufsichtsrat erfährt. Und was Carlisle angeht, kann ich momentan nicht sagen, was er denkt, wenn er überhaupt denkt.«

»Und wenn Sie spekulieren?«

»Es ist nicht meine Aufgabe, zu spekulieren«, erwiderte Templeton, der den ganzen Tag nichts anderes getan hatte.

»Mein Gott«, nörgelte Edelstein. »Ich bezahl Sie aus eigener Tasche.«

Das machst du eh schon, hätte Templeton am liebsten gesagt. »Aller Wahrscheinlichkeit nach wird der Aufsichtsrat eine Untersuchung durch den Disziplinarausschuß verlangen. Ob Strafen verhängt werden, richtet sich dann nach den Ergebnissen des Ausschusses.«

Edelstein tauschte ein Lächeln mit Dominic aus, und Templeton wußte sofort, was sie dachten, denn er hatte selbst schon das gleiche gedacht. Eine Untersuchung durch den Disziplinarausschuß unter studentischer Führung würde die Illusion einer umfassenden Untersuchung wecken, aber alle Anwesenden im Raum wußten, daß sich solch eine Untersuchung vor allem dank Mark Jessy in die gewünschte Richtung steuern ließ.

»Sind Sie sich dessen sicher?« fragte Hughes. »Ich meine, es geht hier nicht um einen Fall von versuchter Vergewaltigung. Es geht um einen Todesfall.«

»Um einen Unfall mit tödlichem Ausgang«, präzisierte Edelstein.

Hughes schluckte. »Stimmt. Trotzdem scheint mir, daß das die Zuständigkeit eines studentischen Disziplinarausschusses übersteigt. Was gibt Ihnen die Sicherheit, daß der Aufsichtsrat, der den Verbindungen sowieso nicht wohlgesonnen ist, nicht einfach ein Machtwort spricht und unser Haus zumacht? Ich begreife nicht, wie Sie sich einfach zurücklehnen und eine Gruppe Jugendlicher in einem Todesfall über Recht und Unrecht befinden lassen können.«

Wieder tat Templeton so, als würde er über die neuentstandene Situation nachdenken, und schüttelte dann den Kopf. »Aufsichtstratsmitglieder sind sture Yankees. Sie sind nicht dafür, alles durcheinanderzubringen. Sie denken sehr traditionsbewußt in ihren Entscheidungen und Handlungen.« Wissend lächelte er Hughes zu. »Das ist so ähnlich wie bei Ihnen.«

»Und was soll das heißen?«

»Das heißt, der Aufsichtsrat hält sich an die Vorschriften. Und die Vorschriften besagen, daß die Leitung der Untersuchungen dem Disziplinarausschuß obliegt, wenn von kommunaler oder bundesstaatlicher Seite keine Ermittlungen geführt werden.« Templeton nahm seine Wanderung wieder auf. »Morgen früh werden die Ewings wohl das Leichenschauhaus besuchen. Danach möchte ich noch einmal mit ihnen zusammentreffen. Wahrscheinlich werden sie bis Ende der Woche bleiben.« Er sah zuerst Fairchild und dann Dominic an. »Und solange sie hier sind, würde es euch gut zu Gesicht stehen, auf das übliche Sigma-Verhalten zu verzichten.«

Fairchild blinzelte verwirrt. »Was meinen Sie damit?«

Templeton grinste. »Das ist ein überzeugendes Pokerface, aber ich glaube, Sie wissen ganz genau, was ich meine. Ich beobachte euch Sigmas jeden Tag. Ihr durchstreift den Campus in dichten, unzertrennlichen Wolfsrudeln, klatscht in die Hände und werft euch in Pose, um eure Groupies zu beeindrucken. Ihr seid die Größten auf dem Campus, und bestimmt werden alle Studenten darauf schauen, wie ihr ...«

»Wir sind doch nicht mehr an der Highschool, Dekan Templeton«, sagte Fairchild. »Die Kindereien sind längst vorbei.«

»Oh, das ist mir völlig klar«, antwortete Templeton, »denn wenn das hier die Highschool wäre, hätte Chad Ewing letzte Nacht in seinem Bett im Haus seiner liebenden Eltern gelegen.« Er trat näher an die beiden Sigma-Brüder heran. »Aber jetzt liegt er im Leichenschauhaus, und für seine Eltern ist der schlimmste Alptraum ihres Lebens Realität geworden.«

Wieder fixierte er Fairchild und dann Dominic. »Und solange sie mit ihrem Alptraum nicht nach Chicago verschwunden sind, möchte ich, daß ihr betroffen ausseht.«

»Wir sind betroffen«, beharrte Fairchild.

Templeton nickte lächelnd. »Das glaube ich sofort.«

In allen Winkeln des Landes griffen Sigma-Ehemalige nach ihren Handys. Ein Investmentbanker aus Portland rief einen Steueranwalt in Boston an. Ein Aktienmakler aus New York rief einen Versicherungsmanager in Hartford an. Ein Ölmogul aus Houston rief einen Werftbesitzer in Miami an. Ein Übernahmespezialist aus Philadelphia rief den Präsidenten einer Fluggesellschaft in

Los Angeles an. Der Vorstand einer Werbeagentur aus Cleveland rief einen Sportagenten in Chicago an. Danach telefonierte er mit dem Besitzer eines Teams der National Football League, der gerade Urlaub in Honolulu machte.

Die Unterhaltungen waren kurz und ihr genauer Inhalt je nach Zeitfaktor und Beteiligten verschieden. Aber alle Gespräche drehten sich nur um ein Thema:

Etwas war schiefgegangen. Etwas war ganz schrecklich schiefgegangen, und nun mußten zwei Jahrhunderte unbeugsamer Tradition einen Kniefall vor dem Totenbett eines jungen Studenten machen.

6. KAPITEL

Sonntag, 22. Februar

21.28 Uhr

Der plötzliche Tod eines Studenten war nichts Neues für Templeton. In Oxford war er schon einmal damit konfrontiert gewesen. Als er nach einem ausgedehnten nächtlichen Zusammensein mit zwei Studentinnen, die nicht abgeneigt waren, fehlende Lernfortschritte durch um so größere sexuelle Gelehrigkeit wettzumachen, im morgendlichen Nebel zu seiner Wohnung gegenüber dem Campus ging, war er auf die Leiche des Rugbyspielers Alexander Fortuin gestoßen, der betrunken zusammengebrochen und in einer der vielen großen Pfützen auf dem Campus ertrunken war. Eine äußerst unglückselige Angelegenheit. Doch das eigentlich Schlimme daran war, daß die trauernden Eltern Zivilklage gegen Oxford erhoben, mit der Begründung, »unzureichende Instandhaltung des Grundstücks sowie fehlerhafte Abflußanlagen« hätten den Tod ihres Sohnes verursacht. Die Klage wurde zwar zum Lacherfolg und vom Gericht umgehend verworfen, doch die Sensationspresse stürzte sich gierig auf den Fall. Der Aufsichtsrat des Oxford College verfiel in leichte Panik und ließ seine Verzweiflung an Templeton aus.

Hier und jetzt saß er wieder an seinem Schreibtisch im Büro – zum zweiten Mal an einem Sonntag, das hatte es noch nie gegeben! – und verglich den Jahre zurückliegenden Tod von Alexander Fortuin mit dem Stunden zurückliegenden Tod von Chad Ewing. Beide Todesfälle waren auf ihre eigene grausige Art ziemlich spektakulär. In beiden Fällen hatte der innerhalb des Collegegeländes konsumierte Alkohol eine wichtige Rolle gespielt. Ausgehend von diesen Ähnlichkeiten und der Tatsache, daß bei Ewings Leiche noch einige Verdachtsmomente hinzukamen, hatte Templeton allen Grund zu der Annahme, daß zumindest auf die Sigma-Verbindung und vielleicht auch auf Simsbury ein massiver Zivilprozeß zurollte.

Doch seltsamerweise fürchtete er jetzt keine solchen Konsequenzen mehr. Ja, er hatte die blutige Szene mit eigenen Augen gesehen, und ja, er hatte auch die unmißverständlichen Andeutungen von Roy Ewing vernommen. Aber sein Instinkt sagte ihm, daß keiner der beiden Ewings der Schlammschlacht eines Zivilprozesses gewachsen war. Er vermutete, daß sie in den nächsten Tagen jammern und wehklagen und das Schicksal verfluchen würden. Dann würden sie nach Hause fliegen und noch ein wenig weiter jammern und wehklagen und das Schicksal verfluchen.

Außer wenn sie die Gelegenheit zu neugierigen Fragen erhielten. Dann würde sich der »Unfall mit Todesfolge« von Chad Ewing trotz des Faktors Mark Jessy zu einer sehr häßlichen Angelegenheit entwickeln.

Ungemein häßlich, schloß Templeton, während er im Unterbewußtsein an seiner Brieftasche herumfingerte.

Er schaltete den Computer ein, wählte die E-Mail-Option und begann zu tippen:

T-Bone: Treffen mit Ewings, Hughes, Fettsack, Carlisle und zwei Ihrer Soldaten. Reibungslos. Zu Ihrer letzten E-Mail kann ich nur sagen, daß Ihre Leute schnell und brillant recherchieren (aber das wußte ich ja schon, nicht?). Das größte Plus ist natürlich der Leichenbeschauer, und der größte Risikofaktor ist Dr. Marston. Ich habe eine Idee, wie man ihn umgehen könnte, aber anscheinend haben Sie das ohnehin schon in die Hand genommen. Was den Leichenbeschauer angeht, sieht es so aus, als wäre der Mittwoch der Tag für die Trauerfeier. Aber alles zu seiner Zeit. Die Eltern werden sich morgen die Leiche ansehen, und ich habe eine Führerin besorgt (keine Sorge, sie ist sicher). Sollten wir nicht etwas gegen das Geschreibsel unternehmen?

Und sind diese kleinen, verschlafenen Städte nicht einfach liebenswert?

Templeton markierte die Nachricht als dringend und privat und klickte auf »Senden«. Die Festplatte ratterte kurz, der Cursor wurde vom Apfel zu einem roten, rennenden Stier, der dampfend schnaubte, bevor er sich wieder in einen Pfeil zurückverwandelte. Das Fenster mit der Meldung »Nachricht gesendet« erschien auf dem Bildschirm.

Templeton schnaubte wie der Stier und lächelte über seinen Humor. Nachdem er den Computer abgeschaltet hatte, stand er auf. Er holte Trenchcoat und Handschuhe und warf einen Blick auf die Wanduhr: 21.41 Uhr. Noch Zeit genug für einen Quickie mit Linda, zumal sie ohnehin nicht viel fürs Vorspiel übrig hatte. Er mußte grinsen und spürte die ersten Anzeichen einer Erektion.

23.55 Uhr

Die Tradition des Triumvirats war die älteste und strengste der vielen alten und strengen Traditionen, die die ersten einhundertneunundneunzigeinhalb Jahre der Verbindung Sigma Delta Phi überlebt hatten.

Und sicherlich auch die beängstigendste.

Eine einzige Kerze brannte mitten auf der Marmorplatte einer langen antiken Tafel im Bruderschaftssaal, der am geheimen Ende des Korridors im zweiten Stock des mit Abstand prächtigsten der vielen prächtigen Bauten auf dem berühmten Campus des Simsbury College lag. An der Tafel saßen die drei studentischen Mitglieder des Triumvirats, die alle – zu Ehren der anwesenden Sigma-Geister – in schauerliche schwarze Roben und schwarze Kapuzenmasken gekleidet waren. Die Kerze warf die Schatten ihrer Gestalten an die Wand.

Zu beiden Seiten der drei Männer und an den umgebenden Wänden standen ungefähr drei Dutzend weitere Brüder, die gleichfalls schwarz gewandet waren und gleichfalls riesige Schatten warfen. Einer hielt eine Streitaxt, ein zweiter das Schwert der Tradition. Die anderen standen stocksteif wie überdimensionale Zinnsoldaten, die Arme angelegt.

Vor der Tafel knieten in zwei Reihen die verbliebenen sechzehn Füchse. Erst jetzt, nach Chad Ewings Tod, zeigten die beiden Riegen von jeweils acht Füchsen eine vollkommene Symmetrie. Sie alle trugen eine schwarze Augenbinde und waren darüber gar nicht so unglücklich, weil sie zwar nichts sahen, aber damit auch die Angst in ihren Augen verbergen konnten. Nach drei Wochen einer Hölle, die sie in ihren schlimmsten Alpträumen nicht vorhergesehen hatten, wußte jeder von ihnen, daß sich die Brüder an Angst weideten.

»Füchse«, befahl der Führer des Triumvirats mit einer Stimme, die von der Decke zu dröhnen schien, »nehmt eure Augenbinden ab.«

Die Füchse gehorchten hastig, und als sich ihre Augen an das Tiefseedunkel des Bruderschaftssaales gewöhnt hatten, erblickten sie etwas, was sie nicht überraschte, aber ihr Grauen noch verstärkte.

Das Triumvirat.

Reime.

Befehle.

Zweiunddreißig Hände zitterten im Gleichtakt, während zweiunddreißig Ohren auf eine Strafpredigt warteten.

Oder auf etwas Schlimmeres.

Der Führer des Triumvirats begann zu reimen.

»Ich reim' von Jahrhunderten Tradition,
Von den Herren der alten Generation.

Ich reim' euch von Brand und geschlagener Schlacht,
Von Geschichte und Wissen althergebracht.

Ich reim' von Bekanntem
Und dann von noch mehr.

Ich reim' von dem Weichling, der tot ist und stumm,
Von der Suche nach Schuldigen, sinnlos und dumm.

Ich reim' euch von vielen und ew'gen Gesetzen;
Das unsere heißt: nicht das Schweigen verletzen.

Ich reim' von Befehlen, gehorcht dem Statut.
Nun hört, was wir planen, und merkt es euch gut.

Schweigt still und ihr werdet einst Brüder sein;
Oder redet, dann bleibt Chad nicht lange allein.

»Habt ihr verstanden?« fragte der Führer, nach dem Ende der Reime.

Und die Füchse riefen ihre Antwort, so wie sie es gelernt hatten.

Brüderlich schwören wir auf uns'ren Bund,
Und führt unser Weg auch zum Höllenschlund.

Den Reimen gehorchen wir wie dem Gesetz.
Wenn uns Schwäche auch lockt, wir gehn nicht ins Netz!

Der Führer schien kurz über die Erwiderung nachzusinnen, als hätte er sie noch nie gehört. Dann nickte er. »Brave Jungs. Und jetzt setzt ihr eure Augenbinden wieder auf und verpißt euch, und zwar schnell.«

Die Füchse zogen sich eilig die Binden über die Augen und fielen auf Hände und Knie. Dann verpißten sie sich, und zwar schnell.

0.13 Uhr

Als sie ganz sicher waren, daß die Füchse nach dem letzten Tritt des Fuchsmeisters aus dem Haus verschwunden waren, versammelten sich die zwölf ältesten Sigma-Brüder wieder im Bruderschaftssaal. Sie verschlossen die Tür, zündeten die Kerze wieder an und nahmen ihre griechischen Namen an. Diese hatten sie von dem selten gesehenen Mann erhalten, der die Befehle erteilte und für alles stand, was ihnen heilig war.

Der Mann mit dem großen Boot.

Der Mann, den sie Alpha nannten.

Einige Minuten lang sprachen sie in gedämpftem Tonfall. Dann schüttelten sie einander verstohlen die

Hand, bliesen die Kerze aus und verließen das Zimmer.

Nur die Geister blieben und flüsterten sich im Dunkeln Reime zu.

7. KAPITEL

Montag, 23. Februar

6.05 Uhr
Hoffnungsfroh ging die Sonne über Georgeville in Maine auf, aber die Luft blieb schneidend kalt, und der Eingang zum Leichenschauhaus des St. Elizabeth's Hospital lag in tiefem Schatten.

Er trat allein aus diesem Schatten, schwarz gekleidet, mit einer marineblauen Baseballmütze auf dem Kopf und einer Tasche um die Schulter. Die Tasche enthielt einen Bohrer, eine Taschenlampe und eine Schockpistole, für den Fall, daß ihm ein Hausmeister über den Weg lief, der nichts von seinem unerlaubten Eindringen hielt. Die Tasche enthielt auch Chemikalien, deren Namen er nicht aussprechen konnte.

Seine Anweisungen waren denkbar einfach: Die Leiche reinigen.

Für zehntausend Dollar sagte er da nicht nein.

Er ging sofort an die Arbeit.

Das Schloß war mit dem Bohrer schnell geöffnet, und schon nach ein paar Sekunden stand er am oberen Ende der Treppe, über die man zu den Leichen gelangte.

Er legte den Bohrer zurück in die Tasche und holte die Taschenlampe heraus. Schnell und leise huschte er die Treppe hinunter und suchte nach der verstümmelten Leiche eines gewissen Chad Ewing.

8.22 Uhr

Zwei Stunden später trafen Roy und Carla Ewing im Krankenhaus ein, um ihren toten Sohn zu identifizieren.

Sie wurden von der Krankenhausverwalterin hineingeführt, einer älteren, gnomenhaften Frau namens Meredith Lacroix. Sie schüttelte ihnen lahm die Hand und verkündete, daß Dekan Templeton sie persönlich gebeten hatte, die Ewings in Empfang zu nehmen. Sie faßte die Eheleute sanft an den Armen, und während sie mit ihnen auf die Treppe zum Untergeschoß zusteuerte, sprudelte sie die gleichen sinnlosen Worte des Mitgefühls heraus, die sich die Ewings jetzt schon seit neunzehneinhalb Stunden anhören mußten.

Diesmal achteten Roy und Carla Ewing gar nicht darauf. Carla war in die Erinnerung an einen atemberaubend schönen, blauäugigen kleinen Jungen mit glatter Haut, winzigen Händen und rundem Bäuchlein versunken. Sie dachte an die Bleistiftstriche an der Küchenwand, die Wachstumsschübe festhielten, an selbstgemachten Weihnachtsschmuck und an kleine Hände, die auf rotes Tonpapier nachgezeichnet, ausgeschnitten und am Kühlschrank festgeklebt worden waren. Sie dachte an die erste Verabredung, die erste Liebe und den ersten Liebeskummer ihres Jungen.

Und Roy Ewing war in die Erinnerung an junge Beine versunken, die wild und komisch in die Pedale eines viel zu großen Fahrrads traten, und an dünne Arme, die beherzt einen viel zu großen Baseballschläger schwangen. *Du mußt schauen, wo der Ball hinfliegt, Chad. Du darfst erst loslaufen, wenn er den Schläger trifft!* Er dachte an einen Campingausflug im Sommer an einen Ort, wo die ehrfürchtigen Augen eines Achtjährigen einen Elch erblickten ... an das bedeutungsvolle Klimpern von Autoschlüsseln, die aus seiner Hand in die Hand seines einzigen Sohnes fielen ... und später an die Aufnahmebestätigung aus Simsbury und zur Feier ein gemeinsam geleertes Sixpack Flaschenbier.

Und jetzt beobachteten die trauernden Eltern, wie ihre Erinnerungen farblos wurden, gerannen und zur Größe und Gestalt eines leblosen Körpers unter einem weißen Krankenhauslaken schrumpften. Das Glück der Vergangenheit trug nun ein Zehenschild, aus dem zu ersehen war, daß ihr Sohn eine Nummer war, gestorben einen Monat vor seinem neunzehnten Geburtstag.

Meredith unterbrach ihr Geplapper, um das Laken zurückzuziehen, und dort lag er. Der Kopf war geschwollen und verunstaltet, das Gesicht zerschlagen. Der Hals dick und völlig verkrümmt. Und die Haut schimmerte kränklich blaß.

Aber es war Chad, ihr Chad, und seine atemberaubend schönen blauen Augen waren für immer geschlossen. Roy und Carla Ewing fielen einander wieder in die Arme, und das Schluchzen begann von neuem.

In ihrer Not bemerkten sie nicht, daß Meredith Lacroix leicht entgeistert die Leiche musterte. Anscheinend hatte sie bei der Geschichte über »Tinte« und »Gedichte« irgend etwas verwechselt, denn Chads Körper war ohne Makel.

Ohne jeden Makel.

Zur gleichen Stunde, als sich der Tod in einem Leichenschauhaus erhob, um den Eltern eines toten Sohnes das Herz zu brechen, erhoben sich auch die jungen Männer und Frauen von Simsbury. Sie erhoben sich aus Collegebetten und -sofas, aus bequemen Ecken in Bibliotheken und von schweißtreibenden Geräten im Kraftraum. Sie erhoben sich aus den Blütenträumen ihrer Romanzen und aus der Asche ihres Liebeskummers vom Wochenende.

Die meisten erhoben sich, ohne den Tod zu kennen.

Und ohne zu wissen, wie sie ihm begegnen würden.

Währenddessen erhoben sich, verstreut über Cumberland County, einige wenige bedeutende Menschen, ohne zu wissen, wie sie zu dieser Begegnung beitragen würden.

Und die vielen Männer eines landesweiten Heeres erhoben sich, als sie dazu Lust hatten, denn dank ihrer Gefährten hatten sie die Macht über ihr Schicksal und über jedes Spiel, das sie wagten.

8. KAPITEL

Montag, 23. Februar

Mittag

Die meisten Leute, die in dieser Frage eine Meinung hatten, glaubten, daß die Geschicke des Simsbury College von einer Kombination aus Aufsichtsrat, Ehemaligen, Professoren und einer stets nebulösen »Bildungspolitik« gelenkt wurden. Und in einer völlig unwissenden Welt hätte dies vielleicht auch gestimmt. Aber in Wahrheit – eine Wahrheit, die jeweils nur die aktuellen Studierenden kannten, um sie irgendwo beim Übergang zum Ehemaligen wieder zu vergessen – war es Madame Klatsch, die Göttin der Gerüchte, die das tägliche Wer und Was am Simsbury College beherrschte.

Madame bewegte sich in einem ständigen Fluß, in dem ein kurzes Leben das andere jagte. Aber sie war unsterblich. Sie wurde immer wieder neu geboren – meistens am Montag beim Frühstück. Sie begann als ein schläfriges Flüstern im Morgenwind, sie gähnte aus geteilten Betten und Eckschränken, und ihre rasche Entfaltung ließ sich an der Campusuhr mitverfolgen. Am Montagmorgen war sie groggy und unsicher, aber voller verborgener Energie.

Mit wem hat sie Hoppereiter gespielt?

Mit der ganzen Basketballmannschaft, immer zwei gleichzeitig. Vielleicht sollten wir sie Doppelpack nennen.

Und von da an legte Madame erst richtig los.

Sie sammelte Kraft durch Erwähnung. Sie bat um Gehör und liebte es, sich zu verschenken. Sie reiste in Gruppen und allein, auf Zungen und in Bücherbündeln. Sie besuchte Kurse und holte die Post ab, spielte Pool und telefonierte. Und währenddessen verbreitete sich ihr Evangelium.

Bis zum Mittagessen hatte sie sich jedem Studenten mit weltoffenem Wesen und empfänglichem Händeschütteln vorgestellt. Sie war ein erhitztes Elektron, beliebig, aber zweckgerichtet, das frei über den Campus schwirrte und den Studenten oft in zwei oder drei verschiedenen Formen gleichzeitig erschien wie eine begnadete Hexe und es dem einzelnen überließ, welche ihrer Erscheinungsformen er glauben und weitergeben wollte.

Am Abend war Madame müde und reif fürs Bett. Die wahren Fakten waren nun bekannt, und die Studenten konnten sich den Kopf darüber zerbrechen und sie mit den Erzählungen der undurchschaubaren Madame vergleichen. Die Wahrheit war in der Regel weniger plastisch und attraktiv, und die meisten klammerten sich an Madame wie Schildfische an einen Hai.

Madame konnte mehr zur Gestaltung der vier Jahre eines Studenten in Simsbury beitragen als jeder Professor. Sie entschied, wer von den Mädels eine Schlampe und wer eine Prüde war, wer von den Jungs harmlos und wer eine Kanone war. Der Campus feierte mit ihr, tobte mit ihr und schlief mit ihr. Natürlich fürchteten die Studenten sie auch, aber solange man ihr nicht von der falschen Seite kam, hatte man immer großen Spaß mit ihr.

Als Madame an diesem bitterkalten Morgen den Campus betrat, war sie in Topform, und ihre Neuigkeit schlug ein wie eine Bombe. Ein Sigma-Fuchs – Chad Ewing, so hieß er doch? – hatte sich Sonntag früh zu Tode gestürzt. Madame gab sich an diesem Tag so schrill, daß einige Studenten ihr überhaupt keinen Glauben schenkten und sich lieber mit der plausibleren Behauptung beschäftigten, die Spielführerin des Frauenfußballteams sei praktizierende Bisexuelle.

Doch als die Studenten beim Mittagessen ihre Post abholten, fanden alle in ihren Briefkästen ein gefaltetes weißes Blatt vom Dekan des College, in dem die Tragödie des Wochenendes bestätigt wurde.

An: Alle Studenten
Von: A. Templeton, Dekan des College
Betreff: Chad Ewing

In tiefer Trauer muß ich Ihnen mitteilen, daß einer Ihrer Kommilitonen von uns gegangen ist. Chad Ewing, der aus Glen Ellyn, Illinois, zu uns kam, ist am Sonntag morgen plötzlich verstorben. Chad hat sich letzten Herbst am College eingeschrieben und war seit kurzem Fuchs der Verbindung Sigma Delta Phi. Wir werden ihn sehr vermissen. Die Vorbereitungen für die Beisetzung sind noch nicht abgeschlossen, aber Sigma hat bereits am Mittwoch um 13.00 Uhr eine kurze Gedenkfeier für Chad in der Merriweather Chapel angesetzt. Das Gregory Health Center bietet rund um die Uhr Beratung für Hilfesuchende.

Es stimmte also! Nun quälte die kollektive Neugier der Studentenschaft nur noch eine Frage, die unter die

Oberfläche dieser Wischiwaschi-Verlautbarung dringen wollte.

Was war wirklich passiert?

Am frühen Nachmittag verkündete Madame, Chad Ewing sei bei einem Fuchsritual geopfert worden. Eine Version behauptete gar, er sei vom Dach des Sigma-Hauses geworfen worden. Eine andere wußte zu berichten, er sei aus der Verbindung ausgestoßen worden und in seiner Verzweiflung vom Balkon im ersten Stock gesprungen. Eine weitere meldete, er sei im ersten Stock auf der Treppe eingeschlafen und beim Hinunterrollen zu Tode gekommen.

Was immer die genaue Todesursache war, auf dem Campus brodelte es. Obwohl die meisten Studenten keine Ahnung hatten, wer Chad Ewing eigentlich war, war er schon am Abend der wichtigste Mann im ganzen College.

»Er war einer meiner besten Freunde«, so eine Studentin im zweiten Jahr, die zwei Türen neben seinem Schlafraum wohnte, aber nie ein Wort mit ihm gewechselt hatte.

»Er war bei meiner Einführungstour dabei«, so ein Student im ersten Jahr, der nie eine Einführungstour gemacht hatte.

»Er war in meinem Anthropologiekurs«, so eine Studentin im letzten Jahr, die Chad Ewing nicht einmal dann hätte identifizieren können, wenn er bei seinem Sturz vom Balkon auf ihrem Kopf gelandet wäre.

Und so ging es weiter auf dem kalten, verschneiten Campus des Simsbury College. Endlich gab es etwas, das die Studenten aus dem stumpfsinnigen Trott eines Winters in Maine herausholen konnte.

Madame hatte Hochkonjunktur.

12.30 Uhr
Templeton blickte in die Runde und dachte: *zwei senile Säcke, ein Alibineger, ein Arschloch und eine Schlampe.*

Die Notsitzung des Aufsichtsrats war bestimmt nicht seine Idee gewesen. Ihm kam sie sogar komplett überflüssig vor, eine Verschwendung von Collegegeldern. Soweit es ihn betraf, hatte er die Lage voll unter Kontrolle (und alle gefährlichen Schachfiguren standen da, wo er sie haben wollte). Aber der Vorsitzende des Aufsichtsrats, Henry Davenport, sah das offensichtlich ganz anders und hatte Templeton diese Auffassung bei einem Panikanruf um 9.00 Uhr unmißverständlich mitgeteilt.

»Anson«, hatte er in den Hörer geröhrt, »ich habe gerade die Nachricht bekommen. Wann wollten Sie uns anrufen?«

»Ich war gerade dabei, Hank«, hatte Templeton gelogen. »Ich war den ganzen Morgen mit den Ewings beschäftigt.«

Das hatte Davenports Blutdruck nur leicht gesenkt. »Sie bekommen Ihr Gehalt nicht von den Ewings, Anson. Wenn Studenten plötzlich anfangen, tot umzufallen, dann möchten wir benachrichtigt werden, verstanden? Ich denke, wir sollten uns zum Mittagessen treffen. Heute.«

Und da saßen sie nun – Templeton, Carlisle und vier der zwölf Mitglieder des Aufsichtsrats – um den langen Eichentisch im Konferenzzimmer des Verwaltungsgebäudes bei Hummerbrötchen und redeten beiläufig über den Stand der Kampagne zur Geldbeschaffung bei den Ehemaligen von Simsbury. Eine unglaublich wichtige Angelegenheit.

Templeton gab seinem Brötchen mit einem sauberen Biß den Rest, wischte sich die Hände an der Papierserviette ab und wandte sich zu Carlisle. Der Präsident drehte sein noch unberührtes Brötchen hin und her und war sich anscheinend nicht schlüssig, welches der beiden völlig gleichen Enden appetitlicher aussah. Schließlich stopfte er sich das Ganze einfach in den Mund. Als er zubiß, glitten eine klebrige Masse aus zerkleinertem Hummer und ein Stückchen Tomate aus dem Brötchen und landeten platschend auf dem Tisch. Keiner der Anwesenden bemerkte etwas. Und Carlisle selbst mümmelte, das Kinn mit Mayo und Tomatenresten verschmiert, glücklich vor sich hin.

Als die Teller abgeräumt waren und man den Kaffee serviert hatte, räusperte sich Davenport. »Wollen wir jetzt das Protokoll der letzten Sitzung verlesen?« Über eine fleckenlose, goldgeränderte Lesebrille hinweg wanderte sein Blick prüfend über die Tafel.

Nein, dachte Templeton, der ganz genau wußte, daß eine Protokollbesprechung mit fünf älteren Mitbürgern locker eine Stunde dauern konnte. *Bitte nicht.*

Roosevelt »Rosie« Jefferson, das einzige schwarze Mitglied des Aufsichtsrats, lehnte sich vor. »Stimmen wir ab.«

»Worüber?« fragte Gerald W. Estabrook so laut, daß er es mit seinem Hörgerät wahrnehmen konnte.

»Ob wir das Protokoll verlesen sollen.«

Nun sah sich Lillian Farrington zum Eingreifen genötigt. Lillian war das einzige weibliche Mitglied des Aufsichtsrats und das einzige Mitglied, das nicht in Simsbury studiert hatte. Sie hatte ihre Position irgendwie von ihrem Mann geerbt, nachdem dieser vor zwei Jahren an einem Lungenemphysem gestorben war. Offensichtlich hatte sie nichts aus Samuels Ableben gelernt, denn sie paffte wie wild an einer dünnen braunen Zigarette, die blauen Rauch und einen ekelerregenden Geruch verströmte, und scherte sich nicht im geringsten um das strikte Rauchverbot auf dem gesamten

Campus. Sie hatte keine emotionalen Bande zu Simsbury, und das Vermögen aus Sam Farringtons Papierfabrik brachte ihr mehr Zinsen, als sie je ausgeben konnte. Ihre Apathie war geradezu legendär. Daß sie es überhaupt zu dieser Sitzung geschafft hatte, war ein Schock für Templeton.

»Ich glaube nicht, daß wir das Protokoll verlesen müssen«, krächzte sie. »Oder abstimmen. Schließlich werde ich auch nicht jünger, wenn ich hier herumsitze.«

»Geht mir genauso, Lillian«, stimmte Templeton zu. »Lassen wir das Protokoll.« Mit einem Blick suchte er Unterstützung bei Carlisle. Der Präsident saß schielend am Tisch und stocherte mit einem zusammengedrückten Strohhalm in seinen Zähnen herum.

Davenport nickte. »Schön. Da dies keine reguläre Sitzung ist, können wir auf einige Formalitäten verzichten.« Er legte das Protokoll der letzten Sitzung beiseite und setzte die Brille ab. »Dekan Templeton, ich darf Sie bitten, uns zu erklären, was in aller Welt hier am Wochenende passiert ist und wie die momentane Situation aussieht. Wir haben bisher nur Gerüchte von anderen Ehemaligen gehört. Ich möchte, daß die Fakten auf den Tisch kommen.«

Templeton begann mit seiner geschönten Version von Chad Ewings Sturz. »Ich muß vorausschicken, daß meine Schilderung im wesentlichen darauf beruht, was mir erzählt worden ist. Bisher wissen wir folgendes: Am Samstag abend war eine kleine Party im Sigma-Haus. Nach Aussage von Dave Fairchild, dem Sigma-Präsidenten, waren alle Brüder und Füchse anwesend. Es wurde auch ein wenig Bier getrunken, und Chad Ewing zeigte schon um elf Uhr Zeichen von Trunkenheit.

Einer der Sigma-Brüder, ein Student namens Chris Killian, half Chad die Treppe hinauf und versuchte ihn ins Bett zu bringen, aber Chad reagierte streitlustig, wie er das schon bei anderen Gelegenheiten getan hatte. Mr. Killian brachte Chad schließlich dazu, sich auf eine Couch im ersten Stock zu legen. Nach Aussage von Fairchild hat Chad um Mitternacht tief und fest geschlafen.«

Er nahm einen kleinen Schluck Wasser. »Was zwischen Mitternacht und ungefähr sieben Uhr morgens passiert ist, wissen wir nicht, weil es keine Zeugen gibt. Wir können also nur spekulieren, daß Chad irgendwann am Sonntag morgen aufgewacht ist. Desorientiert – und wahrscheinlich immer noch stark betrunken – kam er dem Balkongeländer zu nahe, verlor das Gleichgewicht und stürzte einen Stock tiefer.«

Templeton machte eine Kunstpause und zuckte die Schultern, wie um anzudeuten, daß das Schicksal bisweilen unerklärlich grausam sein könne. »Er wurde von der Frühstücksköchin gefunden, die den Notdienst verständigte. Als ich eintraf, hatten die Sanitäter bereits lebensrettende Maßnahmen eingeleitet. Der Tod ist gestern am frühen Nachmittag eingetreten. Es wird eine Autopsie vorgenommen, deren Ergebnisse noch nicht vorliegen.«

Langsam nickend ließ Davenport das Gehörte auf sich einwirken. »Was ist mit der Familie des Verstorbenen?«

»Sie sind gestern abend aus Chicago gekommen. Sie sind natürlich mitgenommen, aber …«

»Wo sind die Irvings jetzt?« fragte Farrington.

»Die Ewings. Sie sind drüben im Sigma-Haus und planen die Gedenkfeier, die für Mittwoch angesetzt ist.«

»Der Junge war ein Fuchs?« fragte Jefferson.

»Das ist richtig.«

Lastendes Schweigen. Jefferson warf Davenport einen wissenden Blick zu. »Ich möchte wissen, wer ihm Alkohol gegeben hat. Hat es nicht geheißen, daß die Fuchszeit inzwischen trocken ist?«

»Das ist sie auch«, log Templeton. »Die Sigmas hatten am Samstag abend eine Party, das hatte überhaupt nichts mit irgendwelchen Fuchsaktivitäten zu tun. Und wie ich schon gesagt habe, es wurde Bier getrunken. Es war überhaupt kein Problem für Mr. Ewing ...«

»Sollten wir nicht auch die Möglichkeit in Betracht ziehen, daß die älteren Studenten ihn zum Trinken *gezwungen* haben?« fragte Davenport.

»Gruppendruck«, fügte Jefferson hinzu. »Daran hatte ich auch gerade gedacht.«

Templeton schüttelte den Kopf. »Nach allem, was ich gehört habe, hat Chad häufig zur Flasche gegriffen.«

»Gruppendruck«, wiederholte Jefferson, als hätte er den Begriff soeben erfunden. »Ist es nicht möglich, daß die Sigma-Brüder Mr. Ewing durch Gruppendruck zu seinem leichtsinnigen Verhalten ermuntert haben? Daß sie ihn zum *hemmungslosen Trinken* ermuntert haben?«

»Heutzutage ist Trinken für junge Leute ganz normal«, erklärte Templeton. »Sie trinken sehr viel. Und dazu brauchen sie keine Ermunterung.« Er blickte in die Runde. Die Mitglieder des Aufsichtsrats schienen wenig überzeugt von seinem Argument. Doch darauf war er vorbereitet. Aus dem Augenwinkel sah er Carlisle zum Fenster hinausgaffen. Die Luft war rein.

»Und wir können auch nicht ausschließen, daß es Selbstmord war.«

Die Mißbilligung in Davenports Gesicht wich der Überraschung. »Selbstmord?«

»Leider, Hank. Bei Jungen in diesem Alter, die unter hohem Leistungsdruck stehen, ist das immer eine Möglichkeit. Ich habe mir erlaubt, Ewings Personalakte einzusehen. In diesem Semester schon drei blaue Briefe. In zwei seiner vier Kurse wäre er durchgefallen. Von den Sigma-Brüdern habe ich gehört, daß ihn seine Freundin zu Hause wegen eines anderen sitzengelassen hat. Ich habe auch gehört, daß er sehr viel getrunken hat, auch unter der Woche, und fast immer bis zur Bewußtlosigkeit. Alles in allem würde ich sagen, daß er klassische Anzeichen einer Depression an den Tag gelegt hat.«

Er gab den Aufsichtsratsmitgliedern ein wenig Zeit, um diese neue, schwachsinnige Theorie zu verdauen. »Das Szenario mag zwar ungewöhnlich sein für einen Selbstmord, aber wir werden auch dieser Möglichkeit nachgehen.«

Einige Sekunden lang sprach niemand. Farrington paffte unermüdlich. Jefferson klopfte mit dem Löffel an den Tassenhenkel. Carlisle kämpfte mit der Kaffeesahne.

»Gibt es polizeiliche Ermittlungen?« brüllte Estabrook.

»Nein.«

»O Gott«, fluchte Jefferson.

»Gott sei Dank«, verbesserte Davenport.

»Warum nicht?« fragte Farrington.

»Die Polizei hat die Sache zum Unfall erklärt.« Templeton hoffte, daß sich niemand die Mühe machen würde, das nachzuprüfen. »Und ich habe mit einem Rechtsanwalt gesprochen, der sagt, daß die Schule nicht haftbar ist, weil sie nicht die Besitzerin des Hauses ist, in dem der Unfall passiert ist.« Der Schwachsinn zog nun ungehindert seine Kreise.

»Ach?« entgegnete Davenport herablassend, »ich habe mit *unserem* Anwalt gesprochen, und er teilt diesen Optimismus in keinster Weise. Dieses Haus gehört zwar nicht dem College, aber es liegt mitten auf collegeeigenem Grund.«

»Was sagt der Anwalt von Sigma?« fragte Jefferson.

»Sie stellen sich auf eine Geldbuße ein«, antwortete Templeton. »Vorausgesetzt, äh …« Er suchte nach offiziell klingenden juristischen Phrasen. »Vorausgesetzt, daß der Generalstaatsanwalt einen Antrag stellt, was aber zweifelhaft ist, wenn keine Anklage erhoben wird.

Auf jeden Fall sind die Sigma-Ehemaligen bereit, alle finanziellen Konsequenzen dieses Unfalls zu übernehmen.«

»Und wie steht es mit einem Zivilprozeß?« dröhnte Estabrook, der selbst ehemaliger Rechtsverdreher war.

»Unwahrscheinlich, läßt sich aber noch nicht sagen.«

Dumpfes Schweigen herrschte, als die Anwesenden ungefähre rechtliche Berechnungen anstellten. Dann wandte sich Davenport an Templeton. »Und was ist mit dem College, Anson? Laut *U.S. News & World Report* sind wir in Amerika das College mit dem sechstgrößten Ansehen – wie sollen wir jetzt weitermachen?«

»Nun ...« Templeton wog sorgfältig seine Worte. »Ich würde vorschlagen, wir führen die angemessenen Feierlichkeiten durch, sprechen die angemessenen Worte und wenden uns dann wieder dem zu, was wir am besten können: intelligente junge Männer und Frauen ausbilden. Die Ewings sehen es bestimmt lieber, wenn wir die Sache auf sich beruhen lassen.«

Jefferson nickte skeptisch. »Ich verstehe. Würde Oxford diese Situation auch so handhaben?«

Templeton hielt kurz inne, um seiner Antwort Nachdruck zu verleihen. »Ja, ich bin sicher, Oxford würde diese Situation so handhaben.«

Jefferson nickte noch langsamer. »Das kann ich so nicht akzeptieren.« Er blickte zu Davenport. »Hank?«

»Auf keinen Fall«, pflichtete ihm Davenport bei, obwohl Templeton ein leichtes Zögern in der Stimme des Vorsitzenden zu bemerken glaubte. »Auf keinen Fall. Dekan Templeton, erinnern Sie sich an die Arbeitsgruppe, die wir im letzten April neu organisiert haben?«

Templeton nickte. Er erinnerte sich sehr gut daran. Vor sechs Jahren hatte der Aufsichtsrat unter dem Druck eines politisch korrekten Bildungsumfelds eine Arbeitsgruppe unter der Leitung der Collegeprofessoren eingerichtet, die die Rolle gleichgeschlechtlicher Studentenverbindungen für das Campusleben kritisch untersuchen sollte. Die Initiative hatte durch den unerwarteten Tod von Templetons Vorgänger, Dekan Ackerly, einen herben Rückschlag erlitten. Erst vor knapp einem Jahr hatte der Aufsichtsrat die Arbeitsgruppe wiederbelebt und ihr den Namen »Ackerly-Arbeitsgruppe« gegeben. Überzeugt davon, daß die Arbeitsgruppe im Grunde nur das Ziel verfolgte, alle Verbindungen aufzulösen, war Templetons *eigentlicher* Chef völlig ausgerastet. Templeton hatte die Sache eher kaltgelassen.

Bis jetzt zumindest.

»Es deutet einiges darauf hin«, fuhr Davenport fort, »daß die Ackerly-Arbeitsgruppe empfehlen wird, die griechischen Verbindungen allmählich auslaufen zu lassen.«

»Und warum?« Templeton bemühte sich um einen lockeren Tonfall.

»Mehrere Gründe«, antwortete Jefferson. »Der naheliegendste sind natürlich die destruktiven Krawalle, die es in diesen Häusern oft gibt. Außerdem ist die Arbeitsgruppe zu dem Ergebnis gekommen, daß die gesetzlichen Bestimmungen zu archaischen, nach Geschlechtern getrennten Institutionen mittlerweile sehr streng sind.«

»Die Ehemaligen dieser archaischen, nach Geschlechtern getrennten Institutionen tragen rund fünfundachtzig Prozent zu unseren jährlichen Stiftungsgeldern von zwanzig Millionen Dollar bei«, erklärte Templeton. »Und sechzig Prozent stammt von Sigmas.«

Die erste Reaktion auf diese Eröffnung war Sprachlosigkeit. Dann brüllte Estabrook: »Das kann nicht stimmen.« Er wandte sich an Davenport. »Stimmt das, Hank?«

Davenport zuckte nur schwach mit den Achseln. Er schien sichtlich erschüttert von den Zahlen, die ihm gerade um die Ohren geflogen waren, und auch ein wenig verlegen, weil er so schlecht vorbereitet zu dieser Sitzung gekommen war.

»Das sind fast zwölf Millionen im Jahr allein von Sigma, wenn ich mich nicht täusche«, fügte Templeton hinzu.

»Anson«, sagte Jefferson zugleich väterlich und unbeeindruckt, »manche Dinge sind wichtiger als Geld.«

Bockmist, dachte Templeton.

»Auf jeden Fall«, fuhr Davenport mit einem vorsichtigen Seitenblick zu Jefferson fort, »werden wir uns an die Empfehlung der Arbeitsgruppe halten, auch wenn sie sagt, daß wir die Verbindungen auslaufen lassen sollen. Am Ende des Jahres werden wir uns Angebote von Bildungsberatern ansehen, die auf schwierige Übergangsphasen dieser Art spezialisiert sind.«

Jefferson lehnte sich vor. »Der Punkt ist doch, wenn wir uns schon vorgenommen haben, die Verbindungen kritisch unter die Lupe zu nehmen, können wir diesen Vorfall nicht einfach übersehen. Diesen ›Todesfall‹.«

Er sah Farrington an, deren Nicken durch eine Rauchwolke zu erkennen war.

Davenport richtete sich auf und blickte auf Templeton herab. »Dekan Templeton, ich war schon immer stolz auf unser hauseigenes Rechtssystem. Es paßt genau zum Denken der Menschen, die unser College gegründet haben. Ich schlage deshalb vor, die Ermittlungen zum Tod von Chad Ewing unserem Disziplinarausschuß zu übertragen. Wenn es sich erweist, daß Sigma eine Mitschuld an seinem Tod trägt, wird die Verbindung auf angemessene Weise bestraft.«

»Sie wird aufgelöst«, ereiferte sich Jefferson mit bebenden Lippen. »Und wenn sich herausstellt, daß es mehr war als bloßer Leichtsinn, dann sorge ich persönlich dafür, daß die Polizei antanzt und die Schuldigen verhaftet.«

Beruhig dich, Rosie, dachte Templeton.

»Beruhig dich, Rosie«, sagte Davenport.

»Das werde ich nicht«, sagte Jefferson. »Es ist ja nicht das erste Mal, daß ich Schlechtes über diese Verbindung höre. Waren die nicht auch an dieser ... Sexgeschichte vor ein paar Jahren beteiligt?«

Er wartete auf eine Äußerung Davenports, der plötzlich ein wenig betreten aussah. *Er hat den Überblick verloren,* dachte Templeton. *Jefferson stiehlt ihm die Schau.*

Als niemand auf Jeffersons Frage einging, beantwortete er sie selbst. »Natürlich waren sie es. Und jetzt sind sie es wieder. Es ist höchste Zeit, daß wir der Verbindung Sigma Delta Phi genauer auf die Finger schauen.«

»Werden Sie die Ergebnisse des Disziplinarausschusses akzeptieren?« fragte Templeton.

»Selbstverständlich«, schaltete sich Davenport wieder ein, während die anderen drei Mitglieder des Aufsichtsrates nickten. »Wir haben großes Vertrauen in dieses System. Sorgen Sie dafür, daß die Sache schnell und sauber über die Bühne geht.«

Wieder folgte nickende Bestätigung. Ein Antrag wurde gestellt, und der Vorschlag einstimmig angenommen. Chad Ewings Tod würde vom Disziplinarausschuß des Simsbury College untersucht werden.

Templeton unterdrückte ein Lächeln, als er sich zurücklehnte. Zum vierten Mal innerhalb von zwei Tagen mußte er an Mark Jessy denken.

9. KAPITEL

Montag, 23. Februar

14.36 Uhr
An Tagen wie diesem, wenn der Febuarwind gnadenlos über den schneebedeckten Campus heulte, fragte sich Mark Jessy, was ihn ausgerechnet ans Simsbury College getrieben hatte. Man hatte ihm Voll- oder Teilstipendien für sechs Schulen angeboten, die allesamt mit ständigem Sonnenschein und braungebrannten Schönheiten gesegnet waren. Wie hatte es ihn da nach Sibirien verschlagen können? Er dachte öfter über diese Frage nach, hatte aber noch keine Antwort darauf gefunden.

Er war unterwegs zu seinem Kurs und bewegte sich zügig, um sich keine Frostbeulen zu holen. Eine nackte, halb abgefrorene Hand war um ein zerfleddertes Notizbuch geklammert, die andere hielt die rasch schwindende Wärme eines Roastbeefbrötchens. Er fluchte und träumte von den Frühjahrsferien, während er seinen Körper – eins fünfundachtzig und achtundsiebzig Kilo nach der Lacrossetabelle dieses Jahres – vorsichtig über die eisige Tundra manövrierte.

Er trug die Standarduniform des Simsbury College, das heißt ein absichtlich zwangloses Outfit, mit dem er sich zwischen den von reichen alten Herren gestifteten Riesenbauten als bescheidener Habenichts präsentieren konnte. Nur daß er *wirklich* ein Habenichts war und sich nicht verkleiden mußte. Das Fischblut und Dieselöl an seinen braunen, abgelaufenen Springerstiefeln war echt. Seine lose hängende, zerschlissene Levi's war nicht mit gezielten Scherenschnitten, sondern vom Abrutschen des Filetmessers und von der Zeit aufgeschlitzt worden. Das graue Thermounterhemd und das rote

Flanellhemd, die über die Jeans hingen, sollten nicht seine Coolheit und Unabhängigkeit von der Mode zum Ausdruck bringen, sondern einen gigantischen Riß im Hosenboden verdecken, der jedem gemeinen Rückenwind freien Durchzug gestattete. Und auch seine schwere Jagdjacke hatte er schon auf einem wirklichen Jagdausflug getragen.

Abgerundet wurde Marks Freizeitlook durch eine Baseballmütze, die er tief über dem schwarzen Haar seines Vaters und den grünen Augen seiner Mutter ins Gesicht gezogen hatte. Die früher weiße Kappe hatte jetzt die schmutzige Farbe von Goldmakrelenblut und zeigte die Zeichnung einer nackten Frau. Der grüne Umriß stellte einen außerordentlichen Körperbau dar – »Die würde ich mir vornehmen«, flachsten Marks Freunde gern –, aber Brust und Geschlecht waren von den Worten »De-baitable Babe« bedeckt. Eine überdimensionale rote Lippe war durchbohrt von einem Fischhaken an einer neongelben Angelschnur, die sich in Wirbeln und Schlingen zu folgendem Motto kräuselte: »Fang Fische, fang dir einen Kuß, aber fang dir nicht den Tripper!« Die Mütze stammte von dem Fischerboot, auf dem er im Sommer arbeitete.

Im Augenblick waren der Glanz und die guten Zeiten des Sommers Lichtjahre entfernt. Die Luft war kälter als der Bauch einer Winterflunder, und der ganze Campus schien gefangen vom Tod eines Sigma-Fuchses namens Chad Ewing.

Mark hatte all die haarsträubenden Geschichten gehört, aber nichts davon geglaubt. Er selbst war auf der Sigma-Party am Samstag mitten im Getümmel gewesen, und es war dort nicht entfesselter zugegangen als üblich. *Aber*, gestand er sich ein, *woher will ich das so genau wissen? Ich war doch total breit.*

Aber er würde bald herausfinden, was passiert war.

Er war schließlich selbst ehemaliges Sigma-Mitglied und hatte immer noch viele Freunde in der Verbindung. Drei davon – Dave Fairchild, Ran Robinson und A. J. Dominic – sah er im nächsten Kurs. Von ihnen würde er alle Einzelheiten erfahren.

»Pardon«, rief eine eindringliche weibliche Stimme hinter ihm. Er blieb stehen und drehte sich um. Drei Frauen – eine klein und rund, die anderen zwei groß und mager – näherten sich ihm mit unverkennbarer Entschlossenheit.

»Hi«, sagte Mark. Er versuchte sich an ihre Namen zu erinnern. Vergeblich. Er kannte sie nicht.

Sie blieben in gehörigem Abstand stehen und bildeten ein menschliches Sandwich. Die Stämmige wurde von den beiden Schlaksigen flankiert, auf deren zartfarbenen Rucksäcken schrille Aufkleber mit Schriftzügen prangten. *Mein Bauch gehört mir* stand auf dem einen, *Tote Männer schänden nicht* auf dem anderen. Mit verschränkten Armen und vorgeschobener Hüfte standen sie da, ein militantes Trio, das nichts als Verachtung für ihn übrig hatte.

»Wir mögen deine Mütze nicht«, sagte die Kleine.

Mark sah sie überrascht an und lächelte. »Ach wirklich?«

»Ja, wirklich.«

»Okay …« sagte Mark zögernd.

Die Kleine, offensichtlich der General dieser Miliz, machte einen Schritt nach vorn. »Die Aufschrift fordert dazu auf, attraktive Frauen zu ködern und als Trophäen zu fangen. Das finden wir extrem beleidigend.« Sie unterstrich ihren Satz mit einem heftigen Nicken.

Mark starrte die drei an. »Moment mal, damit ich das auf die Reihe kriege. An so einem kalten Tag seid ihr mir gefolgt und habt mich aufgehalten, nur um mir zu sagen, daß euch meine Mütze nicht paßt?«

»Du hast es erfaßt.«

Er lachte. »Ich glaube, ihr braucht ein Hobby.«

»Das ist kein Witz«, sagte eine der beiden großen Frauen und trat vor. »Was du da auf dem Kopf hast, ist eine direkte Bedrohung für Frauen. Und außerdem verharmlost der Spruch Geschlechtskrankheiten.«

»Es ist nur eine Mütze!« Marks Stimme wurde lauter.

»Wenn du sie trägst, ist es eine Botschaft.«

Mark nickte beherrscht und riß einen Bissen aus seinem Sandwich. »Ihr seid doch bestimmt auch vegetarisch, oder?« schmatzte er laut durch die Scheiben tote Kuh in seinem Mund.

»Du bist ein Schwein«, fauchte der General. »Aber das war uns ja schon vorher klar.« Die Frauen nickten. »Du bist doch Mark Jessy, oder?«

Mark schluckte den Rest hinunter und blinzelte. »Jetzt versteh ich«, sagte er langsam. »Ihr seid von der SWA.«

»Für dich immer noch die Simsbury Women's Association.«

»Ach so. Bei eurem sonnigen Gemüt hätte ich mir das eigentlich gleich denken können.«

Die Frauen starrten ihn nur verkniffen und haßerfüllt an.

Mark seufzte. »Also gut. Es ist ja nur eine Mütze. Ich wollte niemanden damit beleidigen. Wenn sie euch so sehr stört, nehme ich sie ab und trage sie nie wieder.« Er zog die Mütze vom Kopf und stopfte sie in die Hintertasche. »Okay? Und dann vergessen wir das Ganze.«

»Das kannst du dem Richter erzählen, du Scheißkerl«, zischte der General. »Marcia, Caitlin. Wir gehen.« Sie entfernte sich, und ihre beiden Mitstreiterinnen folgten ihr. Aber schon nach wenigen Schritten drehte sie sich um und knurrte ihm noch eine letzte Warnung zu.

»Wir haben dich im Auge, Mark Jessy. Wir behalten dich immer im Auge. Denk daran.«

Von seiner Eisscholle aus beobachtete er die drei Frauen, die zur nächsten Schlacht davonstürmten. Dann setzte er kopfschüttelnd den Weg zu seinem Kurs fort.

14.48 Uhr

Einer alten Tradition folgend machten die Aufsichtsratsmitglieder Davenport und Jefferson auf dem Rückweg nach Boston Halt in ihrem Lieblingsrestaurant in Freeport, um Martinis und Krabbencocktails zu sich zu nehmen. Beim ersten Martini ließen sie Anekdoten über ihre Enkel vom Stapel, während der zuvorkommende Barkeeper Krabben schälte und sie exakt auf einer verzierten Glasplatte anrichtete. Dann nippten sie die zweite Runde, kauten bedächtig und tauschten Gedanken zum Tod von Chad Ewing aus.

»Ich habe schon lange befürchtet, daß es einmal so weit kommt«, klagte Davenport gegen Ende seines zweiten Martinis, ohne einen Gedanken an die noch vor ihm liegende zweistündige Fahrt nach Weston zu verschwenden. »Die jungen Leute heutzutage sind einfach so schrecklich leichtsinnig.«

Jefferson hatte sich bei seiner beispiellosen Tirade während der Sitzung vollkommen verausgabt und starrte einfach nur wortlos in sein Martiniglas.

»Und weißt du was«, fügte Davenport hinzu. »Vom Zeitpunkt her hätte das gar nicht schlimmer kommen können. Unsere Geldbeschaffungskampagne läuft auf Hochtouren, und die Highschoolabgänger stehen vor der Entscheidung, wo sie die nächsten vier Jahre studieren wollen. Von den juristischen Folgen ganz zu schweigen. Dieser Todesfall ist äußerst explosiv.«

Er schüttelte den Kopf. »Gott sei Dank führt die Polizei keine Ermittlungen. Und Gott sei Dank haben wir Templeton, der sich darum kümmert.«

Jefferson leckte sich übers Zahnfleisch. »Glaubst du, er kriegt die Sache in den Griff?«

Davenport blickte zu ihm auf. »Er ist ein waschechter Oxforder. Natürlich kriegt er die Sache in den Griff.«

14.58 Uhr

Als Mark im Palmer Building ankam, hatte er das Gefühl, als fehlten nur noch Sekunden, bis ihm die Haut in gefrorenen Fetzen vom Gesicht fiel. Die Auseinandersetzung mit den Frauen der SWA hatte seinen Aufenthalt im Freien verlängert, und nun fühlte er die Kälte in allen Gliedern. Freundliche Wärme empfing ihn, als er die Treppe zum ersten Stock hinaufschlurfte.

Der Lesesaal war fast leer. Ausnahmsweise war er einmal zu früh dran – so früh, daß er sogar versucht war, wieder hinunter ins Foyer zu gehen oder den Kurs sogar ganz sausen zu lassen. Der Gedanke an einen langen winterlichen Nachmittagsschlaf mit der warm über seinen Beinen liegenden Casey war sehr verlockend. Er ließ sich die Sache durch den Kopf gehen, während er an seinem Sandwich knabberte.

Nein, er wollte lieber hierbleiben. An einem Tag wie diesem wieder zu seinem Apartment zurückzutrotten würde ihn eine riesige Anstrengung kosten, und dann müßte er wegen der Sitzung des Disziplinarausschusses um fünf wieder hinaus auf den Campus. Außerdem war die Veranstaltung am Montag und Mittwoch um 15.00 Uhr sein Lieblingskurs. Einführung in die Gesundheitswissenschaft von Professor Linda Regis. Der Kurs galt als leicht, das heißt, man konnte häufig fehlen und ihn dennoch bestehen. An einer hervorragenden und anspruchsvollen Bildungseinrichtung wie dem Simsbury College waren solche Kurse selten, aber sehr gesucht, vor allem bei männlichen Athleten mit einer Vorliebe für Multiple-choice-Prüfungen. Das hohe Testosteronaufkommen in diesem Kurs war allerdings nicht ausschließlich auf die geringe Arbeitsbelastung zurückzuführen. Die Hauptattraktion der Einführung in die Gesundheitswissenschaft war Professor Linda Regis samt all ihren wunderbaren körperlichen Attributen.

Und heute, stellte Mark mit ein wenig gedämpfter Bewunderung fest – immerhin war er in der letzten halben Stunde als Schwein und als Scheißkerl beschimpft worden –, sah Professor Regis ziemlich gut aus, während sie am Lesepult herumhantierte. Die schwarze Stretchhose und der enge grüne Pullover machten aus ihrer Figur kein Geheimnis. Professor Regis war nicht häßlich, wie Ran Robinson sagen würde.

Mark überließ sich der Situation und suchte sich einen Platz in der hintersten Reihe. Dort aß er sein Sandwich auf und schwelgte in der wohligen Wärme, die von der voll aufgedrehten Saalheizung und den geschmeidigen Bewegungen von Professor Regis ausstrahlte. Er beobachtete sie, wie sie hin und her ging, Papiere ordnete und die Overheadprojektoren einstellte. Einmal stand sie über einem beleuchteten Projektor, und Mark konnte ein glückliches Lächeln auf ihren Lippen erkennen, und gerötete Wangen, die selbst dem blassen Schein der Glühbirne widerstanden. Er fragte sich beiläufig, ob sie verliebt war. Und dann, wer der Glückliche war.

»Wo schaust du hin, Indianerjunge?«

Für den Bruchteil einer Sekunde erstarrte Mark bei der Erwähnung seiner indianischen Abstammung, doch er entspannte sich sofort, als er Dave Fairchild erblickte, der ihn mit seinem angeschlagenen Zahn verschmitzt angrinste und auf den nächsten Stuhl glitt. Neben Fairchild ließ sich Ran Robinson nieder, der ebenfalls schmunzelte.

»Wir haben dich ertappt, Jessy. Alter Perversling.«

Mark zeigte ein breites Lächeln, um einen Anflug von Verlegenheit zu überspielen. »Hi, Kumpels. Ich genieße nur die Aussicht.«

Ran verrenkte sich den Hals, um besser sehen zu können. »Wirklich toll, diese Aussicht. Sie ist nicht häßlich.«

Ran und Fairchild waren Marks beste Freunde seit dem gemeinsamen Sigma-Zeiten. Im ersten Studienjahr waren sie zusammen Füchse gewesen und im zweiten Jahr hatten sie zusammengewohnt. Wegen der Affäre mit Angela McSheffrey waren sie voneinander getrennt worden, aber sie hatten seither schon öfter auf ewige Freundschaft getrunken und all das.

In letzter Zeit hatten sie einander kaum zu Gesicht bekommen. Die beiden Sigmas hatten alle Hände voll damit zu tun, die Füchse auf Vordermann zu bringen, und Mark war mit seiner Rolle als Kapitän des Lacrosseteams beschäftigt. Aber am Samstag auf der Party hatten sie es krachen lassen wie in alten Zeiten.

Fairchild war wie Mark Sportler, aber damit waren die Ähnlichkeiten zwischen den beiden auch schon erschöpft. Fairchild war nämlich auch ein brillanter Student, dessen glänzende Prüfungsergebnisse Stümper wie Mark völlig deklassierten. Er versäumte nie einen Kurs und nie ein Training, er erfüllte stets seine hohen Erwartungen an sich selbst, und er ließ keine Gelegenheit verstreichen, die Welt zu verbessern. Neben ihm sahen alle anderen schlecht aus. Er schien sich seiner vielen Fähigkeiten überhaupt nicht bewußt. Das machte ihn erträglich. Und er schien geradezu stolz auf seine wenigen Fehler – daß sein Zahn eine kleine Macke hatte, daß er überhaupt kein Talent zum Tanzen hatte. Das machte ihn liebenswert.

Auf dem Campus herrschte die allgemeine Überzeugung, daß Fairchild jede Studentin haben konnte. Es herrschte auch die allgemeine Überzeugung, daß Fairchild bekloppt sein mußte, denn er ließ sich nur selten auf einen Flirt mit seinen weiblichen Fans ein, von sexuellen Beziehungen ganz zu schweigen. Gelegentlich brachte er eine Frau nach Hause, und in den folgenden zwei Wochen schwebte die Glückliche wie in Trance über den Campus. *Dave Fairchild hatte sie geküßt! Dave Fairchild hatte sie sanft und respektvoll befummelt! Dave Fairchild hatte sie sogar am nächsten Tag angerufen und sich zu einem Joghurt und einem Plausch mit ihr im Ort getroffen! Und wann kam sein nächster Anruf?* Aber Fairchild war sorgfältig darauf bedacht, sich nicht emotional zu binden. Und obwohl einige Zyniker insgeheim die Vermutung hegten, Fairchild habe Angst vor Frauen und sei vielleicht noch unschuldig, glaubte Mark, daß sich der Sigma-Superstar an einen höheren Ehren- und Verhaltenskodex gebunden fühlte als andere zweiundzwanzigjährige Männer und weder die Zeit noch das Gewissen für ein Bettverhältnis hatte, das mit der Abschlußfeier enden würde.

Michael »Ran« Robinson war der einzige Nichtsportler der Sigma-Verbindung, und so gab es eigentlich keine vernünftige Erklärung für seinen Kindheitsspitznamen, den er mit ans Simsbury College gebracht hatte. Seine Spezialität waren »Trinkspiele«, die er Nacht für Nacht erfand und durchstand. Er war ungefähr eins achtundsiebzig und leicht übergewichtig, und seine dürren Beine hatten einen faßförmigen Rumpf zu tragen. Er hatte einen dichten braunen Haarschopf und ein jungenhaftes Gesicht, und sein Lächeln mündete in zwei phantastische Grübchen unter braunen Augen. Er war höflich, sympathisch und ein wenig naiv, besaß aber einen spitzbübischen Humor. Er stand im Mittelpunkt der meisten Partyspektakel.

Auf den Sitz neben Ran senkte sich nun die massige Gestalt von A. J. Dominic. Mark nickte ihm zu, und der Footballspieler erwiderte den Gruß mürrisch.

Mark bezeichnete Dominic als engen Freund, aber in Wirklichkeit war die Beziehung zwischen beiden gespannt. Seit dem Fiasko mit Angela McSheffrey war Dominic auf Distanz zu Mark gegangen. Das brach Mark nicht das Herz, aber es beunruhigte ihn, denn Dominic war gut zu seinen Freunden, aber schrecklich zu seinen Feinden. Mark war sich nicht sicher, zu welcher Gruppe er gehörte.

Dominic galt bei vielen als Blödmann, aber wer ihn kannte, wußte es besser. Was ihm an natürlicher Intelligenz fehlte, glich er mit dämonischem Arbeitseifer wieder aus. Seit Studienbeginn stand er ununterbrochen auf der Dekansliste, und in Simsbury war das keine Kleinigkeit. Außerdem war er der einzige Lichtblick in einem erbärmlichen Footballteam und hatte einmal sogar ein ganzes Spiel mit einem aus dem Finger ragenden Knochen durchgehalten.

Mark vermutete, daß Dominics Disziplin und Motivation etwas mit den vier Jahren zu tun hatten, die er nach der Highschool beim Marine Corps verbracht hatte und in deren Verlauf er auch an mehreren »Friedensmissionen« im Nahen Osten teilgenommen hatte. Der Dienst fürs Vaterland hatte seine Einschreibung in Simsbury verzögert, und niemand wußte genau, wie alt er war. Allgemein wurde er auf Mitte Zwanzig geschätzt. Angeblich hatte er sogar einen feindlichen Soldaten getötet – »einen beschissenen arabischen Handtuchkopf«, wie er es ausdrückte –, so daß die Welt von Simsbury den Exsoldaten mit einer Mischung aus Verachtung, Angst und Hochachtung betrachtete.

Obwohl sich Dominics Kampfmöglichkeiten auf die Sigma-Bar und die Kneipen der näheren Umgebung beschränkten, hatte es der Collegekoloß dennoch geschafft, seit September zwei verschiedene Feinde bis aufs Blut zu befehden. Der eine war ein Junghippie, der beim Anzünden einer Zigarette einem aktiven Footballspieler zu nahe kam, der andere war ein Navy-Pilot aus der Gegend, der kurzerhand eine Sigma-Party gesprengt hatte und dabei dem falschen Marine in die Quere gekommen war. Beide hatten eine umfassende kosmetische Gesichtsbehandlung erhalten – mit besten Empfehlungen von Anthony James Dominic, einem zum Töten mit bloßen Händen ausgebildeten Collegestudenten.

Obwohl er seine Bestrafungen nicht gerade sparsam verteilte, war er selbst noch nie bestraft worden. Mark fragte sich oft, wer in der Verwaltung die Hand über Dominic hielt, und wünschte sich manchmal auch so einen Schutzengel, denn der hätte ihm viele Schwierigkeiten ersparen können.

Während Dominic in die Betrachtung seiner enormen Bizepsmuskeln versunken war, wandte sich Mark mit der vorherrschenden Frage des Tages an Fairchild. »Hey, was ist passiert?«

»Wann?«

Mark wußte, daß Fairchild, der Summa-cum-laude-Kandidat und zukünftige König der Welt, nicht so blöd war. »Was meinst du mit ›wann‹? Gestern morgen natürlich.«

Dominic riß sich von seinem göttlichen Körperbau los, um die Frage zu beantworten. »Ist runtergefallen, der Junge«, knurrte er und lehnte sich zurück.

Bevor Mark nach dem Wie oder Warum fragen konnte, begann Professor Regis mit den Vorbereitungen für ihre Vorlesung über Nahrungsmittelzusätze. Die Einzelheiten von Chad Ewings historischem Sturz mußten erst einmal warten.

Mark, Fairchild, Ran und Dominic machten es sich auf ihren Plätzen bequem und beobachteten in den nächsten neunzig Minuten fasziniert den wackelnden Hintern von Professor Regis.

16.15 Uhr

Templeton sah flüchtig seine Post durch und legte die wichtigen Sendungen ab, während der Rest im Müll landete. Dann informierte er seine Sekretärin über die Sprechanlage, daß er an diesem Nachmittag keine Gespräche mehr entgegennehme, und sie möge sie bitte auf Voice-Mail umleiten.

Er stieß sich im Stuhl vom Schreibtisch zurück, drehte sich und spähte durch die Jalousien hinaus auf den dunkel werdenden Campus. Einen Moment lang sah er zu, wie sich die Studenten eifrig einen Weg über den Campus bahnten, und ein erhebendes Gefühl seiner Bedeutung überkam ihn.

Er ließ die Jalousie nach unten klappen und drehte sich wieder zurück. Zurückgelehnt in seinen Stuhl, dachte er noch einmal an das Treffen mit dem Aufsichtsrat.

Es wollte ihm nicht in den Kopf, daß sie es wirklich ernst meinten mit der »Ackerly-Arbeitsgruppe«. Die Verbindungen »allmählich auslaufen« zu lassen wäre ein Akt monumentaler Idiotie. Der Aufsichtsrat würde sich keinen Gefallen tun, wenn er es sich mit dieser reichlich sprudelnden Geldquelle verdarb und sich noch dazu den Zorn einer Gruppe von Ehemaligen zuzog, die Widerspruch nicht leiden konnte.

Ihm persönlich war es völlig egal, wie lange sich die griechischen Verbindungen in Simsbury halten konnten, wenn sie nur so lange blieben, daß er das erreichte, was er erreichen wollte.

Oder bis Judiths Mutter starb und ihr Testament

verlesen wurde – die Reihenfolge war ihm gleichgültig.

Der Gedanke an Geld erinnerte ihn daran, daß er heute noch etwas zu erledigen hatte. Er fischte einen Notizblock aus seinem Schreibtisch und riß ein Blatt ab. Darauf schrieb er die Namen von drei Studenten. Unter zwei Namen notierte er in einigen Worten, was er über sie wußte und woran er sich in ihrem Zusammenhang erinnerte.

Unter den dritten Namen schrieb er gar nichts, denn alles, was er über diesen Studenten wissen mußte, lag sicher auf einem Auslandskonto und brachte Zinsen.

16.45 Uhr

Nach dem Kurs wanderten Mark und die drei Sigmas zusammen zurück über den dämmerigen Campus. Leichter, staubiger Schneefall hatte eingesetzt und bereicherte den Weg über den Campus um ein neues, kniffliges Element. Der Boden wurde noch rutschiger, als die Schneekörner auf den vereisten Boden fielen, und Mark, Fairchild und Ran gackerten, während sie um ihr Gleichgewicht kämpften. Dominic war über dieses Gekicher natürlich erhaben und marschierte ein wenig vor den anderen.

Sie bogen in einen der vielen verschlungenen gepflasterten Wege ein, die den Campus durchquerten. Sie schwärmten aus und nahmen die volle Breite des Wegs ein. Lässig schlenderten sie dahin in dem Bewußtsein, daß niemand an ihnen vorbeikonnte und es auch niemand probieren würde.

Mark warf einen raschen Blick auf die riesige Kirchturmuhr der Merriweather Chapel. Da er keine Armbanduhr trug, lebte und starb er nach dieser Uhr. Zehn vor fünf. Die Sitzung des Disziplinarausschusses begann in zehn Minuten. Er wettete einen Hunderter darauf, daß er wußte, worum es bei dieser Sitzung gehen würde.

»Na«, begann er wie zufällig, um das Thema Chad Ewing anzuschneiden. »Heißes Wochenende, was?«

Fairchild nickte und gab einen undefinierbaren Laut von sich. Ran sagte nichts. Dominic hielt den Blick fest auf das weißer werdende Pflaster gerichtet.

Und damit hatte sich die Sache.

Mark überlegte, ob er ihnen von der bevorstehenden Sitzung des Disziplinarausschusses erzählen sollte. Er wettete *zwei* Hunderter, daß sie sich dafür interessieren würden. Aber er brachte das Gespräch lieber auf die Frühjahrsferien und die näher rückende zweiwöchige Party, die sie vorhatten. Auf dem Plan stand ein Trip nach South Padre Island vor der Küste von Texas, und der Countdown bis zur Abreise hatte bereits begonnen.

South Padre war ein besseres Thema an diesem bitterkalten Tag, und in der kalten Luft von Maine redeten die vier Studenten eine Viertelstunde lang angeregt über die warme Sonne von Texas.

17.05 Uhr

Der Freshman stand im wirbelnden Schnee und sah, wie sich der ältere Student von seinen drei Freunden trennte und über den Campus trabte.

Und während er ihn beobachtete, flirtete sein Verstand mit einer Idee, die so grotesk war, daß er die Augen schloß und sie aus seinem Kopf verscheuchen wollte.

Aber sie ließ sich nicht verscheuchen.

Langsam öffnete er die Augen wieder und blickte dem Älteren nach, der mit den Hacken seiner Stiefel Schnee hochschleuderte. Nachdem er ihn im Schneegestöber verloren hatte, wandte er sich um und eilte fast gegen seinen Willen zur Bibliothek.

Dort fand er etwas bestätigt, was er kürzlich zufällig gehört hatte.

Und erfuhr noch viel mehr.

10. KAPITEL

Montag, 23. Februar

17.12 Uhr

Im Verwaltungsbau stieg er mit dem gleichgültigen Gehabe eines zweiundzwanzigjährigen Sportlers, der lieber woanders wäre, die zwei Stockwerke hoch. Er pfiff das Lied, mit dem er am Morgen aufgewacht war, und rieb sich mit den Knöcheln über seine jüngste Lacrosseverletzung. Seine Gedanken wanderten zu dem Vorfall mit Angela McSheffrey vor zwei Jahren. Er wußte noch, wie er sich gefühlt hatte, als er in einem Rahmen, den er kaum ertragen konnte, Vorwürfe zugab, die er kaum ermessen konnte.

Ein Rahmen, für den er jetzt eine unfreiwillige Stütze war.

Als er den Konferenzraum betrat, saßen die anderen drei schon an dem langen Eichentisch. Der Dekan blickte auf, als Mark hereinkam. »Soso, Mr. Jessy«, spottete er mit einem Blick auf seine funkelnde Rolex. »Nur zehn Minuten zu spät. Sie werden sich doch nicht im Alter zur Pünktlichkeit bekehren?«

»Tut mir leid, daß ich zu spät komme.«

»Davon bin ich überzeugt.«

»Nein, ehrlich. Es ärgert mich selbst, wenn ich immer zu spät komme.«

»Ja, das sehe ich. Nehmen Sie Platz.«

Mark schälte sich aus seiner Jacke und setzte sich.

Während er es sich bequem machte, bemerkte er, daß Simon Schwitters ihn anstarrte, als hätte er bei einer Kundgebung für die Rechte von Minderheiten eine rassistische Schmähung ausgestoßen. Vor einem Jahr hätte er sich bei einem solchen Blick vielleicht noch gefragt, ob er den ein Jahr jüngeren Leistungsschwimmer irgendwie beleidigt hatte, doch inzwischen wußte er, daß der Ausdruck vollkommener Mißbilligung bei Schwitters nichts Besonderes war.

Wie die meisten Studenten, die vor der Aufnahme in Simsbury eine Vorbereitungsschule besucht hatten, gab sich Schwitters nicht nur ernst, sondern geradezu streng. Am deutlichsten zeigte sich das in seiner Erscheinung, die sich am besten als »lässiger Wall-Street-Look« beschreiben ließ. Heute zum Beispiel trug er ein blütenweißes Hemd unter einem Tweedblazer, der farblich genau zu dem vor ihm liegenden ledergebundenen Anwaltsblock paßte. Unter der bläßlich hohen Stirn saß eine Designerbrille auf seiner spitzen Nase.

Wie immer legte Schwitters' angespannte Haltung nahe, daß er sich inmitten einer unerbittlich vorgezeichneten Lebenskarriere befand und nicht nur für vier Jahre Station in einer niedlichen kleinen Schule im nördlichen New England machte. Wie immer stellte er am Jackettaufschlag voller Stolz eine Zeta-Rho-Nadel zur Schau. Und wie immer dauerte sein geringschätziger Blick für Mark ungefähr doppelt so lang wie bei anderen.

Es mußte doch etwas Persönliches sein.

In einem für ihn untypischen Anfall von Arroganz hatte sich Mark einmal gesagt, daß es Eifersucht war, und hatte bei dem Gedanken einen Lachkrampf bekommen, denn wieso sollte ihn jemand um seine Situation beneiden (aber eigentlich kannte ja niemand seine Situation so genau)? Doch mit der Zeit hatte er sich für die Neidtheorie entschieden, denn außer instinktiver Abneigung machte keine andere Erklärung Sinn. Vielleicht mißgönnte Schwitters Mark seine coolen Freunde, oder es paßte ihm nicht, daß Mark eine Sportart spielte, bei der es einen echten Ball, eine Ergebnistafel und Fans gab. Oder vielleicht war er sauer, weil er alle Hebel in Gang setzen mußte, um in den Disziplinarausschuß zu kommen, während Mark sein Posten einfach in den Schoß gefallen war.

Wie auch immer.

Lächelnd zwinkerte Mark der säuerlichen Visage von Schwitters zu und wandte sich nach rechts.

Auf halber Strecke zwischen Mark und dem Dekan saß Shawn Jakes, die wie Mark im vierten Studienjahr war. Shawn war eine der wenigen echten Blondinen auf dem Campus, mit Augen, die selbst auf Schwarzweißbildern noch blau aussahen. Mit ihrer Figur hätte sie sich ohne weiteres auf der Titelseite eines jener Bademodenmagazine sehen lassen können, die sie so sehr verachtete. Sie war ganz einfach die bestaussehende Frau am Simsbury College. Und heute war sie für Mark schöner als je zuvor, vielleicht weil er wußte, daß er bei ihr in Ungnade gefallen war. Sie hatte seine Ankunft noch nicht zur Kenntnis genommen und würde es wahrscheinlich auch nicht tun.

Er vermutete, daß Shawns Gegenwart etwas mehr Leben in die Sitzung bringen würde. Als vehemente Gegenerin von Verbindungen und vor allem von Sigma hatte sie zum Tod eines Fuchses bestimmt einiges zu sagen.

Das überhebliche britische Näseln des Dekans durchbrach die Stille. Die erste offizielle Sitzung des Disziplinarausschusses in diesem Jahr war eröffnet.

»Bestimmt haben Sie alle nur erdenklichen Horrorgeschichten über die Ereignisse des vergangenen Wochenendes gehört«, begann Templeton, »aber Sie sind sich wahrscheinlich nicht sicher, wie Sie zwischen Dichtung und Wahrheit unterscheiden sollen. Deshalb werde ich Ihnen ein paar Anhaltspunkte geben.« Er nahm die Brille ab und legte sie sorgfältig auf den Tisch. »Am Sonntag morgen ist ein Sigma-Fuchs namens Chad Ewing vom Balkon im ersten Stock des Sigma-Hauses gefallen. Kurz darauf ist er im St. Elizabeth's Hospital gestorben.

Der Unfall selbst wurde nicht beobachtet, aber es gibt Zeugenaussagen, nach denen er am Abend vorher stark betrunken gewesen sein soll. Es ist durchaus anzunehmen, daß sein berauschter Zustand zu dem Sturz beigetragen hat.«

Der Dekan nippte von einem dampfenden Becher, bevor er fortfuhr. »Heute nachmittag habe ich mit dem Aufsichtsrat gesprochen. Natürlich sind die Mitglieder sehr betrübt über den Unfall und vertreten die Ansicht, daß den Belangen des College in dieser Situation am besten gedient ist, wenn wir« – er machte eine weit ausholende Armbewegung – »eine offizielle Untersuchung durchführen.«

Nachdem er zu Ende war, blickte er sich auffordernd um.

»Wo liegt der Schwerpunkt der Untersuchung?« fragte Schwitters. Er wirkte wie der Anwalt, für den er sich bereits hielt.

»Im Grunde darauf«, antwortete der Dekan, »ob Sigma etwas mit der Sache zu tun hatte.«

»Wie groß ist da die Wahrscheinlichkeit?«

Der Dekan schüttelte den Kopf und gab mit seiner Mimik zu verstehen, daß eine solche Möglichkeit nicht in Betracht kam. »Gering. Die ersten Berichte besagen, daß Ewing gewohnheitsmäßig trank. Aus dem Bauch heraus würde ich meinen, daß die einzige Schuld der

Sigma-Brüder darin liegt, daß sie den Bierkonsum des armen Burschen nicht besser überwacht haben.«

»Gab es am Abend vorher Fuchsaktivitäten?« fragte Shawn, die offensichtlich eine ganz andere Fährte verfolgte.

Der Dekan schüttelte den Kopf. »Nein. Nach Aussage des Sigma-Präsidenten Dave Fairchild gab es am Samstag abend eine kleine Hausparty. Sonst nichts.«

»Das stimmt«, sagte Mark. »Ich war auch dort.«

»Versoffenes Loch«, fuhr ihn Shawn an.

Mark zog erstaunt die Augenbrauen hoch und erntete einen mokanten Blick von Shawn.

»Ich denke, wir können ausschließen, daß er schikaniert wurde«, schloß der Dekan, ohne den Wortwechsel zwischen Mark und Shawn zu beachten. »Wie gesagt, wir sollten uns meiner Meinung nach mehr darauf konzentrieren, daß die Sigma-Verbindung den Alkoholkonsum seiner Mitglieder nicht genügend überwacht. Vielleicht sollte sie dazu verpflichtet werden, ein Seminar über die Gefahren des Alkoholmißbrauchs zu organisieren.«

»Ach, *bitte*«, stöhnte Shawn.

»Wie steht es mit einer Autopsie?« fragte Schwitters. »Kennen wir seinen BAS?«

»*Was?!*« Mark war kurz davor zu explodieren.

Schwitters betrachtete ihn mit herablassendem Blick. »Blutalkoholspiegel«, erklärte er, als würde er aus einer Fremdsprache übersetzen.

»Keine Sorge, Simon«, schaltete sich Shawn ein. »Wenn jemand die Bedeutung dieses Ausdrucks kennt, dann Mark.«

»Sehr komisch«, entgegnete Mark. Dann wandte er sich zum Dekan. »Irgendwie habe ich das Gefühl, ich bin im falschen Film. Es geht doch hier nicht um irgendeine Schummelei bei einer Prüfung. Es geht um einen toten Studenten.« Er nickte in Richtung Schwitters. »Sie werden doch nicht wirklich zulassen, daß dieser Pinscher eine Autopsie vornimmt?«

»Mit der Autopsie«, antwortete der Dekan, »ist ein amtlicher Leichenschauer betraut worden. Also werden wir in ein paar Tagen Genaueres wissen. Aber offen gestanden bin ich der gleichen Meinung wie Mark. Ich glaube nicht, daß uns die Autopsieergebnisse Kopfzerbrechen machen sollten. Der junge Mann ist aus einer gewissen Höhe heruntergefallen und direkt auf dem Kopf gelandet. Die Todesursache liegt auf der Hand.«

»Für Sie vielleicht.«

Der Dekan warf Shawn einen warnenden Blick zu.

»Gibt es noch andere Hinweise?« fragte Schwitters. »Verdachtsmomente?«

Der Dekan wandte sich mit einem leichten Lächeln zu Schwitters. »Was zum Beispiel? Miss Scarlett mit dem Messer in der Speisekammer? Wir sind hier in einem Elitecollege, nicht bei Scotland Yard. Auch wenn es eine Enttäuschung für Sie ist – für mich ist es eine Erleichterung –, Sie sollten sich darauf einstellen, daß es sich hier nur um einen unglückseligen Unfall handelt und nicht um eine Art von Opfermord.«

Schwitters nickte verbindlich. »Ich meinte nur, gibt es noch andere Dinge, die wir über den Verstorbenen wissen sollten? Hat er zum Beispiel ein selbstzerstörerisches Verhalten an den Tag gelegt? Etwas in der Richtung?« Er drehte die Handflächen nach oben und hob suggestiv die Augenbrauen.

»Der Bursche war ein Trinker«, konstatierte der Dekan. »Er hat häufig und maßlos getrunken.«

»Trinker«, sagte Shawn. »Wollen Sie damit auf politisch korrekte Weise umschreiben, daß er Alkoholiker war?«

»Wenn Sie es so nennen wollen.«

»Wenn das Ihre Definition ist«, sagte Shawn, den Blick auf Mark gerichtet, »dann sind alle an dieser Schule alkoholkrank.«

Einfach ignorieren, dachte sich Mark, aber er wußte natürlich, daß er das nicht konnte.

»Genau darauf wollte ich hinaus«, antwortete der Dekan und zeigte auf Shawn. »Diese schreckliche Tragödie bietet eine hervorragende Gelegenheit, um ein Selbstfindungsseminar zu Drogen und Alkohol anzuregen. Das sagte ich ja bereits. Offensichtlich müssen wir gegen einige potentiell tödliche Gewohnheiten vorgehen.«

»Ach kommen Sie, Dekan Templeton«, sagte Shawn. »Finden Sie das nicht ein bißchen naiv? Ich meine, ein Fuchs fällt von einem Balkon und stirbt. Die Story klingt doch arg dürftig, wenn Sie mich fragen.«

»Wie ich schon erklärt habe ...«

»Ich weiß, was man Ihnen *gesagt* hat. Aber ich möchte wissen, wie Sie das *interpretieren*.«

»Ihr Schundroman-Psychogelaber können Sie für sich behalten. Ich bin der Dekan des College.«

»Das ist mir durchaus bewußt, aber hier sitzen Sie in Ihrer Eigenschaft als Berater des Disziplinarausschusses. Ich frage Sie nur nach Ihrer Meinung.«

»Ihr Ton gefällt mir nicht.«

Shawn seufzte. »Na schön. Es tut mir leid. Dekan Templeton, halten Sie es in Ihrer grenzenlosen Weisheit eventuell für möglich, daß Chad Ewings Tod durch brutales Schikanieren im guten alten Sigma-Haus verursacht wurde?«

»Machen Sie sich nicht über mich lustig, Miss Jakes.«

»Sie können mich mal, Dekan Templeton.«

Die beiden sahen sich einen Moment lang in die Augen, dann wandte der Dekan den Blick ab, um mit den

Händen nicht existente Falten in seiner Kleidung zu glätten. Als er wieder das Wort ergriff, war seine Stimme leiser, fast geheimnistuerisch. »Vielleicht ist doch mehr an der Sache, als bisher angeklungen ist«, bekannte er und hielt den Blick auf die vor ihm liegende Personalakte gesenkt. »Offen gesagt, wird von manchen Seiten die Frage gestellt, ob es sich hier vielleicht um einen Selbstmord handelt.«

Mark, der sich nach seiner »Pinscher«-Bemerkung strategisch aus dem Gespräch ausgeklinkt hatte, war auf einmal wieder ganz Ohr. »Wirklich?«

Der Dekan nickte bedrückt. »Einige Anzeichen sprechen dafür. Seine Noten ließen sehr zu wünschen übrig. Im sozialen Umfeld erging es ihm kaum besser. Und Mrs. Ewing hat eingeräumt, daß ihr Sohn in letzter Zeit deprimiert schien. Fast verstört.«

»Haben Sie ein Bild von dem Jungen?« fragte Mark. »Ich bin mir nicht sicher, ob ich ihn kenne ... ich meine, ob ich ihn kannte.«

Der Dekan blätterte in der Personalakte, zog ein Foto heraus und ließ es über den Tisch gleiten. Mark starrte auf das kleine Bild, das sorgfältig zugeschnitten worden war, um in den kleinen Kasten auf Chad Ewings erfolgreicher Bewerbung zu passen. Er hatte keine Ahnung, wer der Junge war. Das Foto stammte wahrscheinlich noch aus Highschooltagen und zeigte einen etwa Sechzehnjährigen mit hellbraunem, wirr geschnittenem Haar, wie es Mark von den Cape-Cod-Surfern kannte. Sein glattes Babygesicht ließ darauf schließen, daß er sich nicht regelmäßig rasieren mußte.

An Chads relativ dünnem Hals glaubte Mark zu erkennen, daß der Junge nicht gerade von massiger Gestalt war. Er verglich dieses geistige Bild mit dem Körperbau von Monstern wie Dominic. Schlagartig wurde ihm etwas klar.

Chad Ewing sah nicht aus wie Sigma-Material.

Ein flüchtiger Hauch von Mitleid durchzog Mark, wurde aber rasch abgelenkt von der plötzlichen Erkenntnis, daß er selbst durchaus Sigma-Material war und es durch zwei Jahrgangsfotos mit stolzen, brüderlichen Gesichtern auch beweisen konnte. Weshalb er ausgerechnet jetzt auf diesen selbstgefälligen Gedanken kam, wußte er nicht, aber er löste Schuldgefühle in ihm aus.

Er selbst hatte den Tod schon persönlich und aus der Nähe kennengelernt – und trug ihn seit dreizehn Jahren mit sich herum. Der Tod schlief in seiner Schreibtischschublade, auf seiner Kommode und unter einem Haufen zerfranster Pullover in der Ecke seines Schlafzimmers. Der Tod wanderte wie ein verborgenes Tier in seinem Kopf hin und her.

Er drängte die tragischen Erinnerungen zurück in einen dunklen Winkel seines Verstandes und gab das Foto an Shawn weiter.

Sie warf nur einen kurzen Blick darauf, da sie die illustrierte Lebensgeschichte des toten Studenten wahrscheinlich bereits auswendig konnte, und reichte es dem Dekan zurück. Der ließ es wieder zwischen die verschiedenfarbigen Blätter in Briefpapiergröße gleiten, bevor er die Mappe schloß. Dann setzte er zur Zusammenfassung an. »Also, wenn man die trostlose Jahreszeit, das Alter und den emotionalen Zustand des Studenten und die Umstände seines Todes berücksichtigt, scheint ein Selbstmord zumindest nicht ausgeschlossen.«

Ein Schweigen folgte auf diese Bemerkung. Schwitters legte die Stirn in Falten und kritzelte Notizen unter den persönlichen Briefkopf auf seinem Anwaltsblock. Shawn zog eine intelligente Grimasse und rang mit einem Gedanken. Mark starrte auf ihre langsam tickende, aus Recyclingstoffen hergestellte Armbanduhr und plante abwesend den Rest des Abends.

Sein Blick lag immer noch auf der Uhr, als Shawn plötzlich die Hand hob. Der Dekan forderte sie mit einer Bewegung zum Sprechen auf.

»Wenn ich mich umbringen würde«, begann sie, »würde ich es bestimmt nicht so machen.«

Der Dekan blickte verwirrt. »Ich ... ich verstehe nicht ganz.«

»Und wissen Sie was? Ich wette, wenn ich sämtliche Studenten nach ihrer bevorzugten Art des Abschieds von dieser schnöden Welt befragen würde, käme nicht ein einziger auf die Idee, daß er sich am liebsten bis zur Bewußtlosigkeit besaufen und sich dann von einem niedrigen Innenbalkon stürzen würde.« Sie unterbrach sich, um über die Möglichkeiten nachzudenken. Dann nickte sie ein wenig verlegen. »Sie dürfen mich einen Feigling nennen, aber ich glaube, ich würde mich für ein Glas Chardonnay und ein Fläschchen Schlaftabletten entscheiden.«

Der Dekan blickte auf die Personalakte und zupfte daran herum. »Aber leider können wir nicht für Chad Ewing sprechen, nicht wahr?«

»*Sie* offensichtlich schon.«

»Bitte?«

»Sie versuchen, Chads Tod in diese ordentliche, kleine Selbstmordschublade zu stopfen, obwohl er nicht reinpaßt.«

Der Dekan zeigte mit der Personalakte auf Shawn. »Sie liegen *vollkommen* daneben.«

Shawn setzte ein schmales, sarkastisches Lächeln auf und sah weg. Der Dekan blickte sie über die erhobene Personalakte hinweg wütend an. Schwitters klopfte mit seinem gravierten Füller leicht gegen den Tisch. Mark saß einfach da und wartete auf die nächste Runde.

»Also«, sagte Schwitters schließlich, »wann fangen wir an?«

»Bald«, antwortete der Dekan. Die Personalakte schwebte noch immer vor seinem Gesicht, und sein Blick klebte noch immer auf Shawn. »Ich möchte, daß die Sache schnell über die Bühne geht.«

»Wieviel Zeit haben wir?«

»Eine Woche.«

»Und wenn wir zu dem Schluß kommen, daß es eine Verhandlung geben muß?«

Der Dekan lachte in sich hinein und schüttelte den Kopf. »Darüber sprechen wir, wenn es soweit ist, aber ich bin sicher, daß es nicht nötig sein wird.«

»Ich bin wirklich froh«, sagte Shawn, »daß Sie Sigma bereits von jeder Mitschuld freigesprochen haben. Wieso machen wir uns überhaupt noch die Mühe mit dieser Untersuchung?«

»Weil es der Aufsichtsrat so will. Der Disziplinarausschuß ist *sein* verlängerter juristischer Arm, nicht Ihrer, Shawn.«

»Die ganze Sache ist doch oberfaul.«

»Nein, Shawn. Was Sie da riechen, ist nur die Scheiße, die Sie daherreden.«

»Was für eine erlesene Wortwahl.«

Der Dekan zuckte die Schultern. »Tut mir leid, wenn ich Sie beleidigt habe, aber wenn Sie sich ständig in irgendwelche weit hergeholten Theorien verbeißen, dann kann ich leider ...«

»Weit hergeholt?« Shawn hatte die Augen weit aufgerissen. Dann kniff sie sie wieder zusammen und vergaß allen Sarkasmus. »Dekan Templeton, ich habe eine Freundin, die Samstag nacht im Sigma-Haus geschlafen hat. Das heißt, sie war am Sonntag morgen dort. Sie sagt, daß Chad splitternackt war, als man ihn fand, und über und über mit obszönen Gedichten beschmiert.«

Der Dekan lächelte. »Aha. Eine *Freundin*. Und wer ist diese Freundin?«

»Spielt das eine Rolle?«

»Nein«, antwortete der Dekan, und sein Lächeln verflüchtigte sich. »Weil es eine Lüge ist.«

»Meine Freunde lügen nicht.«

»Den Beweis dazu, Miss Jakes, können Sie im Verlauf der nächsten Woche antreten.«

»Genau das habe ich vor.«

Kopfschüttelnd sah der Dekan Schwitters an, und der Schwimmer reagierte pflichtschuldigst mit einem kurzen Augenrollen. Dann wandte sich der Dekan wieder an Shawn. »Sie haben anscheinend wieder einmal nur eines Ihrer vielen Ideale im Kopf, das Sie ohne Rücksicht auf die trauernde Studentenschaft verfolgen.«

»Ich bin betroffen über den Tod eines Kommilitonen. Ich will wissen, warum er gestorben ist.« Plötzlich ging sie auf Mark los. »Und du! Es will mir nicht in den Kopf, daß diese Untersuchung mitverantwortlich von einem Kerl geleitet wird, der die Hälfte seiner Collegekarriere in der Sigma-Bar verbracht hat.«

Mark lächelte. »Vielleicht sollte ich mehr Zeit mit dir verbringen.«

»Vielleicht solltest du die Klappe halten.«

Der Dekan stand leise auf und klemmte sich die Akte unter den Arm. »Das wäre alles für heute.«

»Sollen wir anfangen, Aussagen einzuholen?« fragte Schwitters hoffnungsvoll.

»Nein. Nicht vor Donnerstag.«

»Und warum nicht?« fragte Shawn.

»Sie kennen das Verfahren. Bevor wir Aussagen einholen, gibt es eine vorläufige Anhörung. Und davor geben wir allen beteiligten Parteien Zeit zur Vorbereitung und in diesem Fall zur Trauer. Die Gedenkfeier ist für Mittwoch festgesetzt. Deshalb beginnt unsere Untersuchung erst am Donnerstag.« Der Dekan schluckte den Rest seines Kaffees hinunter und wischte sich mit einem Taschentusch mit Monogramm vornehm den Mund ab. »Außerdem werde ich mit dieser ganzen Schererei sowieso bis Donnerstag beschäftigt sein. Da habe ich keine Zeit, auch noch für euch den Aufpasser zu spielen.«

Er musterte Shawn mit hartem Blick. »Und glauben Sie mir, junge Dame, ich möchte dabeisein, wenn Sie anfangen, Fragen zu stellen.«

18.06 Uhr

Die studentischen Mitglieder des Disziplinarausschusses waren schon gegangen, und Templeton war noch im Konferenzraum sitzengeblieben. Die Hände hatte er ruhig vor sich auf dem Tisch zusammengelegt, doch in seinem Kopf rotierte es.

Wer zum Teufel war Shawns anonyme Freundin!?

Und für wen zum Teufel hielt sich diese Schickse im Disziplinarausschuß eigentlich!?

Mit geschlossenen Augen erinnerte er sich an Sonntag morgen und an die Szene im Sigma-Wohnzimmer, von der er gehofft hatte, daß sie nie an die Öffentlichkeit kommen würde. Er sah viele männliche Gesichter. Er sah noch einmal den zusammengekrümmten, blutigen Körper – wie hätte er den auch vergessen können? Aber er sah keine Frau, kein Mädchen, keine verschlagene kleine Schlampe.

Als er die Augen wieder geöffnet hatte, entschied er sich für die einzig logische Erklärung: Shawn hatte wahrscheinlich irgendein Gerücht auf dem Campus gehört, und da sie nun mal ein militantes Miststück war, hatte sie es geglaubt.

Er hoffte, daß er recht hatte.

Trotzdem mußte er auf Nummer Sicher gehen.

Er ging hinüber in sein Büro und machte sorgfältig die Tür hinter sich zu. Am Schreibtisch griff er nach dem Telefon, tippte hastig die elf Zahlen eines Privatanschlusses ein und wartete auf eine Antwort.

Nach dem sechsten Klingeln meldete sich eine vertraute Stimme der Macht.

»T-Bone, Templeton hier. Jemand hat eine große Klappe.«

11. KAPITEL

Montag, 23. Februar

18.09 Uhr

Mark lief Shawn nach, holte sie ein und ging im Gleichschritt neben ihr her. Sie schenkte ihm keine Beachtung. Sie vermied jeden Blickkontakt und hielt Kurs auf die Studentenapartments am Südende des Campus.

Er drehte ab, überlegte es sich anders und ließ seinen Charme spielen. »Soll ich deine Bücher tragen?«

»Nein.«

»Ach, komm schon. Warum nicht?«

»Du hast das ganze Jahr noch kein Buch getragen. Du weißt gar nicht mehr, wie das geht.«

»So schwer wird es schon nicht sein.« Er nahm ihr den Rucksack von der Schulter, und sie ließ es mit einem Seufzer des Protests zu. Er ging leicht nach vorn gebeugt, so daß das Bücherbündel bei jedem Schritt dumpf gegen seinen Rücken schlug.

»Ich habe dich gestern vermißt«, begann er.

»Du hast doch deinen Rausch ausschlafen müssen.«

»Aber ich habe nicht den ganzen Tag dafür gebraucht.«

»O doch.«

»Okay«, sagte Mark. Er wollte sich nicht streiten. Er biß sich auf die Lippe, dann tauchte er samt Rucksack in ihr Gesichtsfeld und begann Grimassen zu ziehen, um sie vielleicht mit einer besonders gelungenen Fratze zu besänftigen und von ihrem Zorn abzubringen.

Sie ließ sich von seinem Getue nicht beeindrucken und blickte ihn ernst an. »Ich hab dich gebeten, nicht betrunken in mein Zimmer zu kommen. Und das habe ich auch so gemeint.«

»Ich? Ich war doch nicht betrunken.«

»Du warst absolut prall.«

»Das waren auch neunzig Prozent der anderen Studenten …«

»Unter anderem Chad Ewing. Komm mir nicht damit, daß ›es alle anderen auch so machen‹.«

»Ich weiß«, gab Mark zu. Vielleicht etwas zu schnell. »Es tut mir leid, und ich werde es wiedergutmachen, wenn wir in deinem Apartment sind …«

»Moment mal.« Shawn blieb stehen und drehte sich mit einem kämpferischen Lächeln um. »Und wie kommst du darauf, daß ich dich reinlasse? Ich kann mich nicht erinnern, dich eingeladen zu …«

»Ich koche das Abendessen für dich.«

Sie ging weiter. »Was für ein Angebot! Salzstangen und Bier. Ich kann's kaum erwarten.«

»Kein Bier. Ich habe heute abend Training.«

»Dann auch keinen Sex. Das schwächt deine Beine.«

»Zum Glück bin ich einer der wenigen Sportler, die …«

»Weißt du was, Mark? Ich mag dein großspuriges Gealbere heute abend überhaupt nicht hören.«

Mark preßte die Lippen zusammen und blickte hinab auf den gefrorenen Gehweg. Er trat nach einem schartigen Eisbrocken und wartete darauf, daß Shawn das Thema ansprach, das ihr *eigentlich* im Magen lag.

Er mußte nicht lange warten.

»Manchmal möchte ich bei Templeton gewalttätig werden«, sagte sie wütend.

»Verstehe ich.«

»Er ist so überheblich, so herablassend.«

»Das stimmt, aber Shawn ...« Mark näherte sich der Sache mit großer Vorsicht. »Bei dir hat das geklungen, als wäre er der Drahtzieher in einem geheimen Mordkomplott. Ich meine, es macht mich genauso fertig wie alle anderen, daß ein Student gestorben ist, aber es gibt doch keinen Mord am Simsbury College. Es war ein Unfall oder höchstens ein Selbstmord.«

Shawn blieb stehen und bedachte ihn mit einem Blick, den er schon kannte. Er wurde wieder einmal ihren intellektuellen Ansprüchen nicht gerecht. »Du siehst wirklich toll aus, Mark, aber manchmal bist du einfach blöd. Glaubst du wirklich, daß ein junger Kerl bis knapp vor dem Blackout trinkt, die Klamotten abwirft, sich schmutzige Limericks auf die Haut schreibt und dann zum Sturzflug vom Balkon ansetzt?« Sie setzte sich wieder in Bewegung. »Das ist fast schon komisch. Fehlt nur noch das Gummihuhn um sein Fußgelenk.«

Mark mußte zugeben, daß sie nicht ganz unrecht hatte. Dennoch fühlte er in sich den Drang, Sigma zu verteidigen. Und er wußte, daß er ihn immer fühlen würde. »Ich glaube, da hat sich jemand was aus den Fingern gesaugt.«

»Meine Zeugin ist zuverlässig.«

»Wer ist es?« Die Frage war eigentlich rein rhetorisch. Shawn konnte den Mund halten.

Sie ignorierte die Frage. »Du weißt doch, was in der Fuchszeit abgeht. Du hast es mir doch selbst beschrieben. Zum Beispiel das bescheuerte Gemüserennen, das ihr machen mußtet!« Sie schauderte bei dem Gedanken an die scheußlichen Geschichten, die er ihr erzählt hatte, und Mark bedauerte seine große Klappe. Im Gegensatz zu Shawn konnte er Geheimnisse nur schlecht für sich behalten, auch Fuchsgeheimnisse nicht, die als die heiligsten von allen galten.

Sie hielt abrupt an. »Denk an alles, was du weißt und was du gesehen hast. Und jetzt schau mir in die Augen und sag mir, daß deine Sigma-Kumpel nichts damit zu tun hatten.«

»Es war ein Unfall.«

»Nein. Es war kein Unfall. Wenn man auf einer Bananenschale ausrutscht, ist das ein Unfall. Wenn man Milch verschüttet, ist das ein Unfall. Wenn man ohne Kleider, aber dafür mit beleidigenden Krakeleien auf der Haut gefunden wird und dabei stinkt wie eine Flasche Sonstwas, dann ist das kein Unfall. Es ist Folter.« Sie riß die Arme in die Höhe. »Verdammte Scheiße, es ist Mord!«

»Mein Gott, Shawn. Du sprichst über meine Freunde. Ich glaube, daß ich sie ziemlich gut kenne. Sie bringen doch nicht einfach andere Leute um.«

»Vielleicht nicht mit Absicht. Aber bei einem Fuchsritual, das irgendwie schiefgelaufen ist? Nach allem, was du mir erzählt hast, ist bei einem Fuchsritual alles erlaubt. Und wenn das so ist, ist es eigentlich erstaunlich, daß bis jetzt noch niemand gestorben ist.«

»Und das sagst du, obwohl du nie auch nur einen Fuß in das Sigma-Haus gesetzt hast.«

»So ist es. Und ich hoffe, ich werde diesen Boykott bis zur Abschlußfeier aufrechterhalten können. Dieses Haus ist nichts als eine hübsche Höhle voller hübscher Höhlenmenschen, die sich hübsche Mädchen über die Schulter geworfen haben und mit Knüppeln in der Hand herumlaufen, um die Füchse durchzuprügeln.«

»Es ist nur ein Verbindungshaus.«

»Du weißt genau, daß das nicht stimmt. Tief drinnen weißt du, was mit Chad Ewing passiert ist. Es ist doch ganz klar.«

»Vielleicht für dich.«

»O nein, nicht nur für mich. Meine Zeugin hat gesagt, daß der Junge aussah, als wäre er einem Ritualmord zum Opfer gefallen. Sie hat gesagt, bei dem vielen Blut hätte es ihr richtig den Magen umgedreht.«

»Wer war es, Shawn?« fragte Mark noch mal. »War es Jocelyn?«

Shawn preßte die Lippen zusammen und beschleunigte ihre Schritte.

»Es war Jocelyn, stimmt's? Deine zuverlässige Zeugin leidet an Magersucht und würde oralen Sex mit einer anderen Frau haben, wenn es ihr Freund verlangen würde.«

»Du bist widerlich.«

»Tut mir leid, aber ich kenne Jocelyn. Sie lügt.«

»Meine Freunde lügen nicht.«

»Ach ja? Und meine Freunde bringen niemanden um.«

»Zumindest soweit du es weißt.«

Mark war versucht, sie einfach stehenzulassen, aber aus zwei Gründen gab er dem Impuls nicht nach. Zum einen war er gar nicht so wütend. Er kannte Shawns Einstellung zu Sigma und war gegenüber ihren gelegentlichen Tiraden schon längst abgestumpft. Zum anderen, und das war eigentlich noch viel wichtiger, war er schon seit einigen Tagen nicht mehr längere Zeit mit ihr zusammengewesen. Sie hatte ihm mehr gefehlt, als er es jemals zugegeben hätte.

»Es geht mir nur darum«, sagte Shawn bestimmt, »daß Chad Ewing tot ist, und dafür will ich eine Erklärung.«

»Du hast ihn doch nicht einmal gekannt.« Sofort bereute Mark seine Bemerkung.

»Mark Jessy, ich werde mich nicht dazu herablassen, auf solch eine Aussage eine Antwort zu geben.«

Schweigend legten sie den Rest des Weges zu ihrem Apartment zurück.

18.30 Uhr

Die Nacht hatte sich auf Simsbury herabgesenkt.

Chad Ewings Name war noch in aller Munde, aber daneben waren auch andere Worte und Wendungen wie »Einstellungsgespräche«, »Faßbierparty«, »Semesterende« und »Frühjahrsferien« zu hören.

Der Schnee fiel jetzt nur noch langsam, stetig und rein, und überzog die dunklen Ecken samt ihren dunklen Geheimnissen mit einer weißen Decke.

18.59 Uhr

Sie lagen nackt in ihrem Bett, die bewegten Körper waren zur Ruhe gekommen. Ihre Haut lag feucht und heiß an seiner. Das Gesicht von ihm abgewandt, lag sie mit dem Kopf auf seiner Brust, und er spürte ihren leichten Atem. Er stellte sich vor, wie ihre blauen Augen in die kerzenbeschienene Leere starrten.

»Ich sehe es schon vor mir«, flüsterte Shawn. »Der Dekan wird Chad Ewings Tod unter den Teppich kehren. So wie er es in solchen Fällen immer macht.«

Mark rollte die Augen. »Zum Beispiel?«

»Zum Beispiel bei dir.«

»Ha! Unter-den-Teppich-Kehren würde ich das nicht nennen.«

»Ach ja? Und wie *würdest* du es nennen?«

Mark hatte keine Lust, schmutzige Geschichten aus seiner Collegevergangenheit aufzuwärmen. Das Thema machte ihn verletzlich und trieb ihn in die Enge, aber nicht nur dorthin, sondern auch in einen Abgrund schmerzvoller Kindheitserinnerungen. Shawn dagegen schien eine Vorliebe für das Thema zu haben, aber sie wußte ja auch nichts von dem Abgrund in ihm. Sie wußte, daß die meisten Studenten glaubten, Mark Jessy sei für ein Verbrechen in einer kalten Märznacht vor zwei Jahren ungeschoren davongekommen.

Und jetzt war sie zum Streiten aufgelegt. Nach der Sitzung des Disziplinarausschusses war sie gereizt, und nach dem Sex war sie aufgekratzt. Ihr Gesichtsausdruck war eine einzige Herausforderung, und in ihren Augen schimmerte die Hoffnung auf den ersten Schlagabtausch.

Mark ließ eine Hand über ihre Rippen gleiten, suchte nach einer geeigneten Stelle auf ihrem durchtrainierten Bauch und kniff zu.

Sie krümmte sich und jaulte auf. »Hey!«

Während sie sich wand, um sich zu befreien, bearbeitete er mit flinken Fingern ihre nackte Haut, bis ihr empörtes Quieken in hilfloses Kichern überging.

Sie schwang sich auf ihn. Das Laken fiel von ihren Schultern.

Mark sah zu ihr auf und dachte daran, wie glücklich er war. Nur mit Mühe unterdrückte er die drei Worte, die er zuletzt zu einer Frau gesagt hatte, die jetzt tot war.

»Na?« sagte sie gedehnt. »Du meinst wohl, daß ich meine schlechte Laune so einfach vergesse?«

»Ich glaube, du hast sie schon vergessen.«

»Ach, das glaubst du? Hältst du mich für so oberflächlich?« Sie begann ihn zu streicheln.

Im Reflex klammerte er sich an die Bettkante und ächzte etwas Unverständliches.

Sie lächelte. »Zweimal an einem Abend? Und was ist mit deinen Beinen?«

»Nur Training heute abend«, brachte er mühsam hervor. »Kein Spiel.«

Lachend warf sie den Kopf zurück. »O Mark«, zwitscherte sie, »du bist ja so diszipliniert.« Sie senkte sich auf ihn herab und sah ihm in die Augen. »Was soll ich nur mit dir machen, du apathischer, kleiner Hohlkopf?«

»So ziemlich alles, was du willst.«

Sie stöhnte und legte ihm die Arme um den Hals. »Ich spüre dich.«

»Du holst das Beste aus mir raus.«

Sie lachte leise und glitt mit den Lippen über seine Brust. »Dann beweise es.«

12. KAPITEL

Bis zum Festjahr seines zweihundertjährigen Bestehens hatte sich das Simsbury College erfolgreich gegen die Koedukation gewehrt. Erst unter dem wachsenden Druck verschiedener Frauengruppen, Anwälte und der sich verändernden Zeiten hatte der Aufsichtsrat keine andere Möglichkeit mehr gesehen, als Frauen zum Studium zuzulassen.

Die Männer der Alten Garde hatten sich nur mit großer Mühe überzeugen lassen, und da sie den größten Teil der Stiftungsgelder spendeten, hatte sie der Aufsichtsrat mit sehr viel Fingerspitzengefühl behandelt. Das zwingendste Argument, das sie vorbrachten, klang ungefähr so:

»Betrachten Sie die Sache einmal von der Seite, Senator Davidson: Rund die Hälfte aller jungen Menschen in Amerika sind Frauen, und einige von ihnen haben sehr reiche Daddys.«

Die Sache wurde hart umkämpft, aber letzten Endes setzte sich das moderne Denken durch.

Dennoch betrachteten einige Männer der Alten Garde diesen Wandel als eine Farce. »Nichts für ungut«, sagten sie zu jeder Frau, die ihnen zuhörte, »aber seit der Koedukation geht es mit dieser Schule ziemlich abwärts.« Und die übliche Antwort der Frauen lautete: »Nichts für ungut, aber seit der Einführung der Koedukation haben die Frauensportteams vierundzwanzig Meisterschaften in New England und sechs nationale Titel gewonnen. Und was haben die Männer gewonnen?«

Doch Wortwechsel dieser Art trugen nur zur Verlängerung der Schlacht bei, und nicht wenige vergrätzte Ehemalige spendeten nur unter der Bedingung Geld, daß es ausschließlich für den Männersport eingesetzt wurde.

Auf der Plusseite war zu verbuchen, daß der Geschlechtsverkehr zwischen Männern und Frauen in Simsbury seit Beginn der Koedukation dramatisch zugenommen hatte. One-night-Stands waren die Norm, aber viele dieser Zufallsbekanntschaften hatten sich zu echten Beziehungen entwickelt. Und inzwischen fanden Jahr für Jahr in der Merriweather Chapel mehrere Simsbury-Trauungen statt.

Bei nur eintausendvierhundert Studenten und einem abgeschiedenen Campusgelände von nur einer viertel Quadratmeile gab es am Simsbury College natürlich keine Unbekannten. Alle Studenten hatten ihre (meist von Madame stammende) Identität, und aus diesem Grund galt die Beziehung zwischen Mark Jessy und Shawn Jakes als eine der merkwürdigsten in den Liebesannalen von Simsbury.

Aber Shawn war ja auch selbst ein wandelnder Widerspruch. Ein schnoddriges »Du kannst mich mal« war von ihr genauso wahrscheinlich wie ein feuriger Monolog zu einem der vielen Themen, die sie auf die Palme brachten. Sie war liebenswürdig, hätte aber lieber Scheiße gefressen, als sich geschlagen zu geben – so sahen es zumindest jene, die miterlebt hatten, wie sie in ihren ersten drei Jahren in Simsbury nationale Skititel abräumte. Sie stellte hohe Ansprüche, hatte aber einmal eine Obdachlose das gesamte Frühjahrssemester über bei sich wohnen lassen. Die natürliche Selektion hatte sie mit makellosen Genen ausgestattet, aber sie setzte sich für die Schwachen und Benachteiligten ein.

Sie war die zweite von drei Töchtern einer der reichsten Familien aus Aspen, aber sie zog sich an wie eine Bäuerin. Sie trug Bluejeans und verschlissene Pullover und keinen Schmuck außer gelegentlich geschwungene Ohrringe aus recycelten Stoffen. Ihre Stiefel, die einmal in Schnitt und Farbe den letzten Schrei dargestellt hatten, sahen aus, als hätten sie sich in jahrelangen Gefechten bewähren müssen. Sie besaß einen Jeep mit hochgezüchtetem Motor, fuhr aber nur damit, wenn es unbedingt nötig war. Sie lief lieber.

Sie war freundlich, wenn auch zurückhaltend, und obwohl sie Freunde hatte, schien sie ziemlich viel Zeit mit sich selbst zu verbringen. Ihre Zimmergenossinnen gehörten – mit Ausnahme der Schlampe, die sie in ihrem ersten Jahr beherbergt hatte – meistens eher zu den Fleißigen. In diesem Jahr wohnte sie mit einer Lesbe zusammen.

Sie stammte aus den Rocky Mountains, aber sie liebte das Meer, und obwohl sie im Hauptfach Biologie studierte, hatte sie anscheinend kein Interesse an einem Doktortitel. Ihre Diplomarbeit ging ausgerechnet über die Rettung des kommerziellen Fischfangs, und ihre Recherchen führten sie oft nach Portland, wo sie ganze Sonntagnachmittage im Old Port verbrachte und den mit Farbe bespritzten Fischereibooten beim Entladen ihres Fangs zusah. Auf längere Sicht wollte sie in der Umweltberatung arbeiten und hoffte dadurch Unternehmensmogule wie ihren Vater davon abhalten zu können, jeden grünen Baum auf der Welt abzuholzen. Jetzt war sie noch Daddys Liebling, aber eines Tages würde sie sein schlimmster Alptraum werden.

Anwälte verachtete sie – mit Ausnahme von denen, die sich kostenlos für die bedrohte Umwelt einsetzten. Ihr Collegeaufsatz, der sich über den heillosen Zustand des amerikanischen Justizsystems lustig machte, war als stilistisches Vorbild in einem gutverkauften Lehrbuch veröffentlicht worden, aus dem Highschoolschüler entnehmen konnten, wie sie Zutritt zum College ihrer Träume fanden. Dennoch war sie nun schon im dritten Semester das eigentliche Rückgrat des Disziplinarausschusses, des juristischen Organs von Simsbury, und angeblich der schärfste Dorn im herrischen Auge von Dekan Templeton.

Sie trat voller Leidenschaft für Gerechtigkeit ein. Und auch wenn sie von einzelnen Teilen der Studentenschaft durchaus unterschiedlich gesehen wurde – meist abhängig davon, ob diese vom hellen Licht ihrer Persönlichkeit gestreift wurden oder nicht –, in einem Punkt waren sich alle einig: Sie kannte den Unterschied zwischen Recht und Unrecht.

Und das machte es nur noch rätselhafter, daß sie sich in einen Typ wie Mark Jessy verknallt hatte. Klar, er sah gut aus, und das Zusammensein mit ihm war nie langweilig. Und auf dem Lacrossefeld war er der reinste Zauberer. Aber so etwas hatte sie noch nie beeindruckt. Außerdem wirkte er extrem selbstbewußt, fast schon eingebildet. Er war ein bekannter Nichtsnutz, der seine Kurse nicht selten ausfallen ließ. Und die Strolche, mit denen er herumzog – mit Ausnahme von Dave Fairchild natürlich –, waren offensichtlich der Ansicht, daß sie sich als Sportskanonen so ziemlich jeden Verstoß gegen die Etikette herausnehmen konnten. Mark, so schien es, stand für nichts von dem, wofür Shawn stand. Und das forderte die Studentenschaft zu folgender Frage heraus:

Was in aller Welt mag sie nur in ihm sehen?

Wenn sie auf die Antwort gekommen wären, wären ihre Festplatten wohl nicht mehr aus dem Kreiseln herausgekommen.

Shawn Jakes und Mark Jessy waren zusammen dank einer unwahrscheinlichen Kombination aus einem Frisbee, einem Fischereiboot und einer Münze, und das trotz der Tatsache, daß Mark schon einmal der sexuellen Belästigung und versuchten Vergewaltigung schuldig gesprochen worden war.

13. KAPITEL

Als Mark an einem nebligen Morgen den Küstenort Wellfleet in Massachusetts verließ, um in den Hochbetrieb der akademischen Welt am Simsbury College zu ziehen, erteilte ihm sein Onkel Kiko gute Ratschläge.

»Mark«, sagte Kiko, als er an der letzten von sechs Harpunen eine rasiermesserscharfe Spitze angebracht hatte, »erzähl den Leuten nie mehr, als sein muß, vor allem nicht an so 'ner feinen Schule. Das ist, wie wenn du für 'nen Kaugummi mit 'nem Hundertdollarschein zahlst. Der Kaugummi verliert seinen Geschmack so schnell wie 'n Thunfischschwanz, und dann mußt du das ganze Kleingeld mit dir rumschleppen.«

Normalerweise hätte Mark solch ein Anfall von Weisheit von seinem Onkel nur in amüsierte Verwirrung versetzt. Aber an diesem Tag des Aufbruchs – zehn Jahre nach einem Tag des Unheils – verstand er die Botschaft und schwor, sie in Simsbury zu beherzigen. Er würde sein Geheimnis tief in sich vergraben, denn es war seine Sache – und eine schlimme noch dazu.

Und als später an diesem Tag der ihm zugeteilte Zimmergenosse Elliot nach dem Wohnort von »Mr. und Mrs. Jessy« fragte, erwiderte Mark nur knapp, daß beide tot seien. Elliot stammelte betreten eine Entschuldigung, Mark nahm sie freundlich an, und sie wechselten rasch das Thema.

Natürlich hatte Mark noch mehr zu sagen, aber an diesem Abend gab er bei einem Sixpack von Elliots teurem Flaschenbier nur noch kleine Bruchstücke von seiner Geschichte preis. Er erzählte von seinem Umzug aus dem Norden des Staates New York nach Wellfleet, als er neun war. Er erzählte vom Heranwachsen als Bewohner einer Touristenstadt und davon, daß er es mit dem Lernen nie so genaugenommen hatte, weil es am Cape Cod besser war, wenn man sich mit Ködern, Fangnetzen und Booten auskannte. Er erzählte von Onkel Kiko, einem abgewrackten Fischer, der tief in den Wäldern von Wellfleet allein in einer selbstgebauten Hütte hauste, die kaum den Elementen standhielt.

Aber er erzählte nichts von den Alpträumen und nichts von den Fotos, die er nur ansah, wenn er nicht mehr anders konnte. Er sagte nichts von der Pferderanch in Cazenovia, New York, nichts von seinem Vater, einem Vollblutindianer, der ihm einen Lacrossestock gemacht und ihm die Mohawk-Form dieses Spiels beigebracht hatte, und nichts von seiner blonden, schwedisch-amerikanischen Mutter, die die Perlenkette zusammengeflochten hatte, die er immer trug, und ihn gelehrt hatte, die Menschen fair zu behandeln. Die tragischen Ereignisse von Cherry Plain, die Hetzjagd durch das FBI – diese Dinge blieben sein Geheimnis.

Aber er erzählte genug, und irgendwann zwischen dem Ende seiner Geschichte und dem Beginn des Herbsts schwang sich Madame Klatsch in die Lüfte.

Der arme Mark Jessy hat keine Eltern mehr, frohlockte sie, *schon seit seiner Kindheit. Ist es nicht ein Ansporn für alle, daß er es so weit gebracht hat?*

Solch eine Leidensgeschichte war für die Studenten von Simsbury etwas völlig Ungewöhnliches, und sie waren natürlich zu Tränen gerührt. Sie stammten alle aus intakten Familien mit Country-Club-Mitgliedschaft, und bei dem Gedanken an ein richtiggehendes Waisenkind in ihrer Mitte hätten sie sich am liebsten bei den Händen gefaßt und lauthals den Refrain zu »Tomorrow« angestimmt.

Anfangs hatte Mark nichts gegen seine Rolle als Ansporn und begrüßte sogar irgendwie die fünfzehn Minuten des Ruhms, die ihm seine tragische Vergangenheit einbrachte. Schließlich war er ein Studienanfänger, einer von dreihundertneunundfünfzig Highschool-Superstars, die jung und ängstlich über einen berühmten Campus wanderten und auf der Suche nach einer Identität waren. Doch als die dritte Kurswoche begann, wuchs in ihm die Scham über seinen Status als wandelnde Gute-Laune-Geschichte.

Für gute Laune bot seine Geschichte keinen Anlaß.

Nachdem Mark an diesem ersten Abend als Simsbury-Student seine halbe Lebensgeschichte erzählt hatte, schlug Elliot vor, auszutrinken und zum Sigma-Delta-Phi-Haus hinüberzugehen. Er hatte gehört, daß die Sigma-Verbindung eine Party gab, eine Party mit fünfzehn Fässern, und das klang doch nach einer netten Art, das Collegeleben kennenzulernen.

Mark zuckte die Achseln, zog seine abgetretenen Schuhe an und folgte Elliot weniger aus eigenem Antrieb, als um ihm einen Gefallen zu tun. Doch nach der letzten Biegung des gewundenen Weges, der die efeubewachsenen Wohnheime und Gebäude miteinander verband, sah er sich mit einem Anblick konfrontiert, den er bei seiner Campustour im vergangenen April verpaßt hatte. Er blieb wie angewurzelt stehen.

Seit seinem neunten Lebensjahr hatte er in einem Schuppen gelebt, der nur die Bezeichnung »baufällig« verdiente, aber dennoch hatte auch er schon einige imposante Dinge gesehen, wie zum Beispiel sechzig Tonnen schwere Buckelwale, Riesenwellen und die Verheerungen eines Hurricane.

Aber er hatte noch nie etwas gesehen wie das Haus der Verbindung Sigma Delta Phi.

Das einzige an Größe, Farbe und Aura Vergleichbare, das ihm mit seinem nautischen Verstand einfiel, war der Eisberg, den Kiko und er bei einer Exkursion nach Norden vor einigen Wintern erblickt hatten. Aber natürlich hatte er den Eisberg aus einer viel größeren Entfernung wahrgenommen als jetzt das Sigma-Haus, und der Eisberg war auch nicht mit Elfenbeinverkleidung, symmetrisch angeordneten Fenstern und zwei Stockwerke hohen griechischen Säulen ausgestattet gewesen.

Und er hatte auch nicht so gedröhnt.

Aber eigentlich dröhnte das Sigma-Haus nicht nur. Es wackelte buchstäblich, als stünde es im Epizentrum eines selbstverursachten Erdbebens. Hätte Mark die herumtobenden Silhouetten nicht gesehen, hätte er dort drinnen vielleicht irgendwelche absolut unmenschlichen und gewaltsamen Vorgänge vermutet. Doch als er sich dem Haus näherte, sah er die Bewegungen, sah, daß sie jung und menschlich waren und dem tiefen Dröhnen von Musik folgten.

Elliot öffnete die Tür zum Tosen des Collegelebens, quäkte etwas Unverständliches über die Schulter und wurde sofort von der Menge verschluckt.

Mark stand einen langen Moment im Eingang und ließ die unglaublichen Bilder und Geräusche auf sich einwirken.

Von einer Wand zur anderen ein Gewirr von Gliedmaßen und laut schreienden Studenten, die fast alle Plastikbecher mit billigem Bier hielten oder kippten ... Ein derangierter Betrunkener, der auf einem teuer aussehenden Sofa saß und der rittlings auf ihm sitzenden Schönen die Zunge in den Mund steckte ... Eine angeheiterte Person mit grüner Sonnenbrille, die einer Galerie von sabbernden Stutzern ihre Bauchtätowierung vorführte ... Zukünftige Ärzte und Anwälte und Lehrer und Makler, die neun bis fünfundvierzig Monate vom Ernst des Lebens entfernt wahllos durcheinanderwirbelten.

Sprachlos sah Mark zu und wußte, daß er diesen ersten Eindruck von Simsbury nie vergessen würde.

Sein Studium der Geisteswissenschaften hatte begonnen.

Das erste Jahr flog vorbei wie die nebelhaften Stunden zwischen Samstag und Sonntag, und Marks Erinnerungen bestanden zum größten Teil aus bruchstückhaften Schemen von Sinneseindrücken. Der kühle Herbstanfang, und die heißen Verbindungspartys im Untergeschoß. Der ekelhafte Gestank in der Bar der Verbindung Theta Kappa Rho, und der süße Geruch von Studentinnen, die mehr wollten als nur küssen. Die Angst vor dem Nichtbestehen der Probezeit, und die Erleichterung über drei Dreien und eine Vier.

Je mehr er in die Szene hineinschnupperte, desto klarer wurde ihm, daß er zum Mitglied der Verbindung Sigma Delta Phi geboren war, deren spektakuläres Haus er in jener ersten Nacht besucht hatte. Sigmas dominierten die Kader aller Sportteams am College und streiften mit aufrechtem Gang und in vielköpfigen, muskulösen Horden über den Campus. Sie machten die durchgeknalltesten Partys und schnappten sich trotz ihrer Verrufenheit die wählerischsten Weiber. Sie gingen keine Kompromisse ein und suchten sich nur die Besten und das Beste aus.

Und so kam es, daß Mark und zwölf andere Sportler des ersten Studienjahrs am letzten Samstag im Januar der Sigma-Verbindung ewige Treue gelobten und danach sechs Wochen der Vergnügungen, Verwirrungen und Verfolgungen erlebten. Jeder Fuchs behielt seine eigenen Eindrücke von dieser Zeit; Mark faszinierten besonders die vom Triumvirat bei Kerzenlicht vorgetragenen Gedichte, die es angeblich nur in der Sigma-Verbindung gab, vor allem, weil diese Reime aus dem Mund von Sportcracks erklangen. Manche Befehle und Aussagen in diesen Reimen fand er zwar leicht verdreht, aber das meiste davon war wohl hauptsächlich Show, also hörte er mit unbewegtem Gesicht zu und behielt seine Gedanken für sich.

Junger Mark Jessy, sprich und knie nieder,
Würdest töten und sterben du für deine Brüder?

Klar doch, jetzt verpaßt mir die Nadel, und schon bin ich von Adel.

Am zweiten Freitag im März schlossen die Füchse Blutsbrüderschaft (das heißt, im Zeitalter von AIDS beschränkten sie sich darauf, sich den Oberarm zu ritzen und etwas Blut auf ein Buntglasfenster mit den geprägten Buchstaben der Sigma-Verbindung zu tröpfeln), und bei der anschließenden Party pumpte sich Mark so viel Alkohol ins System, daß er das Lacrossetraining am nächsten Vormittag verschlief. Der streng auf Disziplin bedachte Coach Capofina drohte, Mark sein Stipendium zu entziehen, und ließ ihn schließlich eine Woche nur Konditionssprints machen. Danach war Mark fünf Kilo leichter und hatte zwei Konkurrenten vor sich. Er schloß Freundschaft mit der Bank. Und so verbrachte Mark Jessy, der frühere Highschool-Lacrossespieler des Jahres von New England, den größten Teil seiner ersten Saison in Simsbury als Auswechselspieler für ein Collegekraftpaket, der nur in längst entschiedenen Spielen Tore erzielen durfte.

Es war eine deprimierende Erfahrung für Mark, aber seine Sigma-Brüder sorgten dafür, daß er die Hoffnung und den Blick fürs Wesentliche nicht verlor. Sie erinnerten ihn daran, daß es sein erstes Jahr am College war und daß seine Zeit auf dem Spielfeld noch kommen würde. Ihre Ermutigung ließ ihn zum ersten Mal die höchsten Qualitäten des Verbindungslebens erahnen.

Familienqualitäten.

Und weil die Verbindung nach strikt hierarchischer Manier funktionierte, konnte sein Leben in der Sigma-Familie ja nur besser werden. Im ersten Jahr mußten die Studenten nur die Bar sauberhalten, so viel Bier trinken, wie sie vertrugen, und nach echtem Sigma-Vorbild selbstbewußt und aggressiv auftreten. Im zweiten Jahr wohnten sie im ersten Stock des Hauses in Dreibettzimmern und warben neue Mitglieder. Im dritten Jahr zogen sie im gleichen Stockwerk in Doppelzimmer um und waren für die Planung aller Partys zuständig.

Die Studenten im vierten Jahr schmissen den Laden. Schließlich hatten sie im ersten Jahr Blut vergossen, im zweiten Jahr neue Mitglieder geworben und im dritten Jahr wilde Feten veranstaltet. Wenn das letzte Jahr anrollte, wußte ein Sigma alles, was es zu wissen gab, über die vielfältige und unbeugsame Tradition der Bruderschaft und hatte es sich verdient, eine Führungsposition einzunehmen und in einer bequemen Einzelsuite im zweiten Stock zu residieren.

Und neue, kreative Verse zu schmieden.

Im Haus hatte Mark Gerüchte gehört, daß die Sigmas vor Beginn ihres vierten Studienjahres von einem milliardenschweren Ehemaligen in einer tollen Jacht abtransportiert wurden und dort die symbolische Herrschaft über die Bruderschaft übertragen bekamen. Der alte Herr, der im Namen aller Ehemaligen handelte, gab den Studenten geheime griechische Decknamen und

Anweisungen für das bevorstehende Jahr. Mark wußte, daß die ältesten Sigmas oft während des Schuljahres vertrauliche Sitzungen im Bruderschaftssaal abhielten. Dort trafen sie wohl auf der Grundlage der Meinungsbildung von Hunderten von alten Herren Entscheidungen über die Verbindung, von alten Herren, die ihre über alles geliebte, einmalige und für nationale Kontakte viel zu spezielle Bruderschaft mit Geld nur so überschütteten.

Das Wissen um diese privaten Sitzungen gab Mark ein warmes Gefühl, denn es sagte ihm, daß die Sigma-Bruderschaft für die Ewigkeit war.

Nie wieder würde er allein sein.

Marks unglaubliche Reise in Shawns Arme begann, als sie ihm die Lippen blutig schlug.

Und gewann an Fahrt, als sie drohte, es wieder zu tun.

Am letzten Freitag des Frühjahrssemesters verbannte die Sonne des frühen Mai endlich den Winter vom Grün des Campusgevierts und lockte die rastlosen Studenten nach draußen. Schon bald hatte sich ein guter Teil der gestreßten Geisteswissenschaftler auf dem Quad eingefunden, um sich auszutoben und die Bekanntschaft mit ihrem altem Freund, dem Gras, zu erneuern, und gegen Mittag kämpften Bälle und Gespräche über die Abschlußprüfungen um Raum auf dem riesigen Rasen.

Auch Mark war draußen, um noch für die bevorstehende Prüfung in Umweltphilosophie zu lernen. Da er aber gerade die erste durchpaukte Nacht seines Lebens hinter sich hatte, wollte er eigentlich nichts anderes als schlafen. Das Sweatshirt unter dem Kopf, die Sonnenbrille auf den Augen, legte er sich zurück, um sich in seinem ausgepowerten Zustand den Balsam der Frühlingswärme zu gönnen.

Kaum hatte er die Augen geschlossen, da krachte etwas auf sein Gesicht, und er öffnete sie gleich wieder. Er setzte sich so schnell auf, daß ihm die Brille herunterfiel. Der Übeltäter war offensichtlich das Frisbee, das neben ihm auf dem Boden lag. Er fuhr sich mit der Zunge über die Lippen und schmeckte Blut.

Wütend hob er den Kopf.

Und gaffte.

Was da vor ihm stand und Sonne und Kiefern und alles andere verdeckte, war das hinreißendste Wesen, das seine Augen je erblickt hatten. Blonde Haarkaskaden umrahmten ein bezauberndes, besorgtes Gesicht. Karibische Augen betrachteten ihn voller Anteilnahme. Er spürte den überwältigenden Drang, die Gestalt einfach zu sich herunterzuziehen.

»O mein Gott!« Sie ließ sich auf ein Knie sinken und schob sich goldene Strähnen hinters Ohr. »Bist du okay?« Als sie sich nach vorn beugte, um sein Gesicht zu betrachten, fiel sein Blick unwillkürlich auf die sonnengebräunten Schenkel, die aus ihren abgeschnittenen Jeans hervorkamen, und auf die weißen Spitzen, die sich über die Rundung unter ihrem Baumwoll-T-Shirt spannten.

»Das tut mir echt leid. Laß mich mal sehen …« Mit einer Fingerspitze berührte sie leicht seine Unterlippe.

»Fällt mir der Himmel auf den Kopf?« fragte er und schob kooperativ die Lippe vor.

Sie kicherte. »Nein, nur mein Spielzeug.«

»Kann sein, daß ich dich verklagen muß.«

Lachend stand sie auf und warf das Frisbee zurück zu ihrer Spielpartnerin. Mark hielt den Zeitpunkt für gekommen, um sich vorzustellen. Langsam und mit dramatischem Effekt stand er auf, um so groß und breit und imposant wie möglich zu erscheinen.

»Also«, sagte sie ungerührt von seinem Anblick, »dann besorge ich mir besser einen Anwalt.«

»Ich würde mich eventuell mit einer Verabredung zufriedengeben.«

»Eine Verabredung? An dieser Schule?« Sie kratzte sich in gespielter Verwirrung am Kopf. »So was habe ich noch nie gehört. Meinst du nicht eher, daß du dich mit einem Fick zufriedengeben würdest?«

»Von mir aus«, sagte Mark, den Faden aufnehmend, »aber das Vorspiel müssen wir weglassen. Meine Lippe ist noch etwas empfindlich.«

Sie lächelte cool und warf sich die goldene Mähne über die Schultern. »Okay, Herr Drüsentrieb. Und wie heißt du?«

»Mark Jessy. Und du?«

Sie riß die Augen und den Mund auf und klatschte in die Hände. »Mark Jessy! Dann kennst du bestimmt meine Zimmergenossin, Dara Devasto.«

Wie ein Haufen anderer Typen auf dem Campus hatte Mark intime Bekanntschaft mit Dara Devasto geschlossen. Das Bier und die Zeit hatten die Einzelheiten seiner quasiromantischen Nächte im unteren Bett von Zimmer 14 in Watson Hall verwischt, aber er war sich sicher, daß er sich zumindest vage an das Äußere einer Inhaberin des oberen Betts erinnert hätte, wenn es eine gegeben hätte, und vor allem, wenn sie *so* ausgesehen hätte.

Und dann fiel es ihm ein.

»Dara wohnt in einem Einzelzimmer«, sagte er, stolz auf seine Gedächtnisleistung, wenn auch nicht unbedingt auf die Wahl seiner Gespielinnen im ersten Semester. »Ihre Zimmergenossin ist in den Oktoberferien nach Hause gefahren und nicht mehr zurückgekommen.«

»Und da meine immer noch Weihnachten feiert, hat uns die Verwaltung zusammengelegt.« Sie setzte ein mokantes Lächeln auf. »Und deshalb bin ich in den Genuß eines sexuellen Talentreports über fast die Hälfte der Sportasse auf dem Campus gekommen.«

Mark nickte und schluckte. »Ja«, sagte er bemüht lässig, »das mit Dara und mir ist schon lange her. Wir waren damals in der gleichen Kirchengruppe.«

Sie grinste. »Dann glaube ich, habe ich zwei Gründe, warum ich nicht mit dir ins Bett gehen kann.«

Amüsiert verschränkte Mark die Arme. »Der erste wäre?«

»Ich ficke nur Atheisten.«

Er lachte und wippte auf den Fersen. »Und der zweite?«

»Dara sagt, du bist zum Kotzen im Bett.«

Damit drehte sie sich um und ließ ihn stehen, ohne zurückzuschauen und ohne das geringste Anzeichen, daß sie gerade mit einem anderen Menschen kommuniziert hatte.

Mit flammendem Gesicht sah er ihr nach und sammelte dann seine ungelesenen Bücher und sein verletztes Selbstbewußtsein auf, bevor er sich in sein Zimmer zurückzog. Er nahm das Verzeichnis für Studienanfänger heraus – allgemein als Menü bekannt –, das jährlich erschien und Fotos der neuen Studenten samt Campus- und Heimatadresse enthielt. Er blätterte durch die Seiten und überflog die Spalten auf der Suche nach dem Gesicht der Frau, die ihn gerade abgeschossen hatte. Schließlich fand er das Gesicht, das von einem retuschierten Highschoolbild die Welt anlächelte, drei alphabetische Kästchen vor seinem eigenen.

Shawn Cara Jakes. Aspen, Colorado. Watson Hall.

Er begann seine Eroberung am selben Abend im Sigma-Haus. Er wurde bei einigen Partien Tischfootball weggeputzt, brachte lahme Entschuldigungen für seine adrette Kluft mit weißem Polohemd und gebügelter Hose vor und feuerte eine Gruppe feiernder Studenten an, die zwei grazile Möbelstücke auseinandernahmen. (Als Fuchs hatte er die edle Ausstattung des Sigma-Hauses fast mit Ehrfurcht betrachtet und die Antiqitäten nicht einmal angefaßt, aus Angst, etwas zu zerbrechen. Aber die Älteren hatten ihm versichert, daß es für einen Sigma-Studenten manchmal nur darum ging, »Scheiß zu bauen«, während es für einen Sigma-Ehemaligen manchmal nur darum ging, den entstandenen Schaden zu bezahlen.) Dann schlug Remy Slickering begeistert brüllend vor, in den zweiten Stock hinaufzulaufen und seinen Scheißkühlschrank aus dem Fenster des Bruderschaftssaales zu schmeißen! Die Brüder stürmten in den zweiten Stock, und Mark verzog sich in makellosen Docs durch die Seitentür der Bar.

Er schlug den Weg zur Watson Hall ein, auf der Suche nach Shawn Cara Jakes aus Aspen, Colorado.

Fünf Minuten später stand er vor einer bekannten Tür, die er im Herbst oft passiert hatte, bevor er in ein quietschendes Bett kroch. Er klopfte zweimal und hoffte inständig, die gedämpften Schritte hinter der Tür mögen nicht die von Dara sein. Wahrscheinlich waren sie es nicht, denn es war Freitag abend. Daras Schritte waren bestimmt mit einem krassen Partystreifzug über den gesamten Campus beschäftigt, um geeignete Männer aufzugabeln.

Die Tür ging auf. Es war nicht Dara.

Sie trug ausgebeulte Jeans, einen noch stärker ausgebeulten Pullover und einen glatten Pferdeschwanz, der all ihr wunderbares blondes Haar nach hinten band und den Blick auf jeden Zentimeter ihres wunderbaren Gesichts freigab. »Na, so was«, sagte Shawn fröhlich. »Guten Abend, Herr Drüsentrieb. Welchem Umstand verdanke ich diese Ehre? Bier vermutlich?«

Mark der Eroberer schüttelte lächelnd den Kopf und trat an ihr vorbei ins Zimmer.

»Tu dir keinen Zwang an«, sagte sie und ließ die Tür offen, »komm herein und mach's dir bequem.« Sie ging durch das Zimmer und stellte die klassische Musik leiser. »Tut mir leid, aber ich habe deinen Namen vergessen.«

»Ja, genau.«

»Ja, wirklich. Ob du es glaubst oder nicht, du bist nicht der einzige Cowboy, der Dara sattelt. Du bist einer von vielen, Mann.«

Mark behielt sein Grinsen bei und schlenderte durch den Wohnbereich. Er sah ein offenes Buch auf dem Kaffeetisch und hob es auf. »*Schuld und Sühne*. Klingt langweilig.«

Sie ließ sich auf die Couch fallen. »Es steht was ziemlich Wildes über das Gewissen drin. Aber für einen blöden, eingebildeten Muskelprotz wie dich ist das natürlich langweilig. Sind ja auch keine Bilder drin.«

»Weil wir gerade von bilderlosen Büchern sprechen ...« Er überlegte kurz, ob der Übergang nicht ein bißchen plötzlich kam, spulte aber sein Programm weiter ab. »Im Sigma-Haus drüben gibt es zwei Bibliotheken, die voll davon sind. Warum kommst du nicht einfach mit rüber, um das Angebot zu testen? Und wenn du nichts findest, was dir zusagt – wir haben zufällig gerade eine Party, und vielleicht möchtes du ...«

Shawn sprang auf und keuchte. »Eine Verbindungsparty! Mit echten Verbindungsbrüdern? Warum hast du das nicht gleich gesagt?« Sie hob die Hand. »Warte hier. Ich hole nur schnell meine Kondome.« Sie verschwand in ihrem Schlafzimmer, und kurz darauf hörte Mark, wie sie Schubladen öffnete und wieder zuschlug.

»Keine Hektik«, rief er. »Ich habe welche in meinem Zimmer.«

»Meine sind mir lieber«, kam es zurück. »Sie sind gerippt – zu *meinem* Vergnügen.«

Mark mußte laut lachen. Das machte Spaß.

Sie kam ohne Kondome zurück, und ihr Pferdeschwanz hing sauber durch das hintere Loch einer Baseballmütze. Sie verschränkte die Arme und betrachtete müde ihren Verehrer. »Was hast du vor, Herr Drüsentrieb?«

»Was ich vorhabe?«

»Was machst du hier?«

»Oh«, sagte Mark. »Ich wollte dir eine Frage stellen.«

»Tu mir den Gefallen.«

Er zögerte einen Augenblick, um die Spannung zu erhöhen. »Wenn ich dich küsse, küßt du mich dann auch?«

Sie starrte ihn an, die Augenbrauen hochgezogen, das Grinsen irgendwo auf dem Weg ins Ungewisse. Er machte einen erobernden Schritt nach vorn. »Du bist die schönste ...«

»Wenn du mich küßt, dann beiße ich dir die Lippen ab«, sagte sie gelassen.

»Keine sehr freundliche Bemerkung«, sagte er.

Seufzend nahm sie die Arme auseinander und rieb sich über die Stirn. »Versteh doch, Mark ...«

»Aha!« Er griff nach dem letzten Strohhalm. »Du erinnerst dich also doch an meinen Namen.«

»Ja, stimmt. Also«, begann sie und fuhr mit der Fußspitze über den Teppich, »ich lasse mich gern küssen, aber nicht von dir. Im Gegensatz zu den anderen Studentinnen werde ich bei Lacrossespielern nicht scharf. Auch wenn sie eigentlich ganz nett aussehen.«

Mark senkte den Kopf und starrte auf den Boden.

»Es schmeichelt mir, daß du es versucht hast«, fuhr sie fort. »Aber leider wirst du mit leeren Händen zu deiner Sigma-Party zurückkehren müssen. Dara und ich teilen zwar das Shampoo, aber mehr auch nicht. Oberflächliche Gewohnheiten hat nur sie.«

Mark der Eroberer nickte und murmelte etwas wie:

»Na gut, war schön, dich gesehen zu haben.« Dann wandte er sich zum Gehen.

Doch auf der Schwelle zur Flucht blieb er stehen, weil er sich sagte, daß sein Gesicht nicht noch röter werden konnte und daß er wie üblich nichts zu verlieren hatte.

Also drehte er sich in der Tür um und legte das Gesicht in nachdenkliche Falten. Er sah ihr direkt in die Augen, als er sprach. »*Können ihre Überzeugungen denn jetzt nicht auch die meinen sein? Ihre Gefühle wenigstens, ihre Bestrebungen? ...*«

Sie sah ihn mit unveränderter Miene an. Anscheinend hatte sie nicht verstanden.

Er nickte in Richtung Kaffeetisch. »Ein Zitat von der letzten Seite von *Schuld und Sühne*.« Als ein beinahe ängstlicher Ausdruck in ihr Gesicht trat, fügte er achselzuckend hinzu: »Wahrscheinlich hast du noch nicht so weit gelesen.«

Er drehte ab, legte dann aber eine Hand auf den Türstock, um sich ihr ein letztes Mal zuzuwenden. »Aber vielleicht habe ich es auch falsch zitiert«, grinste er. »Ich habe das Buch nämlich seit der Highschool nicht mehr gelesen.« Mark machte auf dem Absatz kehrt.

Er legte einen Boxenstop in seinem Zimmer ein und vertauschte das weiße Polohemd und die gebügelte Hose gegen ein zerrissenes T-Shirt und zerrissene Jeans. Er warf die makellosen Docs in die Ecke und schlüpfte in Stoffturnschuhe, die mit Fischeingeweiden und Bier befleckt waren. Mit leeren Händen, aber in einem Stück kam er zur Sigma-Party zurück und schloß sich dem bewegenden Spiel »Stiefellecken« an, bei dem die liebenden Brüder dazu aufgefordert waren, sich übereinander zu erbrechen.

In Watson Hall bemühte sich Shawn inzwischen nach Kräften, nicht zur letzten Seite von *Schuld und Sühne* vorzublättern. Sie stellte Tschaikowsky wieder auf sein angemessenes Dezibel-Level und summte mit der Musik. Sie schenkte sich ein Glas Rotwein ein, schwenkte es und beobachtete den Ablauf der Flüssigkeit an der Wölbung des Glases. Sie nahm die Baseballmütze ab und schüttelte ihre Mähne aus. Sie betrachtete die Kunstdrucke, die schon seit September ihre Wände zierten und sah schließlich sogar noch Daras Sammlung von »Stimmungsmusik« durch.

Dann griff sie nach *Schuld und Sühne* und blätterte zur letzten Seite.

Obwohl ihr der Satz praktisch sofort entgegensprang, ignorierte sie ihn zunächst und tat so, als würde sie die letzte Seite aus reiner Neugier lesen, um zu erfahren, wohin diese langweilige Geschichte führte. Beim ersten Satz beginnend, las sie methodisch weiter und setzte gleichzeitig das Weinglas an die Lippen. Der Merlot erreichte gerade ihre Zunge, als ihr Blick auf das erste der fünfzehn Worte fiel, und nachdem sie einen kleinen Schluck genommen hatte, hatte sich ihre Befürchtung bewahrheitet.

Irgendwie hatte sich Mark Jessy ein Dostojewski-Zitat aus den Rippen geleiert.

Und es Wort für Wort wiedergegeben.

Sie schloß das Buch und legte es sanft auf den Tisch. Ein Blick auf Daras Mickymaus-Uhr zeigte ihr, daß es elf nach elf war. Zeit für einen Wunsch. Sie ersetzte die Heiterkeit Tschaikowskys durch die Hingabe Sarah McLachlans, machte es sich mit ihrem Wein auf der Couch bequem und wünschte sich gegen ihren Willen, Mark möge zurückkommen.

14. KAPITEL

Hätte jemand Mark in den ersten sechs Monaten seines zweiten Studienjahrs gesagt, daß er mit der Zielsicherheit einer Kugel auf Scherereien zusteuerte, hätte er es nie geglaubt. Aus seiner Kindheit wußte er, daß Scherereien mit Kostümen anfingen und im Chaos endeten. Scherereien hatten nichts mit seiner Situation als glücklicher Sigma-Bruder zu tun. Scherereien hatten nichts mit allnächtlichen Partys in Gesellschaft neuer bester Freunde zu tun.

Und Scherereien hatten nichts mit Sex zu tun.

Bis zur Nacht des 2. März.

Dabei war der Abend nach dem Anfang der ersten Party unter dem Thema »Die Alten bedienen die Jungen« zunächst der Hit gewesen. Eine neue Tradition. Seltsamerweise war das Partythema das Geistesprodukt der Studenten im vierten Jahr. Mark, der ja bereits einiges über die Hierarchie des Hauses wußte, fand das zuerst ein wenig untypisch. Es war doch die Aufgabe der Studenten im dritten Jahr, die Partys zu planen, und wer hatte schon mal gehört, daß die älteren Sigmas die jüngeren bedienen? Er dachte aber nicht weiter darüber nach, nachdem ihm der Sigma-Präsident Scott Patterson die erste von vielen explosiven Margaritas gereicht hatte. Mark und die anderen Studenten seines Jahrgangs saßen im weiteren Verlauf des Abends auf behelfsmäßigen Thronen und prosteten einander zu, während die älteren Studenten auf jeden ihrer Winke herbeieilten.

Der Alkohol floß in Strömen, und, wie Kiko gesagt hätte, das Urteilsvermögen verließ Mark wie das Ablaufen des Wassers bei Ebbe. Immer wenn er aufsah, drückte ihm ein anderer Sigma-Bruder irgendeinen

Cocktail in die Hand. Zu seinen Füßen sammelten sich die Plastikbecher wie Hülsen von Artilleriegeschossen, und ein Nebel der Ungewißheit senkte sich auf ihn herab.

Er sah, wie Ran Robinson ein weiteres Trinkspiel erfand und meisterte ... wie A. J. Dominic alle Ankommenden zum Liegestützwettbewerb aufforderte und besiegte ... wie Tommy Lange ein Kondom durch die Nase hochzog und aus dem Mund wieder hervorholte ... und wie Brendan Coe sich dasselbe Kondom über das Gesicht und den Kopf streifte.

Er sah sechs Phi-Omega-Studenten auf der Suche nach Festivitäten uneingeladen in die Bar treten, und es drang dumpf in sein Bewußtsein, daß sie von Dominic und sieben älteren Sigmas verprügelt wurden. Die Phi-Omegas liefen um ihr Leben, und zurück blieb nur ihr Blut, das kleine, schmutzig-rote Lachen auf dem Boden bildete.

Die Grenze zwischen real und irreal wurde noch unschärfer, als drei Mädels mit hochgestyltem Haar und flachem Bauch die Bar betraten. Wie Stripperinnen auf einer Junggesellenparty wackelten sie verführerisch mit den Hüften, und ihre Miniröcke und Trägertops verbargen so gut wie nichts. Mark sah, wie seine Brüder starrten. Dann sah er, wie ihm der Steinboden entgegenkam und ihm ins Gesicht schlug.

»Ich bin okay!« brüllte er, mehr an den Boden als an jemand anderen gewandt. Aber er war nicht okay. Er war ganz und gar nicht okay. Der Boden hielt ihn an Händen und Knien, und sein Verstand und Bauch trafen sich irgendwo im Hals, kurz vor dem Erbrechen.

Er war so betrunken, daß er Angst bekam.

Zwei Hände halfen ihm auf die Beine, zwei andere führten ihn zur Ecke der Bar, wo er sich an beide Wände lehnen konnte. Er rutschte nach unten, die Hände auf den Knien und die Augen geschlossen, und eine innere Stimme lallte ihm zu, daß er Hilfe brauchte.

Als er die Augen öffnete, sah er Billy Lynnroys großes Clownsgesicht eine Handbreit vor seinem.

»Mark, alter Hengst.« Billys Stimme drang wie ein teuflisches Grunzen an sein Ohr. »Eins von den Mädels da mag dich, Mann.«

»Häh?«

»Sie mag dich.« Er drehte sich um und zeigte irgendwohin. »Die da. Sie findet dich niedlich.«

»Laß mich in Ruhe, Billy.« Mark stieß ihn von sich und fiel dabei fast um. Er rutschte noch tiefer. »Bitte helft mir«, flüsterte er. »Bitte helft ...«

Eine dünnfingerige Hand an einem bereiften Handgelenk erschien vor seinem Gesicht, und er sah auf. Die größte der drei Frauen stand vor ihm, ihr Gesicht reizend, ihr Haar rotbraun, ihr spärlich bekleideter Körper nett, ihr Lächeln freundlich. »Hier.« Sie bewegte die Finger. »Nimm meine Hand.«

Mark nahm ihre Hand, und sie zog ihn hoch. Das schnelle Aufstehen versetzte seinem bereits angeschlagenen Gleichgewichtssinn einen Schock, und er taumelte gegen sie. Sie fing ihn auf, hielt ihn einen Augenblick und schob ihn dann sanft von sich. Sie lehnte ihn gegen eine Wand und umfaßte sein Kinn mit einer kühlen Hand, während sie auf ihn einlaberte. Mark wollte sich konzentrieren, wollte ihr zuhören, wollte sie bitten, ihn auf die Krankenstation zu bringen, ins Hospital, ins Badezimmer. Aber er konnte nichts davon. Er stand nur da und wartete darauf, zu sterben.

Lächelnd beugte sie sich vor, und ihre Lippen streiften sein Ohr. »Komm mit«, flüsterte sie über dem Lärm.

Sie nahm ihn an beiden Händen und führte ihn durch die Bar. Brüderliche Hände klopften ihm auf den Rücken, brüderliche Stimmen grölten Reime, die sich kaum reimten, und brüderliche Körper machten sexuelle Gesten. In diesem dröhnenden Durcheinander ließ er sich durch die Bar und hinaus in den kleinen Gang ziehen, der zum Heizungsraum und zur unteren Bibliothek führte. Das Mädchen wandte sich ihm zu und forderte ihn auf, mitzukommen, keine Angst, während sie rückwärts die Treppe hinunterschwebte. Das letzte, woran sich Mark genau erinnern konnte, war das unglaubliche Blau ihrer Augen unter den dunkelroten Strähnen ihres toupierten Ponys.

Dann brachen alle Dämme in ihm, und die Nacht wurde zu einer Traumfolge von sonderbaren Schnappschüssen und akustischen Eindrücken.

Eine Tür, die sich quietschend öffnete. Eine schweigende Wand aus Büchern. Das Klicken eines Schlosses. Ein Lächeln. Lippen, die sich trafen, trennten und sich wieder trafen. Flüstern im dämmrigen Lampenlicht. Tastende Finger, die Brüste und Hintern und Reißverschlüsse fanden. Nackte Körperteile. Haut auf Haut. Packende, ziehende, stoßende Hände.

Ein Schlag, sein klatschendes Echo auf der Haut.

Eine Zornesaufwallung.

Ein Zupacken.

Ein Körper unter ihm.

Ein schriller Schrei.

Bei Tagesanbruch erwachte er zum Donnern eines für die Jahreszeit ungewöhnlichen Gewitters und mit einem gigantischen Kater. Sein unbekleideter Oberkörper war über die Sitzkissen des Sofas in der unteren Bibliothek drapiert, und die Beine waren unter ihm zusammengekrümmt.

Mit angespannten Muskeln wälzte er sich auf den Boden. Klebrige Teppichnässe sagte ihm, daß seine Hose nicht hochgezogen war.

Plötzlich erinnerte er sich an das Mädchen.

Er setzte sich auf und sah sich mit dem einen funktionierenden Auge in der Bibliothek um. Wo war sie?

Nirgends.

Seufzend und ächzend fixierte er die nackte Haut seiner Taille und seiner Schenkel. Angestrengt versuchte er sich an die letzte Nacht zu erinnern. Hatte er mit ihr geschlafen? Hatte er ein Kondom benutzt?

Wo war sie?

Wer war sie?

Er hatte keine Antworten, nur ein komisches Gefühl, als hätte ihn etwas Gefährliches gestreift und er wäre gerade noch mit dem Leben davongekommen.

15. KAPITEL

Als Mark am folgenden Montag seine Post holte, fand er im Briefkasten nur einen Umschlag mit dem offiziellen Collegestempel, der an Mark Morningstar Jessy adressiert war. Er setzte sich auf das Sofa im Aufenthaltsraum und öffnete den Brief.

Lieber Mark,

Angela McSheffrey aus Georgeville hat beim College offiziell Beschwerde gegen Sie eingereicht. Sie behauptet, daß Sie sie am Samstag abend, den 2. März, bei einer Party im Haus der Verbindung Sigma Delta Phi sexuell belästigt und versucht hätten, sie zu vergewaltigen.

Ms. McSheffrey hat den Wunsch geäußert, daß diese Angelegenheit ohne Hinzuziehung lokaler oder staatlicher Behörden allein vom College geregelt wird. Dies halte ich für ein ermutigendes Zeichen, weil darin Kooperationsbe-

reitschaft zum Ausdruck kommt. In Übereinstimmung mit der Satzung des College wird der Fall vor den Disziplinarausschuß unseres Hauses gebracht. Hiermit werden Sie zur Voruntersuchung am Donnerstag, den 7. März, um 16.00 Uhr vorgeladen.
Mit besten Grüßen
Anson J. Templeton
Dekan des College

Was?

Mark las den Brief noch einmal und dann noch einmal.

Und noch einmal.

Was?!

Sein erster Gedanke war, das Ganze sei ein Witz. Die Jungs hatten sich wohl einen kleinen Scherz mit ihm erlaubt. Er sah sich im Aufenthaltsraum um und dann hinüber zu den Fenstern, auf der Suche nach Verbindungsbrüdern, die sich über seine Reaktion auf das gefälschte Schreiben in seinen Händen halb kaputtlachten.

Aber er erkannte niemanden im benachbarten Spielraum, und sein Instinkt sagte ihm, daß der Brief echt war.

Als der zweimal gefaltete Bogen aus seiner erschlaffenden Hand zu Boden glitt, mußte er an seine Eltern denken.

Und nur mit Mühe konnte er Tränen unterdrücken.

Fast den ganzen Tag verbrachte er eingeschlossen in seinem Zimmer und watete durch einen Sumpf von Emotionen, die von Ungläubigkeit über Zorn bis hin zum Selbsthaß reichten.

Nacheinander schauten so gut wie alle Sigma-Brüder vorbei, um ihm auf die Schulter zu klopfen und durchs

Haar zu streichen und ihm zu versichern, daß sie voll hinter ihm stünden. Als letzter erschien auch noch Sigma-Präsident Scott Patterson.

»Hey, Kumpel«, sagte er und ließ seine durchtrainierte Figur auf die Couch sinken. »Wie läuft's?«

»Ich fühle mich super«, erwiderte Mark lustlos. »Für einen Vergewaltiger.«

»*Versuchte* Vergewaltigung«, korrigierte Patterson. »Und außerdem darfst du dich nicht so hängen lassen.« Er beugte sich über die Sofalehne und brachte den leise winselnden CD-Spieler zum Schweigen. »Hör zu, ich muß Sheila im Käfig abholen, ich hab also keine Zeit zum Schwafeln. Aber ich bin gerade mit dem Dekan und der Korporation der Sigma-Ehemaligen zusammengewesen, und ich kann mir vorstellen, daß du wissen möchtest, was Sache ist.

Okay. Angela McSheffrey hat heute früh am Morgen den Dekan angerufen und ihm einen ziemlich detaillierten Bericht über Samstag nacht gegeben. Nach ihrer Darstellung hast du sie in die untere Biblio gelockt und dort versucht, sie zu vergewaltigen, und ihre beiden Freundinnen sind Zeugen. Kannst du dich an die noch erinnern?«

»Nein. Kaum.«

»Na, egal. Du mußt dir drüber im klaren sein, daß zur Zeit politische Korrektheit angesagt ist und daß die Simsbury Women's Association die Schule bei den Eiern hat. Wenn du mich fragst, ist das nur ein Haufen durchgeknallter Lesben. Aber wenn du die Lehrer und die Verwaltung fragst, dann ist die SWA ein unverzichtbarer Bestandteil dieser netten kleinen Schule. Auf jeden Fall hat die SWA von der Sache Wind bekommen und verlangt, daß eine Vertreterin zu deiner Anhörung zugelassen wird.«

»Na, toll.«

»Ich muß dir wohl nicht erklären, daß die SWA nicht auf deiner Seite ist. Sie repräsentieren die Interessen der *Frauen. Aller* Frauen. Du bist ein Mann, und du hast versucht, eine der Ihren zu vergewaltigen, und sie wollen bei der Anhörung dabeisein, damit du auch wirklich eins aufs Dach kriegst.«

Mark nickte benommen.

»Templeton hat gesagt, er wird sich die Sache überlegen, und das heißt wohl, daß er es zulassen wird. Mein Gott, wenn er nicht zustimmt, wird jede selbstgerechte Schlampe auf dem Campus anfangen, BHs zu verbrennen.« Patterson atmete tief durch und legte Mark die Hand auf die Schulter. »Mark, die alten Herren von Sigma sind besorgt. Sie stehen voll hinter dir, keine Frage, aber sie wollen natürlich auch verhindern, daß die Verbindung hineingezogen und bestraft wird. Steve Hughes meint, daß der Aufsichtsrat sowieso nicht gut auf Verbindungen zu sprechen ist und vor allem an uns gern ein Exempel statuieren würde. Früher hätte ich gesagt, daß wir zusammenhalten und uns wehren müssen ...« Seufzend unterbrach er seinen Satz. »Aber diesmal wäre es wohl am besten, wenn du die Sache auf deine Kappe nimmst.«

»Keine Sorge«, murmelte Mark. »Das war ganz allein meine Schuld. Das werde ich auch dem Disziplinarausschuß ganz klar sagen.«

Patterson nickte und klopfte ihn auf die Schulter. »Die alten Herren werden es bestimmt zu schätzen wissen.« Er stand auf und begann im Zimmer auf und ab zu gehen. »Geh da rein, gib deinen Fehler zu und nimm es, wie es kommt. Vergewaltigung ist eine Grauzone, und dein Wort steht immer noch gegen das ihre.

Trotzdem«, fuhr er fort, »würde ich dir empfehlen, weil das politische Klima nun mal so ist, daß du dich in deiner Wortwahl auf entschuldigende Äußerungen beschränkst.« Er blieb stehen und schüttelte die geballte Faust. »*Denk nach*, Mark. Denk an Samstag abend. Ich weiß, du warst betrunken – und ich mache mir auch Vorwürfe deswegen –, aber kannst du dich denn wirklich an gar nichts mehr erinnern? Gibt es nichts, was ihre Geschichte ins Wanken bringen könnte?«

Noch einmal dachte Mark an die Ereignisse von Samstag nacht. Woran konnte er sich überhaupt erinnern?

»Ich erinnere mich an nichts«, sagte er schließlich.

Patterson schüttelte mitfühlend den Kopf. »Dann zeig die weiße Fahne, um einen Ausdruck deiner Vorfahren zu entlehnen, Mark. Halt sie hoch, damit die ganze Welt sie sieht. Laß dich nicht aus Stolz hinreißen, sonst fliegst du vom College, Mann.«

»Vielleicht sollte ich das Mädchen anrufen«, sagte Mark leise. »Vielleicht, wenn ich mich entschuldige ...«

»Das würde ich dir nicht raten. Ich bin zwar kein Experte für die psychische Verfassung von Vergewaltigungsopfern, aber ich glaube, du hast sie tief verletzt. Du verschlimmerst die Sache nur, wenn du sie anrufst, und wahrscheinlich haut sie dir dann auch noch eine Unterlassungsverfügung um die Ohren. Nur daß *dann* auch noch die Polizei mit im Spiel ist. Und glaub mir, das ist das letzte, was du brauchen kannst.«

Nein, das konnte Mark definitiv nicht brauchen.

»Laß sie einfach in Ruhe«, schloß Patterson. »Laß sie in Ruhe, nimm es wie ein Mann, und bete mit uns, daß der Disziplinarausschuß an so etwas wie eine zweite Chance glaubt.«

16. KAPITEL

Die Gründung des Disziplinarausschusses beruhte auf der ursprünglichen Satzung von Simsbury, die in einer Zeit verfaßt worden war, als Räume noch von Laternen beleuchtet und Männer Ehrenmänner waren. Der Disziplinarausschuß sollte der Schule einen Ansatz bieten, um bei vermuteten Übeltaten intern Recht zu sprechen. Die Bildung des Ausschusses ging von der hochmütigen Überzeugung aus, daß begabte Simsbury-Studenten strittige Situationen besser klären konnten als der Staat Maine oder sogar die Bundesbehörden. Die Gründer vertraten die Auffassung, daß ein »umsichtiges Disziplinarkomitee von Kommilitonen« in der Lage sein müßte, studentische Streitfälle allein und kompetent zu lösen. Theoretisch war der Disziplinarausschuß eine revolutionäre Idee – ein Vorbild für andere, betulichere Colleges und Universitäten in New England.

In der Praxis war er jedoch nicht ganz so anerkennenswert. Er trat nur selten zusammen (ungefähr einmal im Jahr, um einen offensichtlichen Plagiatsfall zu behandeln und gleich abzuschließen), und die Besetzung mit dem Dekan und drei Studenten, die nach eindrucksvollen Referenzen für ihre Harvard-Bewerbung suchten, ließ die Bezeichnung Ausschuß ziemlich hochtrabend erscheinen. Aber die Lehrerschaft, die Verwaltung und der Aufsichtsrat hatten einen Narren am Disziplinarausschuß gefressen, der über die Jahre hinweg seinen Ruf als hochgeschätzte Institution zu wahren vermochte.

Mark Jessys Fall sexueller Belästigung und versuchter Vergewaltigung war einmalig in der Geschichte dieser Institution. Mark wußte, daß diese Anschuldigung viel ernster war als alles, was der Disziplinarausschuß je zuvor verhandelt hatte. Mit verkrampftem und knurrendem Magen wartete er am Donnerstag, den 7. März, Punkt 16.00 Uhr vor dem Konferenzraum des Verwaltungsgebäudes. Mehrmals mußte er den Impuls unterdrücken, den Bananen-Nuß-Muffin, den er am Morgen mühsam hinuntergebracht hatte, wieder zu erbrechen.

Da er nur eine sehr begrenzte Garderobe besaß, hatte er sich von Fairchild ein Jackett und von Ran eine Krawatte ausgeborgt. (Er hatte überlegt, ob er seinen blauen Sigma-Blazer anziehen sollte, doch es erschien ihm zu provokativ. Aber er hatte sich dafür entschieden, den kleinen blauen Stahladler – das Sigma-Symbol – mitzubringen, den man ihm am vergangenen Abend als Zeichen brüderlicher Unterstützung feierlich überreicht hatte.) Die geliehenen Kleidungsstücke fühlten sich fremd an und verstärkten noch sein Unbehagen. Aber er sah wohl ganz respektabel aus. Er hatte sich die Zeit genommen, um sich einen richtigen Scheitel zu ziehen, und er hatte sich zum ersten Mal seit Wochen die Fingernägel gesäubert. Als er sich in einem der Ledersessel des Wartezimmers hin und her wand, rieb er den blauen Adler zwischen den Fingern und bemühte sich – vergeblich – nicht schuldig auszusehen.

Kurz nach vier öffnete der Dekan die Tür des Konferenzraums und winkte Mark herein. Mark steckte den Adler in die Tasche und fuhr sich noch einmal über Haar und Kleidung, ehe er dem Dekan folgte.

Ohne Worte wurde er zu einem einsamen Platz an einer langen Eichentafel dirigiert. Dann sah er sich um.

Ihm direkt gegenüber saß die Klägerin, die Wiederauferstehung einer alkoholumnebelten Erinnerung. Verschwunden das Trägertop. Untoupiert das rotbraune Haar. Angela McSheffrey trug einen hochgeschlossenen Pullover unter einem marineblauen Blazer und einen vernichtenden Blick, den sie Mark wie einen Pfeil zwischen die Augen schleuderte.

Er biß sich auf die Lippen und schaute weg.

Am Kopf der Tafel saß der Dekan und sah genau wie der überhebliche Snob aus, der er seinem Ruf nach war. Hinter ihm saßen auf einer erhöhten Plattform in einer Art Kirchenbank zwei Typen, die Mark nicht kannte. Er sah ihre schwarzen Roben und den unparteiischen Gesichtsausdruck. Wahrscheinlich zwei der drei studentischen Mitglieder des Disziplinarausschusses. Er fragte sich, wo das dritte Mitglied war.

Aus einem Ledersessel an der Wand quoll eine korpulente Frau mit kurzem Haar, das aussah, als wäre es von unprofessionellen Händen abgehackt worden. Sie wirkte kantig und abweisend, und sie starrte Mark mit solcher Gehässigkeit an, daß er zusammenzuckte und sich abwandte.

Der Dekan erhob sich und trat in die Mitte des Raumes. »Mr. Jessy, ich bin Anson Templeton, Dekan des College. In dieser Eigenschaft bekleide ich auch beratende Funktion für den Disziplinarausschuß.« Er drehte sich um und wies auf die beiden Studenten, die auf der Plattform saßen. »Das sind Brad Perry und Jeff Grandell, zwei Mitglieder des Disziplinarausschusses.«

Dann deutete er auf die schwergewichtige Frau an der Wand. »Das ist Marily Greenledger, die Präsidentin der Simsbury Women's Association. Sie wird der heutigen Anhörung als Beobachterin beiwohnen.«

Marily Greenledger warf Mark einen weiteren bösen Blick zu. Er schluckte.

Er war verloren.

Der Dekan wies nach links. »Das ist Angela McSheffrey. Sie hat um diese Anhörung ersucht und tritt hier als Klägerin auf. Solange wir noch auf unser drittes …«

In diesem Augenblick flog die Tür auf, und herein sauste ein wilder Wirbel aus Blond und Blau und Fleece und Denim, der ein Weiterreden des Dekans überflüssig machte und Marks Frage nach dem dritten Mitglied des Disziplinarausschusses beantwortete.

Es war niemand anderer als Shawn Cara Jakes.

»Entschuldigen Sie bitte meine Verspätung«, sagte sie außer Atem. »Ich wurde im Labor aufgehalten.«

Mark schloß die Augen und ließ den Kopf hängen.

Jetzt war er wirklich verloren.

»Das ist Shawn Jakes«, verkündete der Dekan. »Das dritte Ausschußmitglied.«

Betreten suchte Mark ihren Blick und nickte. Freundlich erwiderte sie sein Nicken, als hätte sie ihn noch nie zuvor gesehen und als hätte sie nie gedroht, ihm die Lippen abzubeißen. »Hallo, Mark.«

Der Dekan schlürfte aus einem dampfenden Becher und tupfte sich mit einer Serviette die Lippen. Dann erklärte er das weitere Vorgehen. Die heutige Sitzung diente nur der Anhörung, um Fragen und Antworten zu klären. Wenn die Ausschußmitglieder die Befragung abgeschlossen hatten, würden sie sich vertagen, um zwischen zwei Möglichkeiten zu entscheiden: eine einstimmig beschlossene Bestrafung, sollte sich der Angeklagte schuldig bekennen, oder eine Untersuchung, sollte sich der Angeklagte nicht schuldig bekennen. Die Untersuchung würde rund eine Woche dauern, nach deren Verlauf der Disziplinarausschuß erklären mußte, ob er die Klage abweisen oder im Namen des College Anklage erheben würde. Sollte sich der Ausschuß oder ein Teil desselben für eine Anklageerhebung entscheiden, würde er ähnliche Aufgaben wahrnehmen wie eine Bezirksstaatsanwaltschaft. Der Dekan würde als unparteiischer Richter in einem echten Prozeß fungieren. Die Mitglieder des Aufsichtsrates würden die Rolle der Geschworenen übernehmen. Dem Angeklagten stand es in diesem Fall frei, sich unter den Studenten einen Rechtsbeistand zu wählen. Der Konferenzraum würde in einen Gerichtssaal verwandelt und das Verfahren in Übereinstimmung mit den hierfür in der Collegesatzung niedergelegten Verordnungen durchgeführt werden.

Schließlich wandte sich der Dekan an die Klägerin. »Also schön. Angela, beginnen wir doch einfach damit, daß Sie uns Ihre Sicht der Ereignisse vom Samstag abend schildern.«

Der Dekan zückte einen Notizblock, und die drei studentischen Mitglieder folgten seinem Beispiel. Angela räusperte sich und begann zu sprechen.

»Am Samstag abend«, sagte sie mit starkem Maine-Akzent und verletzlichem Ton, »bin ich mit meinen zwei Freundinnen Tanya und Becky ins Hayloft gegangen. Nach ein paar Drinks wollten wir dann schauen, ob nicht vielleicht drüben bei einer Verbindung noch was los war. Das haben wir früher schon gemacht, aber wir waren das erste Mal im Sigma-Haus. Ich glaube, wir waren ungefähr um Mitternacht dort.

Wir haben ein, zwei Bier getrunken und mit ein paar Brüdern geredet. Dann ist mir *dieser* Typ aufgefallen«, sie zeigte mit dem Daumen in Marks Richtung. »Er saß auf dem Boden in der Ecke der Bar, total betrunken. Irgendwie habe ich mir gesagt: ›Vielleicht braucht er Hilfe.‹ Also bin ich zu ihm hin und habe ihm aufgeholfen. Dann hab ich ihn gefragt: ›Willst du dich irgendwo hinsetzen, wo es ruhig ist?‹«

Sie schluckte, und ihre Augen flogen hin und her.

»Ich hab ihn aus der Bar rüber in den ... ich weiß nicht ... den Flur gebracht ... Er ist gestolpert, da hab ich ihn an den Händen genommen, so« – sie hielt ihre Hände über dem Tisch in die Höhe – »um ihn zu stützen … Ich hab ihn in die untere Bibliothek gebracht … das Licht angemacht. Dann hab ich ihn auf eine Couch gesetzt … Er meinte, ich soll die Tür zuschließen … Das hab ich gemacht … Ziemlich blöd von mir, wahrscheinlich.«

Sie verstummte und ließ eine Sekunde lang den Kopf hängen, dann blickte sie zu Greenledger, die ihr zunickte. Mit neuem Mut fuhr sie fort.

»Als … als er mich zum ersten Mal geküßt hat, hab ich mir gesagt: ›Egal, Küssen ist ja harmlos‹ … Also, na ja … wir haben uns ein bißchen geküßt.«

Sie bewegte sich nervös. »Er hat mich fester geküßt, und ich hab gesagt, er soll das lassen. Dann hat er mich *fester* geküßt … und ich hab gesagt, er soll aufhören damit … Er … hat mein Trägertop gepackt und es runtergezogen.« Ihre Stimme verlor etwas an Kraft. »Er … er hat meine Brust befummelt … mich in die Brustwarzen gezwickt … Ich wollte sagen, nein …«

Aus ihrem Auge trat eine einsame Träne und lief ihr über die Wange. »Er hat seine Hand auf meinen … Hintern gelegt … und dann hat er meine Hand auf seinen Hintern gelegt … Ich habe ihn weggestoßen.«

Noch eine Träne. »Er … er ist wieder auf mich losgegangen … noch fester … Er hat meine Brust gepackt … und sie gedrückt … fest gedrückt … Dann habe ich gehört, wie er an seinem Reißverschluß zog … Ich habe ihn weggestoßen … ich hab ›*Nein!*‹ gesagt … aber er hat mich einfach gepackt.«

Die Tränen flossen jetzt in Strömen. »Ich hab ihn … geschlagen … auf die Brust … dann noch mal … Aber das hat ihn, glaub ich, nur sauer gemacht … Er … er hat die … Hose bis zu den Knien runtergezogen … Da hab ich wieder ›Nein!‹ geschrien, ›hör auf‹ … Aber er war total … er hat seinen Penis rausgeholt … und ist über mich hergefallen.«

Sie weinte, ihre Stimme zitterte und brach. »Er hat sich auf mich draufgelegt ... dann hat er sich unter meinen ... meinen Rock geschoben ... er wollte in mich ... seinen Penis ... in mich ... Ich habe geschrien wie eine Verrückte.«

Greenledger stemmte sich aus ihrem Sessel und trat neben Angela, um ihr eine tröstende Hand auf die bebende Schulter zu legen.

»Er hat stärker gestoßen ... ich konnte seinen ... ihn fühlen ... Ich hab wieder geschrien ... meine Freundinnen haben gegen die Tür getrommelt ... Sie haben gerufen: ›Angela, was ist los mit dir? Ist alles in Ordnung?‹

Dann habe ich gespürt, wie sein Körper total schlapp wurde ... als ob er weggetreten wäre ... wie *tot* ... ich habe ihn von mir runtergerollt ... Dann bin ich zur Tür gelaufen und hab aufgemacht ... meine Freundinnen haben mich rausgeholt.«

Sie atmete mehrmals tief durch und faßte sich allmählich. »Wir sind in Beckys Wagen losgefahren ... und Tanya hat gemeint: ›Wir haben gesehen, daß er dich angegriffen hat.‹ Ich glaube, sie haben mich gesucht ... Sie haben im Bad nachgeschaut, und dann im Heizungsraum ... und da haben sie mich schreien gehört ... Sie konnten durch ein Loch in der Wand sehen ... und sie haben gesehen, daß er auf mir drauf lag und ... gestoßen hat ... Becky hat gesagt: ›Er hat versucht, dich zu vergewaltigen, Angela, wir haben es genau gesehen. Er hat versucht, dich zu vergewaltigen.‹«

O mein Gott, dachte Mark. *Das Loch in der Wand.*

»Das ... später in der Nacht ... hatte ich einen Alptraum ... er hat mich vergewaltigt ... immer wieder ... ich bin schreiend aufgewacht ...«

Alpträume, dachte Mark, ohne wirklich zu denken. *Schreien.*

»Sonntag nacht das gleiche«, fuhr Angela fort. »Da ... da habe ich Montag früh den Dekan angerufen.«

Sie zeigte auf Mark, und ihr Gesicht war nicht mehr das eines Opfers, sondern einer kalten Angreiferin. »Weil es einfach so ist«, erklärte sie mit neugefundenem Selbstvertrauen, »daß er absolut kein Recht dazu hatte. Ich habe nein gesagt und ich habe mich gewehrt. Er hat mich ignoriert, mich angegriffen und versucht, mich zu vergewaltigen. Und meine Freundinnen können es bezeugen, wenn es sein muß.«

Zwei Minuten herrschte Schweigen, während die Mitglieder des Disziplinarausschusses in ihre Notizblöcke schrieben. Der Dekan fingerte an seinem Manschettenknopf. Greenledger stand noch immer und leistete tätschelnd und tröstend Beistand. Mark saß einfach nur da und kämpfte mit einer von Sekunde zu Sekunde wachsenden Übelkeit.

Als die Ausschußmitglieder ihre Notizen beendet hatten, blickte der Dekan zu Mark. »Mr. Jessy?«

Mark saß eine Weile einfach nur da und starrte in das Nichts, in das er schon seit Beginn der Zeugenaussage gestarrt hatte. *Jetzt kannst du es ihnen erzählen, Mark. Sag ihnen, warum du so etwas nie tun könntest. Erzähl ihnen, was dir deine Mutter eingebleut hat, erzähl ihnen von dem Long-Island-Touristen, der nach Wellfleet kam und Jennifer Wyatt bei ihrer ersten Verabredung mit ihm vergewaltigt hat. Erzähl ihnen, wie lang du nach dem Kerl gesucht hast.*

Dann erinnerte er sich an Scott Pattersons Worte: *Laß dich nicht aus Stolz hinreißen, sonst fliegst du vom College.*

»Es war nie meine Absicht«, begann er, »Sie zu verletzen, Angela. Ich habe allein gehandelt und übernehme die volle Verantwortung für meine Handlungen. Es tut mir wirklich unendlich leid.«

Er setzte sich.

Wieder langes Schweigen.

»Danke, Mark«, sagte der Dekan.

»Danke?«, kreischte Greenledger. »Wofür danken Sie ihm? Er hat gerade einen Vergewaltigungsversuch gestanden. Sie sollten ihm nicht danken. Sie sollten ihn kastrieren.«

»Beruhigen Sie sich, Marily ...«

»Von wegen! Angela hat ihm gesagt, er soll sie in Ruhe lassen, und trotzdem hat er sie mit seiner harten, männlichen Gewalt bedrängt.« Greenledgers Augen verengten sich wie kleine Messerwunden, als sie sich Mark zuwandte. »Jetzt wird abgerechnet, du Scheißkerl.«

Wieder Schweigen.

»Nun gut«, sagte der Dekan. »Haben die studentischen Ausschußmitglieder Fragen an die Zeugin?«

Brad Perry hob einen Bleistift. »Ja.« Er sah Angela an. »Miss McSheffrey ...«

»*Mizz* McSheffrey.«

Perry nickte Marily Greenledger ehrfürchtig zu. »*Mizz* McSheffrey, Ihrer Aussage habe ich entnommen, daß Sie ein Trägertop und einen Rock zu einer *Verbindungsparty* getragen haben. Halten Sie das nicht für ziemlich gewagt bei ...«

»O mein Gott! Einspruch!«

»Ms. Greenledger«, sagte der Dekan, »Sie sind kein Rechtsanwalt.«

»Das ist mir scheißegal!« keifte Greenledger. »Nicht Ms. McSheffrey ist hier angeklagt.« Sie deutete auf Mark. »Sondern dieses Schwein! Und nur damit Klarheit herrscht: Frauen haben das Recht, sich so zu kleiden, wie es ihnen paßt, auch wenn sie eines der ach so beliebten Verbindungshäuser betreten. Ich kann *nackt* ins Sigma-Haus gehen, wenn ich Lust darauf habe. Es wäre Erregung öffentlichen Ärgernisses, aber kein Grund, mich zu vergewaltigen.«

Die Ausschußmitglieder sahen einander an und nickten. Dann hob Shawn einen Finger. »Ich habe eine Frage. Angela, was haben Sie sich dabei gedacht, als Sie einen völlig betrunkenen jungen Mann in einen abgelegenen Raum gebracht und die Tür verschlossen haben? Wollten Sie vielleicht ein politisches Gespräch …«

»*Schluß* damit«, bellte Greenledger. »Ich weiß schon, worauf Sie hinauswollen, und es paßt mir überhaupt nicht. Eine Frau kann *nackt* neben einem Mann sitzen, der sich jede Droge dieser Welt reingepumpt hat, und selbst wenn die Wörter ›fick mich‹ auf ihrer Stirn stehen, hat sie immer noch das Recht, nein zu sagen.«

»Ms. Greenledger«, wandte der Dekan ein, »bitte denken Sie daran, daß dies die erste Anhörung zu einem sexuellen Vergehen in Simsbury ist …«

»Und um so wichtiger ist die Sache. Heute wird ein Präzedenzfall geschaffen, und als Vertreterin der SWA habe ich dafür zu sorgen, daß dies auf befriedigende Weise geschieht. Bisher kann ich das nicht behaupten.«

Auf der Suche nach weiteren Fragen blickten sich die Ausschußmitglieder ins Gesicht. Als sie keine fanden, wandten sie sich dem Dekan zu.

»Okay«, sagte der Dekan. »Ich denke, damit hätten wir soweit alles abgedeckt. Angela, ich danken Ihnen für Ihre Tapferkeit. Mark, danke für Ihre Kooperation. Marily, danke für Ihren Beitrag.«

Der Dekan schloß mit Ausführungen über technische Fragen und Zeitvorgaben, aber Mark hörte nichts mehr, denn sein Geist tauchte tief nach unten und zerrte Bilder der Vergangenheit ans Licht: seine Mutter in traditioneller Stammeskleidung, ein Tumult von Stimmen, knatterndes Gewehrfeuer.

»*Mark!*«

Blinzelnd kam er zu sich und entdeckte, daß ihn jedes

verächtliche und mitleidige Auge im Raum anstarrte. In seinen schmerzvollen Grübeleien war ihm offensichtlich etwas entgangen.

»Entschuldigung«, sagte er mit kaum erkennbarer Stimme. »Könnten Sie das bitte wiederholen?«

»Ich sagte«, erklärte der Dekan, »daß wir voneinander hören werden.«

»Oh. Okay.« Damit stand er auf und verließ betäubt den Raum.

Am nächsten Tag saß Mark vor dem Dekan in einem Büro, das extravaganten Luxus ausstrahlte.

»Mark«, begann der Dekan, »ich danke Ihnen noch einmal für Ihre Kooperation bei der gestrigen Anhörung. Es war richtig von Ihnen, nicht dagegen anzukämpfen.«

»Oh; nichts zu danken.«

Der Dekan schlürfte seinen Kaffee. »Tatsächlich ist dem Disziplinarausschuß die Entscheidung angesichts Ihrer deutlichen Reue nicht leicht gefallen. Die oberste Priorität des Ausschusses ist zwar der Schutz der Integrität von Simsbury, aber das zweite Ziel ist die faire Beurteilung, auch im Hinblick auf die moralische Entwicklung. Wozu soll eine Strafe gut sein, wenn sie Ihnen nicht auf dem Weg zum erwachsenen Menschen hilft?«

Er rieb sich die Nase und seufzte bedauernd. »Aber leider fanden die Ausschußmitglieder Ihr Vergehen so schwerwiegend, daß normale Gesichtspunkte nicht mehr gelten. Sie sahen sich gehalten, eine der Schwere Ihrer Tat angemessene Strafe auszusprechen.

Sie haben im Verhältnis zwei zu eins für Ihren Ausschluß vom Simsbury College gestimmt.«

Obwohl sich Mark schon halb auf dieses Urteil eingestellt hatte, spürte er, wie der Atem aus ihm herausgepreßt wurde und er von Panik erfaßt wurde. Wortlos und mit zitternden Lippen saß er da und suchte fieberhaft nach einem Argument, mit dem er eine Begnadigung erwirken könnte. *Es tut mir wirklich leid, ich wollte es nicht, es wird nie wieder passieren, werft mich nicht raus, wohin soll ich gehen, welches College wird mich jetzt noch nehmen, ich kann doch nicht den Rest meines Lebens mit Kiko Fische fangen …*

»Das Abstimmungsergebnis war zwei zu eins«, wiederholte der Dekan, während Mark in sein stillschweigendes Flehen um Vergebung versunken war, »und dann habe ich *meine* Stimme abgegeben.«

Marks innerliches Gewinsel kam abrupt zum Stillstand. Als er sich wieder auf die Situation eingestellt hatte, bemerkte er ein beinahe heroisches Lächeln auf dem Gesicht des Dekans. »Ich … was sagten Sie?«

»Ich sagte: ›*Und dann habe ich meine Stimme abgegeben.*‹«

Mark sah ihn verwirrt an. »Was für eine Stimme?«

»Die Stimme, auf die ich einen Anspruch habe, wenn die studentischen Mitglieder nach einer ersten Anhörung, bei der sich der Angeklagte schuldig bekennt, zu keiner einstimmigen Entscheidung kommen. Die Stimme, die dann den Ausschlag gibt.«

Mark starrt ihn nur an.

Der Dekan lehnte sich vor. »Möchten Sie wissen, wie ich gestimmt habe?«

Nach kurzem Zögern nickte Mark.

Der Dekan schlug begeistert auf den Tisch und holte ein Blatt Papier aus der Schublade, das er Mark reichte. »Lesen Sie selbst.«

Mark nahm das Blatt vorsichtig entgegen und warf dem Dekan einen Blick zu. Dann begann er zu lesen.

An: Akten
Von: A. Templeton
Betreff: Disziplinarmaßnahmen gegen Mark Jessy

Nach sorgfältigem Abwägen lege ich im Fall Angela McSheffrey (K) gegen Mark Jessy (A) mein Veto gegen den vom Disziplinarausschuß mit zwei zu eins Stimmen verhängten Strafentscheid des permanenten Ausschlusses ein. Mr. Jessy hat deutliche Anzeichen von Reue gezeigt, die darauf schließen lassen, daß er sich für seine Tat große Vorwürfe macht. Darüber hinaus bin ich der Ansicht, daß dem College am besten gedient ist, wenn er seine Ausbildung fortsetzt. Er ist bei seinen Kommilitonen sehr beliebt und kann dank seiner Erfahrungen nun dazu beitragen, das Gespür für die Gefahren eines unziemlichen sexuellen Verhaltens zu erhöhen. Ich bin überzeugt, daß sich Mr. Jessy dieses Anliegen zu eigen machen wird.

Aus diesem Grund ändere ich den Strafentscheid ab wie folgt:

1. *Mr. Jessy hat seine Beziehung zur Verbindung Sigma Delta Phi unverzüglich zu lösen. Er darf zwar auch in Zukunft an sozialen Veranstaltungen von Sigma teilnehmen, aber es ist ihm untersagt, vollwertiges Mitglied der Verbindung zu bleiben und weiterhin im Sigma-Haus zu wohnen.*
2. *Mr. Jessy muß innerhalb eines Jahres ab dem Datum dieses Schreibens mindestens ein »Bewußtseinsseminar« organisieren. Form und Inhalt dieses Seminars müssen vorab die Billigung der Simsbury Women's Association finden.*
3. *Mr. Jessy muß eine der beiden Positionen im Disziplinarausschuß einnehmen, die nach dem laufenden Lehrjahr frei werden. Er muß diese Stellung bis zu seinem Abschluß bekleiden.*

Die Nichteinhaltung einer dieser Sanktionen hat die sofortige Entlassung Mr. Jessys vom College zur Folge.
Diese Entscheidung fällt mir nicht leicht, und sie ist keinesfalls Ausdruck mangelnden Vertrauens in die studentischen Mitglieder des Disziplinarausschusses oder gar mangelnden Respekts vor Ms. McSheffrey. Ich bin jedoch verpflichtet, im Interesse des gesamten College zu handeln. Ich bin zutiefst davon überzeugt, daß der abgeänderte Strafentscheid dieses Ziel am ehesten erreichen kann.

Mark las das Schreiben noch einmal und sah dann zum Dekan auf. »Ich kann es nicht fassen.«

Templeton nickte lächelnd. »Und was meinen Sie dazu?«

Mark warf noch einen letzten Blick auf das Papier, bevor er es auf den Schreibtisch legte. Dann lehnte er sich zurück, um das Gelesene zu verarbeiten. Sicherlich war er erleichtert und dankbar für diese zweite Chance, aber die Einzelheiten des Vorschlags trafen ihn sehr hart. Die Aussicht, ein »Bewußtseinsseminar« zu organisieren, machte ihm nichts aus. Das konnte wohl kaum so schwer sein. Aber die erste und die dritte Auflage waren ein schwerer Schlag, und er fragte sich, ob die Vorteile eines Simsbury-Diploms den seelischen Schaden aufwiegen konnten, den ihm die Einhaltung dieser Auflagen zufügen würde.

Denn sie waren wie ein Widerhall auf die beiden Seiten von Cherry Plain und die Tragödie, die seine Eltern dort heimgesucht hatte. Für die eine Seite empfand er seit damals nur noch Haß. Der anderen galt seine ganze Sehnsucht.

Das Gesetz.

Und die Familie.

»Läßt sich über diese Strafen noch reden?« fragte er.

»Nein«, antwortete der Dekan. »Entweder sie treten

in Kraft, oder es erfolgt der unverzügliche Ausschluß. Ich muß mich sowieso schon warm anziehen, wenn ich diesen Kompromiß dem Disziplinarausschuß und der SWA verkaufen will.« Mark nickte abwesend und dachte weiter. Eigentlich konnte er sich schon vorstellen, zwei Jahre im Disziplinarausschuß zu sitzen. Auch das konnte nicht so schlimm sein. Es gab nicht gerade viele Anhörungen im Ausschuß. In den knapp zwei Jahren, seit er in Simsbury war, hatte er nur von zwei Fällen gehört. Einmal ging es um einen gestreßten Studenten im ersten Jahr, der ausgeflippt war und aus einem veröffentlichten Artikel eines Simsbury-Professors abgeschrieben hatte, und im anderen Fall um einen Studenten aus Mississippi, der unbedingt eine Südstaatenfahne in einem Wohnheimfenster gegenüber dem Haus der Afroamerikanischen Gesellschaft von Simsbury aufhängen mußte. Soviel Mark bekannt war, hatte keiner der beiden Fälle zu einem Verfahren geführt oder auch nur annähernd coole Leute betroffen. Es war sehr unwahrscheinlich, daß er jemals über Freunde zu Gericht sitzen mußte.

Und selbst wenn es dazu käme, konnte ihn niemand zur Zusammenarbeit zwingen.

Die dickste Kröte, die er also schlucken mußte, war die Sache mit Sigma. Er konnte sich überhaupt nicht vorstellen, die Beziehung zur Verbindung zu lösen. Genausogut hätte er den Kontakt zu seinen Armen und Beinen aufgeben können. Ja, sicher, auf die Treffen, die Geheimnisse, die Traditionen und die Parolen konnte er verzichten. Aber wie sollte er es aushalten, wieder weggerissen zu werden von den Menschen, die er liebte und die ihn liebten?

Wieder weggerissen von der Familie.

Aber war es denn wirklich eine Trennung? Zumindest nicht so wie von seinen Eltern. Er konnte immer noch seine freie Zeit im Sigma-Haus verbringen. Er konnte immer noch mit seinen besten Freunden fürs Leben hinter der Bar sitzen, Bier auf die Füchse spucken und erleben, wie Samstage zu Sonntagen wurden. Die Bestrafung würde ihm zwar die offizielle Verbindungsnadel nehmen, die er über dem Herzen trug, aber sonst konnte sie ihm nichts nehmen.

Denn die Sigmas würden immer seine Brüder bleiben.

Egal, was kam.

»Okay«, sagte er schließlich zum Dekan. »Einverstanden.«

Der Dekan lächelte. »Kluger Junge«, sagte er und streckte ihm die Hand entgegen. »Und keine Sorge, davon wird nichts in Ihren Akten erscheinen. Wenn Sie die Auflagen erfüllen, verbürge ich mich dafür, daß Ihre Studienunterlagen sauber bleiben.«

»Wow«, sagte Mark und schüttelte dem Dekan die Hand. »Danke.«

»Gern geschehen. Sorgen Sie nur dafür, daß Sie den Rest des Jahres nicht mehr in Schwierigkeiten kommen. Ich will Sie erst wieder bei der Herbstsitzung des Disziplinarausschusses im September sehen. Klar?«

»Klar.«

»Gut.«

Mark zögerte einen Moment und wandte sich zum Gehen. Doch dann blieb er vor der Tür stehen und drehte sich noch einmal um. »Dekan Templeton«, sagte er herzlich, »ich bin irgendwie noch ganz benommen und kann gar keinen klaren Gedanken fassen. Aber trotzdem möchte ich Ihnen sagen, daß ich es ganz toll finde, wie Sie sich für mich einsetzen. Damit haben Sie mir fast das Leben gerettet.« Verlegen suchte er nach Worten. »Also ... noch mal vielen Dank.«

»Nichts zu danken, Mark«, sagte der Dekan lächelnd. »Die Freude ist ganz meinerseits.«

Mit bissigen Kommentaren erboster Brüder verbreitete sich rasch die Nachricht durch die heiligen Sigma-Hallen: Mark Jessy mußte wegen einer prüden Schlampe aus der Stadt das Haus verlassen.

Bis zum Abend hatten die Brüder beschlossen, daß eine Abschiedsparty angesagt war. Schließlich war ja Donnerstag, und es stand sowieso eine Feier an. Aber jetzt hatten sie auch noch einen Anlaß. Je nach Jahrgang erteilten die Sigmas Befehle, planten eine Fete oder besorgten sieben Fässer Bier im Discount Liquor Store von Dick Bass. Es war alles vorbereitet.

Und es wurde ein rauschendes Fest.

Die Brüder sangen, reimten und bauten Scheiße. Sie tranken auf Marks Tapferkeit. Sie tranken auf seine Loyalität. Sie tranken auf seinen Penis. Sie kotzten zu seinen Ehren.

Um Mitternacht schleppten Ran und Fairchild Mark hinauf in den zweiten Stock und hinaus aufs Dach. Und dort saßen sie, die drei Freunde. Ran und Fairchild tranken abwechselnd aus einer Flasche Jim Beam, und Mark starrte nur hinaus auf den Campus.

Fairchild legte den Arm um Mark und klopfte ihm aufs Herz. »Hey«, sagte er. »Geht's gut?«

Mark nickte.

Auch Ran warf ihm den Arm um die Schultern. »Du bist ein echter Bruder, Mann. In Zukunft werden sie Reime über Mark Jessy dichten.«

Mark lehnte sich auf die Ellbogen zurück. »Versprecht ihr mir, daß wir immer Brüder bleiben?«

Fairchild nickte überschwenglich und wäre vor Begeisterung fast über die Dachschräge hinuntergerollt. Hätte ihn Ran nicht gerade noch erwischt, wäre der Hockeystar und zukünftige König der Welt in die Tiefe gestürzt.

»Ja, verdammt!« brüllte Fairchild, als er sein Gleichgewicht wiederfand. »Abgemacht, wir bleiben immer Brüder!«

»Hey«, flüsterte Ran und lehnte sich zu Mark, »in fünf Jahren spielt dieser ganze Scheiß keine Rolle mehr. Und bei jedem Jahrestreffen kommen wir hierher, genau an diese Stelle. Das ist *unser Ort*. Ich bring das Bier, und du bringst dich selbst. Und dann lassen wir die Sau raus. Wir werden uns an alles erinnern, Mann. Nur du und ich.«

»Und ich«, fügte Fairchild hinzu. »Ihr vergeßt mich nicht.«

»Und Dave.«

Fairchild kroch zurück zum Fenster. »Es ist kalt hier oben. Ich geh wieder runter.« Er sah über die Schulter. »Kommt ihr?«

»Ja. Voll in dein Gesicht.« Ran lachte und küßte Mark schmatzend auf die Wange. Dann schob er sich durch das offene Fenster und landete mit einem dumpfen Knall auf dem Boden. Er rappelte sich noch einmal hoch und rief: »Hey, Mark. Kommst du, oder was?«

»Oder was. Ich bleib noch hier.«

Er hörte einen weiteren Knall. Ran würde wohl den Rest der Nacht auf dem Boden verbringen. Allein starrte Mark hinaus in die Nacht und hörte auf die leisen, vertrauten Geräusche, die aus der Bar zu ihm aufstiegen. Trotz aller Versuche, sich etwas anderes einzureden, konnte er den einen vernichtenden Gedanken nicht loswerden.

Er hatte wieder seine Familie verloren.

Und diesmal war es ganz allein seine Schuld.

Er preßte die Knie mit den Armen an die Brust und wiegte sich hin und her wie ein Kind. Und zum ersten Mal seit jenem schrecklichen Tag auf dem weichen Wiesengras von Cherry Plain spürte er, wie die Tränen in ihm hochstiegen.

Den Kopf zwischen den Knien vergraben, tauchte er die Perlen in tiefen Schatten und weinte, bis er nicht mehr konnte.

Während Mark auf dem Dach des Sigma-Hauses weinte, saß Shawn an ihrem Schreibtisch und legte letzte Hand an eine zweiunddreißigseitige Semesterarbeit über die Erschöpfung fossiler Brennstoffe. Sie holte ein Fläschchen Tipp-Ex aus der Schublade, tupfte und blies, bis die Arbeit so perfekt war, daß es nichts mehr zu verbessern gab. Dann packte sie sie ordentlich in ihren Rucksack und machte es sich auf der Couch bequem.

Allmählich lösten sich ihre mitternächtlichen Gedanken von der Energieversorgug und wandten sich dem jüngsten Geächteten von Simsbury zu. O Mann, diesmal hatte es Mark Jessy wirklich geschafft. Trotzdem kam ihr die Sache irgendwie komisch vor. Natürlich paßte er zum klassischen Bild des verzogenen Sportlers, der zum Sexualtäter wird. Natürlich hatte er verabscheuungswürdige Handlungen zugegeben. Und natürlich war der Kompromiß des Dekans für die meisten Frauen auf dem Campus ein Schlag ins Gesicht, auf den sie zu Recht stocksauer reagieren würden.

Dennoch war irgend etwas an Angela McSheffreys Aussage, was Shawn einfach nicht überzeugte. Und diese Skepsis ärgerte sie, denn das bedeutete, daß sie wie so viele Geschworene im ganzen Land den Worten eines weiblichen Opfers keinen Glauben schenkte. Aber das Mißtrauen war da und ließ sich nicht so ohne weiteres vertreiben.

Sie griff nach dem Telefon und wählte einen vierstelligen Nebenanschluß.

»Hallo?«

»Hi, Dara. Ich bin's, Shawn.«

»Shawn!« jubelte Dara Devasto. »Sei gegrüßt, meine

einstige Zimmergenossin! Wie steht's mit dem Kampf für eine saubere Umwelt?«

»Gut. Und wie steht's mit dem Kampf um philosophischen Ruhm?«

»Auch gut, obwohl mir immer klarer wird, daß ich als Philosophin nur Erfolg haben kann, wenn ich mir haufenweise harte Drogen reinziehe. Was kann ich so spät in der Nacht für dich tun?«

Shawn warf einen Blick auf die Uhr und stellte fest, daß bereits der nächste Tag begonnen hatte. »Ooh, tut mir leid. Hör mal, Dara, ich möchte dir ein paar persönliche Fragen stellen.«

»Klasse. Ich liebe Schweinkram.«

»Es geht um Mark Jessy.«

»Wie süß. Er ist eins meiner Lieblingsthemen.«

Shawn zog die Brauen zusammen und schloß die Augen. »Du hast doch mit ihm geschlafen, oder?«

»Was! Na klar! Wenn ich Jungs mit nach Hause bringe, dann fick ich sie auch.«

Shawn zog eine Grimasse, obwohl sie solch eine krasse Antwort erwartet hatte. Eines der offensten Geheimnisse von Simsbury war, daß sich Dara Devasto mit der ernsthaften Absicht trug, nach ihrem Abschluß einige Jahre lang Softpornos zu schreiben oder als Telefonsex-Girl zu arbeiten, bevor sie ihren Magister in Philosophie ansteuerte. »Danke für deine Aufrichtigkeit.«

»Gern geschehen.«

»War er, äh, auch mal betrunken, wenn er vorbeikam?«

»Wir haben uns auf einer Sigma-Party kennengelernt. Reicht das als Antwort?«

»An den Abenden, wenn er betrunken war«, forschte Shawn weiter, »hat er sich da übermäßig aggressiv benommen? Hat er dich je zum Sex gezwungen? War er grob zu dir?«

»Moment mal ... bin ich jetzt Zeugin?«

Shawn lachte unbeschwert, wie um das Absurde von Daras Frage zu betonen, aber es klang wie ein unterdrücktes Knurren. »Nein, natürlich nicht.«

»Ich hab nämlich von diesem netten Vergewaltigungsverfahren gehört. Er hat sich wohl Ärger mit so einem kleine Aas aus der Stadt eingehandelt, hmm?«

»Also ...«

»Die Antwort auf deine Frage, Shawn, ist *ja*. Hey, ich hab einen anderen Anruf. Kannst du kurz dranbleiben?«

Während Shawn wartete, kam ein beruhigendes Gefühl über sie, als wäre ihre frühere Zimmergenossin eine Ärztin, die ihr gerade die günstigen Resultate einer Blutprobe durchgegeben hat. Wahrscheinlich lag es einfach daran, daß Daras Enthüllung Angela McSheffreys Behauptungen stützte. Und das war gut so. In ihrem Innersten wußte sie jedoch, daß Daras Aussage nur das bestätigte, was sie glauben wollte. Shawn fühlte eine Welle des Stolzes in sich aufsteigen, weil sie einem Mädchen aus armen Verhältnissen wie Angela geholfen hatte, einen reichen jungen Kerl auflaufen zu lassen, dem in seinem Leben bestimmt alles in den Schoß gefallen war. Das war das Schöne am Disziplinarausschuß, der letzten unberührten Institution der Gerechtigkeit auf Erden. Weder Geld noch Macht, noch getürkte Zulassungen konnten einen Freispruch erzwingen. Selbst O. J. Simpson wäre es nicht anders ergangen ...

»Hier bin ich wieder«, sagte Dara. »Das war meine Mom. Sie ist so ein Schaf. Dauernd vergißt sie, daß es in Santa Monica drei Stunden früher ist. Sie wollte nur hi sagen.«

»Hi.«

»Ach ja. Also, *ja*, Mark war grob zu mir.«

»Na, dann braucht er sich nicht wundern, wenn ...«

»Aber nur einmal.«

Shawn zögerte. »Was meinst du?«

»Er war einmal grob zu mir. Weil ich es wollte.«

»Ich ...«

»Du klingst schockiert«, sagte Dara lachend. »Macht nichts, er war's auch. Es hat ihm überhaupt nicht gefallen. Ich mußte seine Hand nehmen und mir damit auf den Hintern hauen, aber selbst da war ihm anscheinend nicht ganz wohl bei der Sache. Und um ehrlich zu sein, für mich war es auch nicht gerade umwerfend. Wenn du mich fragst, ich finde, dieses ganze Zeug mit dem ›Schmerzfetisch‹ wird total überschätzt, und ich bin froh, daß ich das herausgefunden habe, bevor ich mir eine Peitsche oder so was gekauft habe.«

»Okay, ich weiß, was du sagen willst.«

»Ja ...« sagte Dara abwesend.

Shawn blickte auf die Uhr. Sie hatte erkannt, daß das Gespräch zu nichts führte, und wollte es beenden. »Du meinst also ...«

»Ich meine also, daß Mark so eine Art Muttersöhnchen ist«, schloß Dara. »Nur daß seine Mutter tot ist, aber bei meinem Schwager ist das genauso, und er erinnert mich ziemlich stark an Mark.«

»Moment«, sagte Shawn, der das Gehörte plötzlich klargeworden war. »Marks Mutter ist *tot*?«

Schweigen am anderen Ende der Leitung. »Mensch, Shawn, auf welchem Stern lebst du eigentlich? Ja, sie ist tot.«

»Wow ...«

»*Beide* Eltern sind tot.«

»Was?!«

»Das gibt's doch nicht, daß du das nicht gewußt hast. Du mußt es vergessen haben ...«

»Nein, ich habe es *nicht* gewußt«, zischte Shawn. Sie

war sich nicht klar, ob sich ihr plötzlicher Unwille gegen Daras schnippische Bemerkung oder gegen ihre eigene unberechtigte Vermutung richtete, Mark sei nur ein reicher junger Schnösel, dem alles in den Schoß gefallen ist. »Was ... wie sind sie ums Leben gekommen?«

»Keine Ahnung«, sagte Dara. »Wir haben nie darüber geredet. Aber immer wenn ich höre, daß beide Eltern schon relativ jung gestorben sind, gehe ich automatisch von einem Autounfall aus.«

»Mein Gott, wie schrecklich.«

»Ich wette, daß Alkohol im Spiel war. Mark ist ein Halbblutindianer, und es ist ja bekannt, wie versoffen Indianer sind.«

Shawn war sprachlos und schüttelte nur noch den Kopf. Normalerweise hätte sie sich gegen Daras einfältige Klischeevorstellungen gewehrt, aber an diesem Abend, nachdem Mark Jessy ihr einmal mehr ihre *eigenen* Vorurteile um die Ohren gehauen hatte, fühlte sie sich zu kleinlaut und heuchlerisch dazu.

»Auf jeden Fall«, fuhr Dara fort, »war das das letzte Mal, daß wir zusammenwaren. Er ist mir bei Partys aus dem Weg gegangen und ich hab mich dann mit J. C. Miller eingelassen.«

»Also«, unterbrach Shawn, um nicht auch noch in den Genuß von Geschichten über J. C. Miller zu kommen, »ist es nicht so, daß Mark dich jemals vergewaltigt hätte.«

»Was! So was gibt's in meinem Bett nicht.«

Ziemlich gefährliche Einstellung, dachte Shawn.

»Nein«, fuhr Dara fort, »ich sag dir, Shawn, der Junge ist das reinste Lämmchen.«

»Interessant.«

»Hey, willst du, daß ich als Zeugin aussage?«

»O nein«, sagte Shawn schnell. »Wenn du aussagen

würdest, müßtest du intime Details deiner Beziehung zu Mark preisgeben. Und außerdem …«

»Und was soll mir das ausmachen? Du sprichst mit der zukünftigen ›Dirty Dara‹. Und glaubst du, ich würde mich dafür schämen, zuzugeben, daß ich mit Mark geschlafen habe? Ich kann dir zwanzig Mädchen nennen, die ihre linke Titte dafür geben würden, wenn sie das gleiche sagen könnten.«

Shawn verdrehte die Augen und zwang sich zu einem Lächeln in ihrer Stimme. »Danke für deine Hilfe, Dara.«

»Bist du sicher, daß ich nicht aussagen soll?«

»Ganz sicher. Deine Meinung über sein *Potential* als Vergewaltiger sagt nichts darüber aus, was er *tatsächlich* getan hat.«

»Na gut.«

»Außerdem«, fügte Shawn leise hinzu, »ist es schon zu spät. Marks Verhandlung ist vorbei.«

17. KAPITEL

Mark ging mit der Entscheidung, ob er zum dritten Jahr nach Simsbury zurückkehren sollte, dorthin, wohin er sich mit allen Nöten seines Lebens gewandt hatte.

Zum Meer.

Am vorletzten Tag der Sommerferien saß er auf seinem Surfbrett und ließ sich ziellos über die Wellen treiben. Die linke Hand hing im Atlantik, die rechte umklammerte eine Münze. Kopf, und er würde dem College beweisen, daß er zu einer anderen Identität als der eines verurteilten Sexualtäters fähig war. Er würde Umweltstudien als Haupfach wählen und zur Abwechslung einmal lernen. Auch im Sigma-Haus würde er sich zeigen, aber bei den Partys ein bißchen kürzer treten. Er würde sich für Lacrosse in Form bringen und allen zeigen, was er drauf hatte.

Zahl, und er würde am Boston College völlig neu anfangen.

Er wischte sich das Salz vom Gesicht und warf die Münze. Nach einem prüfenden Blick schleuderte er sie laut fluchend ins Meer und sah zu, wie sie in der Tiefe versank. Dann legte er sich auf sein Surfbrett und paddelte zum Strand.

Am Abend packte er seine Taschen für Simsbury.

Wie schon in seinen beiden ersten Jahren klickten die Herbst- und Wintermonate des dritten Studienjahres wie Dias durch Marks inneren Projektor. Doch diesmal bedeuteten die einzelnen Bilder mehr, denn sie hatten alle eine Geschichte.

Die Schmach, wieder in einem Wohnheim für Collegeanfänger zu leben. Das Essen an den ersten Tagen im unpersönlichen allgemeinen Speisesaal. Die folgenden Mahlzeiten allein in seinem Schlafraum. Die bitterbösen Blicke von ungeschminkten, untersetzten Frauen in Springerstiefeln. Das Gewicht eines unsichtbaren scharlachroten Buchstabens (V für Vergewaltiger).

Die Bibliothek, drei Abende pro Woche. Die Sporthalle, jeden Tag. Das gleichzeitige Erblühen des Geistes und der Muskeln. Die vorsichtige Rückkehr ins gesellschaftliche Leben. Die Wochenendabende im Sigma-Haus mit seinen besten Freunden, die er immer noch Brüder nannte. Die dankbare Erkenntnis, daß er dort immer noch jederzeit willkommen war.

Das Mädchen im Waschraum mit dem hinreißenden Gesicht und Körper. Der erste Scherz. Das erste Lachen. Später am Abend die erste Verabredung mit Jessica La-

Chance, einer Studienanfängerin, die gefrorenen Vanillejoghurt liebte und später einmal Tierärztin werden wollte.

Die zweite Verabredung. Die dritte, vierte und fünfte. Der behutsame Weg zum Schlafzimmer. Die nackte Unsicherheit. Die sachte Berührung. Die Frage. Die Einwilligung. Das Tasten nach einem Kondom.

Und dann begann das Gespenst von Angela McSheffrey zu verblassen wie eine böse Hexe im Nebel. Als er am Morgen nackt und entspannt neben Jessica erwachte, konnte er endlich wenigstens für eine Stunde seine Schande vergessen.

Das Suhlen im Selbstmitleid war vorbei.

Natürlich wollten ihn nicht alle vergessen lassen, was er in betrunkenem Zustand in einer Bibliothek getan hatte. Die SWA-Mitglieder hatten einen ganz besonders giftigen Blick, mit dem sie nur ihn bedachten. In einem Leitartikel der Collegezeitung wurde öffentlich, wenn auch ohne Nennung von Namen, gefragt, warum die Verwaltung »vor allem Sportler einer bestimmten Verbindung mit läppischen Larifaristrafen davonkommen« ließ. Und ein Leserbrief in der nächsten Ausgabe stellte die pointierte Frage, was ein verurteilter Sexualstraftäter (auch hier wurden keine Namen genannt) im Disziplinarausschuß zu suchen habe.

Umgekehrt sahen einige Perverse einen Helden in Mark, weil er ums Haar unaufgefordert ein Mädchen aus der Gegend beglückt hätte. Ein Schwachkopf bezeichnete ihn als »Vorbild für alle hartgesottenen Männer«. Es gab auch einige Mädchen, die Mark flüsternd wissen ließen, daß sie seinen gefährlichen Ruf sexy fanden. Eine Studienanfängerin teilte ihm mit unschuldigem Augenaufschlag mit, sie würde sich gern einmal von ihm so richtig rannehmen lassen. Er riet ihr, sich fachliche Beratung zu suchen.

Als die Frühjahrsferien kamen, war Marks Verbrechen mehr oder weniger Schnee von gestern, und die meisten Studenten schienen gewillt, ihn bis auf eines alle Ziele erreichen zu lassen, die er sich auf seinem Surfbrett gestellt hatte. Außerdem wurde die Studentenschaft von wichtigeren Fragen bewegt und gespalten. Ganze Länder vergewaltigten einander. US-Truppen spielten im Ausland Polizei und große Brüder und Highschoolfreunde folgten dem internationalen Ruf, bereit ihr Blut zu vergießen für Demokratie und Öl und Geld und Freiheit. Bekannte Persönlichkeiten hatten sich mit Aids angesteckt, Pechvögel oder Opfer ihres verantwortungslosen Lebensstils. Das Recht der Ungeborenen auf Leben und das der Frauen auf Abtreibung beanspruchte wie immer Bibel und Bauch.

Angesichts einer durchgedrehten Welt schien es wenig sinnvoll, noch weiterhin auf Mark Jessys Jugendsünde herumzuhacken.

Es war vorbei.

Am Ostersonntag führte der Frühling einen Frontalangriff auf die übliche Schreckensherrschaft des Winters. Das Gute hatte über das Böse obsiegt. Triumphierendes Kirchturmläuten klang in Wellen über die matschigen Wunden der Erde, und benommene Zivilisten strömten auf die gußeisernen Tore der Merriweather Chapel zu, um die Wiederauferstehung zu feiern und sich die monatlichen Spenden religiöser Eltern zu verdienen.

Der Mohawk Mark Jessy beobachtete die Parade mit einer Neugier, so mild wie die Luft, und feierte dann seine eigene Wiedergeburt auf die einzige Art, die für eine Waise mit genau achtundneunzig Dollar in der Tasche möglich war: Er schnappte sich Jessicas Honda und schlug bei offenem Schiebedach und CD-Beschallung den Weg nach Portland ein, wo man für fünf Cent ein Glas Bier schlürfen und kostenlos das Meer schnuppern konnte.

Sieben Jimmy-Buffet-Songs später trat er aus dem engen Käfig des Wagens auf die weit offene Fläche des nahezu leeren Parkplatzes am Anfang des Piers von Old Port Town. Eine kräftige Brise zupfte an seiner Jacke, als er den Kai entlangging, der bis auf ein paar emsige Deckshelfer und eine einsame Gestalt am anderen Ende völlig verlassen war. Er nahm sich Zeit und blieb immer wieder stehen, um die mit Krebsen bedeckten Boote zu bewundern und die Sonnenstrahlen in der windigen Seeluft zu genießen. Hier war *sein* Ort der Andacht, dessen natürliche Gemeinde salzige Psalmen sang und ihm verhieß, daß der wohlverdiente Sommer in Cape Cod keine zwei Monate mehr von ihm entfernt war.

Als er sich dem Ende des Kais näherte, erspähte er die geschlungenen Taue eines Kutters, die sich gegen Eisenklampen spannten. Er trat hinzu, um den Heimathafen des Boots zu erkennen. Die Mannschaften aus Wellfleet fischten oft im Frühjahr im Maine-Wasser, und das wäre doch ein Ding, wenn er hier am Anfang des Fischpiers, Hunderte von Seemeilen von der Heimat entfernt, auf einen Bekannten stoßen würde. Er hüpfte auf eine Querschwelle und ließ den Blick über das Deck unter sich wandern. Er kannte niemanden aus der Mannschaft, und der Schiffsname *Mary C.* klang nur insofern vertraut, als er weiblich war.

Er wandte sich von dem Kutter ab, und da sah er sie.

Ihre gekreuzten Beine stützten sich auf eine vertikale Stahlschwelle. Ihr Nylonhemd blähte sich wie ein Segel in der Brise. Ihre Hände waren tief in den Winkeln einer blauen Holzfällerjacke vergraben. Ihr Haar wurde vom Wind nach vorn gepeitscht und verbarg das Gesicht unter blondem Chaos, aber Mark zweifelte keine Sekunde, daß sie es war.

Shawn Jakes.

Am liebsten wäre er seinem Instinkt gefolgt und einfach davongelaufen. Sie hatte zwar in mehreren seiner Umweltkurse in der ersten Reihe gesessen, aber seit seiner Anhörung hatten sie kein Wort mehr gewechselt. Und wenn sie schon vor zwei Jahren auf seine Sprüche mit Drohungen geantwortet hatte, konnte er sich leicht ausmalen, welcher Zorn sich jetzt über ihn ergießen würde.

Er wandte sich zum Gehen.

Aber zum zweiten Mal innerhalb von drei Jahren blieb er an der Schwelle zur Flucht stehen.

Er war älter jetzt und reifer, fast schon ein Mann, und seine Studienerfolge hatten ihn beinahe auf die Dekansliste geführt. Er war als All-America-Lacrossespieler nominiert worden, und in der Collegezeitung war sein »Bewußtseinsseminar« mit dem Titel *Persönliche Fouls: die bedenkliche Kultur von Sex und Gewalt in der Welt des Sports* wohlwollend besprochen worden. Aus einer Tiefe, die viel weiter reichte als die Abweisung in einem Studentenapartment, kam er zu der Gewißheit, daß er auch Shawn Jakes standhalten konnte.

Tief Luft holend überquerte er die wenigen verrotteten Planken, die sie von ihm trennten, warf sich in Pose und ließ den ersten besten Spruch vom Stapel, der ihm einfiel.

»Suchst du einen Sommerjob?«

Sie beobachteten den Sonnenuntergang durch die Seefenster eines kleinen Fischrestaurants, an dessen grob hingemalten Namen sich Mark nie erinnern würde. Doch alles andere blieb ihm im Gedächtnis. Die angeregten Diskussionen über den kommerziellen Fischfang, zu denen Shawn ein erstaunliches Fachwissen beitrug. Das leidenschaftliche Leuchten in ihrem Gesicht, während ihr Blick zwischen Mark und dem tiefblauen, dunkel werdenden Hafen hin und her wanderte. Das Gaffen der Seeleute, die sich vielleicht wünschten, daß ihre Frauen auch ein wenig so aussähen und leuchteten wie Shawn.

Sie suchten im Bier und in den Austern (keine dreisten Ideen, Herr Drüsentrieb!) nach Perlen aus Witz und Weiß. Sie machte sich darüber lustig, wie er jedesmal die Nasenflügel blähte, wenn er zu spät zum Kurs über Fischereimanagement kam. Wie der Abwehrmechanismus eines Tiers, stellte sie fest. Ja, stimmte er ihr zu, so ähnlich wie eine junge Studentin, die einem Kommilitonen droht, ihm die Lippen abzubeißen.

Den ganzen Abend zogen sie sich gegenseitig auf, vermieden aber jede Anspielung auf seine Schuld. Und am Ende des Abends war ihm klargeworden, daß er sich noch nie so gut mit einer Frau verstanden hatte.

Um Mitternacht gingen sie wieder hinaus in die Kühle, und das Prickeln einer wechselseitigen Anziehung, die sich beide noch nicht so richtig eingestanden hatten, machte die Hafenluft noch frischer. Er begleitete sie zu ihrem Jeep, sagte ihr, daß es ihm sehr gut gefallen hatte, und lud sie ein, sich ein Lacrossespiel anzuschauen. Auch ihr hatte es sehr gut gefallen, antwortete sie lächelnd, und es sei schade, daß der Disziplinarausschuß im letzten Jahr keinen Fall verhandelt hatte, denn sie hätte gern mehr über seine eigenen Ansichten zu Schuld und Sühne erfahren.

Mark lächelte und sagte gute Nacht. Auf der Rückfahrt zum College dachte er die ganze Zeit darüber nach, was für eine tolle Frau Shawn war und ob er sie vielleicht hätte küssen sollen.

Shawn erholte sich von ihrer seltsamen Enttäuschung darüber, daß Mark sie nicht geküßt hatte, und beendete all ihre Hausarbeiten eine Woche vor Abgabefrist. Sie packte ihre Koffer für die Reise nach Aspen und beschloß dann, sich noch einige Tage auf dem Campus zu entspannen, bevor die wahnsinnig lange Heimfahrt begann. Als sie am nächsten Tag auf dem Quad herumsaß, bemerkte sie ganze Horden von Studenten, die zu den Sportplätzen zogen. In der Menge erkannte sie eine Freundin und fragte sie, was los war.

»Ein Lacrossespiel«, sagte die Freundin erstaunt über ihr Unwissen. »Wir gegen Princeton.«

Einem Impuls folgend schloß sie sich den Scharen an. Den Gedanken an Mark Jessy schob sie rasch von sich. Sie wollte nicht nur ihn sehen. Sie ging mit, weil es ein wichtiges Spiel war. Alle anderen gingen ja auch, warum sollte sie also hierbleiben?

Als sie am Platz ankamen, tobte das Spiel bereits. Studenten, Verwandte und Lacrossefans aus der Gegend füllten die Tribünen, standen an den matschigen Seitenlinien und drängten sich um Bierfässer. Die Brüder der Verbindung Theta Kappa Rho rannten hemdlos und bemalt herum und gaben besoffene Anfeuerungsrufe vor, bei denen sportliche und sexuelle Themen durcheinanderwirbelten. Die Sicherheitskräfte mühten sich nach Kräften, die Anarchie im Umfeld zu ignorieren, und blickten durch Sonnenbrillen standhaft auf die moderne Form der Kriegsführung, die sich vor ihren Augen unter der Leitung eines Schiedsrichters entfaltete.

Shawn hatte noch nie ein Lacrossespiel in Simsbury gesehen. Und inmitten der Massen konnte sie sich eigentlich nicht daran erinnern, überhaupt jemals eine Sportveranstaltung in Simsbury besucht zu haben.

Ihre Freundin hatte ein Programm geholt, und nachdem sie aufgezählt hatte, wen von den vierundzwanzig verzeichneten Spielern sie schon geküßt hatte, reichte sie es an Shawn weiter. Eine große Überschrift betonte die Bedeutung des Wettbewerbs. »Simsbury : Princeton, erste Runde, Turnier der National Collegiate Athletic Association.« Aber vor allem die Informationen auf der Innenseite weckten Shawns Neugier, die beim Lesen nur noch größer wurde.

> »Willkommen zur heutigen Begegnung zwischen den an vierter Stelle plazierten Cardinals (14-2) und den an fünfter Stelle plazierten Tigers aus Princeton (13-2). Kapitän der Heimmannschaft ist der All-America-Auswahlspieler Mark Jessy, der landesweit das drittbeste Gesamtscore erzielt hat (55 Tore, 44 Assists, 99 Punkte) und kürzlich von *Sports Illustrated* als ›das bestgehütete Geheimnis im College-Lacrosse‹ gefeiert wurde.«

Aus dem Programm ersah sie, daß Mark die Nummer Zehn trug. Sie stopfte sich die Blätter in die Tasche und wandte sich den zweiundzwanzig behelmten Männern zu, die einen Hartgummiball jagten, weitergaben und an sich drückten, während sie gleichzeitig mit Stöcken verschiedener Länge aufeinander eindroschen.

Kurz vor der Halbzeit rollte ihr der Ball direkt am Spielfeldrand vor die Füße, und sie sprang zurück, als zwei Spieler auf den Ball zuschossen und mit voller Wucht zusammenkrachten. Der Simsbury-Spieler behielt die Oberhand und schleuderte seinen Widersacher auf den Rasen. Während die Studenten vor Begeisterung brüllten und mit den Armen eine hackende Tomahawkgeste machten, erspähte Shawn die wilden grünen Augen des Simsbury-Spielers, als er den Ball aufnahm und davonraste. Dann erkannte sie die rote Nummer Zehn auf seinem weißen Trikot.

Ich sag dir, Shawn, der Junge ist das reinste Lämmchen.

Fasziniert sah sie dem Lämmchen zu, das anmutig und unaufhaltsam über das Feld fegte und gegnerische Spieler austanzte und aushebelte. Sie konnte die Augen nicht von ihm losreißen, und sie war wütend auf sich selbst.

Aber je mehr das Spiel fortschritt, desto mehr zog sie das gesamte Geschehen in den Bann, und sie wurde schließlich zum echten Simsbury-Fan. Sie umarmte ihre Freundin und sang nach jedem Tor für die Guten den Schlachtruf. Und jeden Erfolg für die Bösen quittierte sie mit lauten Buhrufen. Sie stimmte in einen tausendstimmigen Spottgesang ein, der den Torhüter von Princeton als »Sieb« bezeichnete. Sie nahm an La Ola teil, die mindestens sechsmal das Spielfeld umkreiste. Sie schwang sogar jedesmal ihr nicht vorhandenes Tomahawk, wenn Mark Jessy einen Gegner düpierte.

Eine Minute vor Spielschluß lag Simsbury mit einem Tor vorn, hatte aber einen Mann weniger als Princeton auf dem Feld. Plötzlich löste sich der Ball aus dem flüssigen Passen und Fangen und rollte ins Mittelfeld. Mark erschien wie aus dem Nichts, schnappte sich den Ball und stürmte über das Feld.

Nur die drei Abwehrspieler von Princeton mit den langen Stöcken stellten sich Marks Angriff entgegen. Die ersten beiden umkurvte der Simsbury-Star wie Slalomstangen und sah sich dem letzten Verteidiger gegenüber, der ihn mit brutalen Schlägen nach außen abdrängte. Nur noch Sekunden waren zu spielen. Ungefähr zwanzig Meter vor dem Tor drehte sich Mark urplötzlich um die eigene Achse und ließ seinen letzten Gegenspieler ins Leere laufen und mitten in einen Pulk halbnackter, schwer betrunkener Theta Kappa Rhos stürzen. Princetons Torhüter verließ sein Gehäuse, um sich Mark mit angelegtem Stock entgegenzustellen. Er versetzte ihm einen mörderischen Hieb, der noch über dem Getöse der Menge zu hören war, konnte aber nicht verhindern, daß Marks letzter schwacher Wurf den Weg ins ungehütete Netz fand.

Auf den Tribünen und am Spielfeldrand explodierte das Publikum, und Studenten, Verwandte und Lacrossefans aus der Gegend umringten die vierundzwanzig Cardinals, die in einem Haufen über Mark Jessy lagen. Angesteckt vom Getöse der jubelnden Massen, rannte Shawn im Kreis und schrie wie eine Verrückte.

Und als sie den Haufen von Menschen sah, der Mark unter sich begraben hatte, wünschte sie sich nichts sehnlicher, als mit ihm dort unten zu liegen.

Zum ersten Mal in ihrem Leben war Shawn verknallt.

Und sie fühlte sich großartig.

An diesem Abend verurteilte sich Mark zu Freiheitsentzug, um für seine letzte Prüfung zu lernen. Einen Eisbeutel auf der nackten Schulter und das aufgeschlagene Lehrbuch vor dem Gesicht, saß er wie ein braver Student am Schreibtisch. Aber er war gerädert und kribbelig nach dem Spiel, und die Worte und Fachausdrücke, die er lernen sollte, verschwammen ihm vor den Augen. Also schaltete er die Stereoanlage ein, und während Don Henley von den Boys of Summer sang, hinkte er zum Fenster und blickte hinaus auf die Welt des Frühlings.

Dichte Kiefernzweige filterten das letzte Licht der Sonne und warfen Schatten auf die Studenten, die Koffer und Taschen über den dämmerigen Quad zum wartenden Flughafenbus schleppten. Das Bild des Abschieds erinnerte ihn an zu Hause, und er griff reflexartig nach dem Telefon. Kiko konnte nicht Auto fahren, die lange Busfahrt war für ihn zu teuer, und er konnte auch nicht sehr gut lesen. Darum war er aufs Telefon angewiesen, um die Spielresultate zu erfahren.

Mark wollte gerade wählen, als er ein Klopfen an der

Tür hörte. Da er einen Abschiedsbesuch von Jessica erwartete, vertauschte er das Telefon gegen die lustige Lebewohlkarte, die er gekauft hatte, und humpelte durch das Zimmer.

Er öffnete die Tür.

Es war nicht Jessica.

Sie trug lose hochgekrempelte Strandhosen über Badesandalen, und einen pfirsichfarbenen Pullover, der in atemberaubendem Kontrast zu ihren blauen Augen stand.

»Hi«, sagte Shawn Jakes. »Bist du beschäftigt?«

»Gar nicht«, log Mark und ließ Jessicas Karte auf den Boden fallen. »Komm rein.«

Sie glitt an ihm vorbei in sein unaufgeräumtes Zimmer. »Oh«, sagt sie, als sie die offenen Bücher auf seinem Schreibtisch bemerkte. »Du lernst. Ich kann später wiederkommen.«

»Nein, gar nicht. Ich hab gelernt ... aber ... na ja, meine Schulter ...«

»Ich sehe.« Ihr Blick glitt über das Eis auf seiner nackten Schulter und dann über seine nackte Brust. Mark war dankbar, daß sie nicht nach der Herkunft der enganliegenden schwarzen Perlenkette um seinen Hals fragte. »Was ist passiert?«

»Der Torhüter von Princeton keilt wie ein Pferd«, sagte er grinsend.

»Autsch!«

»Ich werd's überleben.«

»Das hoffe ich. Du bist ... ein erstaunlicher Spieler.«

»Danke.«

Langes, verlegenes Schweigen.

»Hier«, rief Mark und machte Platz auf der Couch. »Setz dich doch. Ich glaube, ich habe auch etwas ...« – er ging vor seinem winzigen Kühlschrank in die Knie – »... Kaltes da.«

»Mach dir keine Umstände«, antwortete sie von hinten. »Ich wollte nur schnell tschüs sagen.«

»Ach?« Mark richtete sich wieder auf.

»Ja. Und dir das Geld von neulich zurückgeben.« Sie kramte in ihren Taschen. »Das war eine ziemlich hohe Rechnung in dem Restaurant.«

»Unsinn«, sagte Mark, obwohl die Rechnung fast seine gesamte Barschaft verschlungen hatte. »Du warst eingeladen.«

Sie lächelte. »Du meinst, wie bei einer Verabredung?«

»Ungefähr.«

Erneutes Schweigen. Mark rieb sich die Schulter. Shawn wippte auf den Fersen und betrachtete die Wände.

Sag was, dachte Mark. *Steh nicht einfach da wie ein Id…*

»Hey, übrigens«, sprudelte sie plötzlich mit weit geöffneten Augen los, »ich habe gerade erfahren, daß ich im Sommer im Osten bin.« Sie sah auf den Teppich. »Und da dachte ich mir … glaubst du, ich könnte deinen Onkel kennenlernen? Und vielleicht einen Tag auf seinem Boot verbringen?«

»Klar.« Mark gab sich Mühe, nicht zu klingen, als würde ihm ein Sommerbesuch von Shawn Cara Jakes alles bedeuten. »Kiko freut sich immer, wenn er noch einen Helfer auf Deck hat.«

»Super«, sagte sie lächelnd. »Ich meine, ich werde dir nicht im Weg sein. Du mußt im Sommer bestimmt haufenweise Herzen brechen.«

»Kein Problem. Ich zeig dir das Cape.«

»Ich habe das Cape schon gesehen.«

»Aber nicht so wie ich.«

Sie öffnete den Mund zu einer Antwort und zögerte dann. »Ich freue mich schon darauf«, sagte sie schließlich. Mark hätte schwören können, einen gewissen Unterton gehört zu haben, wenn es sich nicht ausgerechnet um die Frau gehandelte hätte, die bei seinem Vergewaltigungsverfahren über ihn zu Gericht gesessen hatte. Sie wandte sich zur Tür. »Wir sehen uns dann, wenn das Wetter heiß wird.«

»Warte«, sagte Mark. »Soll ich dir nicht meine Telefonnummer geben?«

Sie drehte sich grinsend um. »Nein. Die krieg ich von Dara. Wahrscheinlich hat sie sich deine Nummer auf den Schenkel tätowieren lassen.«

Und dann war sie verschwunden und hinterließ einen zarten, süßen Duft.

Mark betrachtete einen Augenblick die Tür und ließ sich aufs Sofa fallen.

Dann begann er die Tage zu zählen.

Siebenundsechzig Tage später ratterte sie mit dem Aussehen eines Nachmittags-Models für Coppertone-Sonnenöl, Oakley-Sonnenbrillen und Zöpfe über den holprigen, kiefernumsäumten Weg, und ihr dach- und türloser Jeep schluckte jeden Schlag, bevor seine vier Räder zwischen einem Gewirr von Netzen und einem Haufen von Bojen zum Stehen kamen. Sie umarmte Mark, schüttelte Kiko die Hand und kochte dann ein vorzügliches Gericht aus Huhn und wilden Pilzen aus dem Westen, das unter dem Gesumm von wilden Mükken aus dem Osten verschlungen wurde. Höflich hörte sie Kikos Anglerlatein zu und nahm liebenswürdig seine Einladung an, am nächsten Tag an Bord zu kommen.

Vom Morgen bis zum Mittag fischte sie mit Kiko den Meeresboden ab und kam rechtzeitig zurück, um zur Erholung auf der nachmittäglichen Charterfahrt der *De-baitable Babe* an der Meeresoberfläche zu angeln. Sie kreischte vor Vergnügen, als fünfhundert Pfund Goldmakrelen über den Dollbord flogen, und mit ein wenig Hilfe zog sie einige der größeren an Bord. In weißem Bikinitop und blutigen Jeans nahm sie ein Sonnenbad auf dem Bug des Sportfischerboots und hätte fast einen Tumult der sechs zahlenden Kunden verursacht. Der Betrunkenste von ihnen gab ihr am Ende der Fahrt ein Trinkgeld von fünfzig Dollar und machte ihr einen Heiratsantrag. Sie dankte ihm für das Angebot und verkündete, daß sie schon den ersten Maat zum Abendessen eingeladen hatte.

Sie gab Mark die Jeepschlüssel und ließ sich von ihm zum Lobster Pot in Provincetown entführen. Dort bestellte sie Weißwein und Hummerschwänze, zwischen denen eine halbes Dutzend Austern lagen. Als sie danach über den Kai schlenderten, war sie sich mit ihm einig, daß Jachten zwar nett aussahen, aber ein praktischeres Boot doch vorzuziehen war. Sie saß neben ihm am Ende des Piers und lächelte in die vorrückende Dunkelheit. Sie schloß die Augen. Sie ließ eine warme Hand in seine gleiten und legte den Kopf an seine Schulter.

Am Morgen machte sie Bananenpfannkuchen und lachte, als Kiko beim Frühstück kauend erzählte, daß sie mit ihrem Anblick gestern die gesamte Mannschaft auf »Vollmast« gebracht hatte. Als sie darüber aufgeklärt wurde, daß »Vollmast« in der Seemannssprache »Erektion« bedeutete, zwinkerte sie Marks peinlich berührter Miene zu und sagte, daß sie sich das schon gedacht hatte, und schönen Gruß an die Jungs.

Sie klatschte begeistert in die Hände, als Mark zwei Angelruten und zwei Surfboards in den Jeep hievte, und zwei Lehrstunden später quietschte sie vor Freude, als sie auf ihrer ersten Welle ritt. Jedesmal wenn sie vom Surfbrett fiel, spuckte sie Wasser und summte das Thema aus dem *Weißen Hai*. Später warf sie die Angel mit selbstgefangenen Fliegen in die Brandung. Sie zog genauso viele junge Streifenbarsche heraus wie Mark und küßte alle auf die Lippen, bevor sie sie sanft ins Wasser zurückgleiten ließ, damit sie groß und stark werden und sich vermehren konnten wie Kaninchen.

Und als die Fische weitergeschwommen waren und die Sonne untergegangen war, zog sie ihn an sich und führte ihn zu einem wortlosen, zeitlosen Meerestanz.

Sie sah ihm in die Augen und erklärte ihm mit leiser Stimme, daß sie hier im Osten gar keine Bekannten hatte und daß sie zweitausend Meilen gefahren war, um die Antwort auf eine frühere Frage zu korrigieren.

»Wenn du mich küßt«, flüsterte sie über den Klängen des Strandes, »dann küsse ich dich auch.«

Sie trat einen Schritt zurück, zog sich nackt aus und wandte sich zum Wasser.

Mark sah, wie sie sich der sanften Umarmung des Ozeans hingab, und streifte seine Kleider ab, um ihr zu folgen.

Den ersten Abend seines letzten Collegejahres verbrachte er im Chewnocker's – eine Kneipe, die einem wookie-artigen Koloß und dem einzigen Orthopäden von Georgeville gehörte – zusammen mit Ran Robinson, A. J. Dominic, Pete Thresher und viel Bier. Die Unterhaltung wurde von der Frage bestimmt, wer im Sommer mit wem geschlafen hatte. Mark wartete, bis die anderen mit den Geschichten über ihre sexuellen Heldentaten zu Ende waren, bevor er die Bombe platzen ließ.

Er traf sich mit Shawn Jakes, und die Sache wurde inzwischen verdammt ernst.

Zuerst gab es nur ungläubige Schreie, aber er überzeugte sie, daß es stimmte, und schwang sich sogar zu der Behauptung auf, seine Junggesellentage seien nun vorüber.

»Ein cooler Spieler wie du?« rätselte Ran und schüttelte den Kopf. »Bei der ersten Dummheit, die du dir erlaubst, fliegst du sofort raus. Ich geb der Sache zwei Wochen, Maximum.«

Ran lag mit seiner Vorhersage voll daneben. Es dauerte einen ganzen Monat, ehe Shawn Mark zum ersten Mal aussperrte, nachdem Madame Klatsch Mark Jessy und J. C. Miller nach einer Sigma-Party beim Blitzen ertappt hatte. Sie sah die Sache wie immer ganz vernünftig.

»Bei all dem Ärger, den du schon hattest, möchte man meinen, daß du nicht einfach durch die Gegend läufst und mit dem Schwanz wedelst, Mark.«

»Ach komm, Shawn. Wir sind alle nackt auf die Welt gekommen. Was ist falsch daran, wenn man hin und wieder zur Natur zurückkehrt?«

»Ach so. Die Sigma-Bubis sind ja *so* erdverbunden! Der Natur kommen die doch höchstens dann nahe, wenn sie in die Büsche kotzen.«

Der Streit führte zu keiner Klärung, und ihm folgten in den nächsten Monaten ganz ähnliche Auseinandersetzungen. Dazwischen gab es gelegentlich tiefere Diskussionen, weil Mark sich standhaft weigerte, über seine Eltern zu sprechen, und weil er bei jeder Erwähnung dieses Themas eine riesige, häßliche Mauer um sich herum aufbaute.

Trotz der Reibungen wurde ihre Beziehung intensiver. Mark verstand es, sie aufzuheitern, auch wenn ihr Lachen oft von kleinen Schlägen auf seinen Hinterkopf begleitet war. Und Shawn verstand es, seinen Horizont zu erweitern, auch wenn er die Studentenaufführungen, zu denen sie ihn mitschleifte, manchmal verschlief.

Auf jeden Fall hatten sie Spaß miteinander. Und recht viel mehr konnte man an einem College schließlich nicht erwarten.

II. BUCH

Das Spielfeld

18. KAPITEL

Das 200ste Jahr

Montag, 23. Februar

20.20 Uhr

Sigma Delta Phi war der Spaß vergangen, und das würde auch so bleiben, wenn nicht die zwölf ältesten Brüder mit ihren magischen Kräften die Verbindung retteten.

Wie immer trafen sie sich im Bruderschaftssaal und füllten mit ihren athletischen Figuren die luxuriösen Ledersessel. Wie immer trafen sie sich im Zeichen ihrer griechischen Decknamen.

Wie immer eröffnete Beta die Sitzung.

»Ich habe gerade mit Alpha gesprochen.«

»Wirklich?« Die Ehrfurcht in Kappas Stimme war unüberhörbar.

»Ja.«

»Persönlich?«

»Nein, nicht persönlich«, gab Beta zu. »Ich habe mit dem alten Herrn geredet, der Alphas Dingsbums-Unternehmen im Südwesten leitet. Aber was zählt, ist die Botschaft, nicht der Bote.« Als er die Enttäuschung in Kappas Gesicht sah, sagte er: »Mein Gott, Kappa, Alpha hat alle Hände voll damit zu tun, seine Milliarden zu verdienen. Warum soll er uns selbst anrufen, wenn das genausogut einer von den anderen alten Herren erledigen kann.«

»Klar«, bellte Gamma. »Was hat er gesagt?«

»Der Untersuchungsausschuß hat heute getagt.«

»Und?« Gammas Muskeln waren sichtlich gespannt.

Beta nahm einen Schluck aus einer Wasserflasche. »Shawn Jakes ist auf dem Kriegspfad.«

»Miststück!« fauchte Epsilon.

»Mir war die schon immer unsympathisch«, bemerkte Jota.

»Und wenn wir von Shawn sprechen«, fuhr Beta fort, »dann sieht es so aus, als hätten wir ein Problem.«

»Ach, haben wir nicht eh schon eins?«

»Halt die Klappe, Rho«, warnte Gamma und bewegte ruckartig den Hals. »Was meinst du, Beta?«

Beta wandte sich an Kappa. »Hat Jocelyn Samstag nacht hier geschlafen?«

Kappa überlegte und zuckte die Achseln. »Scheiße, ich weiß es nicht.«

»Denk nach.«

Kappa legte die Stirn in Falten und spuckte auf den Boden. »Ja, ich glaub schon.«

Beta nickte langsam. »Ich wußte es.«

»Warum? Was ist damit?«

»Angeblich hat Shawn eine anonyme Zeugin, die behauptet, daß Chad Ewing nackt und mit obszönen Gedichten beschmiert war, als er gefunden wurde.«

»Na und? Was hat das mit Jocelyn zu tun?«

Beta blickte ihn ernst an. »Steckt sie immer noch mit Shawn zusammen?«

»Ja, natürlich. Und?«

Beta nickte wieder und sah sich um. Die anderen Brüder waren im Bilde.

»Du Idiot!« brüllte Theta. »Kappa, verdammt, was hat sie unten überhaupt zu suchen?«

»Leck mich!« schrie Kappa. »Ich hab sie nicht runtergebeten, aber sie kann laufen!«

»Scheiße, Mann, du mußt die Schlampe besser an der Leine halten.«

Kappa drosch auf die Sessellehne und knirschte mit den Zähnen. »Ich hatte andere Sachen im Kopf, du Arsch! Du weißt schon, diese Kleinigkeit mit einem sterbenden Fuchs!«

»Er war schon tot«, sagte Omega. »Du hättest darauf achten müssen, die Verbindung zu schützen.«

»Das ist die oberste Priorität«, fügte Epsilon hinzu.

»Okay, ich hab's kapiert!« Kappa wedelte mit den Armen, wie um ein Orchester zum Schweigen zu bringen. Dann fiel er in den Sessel zurück und legte die Hand über die Augen. »Ich werde mich darum kümmern.«

»Gut. Je eher, desto besser.«

Ohne aufzusehen, hob Kappa seinen Mittelfinger in Gammas ungefähre Richtung.

»Schluß jetzt«, sagte Beta und trank sein Wasser leer. »Ansonsten ist die Sitzung gut gelaufen. Templeton hat die vorläufige Anhörung auf Donnerstag hinausgeschoben. Bis dahin schlage ich vor ...«

»Warte mal«, unterbrach ihn Zeta. »Was für eine Anhörung?!«

Beta starrte ihn an. »Die vorläufige Anhörung zur Untersuchung des Todes von Sigma-Fuchs Chad Ewing.« Er blickte um sich. »Kommt schon! Das war doch zu erwarten. Einer unserer Füchse ist tot. Er ist vom Balkon gefallen. Ihr kennt doch die Einstellung des Aufsichtsrates zu den Verbindungen. Sie wollen eine Untersuchung, und die sollen sie kriegen – und zwar vom Disziplinarausschuß.«

»Und«, fügte Gamma mit ernster Stimme hinzu, »wenn sie rausfinden, was wirklich passiert ist, können wir nicht mal mehr unsere Koffer packen, so schnell werden sie das Haus zusperren. Mann, vielleicht muß sogar jemand in den Knast.«

Er riß die imposanten Arme hoch. »Ich meine, ist euch klar, wie angeschissen wir dann sind?«

21.03 Uhr

Mit einem selbstgemixten Martini saß der Vorsitzende Henry Davenport in seinem Anzug mit goldenen Knöpfen an seinem goldgeränderten Schreibtisch und hielt einen vergoldeten Füllfederhalter, während er langsam den goldbestickten Ordner für die Jahresspenden der Ehemaligen durchging. Neben dem Ordner lag ein Stoß Schreibpapier mit seinem Briefkopf, dessen oberste Seite in zwei Kolonnen eingeteilt war. Bevor er im Ordner weiterblätterte, notierte er jedesmal gewissenhaft das Ergebnis. Immer wieder hielt er inne, um seine Lippen mit Martini anzufeuchten oder seinen launenhaften Füller zu schütteln.

Die Minuten vergingen, Seiten wurden studiert, das Glas geleert. Als er das Ende des Ordners erreicht hatte, griff Davenport in die Tasten seines Taschenrechners, schrieb ein paar Zahlen auf und lehnte sich dann stirnrunzelnd zurück.

Templeton hatte sich getäuscht. Von Ehemaligen griechischer Verbindungen kamen nicht fünfundachtzig Prozent der Stiftungsgelder, und von den Sigma-Ehemaligen kamen nicht sechzig Prozent.

Es waren eher neunzig beziehungsweise siebzig Prozent.

22.45 Uhr

Jocelyn Patricola öffnete die Backofentür und blinzelte durch die ausströmende Hitze. Zufrieden stellte sie fest, daß die blubbernden Nachos allmählich braun wurden und schon fast fertig waren. Sie machte die Klappe wieder zu und sah auf die Uhr. Viertel vor elf. Pete wollte um halb da sein. Sie zuckte die Achseln, denn Pete kam immer zu spät, und sie war so verliebt in ihn, daß es ihr nichts ausmachte.

Sie hüpfte ins Bad, um noch mal einen Blick in den Spiegel zu werfen, und sah, daß ihr braunes Haar weich und glänzend fiel, wie es ihr neues Shampoo versprochen hatte. Sie tupfte sich einen letzten Spritzer Parfüm auf die Handgelenke, machte noch einen Knopf an ihrer durchsichtigen Bluse auf, legte eine Sade-CD auf und schenkte sich ein Glas Chardonnay ein. Sie nippte an dem Wein und schaute alle paar Sekunden nach den Nachos. Lächelnd hörte sie, wie sich die Hintertür öffnete und schnell wieder schloß.

»Ich bin hier, Honey«, rief sie, als sie in einen Topfhandschuh schlüpfte und die Ofentür aufmachte. Schnell holte sie das Blech mit den Nachos heraus und ließ es klappernd auf den Herd fallen. Über dem Zischen des heißen Käses hörte sie hinter sich schlürfende Stiefelschritte.

»Die sehen gut aus«, sagte sie und schüttelte den Ofenhandschuh ab, um ihren Freund zu begrüßen.

Sie wurde von einem Schlag an den Kopf empfangen, dem mehrere schnelle und gemeine Hiebe auf Brust und Arme folgten. Schreiend knallte sie gegen den Kühlschrank und riß schützend die Arme über den Kopf, als sie zu Boden stürzte.

Ihr erster beängstigender Gedanke, daß ein Mörder im Apartment war, wich einer tröstlichen Gewißheit: Pete würde gleich kommen und es dem Typen, der über ihr stand, so richtig heimzahlen. Doch kaum waren ihr diese Vorstellungen durch den benommenen Kopf geschossen, hörte sie über sich das Fauchen der Stimme, die sie liebte.

»Du blöde Kuh!«

Sie nahm die Arme vom Gesicht. In Petes Gesicht stand die Röte der winterlichen Kälte und des Zorns.

Sie setzte sich langsam auf und legte den Kopf in die zitternde Hand. Sie bemühte sich, nicht zu weinen, und stöhnte leise. »Was ... was hab ich denn getan?«

Er umkreiste sie wie ein Boxer, und seine Stiefel polterten laut über das Linoleum. »Eins möcht ich mal wissen«, sagte er mit leiser, gehässiger Stimme. »Macht es dir Spaß, mit mir ins Sigma-Haus zu gehen? Du und deine Scheißfreundinnen, trinkt ihr gern das Bier, das *wir* bezahlen?«

Sie schüttelte den Kopf und wimmerte.

Er kniete sich neben sie. »Nein?«

»Na-natürlich«, stammelte sie schließlich. »Ich gehe gern mit dir ins Sigma-Haus.«

Er nickte mit leerem Gesicht. »Das dachte ich mir. Darum war ich überrascht, zu hören, daß du mit Shawn über Chad Ewing geplaudert hast.«

Schnell, streite es ab! »Ich weiß nicht, wovon du redest.«

»Verarsch mich nicht, Jocelyn. Du hast Shawn gesagt, daß er nackt war und daß er über und über mit Reimen vollgeschrieben war, stimmt's? Und jetzt wird diese Fotze so was wie eine Friedenskundgebung gegen uns veranstalten.«

Er wußte es. Leugnen hatte keinen Zweck. Sie hatte noch eine Narbe vom letzten Mal, als sie ihren Freund belogen hatte.

Sie atmete schluchzend. »Okay ... ja ... das hab ich gesehen.«

Pete steckte ihr den Finger in den Mund, hakte ihn in die Wange und drehte. Er riß ihren Kopf nach unten und zu sich her. Der Schmerz explodierte in ihrem Schädel. *»Nein!«* schnauzte er. »Du hast *überhaupt* nichts gesehen, weil du oben *geschlafen* hast. Wenn du Shawn das nächste Mal siehst, sagst du ihr, du hast dich getäuscht. Kapiert?«

Trotz der Demütigung und der unerträglichen Qual brachte sie ein Nicken zustande.

Befriedigt durch ihren wortlosen Gehorsam, ließ er sie los und stand gelassen auf, als hätte die ganze Auseinandersetzung nie stattgefunden. Er nahm sich eine Handvoll Nachos und stapfte ins Wohnzimmer. Mehrmals durchzuckte Jocelyn der Drang nach Rache, aber sie saß einfach nur wimmernd da, während Pete Sade durch die Art von kreischendem Sound ersetzte, der ihn in Stimmung brachte.

19. KAPITEL

Dienstag, 24. Februar

10.49 Uhr

Ungefähr zu der Zeit, als die Entscheidungsträger von Simsbury den Aufstieg der Lacrosse- und der Hockeymannschaft in die erste Liga betrieben, spendete einer der vielen gelangweilten, aber reichen Ehemaligen namens Theodore Lipshit eigens für den Bau einer ultramodernen Vielzwecksportanlage zwölf Millionen Dollar. Leider war das Ego von Lipshit genauso groß wie sein Reichtum, und zum Entsetzen aller bestand er darauf, daß die Anlage seinen Namen trug. Daher erhielt dieses achte Wunder von Simsbury nach seiner Fertigstellung den Namen Lipshit Field House. Die Konkurrenzmannschaften lachten sich halb tot.

Zum Glück nahm der Hallenkomplex mit der Zeit einen rauheren Beinamen an: »Der Käfig.« Zwar war auch diese Bezeichnung nicht unbedingt das, was den jungen wie den alten Cardinals vorschwebte, aber alles war besser als Lipshit.

Trotz seines nicht gerade anziehenden Beinamens war der Käfig ein wirklich eindrucksvoller Bau – zweimal so groß wie das Janis Center für Darstellende Künste (vorher das größte Gebäude auf dem Campus) und viermal so groß wie die Bibliothek (was die intellektuellen Typen natürlich ziemlich ankotzte). Die Anlage umfaßte ein Schwimmbecken in Olympiagröße, eine Basketballhalle und ein Hockeyfeld mit Klimaanlage. Aus einem gläsernen Aerobicraum konnte man hinunterschauen auf das Laufoval, das drei Tennishartplätze und ein Hallenfußballfeld umgab. Zwischen den bequemen Umkleideräumen befand sich ein mit allen Schikanen ausgestatteter Kraftraum mit der besten Ausrüstung, die es für Geld zu kaufen gab.

Um dem Andrang am Nachmittag aus dem Weg zu gehen, machte Mark sein Krafttraining, sooft es ging, am Morgen. Die Idee hatte er von Fairchild, der sie von Dominic hatte. Gelegentlich konnten sie auch Ran überreden, um was zu lachen zu haben. Heute hatten zufällig alle vier am Vormittag frei, und so hatten sie sich um halb zehn getroffen. Sie hatten ihr Programm absolviert und waren gerade aus den milden zwanzig Grad des Käfigs in das arktische Außenklima getreten. Sie zogen sich den Kragen über die untere Hälfte des Gesichts und legten dann die Klappen wieder nach unten, um auf dem Weg zum Mittagessen im Sigma-Haus ein paar Machosprüche ablassen zu können.

Dominic war im Postraum von einem Typen komisch angeglotzt worden und schwor, daß er dem Arschloch die Fresse polieren würde. Fairchild blieb mehrmals stehen, um zum Schein in den Schnee zu kotzen und sich sarkastisch für das brutale Kraftprogramm zu bedanken, das sich Dominic ausgedacht hatte. Ran drohte bei jeder Verzögerung, sich wirklich zu übergeben, wenn er nicht bald was in den Bauch bekam.

Chad Ewings Tod und die anstehende Untersuchung des Disziplinarausschusses wurden mit keinem Wort erwähnt. Mark wußte, daß seine Gegenwart die Diskussion behinderte, und dieses Wissen dämpfte das kameradschaftliche Gefühl, das er sonst nach dem Training mit seinen Sigma-Kumpels immer hatte. Seine Freunde mißtrauten der Institution, die er vertrat, und vielleicht sogar ihm selbst. Und das tat weh. Am liebsten hätte er ihnen gesagt, daß er auf ihrer Seite stand, daß er die Untersuchung zur Farce machen wollte, aber er wußte nicht, wie er das Thema anschneiden sollte. Zum ersten Mal spürte er in der Gesellschaft seiner früheren Sigma-Brüder Verlegenheit.

16.14 Uhr

Als das Sonnenlicht durch die Fenster des muffigen Schlafraums kroch, machten sich Roy und Carla Ewing daran, die Überbleibsel vom Leben ihres einzigen Sohnes in Koffer und Kartons zu verpacken. Daß es nur ein halbes Jahr her war, seit sie in fröhlicher Stimmung das Gegenteil getan hatten, machte die jetzige Situation nur noch grausamer. Beide hatten das Gefühl, sie hätten jemanden umbringen können, um nur den 3. September zurückzubringen.

Jetzt war für immer Winter.

Chads Teil des Zimmers sah aus, als wäre er nur kurz hinausgegangen und würde gleich wiederkommen. Sein Bett war ungemacht. Der Brief von einem Highschool-Freund lag offen auf dem Schreibtisch. Auf dem Boden neben der Kommode stand ein Wäschekorb mit sauberen Sachen. Der unberührte Zustand erinnerte die Ewings daran, daß ihr ältestes Kind vor kurzem noch am Leben gewesen war. Das Zimmer war der Beleg für seine Existenz, aber auch der Beweis für sein Ende.

Selbst die kleinsten Gegenstände betrachteten die

Ewings mit trauriger Verehrung. Seine Fahne der Chicago Bulls. Sein Snoopy-Sparschwein. Seine Simsbury-Baseballmütze. Carla schloß die Augen und schnupperte an einer Flasche Kölnischwasser, bis ihr fast die Lungen platzten. Was würde sie nicht geben, um diesen Geruch zu umarmen. Mit letzter Kraft legte sie die Flasche in die Wäschetasche, wo sie zusammen mit den anderen zerstörten Träumen im Speicher der Ewings liegen würde.

Auf Händen und Knien sammelte Roy Reliquien unter Chads Bett. Unterwäsche. Ein Football ohne Luft. Schuhschachteln. Als er sich wieder aufrichten wollte, bemerkte er an der Wand ein kleines Lumpenbündel, das er zuerst liegenlassen wollte. Doch heute durften nicht einmal Krümel unbeachtet bleiben, wenn sie einmal Chads Lippen berührt hatten.

Er preßte die Achselhöhle gegen das harte Metall des Bettgestells und streckte die Finger aus, bis es ihm weh tat. Schließlich bekam er das schmutzige Bündel zu fassen und stand erschöpft auf.

Das dreckige Stoffknäuel war so fest zusammengeklebt, daß er nicht gleich merkte, daß es aus mehreren Stücken bestand. Er schüttelte den Klumpen, bis sich die Teile zögernd voneinander lösten. In seine linke Hand fielen drei Fetzen, in die rechte nur einer.

Und dann traf ihn der Gestank.

Bier.

Er rümpfte die Nase, während er die feuchten Lumpen mit verständnislosem Blick betrachtete. Die drei in der linken Hand waren Halstücher. Er wandte seine Aufmersamkeit dem klebrigen Lappen in seiner rechten Hand zu.

Voller Entsetzen ließ er ihn fallen.

Der Lappen war über und über mit Blut verschmiert.

20.16 Uhr

Der Spätdienst im Büro ging ihm zwar allmählich auf die Nerven, aber Templeton wußte, daß er für seine Mühen eine großzügige Entschädigung erwarten durfte. Und an diesem Abend mußte er zumindest nicht lange bleiben.

Er knipste die Schreibtischlampe an und ließ dann den Computer neben den anderen technischen Errungenschaften des Zimmers zum Zuge kommen. Er klickte sich mit der Maus zum E-Mail-Fenster und suchte hackend nach den richtigen Tasten:

T-Bone. Komme gerade vom Abendessen mit den Ewings. Noch ein paar Tränen, aber das war zu erwarten. Ich habe sie sanft dazu überredet, die Leiche am Donnerstag morgen abzuholen und gegen Mittag nach Hause zu fliegen. Sieht so aus, als wäre morgen der Tag für den Leichenbeschauer. Ich nehme an, Ihr Mann ist für die kleine Maskerade bereit.
Ihre Idee für Doc Marston gefällt mir.
Sind diese kleinen, verschlafenen Städte nicht einfach liebenswert?

Er adressierte die Nachricht und markierte sie als dringend und privat. Zwei Minuten später war der Computer im Zimmer abgeschaltet, und Templeton verschwunden.

20. KAPITEL

Mittwoch, 25. Februar

13.03 Uhr

Der Tag war grau und stürmisch angebrochen, und zu Mittag hatte heftiger Schneefall eingesetzt. Es war das perfekte Wetter, um eines Toten zu gedenken.

Aus Achtung vor den Freunden und Verwandten des Verstorbenen hatte Präsident Carlisle für Mittwoch den gesamten Lehrbetrieb abgesagt, eine seltene und edle Geste, die die erblühenden Seelen der Elitestudenten von Simsbury tief beeindruckte und vor ein moralisches Dilemma stellte. Konnten sie sich an diesem freien Tag einfach abseilen, vielleicht zum Skifahren gehen oder der nahe gelegenen Bibliothek des Bowdoin-College einen Besuch abstatten, um endlich die für die Semesterarbeit so entscheidende Zeitschrift aufzutreiben? Oder würden die Götter Blitze auf sie herabschleudern oder zumindest dafür sorgen, daß sie beim nächsten Einstellungsgespräch durchfielen, wenn sie die Trauerfeier für einen Kommilitonen schwänzten?

Auch ohne offizielle Meinungsumfrage war zu erkennen, daß das kollektive moralische Gewissen die Oberhand behalten hatte. Die Merriweather Chapel war gerammelt voll.

Mark war einer der vielen Zauderer gewesen, aber aus anderen Gründen. Er hatte Angst vor der Gedenkfeier gehabt, denn er hatte schon einmal an einer teilgenommen.

Und das reichte ihm.

Die Gebete und Lobreden der Feier waren ungestört vorübergegangen, bis auf das Erscheinen eines rücksichtslosen Fotografen, der unbedingt die Trauer der

Ewings festhalten wollte, als sie nach dem letzten Kirchenlied durch den Mittelgang auf das Tor der Kapelle zuschritten. Nach ein paar blitzbeleuchteten Schnappschüssen wurde er vom Sicherheitsdienst und einigen Sigmas höflich hinauskomplimentiert. Der Zwischenfall bewegte die Ewings zu weiteren Tränen, die Menge zu mißbilligendem Gemurmel und Mark zu einer grauenhaften Erinnerung.

Einen Augenblick lang war er neun Jahre alt und saß herausstaffiert und verstört in der ersten Reihe einer kleinen Kirche in Cazenovia, unweit von Cherry Plain. Einen Augenblick blitzten die Lichter in *seine* Richtung und man überschüttete ihn mit Fragen, die er nicht verstand. Und dann trugen ihn starke Arme vorbei an den Kameras und dem Chaos in die Sicherheit von Cape Cod …

Der plötzlich einsetzende Klang der Orgel erlöste ihn von seinen Erinnerungen, und die Realität schlurfte in den Schuhen seiner Kommilitonen an ihm vorbei. Blinzelnd stand er auf und folgte Shawn und der gesamten Gemeinde hinaus auf den Quad, um zu erleben, was der Pastor als »ganz besonderen Abschluß für unsere Feier« bezeichnet hatte.

Die Studenten bildeten einen großen Kreis um die Sigma-Brüder, Mr. und Mrs. Ewing und Chads jüngere Schwester Julie. Der Schnee wirbelte um Julie, als sie sich von ihren Eltern löste und mit einem weißen Heliumballon in die Mitte des Kreises ging.

Auf dem Ballon stand nur »Chad«.

Sie küßte ihn und ließ ihn los.

Alle Augen beobachteten den Ballon, der durch das Schneetreiben über die toten Bäume aufstieg, bis er, wie Chad Ewing, für immer verschwunden war.

13.34 Uhr

Der Fremde fuhr den gemieteten Toyota auf den Parkplatz vor dem Büro des Leichenbeschauers von Cumberland County, stellte den Motor ab und sah auf die Uhr.

Perfekt. In diesem Moment nahm Roy Ewing an der Trauerfeier für seinen Sohn teil, und das hieß, daß er jetzt garantiert nicht auftauchen konnte.

Er ging noch einmal innerlich seine Checkliste durch. *Welliges Toupet?* Er holte es heraus und plazierte es ordentlich auf dem Kopf. *Dunkle Sonnenbrille?* Er blickte zum Himmel auf, aus dem der Schnee immer dichter fiel. Würde eine Sonnenbrille verdächtig wirken? Er griff ins Handschuhfach und nahm die miesen Gläser heraus, die er für zwei Dollar in Old Orchard Beach gekauft hatte. Er setzte sie auf und sah in den Spiegel.

Er sah aus wie ein Trauernder.

Der Gram in Person.

Er wollte schon aussteigen, als ihm einfiel, daß noch eine kleine Anpassung nötig war. Er nahm die Flasche Zitronensaft aus der Papiertüte auf dem Beifahrersitz und spritzte sich in jedes Auge einen Tropfen. Sie begannen sofort zu tränen, aber bei dem Gedanken an das Geld, das er für das Brennen verdiente, zwang er sich, die Lider offenzuhalten, bis er das Netz von roten Äderchen in den Augen buchstäblich spüren konnte.

Während er sich dem Büro des Leichenbeschauers näherte, änderte er seinen Gang und versetzte sich in den Zustand eines Trauernden.

Ich bin Roy Ewing, sagte er zu sich. *Mein Sohn ist tot, und ich bin zutiefst erschüttert.*

Ein Kinderspiel.

Dick Finnerty, der Leichenbeschauer von Cumberland County, war eine Meile weiter in einem umgebauten

Hühnerstall geboren worden. Eine Hebamme hatte ihn zur Welt gebracht. Maine hatte er nur ein einziges Mal verlassen, anläßlich einer Elchjagd in Kanada vor zweiunddreißig Jahren. Den Rest seines Lebens hatte er damit verbracht, Wurzeln in der Gemeinde zu schlagen, deren Diener er war, und aus diesem Grunde hielt er sich für die führende Autorität im Hinblick auf die Wünsche seiner hart arbeitenden, gottesfürchtigen Schäfchen, zumindest in Fragen des Todes und des Anstands.

Die Menschen von Cumberland County schauten auf die Bibel und nicht auf Sensationsblätter. Sie wollten nicht wissen, daß Marion Leverone, Mutter von vier Kindern und Frau von Bob, an den Komplikationen einer Syphiliserkrankung gestorben war, die sie sich bei einem Seitensprung geholt hatte. Sie wollten wissen, daß sie an den Komplikationen einer Lungenentzündung gestorben war und daß sie mit ihren letzten Worten die Liebe zu ihrer Familie bekräftigt hatte. Sie wollten nicht wissen, daß Peter Wallace, der Sohn von Reverend Wallace, im Alter von vierundzwanzig Jahren an einer Überdosis Heroin gestorben war und daß man in seinem Anus Spuren von Sperma gefunden hatte. Sie wollten wissen, daß Peter Wallace an einem seltenen, unentdeckten Herzleiden gestorben war und daß er seine hübsche Freundin an der Highschool geliebt hatte, bis seine Seele von Gott abberufen wurde.

Es ging nicht darum, wie oder warum ein Mitglied der Gemeinde gestorben war. Es ging nur darum, daß jemand verschieden war.

Und geliebte Menschen hinterlassen hatte.

Seine Kollegen in den großen Städten verstanden das nicht. Im Gegensatz zu ihm. Und deshalb arbeitete er seit nunmehr neununddreißig Jahren mit seinem Gespür für Anstand auf einem Gebiet, in dem zahllose

Akrobaten ihr zirkusreifes Unwesen trieben. Andere steckten ihre Skalpelle hier hinein, ihre Nasen dort hinein, und hielten sogar Pressekonferenzen. Finnerty hielt *Familien*konferenzen und machte mit seiner Nase auf halbem Wege Halt zwischen Tatsachen und Mitgefühl.

Er war der letzte einer aussterbenden Gattung.

Finnerty saß am Schreibtisch bei seinem geliebten Kaffee und wartete auf den Vater von Chad Francis Ewing, einem Simsbury-Studenten, der am Sonntag gestorben war und jetzt unten im Leichenschauhaus lag.

Bei der Durchsicht seiner Notizen stellte er fest, daß es sich auch hier um einen jener Fälle handelte, bei denen die Tatsachen gegen das Mitgefühl standen. Aber diesmal stammte der Verstorbene nicht aus der Gegend. Aus diesem Grund fühlte Finnerty keine bedingungslose Loyalität gegenüber den Ewings und keine Verpflichtung, den Ruf des toten Jungen zu schützen.

Und nach dem, was Finnerty entdeckt hatte, würde Chad Ewings Ruf in Simsbury, wie er vorher auch ausgesehen haben mochte, unweigerlich schaden leiden.

Vorausgesetzt natürlich, daß Finnerty nicht seinem Mitgefühl folgen, sondern die Tatsachen preisgeben würde.

Seine Sprechanlage piepte zweimal. Finnerty runzelte die Stirn und drückte auf die Sprechtaste. »Was ist, Dorothy?«

Dorothy Ruckers Stimme krächzte über die Anlage. »Roy Ewing möchte Sie sehen.«

»Schicken Sie ihn rein.«

Kurz darauf öffnete Dorothy die Tür, und es trat ein eindrucksvoller, großer Mann ein, der äußerlich gefaßt wirkte. Als er aber seine dunkle Brille abnahm, kamen rote, niedergeschlagene Augen zum Vorschein, die Art von Augen, mit denen Finnerty täglich zu tun hatte.

Für Glück war Walt Disney zuständig. Finnerty hingegen war in diesem Moment zuständig für ein Schädeltrauma und einen Genickbruch sowie für das Vorhandensein einer Substanz, von der er in letzter Zeit sehr viel gehört, die er aber schon seit geraumer Zeit nicht mehr gesehen hatte.

Er war dafür zuständig, den Vater eines toten Jungen mit Fingerspitzengefühl zu behandeln.

13.59 Uhr

Allein auf dem Quad, beobachtete der Freshman, wie sich einzelne Schneeflocken auf dem ergrauten Stumpf eines leblosen Buschs sammelten. Die Menge der Trauernden hatte sich schon zerstreut, aber aus irgendeinem Grund konnte er sich nicht von der Stelle rühren, und während er den Blick gesenkt hielt, spürte er das Brennen der ersten Tränen.

Er würde wieder weinen in den kommenden Tagen und Jahren, das wußte er, und zwar aus vielen Gründen, die er hätscheln und analysieren konnte. Aber jetzt, kurz nach dem Aufsteigen eines weißen Ballons zum Himmel, weinte er einfach nur, weil er noch am Leben und weil Chad tot war und weil er diesen Unterschied nur seinem Glück zu verdanken hatte.

14.03 Uhr

Finnerty entschloß sich, sobald er den Eintretenden erblickt hatte. Roy Ewing hatte etwas Einnehmendes an sich, eine Aura, die einem anständigen Mann wie Finnerty das Gefühl gab, daß er ebenfalls einen anständigen Mann vor sich hatte. Der Leichenbeschauer wählte eine Lösung, für die er sich schon aus dem Bauch heraus entschieden hatte.

Die Wahrheit über Chad Ewing würde zusammen mit dem verstümmelten Leichnam des Jungen begraben werden.

Finnerty holte trostreichen Atem und begann zu sprechen. »Ich verstehe nur allzu gut, Roy, daß junge Leute manchmal …« er hielt inne und bewegte den Mund vorsichtig über das unsichere Terrain der Anteilnahme, »… unbedachte Entscheidungen treffen. Und ob hinter diesen … *Entscheidungen* eine körperliche Abhängigkeit steht oder der Wunsch nach Vergnügen oder einfach nur Geltungsdrang, ist … meistens völlig unwichtig. Was geschehen ist, ist geschehen«, erklärte er mit einem fatalistischen Achselzucken. Dann lehnte er sich vor. »Was ich damit sagen will, ist, daß ich im Grunde Ihrer Meinung bin. Der Herr hat Ihren Jungen zu sich genommen, und mehr braucht die Welt nicht zu erfahren.«

Roy Ewing nickte, schloß die Augen und begann Tränen zu weinen, die mehr Erleichterung als Trauer auszudrücken schienen.

Finnerty reichte Ewing ein Papiertaschentuch, das er mit einem geflüsterten Wort des Dankes entgegennahm. »Ich werde dafür Sorge tragen, daß Ihr Junge ein christliches Andenken erhält. Wir machen alle Fehler, und ich möchte lieber in die Hölle fahren, als daß ich der Polizei oder einer Rechtsabteilung des College erlaube, diese Sache auszuschlachten.«

Ewing öffnete schniefend die Augen. »Wie … wie kann ich Ihnen das jemals vergelten?«

»Das brauchen Sie nicht. Ich sehe meine Aufgabe darin, Gott zu helfen, damit der Weg zwischen dem Leben und dem Jenseits einfacher wird. Es kommt weder mir noch jemand anderem zu, den Tod Ihres Sohnes für … politische Zwecke zu mißbrauchen.

Natürlich muß ich einige Dinge in dem Bericht stehenlassen, damit es keine Widersprüche gibt. Zum Beispiel den Alkoholspiegel im Blut. Man kann kaum davon ausgehen, daß weder die Polizei noch Doktor Marston mitbekommen haben, daß Ihr Junge getrunken hatte. Alkohol hinterläßt äußerliche Spuren wie Geruch, Zeichen von Übelkeit und so weiter.

Aber im Hinblick auf das andere … *Zeug* … können Sie sich darauf verlassen, daß es mit keinem Wort erwähnt wird. Was mich angeht, ist Ihr Sohn an einem Schädeltrauma infolge eines unglücklichen, alkoholbedingten Sturzes gestorben.«

»Möge er in Frieden ruhen«, flüsterte Ewing.

»Amen«, sagte Finnerty und dankte im stillen Gott dafür, daß sein Sohn am Leben war und ganz in der Nähe wohnte.

Ewing erhob sich langsam wie ein Mann, der gerade heftige Schläge eingesteckt hat. Finnerty stand ebenfalls auf und streckte die Hand aus. »Mein herzliches Beileid«, sagte er, als er ihm die Hand schüttelte. Dann wandte er sich dem Kalender an der Wand zu. »Wann werden Sie und Ihre Frau nach Chicago zurückkehren?«

»Morgen. Am späten Vormittag.«

»Haben Sie … die Überführung Ihres Sohnes arrangiert?«

Ewing nickte grimmig.

»Ich arbeite nur am Mittwoch ganztags«, erklärte Finnerty. »Sonst bin ich nur am Nachmittag da. Morgen wird mein Lehrling Rick da sein, wenn Sie kommen, um die Unterlagen für die … Überführung des Leichnams zu unterzeichnen. Am besten kommen Sie schon früh, damit Sie Zeit für den Papierkram haben und noch Ihren Flug erwischen.«

Ewing nickte und lehnte sich näher zu Finnerty. »Mr. Finnerty, wenn es Ihnen nichts ausmacht«, begann er in vertraulichem Ton, »es wäre mir sehr lieb, wenn Ihr Lehrling unser Gespräch morgen gegenüber meiner Frau nicht erwähnen würde. Sie kann sich sowieso kaum mehr auf den Beinen halten. Wenn sie nach allem, was geschehen ist, auch noch die Wahrheit erfahren würde ... Sie wissen, was ich meine. Es ist schlimm genug, daß ihr Sohn nicht mehr ist. Ich glaube, sie würde es nicht ertragen ...«

»Ich verstehe. Ich werde mit Rick reden.«

Ewing seufzte und lächelte mühsam. »Ich danke Ihnen, Mr. Finnerty. Vielen Dank.«

»Gern gescheh...« Eine Bewegung hinter Ewings Schulter ließ Finnerty mitten im Wort innehalten. Blinzelnd erkannte er die Praktikantin Betsy Kimball, die verlegen in der Tür stand.

»Was ist los, Betsy?« fragte Finnerty ein wenig verärgert über die fehlenden Manieren der heutigen Jugend.

Betsy war die Sache sichtlich peinlich. »Tut mir leid, daß ich Sie störe, Dr. Finnerty, aber Ihre Frau ist unten im Tiefgeschoß am Telefon. Soll ich ihr sagen, sie möchte zurückrufen?«

»Natürlich.«

»Nein, nein«, sagte Ewing rasch und wandte sich von Betsy zu Finnerty. »Bitte nehmen Sie den Anruf ruhig entgegen. Wenn ich eins gelernt habe, dann ist es, daß man die Gattin nicht warten lassen darf.« Wieder rang er sich ein Lächeln ab.

»Ich glaube, da haben Sie wirklich recht. Betsy, sagen Sie ihr, daß ich gleich komme.«

Betsy nickte und verschwand.

Ewing nahm seinen Mantel. »Ich finde allein hinaus.«

»Sind Sie sicher?«

»Ja. Und nochmals vielen Dank. Für alles.«

Finnerty beobachtete, wie Ewing das Zimmer verließ und auf die Eingangstür des Büros zusteuerte. Dann wandte er sich zur Treppe, hielt aber noch kurz an, um seinen Bericht über Chad Ewing in den Papierkorb zu werfen.

Später würde er einen neuen schreiben.

Der Fremde wartete, bis er aus dem Parkplatz des Leichenbeschauers hinausgefahren und schon ein Stück der Maine Street hinter sich hatte. Erst dann riß er sich die falschen Haare vom Kopf und kratzte sich energisch den Schädel. Dann pflückte er sich die Brille vom Gesicht und warf sie auf den Beifahrersitz. Er langte nach seiner Yankees-Baseballmütze und zog sie sich tief über das kurze braune Haar.

Ein Lächeln sprengte den Panzer der Roy-Ewing-Fassade.

Das war leicht gewesen.

Ein Kinderspiel.

21. KAPITEL

Mittwoch, 25. Februar

20.01 Uhr

Templeton lag nackt auf den Satinlaken und wartete auf Professor Linda Regis, die sich gerade ihrer Kleider entledigte. Als der Wäschestapel auf dem Boden ihres Studios am Popham Beach wuchs, merkte er, wie sehr er sich auf diese Entspannung gefreut hatte. Die Gedenkfeier hatte ihn leicht gestreßt, und die bevorstehende Anhörung des Disziplinarausschusses machte die Sache auch nicht besser. Deshalb hatte er Judith am Telefon gesagt, daß er nach der Arbeit noch zum Trainieren in den Käfig gehen würde und ob sie so freundlich sein könnte, ihm sein Abendessen warmzustellen.

Linda ließ die letzten Hüllen fallen und lächelte listig, während sie sich im Gleichklang mit dem geheimnisvollen Schnurren des CD-Spielers an das Bett heranschlich. Templeton genoß den Anblick vom Scheitel bis zur Sohle, und sein bewundernder Blick streifte vom glatten Kurzhaar und den ebenso schwarzen Augen hinunter zu den kräftigen Rundungen eines bronzefarbenen Körpers, der wie geschaffen war für Sex.

Sie war wirklich eine prachtvolle Frau.

Eine Frau, die keinen großen Wert aufs Vorspiel legte.

Wie ein Puma sprang sie ihn plötzlich an, umklammerte Templeton mit starken Schenkeln und schob ihn in sich. Sie stöhnte kurz auf und fuhr ihm mit einer Klaue über den Oberkörper. Dann drückte sie ihm die Hände nach unten und begann sich zu wiegen. Er wehrte sich ein wenig zum Schein und ergab sich dann.

Ihre Hüften machten kreisförmige Bewegungen, und ihr stoßweises Ächzen wuchs zu anhaltendem Stöhnen an. Ihr Kopf rollte hin und her. Jede Faser ihres Körpers war angespannt, und das bestätigte einmal mehr seinen Verdacht, daß sie den Beischlaf nicht als Geschlechtsakt, sondern als Sportereignis betrachtete. Für sie war das Vergnügen immer ein schweißtreibender Wettbewerb, bei dem sie nie verlor.

Sie legte ihm eine Hand um den Hals und begann zu drücken, während sie das Tempo ihrer Stöße erhöhte. Dann brachte sie mit einem strahlenden Lächeln auf dunklen Lippen die zweite Hand ins Spiel und verdoppelte den Druck auf seine Luftröhre, bis ihm der Atem stockte.

Jetzt wehrte er sich wirklich. Er krallte sich in ihre angespannten Unterarme, aber sie schüttelte nur den Kopf. Er zuckte und zappelte, aber sie unterdrückte jeden Widerstand. Als sich der Nebel des anoxischen Orgasmus auf ihn herabsenkte, gab er sich hin und spürte nur noch, wie ihn Lindas heranbrandender Körper immer wieder auf Hüfthöhe rammte.

Er verlor das Bewußtsein.

Wie immer kam er fast sofort wieder zu sich und fühlte sich ein wenig desorientiert, aber ansonsten wunderbar. Linda lag jetzt friedlich auf ihm, als hätten sie gerade zärtlich miteinander geschlafen, und Templeton fragte sich nicht zum ersten Mal, ob seine Geliebte noch alle Tassen im Schrank hatte.

Mit amüsiertem Gesichtsausdruck blickte sie ihm in die Augen. »Alles okay, Alter?«

Er nickte schwer atmend und rieb sich reflexartig den Hals. »Eines Tages ... wirst du mich ... noch umbringen ... damit.«

Grinsend küßte sie ihn auf die Nase. »Vielleicht«, sagte sie, »aber es wäre doch eine schöne Todesart.«

21.44 Uhr

In einem vornehmen Hotelzimmer saßen Roy und Carla Ewing auf getrennten Betten und starrten auf getrennte Wände. Sie wußten nicht, wie es weitergehen sollte.

Die Minuten verrannen in ersticktem Schweigen.

Aber dann kam aus der abgedunkelten Ecke des Zimmers ein hilfloses Seufzen, leise zuerst, doch dann wiederholte es sich und wurde stärker. Das Geräusch riß die Eheleute aus ihrer teilnahmslosen Trauer und erinnerte sie daran, daß sie auch die Eltern von Julie waren, die noch lebte und sie jetzt dringender brauchte als je zuvor.

22.15 Uhr

Die Totenfeier war vorüber, und bis zur vorläufigen Anhörung des Disziplinarausschusses waren es noch achtzehn Stunden. Das bedeutete, daß die Sache mit Chad Ewing noch lange nicht ausgestanden war und vielleicht erst angefangen hatte. Ungewißheit trieb die zwölf ältesten Sigmas dazu, im Bruderschaftssaal vor der für elf geplanten Fuchsaktivität die weitere Strategie zu planen.

»Die Gedenkfeier war sehr stilvoll«, sagte Beta.

»Ich bin nur froh, daß es vorbei ist«, erklärte Kappa. »Und noch froher bin ich, wenn die Ewings weg sind. Das ist richtig unheimlich, wenn die die ganze Zeit hier rumlaufen.«

»Hey«, mahnte Beta. »Wir schulden ihnen zumindest unsere Gastfreundschaft.«

»Ach was. Ihr bescheuerter Sohn hat sich feige verkrümelt, und wir dürfen jetzt seine Scheiße aufwischen.«

»Das ist voll daneben, Gamma«, sagte My leise.

»Von wegen.«

»Doch, es ist daneben«, sagte Beta. »Zeig ein bißchen Achtung.«

»Was passiert morgen?« Epsilon hatte sich klugerweise eingeschaltet, bevor Gamma die Beherrschung verlor.

»Wir legen unseren Fall dem Disziplinarausschuß vor«, erwiderte Beta. »Ich habe gehört, daß die Mitglieder vielleicht ein paar Fragen stellen.«

»Wer wird ihnen antworten?«

»Genau das«, erklärte Beta, »müssen wir hier und jetzt entscheiden.«

»Du solltest das übernehmen«, sagte My. »Du bist doch so gut in solchen Sachen.«

»Ich persönlich«, alberte Delta, »wäre lieber gut im Bett.«

»Da besteht leider keine Chance«, konterte Rho, und die meisten anderen lachten.

»Ich stimme mit My überein«, sagte Theta, der nicht lachte. »Beta sollte unser Vertreter sein. Die ganze Schule einschließlich des Dekans und des Aufsichtsrates würde am liebsten mit ihm ins Bett steigen.« Grinsend sah er Beta an. »Du bist für alle der Superheld.«

»Ich mache es«, sagte Beta. »Aber nicht allein. Ich möchte nicht wie der offizielle Sprecher wirken. Und das zahlenmäßige Auftreten hat auch Gewicht.«

»Wie wär's mit Gamma? Zur Einschüchterung?«

Die Brüder sahen sich an und nickten.

»Ich will, daß Kappa auch dabei ist«, sagte Gamma. »Zur Schadensbegrenzung, wenn seine Schlampe wieder meint, sie muß das Maul aufreißen.«

»Ich glaube nicht, daß morgen schon Zeugen aufgerufen werden«, sagte Beta.

»Trotzdem will ich ihn dabeihaben.«

»Ich komme mit«, sagte Kappa. »Aber ich möchte klarstellen, daß ihr euch wegen Jocelyn keine Sorgen machen müßt. Sie wird den Mund halten.«

»Besser für sie.«

»Sie wird nichts sagen.«

»Gut, dann gehen also wir drei«, faßte Beta zusammen. »Vielleicht sollten wir uns nach dem Triumvirat noch mal treffen, um zu überlegen, was wir aussagen wollen.«

Die Brüder Gamma und Kappa nickten.

Epsilon wandte sich an Beta. »Gibt es Nachrichten von Alpha?«

»Eigentlich nicht, aber ich habe gerade mit seinem Kontaktmann am Telefon gesprochen.«

»Und?«

»Im Namen aller alten Herren wünscht er uns Glück für die Anhörung.«

Voller Eifer tauschten die anderen elf stolze Blicke aus. Die alten Herren standen hinter ihnen.

»Wir haben über die Einzelheiten der Anhörung gesprochen«, fuhr Beta fort, »und dabei hat er einen interessanten Punkt erwähnt.«

Er hielt inne, und zweiundzwanzig Ohren warteten.

»Mark Jessy sitzt im Disziplinarausschuß«, sagte er schließlich. »Aber er ist auch unser Freund. Wir sollten alles dafür tun, daß er auf unserer Seite bleibt.«

»*Natürlich* bleibt er auf unserer Seite.« Delta klang fast beleidigt. »Er ist doch einer von uns, verdammt!«

»Nein«, stellte Gamma klar. »Ist er nicht.«

»Ach komm, Gamma«, konterte Beta. »Er ist einer von uns, das weißt du ganz genau.« Er sah sich um. »Mark ist zwar unser Freund, aber wir müssen daran denken, daß er verfahrenstechnisch im Moment gegen uns steht. Außerdem ist er in der Zwickmühle: auf der einen Seite wir, auf der anderen Seite seine Freundin.«

»*Shawn*. Diese Schlampe müßte mal so richtig durchgefickt werden.«

»Du kannst dir nach der Sitzung einen runterholen, Ypsilon. Jedenfalls ist angeregt worden, daß wir mit Mark an diesem Wochenende einen Barausflug machen. Vielleicht eine Balgerei mit ein paar Typen aus der Stadt anfangen und dadurch Seite an Seite *mit* Mark kämpfen können.«

»Eine Prügelei?« lächelte Gamma. »Aber Beta, das klingt überhaupt nicht nach dir.«

»Hey, ich gebe nur die Anweisungen der alten Herren weiter. Ich persönlich würde Mark lieber zu ein paar Drinks einladen und einfach nur mit ihm zusammen …«

»Scheiß drauf. Ich kaufe seine Loyalität nicht.«

»Dann brauchst du auch nicht mitkommen«, sagte Beta zu Kappa. Er wandte sich an die anderen. »Ich persönlich finde die Idee gut. Mark ist ein Freund. Ein guter Freund. Wir sollten ihm zeigen, daß er immer noch unser Kumpel ist.«

»Ich bin dafür.«

»Freitag abend?« fragte Omega.

Beta nickte.

»Ich komme mit. Jessy ist ein feiner Kerl.«

»Ja.« Betas Blicke galten vor allem Gamma. »Das ist er.«

23.00 Uhr
Das Konferenzgespräch ging über Tausende von Meilen und vier Zeitzonen und ermöglichte durch die Wunder moderner Kommunikationstechnik die Teilnahme von acht Sigma-Ehemaligen. Sie gingen kurz auf die Chad-Ewing-Krise ein und tauschten Gedanken darüber aus, was sie erfahren und was sie gehört hatten.

Ja, die Gedenkfeier war problemlos über die Bühne gegangen. Ja, dem Vernehmen nach war der Leichenbeschauer elegant aufs Kreuz gelegt worden. Ja, Templeton, dieser alte Gauner, hatte die Situation gut im Griff.

Nein, es gab nichts auf der Welt, was man mit Geld nicht kaufen konnte.

Sie feixten über ihre Einmütigkeit in diesem Punkt und kamen dann aufs Geschäft zu sprechen.

22. KAPITEL

Donnerstag, 26. Februar

7.34 Uhr
Die Baseballmütze tief in die Stirn gedrückt, den Kragen hochgezogen und mit zum Zerreißen gespannten Nerven trottete der Freshman über den verlassenen Quad. Er fand tausend Gründe, weshalb er umkehren sollte, und sei es auch nur, weil er noch länger leben wollte.

Aber er marschierte weiter, und seine schweren Lider schützten ihn vor den glitzernden Lichtreflexen des Morgens. Die zitternden Finger waren um etwas Kleines und Riesiges zugleich in seiner Jackentasche geklammert.

Er hoffte, mit dieser einfachen Tat sein Gewissen erleichtern zu können. Nach einhundert Stunden Schlaflosigkeit hoffte er, daß das das Ende war.

Aber tief in seinem Innersten wußte er, daß es erst der Anfang war.

10.17 Uhr

Richard O. Mashassit, der Lehrling von Richard K. Finnerty, dem Leichenbeschauer von Cumberland County, saß den Eltern von Chad Ewing gegenüber und las ihnen die Einzelheiten der Ursachen für den Tod ihres Sohnes vor, so wie sie im Bericht des Leichenbeschauers auf verständliche Art zusammengefaßt waren. Schädeltrauma. Genickbruch. Alkoholspiegel im Blut 2,8 Promille.

Mein Beileid. Mein herzliches Beileid.

Die Eltern von Chad Ewing hörten seine Worte mit versteinerter Miene. Sechsundneunzig Stunden unbeschreiblicher Herzensqualen hatten sie abgehärtet. Sie fühlten keinen Schmerz, nur eine abscheuliche Taubheit. In mancher Hinsicht waren sie so tot wie ihr Sohn.

Nachdem er zu Ende gelesen hatte, händigte ihnen Mashassit mehrere Papiere aus. Die Freigabeunterlagen, erklärte er. Die Eltern von Chad Ewing unterzeichneten, ohne zu lesen. Voller Bitterkeit erkannten sie, daß von ihrem Sohn nur noch Papierkram übriggeblieben war.

Und dann war das Gespräch vorbei, und es war auch gut so, weil sich die Eltern von Chad Ewing nichts sehnlicher wünschten, als dieses Büro hinter sich zu lassen. Sie wünschten sich nichts sehnlicher, als nach Hause zu kommen, um ihr nunmehr unvollständiges Leben wiederaufzunehmen. Sie hatten genug von Georgeville und vor allem von Simsbury. Sie waren einsichtige Menschen, aber es schien ihnen einfach unfair, daß alle anderen Studenten noch lebten und nur ihr Sohn tot sein mußte.

Sie beobachteten zwei Uniformierte, die den Sarg ihres Sohnes in den Wagen zum Flughafen verfrachteten.

Dann verfrachteten sich die Eltern von Chad Ewing in ihren gemieteten Toyota mit Erdbeergeruch und fuhren zum Flughafen.

12.17 Uhr

Geruch nach Fisch und Pommes beherrschte den Speisesaal, in dem Mark hungrig und aufgeregt wartete. Shawn ließ untypischerweise auf sich warten, und er hatte typischerweise das Frühstück ausfallen lassen. Er wußte, daß es nicht mehr lange dauern würde, bis er seinen Hunger stillen konnte. Aber um sich zu entspannen, würde ihm die Ankunft seiner Freundin kaum genügen, denn während er im Foyer nach einer blonden Mähne Ausschau hielt, wurde ihm bewußt, daß er nicht nur ein wenig nervös, sondern stark beunruhigt war. Und das hatte nichts mit Shawns Verspätung zu tun.

Aber alles mit dem Disziplinarausschuß.

Sie hatten sich schon früh getroffen, um die Fragen zu besprechen, mit denen Shawn und Schwitters die Sigma-Vertreter bei der Anhörung bombardieren wollten. Mark hatte sich zwar herausgehalten, aber die Pläne des Ausschusses hatten einen schwachen Keim des Unbehagens in seinem Magen hinterlassen, den er am liebsten auf den Boden gekotzt und unter die Salatbar gefegt hätte.

Er sehnte das Ende der Chad-Ewing-Untersuchung herbei, denn trotz der Apathie, die er bisher an den Tag gelegt hatte, fühlte er sich hin und her gerissen. Und solange ein Abschluß der Angelegenheit noch nicht absehbar war, mußte er sein unnahbares Auftreten beibehalten, und, wer weiß, vielleicht sogar noch steigern. Und wahrscheinlich hatte er mehr zu verlieren, wenn er seine Sigma-Freunde angriff, als wenn er die Mitglieder des Disziplinarausschusses ein bißchen vergrätzte.

Außerdem war er sich sicher, daß die Brüder von Sigma Delta Phi unschuldig waren.

Starke Arme packten ihn von hinten und nahmen ihn in den Schwitzkasten. Blitzschnell entwand er sich dem Griff und sah sich Fairchild gegenüber.

»Hi! Was ist angesagt?«

»Nicht viel. Und bei dir?«

»Warten auf Shawn.« Mark versuchte genervt zu klingen, als könne er es nicht fassen, daß er auf eine *Tussi* warten mußte.

»Ach, hör schon auf. Ich weiß doch, daß du sie liebst.« Fairchild schnappte sich ein Karottenstück vom Teller eines Hockeyspielers im ersten Studienjahr und machte sich darüber her. »Hör mal«, sagte er zwischen krachenden Bissen. »Ich habe in zehn Minuten einen Kurs, ich kann also nicht lang reden. Was machst du morgen abend?«

Mark überlegte kurz. »Nichts. Eigentlich wollte ich mit Shawn ins Carmello's, aber sie muß irgendeine löbliche Sache verfechten, also bin ich solo.«

»Nicht mehr. Du kommst mit uns ins Chewnocker's.«

»Aha.«

»Ja, genau.«

Mark dachte nur eine Sekunde über die Einladung nach. »Okay, aber keine Schlägerei. Noch eine gebrochene Rippe kann ich mir in diesem Frühling nicht leisten.«

Fairchild antwortete nach kurzem Zögern. »Keine Schlägerei. Nur ein Abend mit Billard und Bier unter Brüdern.«

»Ich weiß nicht«, sagte Mark. »A. J. sieht in letzter

Zeit ziemlich angespannt aus. Und wenn er gestreßt ist, dann überhitzt sich oft sein Motor.«

»Deswegen gehen wir ja. Es war eine Scheißwoche, wenn du mich fragst, und es ist Zeit, daß wir mal wieder so richtig einen draufmachen.« Fairchild lächelte. »Und außerdem müssen wir uns geistig auf South Padre vorbereiten.«

»Ich bin schon seit einem Monat vorbereitet.« Mark sah Shawn, die auf sie zusteuerte. »Hier kommt meine Mittagsverabredung.«

Fairchild sah über die Schulter. »Tatsächlich«, sagte er, »und sieht besser aus als wir beide zusammen, möchte ich hinzufügen.« Er wandte sich wieder zu Mark und bohrte sich den Rest seiner Karotte in die Brust. »Also morgen. Neun Uhr.« Er schob sich die Karotte in den Mund und machte zwinkernd kehrt. »Hi, Shawn«, sagte er, als er der Tür zustrebte.

»Selber Hi, Dave.« Shawn schüttelte ihren Rucksack ab und seufzte entschuldigend. »Tut mir leid. Ich habe mit meiner Schwester telefoniert.«

»Und wie geht es Jana?« fragte Mark, als sie sich zusammen anstellten.

»Sie ist schwanger.«

»Ohne Scheiß?«

»Netter Kommentar.«

»Entschuldige. Du wirkst ja nicht gerade erfreut.«

»Bin ich auch nicht.« Shawn holte sich ein Tablett und ließ das Spülwasser abtropfen.

»Warum nicht?« Auch Mark schüttelte sein Tablett. »Dann wirst du Tante!«

»Ich wäre lieber die Schwester einer Kinderärztin. Sie hat mit dem Medizinstudium erst angefangen, und jetzt will Bobby, daß sie abbricht und das Baby bekommt.«

»Sie kann ja später weiterstudieren.«

»Aber warum muß *sie* das Studium aufgeben? Warum kann nicht ihr Mann, der Herr Rechtsverdreher, bei dem Kind zu Hause bleiben?«

»Wahrscheinlich gibt es viele Rechte zu verdrehen.«

Shawn ignorierte die Bemerkung und füllte ihr Tablett mit gesunden Speisen. Mark füllte sein Tablett mit ähnlichem Fraß, legte aber noch eine Doppelpackung Ring-Dings dazu. Eins davon zum Essen, das andere zum Aufheben, um es später beim Herumalbern mit seinen Sigma-Freunden als behelfsmäßigen Hockeypuck zu verwenden.

Während Mark mit Fairchild und Shawn über Wochenenden und werdende Mütter sprach, wurde ein landesweiter Vertrag unter Dach und Fach gebracht: Ein Vertrag unter zahlreichen Brüdern, der die Einverleibung einer Bank, den Bau einer Fabrik und die Überweisung von vierzig Millionen Dollar vorsah.

Die Geschäfte liefen wie immer blendend.

23. KAPITEL

Donnerstag, 26. Februar

16.22 Uhr

Templeton stöberte in der Schublade seines persönlichen Schreibtischs herum, bis er die halbleere Flasche Scotch fand. Er zog sie aus ihrem Versteck, schraubte den Deckel ab und nahm einen kräftigen Zug. Nach zwei weiteren Schlucken stieß er einen tiefen Seufzer aus.

Die vorläufige Anhörung zum Tod von Chad Ewing war vor zwanzig Minuten vertagt worden, und der Berater des Disziplinarausschusses war fassungslos. Er hoffte, die Dinge mit dem Whiskey wieder ein wenig klarer zu sehen.

Die Hände zitterten, als er die Flasche noch einmal an den Mund setzte.

Die Anhörung war, in höchstens zehn politisch korrekten Worten, kontroverser verlaufen, als er sich das vorgestellt hatte. Sigma war von Dave Fairchild, A. J. Dominic und Pete Thresher vertreten worden. Die Vertreter des College waren natürlich Shawn Jakes, Simon Schwitters und die Quantité négligeable Mark Jessy. Fairchild, das nützliche Werkzeug, hatte auf meisterhafte Weise alles zusammengefaßt, was er über den Unfall und Chad Ewings »Suizidneigung« wußte, und sein angeschlagener Zahn hatte genau die richtige Dosis Verletzlichkeit beigesteuert. Während Fairchilds Aussage war ein starkes Triumphgefühl in Templeton aufgestiegen, und er hatte mehrmals an sich halten müssen, um nicht in lautes Klatschen auszubrechen.

Bis Shawn Fairchilds Bericht mit einer einzigen Frage den Gnadenstoß versetzte und eine Auseinandersetzung eröffnete, die Templeton nicht so schnell vergessen würde.

Fairchild: »Einer der Brüder brachte Chad nach oben und forderte ihn auf, seinen Rausch auszuschlafen. Jungstudenten kennen beim Alkohol oft ihre Grenzen nicht. Und als Brüder kümmern wir uns natürlich um unsere Füchse, genauso wie wir uns umeinander kümmern.«

Shawn: »Mr. Fairchild, wenn Sie sich ›um Ihre Füchse kümmern‹, sieht das dann immer so aus, daß Sie sie vollpumpen, nackt ausziehen und mit krankhaften, kleinen Gedichten beschmieren?«

Das folgende lange, steife Schweigen war erst unterbrochen worden, als Templeton die Sprache wiederfand und Shawn dafür rügte, daß sie »eine achtbare Institution zur Talkshow« mache.

Ihren Höhepunkt erreichte die Anhörung dreißig Minuten später, als Dominic Shawn anfauchte, sie bewege sich auf gefährlichem Boden, und Shawn schwor, sie werde Sigma »zur Strecke bringen«.

Also, dachte Templeton zwischen beruhigenden Schlucken, ließ sich der Tod von Chad Ewing nicht so ohne weiteres zu den Akten legen. Shawn war tatsächlich auf dem Kriegspfad und wartete mit ein paar sehr deutlichen Fragen auf. Und geschärft durch das juristische Fachwissen von Schwitters konnten diese Fragen ziemlich häßliche Löcher in den Panzer eines Geheimnisses reißen.

Bald würde Templeton nichts anderes übrigbleiben, als seine gefährlichste Schachfigur ins Spiel zu bringen – die Quantité négligeable Mark Jessy.

Vorausgesetzt natürlich, diese Figur brachte sich nicht auf einmal selbst ins Spiel.

16.41 Uhr

Als Mark in seine Wohnung zurückkehrte, lag ein Nachmittag hinter ihm, an dem seine Freundin seine besten Freunde des Mordes beschuldigt hatte. Die Sonne war hinter den Nadelbäumen hinabgetaucht und hatte einen bräunlichen Abendschatten nach sich gezogen, der eine ansonsten weiße Landschaft dämmrig besprenkelte. An einem normalen Tag hätte er es nie rechtzeitig zum Training geschafft, doch heute begann es zum Glück erst um acht. Das Abendtraining war Coach Capofinas nobler, aber fruchtloser Versuch, den Bierkonsum seiner Spieler am Donnerstag abend einzudämmen oder zumindest hinauszuzögern.

Mark freute sich über die Wärme und Einsamkeit seines schwach beleuchteten Singleapartments – eines von zwölf am Rande des Lacrossefelds – und schnippte die Deckenbeleuchtung an, um nach Casey zu sehen. Der vierzehn Wochen alte Golden Retriever hängte sich bei seinem Eintreten vor Freude knurrend an seinen Hosensaum.

»Hi, mein Mädchen!« schmeichelte Mark. »Warst du auch schön brav?« Der Gestank und das halb zerfressene Kissen auf dem Boden im Wohnzimmer zeigten ihm, daß sie *nicht* brav gewesen war.

Er kämpfte sich mit dem Hündchen am Knöchel in die Küche, holte sich eine Scheibe Pizza aus dem Kühlschrank und begann heftig zu kauen. Als Casey ihren Herrn bei seinem Snack sah, vergaß sie die Jeans und blickte ihn sabbernd an. Mark ließ sich nicht lange bitten und warf ihr den Rand hin, den sie stolz zu ihrem Lieblingswäschehaufen verschleppte, um ihn zu bewachen und schließlich zu verspeisen.

Mark hatte ursprünglich vorgehabt, sich vor dem Abendessen noch ein wenig aufs Ohr zu hauen. Aber die Anhörung hatte ihn vollkommen wirr im Kopf gemacht, und er kriegte bestimmt kein Auge zu. Daher entschied er sich, mit Casey einen kleinen erzieherischen Streifzug zu machen. Er hatte das ehrgeizige Ziel, aus ihr einen dieser putzigen Hunde zu machen, die Frisbees fangen können. Zuerst mußte sie allerdings noch das Tennisballstadium bewältigen.

Dämmerung lag über dem schneebedeckten Lacrossefeld, aber die Strahlen der untergehenden Sonne blitzten noch auf den Schneewehen. Die Sicherheitslampen um den Parkplatz des nahe gelegenen Käfigs mußten bald angehen. Er führte sein Hündchen dreißig Meter über schwieriges Gelände und kniete sich dann hin.

»Siehst du das, Casey?« Er schüttelte auffordernd den Ball. »Siehst du ihn?«

Sie sah ihn, aber das war ihr anscheinend egal.

Er warf den Ball über ihren Kopf. Er landete kaum zwei Meter entfernt und verschwand im Schnee. Mäßig begeistert sprang sie an den Ort, wo sie ihn zuletzt gesehen hatte, schnupperte einmal am Boden und verlor dann sogleich das Interesse, weil sie von ihrer Nase zu einer dünnen Reihe junger Kiefern am Rande des Felds gelockt wurde. Mark apportierte den Ball selbst, und während er Casey beobachtete, die im Erdreich wühlte, ließ er seine Gedanken zurück zur Anhörung wandern.

Er hatte dagesessen wie ein Trottel in schwarzer Robe. Immer wieder hatte er versucht, Blickkontakt zu Fairchild, Dominic und Thresher herzustellen, um seine Gleichgültigkeit, seinen Glauben an ihre Unschuld zu signalisieren. Aber sie hatten nicht in seine Richtung geschaut, und als die Sitzung ihrem kontroversen Ende zuging, war er so tief zusammengesackt, wie dies auf einer erhobenen Bank möglich war, überzeugt, daß die Sigmas in ihm nur noch Shawns arschkriecherischen Verbündeten sahen.

Shawn und Sigma.

Zwei wichtige Teile von Marks Leben waren miteinander kollidiert.

Und seit dem Aufprall fühlte er sich wieder sehr allein.

16.56 Uhr

Seine morgendliche Mission ruhte nun in den Händen von Collegemitarbeitern, und so stand der Freshman mit dem Fuchshandbuch unter dem Arm und der Fuchsnadel über dem Herzen vor dem Sigma-Haus. *Geh nicht hinein*, sagte er sich. *Es ist nur das Abendessen. Sie werden dich nicht vermissen. Geh zurück auf dein Zimmer und versuch zu schlafen. Geh zurück auf dein Zimmer und bete. Geh zurück in dein Wohnheim und pack deine Koffer und ruf deinen Dad an und lauf um dein Leben …*

Langsam bewegte er sich auf das Verbindungshaus zu.

17.05 Uhr

Mark hatte die halbe Strecke zu seinem Apartment zurückgelegt, als er den Ford Explorer bemerkte, der langsam über den Parkplatz des Käfigs fuhr und Marks Tempo hielt.

Er blieb stehen. Der Explorer auch. Er setzte Casey auf den Boden und verbot ihr, sich vom Fleck zu rühren. Dann steuerte er auf den Parkplatz zu. Die Fahrertür ging auf, und ein großgewachsener Mann in einem Goretexparka und L.L.-Bean-Stiefeln stieg aus. *Clever*, dachte Mark. *Was für ein Tag.* Er fuhr mit den Fingern über seine Perlenkette.

»Hallo, Mark«, sagte der Mann und hielt das sternförmige Abzeichen hoch, das um seinen Hals hing. »Deputy Trevor Mawn vom U.S. Marshal Service des FBI …«

»Ich weiß, wer Sie sind«, erwiderte Mark.

Zögernd steckte Mawn den Stern zurück in seine Jacke. »Ich habe ein paar Fragen.«

»Darf ich raten?« unterbrach ihn Mark bissig. »Habe ich ihn gesehen? Habe ich von ihm gehört? Weiß ich, wo er ist? Die gleichen Fragen, die Sie schon vor drei Jahren gestellt haben.« Er schüttelte den Kopf. »Mann, ihr seid wirklich leicht zu durchschauen. Hey«, sagte er und blickte vieldeutig auf Mawns Armbanduhr. »Es ist schon nach fünf. Ich dachte immer, das Beste am Staatsdienst ist die geregelte Arbeitszeit.«

»Wie heißt es so schön, Mark? Die Gerechtigkeit schläft nie. Das gilt auch für mich.«

»Wie rührend.«

»Meine Leute und ich haben einen langen Arbeitstag«, erklärte Mawn achselzuckend. »Ihnen wird es eines Tages auch so gehen.«

»Aber ich werde nicht für ein Unternehmen arbeiten, das Unschuldige umbringt.«

»Lassen Sie das, Mark. Haben Sie die drei Antworten für mich oder nicht?«

»Die gleichen drei wie damals. Nein, nein und nein. Und auch wenn ich wüßte, wo er ist, würde ich es Ihnen bestimmt nicht sagen.«

»Dann würden Sie sich der Beihilfe schuldig machen.«

»Ha! Ich würde es als Ehre ansehen, für *ihn* in den Knast zu gehen.«

Mawn schaute ihn prüfend an. »Sie haben also immer noch diesen Tick.«

»So wird man, wenn man ohne Eltern aufwächst.«

Mawn suchte nach einer besseren Strategie. »Sie wissen ja«, sagte er schließlich, »daß wir Ihr Telefon abhören könnten.«

»Oh, Superidee. Lassen Sie sich nicht aufhalten. Verpassen Sie einem Ihrer brillanten Mitarbeiter einen Kopfhörer, damit er ordentlich Steuergelder verschwenden kann, wenn er meine Gespräche mit meinen Freunden, mit meiner Freundin und mit Monty's Pizza abhört.« Er schüttelte verächtlich den Kopf. »Kein Wunder, daß euch Typen aus Washington ständig die Kohle ausgeht.«

»Er ist immer noch auf unserer Liste der zehn meistgesuchten Leute. Wenn er vor Gericht gestellt werden kann, dann ist das auch den Einsatz von Steuergeldern wert.«

»Ach, bitte.«

»Mark, ich weiß, er ist Ihr Vater, und Sie fühlen sich ihm verbunden, aber er hat einen *FBI-Beamten* getötet.«

»Und ist dabei zum Nationalhelden geworden.« Mark bemühte sich, seinen Zorn im Zaum zu halten. »Seltsam, was? Für euch der Gesetzlose, für alle anderen ein Idol.« Er wies mit einem Kopfnicken in Richtung Bibliothek. »Wenn Sie mir nicht glauben, lesen Sie doch die Leitartikel auf Mikrofiche. Schauen Sie unter ›C‹ nach.«

Mawn schüttelte den Kopf. »Sie kapieren nicht. Dem Gesetz nach ist einem Polizeibeamten tödliche Gewaltanwendung erlaubt …«

»… *wenn* unmittelbare Gefahr für Leib und Leben besteht.«

Mawn wollte etwas entgegnen, doch dann schien Marks Zitat aus der FBI-Satzung zu ihm durchzudringen. »Sie *war* bewaffnet.«

Mark verschlug es vor Entsetzen den Atem. »Wie wir *alle*! Aber im Gegensatz zu euren waren unsere Waffen Maskerade. *Maskerade!* Wie die Federn und Mokassins, die wir anhatten. Wie die billige Uniform, die Sie tragen.«

»Sie machen es sich zu einfach.«

»Schwachsinn. *Ihr* gewalttätigen Scheißkerle habt es euch zu einfach gemacht.« Mark zeigte auf Mawn und wünschte einen kurzen, unbeherrschten Moment lang, sein Finger möge geladen sein. »In *euren* Augen ist eine Waffe eine Waffe, auch wenn die Frau, die sie in der Hand hält, singend auf dem Boden sitzt, auch wenn sie am Tag Blumen in Pferdeschwänze flicht.«

Mawn zog die Augenbrauen hoch und bewegte die Schultern, als müßte er körperlich mit der Vergangenheit ringen. »Es war ein unglückliches Mißverständnis, ein tragischer Unfall, aber …«

»Nein! So was ist kein Unfall. Wenn ein ausgebildeter Heckenschütze sein Ziel anvisiert …«

»Es *reicht*, Mark. Ich bin nicht hier, um mich in Vergleichen oder Streitereien darüber aufzuhalten, wer die ersten Schüsse abgegeben hat.«

»Die *einzigen* Schüsse.«

»Die *unglücklichen* Schüsse. Und jetzt habe ich die Aufgabe, den Mann zu finden, der Rache geübt hat.«

»Mit *bloßen* Händen.«

»Mit Händen, die mit Blut befleckt waren, als wir ihn gefaßt haben.«

»War das, bevor er sich gestellt hat oder danach? Und wenn Ihnen so sehr an Blutflecken liegt, ich hätte da was in meinem Apartment, das würde Sie bestimmt interessieren ...«

»Es *reicht*!« rief Mawn.

Diesmal hallten seine Worte wie ein Gewehrschuß über das leere Winterfeld. Das Gesicht des Deputy war wutverzerrt, und er fuhr sich frustriert mit der Hand durchs Haar.

»Er hält euch zum Narren, stimmt's?«

Mawn schwieg.

»Er war der perfekte Sündenbock. Die wilde, primitive Rothaut, die einen lilienweißen Bundesbeamten ermordet hat und dann geflohen ist, als sie erfuhr, daß sie bei Uncle Sam weder Notwehr noch vorübergehende Unzurechnungsfähigkeit geltend machen konnte. Er paßte hervorragend ins Bild des Gesetzlosen, auf den ihr mit viel Tamtam eine landesweite Hetzjagd veranstalten konntet, um davon abzulenken, daß an dieser ganzen Schweinerei ausschließlich *euer* Verein schuld war.«

Mark trat vor. »Der einzige Haken an der Sache ist, die wilde, primitive Rothaut führt euch an der Nase herum. Ihr habt gemeint, daß ihr euren Mann in einer Woche oder so schnappen könnt. Und was habt ihr erreicht? Dreizehn Jahre sind vergangen, und ihr habt noch immer nicht die geringste Spur von ihm.«

»Ganz im Gegenteil«, sagte Mawn. »Wir sind ihm auf den Fersen. Ganz *dicht* auf den Fersen.«

Mark ließ die Information wirken. »Dann verschwenden Sie hier wohl Ihre Zeit.« Er zeigte zum Horizont. »Los, klemmen Sie sich dahinter, damit Sie ihm noch dichter auf die Fersen rücken. Und wenn Sie dann endlich kapieren, daß Sie einem Schatten hinterherjagen, dann können Sie von mir aus in Ihr Bier weinen. Aber lassen Sie uns hier in Simsbury in Ruhe. Wir haben auch ohne Bullen, die mit Top-ten-Listen herumfuchteln, genügend Ärger.«

»Ich weiß«, sagte Mawn. »Ich habe von der Sache mit dem Verbindungsstudenten in der Zeitung gelesen.« Er schüttelte den Kopf. »Der Tod scheint Ihnen zu folgen, Mark.«

»So ist es«, erklärte Mark flapsig. »Vielleicht sollte ich das in meinen Lebenslauf schreiben.«

Mawn grinste überlegen. »Das würde ich nicht tun.« Damit wandte er sich ab und stieg in seinen Explorer. Nachdem er den Motor angelassen hatte, lehnte er sich aus dem Fenster und bedachte Mark mit einem enttäuschten Blick. »Ich hatte gehofft, Sie würden nach drei Jahren an einem Elitecollege zum Mann reifen, Mark. Ich hatte gehofft, Sie würden einsehen, daß Ihr Vater ein Unrecht begangen hat. Anscheinend habe ich mich getäuscht.« Sein Gesicht nahm einen harten Ausdruck an. »Aber glauben Sie mir, wir *werden* ihn finden.«

»Sie werden ihn finden«, entgegnete Mark cool. »An dem Tag, an dem O. J. Simpson den wirklichen Mörder seiner Frau findet.«

»Sie können ruhig weiter glauben, daß sich ein einzelner dem besten Ermittlungsbeamten der Welt entziehen kann. Aber, mein eingebildeter Freund, Sie werden sich schon bald im Gericht wiederfinden und die Verhandlung eines Verbrechens miterleben, das direkt vor Ihren Augen begangen worden ist. Darauf können Sie sich verlassen.«

Obwohl ihm der Haß schier die Eingeweide zerriß, zwang sich Mark zu einem breiten Grinsen und wedelte aufreizend mit der Hand. »Tschüs, Deputy. Wir sehen uns in dann in drei Jahren wieder.«

Er wandte sich ab, pflückte Casey aus einer Stiefelspur im Schnee und berührte die Perlen seiner Halskette. Dann machte er sich auf den Weg zu seinem Apartment.

Wo der unvermeidliche Alptraum auf ihn wartete.

22.32 Uhr

Es war schon einige Tage her, daß die Brüder ordentlich Prügel austeilen konnten. Nach der Abreise der Ewings und der gut überstandenen Anhörung war es höchste Zeit, zum Alltag zurückzukehren.

Zum Alltag, der darin bestand, Befehle zu befolgen.

Und sie zu erteilen.

Die einundvierzig Studenten trafen sich kurz im Bruderschaftssaal und riefen dann die Füchse.

Vor ihnen lag eine Nacht der Tradition, der Bruderschaft und der Gewalt.

24. KAPITEL

Freitag, 27. Februar

6.22 Uhr

Der Gewehrschuß weckte Mark aus seinem unvermeidlichen Alptraum, und er setzte sich mit einem erstickten Keuchen auf, bevor sich das teuerste Blut der Welt auf weiches Wiesengras ergießen konnte.

In kalten Schweiß gebadet saß er da, bis die Schreie des Traums im Schweigen des frühen Morgens verhallt waren. Er blinzelte in das Dämmerlicht und erkannte am Ende seiner Matratze ein atmendes Bündel Hündchen in tiefem Schlaf. Der Anblick beruhigte ihn ein wenig.

Er stand auf und stolperte unsicher zu seinem Schreibtisch. Er schaltete die Lampe ein und öffnete die obere Schublade. Mit zielsicheren Fingern tastete und fand er, was er suchte, und zog es aus seinem Versteck.

Er hielt das Foto unters Licht und betrachtete es. Dann schloß er die Augen und sah die Szene vor seinem inneren Auge. Ein Mann und eine Frau, die lächelnd neben einer Kopppel stehen. Ein kleiner Junge, der auf breiten Schultern sitzt. Ein blonder Pferdeschwanz, an den er sich klammert.

Er legte den Tod zurück in die Schublade, knipste das Licht aus und ließ sich wieder auf die Matratze sinken. Nachdem er das Kissen umgedreht und ihm einen Schlag versetzt hatte, schloß er die Augen.

Schon bald lag er in tiefem Schlaf. Und diesmal träumte er von Lacrosse und von Sex.

Einer nach dem anderen erwachten in Zimmern verschiedener Wohnheime die Füchse der Verbindung Sigma Delta Phi, um einen herrlichen neuen Tag zu begrüßen.

Sie sahen nach ihren Verletzungen und schlüpften dann vorsichtig in Kleidungsstücke, die die körperlichen Schäden verbargen. Langärmelige Pullover verdeckten Blutergüsse. Baseballmützen verhüllten Rißwunden im Gesicht.

Sie waren unempfindlich gegen körperliche Schmerzen. Sie spielten Hockey, Baseball und Football. Sie hatten sich schon öfter Rippen und Arme und Knöchel gebrochen. Sie hatten schon chirurgische Eingriffe hinter sich. Und diesmal waren es doch nur Fleischwunden oder Prellungen.

Die aber trotzdem versteckt werden mußten.

Denn es war die Pflicht der Füchse, die Verbindung zu schützen.

Zu zweit oder zu dritt gingen sie langsam zu ihren

Kursen. Durch arrogantes Gehabe überspielten sie ihr Hinken. Mit Machomienen maskierten sie ihr verstörtes Selbst.

Sie waren Sigmas, verdammt noch mal, und lernten gerade, daß Schmerz und Stolz nicht unbedingt ein ewiges Paar bildeten.

Schmerz war vorübergehend.

Stolz war unvergänglich.

12.15 Uhr

Der Dekan hatte das Spesenkonto des College in Anspruch genommen, um von Rosita's mexikanische Gerichte kommen zu lassen. Gewürztes Huhn und Rind, harte und weiche Tortillas, knackiges Gemüse und verschiedene Käsesorten und Soßen lagen in köstlicher Anordnung auf dem Tisch. Der Dekan, Shawn und Schwitters aßen und diskutierten auf einer Seite der Tafel, während Mark am anderen Ende saß und so viel so schnell in sich hineinschlang, wie es sein Bauch zuließ.

Als auf den Papiertellern nur noch Fettflecken zu sehen waren, wischte sich der Dekan mit einer Papierserviette den Mund ab und lehnte sich zurück. »Wir müssen uns auf das weitere Vorgehen einigen.«

Shawn und Schwitters tauschten Blicke aus. »Wir haben gestern abend darüber gesprochen«, erklärte Schwitters. »Und wir sind zu dem Ergebnis gekommen, daß wir immer noch Fragen haben.«

Mark blickte kurz auf, denn von dem gestrigen Treffen hatte er nichts gewußt. Aber insgeheim war er froh, daß er nicht einbezogen worden war.

»Was für Fragen?« Die Mimik des Dekans drückte mildes Staunen aus.

Schwitters zog ein Blatt Papier heraus. »Zunächst mal würden wir gern mit der Köchin reden, die Ewing gefunden hat.«

»Pardon«, schaltete sich Mark ein, der den Augenblick nutzen wollte, um seinen Feldzug juristischer Sabotage zu starten. »Vielleicht könntest du darauf verzichten, deine kleinen Hirngespinste als ›unsere‹ zu verkaufen. ›Wir‹ meint auch ›mich‹, und ich meine, *wir* sollten das Verfahren einstellen.«

Schwitters verschränkte die Arme. »Ach wirklich, Sportsfreund? Hast du denn überhaupt schon über den Fall nachgedacht?«

»Muß ich nicht, Möchtegern-Sportsfreund. Es war nämlich ein Unfall.«

»Du bist ein Trottel, Mark«, sagte Shawn.

Der Dekan strich sich übers Kinn. »Offen gestanden, Shawn, bin ich eigentlich auch eher dieser Meinung. Können Sie mir genauer erklären, warum Sie die Köchin unbedingt befragen wollen?«

»Vielleicht bestätigt ihre Aussage das, was Shawn gehört hat«, sagte Schwitters. »Sie wissen schon, daß Chad nackt war und daß er mit ... was...« Er blickte kurz in Shawns Richtung. »... daß er überall auf der Haut mit Gedichten beschrieben war.«

Der Dekan wandte sich zu Shawn. »Wenn Ihre Zeugin so zuverlässig ist, warum bitten Sie sie dann nicht in den Zeugenstand?«

»Daran arbeite ich noch.«

»Aber natürlich vergessen Sie, daß *ich* an diesem Morgen auch dort war. Ich kann Ihnen versichern, Chad hatte Boxershorts und ein T-Shirt an, und von Filzstift war nicht das geringste ...«

»Wer hat etwas von einem Filzstift gesagt?« unterbrach ihn Shawn mit gefährlich lauerndem Unterton. »In all unseren Gesprächen bisher war meines Wissens nie die Rede von einem Filzstift.«

»Shawn, wenn wir über einen beschmierten Körper reden, dann müssen wir doch auch ...«

»Wir ›müssen‹ gar nichts.« Shawn langte über den Tisch, zog Schwitters den Kugelschreiber aus der Hemdtasche und hielt ihn hoch. »Sehen Sie das? Ich wette, daß er auch auf Haut schreibt. Ich bin kein Dichter, aber ich könnte mir damit bestimmt einen kessen Spruch auf den Arm kritzeln.«

Der Dekan stieß einen tiefen Seufzer aus und schüttelte den Kopf. »Das sind doch alles nur Spekulationen, Shawn. Es war nirgends Tinte auf dem Körper von Chad Ewing.«

Shawn starrte den Dekan einen Moment lang an. »Sie sind doch erst angekommen, als Ewing schon längst entdeckt worden war. Man hätte ihn in der Zwischenzeit saubermachen können.«

»Unwahrscheinlich.« Der Dekan ließ Shawn links liegen und wandte sich an Schwitters. »Was haben Sie sonst noch?«

Schwitters legte den Finger auf seinen Zettel. »Wir sollten mit Chads Zimmergenossen und mit dem Arzt im St. Elitzabeth's Hospital sprechen. Außerdem möchten wir uns vorbehalten, auch den Leichenbeschauer zu befragen.«

Der Dekan schüttelte ungläubig den Kopf. »Simon, denken Sie doch mal drüber nach, was das bedeutet. Sie sind doch kein Anwalt. Sie sind als Student in den Disziplinarausschuß berufen worden und haben die Aufgabe, zum Wohle von Simsbury zu handeln.«

»Und tun wir das etwa nicht?« fragte Shawn.

»Ich halte es nicht für angemessen, Leichenbeschauer und Ärzte in die Sache reinzuziehen.« Der Dekan nippte von seiner Cola. »Sie sind Collegestudenten. Sie sollten sich nicht zuviel zumuten.«

»Wir versuchen, die Wahrheit herauszufinden.«

»Wie ergreifend. Vergessen Sie nicht die Gerechtigkeit und den American Way of Life.«

»Sie können mich mal, Dekan Templeton.«

»Wir möchten am Montag mit den Ermittlungen anfangen«, erklärte Schwitters. »Wir versprechen, daß wir gründlich, taktvoll und schnell sein werden.«

Nach einem neuerlichen Seufzer sah der Dekan abwechselnd Shawn und Schwitters an. »Das möchte ich Ihnen auch geraten haben«, sagte er schließlich, »denn wenn Sie die Sache hier zum Zirkus machen, werde ich sie ganz schnell abblasen.« Er blickte in die Runde. »Das ist mein voller Ernst.«

»Keine Sorge. Es wird alles glatt gehen.«

»Das hoffe ich für Sie.«

14.33 Uhr

Im Gegensatz zu den meisten Studenten ihrer Generation mußte Betsy Kimball für die Zeit nach ihrem Abschluß keine Selbstfindungstour mit Rucksack durch Europa und auch kein die Seele bereicherndes Engagement beim Friedenskorps planen, um den späteren Aufstieg ins Establishment vor sich selbst zu rechtfertigen. Denn sie wußte schon seit langem, welch edlen Beruf sie ergreifen würde; seit ihrem achten Lebensjahr, als ihr Cockerspaniel Natasha ohne ersichtlichen Grund das Zeitliche segnete. Als ihre Hysterie abgeklungen war, hatte sie erst von ihren Eltern (beide Neurochirurgen in Portland) und dann von Gott Erklärungen verlangt, und als dieses Dreigestirn logische Antworten schuldig blieb, hatte sie die Dinge zornerfüllt selbst in die Hand genommen. Sie hatte Natasha aus ihrem Grab im Hinterhof exhumiert und wollte gerade mit einem Schweizermesser die Innereien des toten Hundes erforschen, als ihre Mutter schreiend aus der Tür stürzte und die Autopsie stoppte, noch bevor sie begonnen hatte. Betsy fühlte sich um die Wahrheit betrogen und entschied noch an Ort und Stelle, was sie eines Tages werden würde.

Gerichtsmedizinerin.

Mit der Zeit überwand sie den Kummer um Natasha, aber ihre kurze Obsession mit dem Tod eines Haustiers mutierte zu einer lang andauernden Faszination für das Wie und Warum der Sterblichkeit. Inzwischen konnte sie mit beruflicher Überzeugung sagen, daß Leichen ihr Interesse weckten, denn für sie bargen sie Anhaltspunkte über den letzten Tag, die man lesen konnte wie Kriminalromane. Leichen waren perfekte Schnappschüsse.

Ihre Lieblingssendung im Fernsehen war natürlich *Quincy*, die Nachmittagsserie über einen sagenumwobenen Gerichtsmediziner, der in seiner Freizeit gern auch mal Mordfälle löst. Sie hatte eine Videosammlung aller jemals ausgestrahlten Folgen, bei deren häufiger Betrachtung sie sich in Quincys Lage versetzte und davon träumte, eines Tages Verbrechen zu klären, an denen sich selbst die klügsten Polizisten einer Stadt die Zähne ausgebissen hatten.

Bei ihrer Einschreibung am Bowdoin College hatte sie sich als Praktikantin im Büro des Leichenbeschauers von Cumberland County angemeldet. Sie hatte jedoch sehr bald einsehen müssen, daß Cumberland County nicht gerade eine Hochburg für verdächtige Todesfälle war. Außerdem ließ Dr. Finnerty seine Praktikantin nur selten in die Nähe einer Leiche. Nur zweimal durfte ihm Betsy assistieren, und beide Male handelte es sich um gebrechliche Frauen, die ein biblisches Alter erreicht hatten. Trotzdem hatte sie jeweils die Gelegenheit genutzt und sorgfältig jeden Schorf und jede Runzel nach Anzeichen auf einen unnatürlichen Tod durchkämmt.

Die Bezahlung war für sie zwar eher nebensächlich, aber die neun Dollar pro Stunde waren eine nette Dreingabe. Am Mittwoch hatte sie vergessen, ihren Scheck abzuholen, und jetzt brauchte sie das Geld fürs Wochenende. Als sie in das Büro des Leichenbeschauers stürmte, blickte sie auf die Uhr, weil sie um drei wieder auf dem Campus sein mußte, um ihre Laboraufgabe abzuschließen.

Mit einem Hallo für Rick Mashassit, den sie unten bei der Arbeit hören konnte, steuerte sie auf den unbeaufsichtigten Schreibtisch der Sekretärin zu. Sie erkannte ihren Namen auf einem Umschlag, der auf einer aufgeschlagenen Zeitung lag. Sie nahm ihren Scheck und wandte sich zum Gehen, doch dann sah sie die Schlagzeile.

Was ist das?

Sie ließ sich in Dorothy Ruckers ramponierten Plastikstuhl sinken und nahm kein Auge von der Zeitung. Vorgebeugt studierte sie das Bild, das ein Viertel der Seite einnahm.

Das Foto zeigte einen Mann, eine Frau und ein Mädchen, die alle einen freudlosen Eindruck machten. Anscheinend waren sie an der Spitze eines Zugs von Menschen; genauer gesagt, einer Schar junger Männer in dunklen Anzügen.

Über dem Foto schwebten die Worte »Zeit der Trauer« wie eine dicke schwarze Wolke und darunter lautete der Text:

> *Familie und Freunde von Chad Ewing führen die Studentenschaft des Simsbury College beim Abschluß der Trauerfeier zu Ehren des Studenten, der am Sonntag morgen gestorben ist. Fortsetzung auf Seite 31.*

Betsy interessierte sich nicht für die Fortsetzung. Sie wußte bereits, was passiert war. Aber irgend etwas an dem Foto kam ihr komisch vor.

Etwas stimmte nicht.

Sie schloß die Augen und analysierte die Erinnerungsbilder, die ihr durch den Kopf gingen. Sie sah sie, studierte sie und verglich sie.

Zwei Männer.

Zwei *verschiedene* Männer.

Genau!

Die mögliche Tragweite ihrer Entdeckung ließ ihren Puls schneller schlagen. Sie riß das Foto heraus und steckte es in die Hintertasche ihrer Jeans, dann legte sie die Zeitung wieder zusammen und blickte auf die Uhr. Sie hatte zwanzig Minuten, um wieder ins Labor zurückzukommen, und dort hatte sie noch zwei endlose Stunden Arbeit vor sich.

Sie konnte es gar nicht erwarten, sich mit der größten Chance ihres noch jungen Daseins als Gerichtsmedizinerin zu beschäftigen.

Sie konnte es nicht erwarten, in Quincys Rolle zu schlüpfen.

15.14 Uhr

Die Konferenzschaltung verband den Vorsitzenden Davenport mit zwei Mitgliedern des Aufsichtsrates, die am Montag die Besprechung mit Templeton versäumt hatten.

»Heute in zwei Wochen«, brüllte Donald Adickes III in seiner Villa in New Jersey, »heute in zwei Wochen erscheint die Umfrage von *U.S. News & World Report*. Und wir müssen unbedingt wieder zu den besten fünf Schulen des Landes gehören. Wenn nicht, dann könnt ihr euch drauf verlassen, daß dieser Todesfall schuld ist.«

»Mach dir keine Sorgen, Don«, erwiderte Christian Geagan in seinem Altersruhesitz am Cape Cod. »Die *U.S. News* ist doch eine überregionale Zeitschrift. Ich kann mir nicht vorstellen, daß sie mitbekommen haben, was an unserer ruhigen, kleinen Schule in Georgeville passiert ist.«

»Sei dir da nicht so sicher«, konterte Adickes. »Ich habe den *Portland Press Herald* von gestern und den *Boston Globe* von heute vor mir. Anscheinend haben beide mitgekriegt, was an unserer ruhigen, kleinen Schule in Georgeville passiert ist.«

»Und was steht in den Artikeln?« fragte Davenport.

»Hier ein Zitat aus dem *Herald*: ›Auf die efeuumrankten Mauern des Simsbury College ist ein Makel gefallen, der Makel des plötzlichen Todes.‹ Ein Bild ist auch dabei.«

»Aber den *Herald* liest doch eh keiner.«

»Ach ja? Die Geschichte im *Globe* jedenfalls läuft über United Press International.«

»Oh.«

»Verdammte Scheiße«, bellte Davenport. »Fax mir beide Artikel und eine Kopie von dem Foto. Ich brauche Munition, wenn ich Templeton anrufe.«

»Gut, daß du ihn erwähnst«, knüpfte Geagan an, »wie steht es mit der Untersuchung des Disziplinarausschusses?«

»Läuft bereits, soviel ich weiß.«

»Wir sollten eine Lösung bis zu den Frühjahrsferien verlangen«, schlug Adickes vor. »Das Wochenende für Studienplatzinteressenten ist schon in einem Monat. Wir haben ein paar wirklich reiche Kacker mit Kindern, die nach Simsbury wollen, und es wäre doch saublöd, wenn ein Highschoolabsolvent und sein Daddy, der Generaldirektor, ausgerechnet anrücken, wenn das College gerade einen Mordfall untersucht.«

»Du hast recht«, sagte Davenport. »Und um ehrlich zu sein, mir wäre es fast lieber, wenn der Untersuchungsausschuß nichts herausfindet. Ich glaube nicht, daß wir so einfach die angesehenste Verbindung auf dem Campus schließen können. Das würde uns riesige Bauchschmerzen bereiten.«

»Was für Bauchschmerzen meinst du genau?«

»Finanzielle. Wißt ihr, daß praktisch unsere ganzen Stiftungsgelder von Ehemaligen griechischer Verbindungen stammen? Und daß das meiste davon von Sigma kommt?«

»Das hab ich doch von Anfang an gesagt!« rief Adikkes. »Warum war ich denn eurer Meinung nach so gegen die Gründung der Ackerly-Arbeitsgruppe? Manche von diesen Verbindungen gibt es schon seit zweihundert Jahren. Das sind doch Institutionen, verdammt noch mal! Wenn wir sie zumachen, dann kostet uns das Millionen an Spenden.«

»Aber das sollte hier gar nicht zur Debatte stehen«, mischte sich Geagan ein. »Wir sind das Simsbury College, und nicht Philip Morris. Die Arbeitsgruppe wurde zur Förderung unserer erzieherischen ...«

»Ach, vergiß es.«

»Laß mich bitte ausreden, Don. Wenn der Untersuchungsausschuß feststellt, daß Sigma für diesen Todesfall verantwortlich ist, dann lösen wir die Verbindung auf. Und wenn uns die Arbeitsgruppe am Ende des Semesters eröffnet, daß Simsbury ohne Verbindungen ein besseres College ist, dann lösen wir sie *alle* auf. Es ist mir egal, was uns das kostet.«

»Gesprochen wie ein Mann, der sein Leben lang nicht von der Armut des öffentlichen Bildungswesens losgekommen ist«, sagte Adickes.

»Ich kann in der Nacht wenigstens schlafen«, erwiderte Geagan. »Und du?«

»Ich schlafe hervorragend«, konterte Adickes, »in meinem Wasserbett neben meiner achtundzwanzigjährigen Freundin mit falschen Titten, die mir jeden Wunsch von den Augen abliest. Glaub mir, Kumpel, Geld hat seine Vorteile.«

»Das reicht jetzt, meine Herren«, unterbrach Davenport. »Warten wir ab, was der Disziplinarausschuß herausfindet. Und was die Arbeitsgruppe angeht, diese Entscheidung ist noch lange nicht spruchreif.«

»Hey, Hank«, sagte Geagan, »du kannst Templeton was von mir bestellen: Ein Student ist tot, und ich möchte wissen, warum.«

»Und von mir kannst du ihm auch was ausrichten«, fügte Adickes hinzu. »Ein Student ist tot. Und ich möchte, daß er vergessen wird.«

15.32 Uhr

Templeton überflog noch einmal den Text seiner E-Mail, der sich golden vom blauen Hintergrund des Nachrichtenausgangs auf seinem Bildschirm abhob.

T-Bone: Heute mit den kleinen Detektiven getagt. Sie haben ein paar ›Fragen‹, die beantwortet werden müssen. Mögliche Adressaten: Marston, Finnerty, Penny Ward, Jason Lyle. Finnerty und Marston sind ja wohl schon geregelt. Kann ich etwas beitragen, um die anderen beiden Risiken abzumildern?
Und sind diese kleinen, verschlafenen Städte nicht einfach liebenswert?
P. S. Danke für die Überweisung.

Er schickte die Nachricht ab und verabschiedete sich mit einem Stoßseufzer von einer komplizierten Woche. Das vor ihm liegende Wochenende und das phantastische Honorar hatte er sich redlich verdient. Er hatte Judith gesagt, daß er zu einer Verwaltungskonferenz in Portland mußte. Sie war zu gelangweilt oder fett, um ihn nach Einzelheiten zu fragen, und darüber war er froh.

Eine Scheidung konnte er sich nicht leisten.

Noch nicht.

Er griff nach dem Telefon und drückte eine gern gewählte Nummer. Es läutete zweimal, bevor eine Frauenstimme antwortete.

»Hallo, Liebes.«

»Auch hallo.«

»Bist du fertig?«

»Ich hab alles gepackt und warte an der Tür wie ein braves kleines Mädchen.«

»Ich hoffe, du willst nicht das ganze Wochenende so brav bleiben.«

»Oh, ich habe auch ein bißchen Verruchtheit in die Reisetasche gepackt.«

»Das höre ich gern. In zehn Minuten bin ich bei dir.«

Templeton legte auf und zog die Tür zu. Als er sein Büro abschloß, schob er eine Vitamin-E-Tablette in den Mund und lächelte. Er hatte das deutliche Gefühl, daß Linda Regis ihre ersehnte Festanstellung bekommen würde.

17.05 Uhr

Die Sonne sank, und junge Studenten hoben ab. Bücher und Lebensläufe wurden sicher verstaut und Bierfässer angezapft. Lautsprecher auf Fensterbänken unterhielten sich miteinander, und Simsbury ging mit einem Urschrei in sein erstes Wochenende ohne Chad Ewing.

25. KAPITEL

Samstag, 28. Februar

7.04 Uhr

Auf Zehenspitzen schlich Carla Ewing zur verschlossenen Zimmertür ihres verstorbenen Sohnes – als könnten ihn ihre knarzenden Schritte aus dem Schlummer reißen. Natürlich wußte sie, daß ihr Verhalten lächerlich war, denn ihr Sohn begann gerade seinen ersten ganzen Tag in einem Mahagonisarg zwei Meter unter der gefrorenen Erde im Friedhof Parkview.

Langsam öffnete sie die Tür, und ihr Blick schwenkte bedächtig über den Teppichboden, die Poster an den Wänden und das leere Bett. Sie sog die Bilder und Gerüche, die Chads Namen schrien, in sich ein und fühlte sich hin und her gerissen zwischen dem Bedürfnis, das Zimmer wie einen heiligen Schrein zu behandeln, und dem Drang, alles darin zu verbrennen.

Als sie in der Tür stand und ihr wieder die Tränen in die Augen traten, fiel ihr ein Lied aus ihrer Jugend ein. Die klagenden Töne und Worte in ihrem Kopf erfüllten sie mit der gleichen zornigen Verwirrung wie früher, und sie war erstaunt darüber, daß das Lied von einem dummen Krieg handelte und nicht vom Tod ihres einzigen Sohnes.

8.34 Uhr

Georgeville brauchte keinen Polizeichef, scherzte Police Chief Martin Sullivan gern, sondern einen Vollzeit-Campberater; jemand, der die Twostep-Wettbewerbe beaufsichtigte, die totgefahrenen Tiere von der Straße räumte und die Bürger vor drohenden Mückenplagen warnte. In seinen vierzehn Jahren als Chief hatte er nur in einem einzigen möglichen Mordfall ermittelt. Und selbst dieser hatte sich letztlich als grotesker Jagdunfall entpuppt. Wie sich herausstellte, hatte der zweiundachtzigjährige John Barnes seine Frau Eunice beim Holzsammeln mit einem Sechsender verwechselt und ihr eine Kugel durch die Brust geschossen. Barnes war so entsetzt gewesen, daß Sullivan schnell jede Tötungsabsicht ausschloß.

Sullivan freute sich darüber, daß er (auch dank der Hilfe eines Leichenbeschauers, der sich nicht einmischen wollte) so wenig zu tun hatte. Und warum auch nicht? In Vietnam hatte er genügend Chaos für vier Leben gesehen. Und eigentlich gab es nur eine Sache an Georgeville, die Sullivan nicht mochte, eine Gruppe, die dem Sittenkodex des Police Department von Georgeville nicht genügte.

Die Simsbury-Arschlöcher.

Sein Groll reichte zurück bis in die sechziger Jahre, als echte Männer in den Krieg zogen. Aber nicht die Simsbury-Jungs. O nein. Die ließen sich lieber zu Visionen von Börse und Ballhaus einen abgehen und ignorierten ihre Pflicht fürs Vaterland. Und als hätte die Drückebergerei noch nicht gereicht, hatten sie sogar noch Protestmärsche veranstaltet. Sie spuckten auf heimkehrende Soldaten wie ihn – Soldaten, die jahrelang in Übersee für die Freiheit gekämpft und jeden Tag um ihr Leben gefürchtet hatten, während die kleinen Simsbury-Lieblinge auf ihren Poloponys herumritten.

An diesem Morgen war Sullivan besonders schlecht auf das College zu sprechen. Am vergangenen Abend war er wegen einer Schlägerei im Chewnocker's alarmiert worden. Als er dort ankam, fand er sechs übel zugerichtete Einheimische auf dem Parkplatz, die sich vage an ein Dutzend »Collegearschlöcher« erinnerten, die sie angefallen hatten. Sullivan war nicht sehr überrascht gewesen über die ungleiche Verteilung. Feigheit gehörte zum Charakter von Simsbury.

Und jetzt saß er zum ersten Mal seit Oktober hinter dem Steuer eines nicht gekennzeichneten Streifenwagens, um sich ein wenig zu revanchieren.

Der Anruf, auf den er gewartet hatte, war am Dienstag gekommen, von einem Anschluß, den sein Telefon nicht identifizieren konnte. Aber er war gar nicht darauf angewiesen, daß er die Identität seines Anrufers kannte. Der Inhalt des Gesprächs reichte, um zu erkennen, daß er es mit einem wohlhabenden Ehemaligen von Simsbury zu tun hatte.

Einer, der zu dem großen weißen Verbindungshaus am Rande des Collegegeländes gehörte.

Einer, der darauf hoffte, strafrechtliche Ermittlungen im Fall Chad Ewing zu verhindern.

Aus diesem Grund und weil der Leichenbeschauer nicht angerufen hatte und weil somit der Bericht von Officer Ames über den »Unfall« tatsächlich ein Vermögen wert war, hatte Sullivan ein kleines Tänzchen eingelegt und dann den Unnahbaren gespielt. Er hatte herumgedruckst und den Anrufer ein bißchen zappeln lassen, bevor er sich schließlich bereit erklärte, dessen »Beauftragten« am Samstag »so zwischen acht und neun« auf dem hinteren Parkplatz des ehemaligen Paul and Dory's Neighborhood Market zu treffen.

Und jetzt war es so weit: Samstag morgen, kurz nach halb neun.

Er glitt über die schneegefüllten Schlaglöcher einer verwahrlosten Lieferauffahrt, die zum hinteren Parkplatz des früheren Paul and Dory's führte.

P&D's war einer der drei Tante-Emma-Läden, die auf der Strecke geblieben waren, als Super Stop & Shop seinen Einzug in die Stadt hielt. Es war eine Tragödie gewesen, über die sich Sullivan nicht nur deshalb wunderte, weil die Einheimischen es einfach zugelassen hatten, sondern auch, weil die Gemeinde keinen Stolz bewiesen hatte. Nicht eines der aufgegebenen Häuser hatte einen neuen Besitzer gefunden (in einem war kurze Zeit Kelly's Studio gewesen). Die Gebäude waren dem Verfall preisgegeben worden, und das umliegende Grundstück diente als alternative Müllhalde für die benachbarten Lokale und Frisiersalons, deren Besitzer zu pleite oder zu faul waren, um eine Genehmigung für die Beseitigung von Gewerbemüll zu beantragen.

Als Sullivan auf den schwarzen BMW zurollte, der neben dem heruntergekommenen P & D's geparkt war, fiel ihm ein, daß die Simsbury-Ehemaligen die typischen Bosse von Handelsketten waren, die Tante-Emma-Läden vernichteten. Die bevorstehende Transaktion, so beschloß er, würde nicht nur die Kameraden rächen und symbolisch entschädigen, die auf dem Parkplatz des Chewnocker's ihr Blut vergossen hatten, sondern auch Paul und Dory Bunker, die ihr Geschäft aufgeben und in die Berge von Tennessee hatten ziehen müssen, statt ihren verdienten Ruhestand am Strand von Florida genießen zu können.

Er parkte absichtlich in einiger Entfernung von dem BMW, stieg aus dem cremefarbenen Buick und schlenderte in Richtung Geld.

Die Fahrertür des BMW öffnete sich, und ein großgewachsener Mann in Samstagskluft und einer Yankees-Baseballmütze trat heraus. *Ein New Yorker*, dachte Sullivan, und blitzartig schossen ihm Bilder von Bucky Dents Homerun gegen die Boston Red Sox im Fenway Park durch den Kopf, und er mußt an Scharen von aufdringlichen Armleuchtern denken, die jeden Juli die Strände von Maine belagerten. *Ein Grund mehr, diesen reichen Sack und seine Hintermänner zu hassen.*

»Guten Morgen«, sagte der reiche Sack.

»Das bleibt abzuwarten«, sagte Sullivan.

Der reiche Sack lächelte süffisant und wandte sich ab, um zwei Seemöwen bei ihrem Streit um einen Hühnerknochen zu beobachten. Als der Sieger mit seiner Beute davongeflogen war und der Verlierer nach erbitterten Schreien des Protests wieder zum Müllhaufen zurückgekehrt war, sah der reiche Sack wieder auf Sullivan und bedachte nickend die Möglichkeiten. »Wieviel darf es sein?«

Woa, dachte Sullivan. *Das hat nicht lang gedauert.* »Wieviel darf *was* sein?« konterte er, um vielleicht durch Hinhalten mehr Geld und persönliche Befriedigung herauszuschlagen.

Der reiche Sack nickte grinsend. »Lassen wir den Quatsch, okay? Wir wissen doch beide, warum ich hier bin.«

Sullivan wollte sein Spielchen fortsetzen, überlegte es sich aber anders. Es hatte ja keinen Zweck, wenn der andere nicht mitspielte. »In Ordnung«, sagte er. »Aber der Reihe nach. Werden Sie abgehört?«

»Sie überschätzen sich.«

Sullivan schluckte schwer und stürzte sich in die kurze Rede, die er geprobt hatte. »Okay, dann sehen wir mal. Zehn habe ich gekriegt, als ich vor ein paar Jahren die Gerüchte über einen Vergewaltigungsversuch ignoriert habe. Fünf waren es fürs Wegschauen, als dieses Steroidmonster einem Navypiloten die Zähne ausgeschlagen hat. Ihr seid ja so treue Kunden, daß ich euch schon fast Rabatt anbieten wollte, aber diesmal kommt ihr gleich mit einem Toten …«

»Wieviel, damit schlafende Hunde nicht geweckt werden?« fragte der reiche Sack mit lässigem Lächeln.

Nach der Unterbrechung seiner Ansprache spürte Sullivan schleichendes Unbehagen in seiner Seele. Nicht nur, daß diesem Mistkerl die Vergehen des weißen Verbindungshauses am Rande des Collegegeländes nicht im geringsten peinlich waren, er schien auch in Sullivan nur eine belanglose Belästigung zu sehen, einen Aasfresser, dessen penetrantes Gewinsel sofort aufhören würde, wenn man ihm einen Knochen hinwarf. Sullivan wußte nicht, ob er ungläubig oder entrüstet sein sollte, aber er hatte kaum Zeit, seine Gefühle zu sortieren, weil er zwar eine Stunde lang seine nutzlose Rede einstudiert, aber nicht einmal fünf Sekunden über den Preis nachgedacht hatte.

Während sein Gegenüber ungeduldig das Gewicht verlagerte, starrte Sullivan auf den Müllberg. »Ah ... vierzig.«

»Abgemacht.«

Abgemacht. Einfach so. Kein Feilschen, kein Zögern. Einfach *abgemacht.* Die schnelle Einigung lähmte ihn zuerst, dann packte ihn die Reue. Warum hatte er nicht mehr verlangt?

»Wie wär's mit fünfzig?«

Der reiche Sack lächelte herablassend. »Sagen wir fünfundsiebzig.«

Völlig geplättet starrte Sullivan in die dunklen Augen unter dem Schirm der Baseballmütze. Er fragte sich, wie er fünfundsiebzigtausend gerecht mit Ames teilen sollte und über welche Macht und Mittel eine Verbindung verfügen mußte, deren »Beauftragter« ihm fünfundsiebzigtausend wie ein Trinkgeld in die Hand drückte.

Der reiche Sack zog einen Block und einen Stift aus der Jackentasche. »Hier«, sagte er und reichte beides Sullivan. »Schreiben Sie Ihre Bank, Kontonummer und sonstige Daten auf, die wir für eine Überweisung brauchen. Sie kennen das ja schon.«

Sullivan nahm zögernd Stift und Papier entgegen und schrieb die verlangten Informationen auf.

Der Mann mit der Baseballmütze steckte die Sachen wieder ein. »Das Geld geht Montag früh raus.«

Dann ließ er Sullivan einfach stehen und stieg in seinen schwarzen BMW. Er ließ den Motor aufheulen und fuhr dem Police Chief im Rückwärtsgang fast über den Fuß. Der Wagen stand einen Moment, um den ersten seiner fünf Gänge zu finden, und Sullivan spürte den Drang, die Faust gegen die getönte Scheibe des Seitenfensters zu knallen und nach Rache zu schreien für die Einheimischen, die in Südostasien ihren Kopf hingehalten hatten, die ihr Blut im Chewnocker's vergossen hatten und die Tante-Emma-Tränen geweint hatten.

Aber seine Faust hing lahm an der Seite, und seine schweigenden Rufe wurden übertönt vom Quietschen der Reifen. Nur die unterlegene Möwe nahm die Herausforderung an und verließ kurz den Müllhaufen, um die beschmutzten Flügel zu spreizen und die Maschine anzuschreien, die sie bei der Suche nach Beute aufgescheucht hatte.

9.46 Uhr

Siebenundzwanzig Stunden nachdem Mark keuchend aus einem Alptraum hochgefahren war, erwachte er mit einem anderen Dämon.

Er konnte nicht mehr atmen.

Zuerst dachte er, er schlafe noch. Er hatte schon Träume gehabt, in denen er nicht laufen, seine Arme nicht heben oder keine Erektion bekommen konnte, und wenn er jetzt keine Luft bekam, war das bestimmt nur eine neue Variante zu einem alten Thema.

Aber die Realität präsentierte sich in pelziger Gestalt, als Casey sich freudestrahlend von seiner Brust abstemmte, um ihn zu begrüßen. Heftig hustend fegte er sie zu Boden und drehte sich auf die Seite.

Und als der Sauerstoff seine Lungen füllte, traf ihn eine neue Empfindung.

Schmerz.

Wäre er in einer Station für Gedächtnisschwund und nicht in einem Collegewohnheim gewesen, dann hätte er seine Qual als Folge eines Auto- oder Bootsunfalls interpretieren können, bei dem er die Erinnerung verloren hatte. Aber er wußte noch genug von der Beinarbeit und den Boxhieben am Vorabend, um zu erkennen, daß sein Zustand nichts mit einem Unfall und alles mit dem Alkohol zu tun hatte, dessen Reste jetzt gnadenlos auf seine Blase drückten. Wenn er zu lange liegen bliebe, würde er seinen Boxershorts antun, was Casey, dem Geruch nach zu urteilen, dem Teppich angetan hatte. Also erhob er sich mühsam von seiner Matratze.

Er schleppte sich zum Bad, erledigte sein Geschäft und drehte den Wasserhahn in der Dusche voll auf, bevor er ins benachbarte Wohnzimmer hinkte. Dort wählte er Shawns Nummer und tastete sich vorsichtig über die Rippen, während das Telefon klingelte und der Duschstrahl Dampf in seine Richtung blies. Beim fünften Läuten fiel ihm ein, daß Shawn ein Skiturnier in Vermont hatte. Sie war schon längst unterwegs, und das war wahrscheinlich auch gut so, denn sein Gesicht trug bestimmt verräterische Spuren.

Er stieg in die Dusche, und während das heiße Wasser auf seine Prellungen trommelte, reimte er sich die Ereignisse des Vorabends zusammen.

Wie er befürchtet hatte, war der Ausflug der Jungs in ein Schlachtfest ausgeartet. Es begann damit, daß der Sigma Kevin Daly, der den Touchdown-Rekord der Schule hielt und später einmal Chirurg werden wollte, einem sehr haarigen, sehr großen Einheimischen Bier in den Schoß schüttete. Der Mann reagierte verärgert auf die unvermutete Flüssigkeitszufuhr, und Dominic reagierte verärgert auf seinen Ärger. Dominic spielte dann auch bei der folgenden Schlägerei mit elf Beteiligten die Hauptrolle und trat zuerst in der Bar und danach auf dem Parkplatz den Beweis an, daß ihm im Nahkampf keiner das Wasser reichen konnte. Fast im Alleingang vertrimmte er sechs der furchterregendsten Gestalten von Southern Maine, so daß Mark, Ran, Fairchild und Daly keine nennenswerten Schäden davontrugen.

Beim ersten Sirenengeheul hatten die Collegejungs Reißaus genommen, da sie wenig geneigt waren, der Gemeindepolizei ihr Verhalten zu erklären. Sie waren die ganze Strecke zurückgesprintet und erst auf dem verschneiten Rasen vor dem Sigma-Haus stehengeblieben, um nach Luft zu schnappen und im Mondschein kameradschaftliche Umarmungen und das Gefühl des Sieges auszukosten.

Und das war es, was für Mark zählte. Die Bilder, Geräusche und Empfindungen der Barkeilerei würde er vergessen, denn sie hatten keinen nachhaltigen Eindruck bei ihm hinterlassen – mit Ausnahme von ein paar Blessuren, die in den nächsten Tagen vergehen würden. Aber er würde sich immer an den warmen Druck von brüderlichen Armen erinnern, der dem kalten Luftzug durch den neuen Riß in seinem Flanellhemd keine Chance ließ.

Und er würde sich an drei glorreiche Erkenntnisse erinnern.

10.23 Uhr

Als die Brüder von Sigma Delta Phi in den Speisesaal sickerten, um feine Omeletts und belgische Waffeln zu vertilgen, tauschten sie ausgeschmückte Heldengeschichten über die Prügelei im Chewnocker's aus.

Und sie warteten sehnsüchtig auf die nächste Fuchsaktivität, denn das viele Reden über Gewalt hatte ihre Lust auf Handgreiflichkeiten geweckt.

11.02 Uhr

Die Dusche hatte einen Teil von Marks Schmerzen abklingen lassen, und den Rest besorgte Advil. Alltägliche Bewegungsabläufe, die noch vor einer Stunde unmöglich gewesen waren, wurden bereits wieder praktiziert. Er zog sich warm an, nahm Casey an die Leine und ging hinaus.

Die Luft war saukalt, die Sonne lachte, und die sieben Minuten zum Student Center brachten weder Angenehmes noch Unangenehmes. Er band Casey an den winterlich verlassenen Fahrradständer und tapste die Stufen hinauf.

Im Speisesaal bestellte er ein Eisandwich bei einer Bediensteten mit Haarnetz, die kaum den Blick von Marks zerkratztem Gesicht reißen konnte. Er zeigte sein charmantestes Ich-bin-wirklich-ein-netter-Junge-Lächeln und packte sein Frühstückspaket, eine Tüte Austerncracker und zwei Flaschen Orangensaft. Eine davon leerte er auf dem Weg vom Speisesaal zum Postraum.

Er kniete sich unbeholfen hin, gab seine Kombination ein und öffnete den Briefkasten.

Er hatte zwar seit Donnerstag nicht mehr nachgesehen, aber auch so war wenig drin, was zum Jauchzen Anlaß gab. Drei Reklamebriefe vom Campus, eine Telefonrechnung und ein Umschlag ohne Briefmarke, der einfach an »Mark« adressiert war. Er nahm die Frühstückstüte zwischen die Zähne und öffnete den persönlichen Briefes sofort.

Der Umschlag enthielt eine Karte, von der ihm in knalligen Buchstaben zwischen Konfetti, Partyhüten und Ballons die Worte »*Alles Gute zum Geburtstag!*« entgegenschallten.

Mark legte die Stirn in Falten. Sein Geburtstag war im Oktober. Er kontrollierte den Umschlag noch einmal, um zu sehen, ob er auch wirklich an ihn adressiert war. Dann blickte er sich um, ob vielleicht irgendwo eine »versteckte Kamera« lauerte. Nachdem er festgestellt hatte, daß niemand außer ihm im Postraum war, zuckte er die Achseln und öffnete die Karte. Was er dort fand, verblüffte ihn noch mehr.

»Wir waren drei.«

Was zum Teufel? Mark ließ sich den Satz durch den Kopf gehen und prüfte mehrmals nach, ob er sich nicht verlesen hatte. Es ergab einfach keinen Sinn ... und plötzlich ergab es einen Sinn. Die Drei SWA-Frauen von neulich. Sie wollten ihn daran erinnern, daß er seine Mütze mit der Aufschrift *De-baitable Babe* nicht mehr tragen sollte. Sie wollten ihn daran erinnern, daß sie ihn immer im Auge behielten.

Sie wollten ihn an Angela McSheffrey erinnern.

Hör auf damit, befahl er sich. *Sie wollen dich doch nur aus der Reserve locken, aber da haben sie sich geschnitten, denn du bist ein Lacrossespieler in der Amerikaauswahl und hast einen Haufen Freunde, die dir bei Kneipenschlägereien die Stange halten ...*

Auf dem Weg nach draußen lächelte er der süßen Studentin zu, die manchmal am Informationsstand arbeitete. Sie lächelte zurück.

Er lief die Treppe hinunter, band Casey los und verfütterte die ganze Tüte Austerncracker an sie. Dann ging es nach Hause.

16.02 Uhr

Neun der zwölf ältesten Sigmas trafen sich kurz im Bruderschaftssaal und drängten sich um ein Verzeichnis der Studienanfänger. Sie fanden den gesuchten Namen auf Seite acht, und achtzehn Augen betrachteten das dazugehörige Bild. Sie stimmten schnell ab, wer für die Mission an diesem Abend am besten geeignet war, und bekräftigten den Auftrag mit einem verstohlenen Händedruck.

Kurz darauf verließen sie den Saal mit der Zuversicht, daß sie dem Freispruch bis Mitternacht einen großen Schritt näher rücken würden.

Alpha würde sich freuen.

21.39 Uhr

Zum ersten Mal in seinem Leben war Jason Lyle der beliebteste Junge seiner Schule.

Und er haßte es.

Als er aufwuchs, hatte er sich keinen Illusionen über sein Aussehen (klein, dünn und käsig), seine sportlichen Fähigkeiten (so gut wie nicht vorhanden) und seine Persönlichkeit (eher für das Spiel *Dungeons and Dragons* als für Bierpartys geeignet) hingegeben. Er war schon immer ein Leichtgewicht unter Leichtathleten gewesen, ein unscheinbares Gesicht in einer Welt voll schöner Menschen. Deshalb war er nach seiner Einschreibung in Simsbury liebend gern wieder in die Rolle des Jungen im Hintergrund geschlüpft, der kaum beachtet über den Campus ging, weil er nicht mit einem herrlichen Körper, sondern nur mit einem starken Verstand gesegnet war.

Aber buchstäblich über Nacht war er zu einer Berühmtheit auf dem Campus geworden. Auf seinem früher unauffälligen und grußfreien Weg zu den Kursen begegnete er nun zeigenden Fingern, geflüsterten Worten und gaffenden Blicken. Die früher ordentliche und praktisch leere Tür zu seinem Zimmer war nun mit Nachrichten von wohlmeinenden Menschen übersät. Sein früher nur mit Rundschreiben von der Collegeverwaltung und Briefen von seiner Mom gefüllter Briefkasten quoll nun über mit Sympathiekundgebungen und Kekspackungen.

Und alles nur, weil er der Zimmergenosse von Chad Ewing war.

Er war beschämt über die neue Aufmerksamkeit und trotz der Rücksicht, die ihm seine Kommilitonen bezeigten, auch ein wenig angewidert. Wo waren all diese wohlmeinenden Menschen in den Wochen vor Chads Tod gewesen? Wo waren sie in der Nacht, in der Chad mit blutig geschlagener Nase nach Hause kam? Wo waren sie in der Nacht, in der Chad mit blutverschmiertem Mund nach Hause kam? Wo waren sie in der Nacht, in der Chad mit zehn bluttriefenden Wunden nach Hause kam? Wo waren sie in all den Nächten, in denen Chad mit großen, angsterfüllten Augen zum Sigma-Haus aufbrach, mit verschwollenen Augen und tief verstört zurückkam und wie ein verwundetes Tier in sein Bett kroch?

Natürlich wußte Jason, daß nur er als Zimmergenosse in diese nächtlichen Schrecken eingeweiht war. Trotzdem hätte jemand die streßbedingte Akne auf Chads Haut sehen müssen. Jemand hätte hören müssen, wie Chad mit zittriger Stimme in einer der beiden Duschen, die sich achtzehn Studenten teilten, Sigma-Lieder übte. Jemand außer den Professoren, die ihm blaue Briefe geschickt hatten, hätte erkennen müssen, daß Chads Noten schlechter wurden. Jemand hätte Chads hängende Schultern, sein zusammenzuckendes Gesicht und seine flackernden Augen bemerken müssen, seit er vor vier Wochen der Sigma-Verbindung ewige Treue gelobt hatte.

Jemand hätte erkennen müssen, daß Chad nicht nur schikaniert wurde.

Jemand hätte der Sache ein Ende setzen müssen.

Jemand wie Jason.

Und das widerte ihn am meisten an, das Wissen, daß er vielleicht etwas hätte unternehmen können, um seinem Zimmergenossen das Leben zu retten. Er hätte Chads Eltern anrufen können. Er hätte dem Dekan einen anonymen Brief schreiben können. Er hätte die Polizei holen können.

Aber er hatte nichts getan.

Und mit diesem Wissen mußte er den Rest seines Lebens klarkommen.

Den ganzen Tag hatte er am Computer gesessen und sich mit einem Brief an Chads Eltern abgeplagt. Aber bisher hatte er nur eine verworrene Ansammlung von Wörtern und Satzfragmenten, Schuldgefühlen und Vorwürfen zustande gebracht. Er wußte, daß er den Brief nie abschicken würde und hatte auch gar nicht die Absicht. Trotzdem tippte er weiter, in der Hoffnung, sich nach diesem katharthischen Ausbruch selbst verzeihen zu können.

Er steckte in einer langen, umständlichen Erklärung, als er merkte, daß das dumpfe Dröhnen in seinem Kopf in Wirklichkeit ein Klopfen an der Tür war. Mitten im Wort hielt er inne und blickte auf. *Wer könnte das sein?* An einem normalen Samstag hätte er Besucher erwartet, weil die wöchentlichen Runden von *Dungeons und Dragons* in seinem Zimmer stattfanden. Aber diese Woche war das Spiel aus naheliegenden Gründen abgesagt worden, also mußte es sich um jemanden handeln, der Jason nicht gut kannte. Das heißt, bis auf sieben oder acht Leute auf dem Campus konnte es jeder sein.

Er ging zur Tür und machte auf.

Einer der Männer war groß, der andere riesig. Jason erkannte die beiden sofort als Sigmas, und sein Herz begann wild zu hämmern. Sie hatten Chad umgebracht, und jetzt wollten sie ihren blutrünstigen Wahn auch an seinem armen Zimmergenossen auslassen.

Während er sich fragte, wie sie ihn exekutieren würden, lächelte der weniger Große und streckte die Hand aus. »Ich bin Mike Scully«, sagte er, »und das ist A. J. Dominic. Wir waren Freunde von Chad.«

Jason gab Scully die Hand. »Hi.«

»Hi.« Scully und sein hünenhafter Begleiter traten ein und schlossen die Tür. »Hast du eine Minute Zeit?«

Jason nickte langsam und machte den beiden Sigmas Platz. Im Zurücktreten griff er hinter sich und schaltete den PC aus.

22.32 Uhr

Den ganzen Tag über war der Freshman von einer Stimmung nervöser Vorahnung, durchsetzt mit Panikattakken, erfüllt gewesen. Er wußte zwar nicht, worauf er wartete, aber er wußte, daß Samstag war, zwei Tage nach Donnerstag. Auf der Bettkante sitzend, brütete er über den immer gleichen Fragen.

Hat er's gekriegt?

Hat er's gelesen?

Wird er's kapieren?

Wird's ihn interessieren?

Aber es dauerte nicht lange, bis sich sein Verstand gegen die Einfachheit dieses Kehrreims durchsetzte und dabei auf eine neue Frage stieß:

Will ich auf diese Fragen ein Ja oder ein Nein als Antwort hören?

Er schlich zum Fenster, zog die Jalousie hoch und blickte hinaus in den sternenlosen Himmel.

Dann verriegelte er das Fenster und zog die Jalousie runter, um in das Dunkel einer weiteren schlaflosen Nacht zu gleiten.

26. KAPITEL

Sonntag, 1. März

12.44 Uhr
Der zehnminütige Spaziergang um den Quad dauerte fünfzig Minuten länger als geplant, weil jede niedliche Studentin stehenblieb, um Caseys rosa Nase zu küssen und dabei glucksende Babygeräusche von sich zu geben. Es machte Spaß, und da Mark nichts anderes vorhatte, zog er die Sache so lange wie möglich hinaus.

Alles ging gut, bis ihm die SWA-Frauen entgegentraten. Ungefähr einen Meter vor Mark und seiner Hündin kamen sie zum Stillstand und stemmten gemeinsam die Hände in die Hüften.

Mark schluckte. Dann setzte er eine fidele Miene auf und sah ihnen nacheinander in die finster starrenden Augen. »Marcia. Caitlin. Hitler.«

»So, so, so«, begann der pummelige General, ohne die Beschimpfung zu beachten. »Wenn das nicht unser Lieblingsvergewaltiger ist. Wie geht es so, Schwanzgesteuerter?«

»Super, meine Damen. Und wie geht's euch?«

»Beschissen!« bellte der General mit einer Promptheit, die auf eine geplante Attacke schließen ließ. »Denn es dreht mir den Magen um, wenn ich sehe, wie du ein unschuldiges Hündchen benutzt, um die mütterlichen Instinkte der Studentinnen hier anzusprechen oder das, was du dafür hältst, und sie davon abzulenken, daß du dich ihnen mit deiner unterdrückerischen männlichen Härte näherst!«

Mark schüttelte den Kopf, als hätte er Wasser im Ohr. »Sie sprechen wirklich ohne Punkt und Komma, Gnädigste.«

»Wag es nicht, sie Gnädigste zu nennen«, zischte Marcia. Oder Caitlin.

»Wie soll ich sie sonst nennen?«

»Überhaupt nicht!« tobte der General. »Wenn ich nur daran denke, daß du mich auch nur ansprechen willst, möchte ich am liebsten in meine Alarmpfeife blasen, bis ich umfalle!«

»Na gut, ich sprech dich nicht an.«

»Von dir möchte ich nicht mal angesehen werden.«

»Das dürfte schwierig sein, wenn du mir ständig vor der Nase rumläufst. Ach übrigens, danke für die verspätete Geburtstagskarte.«

Das folgende Schweigen wurde nur vom wütenden Schnauben des Generals belebt. Dann trat sie vorsichtig vor, als stünde sie einem angeketteten Tiger gegenüber. »Ich sag dir was, Mark Jessy. Ich laufe dir nicht mehr vor der Nase rum, wenn ich das Gefühl habe, daß du für deine Schandtaten angemessen bestraft wirst. Du bist ungeschoren davongekommen, und jetzt sitzt du auch noch im Disziplinarausschuß, um deinen widerlichen Sigma-Freunden aus der Patsche zu helfen. Wenn ich nur daran denke, wird mir speiübel.«

»Glaub mir, ich würde sofort mit dir tausch...«

»Halt die Klappe, Mann, halt bloß die Klappe!« Der General starrte Mark einen Moment lang an, am ganzen Körper zitternd. »Es will mir nicht in den Kopf, was eine Frau mit Selbstachtung wie Shawn Jakes in einem Strolch wie dir sieht. Am liebsten würde ich sie so lange ohrfeigen, bis sie Vernunft annimmt.«

»Das kannst du ja probieren«, sagte Mark, dessen Ärger allmählich wuchs, »dann wird sie mit einem Skistock deinen haarigen Arsch aufspießen.«

Sichtlich schockiert trat der General zurück. Marcia und Caitlin tauschten erschütterte Blicke aus.

Mark setzte nach und zeigte mit dem Finger direkt

zwischen die Augen des Generals. »Und wenn ihr mir das nächste Mal unerwünschte Post schickt, werde ich euch drei wegen brieflicher Belästigung und versuchter Verarschung anzeigen.«

Er kehrte den Frauen den Rücken zu und hob Casey auf, die zwischen seinen Beinen kauerte. »Komm, mein Mädchen«, flüsterte er laut genug, um von den Frauen gehört zu werden. »Dort drüben beim Kunstmuseum sehe ich ein paar mütterliche Instinkte zum Flirten.«

13.05 Uhr
Die Sigmas versammelten sich kurz im Bruderschaftssaal, um sich über einen Telefonanruf zu unterhalten, einen Auftrag zu erteilen, ein Skript in Worte zu fassen und eine Kündigung zu planen.

14.08 Uhr
Penny Ward stieß den Rest des Frühstücksgeschirrs in das Spülbecken und duckte sich, als ihr die Seifenspritzer um die Ohren flogen. Kopfschüttelnd ließ sie den Geschirrberg stehen, denn Töpfe, Pfannen und alle sonstigen Nachmittagsaufgaben standen nicht in ihrer Arbeitsbeschreibung. Für das Abendessen war Rita zuständig, die um drei erscheinen und die Lasagne für Sonntag abend zubereiten würde. Bis dahin hatte Penny bestimmt schon zehn bis fünfzehn Lucky-Dime-Lose freigerubbelt und würde mit dem Zehntausend-Dollar-Gewinn einen längst verdienten Traumurlaub planen.

Sie zog die frisch gereinigte weiße Lederjacke an und wollte gerade verschwinden, als Aaron Snow und Pete Thresher in die Küche stolzierten und anfingen, sich einen heruntergefallenen Apfel zuzuwerfen. Normalerweise hätte Penny sie mit einem Hallo begrüßt und sich dann verkrümelt. Aber Snow war der Sigma-Verwalter und als solcher zuständig für ihren Lohn, den sie in dieser Woche noch nicht bekommen hatte.

»Hi, Aaron, bekomme ich diese Woche noch meinen Scheck?«

Snow und Thresher tauschten Blicke aus, dann wandte Thresher Penny seinen unergründlichen Blick zu. »Könnten Sie bitte einen Moment mit uns in die obere Bibliothek kommen, Penny?«

»Klar. Hauptsache, ich kriege meinen Scheck.«

»Den bekommen Sie.«

Sie folgte ihnen durch den Speisesaal und durch das Wohnzimmer hinüber zur Bibliothek. Als sie drinnen waren, schloß Snow die Tür, und Thresher forderte Penny mit einer Geste auf, Platz zu nehmen. Beide setzten sich ihr gegenüber.

»Worum geht's?« fragte Penny, der das Ganze immer mehr wie ein Verhör vorkam.

Snow zog einen Umschlag aus der Tasche und reichte ihn Penny.

»Was ist das?«

»Ihr Scheck.«

Penny warf Snow einen mißtrauischen Blick zu und öffnete das Kuvert. Es war tatsächlich ihr Scheck, aber als sie den Betrag las, wäre ihr fast das Herz stehengeblieben.

Zehntausend Dollar.

»Soll das ein Witz sein?«

»Nein«, sagte Thresher, »es ist Ihre Abfindung.«

Penny blinzelte. »Was?«

»Ihre Abfindung. Sie sind entlassen.«

»Entlassen?«

»Genau.«

Penny sah den Scheck und dann wieder Thresher an. »Darf ich fragen, warum?«

»Natürlich dürfen Sie fragen«, sagte Thresher gelassen, »aber ich glaube, Sie kennen den Grund sowieso.«

Thresher blickte Snow an, der sich räuspernd zurechtsetzte. »Penny, bei den letzten vier monatlichen Kontenabstimmungen für die Küchenausgaben haben sich unerklärte Unregelmäßigkeiten gezeigt. Die Fehlbeträge lagen zwischen eintausend und fünftausend Dollar. Wir haben uns erlaubt, die Küchenspinde zu durchsuchen ...«

»Das ist ein Eingriff in die Privatsphäre«, sagte Penny und bedauerte sofort ihren verzweifelten Tonfall.

»Und Unterschlagung ist ein Verstoß gegen Ihren Arbeitsvertrag.« Snow zog ein Bündel Banknoten, das von einem Gummi zusammengehalten wurde, aus der Bauchtasche seines Hockeysweatshirts. »Das haben wir in Ihrem Spind gefunden.«

Penny verzog das Gesicht. »Ah, ich verstehe. Zuerst stehle ich Küchen*geld*, und dann verstecke ich es natürlich im Küchen*spind*. Für wie bescheuert haltet ihr mich eigentlich?«

»Auf jeden Fall für so bescheuert, daß Sie Ihre Spuren nicht richtig verwischt haben«, unterbrach sie Thresher.

Penny öffnete den Mund und schloß ihn dann wieder. Eingeschnappt verschränkte sie die Arme. »Ihr habt doch Scheiße im Hirn.«

Snow schüttelte traurig den Kopf. »Bitte nicht, Penny. Sie haben hier gute Arbeit geleistet, wirklich gute Arbeit. Es wäre doch schade, wenn es so enden würde.«

Penny schossen die Tränen in die Augen. »Das könnt ihr mir doch nicht antun.«

»Leider müssen wir.«

»Ich habe in meinem Leben noch nie etwas gestohlen.«

Snow wedelte mit dem Geldbündel herum. »Das hier spricht eine andere Sprache, oder?«

Penny starrte sprachlos auf das Geld. Das durfte nicht wahr sein. Das durfte einfach nicht wahr sein.

»Sie können von Glück sagen, daß wir Ihnen überhaupt eine Abfindung geben«, sagte Thresher. »Dem Gesetz nach sind wir nicht dazu verpflichtet. Sie haben gegen Ihren Arbeitsvertrag verstoßen.«

Snow deutete auf den Scheck. »Die Abfindung ist mehr als großzügig.«

»Entschuldigung, wenn ich nicht vor Freude ein Rad schlage«, entgegnete Penny mit bebender Stimme. »Ich muß meine Miete zahlen. Wie lange wird mir das hier wohl reichen?«

»Bis Sie eine andere Stelle finden. Ach übrigens. Bitte bewerben Sie sich nicht in einem anderen Haus auf dem Campus. Das können wir nicht zulassen.«

»Wieso?«

Snow und Thresher sahen zuerst einander und dann Penny an. »Wir haben unsere Gründe«, erklärte Thresher.

»Das kann ich mir vorstellen. Ich hoffe, die nächste Köchin vergiftet euren Fraß.«

Die beiden Studenten standen auf. »Noch etwas«, sagte Thresher mit leiser Stimme. »Klatschen Sie nicht über Ihre Kündigung herum. Und auch nicht über das, was Sie am Sonntag morgen hier gesehen haben. Das wäre ein Riesenfehler.«

Als das grausige Bild vom Sonntag mit den beiden vor ihr stehenden Sigmas verschmolz, wurde Penny plötzlich alles klar. »Ach, meint ihr vielleicht, daß ich hier in dieses nette Verbindungshaus spaziert bin und dabei fast über einen sterbenden Fuchs gestolpert bin? Ihr meint also, ich soll nicht herumerzählen, daß er nackt war und über und über mit abartigem Zeug bekritzelt? Ich könnte euch Kerle glatt ruinieren.«

Thresher trat vor und blickte auf sie herab. »Stell dich

nicht blöder, als du bist, du Bauerntrampel«, knirschte er zwischen zusammengepreßten Zähnen. »Wir sind schlauer als du, und wir sind in der Überzahl. Wenn du das Maul aufreißt, wird dir keiner glauben. Und dann werden wir uns rächen.«

Er kam ihr noch näher, und Penny spürte die Hitze seines Gesichts. »Wenn du dich mit uns anlegst, Penny, wirst du das dein Leben lang bedauern. Wenn du dann überhaupt noch lebst.«

Penny starrte lange in die Gesichter der beiden jungen Männer, und zum ersten Mal sah sie sie nicht als zwei von vielen verzogenen Fratzen, denen alles in den Schoß fiel, weil sie den Namen und das Geld ihrer Familie hatten und weil sie so toll mit Bällen und Pucks umgehen konnten. Sie sah das gemeine Glitzern in ihren Augen, die verkniffenen Münder und die Feindseligkeit in ihrer Haltung. Sie begriff, daß sie vor nichts zurückschreckten, um diese Verbindungssache zu schützen, von der sie keine klare Vorstellung hatte.

Sie hielt den Scheck fest umklammert und zwang ihre Beine zum Gehen. Ohne ein weiteres Wort verließ sie den Raum. Ihre Kinder waren erwachsen, der Vater trieb es mit seiner Sekretärin, und sie war auf dem Heimweg, um ihren längst verdienten Traumurlaub zu planen.

20.40 Uhr

»Was ist mit deinem Gesicht?« fragte Shawn.

Sie war euphorisch von ihrem Skirennen heimgekehrt. Sie hatte sich wieder für die nationale Meisterschaft qualifiziert, die diesmal in Aspen veranstaltet wurde, nur wenige Minuten von ihrem Haus entfernt. Mark hatte ihr überschwenglich gratuliert, auch in der Hoffnung, sie von Fragen dieser Art abzulenken.

»Was meinst du?«

»Dein Gesicht, Mark«, sagte sie ungeduldig. »Du siehst aus wie ein Spezialeffekt.«

»Ach das«, antwortete Mark obenhin. »Casey hat mich gekratzt.«

»Womit? Mit einem Jagdmesser?«

Mark lachte. »Nein, nein. Sie war ein bißchen übereifrig und hat mir die Klauen reingehauen.«

»Was hast du denn mit ihr gemacht? Hast du dir ein Steak vor den Kopf gehalten?«

»Nein, wir haben nur gerauft.« Er hob seine Pfoten. »Ich wollte ihr beibringen, wie man kämpft.«

»Hmm«, ächzte Shawn und hievte ihre Reisetasche auf den Küchentisch. »Vielleicht sollte sie *dir* was beibringen.«

Dann warf sie die Schuhe von sich und steuerte aufs Schlafzimmer zu.

22.51 Uhr

Umgeben von Brüdern und Schatten in schwarzen Roben, starrte der Führer des Triumvirats auf die Füchse und begann zu reimen.

Ich reime euch heute voll Ernst und Bedacht.
Zwölf Verse beschwören der Bruderschaft Macht.

Noch einmal sprech' ich von dem unsel'gen Morgen
Und mahne zur Vorsicht, denn er macht uns Sorgen.

Hier gibt es welche, die woll'n, daß wir büßen
Für jenen im Grab unter unseren Füßen.

Fragen wird's geben, voll üblem Verdacht,
Und die schlimme Lage wird noch schlimmer gemacht.

Drum hört meine Worte, bedenkt Euren Eid.
Und bewahrt das Geheimnis in Schweigsamkeit.

Denn kurz ist der Weg
In den Rachen der Zeit.

27. KAPITEL

Montag, 2. März

9.16 Uhr
Frisch zurück aus seinem schamlos sinnenfreudigen Wochenende, schloß Templeton die Tür zu seinem Büro auf und schaltete das Licht ein. Er hängte sein Jackett auf, ließ die Aktentasche auf dem Boden landen und versenkte seinen glücklichen Arsch im Stuhl. Mit dem Summer bestellte er Kaffee. Dann setzte er sich ruckartig auf und griff nach dem Telefon, um menschliche Figuren über das Schachbrett des Lebens zu bewegen.

12.06 Uhr
Den Blick auf Jocelyn gerichtet, die vor einer bewundernden Gruppe junger Studenten kokett ihren braunen Haarknoten wippen ließ, lächelte Shawn und fragte sich, wie die jüngste Tochter der Patricolas den Mangel an männlicher Aufmerksamkeit überlebt hätte, wenn sie so wie alle anderen Frauen ihres Geblüts das reine Mädchencollege Smith besucht hätte. *Überhaupt nicht,* folgerte Shawn.

Sie wollte ihr gerade zurufen, doch Jocelyn kam ihr mit einem strahlend weißen Lächeln zuvor. Sie wackelte mit ihrem Hinterteil und hob ein Pitabrot mit Grünzeug zum Gruß.

»Hi«, sagte Shawn, als die beiden auf einem sonnigen Fleck zusammentrafen.

»Wie steht's?« antwortete Jocelyn. Sie nahm einen Bissen von ihrem Mittagessen, den sie dann zum größten Teil in den Schnee spuckte, weil er Croutons enthielt. »Eigentlich sollte man meinen«, sagte sie wütend, während sie mit der Zunge alle bösen Brösel herausfilterte, »daß sie inzwischen wissen, was ›fettfrei‹ heißt.«

Shawn nickte, obwohl sie nicht begreifen konnte, wie Jocelyns Mahlzeit, die offensichtlich nur aus einem Haufen Salat und Keimen zwischen Weizenscheiben bestand, noch weniger Kalorien enthalten sollte. »Ich verstehe nicht, wie du das schaffst.«

»Wie ich was schaffe?«

»Das da.« Shawn zeigt auf das Sandwich. »Es sieht so geschmacklos aus.«

Jocelyn sah wieder nach unten und schüttelte den Kopf. »Ich hab ein paar Spritzer Zitronensaft draufgetan.« Grinsend mampfte sie ihren nächsten Bissen. »Außerdem bin ich auf Bikinidiät. Bis zu den Frühjahrsferien sind es noch zwei Wochen, und ich möchte die heißeste Braut am Strand sein.«

»An welchem Strand?«

Jocelyn schluckte und strahlte. »Aruba Island.«

»Mit?«

Das Strahlen wurde breiter. »Pete.«

»Fährt er denn nicht mit den anderen Flachköpfen nach South Padre?«

»Nee. Das haben wir vor den Ferien letztes Jahr ausgemacht. Ich bin zu Hause geblieben, während er nach Cancun gefahren ist, also darf ich dieses Jahr fahren.«

»Du *darfst*?«

»Er kann sehr eifersüchtig sein«, bekannte Jocelyn. »Na ja, am Freitag in einer Woche geht es auf jeden Fall los.«

Shawn nickte diplomatisch. Sie war sich nicht sicher, ob sie Pete oder Jocelyn abstoßender finden sollte. Von allen Sigma-Freunden Marks mochte sie Pete Thresher am wenigsten. Er war die Art von Saukerl, dessen Freundin nur Zirkuszelte als Pullover tragen durfte, während er selbst sabbernd jedem Paar enggeschnürter Titten nachstierte, das ihm über den Weg lief. Sie hatte ihn immer toleriert und sich an die Hoffnung geklammert, daß Jocelyn nur bis zum Abschluß mit Pete zusammenblieb. Dann würde er wieder nach Kentucky zurückkehren, während Jocelyn an einem Ort wie Manhattan eine erfüllende Karriere und eine tiefere Beziehung beginnen und über die Zeit lachen würde, die sie mit einem Schwachkopf wie Pete Thresher vertrödelt hatte. Aber nach den letzten neunzig Sekunden ihres Gesprächs fragte sich Shawn allen Ernstes, ob Jocelyn doch nicht eher dem wenig schmeichelhaften Bild entsprach, das Mark von ihr gezeichnet hatte.

»Und was machst du?« fragte Jocelyn. Sie packte den Rest ihrer Mahlzeit weg und zog eine Wasserflasche aus dem Rucksack. »Fährst du wo hin?«

»Nach Aspen, zur Landesmeisterschaft.«

Jocelyn trank aus der Flasche und schraubte sie wieder zu. »Meinen Glückwunsch«, sagte sie mit einem herzlichen Lächeln. »Du und all deine Fähigkeiten. Ich weiß nicht, wie *du* das schaffst.«

»Da komme ich wenigstens nicht in Schwierigkeiten.«

Jocelyn kicherte. »Dafür bleibst du ihnen immer auf der Spur, oder?«

Shawn lächelte und strich ein paar vom Winde verwehte Strähnen zurück. Dann ergriff sie die Gelegenheit, die sie seit einer Woche gesucht hatte. »Apropos ...«

Jocelyn nickte vage und suchte den passenden Ort in ihrem Rucksack, um die Flasche wieder zu verstauen.

»Erinnerst du dich noch an Montag letzter Woche, als wir uns in der Bibliothek getroffen haben?«

Jocelyn hielt mitten im Reißverschlußzuziehen inne und wandte sich vorsichtig zu Shawn. »Ah … ja.«

»Du hast erwähnt, daß du im Sigma-Haus warst, als der Junge gefunden wurde.«

Jocelyn senkte den Blick und fummelte wieder an ihrem Beutel herum. »Was für ein Junge …«

Shawn kniff die Augen zusammen. »Chad Ewing. Der Junge, der gestorben ist.«

»Was ist mit ihm?«

»Du … hast gesagt, daß du dort warst. Du hast gesagt, du bist runtergegangen, weil du den ganzen Lärm gehört hast …«

»Ich weiß nicht, warum ich so was hätte sagen sollen«, antwortete Jocelyn mit einem nervösen Kichern. »Ich war oben und habe geschlafen. Ich hab von der ganzen Aufregung gar nichts mitge…«

»Du hast zu mir gesagt, du hast gesehen, wie er dort lag.« Shawn wurde allmählich wütend. »Du hast gesagt, Chad war nackt und überall mit Gedichten beschmiert. Du hast gesagt, daß alles so voller Blut war …«

»Das habe ich nie gesagt!«

»Doch, das hast du!«

»Wieso sollte ich *so was* erfinden?« Jocelyns Blick flatterte in alle Richtungen, nur nicht in die von Shawn.

Shawn warf die Arme hoch. »Und wieso sollte *ich* so was erfinden?«

»Ich weiß nicht, du mußt mich mißverstanden haben.«

Die Arme immer noch erhoben, schüttelte Shawn ungläubig den Kopf. Dann dämmerte ihr etwas, und sie ließ die Arme sinken.

»Jocelyn«, forschte sie sanft, »ist es Pete? Hat er dir gesagt, du sollst nichts erzählen?«

Jocelyn starrte zu Boden. Dann packte sie plötzlich Shawns Handgelenk und riß sie aus dem Sonnenlicht tief in den Schatten der Watson Hall und eines verdorrten Baumes.

»Was …«

»Halt den Mund.« Jocelyn sah Shawn in die Augen, und ein toter Ast warf dunkle Knochen auf ihr ohnehin schon schattiges Gesicht. Sie hielt Shawn immer noch schmerzhaft umklammert. »Ja, ich weiß noch, was ich dir gesagt habe. Aber in Wirklichkeit habe ich vergessen, was ich gesehen habe.«

Sie packte noch fester zu. »Und wenn dir nur das geringste an mir liegt, solltest du auch vergessen, was ich gesehen habe.«

12.44 Uhr

Mark trabte durch das gefrorene Becken, das die Statue von General William Q. Simsbury mit Frühlingswasser besprühte, und benutzte die benachbarten, arglosen Schultern von Ran und Fairchild als Sprungbrett, um Richtung Himmel abzuheben. Er beendete seine Einlage mit einem abschließenden Tritt in die Luft, unter dessen Rückstoß die vier freundlichen Beine, die ihn trugen, zusammenknickten. Als sie sich von ihrer Überraschung erholt hatten, antworteten sie mit Vergeltungsschlägen, die Mark einsteckte und zurückgab. Ein paar Sekunden lang umkreisten sich die drei in Boxerpose, kloppten aufeinander los und redeten Blech. Dann ordneten sie ihre Hemden und schlugen ein scharfes Tempo an, um möglichst schnell in den Sigma-Speisesaal zu gelangen.

»Was steht heute auf dem Speisezettel?« fragte Mark.

»Hähnchen und Zwiebelringe!« rief Ran und klopfte sich auf den Bauch.

»Nett«, sagte Mark. »Penny ist Klasse.«

Die beiden Sigmas tauschten einen schnellen Blick. »Penny arbeitet nicht mehr für uns«, sagte Fairchild.

»Das gibt's nicht! Wo ist sie denn hin?«

»Sie ist gefeuert worden.«

»Gefeuert?! Hat sie zu viele Pfannkuchen anbrennen lassen?«

»Nein«, antwortete Fairchild merkwürdig angespannt. »Sie hat zuviel Geld geklaut.«

»Sie hat gestohlen?« Mark hätte fast geschrien. »Geld vom Haus?«

Nicken.

»Scheiße«, sagte Mark leise. Eine harmlose Köchin wie Penny Ward konnte doch nicht einmal ein Butterstückchen mitgehen lassen. »Wieviel hat sie gestohlen?«

Weder Ran noch Fairchild gaben ihm eine Antwort, und beide sprachen bis zum Sigma-Haus kein Wort mehr.

15.01 Uhr

Nachdem der Vorsitzende Davenport durchs Telefon geröhrt hatte, daß es an einer Privatschule keine Pressefreiheit *gebe*, nachdem er gekreischt hatte, daß *kein* Vater einen sechsstelligen Betrag für eine Collegeerziehung zahle, an deren Ende sein geliebtes Kind womöglich in einer *Kiste* nach Hause verfrachtet würde, nachdem er darauf hingewiesen hatte, daß die Elite von Simsbury mit neunzig (nicht mit neunzehn) eines friedlichen (nicht eines gewaltsamen) Todes in Südflorida sterben sollte, nachdem er betont hatte, daß man unbedingt bei der kommenden Erhebung des *U.S. News & World Report* die Nase *vorn* und bis zu den Frühjahrsferien die Untersuchung zum Tod von Chad Ewing *hinter* sich haben müsse, entschuldigte sich Templeton höflich, um diese beiden Aufgaben anzupacken, und hängte auf. Er rieb sich Augen und Ohren, trank eine

Tasse Wasser und machte sich auf den Weg zum Präsidenten.

»Guten Tag, Dekan Templeton«, begrüßte ihn Carlisles Sekretärin, als er am anderen Ende des Gangs im zweiten Stock angekommen war. »Eine tolle Krawatte haben Sie da.«

»Danke, Janet. Meine Frau hat sie für mich gekauft.«

»Sie hat einen guten Geschmack.«

»Ich werd's ihr ausrichten. Ist der Chef da?«

»Ja, aber vielleicht macht er gerade ein Nickerchen. Soll ich ihn wecken?«

»Nur, wenn Sie es eh vorhatten.«

»Ich probier's mal.« Janet drückte auf einen Knopf.

Einige Sekunden später kam eine tranige Stimme über die Sprechanlage. »Whitney?«

»Nein, mein Lieber«, sagte Janet zart. »Aber Ihre Frau hat tatsächlich angerufen. Sind Sie wach?«

Schweigen. »Ja.«

»Dekan Templeton möchte Sie sprechen. Soll ich ihn reinschicken?«

Wieder Schweigen. »Okay.«

Janet lächelte Templeton an und sagte: »Sie können jetzt rein.« Dann lehnte sie sich vor und flüsterte: »Aber seien Sie geduldig mit ihm.«

Templeton hob den Daumen und klopfte einmal an die Tür zu Carlisles Büro, bevor er eintrat.

Carlisle saß hinter einem riesigen Schreibtisch, der seine voranschreitende Gebrechlichkeit noch unterstrich, und trug einen Gesichtsausdruck, der so leer war wie die Tischplatte vor ihm. Seine Krawatte hing locker und schief, und das weiße Haar auf einer Seite des Kopfs zeigte in Richtung Fenster.

»Hallo, Edison.«

»Hi. Haben Sie meine Nachricht erhalten?«

»Ja. Ich habe gerade mit ihm telefoniert.«

»Er war ganz aufgeregt wegen irgendeines Bildes in der Zeitung.«

Templeton nickte. Auch ihn hatte das veröffentlichte Foto der Ewings bei der Trauerfeier beunruhigt, wenngleich aus anderen Gründen.

»Er hat mir auch lauter Fragen zu dieser Untersuchung gestellt ...«

»Das haben wir inzwischen besprochen.«

Carlisle leckte sich über die Lippen und drückte auf den Summer, um sich von Janet ein Glas Wasser bringen zu lassen. Dann wandte er sich wieder an Templeton. »Was ist eigentlich los?«

»Die Voruntersuchung am Donnerstag ist im Grunde gelaufen wie erwartet.«

»Ist die Sache vorbei?«

»Fast. Den offiziellen Freispruch erwarte ich im Laufe der Woche.«

»Ach«, sagte Carlisle mit verständnisloser Mine. »Das ist gut, oder?«

»Ja, das ist gut.«

Carlisle nickte bedächtig. »Schön. Halten Sie mich nur auf dem laufenden, Anson.«

»Selbstverständlich, Edison.«

1.56 Uhr

Die Vorstellung von Schlaflosigkeit war Fairchild immer fremd gewesen und hatte nur insofern eine Bedeutung für ihn, als er in der zweiten Klasse die acht sinnlosen Buchstaben des Fremdwortes Insomnie zusammengefügt und damit den ersten seiner unzähligen Preise gewonnen hatte, die nun in einem Zedernholzregal in seinem Schlafzimmer zu Hause glänzten. Für ihn war der Schlaf immer die bescheidenste aller Belohnungen des Lebens gewesen, die einfach mit der Geburt gewährt wurde.

Aber heute abend waren ungefähr einhundertfünfundsiebzig Minuten vergangen, seit er die Bettdecke über sich gezogen hatte.

Anfangs hatte er den typischen Geräuschen des Verbindungslebens die Schuld gegeben. Seine erste Stunde im Bett stand im Zeichen eines Footballspiels, das durch den Gang im Erdgeschoß tobte. In der zweiten Stunde hatte er mit subtileren Geräuschen zu kämpfen: Zahnbürsten und Seifenschalen, die über Badkörbe ratterten … um Hüften gewundene Handtücher, die über Schenkel streiften. Nach einiger Zeit war auch das müdeste Schlurfen verklungen, und vollkommene Ruhe senkte sich auf die drei Stockwerke des Hauses. Aber Fairchild war immer noch hellwach und frustriert darüber, daß er von allen Sigmas als erster ins Bett gefunden hatte, aber den Schlaf als letzter finden sollte.

Und dann hatte ihn das Unbehagen ergriffen, das Gefühl, daß jede gnadenlos vorübertickende Minute ihn weiter von der Möglichkeit entfernte, am Morgen nach erholsamem Schlaf aufzustehen. Kurz darauf war er in Panik verfallen, und durch das schwache Pochen in seinen Ohren sickerte die Erkenntnis, daß der Schlummer die *schwierigste* aller Tätigkeiten des Lebens war und daß er nie wieder schlafen würde.

Entspann dich, dachte er und drückte eine feuchte Hand gegen die ebenso feuchte Stirn. *Reiß dich zusammen.* Er atmete mehrmals tief ein, und die Verkrampfung schien sich ein wenig zu lösen. Er begann die Situation zu analysieren.

Es mußte einen Grund dafür geben, etwas, was er bis jetzt übersehen hatte. Vielleicht war ihm zu warm. Er stieß die Decke von sich und zog sein T-Shirt aus. Und vielleicht sollte er es mit einer anderen Lage versuchen. Er drehte sich auf den Bauch und legte sich mit der Wange ins Kissen.

Er schloß die Augen.

Aber er öffnete sie gleich wieder, als das Pochen zurückkehrte.

Diesmal wandte er sich den Geräuschen zu, dem nahezu unmerklichen Flüstern, das ihn unterbewußt aus seinem Schlafrhythmus brachte. Zum Beispiel das knisternde Scheuern der Kiefern an einer gefrorenen Scheibe. Und dieses Rieseln des Wassers, das von Rohr zu Rohr durch die Adern des Hauses lief. Er fragte sich, warum ihm das nicht schon eher eingefallen war und setzte sich auf. Er knipste die Leselampe an und rieb sich fast drei Stunden Dunkelheit aus den Augen. Dann ging er zum Schreibtisch, zog die obere Schublade auf und lächelte matt, als die Ohrstöpsel nach vorn rollten. Er brachte sie an den entgegengesetzten Seiten seines müden Hauptes an und ließ sich wieder ins Bett fallen. Er schaltete das Licht aus und begrüßte mit geschlossenen Augen eine Welt ohne Sinne.

Einen Augenblick lang existierte er kaum.

Und dann hörte er es wieder.

Es begann als ein Summen, so entfernt, daß er es zunächst kaum wahrnahm, aber es steigerte sich rasch, und das Brummen eines vorrückenden Schwarms wich dem Heulen näher kommender Sirenen. Als sich das Tosen mit dem wiedererstandenen Pochen verband, riß ihm ein unterdrücktes Bild die Lider auf und die Stöpsel aus den Ohren und stellte sich als das gewisse schreilose, baumlose und tropfenlose Etwas vor, das ihm den Schlaf geraubt hatte.

Etwas, das ihn seit neun Tagen jagte.

Etwas, das ihn endlich eingeholt hatte.

28. KAPITEL

Dienstag, 3. März

Mittag

Am zweiten Tag nacheinander brach Carla Ewing zu einem frühen Mittagessen auf. Sie verfrachtete sich und ihre fast leere braune Tasche in den Familienlandrover, auf dessen Heckscheibe immer noch der Aufkleber »Simsbury College« leuchtete, und fuhr zum Friedhof Parkview.

Und zum zweiten Mal nacheinander aß sie mit ihrem Sohn zu Mittag.

12.43 Uhr

Es war Mittagszeit, und im Postraum drängten sich die Briefempfänger. Die Studenten schoben einander mit Ellbogen zur Seite, quetschten sich zu ihren Schließfächern durch und blieben kichernd und johlend mitten im Chaos stehen, um achtseitige Abhandlungen von Freunden aus Dartmouth und Colgate und Williams zu lesen, ohne die Stöße ihrer nachrückenden Kommilitonen zu beachten. Eine unerfahrene Studienanfängerin beging den folgenschweren Fehler, ihr Carepaket sofort zu öffnen, und schrie vor Schreck, als ein herumirrender Rucksack die deckellose Keksdose rammte und die Schokoplätzchen über den ganzen Boden verstreut wurden. Hilflos und den Tränen nahe mußte sie mit ansehen, wie ihre Plätzchen von Dutzenden von Füßen zu Fladen breitgetreten wurden, die alle das unverkennbare Muster einer L.L.-Bean-Stiefelsohle trugen.

Mark hatte sich mit delikater Hummersoße vollgeschlagen, und sein nächster Kurs fand erst um zwei statt. Deshalb hatte er es überhaupt nicht eilig, den wohl ohnehin eher kargen Inhalt aus seinem Briefkasten zu holen. Also hielt er sich aus dem Trubel heraus und sah amüsiert fluchenden Studenten zu, die mit trickreichen Kombinationsschlössern kämpften.

Als der Platz vor seinem Schließfach allmählich leerer wurde, trat er hinzu und öffnete die winzige Tür, die ihn mit der Außenwelt verband. Tastend fand er einen einzigen Umschlag, den er herauszog und zerstreut aufriß, immer noch abgelenkt von der hoffnungslosen Säuberungsaktion der Studentin, deren zerkrümelte Backwaren den Boden zierten.

Er zog den Inhalt aus dem Umschlag heraus.

Es war eine Weihnachtskarte, auf der ein leuchtender Goldbaum mit dem Schriftzug »Frohes Fest« darunter abgebildet war. *Ein bißchen spät*, dachte Mark, als er die Karte aufmachte und zu lesen begann.

»Wir hatten Augenbinden.«

16.05 Uhr

»Name?«

»Jason Bradford Lyle.«

»Heimatort?«

»Ridgewood, New Jersey.«

»Könnten Sie kurz Ihre Beziehung zum verstorbenen Chad Francis Ewing erklären?«

»Er war mein Zimmergenosse«, sagte Jason. »Und mein Freund.«

»Vielen Dank«, sagte Schwitters und wandte sich Shawn zu, die zustimmend nickte. Beide blickten zum Dekan, der das Geschehen aus der Ecke des Konferenzraums verfolgte. Keiner sah Mark an, und er sammelte Punkte für Teilnahmslosigkeit.

Shawn räusperte sich. »Sind Sie gut mit Ihrem Zimmergenossen ausgekommen?«

»Ziemlich gut.«
»Worüber haben Sie mit ihm gesprochen?«
»Über viele Sachen.«
»Hat er sich Ihnen anvertraut?«
»Manchmal.«
»Zum Beispiel?«

Jason warf dem Dekan einen nervösen Blick zu. »Äh, er hat sich mir anvertraut, weil er sich darauf verließ, daß ich nichts weitersage. Ich fände es nicht richtig, hier darüber zu reden.«

»Ich auch nicht«, grummelte Mark und sammelte noch mehr Punkte für Sabotage. Dafür handelte er sich böse Blicke von Shawn und Schwitters ein.

Kopfschüttelnd wandte sich Schwitters wieder dem Zeugen zu. »Jason«, sagte er mit sympathietriefender Stimme, »wir haben uns wohl mißverstanden. Vielleicht sollten wir zur Sache kommen. Wir suchen nach Hinweisen darauf, daß Chad wegen seiner Beziehung zu Sigma unglücklich, besorgt oder verängstigt war.«

Der Student holte tief Luft. »Ich glaube, die Fuchszeit war schwierig für Chad. Er ... war sehr damit beschäftigt.«

»Wie hat sich das ausgewirkt?«

»Seine Noten haben zum Beispiel gelitten.«

»Hat er erwähnt, daß er bei einer Fuchsaktivität mißhandelt wurde?«

»Nein.«

»Gab es äußere Anzeichen für Mißhandlungen? Blutergüsse, Rißwunden, Dinge dieser Art?«

»Nein.«

»Hat er viel getrunken?«

Jason zögerte. »Ich weiß nicht, was Sie unter ›viel‹ verstehen.«

»Wie oft in der Woche?«

»Ein- oder zweimal unter der Woche und am Wochenende wahrscheinlich an beiden Abenden. Ich bin mir aber nicht sicher, weil ich nie dabei war.«

»Hat er an Abenden mit Fuchsaktivitäten getrunken?«

»Er hat mir nie gesagt, wann er Fuchsaktivitäten hatte. Das ist geheim.«

»Jason«, fragte Simon, »hat Chad je von Selbstmord gesprochen?«

Mark hätte ein überraschtes Ächzen als Reaktion auf diese unverblümte Frage erwartet. Aber Jason schloß die Augen und sagte: »Nicht direkt.«

»Was meinen Sie damit?« fragte Shawn.

»Wie gesagt«, begann Jason, »seine Noten haben gelitten.«

»Das habe ich verstanden«, sagte Shawn. »Aber so sehr, daß er mit dem Gedanken an *Selbstmord* spielte?«

Jason setzte sich zurecht. »Seine Eltern haben sehr viel Wert auf Noten gelegt.«

»Das tun meine auch«, wandte Shawn ein, »aber noch viel mehr Wert legen sie darauf, daß ich am Leben bleibe.«

Jasons Gestik blieb unentschieden zwischen einem Achselzucken und einem Nicken. Dann senkte er den Blick auf seine zusammengelegten Hände. »Na ja, Sie wissen ja, wie das ist ...«

Als weitere Ausführungen ausblieben, lehnte sich Shawn vor. »Ich glaube nicht, daß ich weiß, wie das ist.«

»Shawn«, mahnte der Dekan leise.

Sie nahm ihn überhaupt nicht zur Kenntnis. »Jason, glauben Sie, Chad war der Typ, der sich bis zur Bewußtlosigkeit zusäuft, sich nackt auszieht, sich irgendwelches Zeug auf die Haut schreibt und dann vom Balkon springt, nur weil seine Noten ...«

»Shawn!«

Jasons Kopf schnappte zurück, und seine schmächtige Figur nahm die Haltung eines geprügelten Hundes an. Mark fühlte den merkwürdigen väterlichen Drang, ihn zu beschützen. Er war drauf und dran, Jason beizuspringen, als der Student mit sanfter Stimme sagte: »Und seine Freundin hat ihn auch verlassen.«

Shawn biß sich auf die Lippen und sah dem Zeugen in die Augen. »Wann?«

Mit neuer Kraft erwiderte Jason: »Eine Woche vor dem Unfall, vielleicht zwei ...«

»Unfall oder Selbstmord? Vielleicht entscheiden Sie sich ...«

»Okay, Shawn, das reicht«, sagte der Dekan. Mit einem Wink gab er Schwitters zu verstehen, er solle die weitere Befragung übernehmen.

Schwitters nickte pflichtbewußt. »Jason«, fragte er selbstgefällig, »würden Sie sagen, daß Chad deprimiert war?«

Jason nickte hastig, fast dankbar. »Ja.«

»Worauf würden Sie diesen Eindruck stützen?«

»Er hat lang geschlafen und Kurse ausfallen lassen. Außerdem bekam er auch Pickel.«

»Klingt wie ein typischer Student im ersten Jahr«, bemerkte Mark.

»Halt den Mund, Mark«, zischte Shawn.

»Fahren Sie fort«, sagte Schwitters.

Nach einem Seitenblick auf Mark konzentrierte sich Jason wieder auf Schwitters. »Er hat nicht mehr gelächelt, und das war wirklich komisch, weil er vorher immer so fröhlich war.«

»Könnte das eine Reaktion auf Schikanen gewesen sein?«

»Das glaube ich nicht«, sagte Jason. »Ich glaube, das war eher eine Reaktion auf seine Noten oder darauf, daß ihn seine Freundin verlassen hat.«

Schwitters nickte bedächtig und machte sich Notizen. Dann sah er Shawn an, die mit resignierter Miene den Stift fallen ließ. Mark beobachtete den Blickwechsel und jubilierte innerlich. Offensichtlich waren die beiden aktiven Mitglieder des Disziplinarausschusses mit diesem Zeugen fertig, und das hieß, ein weiterer Zeuge auf dem Weg zur Einstellung des Verfahrens war abgehakt.

Der Dekan dankte Jason dafür, daß er sich die Zeit genommen hatte, und führte ihn hinaus. Als er wiederkam, setzte er sich neben Schwitters.

»Nun«, sagte er fast vergnügt, »das hätten wir.«

Schwitters nickte, während Shawn verkniffen auf den Tisch starrte.

»Stimmt was nicht, Miss Jakes?«

Sie schüttelte den Kopf und blieb stumm.

»Schön«, sagte der Dekan, »da wir ja alle so fröhlich sind, habe ich eine Neuigkeit, die die Stimmung vielleicht noch mehr hebt.« Er sah in seinen Becher und schob ihn, da anscheinend nichts mehr drin war, von sich. »Ich habe für morgen zwei Befragungstermine vereinbart. Um ein Uhr mit dem Leichenbeschauer Dick Finnerty ... und um drei Uhr mit der Krankenhausverwalterin Meredith Lacroix.«

Super, dachte Mark und verdrehte die Augen.

»Super!« sprudelte Schwitters.

»Na, super!« warf Shawn mit unverhohlenem Unmut ein.

Der Dekan gab sich überrascht. »Weshalb dieser Sarkasmus?«

Sie sah ihn ungläubig an. »Hätten Sie uns das vielleicht *noch* später sagen können?«

Der Dekan zuckte die Schultern. »Beide haben erst heute zugesagt.«

»Na und? Deshalb müssen wir sie doch nicht *morgen* treffen. Warum die große Eile?«

»Nun, zum einen«, erwiderte der Dekan, »stehen die Frühjahrsferien vor der Tür.«

Shawn legte die Stirn in Falten. »Und?«

»Bis dahin muß die ganze Sache geregelt sein.«

»Ach, und warum? Möchte Chad Ewing in den Ferien irgendwohin fahren?«

Der Dekan zog die Augen zusammen. »Hüten Sie Ihre Zunge, mein Fräulein.«

»Ich kann nicht, ich bin zu sehr gebannt davon, wie Sie den Tod eines Studenten auf eine Kostenfrage reduzieren.«

Der Dekan reagierte mit einem ungerührten Achselzucken. »Der Aufsichtsrat hat so entschieden, nicht ich. Er will nicht, daß diese Untersuchung bis in den April hinein dauert.«

»Warum nicht? Ist das Wochenende für Studienplatzinteresenten zu nahe, oder kommen dann schon die Umfragen für den *U. S. News & World Report*?«

»Machen Sie sich doch nichts vor, Shawn«, lächelte der Dekan. »Ich glaube, Sie überschätzen die Wichtigkeit dieser Untersuchung.«

»Ach, ich weiß nicht«, sinnierte Shawn. »Ich glaube, der Tod ist eine ziemlich wichtige Angelegenheit. Du nicht auch, Simon?«

Schwitters sah Shawn an, dann den Dekan, dann den Tisch.

»Ich sehe da kein Problem«, bemerkte der Dekan. »Sie können sich heute abend vorbereiten. Schließlich müssen Sie sich nur ein paar grundlegende Fragen überlegen.«

»Ich habe morgen zwei Prüfungen«, sagte Shawn, »und am Donnerstag muß ich eine Hausarbeit abgeben.«

Der Dekan hob die Hände. »Niemand behauptet, daß das Leben einfach ist. Diese Leute haben einen vollen Arbeitstag und nehmen sich die Zeit, um mit Ihnen zu reden. Ich fände es unangemessen, die Termine zu verschieben, nur weil Sie noch Hausaufgaben erledigen müssen.« Er nickte Shawn blasiert zu. »Klingt, als hätten Sie sich mit all Ihren außerplanmäßigen Aktivitäten ein wenig übernommen.«

Shawn pochte mit dem Finger auf den Tisch. »Meine Arbeit im Disziplinarausschuß dient dem Wohl des College. Ich sehe darin mehr als nur eine Möglichkeit, meinen Lebenslauf aufzupolieren.«

»Und wir alle wissen Ihr Engagement zu schätzen, aber wir sollten auch nicht vergessen, wozu Sie eigentlich hier sind.«

»Und wozu wäre das?«

»Um eine Ausbildung zu bekommen und sich auf das wirkliche Leben vorzubereiten.«

Shawn setzte zu einer Antwort an, hielt sich aber zurück.

Der Dekan grinste eitel und steckte seinen Füller ein. »Ach übrigens, Shawn«, sagte er. »Wie geht's denn Ihrer anonymen Zeugin?«

Shawn setzte sich zurecht. »Gut.«

»Und wann dürfen wir mit ihrer Aussage rechnen?«

»Bald.«

»Schön. Teilen Sie uns bitte mit, wenn sie zu einer offiziellen Aussage bereit ist.« Der Dekan legte seine Papiere zusammen. »Also schön. Die Durchführung der morgigen Befragung überlasse ich Ihnen. Aber ich erwarte natürlich, daß Sie die Schule gut vertreten. Und denken Sie bitte daran, daß uns diese Leute einen Gefallen erweisen.«

Schwitters nickte folgsam, auch im Namen von Shawn, die aussah, als wollte sie jemanden würgen, und Mark, der sich bereits darauf einstellte, daß er ihren Zorn abbekommen würde.

»Wir sehen uns dann am Donnerstag«, sagte der Dekan, als er in seine Tweedjacke schlüpfte. »Um drei Uhr.«

17.02 Uhr

Der Freshman wußte, daß seine Nachricht angekommen war, denn er hatte sie vor drei Tagen eingeworfen. Er versuchte sich vorzustellen, wie sie der Empfänger aufgenommen und ob er den Zusammenhang zum ersten Brief erkannt hatte.

Ohne es zu wollen, stellte er sich dann vor, wie es in diesem flüchtigen, furchtbaren Augenblick gewesen war, in die Tiefe zu stürzen und darauf zu warten, mit all der zerstörerischen Gewalt der Schwerkraft aufzuschlagen.

Er schloß die Augen, krallte sich die Nägel in den Arm und zwang sich, nicht zu schreien.

17.14 Uhr

Trotz seiner Vollglatze war Tom Davis das mit Abstand jüngste Mitglied des Aufsichtsrates und galt bei den anderen als äußerst besonnen und besonders kompetent, wenn es um politisch heikle Themen ging. Davis war es, der die brisanten Gespräche zwischen Lehrern, Verwaltung und Aufsichtsrat geleitet hatte, als die Studentenschaft die Einführung eines Hauptfachs zum Thema Homosexualität forderte. Davis war es, der die Wogen glättete, als sich Theodore Lipshit darüber beschwerte, daß sein Name die von ihm gestiftete Sportanlage nicht mit ausreichender Deutlichkeit ziere. Und Davis war es auch, mit dem Davenport noch nicht über die aktuelle Krise gesprochen hatte, und so griff der Vorsitzende nach dem Telefon und drückte eine Kurzwahltaste.

»Hallo, Hank«, sagte Davis nach viermaligem Läuten.

»Woher …?«

»Anruferidentifizierung. Du solltest mit der Zeit gehen.«

Davenport schüttelte knurrend den Kopf.

»Was liegt an?«

»Der Simsbury-Kalender dieses Jahres«, anwortete Davenport. »Hast du deinen schon mit der Post gekriegt?«

»Am Samstag, ja.«

»Hast du eine Ahnung, warum vorn drauf das Sigma-Haus abgebildet ist?«

»Wahrscheinlich weil der Kalender in Druck gegangen ist, bevor die Sigma-Verbindung einen der Ihren über die Balkonbrüstung gehievt hat«, erwiderte Davis. »Abgesehen davon ist dieses Gebäude mit Ausnahme unserer großen Kiefern das Schönste, was unser Campus zu bieten hat. Meine Frau nennt es das Achte Weltwunder.«

»Aber es ist auf dem Umschlag.«

»Vielleicht ein letztes Hurra.«

Davenport nickte in den Hörer. »Du bist also der Meinung, Sigma sollte aufgelöst werden.«

»Moment! Das hast du mir in den Mund gelegt.«

»Du hast jetzt die Chance, *mir* etwas in den Mund zu legen. Wie siehst du das Ganze?«

Am anderen Ende der Leitung herrschte langes Schweigen. »Nun«, sagte Davis schließlich, »es ist das klassische Dilemma unseres Landes, ein winziges Abbild des amerikanischen Rechtssystems. Auf der einen Seite die Justiz, auf der anderen das Geld. Ohne die finanziellen Spenden der Sigma-Ehemaligen könnten wir genausogut eine staatliche Schule sein. Aber wenn wir zulassen, daß eine Taktik der Einschüchterung festlegt, was richtig und falsch ist, könnten wir ebenfalls genausogut eine staatliche Schule sein.«

Davenport runzelte die Stirn. »Was willst du damit sagen, Tom?«

Schweigen. »Ich will damit sagen, daß ich meine Kinder wahrscheinlich auf die University of Maine schicke.«

17.29 Uhr

Templeton schenkte sich einen Becher Koffeinfreien ein, weil er Müdigkeit vorzog, wenn Judith in Erwartung einer Liebesnacht mit ihrem Gemahl von ihrem zweitägigen Ausflug nach Boston zurückkehrte. Wenn er gleich nach dem Abendessen betäubt umfiel, konnte er den Vollzug seiner ehelichen Pflichten vielleicht noch um eine Nacht hinauszögern.

Andererseits mußte er zugeben, daß er ziemlich aufgekratzt war, nachdem er die Befragung von Dick Finnerty und Meredith Lacroix durch den Disziplinarausschuß erfolgreich auf den morgigen Tag gelegt hatte. Mit beiden Zeugen war die Terminvereinbarung nicht leicht gewesen. Bei drei jeweils mindestens zwanzigminütigen Telefonaten hatte Finnerty über das Recht der Bürger auf ihre Privatsphäre schwadroniert, vor allem wenn diese Bürger tot waren. Und Lacroix mußte erst einmal daran erinnert werden, wer Chad Ewing war, und jammerte dann, daß sie vielleicht ihr Dinner im Club der Teddybärensammler von Southern Maine versäumen könnte. Nach mehrmaligen Versicherungen Templetons hatten sich beide schließlich zu einer Aussage am Mittwoch nachmittag bereit erklärt. Die Erinnerung an ihr anfängliches Widerstreben brachte ein Lächeln in Templetons Gesicht, denn beide Zeugen hatten genau die kooperativen Eigenschaften an den Tag gelegt, die er und T-Bone vor über einer Woche erkannt hatten. Die Aussagen von Finnerty und Lacroix würden Sigma helfen.

Morgen um diese Zeit war die Untersuchung vorbei.

Templeton spülte sein Lächeln mit einem Schluck Kaffee hinunter und griff nach dem Telefon.

23.04 Uhr

Mark war im Halbschlaf, und Wirklichkeit und Illusion mischten sich hinter seinen geschlossen Augen zu einem surrealen Theater, als ihn das schrille Klingeln des Telefons in den Wachzustand zurückriß. Er verabschiedete sich blinzelnd von den absurden Bildern des ersten Traums und nahm Casey sanft von der Brust, um den Hörer zu erreichen.

»Hallo?«

»Hey, ich bin's, Shawn.«

»Ah, hey.«

»Schon geschlafen?«

»Eigentlich nicht. Kommst du rüber?«

»Nein, ich glaube nicht.« Sie seufzte. »Ich möchte mich nur entschuldigen dafür, daß ich heute so stinkig war.«

»Schon gut.«

»Diese Untersuchung frustriert mich einfach.«

»Das kann ich dir nachfühlen.«

»Du bist es gewöhnt, hm?«

Mark konnte ihr Lächeln fast sehen. »Schon ziemlich«, sagte er mit einem Gähnen und kratzte sich am Bauch. »Aber vielleicht darf ich dir einen Rat geben?«

»Wird er mir gefallen?«

»Weiß ich nicht.«

Schweigen. »Okay. Klär mich auf.«

»Steigere dich da nicht so rein. Millionen von Leuten sterben an Aids, und jeden Tag gibt es einen neuen Krieg. Die Grundfische in der George's Bank verschwinden, während wir miteinander reden, und du mußt dich mit deiner Abschlußarbeit beschäftigen. Es ist doch sinnlos, deine ganze emotionale Energie in ein Verfahren des Disziplinarausschusses reinzuhängen, auch wenn du meinst, daß jemand eine Teilschuld an Chads Tod hat, was ich *nicht* glaube.«

Auf ein langes Schweigen folgte der leise, süße Klang von Shawns Stimme, die gute Nacht sagte.

Mark küßte den Hörer, nachdem sie aufgelegt hatte, und drehte sich auf die Seite. Kurz darauf war er zum ersten Traum der Nacht zurückgekehrt.

23.39 Uhr

Nach einer aufgeheizten Triumviratsversammlung trafen sich die ältesten Sigmas im Bruderschaftssaal. Im angeregten Geplauder herrschte allgemeine Übereinstimmung, daß Chad Ewing tot und beerdigt war und daß sich die Fuchsgruppe nun dem Zustand felsenfester Loyalität näherte.

»Diese Füchse gehören uns«, sagte Gamma. »Sie gehören uns mit Herz und Seele.«

»Wir dürfen nicht abheben«, warnte Beta. »Wir sollten uns in der nächsten Zeit ein bißchen im Hintergrund halten. Keine Partys. Keine Schlägereien mehr. Schon aus Respekt vor Chads Andenken.«

»Welcher Respekt?«

Beta war zu müde, um mit Gamma zu streiten, und ignorierte die Bemerkung. »Ja. Auf jeden Fall hat der Disziplinarausschuß heute mit Jason Lyle gesprochen. Offenbar hat er aber nicht sehr viel gesagt.«

»Klug von ihm.«

»Was haben sie ihn gefragt?«

»Dinge, mit denen wir gerechnet hatten. Zeichen von Schikanen, Trinkgewohnheiten, Stimmungsschwankungen und so weiter.«

»Und wen belästigen sie als nächstes?«

»Den Leichenbeschauer anscheinend und eine Frau drüben am St. Elizabeth's Hospital.«

»Das gibt's doch nicht!« rief Omega.

»Klar gibt's das. Was hast du denn erwartet?«

»Die glauben wohl, sie sind in *Mord war ihr Hobby*.«

»Ist doch scheißegal!« mischte sich Gamma ein. »Dafür ist schon längst Vorsorge getroffen. Und wenn nicht, dann wird es eben noch passieren.«

»Woher willst du das wissen?« fragte Theta.

»Glaubst du vielleicht, die alten Herren lassen uns hängen?« konterte Gamma.

Die Versammlung dauerte noch zehn Minuten. Alle Sorgen wurden beruhigt, alle Zweifel ausgeräumt. Als es vorbei war, zogen sich zehn der zwölf Sigma-Ältesten in die Bar zurück, wo sie die anderen Brüder vorfanden.

Sie würden sich im Hintergrund halten, ja, oder besser im Untergrund. Es war Dienstag nacht, und im Tiefgeschoß gab es Bier vom Faß.

29. KAPITEL

Mittwoch, 4. März

13.01 Uhr

Kanada hatte seinen Höllenhund auf Cumberland County losgelassen, der über das Land fegte und in alles seine Zähne schlug, was sich hinauswagte. Die Nachricht von den zweiundvierzig Grad minus war sogar bis zu dem isolierten Ökosystem des Simsbury College vorgedrungen. Zum Teil natürlich, weil dies beim Wetter kaum anders möglich war, aber zum Teil auch, weil eine Eisfischereihütte vom April Pond gerissen worden und mit dem Volvo von Professor Jerace zusammengestoßen war. Dieser hatte sich dabei den Notenarm gebrochen und mäßig interessanten Stoff für Madame Klatsch geliefert.

Schwitters hatte offensichtlich die düsterste von Madames Erzählungen vernommen, denn während er seinen Saab mit »Spezialturbo« zum Büro des Leichenbeschauers steuerte, hielt er mit einem Auge ständig Ausschau nach fliegenden Häusern. Shawn sagte ihm vom Beifahrersitz aus, er solle sich entspannen, sie waren ja nicht im Land Oz. Und wenn sie doch ans Ende einer gelben Backsteinstraße kamen, krähte Mark von hinten, dann sollte Schwitters den Herrschenden unbedingt um mehr Mumm bitten.

Fünf Minuten später wimmerte dann Mark auf seinem verzweifelten Fußmarsch vom geparkten Saab durch die grausame Kälte bis zum Büro des Leichenbeschauers. Er überhörte Schwitters' Bemerkung darüber, wer hier wohl mehr Cojones brauche, und jagte die Stufen zum Büro hinauf, um an der Tür um Gnade zu flehen.

Zum Glück wurden sie sofort von einer kleinen Frau mit krausem Haar errettet, die eine dicke Bifokalbrille, zuviel Parfüm und einen weißen, mit schwarzen Hundehaaren bedeckten Pullover trug. Sie stellte sich als Dorothy vor und führte die drei halb erfrorenen Mitglieder des Disziplinarausschusses in den Wartebereich. Dort sollten sie sich erst einmal hinsetzen und Hände und Füße wärmen. Allerdings gab es nur zwei Stühle, und sowohl Schwitters als auch Mark blieben stehen, um sich voreinander keine Blöße zu geben. Shawn ließ sich in einen Stuhl sinken und blätterte durch eine Nummer von *Field and Stream*.

Selbst gemessen an den bescheidenen Maßstäben von Georgeville war das Büro winzig. Der Empfangsbereich war ungefähr so groß wie Marks Zimmer im Wohnheim im ersten Studienjahr, und von den drei sichtbaren Türen führte eine laut Schild zum Bad. Mark versuchte gerade zu ergründen, welche Geheimnisse hinter den beiden nicht markierten Türen lagen, als sich plötzlich eine von ihnen öffnete und ein alter Mann in weißem Kittel heraustrat.

»Dick Finnerty«, sagte er ohne Wärme. Er schüttelte den drei Studenten nacheinander flüchtig die Hand. »Kommen Sie bitte mit.«

Er führte sie in sein Büro und wies auf die Metallklappstühle vor seinem mit Papieren übersäten Schreibtisch. Dann ließ er sich auf einem primitiv aussehenden Stuhl auf der anderen Seite nieder. Mit verschränkten Armen lehnte er sich zurück und musterte seine Gäste, bis Mark unruhig wurde. Ein schneller Seitenblick zeigte ihm, daß es den beiden anderen genauso ging. Shawns nervöser Blick wanderte hin und her zwischen Finnerty und den vielen eingerahmten Titeln und Urkunden, die an der Wand hinter seinem Kopf hingen. Schwitters sah hierhin und dorthin und wippte mit dem Knie.

»Sagten Sie, Ihr Name ist Mark Jessy?« fragte Finnerty abrupt.

Mark zögerte, bevor er ja sagte.

»Der Lacrossespieler?«

»Ja, genau.«

Finnerty schoß mit einem Lächeln vor und schlug auf den Schreibtisch. »Wer hätte das gedacht! Mein Enkel ist ein großer Fan von Ihnen.«

»Tatsächlich?«

»Natürlich! Er spielt im Team der Brunswick Highschool. Und er sieht sich mit Begeisterung die Collegespiele an.«

»Wirklich?«

»Jaha. Er ist auch Mittelfeldspieler, wie Sie.«

»Super.«

Finnerty wühlte durch die Papiere auf seinem Schreibtisch. Als er einen Zettel gefunden hatte, schob er ihn unter den Clip eines Kugelschreibers und gab ihn Mark. »Könnten Sie das für mich signieren?«

Mark nahm Papier und Stift so lässig entgegen, als würde er jeden Tag Autogramme geben. »Na klar.«

»Mit einer Widmung für Jamie.«

»Für Jamie. Okay.«

Während er schrieb, spürte er die Unruhe von Schwitters und Shawn, deren lächerlichen Kreuzzug für die Gerechtigkeit er mit seinem Status als lokale Berühmtheit aufhielt. Später würden sie ihm die Hölle dafür heiß machen, aber jetzt kostete er jede Sekunde aus.

Er reichte Finnerty das Autogramm, der es dankend einsteckte.

»Gern geschehen. Sie können ja mal zu einem Spiel kommen. Ich werde zwei Karten an der Pforte zurücklegen lassen.«

»Danke, das ist wirklich nett«, sagte Finnerty. Er nickte noch ein paar Mal erfreut und holte dann einen Ordner aus einer Schublade. »Chad Ewing?«

Shawn und Schwitters nickten eifrig.

Finnerty hielt den Ordner in die Höhe und zog ihn wieder zurück. »Bevor wir beginnen, möchte ich noch ein persönliches Wort vorbringen.« Er verschränkte wieder die Arme. »Wenn ich sehe, daß Studenten einer der großen geistigen Bastionen des Landes nichts Besseres zu tun haben, als Staatsanwalt zu spielen und in Angelegenheiten herumzuschnüffeln, die eigentlich in die Hände Gottes und der Fachleute gehören, dann bekomme ich Angst um die Zukunft unserer Nation.« Nach einem kurzen Blick auf den Schreibtisch sah er wieder auf. »Daß sie hier vor einem County-Leichenbeschauer sitzen und im Grab eines Kommilitonen herumwühlen wollen, statt bescheiden eine Blume einzupflanzen und die richtigen Lehren aus seinem Hingang zu ziehen, erfüllt mich mit tiefem Abscheu.«

Er wartete auf eine Antwort. Als sie ausblieb, fuhr er fort. »Nun gut, ich habe gesagt, was ich zu sagen hatte.« Er öffnete den Ordner und entnahm ihm ein Blatt Papier, das er in Schwitters' vorsichtige Hände legte.

Schwitters bedankte sich überschwenglich und warf einen längeren Blick auf das Papier. Dann sah er auf. »Äh, Sir«, fragte er schüchtern, »ist das die gesamte Akte?«

»Natürlich nicht. Es ist die Sterbeurkunde.«

»Können wir auch die anderen Unterlagen sehen?«

»Natürlich nicht.« Finnerty zeigte auf den Totenschein. »Alles, was Sie brauchen, haben Sie in Ihren Händen, mein Sohn. Der Herr hat Chad Ewing in seinem unerforschlichen Ratschluß abberufen, und wir können nur hoffen, daß er nun die Lieder der Engel lernt.«

Schwitters und Shawn wechselten einen Blick. Mark ließ sich tief in seinen Stuhl sinken und schaute in die andere Richtung.

»Okay«, sagte Shawn zögernd. »Können wir Ihnen wenigstens ein paar Fragen stellen?«

Finnerty betrachtete die beiden aktiven Mitglieder des Disziplinarausschusses mißtrauisch. »Was für Fragen?«

»Schnüfflerfragen«, antwortete sie mit wiedererwachendem Selbstbewußtsein. »Wir suchen nach Hinweisen darauf, daß Chads Tod kein Unfall war.«

»Nun«, sagte Finnerty abweisend, »da werden Sie keine finden.«

Gestärkt durch Shawns Verwegenheit, griff Schwitters ein. »Hat Ihre Untersuchung zu irgendwelchen ungewöhnlichen pathologischen Befunden geführt?«

»Befunde?«

»Dinge wie ein abnormer Blutalkoholspiegel, Anzeichen für Drogenmißbrauch?«

Finnerty nickte kritisch. »Ich verstehe«, sagte er kühl. »Ich kann Ihnen ohne Umschweife sagen, daß er zum Zeitpunkt seines Todes betrunken war.«

»Wie betrunken?« fragte Shawn.

»Ziemlich.«

»3,0 Promille?« fragte Schwitters.

Finnertys Blicke schweiften argwöhnisch. »In der Gegend«, bestätigte er schließlich.

»Und das zum Zeitpunkt seines Todes?«

Finnerty nickte.

Schwitters wandte sich an Shawn: »Ungefähr zwölf Stunden, nachdem er aufgehört hatte zu trinken!« Er sah wieder Finnerty an. »Sir, können Sie schätzen, wie hoch sein Alkoholspiegel ungefähr um Mitternacht war?«

Finnerty bewegte sich nervös. »Das läßt sich nicht genau bestimmen. Jeder Mensch verarbeitet Alkohol verschieden schnell.«

»Könnten Sie eine fundierte Vermutung anstellen?«

»Es kommt mir nicht zu, über solche Angelegenheiten zu spekulieren.«

»Sie sind der Leichenbeschauer von Cumberland County«, sagte Shawn in etwas schärferem Tonfall. »Wenn es Ihnen nicht zukommt, wem soll es dann zukommen?«

»Ich bin mir meiner Position bewußt«, entgegnete Finnerty, »aber ich bin mir auch bewußt, daß ich zuerst ein Mensch bin, und als Mensch darf ich Sie bitten, sich anständig zu benehmen, junges Fräulein, sonst muß ich Ihnen die Tür zeigen.«

Shawn biß die Kiefer zusammen und nickte.

»Mr. Finnerty«, sagte Schwitters, »kann man davon ausgehen, daß Chad Ewing um Mitternacht *deutlich betrunkener* war?«

Finnerty wandte sein Augenmerk langsam Schwitters zu. »Ja, natürlich.«

»Vielleicht 3,5 Promille?«

»Ist er da nicht schon so gut wie tot?« fragte Shawn.

Finnerty schüttelte den Kopf. »Im allgemeinen tritt der Tod bei 4,0 Promille ein.« Er legte die Hände zusammen. »Freunde, wenn Sie nach der Todesursache suchen, kann ich Ihnen offen sagen, daß es ein massives Schädeltrauma zusammen mit Komplikationen infolge eines Genickbruchs war.«

»Von dem Sturz?«

»Ja. So wie es in der Sterbeurkunde steht.«

Schwitters blickte noch einmal auf das Dokument und hielt es Shawn hin. »Vielleicht sollten wir uns das noch genauer ansehen.«

Shawn zuckte die Achseln.

»Sie können sich gern eine Kopie davon machen«, sagte Finnerty. »Aber ich weiß nicht, was Sie damit beweisen wollen.« Er nickte rechtschaffen. »Chad Ewing möge in Frieden ruhen.«

»Das wird er«, sagte Shawn. »Wenn wir mit unseren Fragen fertig sind.«

Der Anflug eines ungläubigen Lächelns zuckte auf den Lippen des Leichenbeschauers. »Es ist höchst anmaßend, wenn Sie so etwas im Angesicht Ihres Schöpfers sagen.«

Shawn zog eine Grimasse. »Mein Schöpfer?«

Nickend wandte sich Finnerty nach hinten und deutete ehrfürchtig auf den oberen Teil der Wand, an der zwischen all den Zertifikaten etwas hing, das Shawn noch nicht erspäht oder, wahrscheinlicher noch, geflissentlich übersehen hatte: ein ans Kreuz genagelter bronzener Jesus.

Mit zusammengekniffenen Augen und verschränkten Händen setzte sich Shawn in eine aufreizende Pose, die Mark aus seiner Erfahrung kannte. »Meine ›Schöpfer‹ leben in Aspen.« Einen Moment lang sah sie Finnerty tief in die Augen, als wollte sie ihm ihren Atheismus einhämmern. Doch plötzlich erschien ihr die Sache hoffnungslos, und sie stieß ihren Stuhl zurück, der zusammenklappte, als sie aufstand. »Gehen wir, das hat doch keinen Sinn.«

Mark und Schwitters folgten Shawn gehorsam zur Tür und wichen gleichzeitig aus, als sie umkehrte, Schwitters den Totenschein aus der Hand nahm und damit vor Finnertys Augen hin und her wedelte. »Können wir davon jetzt eine Kopie machen oder nicht?«

Finnerty sah sie kurz an. Dann wich er ihrem Blick aus und rief: »Betsy?«

Unmittelbar darauf erschien eine junge Frau in der Tür. »Ja?«

»Das ist meine Praktikantin, Betsy Kimball«, erklärte Finnerty. »Betsy, das sind Studenten vom Simsbury College. Sie waren ... *Freunde* von Chad Ewing. Könnten Sie bitte eine Kopie von dieser Urkunde machen und sie dann hinausbegleiten? Ich muß wieder nach unten.«

Betsy lächelte freundlich. »Klar. Kommt mit.«

Finnerty schüttelte Mark und Schwitters die Hand – Shawn war Betsy bereits in den Empfangsbereich gefolgt – und wünschte Mark viel Glück für die kommende Saison. Mark und Schwitters trafen Shawn beim Kopierer, als Betsy gerade fragte, wie viele Kopien sie brauchten.

»Eine wird reichen«, sagte Shawn.

Betsy ließ die Sterbeurkunde durch die Maschine laufen und reichte Shawn die Kopie. »Hier. Es tut mir wirklich leid um euren Freund.«

»Danke.« Shawn faltete das Papier und verstaute es in ihrem Parka. »Aber eigentlich sind wir vom Disziplinarausschuß von Simsbury. Wir untersuchen Chads Tod.«

»Wirklich? Wir haben auch so einen Ausschuß am Bowdoin College. Bei uns heißt er Rechtsausschuß.«

»Aha.«

»Ja. Wenn ich euch irgendwie behilflich sein kann, ruft mich einfach an. Wie war noch mal dein Name?«

»Shawn Jakes. Das da sind Mark Jessy und Simon Schwitters.«

Betsy lächelte Mark und Schwitters an und machte dann den Deckel des Kopierers zu. »Ich bringe euch zur Tür. Vorsicht, es ist kalt draußen.«

Mark lächelte zwinkernd. »Das haben wir auch schon gemerkt.«

16.31 Uhr

Meredith Lacroix öffnete die Tür zur Vorhalle. Doch dann blieb sie stehen und quiekte vor Begeisterung, als sie Dr. Charles Marston und Schwester Janine Hammond erblickte, die noch in voller Montur neben dem Automaten standen.

»Na«, fragte sie und faßte abergläubisch nach ihrer St.-Christophorus-Medaille, »haben Sie gute Nachrichten für mich?«

»Ja«, strahlte Marston. »Es ist ein Mädchen.«

Meredith stieß die Luft aus. »Gott segne sie! Und wie heißt sie?«

Janine stellte ihre leere Colaflasche zurück in den Automaten. »Darcy Brooke.«

»Darcy Brooke Chamberlain«, jauchzte Meredith. »Was für ein süßer Name!«

»Sie ist ein schönes Kind.«

»Klar! Sarah ist ja das reinste Püppchen.«

»Gehen Sie ruhig rauf«, sagte Marston. »Alle sind oben. Lenny schenkt im Wartezimmer Champagner aus.«

»Ich nehme meine Plätzchen mit. Was für ein *glücklicher* Tag!« Sie eilte zum Automaten und wurde für ihre Münzen mit einer Dreierpackung ihres Lieblingssnacks belohnt. Sie wandte sich zum Gehen und war schon fast an der Tür, als ihr etwas einfiel. »Ach, übrigens, Charlie«, sagte sie. »Die Studenten vom Simsbury College sind gerade gegangen.«

Marston runzelte die Stirn. »Was für Studenten?«

»Du meine Güte«, sagte Meredith, »ihre Namen weiß ich nicht mehr. Habe ich Ihnen nicht gesagt, daß sie heute kommen?«

»Nein.«

»Ach, herrje! Na, gestern hat doch der Dekan von Simsbury angerufen. Er fragte, ob er ein paar Studenten vorbeischicken kann, um über den toten Jungen zu reden.«

»Chad Ewing?«

»Genau. Sie machen eine Art Untersuchung zu seinem Tod. Ziemlich ehrgeizig, nicht?«

Marston blickte sie gespannt an. »Was für eine Untersuchung?«

»Sie wollten wissen, ob wir etwas Verdächtiges an der Leiche bemerkt haben.«

»Und was haben Sie ihnen gesagt?«

»Daß es meines Wissens nichts Ungewöhnliches gab. Natürlich habe ich ihnen gesagt, daß sie eigentlich mit Ihnen sprechen müßten. Aber Sie waren gerade beschäftigt, weil Sarah Chamberlain ...«

»Sind sie noch da?«

»Nein. Sie sind vor ungefähr einer Viertelstunde gefahren.«

Während Janine die Innenseite ihres Flaschendeckels las und zur Tür schlenderte, setzte Marston seine Dose ab und ging langsam auf Meredith zu. »Haben sie eine Nummer hinterlassen, unter der man sie erreichen kann?«

»Nein«, sagte Meredith. »Aber sie hatten sowieso keine Fragen mehr, nachdem ich ihnen den Bericht vorgelesen hatte.«

Marston fuhr zusammen. »Welchen Bericht?«
»Den in Chads Akte.«
»Ich habe keinen Bericht geschrieben«, sagte Marston. »Der diensttuende Sanitäter hat mich noch nicht zurückgerufen.«
»Aber Sie haben ihn doch unterschrieben.«
»*Was* habe ich?!« Marston legte eine Hand auf die Stirn und schüttelte den Kopf. »Meredith, was stand in dem Bericht drin?«
Meredith war auf einmal unsicher. »Es stand etwas von einer Schädelfraktur und einem Genickbruch drin ... offener Schlüsselbeinbruch ... gebrochene Rippe ... Handbruch ...«
»Und«, fragte Marston langsam, »stand auch etwas über den Zustand der Haut des Patienten in dem Bericht?«
»Ich ... nein.«
Marston starrte sie mit schockierter, fast ausdrucksloser Miene an. Dann kam wieder Leben in sein Gesicht. »Eins steht fest, ich habe bestimmt keinen Bericht geschrieben. Janine war für die Schaubilder und die allgemeinen Schreibarbeiten zuständig und sollte sie dann weitergeben ...« Plötzlich drehte er sich um. »Janine, haben Sie ...«
Er verstummte.
Janine Hammond war verschwunden.

30. KAPITEL

Mittwoch, 4. März

18.01 Uhr
Der schwarze BMW wurde an der Raststation Kennebunk hinter der Mautstelle Maine gegen einen Kohlelieferwagen vertauscht, der, vorbei an Kleintransportern mit Geweihstangen am Kühlergrill und Werbeaufklebern für Anglerbedarf an der Hecktür, Richtung Norden weiterraste. Nur der Fahrer war immer noch derselbe. Sein ausdrucksloses Gesicht war unter dem nach unten gebogenen Schirm einer New-York-Yankees-Mütze halb verborgen, und der linke Arm lag auf dem Steuerrad. Die rechte Hand umfaßte locker das Messer, von dem er hoffte, daß er es nicht brauchen würde.

18.58 Uhr
Marks Hüftbeugemuskel hatte freundlicherweise bis zur letzten freiwilligen Schußübung nach dem Training gewartet, um das Bein darunter im Stich zu lassen, und dadurch einen eineinhalbwöchigen Genesungsprozeß zunichte gemacht. Es war der krönende Abschluß eines absolut beschissenen Tages. Nachdem er Gift und Galle gespuckt und seinen Stock durch die halbe Halle geschleudert hatte, war er in den Trainerraum gehinkt. Auf seinem üblichen Tisch liegend, ließ er schon die zweite zwanzigminütige Eisbeutelrunde über sich ergehen und machte seine zeitraubenden Verpflichtungen im Disziplinarausschuß dafür verantwortlich, daß seine alte Verletzung wieder aufgebrochen war. Das vollkommen nutzlose Treffen mit der Krankenhausverwalterin Meredith Lacroix hatte fünfundvierzig Minuten länger gedauert als geplant, und deshalb hatte er

sich vor dem Training nicht richtig aufwärmen können. Und jetzt hatte er den Salat!

Er seufzte frustriert und schmiegte sich tiefer in den Lacrossehandschuh, der seinen Kopf stützte. Hier konnte er nur mit sich selbst reden, und diese Aktivität hatte schon nach der Hälfte des ersten Eisbeutels ihren Reiz verloren. Seine einzige Unterhaltung bestand jetzt aus dem, was er sehen und hören konnte – eine ziemlich lächerliche Aussicht in dieser Umgebung.

Wäre es sein erster Aufenthalt in diesen Räumlichkeiten gewesen, hätte er sich vielleicht noch mäßig über zwei der Wände amüsieren können. Direkt hinter seinem Kopf bot ein vergitterter Luftschacht ein akustisches Fenster auf die Welt des benachbarten Umkleideraums für Männer. Und an der gegenüberliegenden Wand hing in einer für den lustlosen Blick eines verletzten Athleten mühelos einsehbaren Höhe eines der zahllosen Teamfotos im Käfig. Es zeigte eine Baseballmannschaft des Simsbury College von vor zwanzig Jahren und war flankiert von einem Schaubild zum Muskel- und Skelettaufbau und einem Zeitplan der Überschneidungen aller Sportwettkämpfe im Winter und Frühjahr.

Aber aufgrund früherer Erfahrungen wußte er, daß der Luftschacht zum Umkleideraum selten mehr zu bieten hatte als die zischende Gischt der Dusche, deren Strahl wechselte zwischen glitschigen Fliesen und jungen Männern, die sich über die Schwänze der anderen mokierten. Und auch der Liste der zwanzig Spieler mit ihren merkwürdigen Haarschnitten und gekünstelten Spitznamen (Richard »Goose« Gosselin, Timothy »Captain« Hook) auf dem Foto des ersten und einzigen Baseballteams von Simsbury, das je ins Halbfinale der dritten Liga vorgedrungen war, konnte er schon längst nichts mehr abgewinnen.

Es blieb ihm also nichts anderes übrig, als ein kleines Nickerchen zu machen.

Er schloß die Augen und hörte, wie der Lärm unter den Duschen allmählich verhallte.

Ein Klopfen auf seine Schulter riß ihn aus seinen Gedanken. Was er sah, ließ ihn zusammenzucken.

»O Gott!« rief er, als Simon Schwitters mit seiner Schwimmbrille aus nächster Nähe in sein Gesichtsfeld trat.

»Ich wollte dich nicht erschrecken, Mann«, sagte Schwitters mit einem gequetschten Entenlachen, während seine nackten Arme wild hin und her wedelten.

»Du hast sie wohl nicht alle«, sagte Mark. »Warum kannst du dieses bescheuerte Ding nicht erst aufsetzen, wenn du im Pool bist, so wie alle anderen Leute?«

»Die Trainingseinheit ist vorbei. Bin als erster die fünfzig Meter Freistil geschwommen.«

»Warum nimmst du sie dann nicht ab? Du siehst aus wie eine Mißgeburt.«

»Ha! Ich bin nicht der, der hier im Suspensorium rumliegt.« Schwitters zog eine augenlose Grimasse.

»Was willst du, Simon?«

»Ich wollte dich nur daran erinnern, daß wir uns heute abend um neun bei mir treffen. Obwohl wir dich eigentlich nicht brauchen. Shawn und ich haben besseren Sex, wenn du nicht dabei bist.«

Mark hob den Kopf und musterte ihn. »Das war *fast* komisch.«

Schwitters zuckte die Achseln und zappelte weiter. »Also ... Kommst du?«

Mark schüttelte den Kopf und ließ ihn wieder in den Lacrossehandschuh sinken. Dann schloß er die Augen. »Wir haben den *ganzen* Tag mit dieser Sache vertan.«

»Ich weiß. Deshalb müssen wir uns nach dem heutigen Rückschlag eine Strategie überlegen.«

Mark gähnte. »Und was genau war heute ein ›Rückschlag‹, außer daß wir einen ganzen Nachmittag mit der Untersuchung eines nicht existierenden Verbrechens verplempert haben?«

»Wir haben nicht die Beweise gefunden, die wir brauchen.«

»Was soll der Scheiß mit ›wir‹? Und außerdem sage ich ja, daß es keine Beweise gibt. Deswegen sollten wir das Treffen heute abend abblasen und den Fall auf sich beruhen lassen.«

»Das hättest du wohl gern.«

Mark öffnete ein Auge und zeigte auf den Schwimmer. »Erzähl mir nicht, Shawn hat dich dazu gebracht, daß du an Märchen glaubst.«

Schwitters stellte das Wedeln ein und begann, auf der Stelle zu traben. »Wie jedem guten Anwalt geht es mir nicht darum, was ich *glaube*. Mir geht es nur darum, was ich *beweisen* kann.«

Mark stützte sich auf die Ellbogen und verzog das Gesicht. »Und seit wann hast du die Anwaltszulassung, Simon?«

»Du weißt genau, was ich meine.«

»Nein«, sagte Mark. »Ich glaube nicht. Aber es klingt, als wäre das Ganze für dich nur ein Spiel.«

»Es *ist* ein Spiel«, sagte Schwitters und erhöhte die Schrittfrequenz. »Ein Spiel, das ich gewinnen möchte.«

Mark starrte ihn an. Kurz durchzuckte ihn ein nebliges Bild von Cherry Plain, ein Bild der vereitelten Gerechtigkeit. »Weißt du, wenn du solche Sachen sagst, dann würde ich dich am liebsten quer durchs Zimmer prügeln.«

Schwitters lachte leise und verlangsamte sein Tempo. Dann trat er neben Mark und lehnte sich vor. »Tu das, Mark«, sagte er mit einem Lächeln, »und du wirst herausfinden, was für grausame Spiele man mit dem Gesetz spielen kann.«

Er tätschelte Mark auf die Schulter und trottete mit klatschenden Sohlen über feuchte Fliesen, bis sie auf Stein trafen. Und dann war er verschwunden.

Aber seine Worte blieben, und Mark starrte blind auf das verlassene Fitneßgerät, das gerade noch ihren Urheber getragen hatte. Er fummelte an seiner Halskette, bis er sie fast heruntergerissen hätte. Zornerfüllt rutschte er vom Tisch und feuerte den Eisbeutel durch den Trainerraum. Er traf einen Metallmülleimer und ließ ihn gegen überkreuzte Krücken krachen. Der Eimer schwankte einen Moment auf seinem kreisförmigen Boden und stürzte dann auf die Fliesen.

Dann flüsterte er Marks Namen.

Er erstarrte.

»... Jessy.«

Da war es wieder.

Einen Augenblick stand er völlig reglos. Die einzigen Geräusche kamen vom Pochen seines Pulses und von dem kalten Rieseln, das von seiner Hüfte auf den Boden tropfte. Als sich Schwitters letzte Worte vollkommen in dem gefällten Mülleimer verkrochen hatten, schwebten neue in den Raum.

Aus dem vergitterten Luftschacht, der zum Umkleideraum der Männer führte.

»Woher weißt du ...«

»Einfach ... so gut wie gegessen ... auf *unserer* Seite. Wenn ... sein muß, wird er dafür sorgen, daß wir keinen Ärger ...«

Dominic, dachte Mark. Der Ton des Sigma-Hünen war unverkennbar. Mit hämmerndem Herzen rückte er näher an den Schacht.

»... dachte, er wurde rausgeschmissen ...«

»Ja, aber er glaubt, es war … Entscheidung des *College*. Warum … du, kommt er noch immer … rüber?«

»Ich bin ihm noch nie begegnet …«

»Weil du immer nur mit … beschäftigt bist!«

Fetzen von Gelächter.

»Hat er nicht … Bar … vergewaltigt?« fragte eine neue Stimme. Ein Sigma im zweiten Studienjahr vermutlich. Einer, der bei dem Schlamassel mit Angela McSheffrey offensichtlich noch nicht dabei war.

»Ha! Er hat nichts … was nicht so geplant war!«

»Glaubst du nicht, daß er was gemerkt …?«

»Keine Chance. Für manche Fragen … Mark Jessy einfach nicht den *Mumm*.«

Schweigen.

»Kommt schon. Ich hab einen Scheißhunger, und ich möchte … bevor ich mir wieder bescheuerte Reime …«

Spindtüren knallten. Stimmen entfernten sich und erreichten dann eine neue Tonlage, als sie in den hallenden Käfig drangen und auf den Trainerraum zusteuerten. Auf Zehenspitzen huschte Mark über die Fliesen, schaltete die Lichter aus und duckte sich hinter einen Whirlpool.

Die Stimmen näherten sich, brandeten am Eingang des Trainerraums vorbei und verklangen.

Dominic, er war es tatsächlich.

Mark blieb in seinem Versteck, bis er am liebsten laut geschrien hätte. Dann schlich er benommen unter die Dusche und ließ das Wasser auf das Gehörte herunterprasseln.

19.21 Uhr

Mit insgesamt sechs Stunden Schlaf aus den beiden letzten Nächten in den Knochen stieß Dave Fairchild fast gegen eine Wand, als er aus dem Gang in den Speisesaal des Sigma-Hauses bog. Er ließ den Milchautomaten links liegen, schlängelte sich an der Salatbar entlang und nickte lustlos vier Studenten zu, die mit einer gebackenen Kartoffel Football spielten und sich dabei darüber unterhielten, mit wem sie es an diesem Wochenende treiben würden. In der Küche holte er sich einen frischen Teller vom höchsten Stapel und lud sich das fast verpaßte Abendessen drauf.

Eigentlich hatte er keinen Hunger. Aber wegen der leise wispernden Übelkeit, die ihm seine erste Bekanntschaft mit der Schlaflosigkeit beschert hatte, fehlten ihm jetzt ungefähr zweitausendachthundert Kalorien zu der kraftfördernden Tagesration, die alle drei von ihm und seinem Agenten konsultierten Konditionstrainer empfohlen hatten. Also häufte er den Teller voll mit Steak, Kartoffeln und Gemüse.

Als ihm die Mahlzeit ausreichend gehaltvoll erschien, ging er hinüber in den Speisesaal und suchte sich einen vom Kartoffelfootballspiel möglichst weit entfernten Platz.

Aber sein Teller blieb unberührt.

Denn das Wispern in seinem Magen war lauter geworden.

20.16 Uhr

Der stumm geschaltete Fernseher warf einen bläulichen Schein auf das dunkle Wohnzimmer und das lange Sofa aus Collegebesitz. In dessen Mitte saß ein junger Mann, der nicht erst aus einem Wortspiel von Simon Schwitters erfahren hatte, welch grausame Spiele das Gesetz spielen konnte. Wie gelähmt vom Schock des Erwachens am frühen Morgen starrten seine Augen auf einen Punkt hinter einer blanken beigen Wand. In seinen Ohren hallten höhnische Worte. Unter seiner Haut prickelte der Zweifel.

Seine Hand hielt einen Brief.

Marks Vergangenheit, die schon immer unter einem undichten Deckel geschlummert hatte, hatte zu brodeln begonnen.

Natürlich wollte er es nicht glauben. Er wollte nicht glauben, was er im Trainerraum gehört hatte: daß Mark Jessy, wie Dominic geprahlt hatte, Angela McSheffrey nichts angetan hatte, was nicht so geplant war. Er wollte nicht glauben, daß er für bestimmte Fragen nicht den Mumm hatte, daß die letzten zwei Jahre eine Lüge gewesen waren, daß er vielleicht über seine Feigheit gestolpert war, daß die Sigmas (seine *besten* Freunde, seine *Brüder*, seine *Familie*) manchmal im Umkleideraum Spottgeschichten über ihn erzählten.

Er wollte nicht glauben, daß man ihn zum Narren gehalten hatte und daß man ihn immer noch zum Narren hielt. Er wollte nicht glauben, daß er den Sigmas nur als dämliche Marionette etwas bedeutete, bei der man nur an den richtigen Fäden ziehen mußte, damit sie die Untersuchung zum Tod von Chad Ewing hintertrieb.

Er wollte das Unglaubliche nicht glauben.

Langsam schloß er die Augen und versuchte sich an die verhängnisvolle Party zu erinnern. Aber obwohl er sich an fast gar nichts erinnerte, konnte er drei verdächtige Dinge aus seinem Gedächtnis pflücken, die zwei Jahre und zwei Tage auf seine kritischen Fragen gewartet hatten.

Der erste Punkt war das Thema der Party. Damals hatte er sich so gefreut, daß er nicht weiter darüber nachgedacht hatte. Aber in der Sigma-Verbindung wurden die ältesten Studenten wie Götzen verehrt und die Studenten im zweiten Jahr waren kaum mehr als fleißige Drohnen, und eine Party, bei der diese Götzen die Drohnen bedienten, widersprach der gesamten hierarchischen Tradition, die Sigma so groß gemacht hatte (und Mark hatte in den zwei Jahren seither auch nichts

Ähnliches mehr gehört) … es sei denn, natürlich, die Älteren wollten sicher sein, daß er mehr von der Margaritamischung abbekam, als ihm guttat. Und in diesem Fall war das Partythema durchaus sinnvoll.

Die zweite Frage betraf die brutale Abreibung, die den Partystörern von Phi Omega verpaßt worden war. Sonst waren Phi Omegas bei Sigma-Festen nicht unwillkommen. Aber an diesem Abend waren sie mit roher Gewalt zur Flucht gezwungen worden. Selbst für die schlagfertigen Sigmas war dieser grundlose Angriff untypisch … es sei denn, natürlich, die Älteren wollten sicher sein, daß sich in der Bar nur Sigmas aufhielten, vielleicht weil ein großes Ereignis bevorstand, dessen Erfolg davon abhing, daß alles »in der Familie« blieb.

Und das führte zur dritten Frage. Wie kam es, daß an einem Abend, an dem jeder Außenstehende offensichtlich unerwünscht war, Angela und ihre zwei anrüchigen Freundinnen ungehindert ins Sigma-Haus kamen? Klar, sie waren Frauen und bis zum Anschlag aufgestylt und damit so eine Art von wandelnden Partytrophäen. Trotzdem war ihr plötzliches Hereinschneien merkwürdig und paßte nicht zum rein männlichen Partythema … es sei denn, natürlich, das *wirkliche* Thema der Party drehte sich um etwas viel Beklemmenderes.

Mark las noch einmal den Brief in seiner Hand.

Lieber Mark,
Angela McSheffrey aus Georgeville hat beim College offiziell Beschwerde gegen Sie eingereicht. Sie behauptet, daß Sie sie am Samstag abend, den 2. März, bei einer Party im Haus der Verbindung Sigma Delta Phi sexuell belästigt und versucht hätten, sie zu vergewaltigen.
Ms. McSheffrey hat den Wunsch geäußert, daß diese Angelegenheit ohne Hinzuziehung lokaler oder staatlicher Behörden allein vom College geregelt wird …

Er brach ab und begann, den Inhalt des Schreibens, das er zwei Jahre lang blind akzeptiert hatte, wirklich zu sezieren. Ein benachteiligtes einheimisches Mädchen war von einem arroganten Collegeschnösel beinahe vergewaltigt worden. Aber sie entschied sich gegen eine Anzeige bei der Polizei und war der Meinung, das Simsbury College sei besser für die Durchführung eines Gerichtsverfahrens geeignet. Das war völlig sinnlos. Die lokalen Zeitungen quollen über vor Simsbury-feindlichen Leserbriefen: Eine Gruppe von Simsbury-Studenten hatte im Chewnocker's die Zeche geprellt ... Es war ungerecht, daß die reichen Simsbury-Studenten in der Stadt Rabatte fürs Haareschneiden und gebührenfreie Bankkonten bekamen ... Einem einheimischen Jungen waren von einem Simsbury-Studenten die Zähne ausgeschlagen worden (Gruß, A. J. Dominic).

Die Stadtbewohner hegten eine fühlbare Abneigung gegen ihre Nachbarn von Simsbury. Bei der Aussicht, einen Collegearsch ins Gefängnis zu bringen, hätte ein Mädchen aus der Region einen *Orgasmus* bekommen müssen. Aber nein, Angela war in Angst und Schrecken aus dem Sigma-Haus geflohen, hatte zwei Nächte lang angeblich unter Vergewaltigungsalpträumen gelitten und sich dann huldvoll bereit erklärt, den Fall vom Disziplinarausschuß des College verhandeln zu lassen. Es war fast, als hätte sie gewußt, daß ihr Fall vor einem ordentlichen Gericht keinen Bestand haben würde. Eine Chance hatte sie nur vor einem politisch korrekten, wehleidigen Collegegericht, in dem weniger der Disziplinarausschuß das Sagen hatte als eine schöngeistige Empfindsamkeit und eine fette Feministin namens Marily Greenledger. Vor einem ordentlichen Gericht hätte Angela einige Fragen beantworten müssen. Vor dem Untersuchungsausschuß mußte sie nur aussehen und sich verhalten wie ein Opfer.

O Mark, was bist du für ein Trottel.

Und was war mit der Anhörung? Er war so gelähmt gewesen über seine Tat, so darauf erpicht, sich an den kleinen blauen Adler zu klammern und zur Verteidigung seiner brüderlichen Familie – die einzige Familie, die er seit dem Verlust seiner Eltern hatte – die weiße Fahne zu hissen, daß er seine Instinkte vollkommen ignoriert hatte.

Er lehnte sich zurück und erinnerte sich an Angelas Zeugenaussage. Irgend etwas daran störte ihn, etwas, was er nicht mehr einfach glauben konnte.

Ich bin mit meinen zwei Freundinnen Tanya und Becky ins Hayloft gegangen. Nach ein paar Drinks wollten wir dann schauen, ob nicht vielleicht drüben bei einer Verbindung noch was los war. Das haben wir früher schon gemacht, aber wir waren das erste Mal im Sigma-Haus …

Ich hab ihn in die untere Bibliothek gebracht …

Und plötzlich fiel es ihm wie Schuppen von den Augen:

Angela war nie zuvor im Sigma-Haus gewesen. Dennoch hatte sie gewußt, daß es *zwei* Bibliotheken gab: eine obere (die immer verschlossen war) und eine untere. Und irgendwie hatte sie die untere Bibliothek bei ihrem richtigen Namen nennen können.

O Mark, was bist du für ein Trottel.

Langsam, ganz langsam fing er an, das Unglaubliche zu glauben.

31. KAPITEL

Mittwoch, 4. März

21.10 Uhr

Nachdem Dr. Marston dem Simsbury-Professor Daniel C. Jerace erklärt hatte, wie ein Stahlrohr in den nächsten achtzehn bis vierundzwanzig Monaten den Heilungsprozeß in seinem zertrümmerten linken Arm unterstützen würde, holte er dem Patienten eine Himbeerbrause, um die Schmerzmittel hinunterzuspülen. Er überwachte die Einnahme der Medikamente und wollte gerade zu seiner üblichen Trostrede ansetzen – »eigentlich haben Sie Glück gehabt, es hätte noch viel schlimmer kommen können« –, überlegte es sich dann aber anders. Der Volvo des Mannes war von einer fliegenden Fischereihütte von der Straße katapultiert worden. Dümmer konnte einen das Schicksal praktisch gar nicht erwischen. Da Marston sonst nichts mehr für Jerace tun konnte, wünschte er ihm eine erholsame Nachtruhe und machte sich auf den Heimweg.

Drei Jahrzehnte arbeitete Marston nun schon für das St. Elizabeth's Hospital, aber er konnte an zwei Händen abzählen, wie oft er mit dem Auto zur Arbeit gefahren war. Er besaß einen kleinen Lieferwagen, doch den benutzte er weniger als Transportmittel als zum Freipflügen seiner Einfahrt. Er war hart im Nehmen, und ein täglicher Fußweg von einer halben Meile zur Arbeit und wieder nach Hause machte ihm nichts aus. Diese Märsche unter freiem Himmel boten ihm eine willkommene Gelegenheit zur Anregung oder Entspannung oder einfach zum Nachdenken über das Wesentliche im Leben.

Als er aus dem Eingang zur Ambulanz in die steinkalte Nacht trat, ließ er die Siege und Niederlagen des Tages an sich vorüberziehen und atmete dankbar den Duft der Natur ein.

Die Welt roch klar und rein.

Das Krankenhaus war das einzige nicht privat bewohnte Gebäude in einem Umkreis von zwei Meilen. Marston ließ die Dauerbeleuchtung des Parkplatzes hinter sich und wurde vom Dunkel umfangen. Nachdem den ganzen Tag ein heftiger Sturm getobt hatte, wisperte jetzt nur noch eine schwache Brise ihr sanftes Wiegenlied. Staubiger Schnee glitt von überladenen Ästen.

Seine Frau hielt ihn für verrückt, weil er mitten in der Nacht und im Winter zu Fuß zur Arbeit und nach Hause ging. Sie hatte Angst, er könnte von einem Bären angegriffen oder von einem Elch niedergetrampelt und eines Tages vom Zeitungsjungen verstümmelt am Straßenrand gefunden werden. Er ließ ihr ihre Schreckensszenarien, weil er schon damals in der Verlobungszeit gemerkt hatte, daß sie ihre größten Ängste in Worte fassen mußte, um die Ungewißheiten des Lebens irgendwie in den Griff zu bekommen. Doch er selbst wußte es natürlich besser. Die Natur bekam niemand in den Griff.

Deshalb war es ihm auch stets leicht gefallen, seine Arbeit am Operationstisch zu verlassen, selbst wenn es sich um einen gewaltsamen Todesfall oder um die Abtrennung von Körperteilen handelte (was in Georgeville höchst selten vorkam). Es war ihm immer sinnlos erschienen, über die mitunter grausamen Schäden durch die Natur nachzugrübeln und sich auch noch zu Hause den Kopf über medizinische Problemfälle zu zerbrechen.

Aber an diesem Abend war er nur noch dreihundert Meter von seinem Haus entfernt, und noch immer nagte ein Thema aus seiner Arbeit an seinem Unterbewußtsein.

Chad Ewing.

Marston wußte ganz genau, daß Meredith Lacroix nicht mehr die Jüngste war und öfter Dinge »durcheinanderbrachte«, wie sie das nannte. Deshalb war er geneigt gewesen, ihre Erinnerungen an einen medizinischen Bericht über den jüngsten gewaltsamen Todesfall in Georgeville einfach zu ignorieren.

Aber dann war ihm etwas anderes aufgegangen, etwas, das ihm schon vor über einer Woche hätte auffallen müssen. Wenn die Ewings ihren Sohn tatsächlich identifiziert hatten, ohne wegen der obszönen Gedichte auf seiner Haut Alarm zu schlagen (und seines Wissens hatten sie das nicht getan), dann konnte er nur vermuten, daß irgend jemand aus unerfindlichen Gründen die Leiche gesäubert hatte. Und in diesem Fall war es absolut möglich, wenn nicht gar wahrscheinlich, daß – passend zum erneuerten Erscheinungsbild von Ewings Haut – auch ein falscher ärztlicher Bericht angefertigt worden war.

Marston konnte sich zwar keinen Grund vorstellen, weshalb ein Mitglied seiner Belegschaft so etwas tun sollte, aber alle Anzeichen wiesen auf Schwester Janine Hammond, die seit Beginn ihrer Arbeit im letzten Juli schon dreimal wegen Säumigkeit und Schlampigkeit vorübergehend ohne Bezahlung vom Dienst suspendiert worden war. Sie sollte die statistischen Daten zu Ewing erfassen. Und sie war während seiner Unterhaltung mit Meredith verschwunden und danach nicht mehr aufgetaucht.

Aber was hätte sie davon?

Als er sich der kleinen Kreuzung zwischen Maine Street und Maple Street näherte, nahm sich Marston fest vor, gleich morgen früh Dick Finnerty anzurufen, noch bevor er mit Schwester Hammond sprach, wenn sie denn zur Arbeit erscheinen würde. Irgend etwas stimmte nicht am jüngsten gewaltsamen Todesfall in Georgeville.

Marston schob alle Gedanken an Ewing und Meredith und Janine von sich, als in der Nähe zarte Lichter durch eine Gruppe von Kiefern blinkten. Sein Haus. Ein Lächeln trat auf seine Lippen bei der Vorstellung, daß Miriam in der Küche endlos mit einem ihrer sechs Kinder oder sechzehn Enkel telefonierte und darauf wartete, daß ihr verrückter Gatte den Weg nach Hause fand.

Am Fußgängerübergang über die Maple Street blieb er stehen, denn in diesem Augenblick kam ein dunkler Lieferwagen um die letzte Biegung und hielt mit leisem Quietschen langsam an. Marston zögerte. Als Fußgänger hatte er natürlich Vorrang. Aber der Lieferwagen trug ein Nummernschild aus Massachusetts unter dem Kühlergrill, und von seinen gelegentlichen Konferenzen in Boston wußte er alles über die verrückten Fahrer aus Massachusetts.

Dieser Fahrer schien die Verkehrsregeln jedoch zu kennen, denn er machte Marston ein Handzeichen zum Überqueren der Straße. Lächelnd und mit einer Geste des Danks ging er los und bemerkte dabei den ineinandergreifenden Schriftzug »NY«, der weiß auf dem Mützenschirm des Fahrers glänzte.

Das letzte, was Marston dachte, war: *Ein Yankee-Fan im Herzen der Red-Sox-Nation?*

Das letzte, was Marston hörte, war das Aufheulen eines Motors, das die nächtliche Stille der Natur und seinen eigenen unnatürlichen Schrei übertönte.

21.47 Uhr

Mit Händen, die in den letzten Stunden drei Entschuldigungsbriefe an Dr. Marston geschrieben und wieder zerrissen hatten (*Eine Entschuldigung ist doch sinnlos*, hatte sie schließlich gedacht, denn sie hatte zugunsten von Leuten, die sie nicht einmal kannte, gegen die Bedingungen ihres Arbeitsvertrags und wahrscheinlich auch gegen das Gesetz verstoßen), drückte Janine Hammond das Täschchen mit den fünfundzwanzigtausend in bar fest an sich, während sie der sonnengebräunten Flugbegleiterin am Flugsteig 22 ihre Bordkarte reichte. Diese blickte flüchtig auf die Karte, riß sie an der perforierten Linie durch und gab Janine ihren Abschnitt zurück.

»Einfach nach St. Thomas«, sagte die Flugbegleiterin mit einem geübten, neidischen Lächeln. »Da haben Sie aber Glück. Es ist wirklich wunderschön dort um diese Jahreszeit.«

»Hoffentlich«, sagte Janine und hielt das Täschchen noch fester. »Weil ich wahrscheinlich ziemlich lange dort bleibe.«

32. KAPITEL

Donnerstag, 5. März

7.10 Uhr

Die zwei Stöße des *Portland Press Herald*, die über einhundertmal die Schlagzeile herausbrüllten, daß Dr. Charles F. K. Marston, der Chefarzt des St. Elizabeth's Hospital, verstümmelt am Straßenrand gefunden worden war, wurden vom Zeitungsausfahrer auf den Gehsteig vor dem Simsbury Student Center geworfen.

Eine Minute später hielt ein Kohlelieferwagen. Der Fahrer, offensichtlich ein Yankee-Fan, sprang heraus, öffnete die Schiebetür seines Wagens und warf beide Zeitungsstapel hinein. Dann kehrte er an seinen Platz hinter dem Lenkrad zurück und steuerte nach einer eleganten Wende den verbeulten Kühlergrill Richtung Kennebunk, wo ein schwarzer BMW darauf wartete, wieder gegen einen Lieferwagen vertauscht zu werden.

9.21 Uhr

Mark lobte Casey für die eindrucksvolle gelbe Hinterlassenschaft im Schnee, ließ sie wieder herein und warf ihr ein Stück Brezel auf ihre unberührte Schüssel Hundefutter. Er schmiß sich in Jeans, einen Pullover und eine umgedrehte Baseballmütze, putzte sich die Zähne und verließ das Apartment.

Der mörderische Sturm des Vortags hatte sich ausgetobt, und die Sonnenstrahlen wärmten den Boden. Sein Atem kräuselte sich um seinen Kopf. Der Schieber am halb zugezogenen Reißverschluß seiner Jacke klimperte bei jedem Stiefelschritt, der ein Loch der Größe zehn in den Schnee stanzte.

Um nicht den Verstand zu verlieren, hatte er die vielen Fragen, die ihm in den letzten fünfzehn Stunden durch den Kopf gewirbelt waren, auf zwei reduziert. Klar wollte er wissen, weshalb sich Angela gegen die Polizei und für den Disziplinarausschuß entschieden hatte und wie sie dazu gekommen war, den Ort seines Übergriffs als »untere Bibliothek« zu bezeichnen. Und natürlich interessierte es ihn, warum es in der Geschichte der Sigma-Verbindung nur eine einzige Party mit dem Thema *Die Alten bedienen die Jungen* gegeben hatte und ob ihre zeitliche Nähe zur einzigen Verhandlung eines Sexualverbrechens in der Geschichte des Simsbury College nur ein Zufall war. Liebend gern hätte er den früheren Sigma-Präsidenten Scott Patterson irgendwo an der Wall Street aufgespürt und den Kotzbrocken gefragt, warum er Mark so sehr gedrängt hatte, »die weiße Fahne« zu zeigen, statt wie ein wahrer Sigma-Bruder zu kämpfen.

Aber all diese Einzelheiten führten zu zwei einfachen Fragen, und schon beim Gedanken an die schlimmstmöglichen Antworten darauf hätte er am liebsten in den Schnee gereihert.

Hatten ihn seine Brüder reingelegt?

Und wenn ja, weshalb?

Bei Sonnenaufgang hatte ihn die Versuchung gestreift, einfach Fairchild anzurufen und seinen besten Freund mit entschuldigender Stimme darum zu bitten, er möge ihm in einer verwirrenden Frage den Kopf zurechtrücken. Aber das Thema des dann folgenden Gesprächs schien so befremdlich, so *undenkbar*, daß er es nicht über sich brachte.

So hatte er sich entschlossen, einen subtileren Weg zur Wahrheit einzuschlagen.

Er trat zwischen den Bäumen hervor und steuerte direkt auf das Verwaltungsgebäude zu. Zwei Minuten später berührte seine glatte Stiefelsohle die erste von zweiundsiebzig Stufen, die ihn zum zweiten Stock bringen würden.

Das ganze Geschoß sah vollkommen verlassen aus. Hinter allen Empfangsschreibtischen standen abgewendete, leere Drehstühle, und nicht eines der Büros schien – sofern seine Tür geöffnet war – von Metallampen oder von Neonröhren beleuchtet. Offensichtlich fand irgendwo gerade eine Besprechung statt.

Nach kurzem Zögern ging Mark vorsichtig zum Eckbüro des Dekans und stand vor einer geschlossenen Tür.

Er klopfte unsicher.

Keine Antwort.

Er klopfte lauter.

Noch immer keine Antwort.

Ein kurzer Blick nach rechts und links, dann drehte er den Türknauf. Die Tür sprang auf.

Sollte er es wagen, hineinzugehen? Sollte er es riskieren, sich vom Dekan beim Durchstöbern der geheimsten Dokumente auf dem Campus ertappen zu lassen?

Er wagte es.

Er warf noch einmal einen kurzen Blick in den Gang. Dann drückte er die Tür mit dem Schenkel auf, stahl sich hinein und schloß sie sanft hinter sich.

Mit pochendem Herzen ließ er die Augen durch den Raum wandern. Was er suchte, wußte er, aber nicht, wo es zu finden war. Es konnte überall sein, und die Zeit für eine methodische Suche hatte er nicht. Er mußte alles auf eine Karte setzen und auf sein Glück hoffen.

Der Aktenschrank vor einer der beiden fensterlosen Wände sah besonders vielversprechend aus. Er eilte darauf zu und zog an der obersten Schublade, die quietschend herauskam. Mit einer Grimasse inspizierte er den Inhalt. Lose Papiere, zwei leere Mappen, doch ansonsten nichts. Die zweite Schublade ergab Baupläne und Inventaraufstellungen der zwei allgemeinen Speisesäle des Campus. In der dritten Schublade waren Akten über die Professoren. Interessant, aber nicht das Gesuchte.

Die vierte Schublade war in zwei Abschnitte unterteilt, die beide fast überquollen mit teils zerrupften, teils frischen Personalakten von Studenten. Mark zog eine aus der linken Seite und fluchte leise, als ein halbes Dutzend von Kevin Hathaways gesammelten blauen Briefen in alle Richtungen flatterten. Er hob sie hastig auf und ordnete sie in einer irgendwie plausibel wirkenden Reihenfolge. Dann schlug er die Akte zu und stopfte Kevin Hathaway samt seinen akademischen Kalamitäten zurück in die Schublade. In der Annahme, daß die linke Seite Probezeitkandidaten enthielt, wandte er sich der rechten Seite zu und nahm wahllos eine Akte heraus.

Simsbury College gegen Montgomery Ford.

Na also, dachte Mark und erinnerte sich an Mississippi Monty und die berüchtigte Südstaatenfahne, mit der er unbedingt vor dem Haus der Afroamerikanischen Gesellschaft herumwedeln mußte. Er hatte die Fälle des Disziplinarausschusses gefunden. Er legte Mr. Ford zurück in die Schublade und ging die restlichen Ordner systematisch durch. Eine komplette Suche von links nach rechts förderte keine Mappe mit seinem Namen zutage, was er äußerst seltsam und, aufgrund seiner neuesten Erkenntnisse, verdächtig fand. Stirnrunzelnd biß er sich auf die Lippen. Die Schublade war schon fast geschlossen, als ihm ganz am Ende hinter einer eigentlich überflüssigen Unterteilung ein dünner, unbeschrifteter Ordner auffiel. Er sah fast wie Müll aus, und an jedem anderen Tag hätte Mark ihn übersehen. Aber er war eingebrochen und durchstöberte vertrauliche Informationen, und deshalb war es kein Tag wie jeder andere. Er griff nach dem Ordner und öffnete ihn.

Sein Blick fiel auf eine Kopie des Briefes, den ihm der Dekan geschickt hatte.

Er hatte es gefunden.

Aber etwas an dieser Akte war anders. Es gab keine Notizen, keine Unterlagen zu den während der Anhörung gemachten Aussagen. Nur der Brief und der abgeänderte Strafentscheid des Dekans. Es mußte noch mehr da sein. Er prüfte die Rückseiten beider Dokumente und schüttelte dann den Ordner.

Etwas Weißes fiel ihm ins Auge, und mit gesenktem Blick erkannte er einen weißen Fetzen Papier, der zu Boden schwebte. Er kniete sich hin, um ihn aufzuheben.

Es war eine verschmutzte, verschlissene Faxsendequittung. Acht der elf Ziffern neben dem Aufdruck »Faxadressat« waren unleserlich, und die ersten vier Zahlen des Absendedatums waren zu einem schwarzen Fleck zusammengeflossen. Aber beim Namen des Adressaten schienen nur ein oder zwei Buchstaben zu fehlen. Ein schneller Durchlauf durch das Alphabet und eine noch schnellere Prüfung der Rubrik »Seite X von Y Seiten« ließ darauf schließen, daß vor zwei Jahren beide Dokumente aus seiner Untersuchungsakte an ein Unternehmen namens *Great White Industries* gefaxt worden waren.

Bevor er sich darüber wundern konnte, hörte er die Stimme des Dekans, die sich auf dem Gang näherte. Er steckte die Faxquittung in die Tasche und den Ordner zurück an seinen Platz. Schnell und leise schloß er die Schublade und wandte sich dann der Musik zu.

Der Dekan zuckte, als er Mark in seinem Büro vorfand.

»Mark ... was machen Sie denn hier?«

»Guten Morgen, Herr Dekan. Ich wollte nur wissen, wann das Treffen heute stattfindet.«

»Um drei. Das habe ich Ihnen doch gesagt.«

»Ich weiß.« Mark schob sich mit einem entschuldigenden Lächeln Richtung Tür. »Ich hatte es mir dummerweise nicht aufgeschrieben. Dann bis heute nachmittag.«

Er verließ das Büro und trabte zurück über den Gang, als ihm der Dekan etwas nachrief.

»Besorgen Sie sich einen Terminkalender, Mr. Jessy.«

12.02 Uhr

Shawn steckte ihren Terminkalender in den Rucksack und legte den Riemen über die Schulter. Aber das Läuten des Telefons holte sie ein, bevor sie die Tür erreicht hatte.

»Hallo?«

»Ja«, sagte eine weibliche Stimme, »kann ich bitte mit Shawn sprechen?«

»Ich bin Shawn.«

»Hi, ich bin Betsy Kimball vom Büro des Leichenbeschauers. Erinnerst du dich?«

»Klar erinnere ich mich. Wie geht's?«

»Gut, danke. Paßt es dir gerade nicht so gut?«

»Doch, doch. Ich war gerade auf dem Weg zum Mittagessen.«

»Dann paßt es ja sogar *sehr* gut«, sagte Betsy. »Wie wär's, wenn wir gemeinsam Mittag essen?«

»Hä?« grunzte Shawn unwillkürlich.

»Hast du Zeit?«

»Wo?« fragte Shawn, um Zeit für die Suche nach einer Ausrede zu gewinnen, denn plötzlich kam es ihr den Sinn, daß Betsy vielleicht eine Lesbe war. Nicht daß sie etwas gegen Lesben hatte (ihre Zimmergenossin war eine), aber –

»Hier im Bowdoin College.«

»Tut mir leid«, sagte Shawn mit bedauernder Stimme, »ich würde gern kommen, aber um eins muß ich im Labor sein, und ich weiß nicht, ob ich dann rechtzeitig wieder hier bin ...«

»Ich muß dir etwas zeigen, Shawn. Es geht um Chad Ewing.«

»Ach?«

»Ja, doch. Bist du interessiert?«

»Äh ... natürlich. Worum handelt es sich?«

»Das würde ich dir lieber persönlich zeigen. Komm einfach rüber. Ich bestelle bei *Monty's*, und wir können gemeinsam bereden, was ich gefunden habe.«

Shawn biß sich auf die Lippe und dachte kurz über die Einladung nach. Sie hatte wirklich einen Laborkurs um eins, und da sie Betsy eigentlich gar nicht kannte, sah sie der Aussicht auf ein Mittagessen mit ihr mit gemischten Gefühlen entgegen. Andererseits hatten die Aussagen von Finnerty und Lacroix praktisch überhaupt keine brauchbaren Anhaltspunkte ergeben. Wenn Betsy wirklich handfeste Informationen hatte, dann konnte Shawn dafür schon einmal die ersten fünfzehn Minuten einer Salamandersektion versäumen.

»Okay«, sagte sie schließlich, »Mittagessen klingt gut.«

»Super. Kennst du den Weg hierher?«

»Ja. Welches Wohnheim?«

»Coles Tower. Weißt du, wo der ist?«

»Natürlich. Das höchste Gebäude nördlich von Portland, stimmt's?«

Betsy lachte. »Angeblich. Ich bin im zehnten Stock. Suite C.«

»Zehnter Stock. Suite C. Verstanden.«

»Gut. Was hältst du von Pilzen?«

»Die Droge oder das Gemüse?«

»Als Pizzabelag«, kicherte Betsy.

»Mag ich gern. Bis gleich.«

Sie legte auf und hängte sich wieder den Rucksack um. Dann griff sie nach ihren Autoschlüsseln und machte sich auf den Weg zum Bowdoin College.

12.06 Uhr

Templeton legte auf und trat hinaus in den Gang, um seine Post zu holen. Auf dem Rückweg zu seinem Büro ging er flüchtig die Briefe durch, als eine zögernde Bewegung seine Aufmerksamkeit weckte und ihn aufsehen ließ.

Carlisle schob sich langsam auf die Treppe zu, die Arme leicht gespreizt, um das Gleichgewicht zu halten. Auf dem obersten Treppenabsatz blieb er stehen, wie um sich zu sammeln, und begann dann den Abstieg. Als er schließlich außer Sichtweite war, feixte Templeton.

Viel Spaß bei deinem Arzttermin, dachte er, *du verkalkter alter Furzer.*

33. KAPITEL

Donnerstag, 5. März

12.26 Uhr
Shawn parkte ihren Jeep neben einem unbenutzten, eisüberzogenen Fahrradständer vor dem Coles Tower. Als sie ausstieg, wurde sie beinahe von einem Lieferwagen von *Monty's Pizza* überfahren, der kreischend neben ihr bremste. Der Fahrer stolperte aus dem Auto, schenkte Shawn ein flüchtiges Lächeln und preschte dann in Richtung Eingang.

»Entschuldigen Sie«, rief Shawn. »Ist das die Pizza für Kimball? Zehnter Stock, C?«

Er sah auf seinen Zettel. »Ja. Sind Sie das?«

Shawn nickte. »Was kriegen Sie?«

»Acht zehn.«

Shawn zog eine Zehndollarschein aus der Tasche und gab sie ihm. »Der Rest ist für Sie.«

Mit der Pizza in der Hand steuerte sie auf den Haupteingang des Tower zu. Auf dem Geländer der Behindertenauffahrt saßen mehrere junge Männer in Baseballmützen und erdfarbenen Jacken, die den Passanten Bemerkungen zuriefen und jeden auslachten, der auf dem Eis ins Rutschen kam. Köpfe fuhren herum und Augen blitzten, als sich Shawn ihrem Spottkabinett näherte.

»Hey«, schrie einer. »Bringst du's, schöne Pizzafrau?«

Seine Freunde gackerten und schlugen sich auf den Rücken.

Collegeanfänger, dachte Shawn, als sie stehenblieb und den vorlauten Jungen durch ihre Sonnenbrille fixierte. »Ja«, sagte sie aufreizend. »Ich bring's. Und was hast du zu bieten?«

»O Mann«, kreischte der Student und klatschte sich mit der offenen Hand auf die Stirn. »Hundert Dollar.«

Shawn tat, als würde sie über das Angebot nachdenken, und nickte. »Okay, abgemacht. Ruf deinen Daddy an, er soll dir die Kohle überweisen.« Sie trat näher. »Und dann kannst du sie dir in den Arsch stecken. Ich esse zusammen mit deinen Kumpels Pizza, während du dir einen Hundert-Dollar-Einlauf verpaßt.«

Einen Moment herrschte entgeistertes Schweigen, dann folgte wieherndes Gelächter. Im Davonrauschen hörte Shawn, wie die anderen Jungs ihren forschen Freund aufzogen. Als sie im Gebäude war, erlaubte sie sich ein Lächeln.

Mit dem Aufzug fuhr sie in den zehnten Stock, wo bereits Betsy im Gang wartete. Shawn hielt die Pizza über den Kopf. »Hat hier jemand Pizza bestellt?«

Betsy lachte. »Wieviel hast du ausgelegt?«

»Vergiß es. Ich bin froh, daß du mich angerufen hast.«

»Komm rein«, sagte Betsy. Sie nahm die Schachtel in Empfang und öffnete die orangefarbene Tür zur ihrem Apartment. Sie stellte die Pizza auf den Kaffeetisch und zeigte auf zwei Dosen. »Ich habe unten am Automaten zwei Cola geholt.«

»Super.«

»Setz dich.«

Sie aßen und klönten. Sie redeten über Hauptfächer, Einstellungsgespräche und das Leben im allgemeinen an einem kleinen, geisteswissenschaftlichen College. Shawn fand sofort einen Draht zu Betsy und hatte das Gefühl, daß sie sehr intelligent war.

Als die Pizza verschlungen war, warf Betsy die leere Schachtel in eine Ecke. Mit einer Serviette wischte sie sich den Mund ab und sah Shawn voller Ernst an.

»Also«, begann sie. »Ich glaube, mit dem Tod von Chad Ewing stimmt etwas nicht.«

»Wie das?« fragte Shawn und zog ihren Notizblock heraus.

Betsy lehnte sich vor. »Okay. Letzten Mittwoch bin ich ungefähr um zwei nachmittags in Finnertys Büro gekommen. Seine Tür war offen, und er redete mit einem Mann, den ich noch nie gesehen hatte. Ich ging davon aus, daß es ein Verwandter von einem unserer ›Klienten‹ war, wenn du verstehst, was ich meine.«

Shawn nickte.

»Ich stand vielleicht ein, zwei Minuten an der Tür und habe zugehört. Und tatsächlich war es Chad Ewings Vater. Oder zumindest hat er das behauptet.«

Sie unterbrach sich, um ihre Cola zu leeren. Shawn blickte von ihrem Notizblock auf. »Was soll das heißen, ›zumindest hat er das behauptet‹?«

Betsy stand auf und holte eine Zeitung von ihrem Schreibtisch. Sie öffnete sie in der Mitte und legte den Finger auf ein Foto.

»Siehst du das? Das ist ein Bild der Familie Ewing bei der Totenfeier für ihren Sohn. Die Feier fand auf eurem Quad statt.«

»Ich war dort.«

Betsy zeigte auf das Gesicht von Chads Vater. »Das ist nicht der Typ, den ich in Finnertys Büro gesehen habe. Das weiß ich genau.« Sie sah Shawn an, die Augen vor Aufregung weit aufgerissen. »Und außerdem fand die Totenfeier genau zu der Zeit statt, als der angebliche Mr. Ewing mit Finnerty redete.« Sie schüttelte den Kopf. »Er kann doch nicht an beiden Orten gleichzeitig gewesen sein!«

Shawn ließ ihren Stift fallen. »Bist du sicher?«

»Absolut. Schau.« Betsy zeigte auf den Untertitel. »Die Zeitung ist vom letzten Donnerstag, und die Totenfeier war am letzten Mittwoch.«

Shawn betrachtete das Foto und schüttelte schließlich den Kopf. »Ich will das ja nicht in Zweifel ziehen, aber bist du sicher, daß dieser Typ am Mittwoch mit Finnerty gesprochen hat? Kann es nicht Dienstag gewesen sein? Oder Donnerstag?«

»Es war Mittwoch.«

»Hmm. Und bist du auch sicher, daß er zwischen eins und zwei hier war? Könnte es nicht etwas früher gewesen sein? Oder später?«

»Keine Chance. Vor Mittag bin ich nie da, und am Mittwoch muß ich um drei los, um ins Labor zu kommen.«

Shawn schüttelte zögernd den Kopf und sagte leise: »Ich kann es nicht glauben.«

»Du kannst es glauben.« In Betsys Augen lag ein aufrichtiger Glanz. »Du kannst es glauben.«

13.51 Uhr

Mark war noch nie im Büro für Berufsberatung gewesen, und das war auch sinnvoll, weil er keine Ahnung hatte, was er als Erwachsener einmal werden wollte, außer Vater und glücklich. Er hatte sich immer gedacht, das Jahr nach seinem Abschluß zwischen Fischerei und Training aufzuteilen, ein wenig Geld zu sparen und dann mit einem Jeep aus dritter Hand wie dem von Shawn durchs Land zu fahren. Jetzt, da er in Casey die perfekte Reisegefährtin hatte, hatte diese romantische Phantasie immer deutlichere Züge angenommen, und mit jedem weiteren Reiseziel auf seiner Route (Montana war Marks jüngste Liebe) verlor die Berufsberatung für ihn an persönlicher Bedeutung. Das Büro war für ihn zu einem Tempel geworden, zu einer bedrückenden und bedrohlichen Kultstätte für all jene, die nach Karriere und Kapital lechzten.

Als er eintrat, stellte Mark fest, daß er die räumliche Größe des Büros für Berufsberatung überschätzt hatte, das weniger als die Hälfte des ersten Stocks im Student Center einnahm und zu einem großen Teil aus einem Korridor bestand. Aber die dort herrschende Anspannung hatte er völlig unterschätzt. Nicht weniger als acht Studenten in Powerkluft füllten die Lederstühle im Korridor und tappten mit hohen Hacken oder lässigen Mokassins unruhig auf den dunkelroten Teppichboden, während sie noch einmal die Übertreibungen auf ihren Lebensläufen überflogen und darauf warteten, bis sich eine von zwei Türen für sie auftat.

Es gab keine Gespräche, nur ab und zu die geflüsterte Probe verlogener Antworten auf berechenbare Fragen. Kommunikation war an diesem Tag nicht angesagt, denn alle standen sie zueinander in Konkurrenz, und selbst subtilere Formen der Verständigung wie Blickkontakte mußten für den Unternehmensanwerber aufgehoben werden, der sie nacheinander ins Gebet nehmen, ihre Sommerjobs heruntermachen und ihnen *vielleicht* ein zweites Gespräch gewähren würde, wenn sie ihm genügend in den Arsch krochen oder irgendeiner Quote entsprachen. Die Szenerie strahlte einen fast körperlichen Streß aus, und Mark war froh, daß er sich entschlossen hatte, fürs erste noch nicht nach einer Erwerbstätigkeit zu suchen.

Und dann erinnerte er sich an den Grund seines Kommens, und das angenehme Gefühl verging.

Auf Zehenspitzen schlich er vorbei an all der Nervosität zum Ende des kurzen Ganges, der zur Zentrale des Büros führte. Die Wände waren vollgepinnt mit Blättern aller Größen und Farben, und ein brusthoher Tresen trennte die Welt der Arbeitsuchenden von einem großen Computer, einem Regal mit Nachschlagewerken und einer geschäftigen Dame mit einem Namensschild, auf dem stand: »Hallo, ich heiße Serenity.«

Mark wollte Serenity gerade um Hilfe bitten, als das

Telefon klingelte. Mit einem Zeichen gab sie ihm zu verstehen, er möge warten, und begann nörgelnd auf ihren Anrufer einzureden. Mark wandte sich ab und ließ seinen Blick über die Memos, Bekanntmachtungen, Arbeitsbeschreibungen, Musterbewerbungen und Modellbegleitbriefe an der Wand zu seiner Rechten gleiten. Er war mitten in einer Liste von Geboten und Verboten für Einstellungsgespräche, als Serenity auflegte und ihn fragte, ob sie ihm behilflich sein konnte.

»Ja«, sagte er und wandte sich ihr zu. »Ist Elliot Segal heute hier?«

Sie sah ihn komisch an. »Nein. Er hat schon im November eine Stelle gefunden.«

»Das weiß ich, aber arbeitet er hier nicht Teilzeit?«

Sie schüttelte den Kopf. »Er hilft nur bei Jobmessen aus.«

»Ach so«, sagte Mark, ohne den Unterschied verstanden zu haben. »Aber bestimmt können Sie mir auch weiterhelfen.« Er holte die Faxquittung, die er aus seiner Untersuchungsakte geklaut hatte, aus der Jackentasche und strich sie auf dem Tresen glatt. Er deutete darauf. »Great White Industries. Könnten Sie mir vielleicht etwas über dieses Unternehmen erzählen?«

Wieder sah sie ihn seltsam an. »Weshalb?«

»Ich fange gerade mit der Stellensuche an, und ich möchte mich vielleicht dort bewerben.«

»Sie wollen sich bei einem Unternehmen bewerben und wissen nicht mal, in welcher Branche es ist?«

Mark zuckte grinsend die Achseln. »So ist es nun mal bei Studenten der Geisteswissenschaften. Irgendwo muß man ja anfangen.«

Sie schüttelte den Kopf. »Sie sollten erst einmal ein richtiges Beratungsgespräch mit mir führen. Wir stellen eine Liste Ihrer Stärken und Schwächen zusammen und machen ein Video mit einem Scheininterview. Und wenn Sie bereit sind, können wir dann Bewerbungen und Lebensläufe an geeignete Arbeitgeber schicken.«

Das hätte mir gerade noch gefehlt, dachte Mark. »Klingt nicht schlecht. Aber vielleicht könnten Sie trotzdem noch für mich nachsehen, in welcher Branche *dieses* Unternehmen arbeitet.«

Serenity legte die Stirn in Falten. »Sicher.« Sie schob sich die Brille aus dem Haar vor die Augen und setzte sich an den Computer. »Great White Industries«, sagte sie, als sie den Namen eintippte. Sie drückte auf die Eingabetaste und wandte sich nach einem kurzen Moment an Mark. »Immobilienbranche.«

Mark nickte. »Hmm. Können Sie mir sonst noch etwas sagen?«

Sie machte ein genervtes Gesicht und wandte sich wieder dem Monitor zu. »Ein internationales Immobilienhandelsunternehmen mit Sitz in Boston. In den letzten drei Jahren Bruttoeinnahmen von jeweils über hundert Millionen Dollar. Vor fünf Jahren Börseneinführung durch den Vorsitzenden und Mitbegründer Terrence Bonnell.«

Mark, der sich die wichtigsten Informationen auf der Faxquittung notiert hatte, sah plötzlich auf. »Wie war der Name noch mal?«

»Terrence Bonnell.«

Woher kannte er diesen Namen?

Serenity erhob sich von ihrem Terminal und nahm wieder ihre königliche Position hinter dem Tresen ein. »Kann ich sonst noch etwas für Sie tun? Wollen Sie vielleicht einen Beratungstermin vereinbaren?«

Den Blick immer noch auf der Faxquittung, schüttelte Mark langsam den Kopf.

»Schön«, sagte Serenity eingeschnappt. »Wenn Sie mich dann bitte entschuldigen, es warten hier noch Studenten, die sich *wirklich* für eine Stelle interessieren.«

Mark nickte abwesend und ging zurück durch den Korridor.

Er wandte keinen Blick von der Faxquittung.

Und keine Sekunde hörte er auf, sein Gedächtnis zu durchforschen.

14.15 Uhr

Templeton war unterwegs zur Kaffeekanne, als er die aufgeschlagene Zeitung auf dem Schreibtisch seiner Sekretärin erblickte. Mit einem kleinen Schlenker griff er danach und überflog die erste Seite, während er weiterging.

Auf einmal blieb er stehen.

Mitten auf der Seite stand folgende Schlagzeile: *Der langjährige Chefarzt von St. Elizabeth's bei Unfall mit Fahrerflucht getötet. Georgeville trauert über den Verlust eines vorbildlichen Mitbürgers und Familienvaters.*

Templeton lief ein kurzer Schauer über den Rücken, dann setzte der beschäftigte Dekan seinen Weg fort.

14.32 Uhr

Zum zweiten Mal innerhalb von zwölf Tagen warf Chief Sullivan die Zeitung angewidert in den Eimer für nicht wiederverwertbaren Müll und wandte sich einem Unfallbericht zu. Doch diesmal galt seine Empörung nicht den Celtics, sondern dem sinnlosen Tod eines feinen Menschen. Und diesmal las er den Unfallbericht nicht mit einem Gefühl der Verachtung für alle Beteiligten, sondern mit echtem Schmerz über den Verlust.

Und diesmal mußte er beim Durchlesen des Berichts nicht an Geld denken, sondern an Leid.

Seufzend massierte er sich die Schläfe und schob den Bericht in die Ablage. Dann stand er auf und ging auf Beinen, die sich so alt fühlten wie schon seit Jahren nicht mehr, zum Fenster.

Lange betrachtete er den westlichen Himmel, unter dem irgendwo das große weiße Verbindungshaus an der Ecke des Collegegeländes aufragte.

14.44 Uhr

Carla Ewing schwankte im bitterkalten Wind, als sie das kalte Grab anstarrte. Dann schloß sie die Augen. Wenn sie sie wieder öffnete, sagte sie sich, würde sie zu Hause sein und Nudelsuppe für Chad kochen, der seine Prüfungen hinter sich hatte und schon frühzeitig zu den Frühjahrsferien heimgekehrt war.

Sie öffnete die Augen und blickte auf eine graue Marmortafel.

Wieder schloß sie die Augen.

15.07 Uhr

»Meine Glückwünsche, Shawn«, sagte der Dekan. »Sie haben offiziell den Zorn des County-Leichenbeschauers erregt.«

Shawn sah von ihrem Notizbuch auf und fragte nach einem Seitenblick auf Schwitters und Mark: »Wie das?«

»Er hat heute morgen angerufen«, antwortete der Dekan mit einem Grinsen, »und gesagt, daß sich die junge Dame, mit der er gestern gesprochen hat, ›ungebührlich und respektlos‹ benommen hat.« Er nahm einen Zettel und las vor: »›Sie hat sich auf eine Weise benommen, die sich für eine zukünftige Ehefrau und Mutter nicht gehört.‹«

»Ach du lieber Gott«, stöhnte Shawn.

Der Dekan legte seine Notizen beiseite. »Was ihn aber wohl am meisten beleidigt hat, war Ihr *fehlender* Glaube an eben diesen Gott. Vielen Dank, daß Sie das College so gut vertreten haben.«

Shawn brabbelte etwas Unverständliches und starrte auf den Konferenztisch.

»Und wie«, fragte der Dekan, »ist es ansonsten gestern gelaufen?«

»Im Grunde haben wir nichts Neues erfahren«, sagte Schwitters achselzuckend.

Der Dekan nickte bestätigend und klopfte mit einem Bleistift auf die Tischkante. »Nun«, sagte er schließlich, »das hatte ich mir schon gedacht, aber einen Versuch war es ...«

»Nicht so schnell.«

Alle Blicke wandten sich Shawn zu. Mit ernstem, fast aggressivem Gesicht lehnte sie sich vor. »Ich komme gerade vom Bowdoin College, wo ich einen netten kleinen Plausch mit Betsy Kimball hatte, der Praktikantin des Leichenbeschauers.«

»Die wir gestern getroffen haben?«

Shawn nickte. »Sie hat mich heute morgen angerufen und gesagt, sie hätte etwas Wichtiges mit mir zu besprechen. Wir haben zusammen Mittag gegessen.«

Der Dekan warf Mark und Schwitters einen verwirrten Blick zu. »Und?«

»*Und* es sieht so aus, als würde sich jemand als Chad Ewings Vater ausgeben. Was halten Sie davon?«

Der Dekan blinzelte. »Wovon sprechen Sie überhaupt?«

»Letzten Mittwoch ist genau zum Zeitpunkt der Totenfeier ein Mann, der sich als Roy Ewing vorgestellt hat, im Büro des Leichenbeschauers aufgekreuzt. Betsy Kimball hat gesehen, wie er mit Finnerty gesprochen hat.«

»Und worüber haben sie gesprochen?«

»Über Chad.«

Der Dekan stand auf und begann durch den Raum zu wandern. »Und woher will Betsy wissen, daß es *nicht* Roy Ewing war?«

»Am nächsten Tag hat sie in der Zeitung ein Bild der

Ewings gesehen. Sie sagt, der Typ in Finnertys Büro hatte nicht die geringste Ähnlichkeit mit dem Roy Ewing auf dem Foto.« Shawns Zeigefinger tickte auf die Tischplatte. »Außerdem war gerade die Totenfeier, als der Typ bei Finnerty war. Und seine Frau hatte er nicht dabei. Finden Sie das nicht auch ein wenig seltsam?«

»Sogar ziemlich«, erwiderte der Dekan, »und deshalb glaube ich kein Wort davon.«

»Natürlich nicht! Sie glauben mir ja nie, wenn ich etwas sage …«

»Zur Zeit auf jeden Fall nicht.«

»Und warum sollte Betsy lügen?«

»Warum sollte sie nicht lügen? Ich meine, was wissen Sie denn schon über sie?«

»Sie ist die Assistentin des Leichenbeschauers, und sie besucht das Bowdoin College. Was wirkt daran so unglaubwürdig?«

»Ein Haufen.«

»Zum Beispiel?«

Der Dekan hob die Hände und schüttelte den Kopf. »Ich kann es nicht fassen, daß ich mich überhaupt mit Ihnen darüber streite.«

»Ich glaube, wir sollten der Sache nachgehen«, sagte Mark leise.

Der Dekan wandte sich schockiert zu Mark und warf ihm einen langen, angewiderten Blick zu. »Na toll! Da ist wohl jemand aufgewacht.«

»Dekan Templeton«, sagte Shawn, ebenfalls überrascht von Marks Eingreifen. »Ich habe einfach das Gefühl, daß Betsy Kimball die Wahrheit sagt.«

»Ach wirklich?!« explodierte der Dekan. »Und *ich* habe das Gefühl, daß Sie und all Ihre Zeuginnen völlig übergeschnappt sind!« Er hob wieder die Hände und fuhr sich damit durchs Haar. »Okay, okay. Roy und Carla Ewing haben am nächsten Tag im Büro des Leichenbeschauers die Leiche ihres Sohnes abgeholt. Glauben Sie nicht, daß Finnerty den Unterschied bemerkt hätte?«

»Nein«, antwortete Shawn. »Weil am Vormittag nur Finnertys Assistent dort arbeitet. Und genau in dieser Zeit haben die *echten* Ewings ihren Sohn geholt.«

Der Dekan starrte Shawn an. »Gut«, sagte er schließlich. »Gehen wir einmal für einen kurzen Moment davon aus, daß diese lächerliche Geschichte stimmt. Was ist dadurch bewiesen? Nichts. *Nichts!* Die Polizei würde sich vielleicht dafür interessieren, daß sich irgendein Geistesgestörter als Roy Ewing ausgibt, aber das hat nicht das geringste mit einer Schuld der Sigma-Verbindung zu tun. Es gibt nicht den geringsten Zusammenhang.«

»Noch nicht. Aber es könnte einen geben.«

»Dann sag ich Ihnen was«, sagte der Dekan, dem der Frust deutlich anzumerken war. »*Finden* Sie diesen Zusammenhang erst mal. Dann bringen Sie Betsy Kimball als Zeugin hierher. Und bis dahin verschwenden Sie bitte nicht unsere Zeit mit verrückten Verschwörungstheorien.« Er stand so plötzlich auf, daß er den Stuhl umwarf. »Ich möchte, daß diese elende Affäre bis zu den Frühjahrsferien abgeschlossen ist. Aus! Vorbei!« Er fuhr mit den Armen durch die Luft wie ein aufgeregter Schiedsrichter. »Wenn ihr drei bis Freitag nichts Handfesteres vorweisen könnt, dann blase ich das Ganze hier ab!«

Mit diesen Worten stürmte er aus dem Zimmer und warf krachend die Tür hinter sich ins Schloß.

In seinem Büro lief Templeton nervös auf und ab und schlug sich mehrmals mit der geschlossenen Faust in die offene Hand. Dabei flüsterte er immer wieder den gleichen Namen.

Betsy Kimball
Betsy Kimball
Betsy Kimball,
verdammte Scheiße, wo kommt die auf einmal her?

Er strich sich mit einer zitternden Hand über den glatten Schweiß unter dem zurückweichenden Haaransatz und merkte, daß er einer Panikattacke nahe war.

Okay, sagte er sich, *ganz ruhig*. Er holte tief Luft durch die Nase und zwang sich dazu, die hektischen Augen für zehn Sekunden zu schließen.

Nachdem er sich etwas gefaßt hatte, setzte er sich an den Schreibtisch. Wieder atmete er tief ein und wählte dann die elf Zahlen eines Privatanschlusses, um mit der Person verbunden zu werden, der er über die Hälfte seines Privatvermögens verdankte.

Nach dreiminütigem Läuten meldete sich die tiefe Stimme, die er erwartet hatte.

»T-Bone, hier ist Templeton. Wir haben ein großes Problem in dieser kleinen, verschlafenen Stadt.«

34. KAPITEL

Donnerstag, 5. März

21.26 Uhr

Endlich war Mark auf der Couch gestrandet, um im Geiste mit dunklen, abgründigen Möglichkeiten zu ringen. Doch kaum hatte er seinen Gedanken freien Lauf gelassen, läutete das Telefon. Zum dritten Mal, seit er vor einer Viertelstunde vom Training zurückgekehrt war. Wieder ignorierte er es, denn es war bestimmt Shawn, die mehr über seinen Gesinnungswandel erfahren wollte. Aber er war nicht in der Verfassung, um darüber zu reden. Und was hätte er zum jetzigen Zeitpunkt schon sagen können? Also ließ er das Telefon weiterlärmen.

Woher kannte er nur den Namen Terrence Bonnell?

Er hatte jede Möglichkeit in Betracht gezogen und den Namen und sogar das damit zusammenhängende Unternehmen mit allen wichtigen Ereignissen seines Lebens in Verbindung gebracht. Aber weder »Terrence« noch »Bonnell« noch irgendeine Ableitung davon schien zu Zeiten und Orten zu passen, an die er sich erinnern konnte. Und je länger er suchte, desto gereizter wurde er.

Kopfschüttelnd griff er nach dem Telefon und wählte die Nummer von Monty's Pizza.

»Hallo?« sagte die leise Stimme einer Frau. »Hallo?«

Mark runzelte die Stirn, denn er hatte kein Klingeln gehört. »Ja, spreche ich mit Monty's?«

Schweigen. »Was? Hallo? Ist dort Mark Jessy?«

»Äh ja, ich bin's, Mark. Mit wem spreche ich?«

»Mark?«

»Ja!«

»Oh, tut mir leid. Ich habe Ihre Nummer gewählt, aber kein Klingeln gehört. Wahrscheinlich haben Sie gerade abgehoben.«

»Vermutlich«, sagte Mark schon leicht frustriert, »sonst wäre ich wohl kaum am Apparat!«

»Ich bin Carla Ewing.«

»Wer?«

»Carla Ewing. Chads Mutter.«

»Oh. Hi.« *Was zum ...?*

»Hi.«

»Hi.«

Sie atmete tief durch. »Hören Sie, Mark, ich hoffe, daß ich Sie nicht störe. Ich habe Ihren Namen von Dekan Templeton bekommen.«

»Ach!«

»Ja. Ich habe gehört, daß ein Studentenkomitee den Tod meines Sohnes untersucht, und ich wollte mit jemandem sprechen. Da hat er mir Ihren Namen gegeben.«

»Wirklich?«

»Ja. Er sagte, ich sollte am besten mit Ihnen sprechen.«

»Wirklich?«

»Sie klingen überrascht.«

»Nein … Es ist nur … Wie geht es Ihnen, Mrs. Ewing?«

»Ich stehe unter dem Einfluß von Beruhigungsmitteln. Sie müssen mir also bitte verzeihen, wenn ich wirres Zeug rede.«

»Ja … natürlich. Ich verstehe.«

»Das weiß ich«, sagte sie mit noch sanfterer Stimme. »Der Dekan hat mir erzählt, daß Sie in jungen Jahren Ihre Eltern verloren haben.«

»Ich … ja.«

»Das tut mir wirklich leid.«

»Mir tut es auch leid für Sie.«

Sie hustete leise ins Telefon. »Wir … wir haben Chad letzten Freitag beerdigt. Da habe ich erst gemerkt, daß er nie mehr zurückkommt.« Sie hustete wieder und schniefte. »Haben Sie ihn gekannt?«

»Nein«, gab Mark zu, »aber meine Freunde haben mir gesagt, daß er wirklich ein netter …«

»Schon gut, Mark. Ich bin nicht beleidigt, bloß weil Sie ihn nicht gekannt haben. Anscheinend haben ihn sowieso nicht viele Leute gekannt. In der Highschool war es genauso. Er wollte immer allgemein beliebt sein, aber irgendwie hat er nie so richtig Anschluß gefunden. Er war kein guter Sportler, und er war ein bißchen schüchtern. Deswegen habe ich in Simsbury auch nicht sehr viele Fragen zu seinem Tod gestellt. Fast als wollte ich ihn nicht in Verlegenheit bringen, denn ich habe mir ja so gewünscht, daß er gemocht wird.«

Als sie fortfuhr, klang ihre Stimme etwas schärfer. »Aber seit wir wieder hier sind, habe ich viel nachgedacht. Es gibt so *vieles*, was ich nicht verstehe. Zum Beispiel kann ich einfach nicht glauben, daß er freiwillig so viel getrunken hat. Ich meine, in der Highschool hat er manchmal ein oder zwei Bier getrunken, um seine Freunde zu beeindrucken, aber er war bestimmt kein Säufer. Außerdem hat der Dekan auch Selbstmord angedeutet, und das finde ich vollkommen undenkbar.«

Mark nickte ins Telefon, sagte aber nichts.

»Nach dem Begräbnisempfang ist Chads bester Freund Cory noch geblieben, um uns beim Aufräumen zu helfen. Er hat mir etwas erzählt, was ich nicht wußte. Er sagte, Chad hat ihn in Syracuse immer wieder weinend angerufen. Er sagte, daß Chad regelmäßig von den Sigma-Brüdern geschlagen wurde. Heißt das nicht, daß er schikaniert wurde?«

Für einen Augenblick bot sich Mark die perfekte Gelegenheit, die Untersuchung des Disziplinarausschusses zu sabotieren, aber seine eigenen Zweifel ließen ihn den Finger vom Drücker nehmen. Und für ihn selbst überraschend – oder vielleicht doch nicht so überraschend – sagte er schließlich: »Ja, das heißt es.«

»Aber ist Schikanieren nicht illegal?«

»Ich … ja, wahrscheinlich.«

»Cory sagte, daß Chad gedacht hat, die Sigmas wollten ihn aus der Verbindung drängen. Sie haben ihn nicht nur geschlagen, sondern auch dazu gezwungen, Erbrochenes und Urin zu trinken.« In ihren Tonfall mischten sich Wut und Entrüstung. »Halten Sie das für möglich?«

Ja, Mark hielt es für möglich, denn er erinnerte sich plötzlich an das Foto in Chads Personalakte. Der Junge hatte nicht wie Sigma-Material ausgesehen. Es war durchaus denkbar, daß die Sigmas Chad aufgenommen hatten und dann alles daran gesetzt hatten, ihn auf Zack zu bringen oder abzuschieben. Aber trotz seines jüngst erwachten Mißtrauens gegen Sigma konnte sich Mark nicht vorstellen, daß seine früheren Brüder den Tod eines unerwünschten Mitglieds in Kauf nehmen würden, um es loszuwerden.

Wollten sie mich auch loswerden?

»Ich weiß nicht«, sagte er abwesend. »Das klingt schon ziemlich extrem.«

»Für mich auch. Aber ist Ihre Generation nicht versessen auf alles Extreme?«

Mark schluckte schweigend.

»Und«, fuhr sie fort, »Chad hätte doch jede Demütigung ertragen, nur um akzeptiert zu werden, das ist einfach so seine Art ... das war ...« Ihre Stimme brach. »Er wollte doch nur dazugehören.« Sie atmete schwer. »Als er uns zum ersten Mal erzählt hat, daß er der besten Verbindung des Landes – so hat er es genannt – beigetreten ist, waren wir begeistert. Und als er davon schwärmte, was für eine untrennbare Familie die Sigma-Brüder sind, wurden Roy und ich sogar eifersüchtig. Ich weiß nicht, ob Sie sich das vorstellen können ...«

Familie, dachte Mark.

»Ich weiß, mein Sohn kommt nicht mehr zurück«, sagte sie jetzt wieder mit leiser Stimme, »und ich möchte auch nicht aus reiner Gehässigkeit schmutzige Wäsche waschen. Aber wenn Sie unter allen Steinen nachsehen könnten ... dann hätte ich eine Sorge weniger, die mich nachts wachhält.«

»Wir werden uns darum kümmern, Mrs. Ewing«, sagte er.

»Ich danke Ihnen«, sagte sie mit einer Mischung aus Erleichterung und Verbundenheit. Nach einigen letzten traurigen Worten gab sie Mark ihre Telefonnummer und verabschiedete sich mit tränenerstickter Stimme.

Mark hängte auf, und ohne recht zu wissen, was er tat, gab er eine neue Nummer ein. Einem Impuls folgend, fragte er nach Informationen, die nach den damaligen Worten des Sigma-Präsidenten Scott Patterson nur zu einer Unterlassungsverfügung und zum Eingreifen der Polizei führen konnten.

»Könnten Sie den Namen wiederholen?« fragte die Sachbearbeiterin von der Auskunft.

»Angela McSheffrey«, sagte Mark langsam. »In Georgeville.«

»Einen Augenblick bitte.«

Er wippte mit dem Fuß, blickte auf die zuckenden Augenlider der schlafenden Casey und fragte sich, was er da eigentlich machte und wozu.

Aber eigentlich kannte er die Antwort auf beide Fragen.

»Tut mir leid, Sir«, sagte die Sachbearbeiterin. »Der Name McSheffrey ist nicht im Verzeichnis von Georgeville.«

»Ach. Und wie steht's mit den umliegenden Orten?«

»Bitte bleiben Sie dran«. Er hörte heftiges Tippen auf einer Tastatur. »Tut mir leid, Sir. In diesem Vorwahlbereich gibt es keinen Eintrag unter McSheffrey. Ich habe nur einen McShea in Brunswick und zwei McShevrons in Kittery.«

Mark überlegte andere Möglichkeiten, aber keine schien vielversprechend. Er dankte der Sachbearbeiterin und legte auf. Dann erhob er sich und lief im Zimmer herum.

Daß es keinen Eintrag unter McSheffrey gab, kam ihm nicht besonders seltsam vor. Und daß er nicht im Verzeichnis stand, mußte nichts heißen. Angela konnte trotzdem im Vorwahlbereich leben. Vielleicht lief der

Telefonanschluß auf den Namen ihrer Zimmergenossin, oder vielleicht hatte sie geheiratet und einen anderen Namen angenommen. Oder vielleicht versteckte sie sich vor jemandem und hatte eine Geheimnummer.

Aber vor wem sollte sie sich verstecken?

Er hatte das untrügliche Gefühl, daß sie nicht weggezogen war. Er stammte selbst aus einer kleinen Arbeiterstadt und wußte, daß man einen starken Antrieb brauchte, um die Geborgenheit eines Orts zu verlassen, in dem drei Viertel der Bewohner irgendwie miteinander verwandt waren. Seine Highschoolfreunde hatten ihn für bekloppt gehalten, als er ins entfernte Simsbury ging, wo er doch genausogut in der örtlichen Lacrosseliga spielen konnte. Und was sollte all das ausgefallene Collegewissen einem Fischer nützen, der nach seinen Instinkten lebte? Bewohner von Kleinstädten waren Gewohnheitstiere, das wußte er. Sie hielten sich an feste Regeln. Gleiche Stadt, gleiches Haus, gleiche Arbeit, gleicher Freund oder gleiche Freundin, gleiches Softballteam im Sommer, gleiche Bar –

Er erstarrte.

Plötzlich wußte er mit dem sicheren Instinkt eines echten Fischers, wo er Angela McSheffrey finden würde.

21.51 Uhr

Shawn wählte an diesem Abend wohl schon zum zehnten Mal Marks Nummer, aber wieder nahm niemand ab. Sie legte auf und setzte sich nachdenklich aufs Bett.

Und zum hundertsten Mal an diesem Tag fiel ihr auf, wie wenig sie eigentlich von ihrem Freund wußte.

22.12 Uhr

Nach alter Sigma-Überlieferung hatte Jimmy Walsh einmal mitten auf der Tanzfläche des Hayloft eine Fernfahrerin bestiegen, die auf einer weiten Tour schon länger keinen Mann mehr gesehen hatte. Walsh, der zwei Jahre älter war als Mark, war durch diese Episode und vor allem dank seiner gekonnten Ausschmückungen in den Rang einer Legende aufgestiegen. Für Mark ähnelte das Hayloft eher den zahllosen Cape-Cod-Spelunken, in die er sich in seiner Highschoolzeit geschlichen hatte.

Nachdem er die zwei Meilen vom Campus aus gelaufen war, zeigte er einem gleichgültigen Rausschmeißer seinen Ausweis und blechte zwei Dollar fürs Gedeck. Dann schob er die schwarze Tür auf und blickte auf eine Szenerie, die seine Klischeevorstellungen bestens bediente. Inmitten einer Rauchwolke, die so dicht war wie Nebel auf dem Meer, griffen Flanellärmel nach Aschenbechern, und Bierflaschen standen in Lachen auf einem klobigen Bartresen. Säuregewaschene Jeans glitten elektrisch leuchtend über die Tanzfläche. Große Stiefel staksten und stapften und ließen Gestalten, die durch aufragende Frisuren und Mützen ohnehin schon größer wirkten, noch größer erscheinen. Flipperautomaten und die benachbarte Jukebox verschluckten Münzen und schlugen mit Neonunterhaltung zurück, die mit den Bemühungen eines DJ mit buschigem Schnurrbart kollidierte.

Genau, dachte Mark mit einem Anflug von Heimweh. *Das ist eine Kleinstadtbar.*

Und von hier war Angela McSheffrey am Abend des 2. März vor zwei Jahren losgezogen.

Er holte tief Luft und trat an die Bar, um sich ein Budweiser zu bestellen. Er wollte sich hinsetzen, ein oder zwei Bier trinken und sich in das Geschehen einklinken, während er gleichzeitig die Augen offenhielt.

»Du bist nich aus der Gegend, was?«

Es dauerte einen Moment, bis Mark erkannte, daß

die Frage ihm galt, und einen weiteren, bis er ihren Urheber lokalisiert hatte. »Nein«, sagte er zu seinem Nachbarn, einem schmierigen Typen mit Hautausschlag, einer Unterlippe voller Kautabak und einem T-Shirt, das für die Legalisierung von Hahnenkämpfen warb. »Bin zum ersten Mal hier.«

»Sieht man gleich.«

Der Barkeeper kam mit Marks Bier und nahm dafür drei Dollarscheine in Empfang, die er mit der Hand vom Tresen fegte, bevor er mit dem Kopf eine Imitation der Freiheitsglocke läutete. Die Kunden auf den Barhockern grölten.

Mark schlürfte von seinem Bier und wandte sich wieder an seinen neuen Bekannten. »Woran siehst du das?«

»Sonst hätt ich dich schon mal gesehen.« Er spuckte in ein Schnapsglas. »Aber *dich* hab ich noch nich gesehen.«

Mark lächelte und spielte mit seiner Flasche. »Weil wir gerade von Leuten reden, die du gesehen hast«, sagte er zu dem Typ, »hast du Angela McSheffrey heute abend schon hier gesehen?«

Der Mann verzerrte das Gesicht zu etwas, was man mit einiger Kombinationsgabe als Stirnrunzeln interpretieren konnte. »Wen?«

»Angela McSheffrey.«

Der Mann zog weiter Grimassen und schüttelte schließlich den Kopf. »Alter«, sagte er, »ich bin seit zweiundzwanzig Jahren in dieser Stadt, und seit siebzehn Jahren sitz ich auf dem Barhocker hier, und ich hab noch nie von jemandem gehört, der so heißt.« Er bekam einen gewaltigen Schlag auf den Rücken und gab das Kompliment mit einem wuchtigen Boxhieb gegen die Brust eines genauso scheußlichen Typen zurück. Feixend wandte er sich wieder seinem Bier zu.

»Noch nie?« frage Mark.

»Noch nie. Die Leute in der Stadt sind französisch, nich irisch. Ich heiß zum Beispiel Chabot.« Er leckte einen Tropfen vom Hals seiner Flasche. »Hey, bist du vom College?«

»Was? Ja.«

Er feixte wieder. »Kein Wunder, daß ich dich hier noch nich gesehen hab. Ihr Jungs bleibt immer schön in euren Verbindungshäusern und im Chewnocker's, wenn's ans Prügeln geht.«

Mark zuckte die Achseln und sah sich um. Frustration kroch ihm unter die Haut.

»Gefällt's dir?«

»Was gefällt mir?« fragte Mark. »Prügeleien?«

»Nein, Doofkopf. Das College.«

»Oh«, sagte Mark. »Ja. Es ist … ganz nett.«

Der Typ nickte, riß den Aufkleber von seiner Bierflasche und klatschte ihn sich auf die Stirn. »Ich wäre auch fast aufs College gegangen. Wurde aber vorher eingelocht. Hab ein bißchen gesessen. Aber im Knast hab ich viel gelernt, echt. Man könnte also sagen, ich bin ein gebildeter Mensch.« Lachend stieß er Mark den Ellbogen in die Seite. Mark trat mit einem höflichen Lächeln den Rückzug an.

Er ließ die Bar hinter sich und umkreiste die Tanzfläche. Langsam trank er, langsam ließ er die Blicke wandern. Er sah Rudel von Frauen, die hüpften und mit den Hüften wackelten, während hungrige Jungs am Rande geduldig wippend und mit den Fingern schnippend darauf warteten, daß ihnen eine irregeleitete Mieze zu nahe kam. Er sah drei Kerle, die gleichzeitig auf eine Tänzerin zustürzten und ihr alle einen romantischen Drink mit einer jeweils anderen Farbe anboten. Er war so beschäftigt damit, wie sich die drei Jungs in Anbaggerpose warfen, daß es einen langen Ach-du-meine-Fresse-das-gibt's-doch-nicht-Moment dauerte, bis er erkannt hatte, auf wen es die drei Kavaliere abgesehen hatten.

Angela McSheffrey.

Einfach so.

Das Adrenalin schoß in ihm hoch, und er konnte gerade noch seine Flasche auf einen Tisch stellen, sonst hätte er sie fallengelassen oder in einem unbewußten Klammergriff zermalmt. Er brachte Flasche und Tisch ins Gleichgewicht und versuchte selbst wieder ins Gleichgewicht zu kommen. Er legte das Gesicht in die Hände, atmete heiß hinein und fuhr sich feucht durchs Haar. Mit hängenden Armen konzentrierte er sich auf die fleischgewordene Erinnerung an seine jüngste und ferne Vergangenheit.

Sie nahm alle drei Drinks an und gab zwei davon an Freundinnen weiter. Sie schob eine träge Hüfte in Richtung des glücklichen Siegers, dessen Drink sie nun zwar in der Hand hatte, aber nicht kostete. Mit ein paar lustlosen Tanzschritten hielt sie ihren Verehrer bei Laune, aber ihr leerer Blick ruhte auf dem Horizont der Bar. Mark fiel auf, daß sie gnadenlos gelangweilt aussah, als würde sie nur mechanisch ein Programm abspulen, bis etwas Monumentales passierte. Ihr Haar war nicht mehr toupiert, und ihre Tanzklamotten waren viel schäbiger als an dem Abend, an dem sie ausschließlich für ihn »getanzt« hatte. Und im Grunde wirkte sie fehl am Platze auf der Tanzfläche des Hayloft, als hätte sie die Kleinstadt, in der sie lebte, längst hinter sich gelassen.

Plötzlich drehte sie sich um und bahnte sich einen Weg durch das unbeholfene Gewühl, bis sie die Jukebox erreichte. Nach einem kurzen Blick auf das Angebot wandte sie sich dem Flipper zu und schob einen Vierteldollar in den Schlitz. Ihr Beau kam dazu, als sie den ersten Ball ins Spiel schoß. Sie ignorierte ihn einfach und sammelte gleichgültig ihre Punkte.

Mark holte tief Luft und sah sich um – wonach, hätte er nicht sagen können –, ehe er den direkten Weg zur Wahrheit wählte.

Als er hinter ihr stand, bimmelte gerade ein Glöckchen. Sie klopfte mit unbemalten Fingernägeln auf den Automaten, und die Punkte rollten, während ihr Fan ihr wiehernd den Rücken frottierte. Einen langen, peinlichen Moment lang beobachtete Mark die Szene aus kurzer Distanz und fragte sich, wie er weiter vorgehen sollte.

Da er mit einem festen Vorsatz hierhergekommen war, entschied er sich schließlich für die unverblümte Variante.

»Angela«, sagte er sanft.

Keine Reaktion. Sie zog und drückte weiter.

»Angela«, sagte er lauter.

Immer noch keine Reaktion von ihr. Aber der Typ warf Mark einen Blick zu, der zwischen Verwirrung und Besitzanspruch schwankte.

»Hey, Angela.«

Immer noch nichts. Der Typ schüttelte den Kopf, als wolle er zu Mark sagen: »Du bist verrückt, Mann«, und wandte sich wieder dem Spiel zu.

Langsam dämmerte ihm etwas, und die Erkenntnis hinkte dem Grauen nach, das sich auf sein Gesicht herabsenkte. Doch als sein Kiefer heruntergerutscht war, bescherte ihm der Instinkt, der ihn in diese Kleinstadtbar geschleppt hatte, eine weitere Einsicht.

Angela antwortete nicht, weil sie nicht Angela hieß.

Ihr Körper stand zwar für die Wahrheit, aber ihre Identität war frei erfunden.

Er öffnete den Mund, ohne zu wissen, was er sagen sollte. Aber gerade als die erste konfuse Äußerung seine Zunge erreichte, drehte sie sich ab und steuerte auf die Toilette zu. Sprachlos beobachtete er, wie sie hinter einer Schwingtür verschwand. Dann fiel sein Blick auf ihren Verehrer, der ihn mißtrauisch beäugte.

»Sie gehört mir, Kumpel«, sagte der Typ durch abgebrochene Zähne.

»Noch nicht, *Kumpel*«, antwortete Mark und stieß die Tür zur Damentoilette auf.

Sie stand da und starrte mit leerem Ausdruck in den Spiegel, während sie sich halbherzig Lippenstift auf den Mund rieb. Ihre Bewegungen waren weniger ein Akt der Selbstverschönerung als der Langeweile. Als sie ihre Übung beendet hatte, drückte sie die Lippen aufeinander und wandte sich dann der hinter ihr stehenden Gestalt zu, die sie schon längst gespürt haben mußte.

Der Anblick schlug ihr den Lippenstift aus der Hand.

»O mein Gott«, platzte sie heraus.

Mark sah sie nur an.

»Was … was machst du denn hier?« fragte sie. In ihren weit aufgerissenen Augen erkannte Mark Schrekken und Wut und ein wenig Angst.

Er schüttelte den Kopf und sagte langsam: »Ich bin reingelegt worden, oder?«

Ein paar Sekunden lang starrte sie ihn zornig an, dann kickte sie den Lippenstift in ein Abteil, zog den Riemen ihrer Handtasche fest und stürmte auf ihn los. Sie schob ihn gegen einen Heißlufttrockner und drängte sich durch die Toilettentür. Er folgte ihr dicht auf den Fersen.

»Gino! Hey, Gino!« kreischte sie in Richtung Bar. Dann drehte sie sich um und zeigte auf Mark. »Dieser perverse Scheißer ist mir gerade aufs Klo nachgelaufen.«

Ein massiger Rausschmeißer mit einer Tätowierung auf dem Hals sah Mark direkt in die Augen, der schuldbewußt vor der Tür zur Damentoilette stand. Gino walzte herüber und stellte sich schützend vor ›Angela‹. »Stimmt das, du Arschloch?«

Mark sah erst ihn, dann sie, dann wieder ihn an. »Ich … ich will nur mit ihr reden.«

Gino drehte sich um. »Möchtest du mit dem Typ reden?«

Sie sah Mark lange an, und er hätte schwören können, daß viele widersprüchliche Emotionen über ihr Gesicht liefen. Auf Zorn folgte Neugier, dann Trauer, dann Mitleid und vielleicht sogar Scham. Und kurz, nur ganz kurz zuckte ein sehnender Blick durch die blauen Augen, die ihn einmal ins Verderben gerissen hatten.

Doch dann war ihr Gesicht wieder leer und sie schüttelte den Kopf.

»Sie will nicht mit dir reden, Kleiner«, sagte Gino, »und deshalb würde ich vorschlagen, du läßt sie in Ruhe …«

»Hallo, mein Hübscher!«

Was ist denn jetzt schon wieder, dachte Mark und wandte sich um.

Zwei der sechs grimmigen Southern-Maine-Eingeborenen, die er und die Sigma-Jungs und vor allem Dominic im Chewnocker's versohlt hatten, rollten auf ihn zu.

Was für eine Woche, dachte Mark.

»Sieh mal einer an«, sagte der Größere der beiden. »Wo ist denn dein großer, starker Freund, mein Süßer?«

»Ich will keinen Ärger mit euch.«

»Zu spät«, sagte der andere.

»Geht raus«, sagte Gino und stapfte zur Bar zurück. Das einst unter dem Namen Angela McSheffrey bekannte Opfer verkrümelte sich und verschwand in der Menge.

Mark sah die zwei Riesen an und schluckte schwer.

Er betastete seine Perlenkette und suchte auf dem sägemehlbestreuten Boden nach einer Fluchtmöglichkeit. Er nickte beiden zu und rang sich ein Lächeln ab.

Dann raste er zur Tür.

Wie durch ein Wunder stellte sich ihm niemand in den Weg, und er kam problemlos aus dem Hayloft heraus. Draußen versuchte er sich zu sammeln und wich wachsam vor der Tür zurück. Als er keine Verfolger sah, wandte er sich um und ging in raschem Tempo Richtung Campus.

Aber nach zehn Schritten brandete der Lärm aus dem Hayloft durch eine geöffnete Tür an sein Ohr. Er mußte nicht erst zurückblicken, um zu wissen, daß ihm die beiden Kleiderschränke auf den Fersen waren.

»Hey, Süßer!« rief einer von ihnen.

Im Vertrauen auf seine Schnelligkeit entschloß er sich, davonzulaufen, aber er war noch gar nicht in Fahrt gekommen, als ein roter Nissan herankurvte und quietschend am Gehsteig bremste. Die Beifahrertür flog auf, und die Frau, die Mark in einer Bar und vor Gericht als Angela McSheffrey kennengelernt hatte, streckte den Kopf heraus.

»Steig ein, Mark.«

Mark stand nur da, seine Instinkte hatten ihn im Stich gelassen wie ein Reh, das von den Scheinwerfern eines Autos erfaßt wird.

»Verdammt, jetzt steig schon ein!« schrie sie, weil die Monster ankamen. Mit einem Hechtsprung ins Auto entzog sich Mark in letzter Sekunde dem Griff der Kerle. Der Nissan machte eine scharfe Kehrtwendung. Er lag atemlos auf dem Sitz, den Kopf auf ihrem Schoß, während sie durch die Gänge ratterte und davonbrauste.

22.45 Uhr

An der hinteren Tür des Untergeschosses warteten die sechzehn überlebenden Sigma-Füchse auf die Aktivität der vor ihnen liegenden Nacht. Alle hielten eine Augenbinde in der Hand. Und alle trugen im pochenden Herzen ein Sammelsurium grausamer Möglichkeiten und schrecklicher Fragen.

Mußten sie nur dasitzen und Reime anhören?

Mußten sie marschieren und singen?

Mußten sie Liegestütze machen?

Mußten sie Urin trinken?

Mußten sie Erbrochenes auflecken?

Mußten sie Scheiße fressen?

Mußten sie sich Gemüse und andere Lebensmittel in den Arsch schieben?

Mußten sie sich schlagen lassen?

Mußten sie mit Bruder Beam sprechen?

Oder mußten sie etwas tun, was sie noch nie zuvor getan hatten?

Und wenn ja, wie schrecklich würde es sein?

Wann würde es vorbei sein?

Wann würde es vorbei sein?

Wann würde es vorbei sein …

23.01 Uhr

Der rote Nissan fuhr auf der I-95 Richtung Norden.

Seit ihrer Flucht hatten sie kein Wort miteinander gesprochen; die Stimmung war zum Zerreißen gespannt. Mark saß so weit von ihr entfernt, wie in dem kleinen Auto möglich, den Körper gegen die Tür gedrückt. Er blickte verstohlen die Frau im Fahrersitz an und verglich sie mit der Frau, die wie eine häßliche Narbe in sein Gedächtnis gegraben war.

Das war die Frau, die durch eine Bartür in sein Leben getanzt war. Das war die Frau, die mit hochtoupiertem

Haar über ihm gestanden, die ihm vom Boden aufgeholfen, die ihn wie einen sabbernden Kretin in einen Raum geführt hatte, dessen Namen sie nicht hätte kennen dürfen. Das war die Frau, die schwerwiegende Anschuldigungen gegen ihn vorgebracht und sich Angela McSheffrey genannt hatte.

Der Nissan bremste ab, als er eine schlecht beschilderte Ausfahrt fand, und bog dann auf die Route 7, bevor er in der Dunkelheit wieder beschleunigte.

»Sie haben mir gesagt, daß du es nie herausfinden wirst«, begann sie. Ein weicher Klang drang durch die Sprödheit ihrer Stimme. »Aber das spielt keine Rolle mehr, weil ich dir sowieso die Wahrheit sagen wollte. In meiner Schublade liegt ein Brief, den ich abschicken wollte, sobald ich dieses kleine Rattenloch hier für immer verlasse. Es ist nur ... Ich habe nur nicht erwartet, dich noch einmal zu sehen, und ich hätte nicht geglaubt, daß ich es dir jemals unter vier Augen erzählen könnte.« Sie zuckte die Achseln. »Aber vielleicht mußte es so kommen.« Mit einem bemüht ironischen Lächeln wandte sie sich ihm zu. »Willst du also wirklich die Wahrheit wissen?«

Er nickte.

Sie kehrte sich wieder der schattenhaften Straße zu. »Eigentlich habe ich wegen unserer Bekanntschaft viel mehr durchgemacht als du. *Du* hast deinen Status als Verbindungsbruder und ein bißchen was von deinem Ruf verloren.« Ihre Augen verengten sich zu zornigen Schlitzen, als sie wieder durch die Windschutzscheibe starrte. »Aber ich habe *alles* verloren.«

Sie hieß Kelly Devereaux und war in einem Wohnwagenpark zur Welt gekommen, der wie ein schmutziges kleines Geheimnis auf einem gerodeten Stück Waldland im Süden von Georgeville lag. Auf der beschissenen Seite von Georgeville – »nicht daß es eine schöne Seite gegeben hätte«. Ihre früheste Erinnerung war das Bild ihres Vaters, der ihrer Mutter mit einer Zigarre ein Loch in die Wange brannte. Ihre schlimmste Erinnerung war die an ihre Schwangerschaft während der Highschool und die folgende Abtreibung.

Als Sportlerin hatte sie kurz zu sich gefunden, aber weder ihre brillanten Bälle auf dem Softballfeld noch die einundvierzig Punkte, die sie bei den Gruppenspielen im Basketball sammelte, reichten für ein Entkommen aus der Stadt.

Am Abend nach ihrem Highschoolabschluß begann sie im Naked Truth zu tanzen, dem zwielichtigsten Vergnügungsetablissement von Süd-Maine. »Exotisches Tanzen« nannte sie es. Ihr Boß und die Kunden bezeichneten es als »Striptease«. Sie zog sich für Geld aus, weil sie nichts als ihren Körper zu bieten hatte, und was hätte sie denn sonst tun sollen? In den nächsten zwei Jahren verdiente sie ungefähr einen Hunderter pro Abend, fünf Abende die Woche. Sie verließ den Wohnwagen und zog in ein Apartment.

Der Traum von einem eigenen Sportstudio begann mit dem Eingeständnis, daß Strippen eine ziemlich schäbige Art war, den Lebensunterhalt zu verdienen. Bestärkt wurde sie durch die Erkenntnis, daß es in der gesamten Region Georgeville-Brunswick-Topsham kein vernünftiges Fitneßcenter gab. Warum sollte sie nicht ihr eigenes Studio aufmachen? War sie dazu in der Lage? War sie dafür geschäftstüchtig genug? In einem Anfall von Tollkühnheit leistete sie eine Anzahlung auf ein renovierungsbedürftiges Haus. Sie lebte von Nudeln und Leitungswasser und steckte ihr bescheidenes Einkommen in das Projekt, das eines Tages den Namen »Kelly's Studio« tragen sollte. Sie nahm den größtmöglichen Kredit auf, um die Sache zu finanzieren.

Aber es reichte nicht. Zwei zusätzliche Nächte pro Woche im Naked Truth brachten ihr zwar etwas mehr Geld ein, schwächten aber auch das Engagement für ihren Traum. Ein Jahr nach der ersten Investition hatte sie ein kleines Haus, zwei gebrauchte Trimmräder, riesige Stücke eines noch nicht montierten Spiegels und Pfeiffersches Drüsenfieber.

Ungefähr zu dieser Zeit tauchte der Mann mit der New-York-Yankees-Baseballmütze öfter im Naked Truth auf. An den ersten Abenden trank er an der Bar und quatschte mit dem Boß. An den darauffolgenden Abenden suchte er sich einen Stuhl in der letzten Reihe. Zuletzt fand er schließlich in die erste Reihe und steckte Zehner und Zwanziger in einen G-String, unter dem normalerweise nur Einer und Fünfer steckten. Anscheinend hatte er etwas für Kelly übrig.

Und tatsächlich wartete er an einem Abend bis zum Schluß und lud sie zu einer Tasse Kaffee ein. Fast hätte sie gesagt: »Heute abend nicht, Kumpel«, aber er hatte sympathische Augen, und sie hatte ihren Mangel an Gesellschaft so satt, daß sie ja sagte.

In einem Lokal an der gleichen Straße kam er schnell zur Sache. War sie schon lange Stripperin? Was verdiente sie so? Sie hatte wirklich etwas drauf. Eine künstlerische Begabung.

Würde sie in Erwägung ziehen, diese Gabe mit ihm zu teilen?

Zuerst dachte sie, er rede von Sex, und hätte ihm fast den Kaffee ins Gesicht geschüttet. Nein, kein Sex, sagte er grinsend. Eher eine Art Ableitung davon. Er sah sie von oben bis unten an und stellte ihr eine Frage, die sie ihr Leben lang nicht mehr vergessen würde.

Was würde sie davon halten, wenn sie für einen Abend Arbeit fünfundzwanzigtausend Dollar bekäme?

Nachdem sie ihre Kaffeetasse umgestoßen und sich

für ihre Tolpatschigkeit entschuldigt hatte, wollte sie wissen, welche Art von Arbeit er meinte. Es klang sehr nach einer Aufforderung zum Sex, aber so etwas machte sie nicht für Geld. Lächelnd flüsterte er, nein, er fordere sie nur zu einer *Aufführung* auf.

Aufführung? Aufführung! Vielleicht hätte sie »Vielen Dank, aber für mich klingt das ziemlich komisch« sagen und ihn einfach sitzenlassen sollen. Aber das Geld klimperte ihr in den Ohren, und ihr Traum gewann neue Kraft. Sie sah Übungsbänke, Hanteln und einen Kindergarten vor sich, damit alleinerziehende Mütter zu jeder Zeit trainieren konnten. Sie stellte sich den Ausdruck auf dem Gesicht ihres Vaters vor, wenn das Arschloch hörte, daß seine Tochter ein eigenes Unternehmen hatte, obwohl er ihr immer prophezeit hatte, daß sie es zu nichts bringen würde.

Genaugenommen, meinte der Mann mit der Yankees-Mütze, sei es nicht nur ein Abend. Eher ein Abend und ein Tag. Wenn sie ihre Arbeit gut machte, würden ihr die fünfundzwanzigtausend gehören.

Ja? Aber zuerst mußte sie mehr über die Sache wissen.

Er sah sie eine Weile an und erklärte ihr dann, er sei nur ein »Anwerber«. Wenn sie mehr über die Sache wissen wolle, müsse sie mit ihm kommen.

Er begleitete sie zu einem schwarzen BMW, flüsterte ein paar Worte in ein Handy und fuhr sie zu einem Bürogebäude direkt am Hafen von Old Port. Am Aufzug drückte er auf einen Knopf und schickte sie hinauf ins Obergeschoß.

Im Penthouse fand sie einen Stuhl und einen Kaffeetisch, auf dem ein Haustelefon stand. Sie setzte sich und wartete. Worauf, wußte sie nicht, aber fünfundzwanzigtausend waren Grund genug, zu warten.

Schließlich läutete das Haustelefon. Sie hob ab – für

wen sonst hätte es sein sollen? – und hörte eine kraftvolle, namenlose Stimme.

Der Mann war ein Ehemaliger der Verbindung Sigma Delta Phi – genauer gesagt, *der* Ehemalige, dessen Auftrag es war, die Reinheit der geliebten Bruderschaft zu garantieren.

Und zur Zeit gab es einen gewissen Bruder, der ›unrein‹ war.

Ein Bruder im zweiten Studienjahr, dem man leider die Tür weisen mußte.

Er erwartete nicht, daß sie das so ohne weiteres nachvollziehen konnte. Sie konnte ja nicht wissen, welche Bedeutung angesehene Verbindungen an angesehenen Colleges hatten, denn sie war ja nur Einwohnerin einer Kleinstadt. Kurz gesagt, es gab bestimmte Collegevorschriften – die einzigen Regeln, an die sich Sigma halten mußte –, die es ihm und seinen besorgten Brüdern unmöglich machten, diesen Studenten auf normalem Wege loszuwerden. Sie konnten ihn nicht einfach *rauswerfen*. Deshalb waren sie auf eine kreative Lösung angewiesen.

Am Simsbury College gab es eine Einrichtung mit dem Namen Disziplinarausschuß, der seiner eigenen Rechtsauffassung Geltung verschaffte. Und das war gut so, denn die Meinungsführerschaft verbitterter Minderheiten in einem politisch korrekten Umfeld würde wahrscheinlich dafür sorgen, daß der Disziplinarausschuß einen Verbindungsstudenten eines Verbrechens schuldig sprechen würde, das er gar nicht begangen hatte, vor allem wenn ein schluchzendes Opfer zugegen und der betreffende Student selbst von seiner Schuld überzeugt war.

Das war das Schöne an der hausgemachten Rechtsprechung von Simsbury. Der Disziplinarausschuß war unvollkommen. Der Dekan war der Richter. Studenten führten die Befragungen durch. Zeugen wurden nicht immer benötigt. Und ein Fall, der vor einem normalen Gericht *nie und nimmer* Bestand hätte, konnte vor dem Disziplinarausschuß sehr wohl Bestand haben.

Dafür brauchte es nur einen Kläger.

Konnte sie ihm noch folgen?

Sie verspürte eine wachsende Abneigung gegen diesen arroganten Typ, aber fünfundzwanzigtausend waren Grund genug, weiter zuzuhören.

Schön. Am ersten Samstag im März war eine besondere Party im Sigma-Haus geplant. Bei dieser Party ging es darum, den bewußten Studenten so betrunken zu machen, daß er sich am nächsten Tag an *fast* nichts mehr erinnern würde. Wichtig war aber, daß er sich noch an ein paar nebelhafte Fetzen erinnern konnte. Eine schwierige Aufgabe, um die sich die ältesten Studenten kümmern würden, die etwas von Alkohol verstanden und die die Drinks des Studenten auch mit einem gewissen desorientierenden Element versetzen sollten.

Sie hatte keinen blassen Schimmer, wovon er sprach. Sie hätte gehen sollen. Aber fünfundzwanzigtausend waren Grund genug, weiter zuzuhören.

An diesem besonderen Samstag also würde sie in der oberen Bibliothek des Sigma-Hauses mit zwei Kolleginnen ihrer Wahl warten, die als ihre »Freundinnen« auftreten sollten und dafür jeweils eintausend bekommen würden. Später würden sie in die Bar schweben. Und nach einer Weile würde sie sich dem besagten Studenten nähern. Sie würde ihn »verführen«, und das war kein Kunststück, denn er war ein Mann aus Fleisch und Blut und zu diesem Zeitpunkt bestimmt schon völlig high. Sie würde ihn in die untere Bibliothek locken und den »Keim des Gedankens« an Vergewaltigung in ihm wecken. Und einige Tage später würde sie ihn in einem offiziellen Rahmen damit konfrontieren.

Sie hätte abhauen sollen. Fünfundzwanzigtausend waren Grund genug, weiter zuzuhören.

Aber zuerst mußte sie noch ein oder zwei Fragen stellen. Was hatte dieser Student getan, um solch eine Behandlung zu verdienen?

Der Mann hätte nicht antworten müssen. Die Sache ging sie eigentlich überhaupt nichts an. Aber er antwortete.

Auf den ersten Blick, erklärte er, entsprach der Student dem Sigma-Typ. Aber bei näherem Hinsehen hatte sich gezeigt, daß er der Verbindung nicht würdig war, denn er hatte eine Vergangenheit, die man nicht einfach ignorieren konnte.

Mark Jessy – so hieß er – hatte einen schlechten Familienhintergrund, der problematischer und potentiell gefährlicher war, als er zugegeben hatte.

Was der Ehemalige damit meinte, wußte sie nicht, aber bei ihrem eigenen schlechten Familienhintergrund hätte sie eigentlich beleidigt sein müssen. Sie hätte ihm sagen sollen, er könne sich seine Herablassung in den Arsch stecken.

Aber fünfundzwanzigtausend überredeten sie zum Mitmachen.

Alles lief wie geplant. An dem bewußten Samstag fand sie Mark, der sabbernd herumtorkelte und unglaublich harmlos aussah. Sie führte ihn in die untere Bibliothek und verschloß die Tür. Sie küßte ihn und forderte ihn flüsternd auf, ihr an die Brust zu fassen. Als er nicht reagierte, zog sie ihr Trägertop aus. Warum auch nicht, das hatte sie ja schon oft vor Fremden gemacht und für viel weniger Geld. Er war völlig dicht. Er war hilflos. Sie fuhr sich mit seinen Händen über den Körper und stieß ihn dazwischen immer wieder von sich. Sie spielte das Spiel und genoß es irgendwie sogar. Mark Jessy stand für Simsbury und für alle Chancen im

Leben, die sie nie gehabt hatte. Sie dominierte ihn, und das war ein gutes Gefühl.

Sie sah den Ausdruck betäubter Verwirrung auf seinem Gesicht. Sie half ihm mit ihrem Reißverschluß und zog ihn ein letztes Mal an sich. Dann kreischte sie los, schlug ihn gegen die Brust und stieß ihn weg. Einen Augenblick stand er da, total weggetreten. Dann taumelte er gegen sie. Zusammen fielen sie auf die Couch. Unter ihm liegend, schrie sie »Vergewaltigung« und schlug nach allen Richtungen aus, um letzte, starke Keime in ihm zu wecken. Sie schob ihn von sich und zog ihm die Hose herunter. Dann rannte sie wie eine Irre kreischend aus der Bibliothek – zum Teil, weil es zu ihrer Show gehörte, zum Teil aus Begeisterung darüber, daß sie gerade mit einer Performance fünfundzwanzigtausend Dollar verdient hatte, mit denen sie ihren Traum am Leben halten konnte.

Sie würde fünfundzwanzigtausend abkassieren.

Mein Gott, wie anders sie damals war.

Die Anhörung war einfach – einfacher, als sie gedacht hatte. Sie hatte nicht geglaubt, daß Mark von seiner Schuld überzeugt sein und sich Vorwürfe machen würde. Und alle weiteren Hindernisse wurden von der politisch korrekten Atmosphäre aus dem Weg geräumt.

Ihr einziger Fehler, abgesehen davon, daß sie sich zu dieser krummen Sache nie hätte breitschlagen lassen dürfen, bestand darin, nicht ihren echten Namen zu benutzen. Aus Angst vor Gerüchten über ihre »Darbietung« in der Stadt hatte sie darum gebeten, einen anderen Namen benutzen zu dürfen. Ganz wie sie wollte, hatte es geheißen. Also benutzte sie den Namen einer Cousine aus Caribou, die als Kleinkind gestorben war.

Ach, hätte sie nur ihren eigenen Namen verwendet!

Mehr dazu später.

Drei Tage nach der Anhörung erhielt sie eine Überweisung von fünfundzwanzigtausend Dollar von einer Bank in Massachusetts. Alle Schuldgefühle waren wie weggeblasen. Sie ignorierte ihre laufenden Kreditzahlungen. Das hatte Zeit. Sie steckte drei Viertel des Geldes in Ausrüstung und ein Plakat, das die Eröffnung von »Kelly's Studio« verkündete. Den Rest gab sie für eine kleine Werbekampagne aus.

Zu der auch Spots im lokalen Kabelkanal gehörten.

Die Reklame wurde ein halbes Jahr nach der Untersuchung des Disziplinarausschusses gesendet. Ihre Freunde sahen sich den lächerlichen Clip an und tranken auf die frühere »exotische Tänzerin«, die jetzt eine Geschäftsfrau war – ach was, die schon fast eine Fernsehberühmtheit war. Die Werbung wurde zweimal pro Woche ausgestrahlt (»Ich bin Kelly Devereaux, und das ist mein Studio«). Und schon nach zwei Wochen lief das Geschäft, das seit der Eröffnung im August nur mittelprächtig gewesen war, auf Hochtouren. Sie kündigte im Naked Truth, um sich fortan nur noch ihrem Traum zu widmen.

Den Gedanken an Mark verdrängte sie.

Eines Tages stattete Mr. Yankees, der Anwerber, Kelly's Studio kurz vor Geschäftsschluß einen unerwarteten Besuch ab. Konnte er sie unter vier Augen sprechen? Vielleicht draußen? Klar. Was sollte schon sein? Sie hatte jetzt alles unter Kontrolle. Sie war eine gemachte Frau. Sie konnte für sich selbst sorgen.

Vor der Tür kam er ohne Umschweife zur Sache. Man rate ihr *dringend*, ihre Werbekampagne abzublasen. Man rate ihr *dringend*, den Namen ihres Studios zu ändern.

Warum?

Weil Sigma fünfundzwanzigtausend für ein Stück ihrer Identität bezahlt hatte. Und dieses Stück trug den Namen Angela McSheffrey und nicht Kelly Devereaux. Was würde ihrer Meinung nach wohl passieren, wenn der Junge seinen Fernseher einschaltete und entdeckte, daß ein Teil seines Vergewaltigungsprozesses gelogen war und damit alles andere vielleicht auch nicht so ganz der Wahrheit entsprach?

Das war das Problem von Sigma, nicht ihres, sagte sie. Sie hatten sich den Plan schließlich ausgedacht. Sie schuldete ihnen nichts. Sie war Kelly Devereaux, und das war ihr verdammtes Studio. Und sie würde keinen Furz ändern.

Der Anwerber nickte, stieg wieder in seinen schwarzen BMW und brauste davon.

Drei Tage später bekam sie einen Brief und einen Scheck mit der Post. Casco Local Access TV war aufgekauft worden, und der neue Besitzer nahm eine »Umstrukturierung« des Werbeprogramms vor. Leider sah man sich außerstande, ihre Reklamesendung noch weiter auszustrahlen. Beigelegt war ein Scheck in Höhe der noch ausstehenden Leistungen.

Eine Woche später bekam sie noch einen Brief. Einen größeren und ohne Scheck. Er bestand aus einer Mitteilung der Georgeville Central Savings and Loan Bank, die hiermit ihren Kredit kündigte. Die Rückzahlung war in voller Höhe und sofort fällig.

Entsetzt rief sie bei der Bank an. Was zum Teufel war eigentlich los? War ihnen vielleicht ein Fehler unterlaufen? Nein, es war kein Fehler. Die Bank hatte den Besitzer gewechselt, und dabei waren alle Kreditvereinbarungen einer sorgfältigen Prüfung unterzogen worden. Sie hatte ihre vertraglichen Verpflichtungen nicht eingehalten. Wenn sie die Darlehenssumme nicht innerhalb von dreißig Tagen begleichen konnte, würde die beliehene Immobilie an die Bank zurückfallen. So leid es ihnen tat, Ms. Devereaux, aber Vorschriften waren nun einmal Vorschriften.

Nachdem sie aufgehängt hatte, weinte sie eine Stunde lang im Umkleideraum. Warum war ihr das passiert? Wie konnten sie ihr das antun? Und so weiter.

Bei Geschäftsschluß hatte sie einige Antworten. Das *Wie* und das *Warum* spielten überhaupt keine Rolle. Was zählte, waren *sie*. *Sie* waren die neuen Eigentümer von Casco Local Access TV. Sie waren die neuen Besitzer der Georgeville Central Savings and Loan Bank. Und bald würden *sie* die Besitzer von Kelly's Studio sein.

Sie waren die Eigentümer von Kelly selbst.

Sie, die kaltblütigen, gewissenlosen Brüder von Sigma Delta Phi.

Sie sperrte zu und machte sich auf den Weg nach Hause.

Als sie den Lieferwagen bemerkte, war es schon zu spät.

Vier junge Männer mit schwarzen, heruntergezogenen Skimützen sprangen heraus und packten sie, bevor sie schreien konnte, bevor sie wußte, was sie hätte schreien sollen. Sie verbanden ihr die Augen. Sie warfen sie in den Lieferwagen und drängten sich neben sie. Sie brüllten sie an. Wie konnte sie so blöd sein? Wie konnte sie ihre Identität in der ganzen Stadt hinausposaunen? Wie konnte sie es wagen, sich den Brüdern von Sigma Delta Phi zu widersetzen?

Die studentischen Brüder von Sigma Delta Phi fuhren mit ihr zum Meer und zogen sie nackt aus.

Dann umringten sie sie und sangen einen Reim.

Vergewaltigung hast du geschrien für Geld,
Jetzt darfst du probieren, ob's dir wirklich gefällt.

Als sie mit ihr fertig waren, wickelten sie sie in Klopapier. Dann fuhren sie zurück nach Georgeville und kippten sie auf die Straße.

Sie kroch zurück in ihr Apartment und weinte drei Tage lang.

Aber sie rief nicht die Polizei an und dachte gar nicht daran, Anzeige zu erstatten. Sie blieb einfach nur die nächsten acht Wochen in ihrer Wohnung, und in dieser Zeit wurde ihre frühere Persönlichkeit wiedergeboren. Mitte November hatte sie ihr Studio an die Bank verloren. Mitte Dezember hatte sie zehn Kilo zugenommen.

Am Weihnachtsabend schnitt sie sich die Pulsadern auf.

Im roten Nissan herrschte wieder Schweigen.

Und Mark kam allmählich zu sich.

Reglos saß er nun auf seinem Sitz und suchte verzweifelt nach den richtigen Worten. »Was ...« krächzte er und verstummte dann wieder.

Sie blies sich ein paar lose Strähnen aus dem Gesicht. »Sie haben unsere Schwächen herausgefunden und sie dann gegen uns ausgespielt, ohne die geringste Angst, daß wir es ihnen heimzahlen könnten.« Sie wandte sich wieder zu Mark. »Sie machen vor nichts halt, und nichts kann sie aufhalten.«

Sie lenkte den Wagen an den Straßenrand. »Zumindest nicht in diesem kleinen Rattenloch.«

Der Nissan kam holpernd zum Stillstand.

Völlig desorientiert blickte Mark auf und rieb mit dem Ärmel über die beschlagene Scheibe des Seitenfensters.

Sie waren direkt vor seinem Apartment.

Er drehte sich zu Kelly. »Woher weißt du, wo ich wohne?«

»An einem Abend habe ich meinen Mut zusammengenommen, ein Studentenverzeichnis gestohlen und herausgefunden, wo du wohnst. Ich bin hergefahren und habe dort drüben geparkt« – sie zeigte mit dem

Finger – »gleich neben dem Lacrossefeld. Und ich hatte mir gerade ein Herz gefaßt, als eine hübsche Blondine mit einem Jeep anhielt. Sie ging zur Vordertür rein, und eine Minute später seid ihr zusammen durch die Hintertür herausgekommen. Ich habe gesehen, wie ihr mit dem jungen Hund über das Feld gegangen seid. Ich habe sogar gesehen, wie ihr euch geküßt habt.« Sie streckte die Hand aus und fuhr mit dem Finger über das Armaturenbrett, als wollte sie eine Platte sauberwischen. »Seltsam ... ich war erleichtert, als ich das sah, vielleicht, weil ich wußte, daß du die Sache überstanden hast.«

Mark sah durch das Fenster hinaus in die Nacht. »Das Gefühl habe ich im Moment überhaupt nicht.«

»Wir hatten eine Rechnung offen, Mark. Ich hab dir die Wahrheit gesagt, weil ich es dir schuldig war. Wenn du ausgestiegen bist, bin ich aus deinem Leben verschwunden und du aus meinem.«

Mit einem Ruck richtete sie sich auf, und ihre Miene hellte sich auf. »Es ist vorbei, Mark. Es ist alles vorbei.«

Er starrte sie lange an, während Kellys letzte Worte in ihm nachhallten. *Es ist vorbei, Mark. Es ist alles vorbei. Deine Mutter ist tot und begraben, und dein Vater ist verschwunden, und alle wissen, wie und warum. Es ist also kein Geheimnis mehr, und das könnte doch gut für dich sein. Du hast nie versucht, dieses Mädchen zu vergewaltigen, und auch das ist gut. Du hast hier zwar keine echten Freunde, aber du hast Shawn, Casey und Lacrosse. Schau nicht zurück.*

Es ist vorbei, Mark.

Es ist alles vorbei.

Langsam schüttelte er den Kopf. »Nur für dich, Kelly. Ich habe noch einige Rechnungen offen.« Er stieß die Beifahrertür auf, stieg aus und ging um den Wagen herum zur Fahrerseite.

Sie blickte ihn mit erschöpftem Ausdruck an. »Wenn ich nur mehr für dich …«

»Du hast schon genug getan. Und du könntest mir wohl kaum eine Liste der Namen und Adressen aller Sigma-Ehemaligen besorgen.«

»Nein, aber ich hörte von einem gewissen T-Bone.«

Mark starrte auf die Bäume vor seinem Apartment. Dann ging es wie eine Ahnung durch ihn, die er jedoch nicht festhalten konnte. Er wandte sich wieder an Kelly. »Was? Was hast du gerade gesagt?«

Sie nickte. »Yeah. An dem Abend, an dem du mich nicht vergewaltigt hast, hat dieser *Anwerber* mit mir und meinen Freundinnen in der oberen Bibliothek gewartet, bis wir geholt wurden. In der Zeit hat er sich mit dem Handy bei jemandem gemeldet, den er mit T-Bone angesprochen hat.« Sie blickte zu ihm auf. »Kannst du mit dem Namen etwas anfangen?«

»Noch nicht.« Er sah sie wieder an. »T-Bone?«

»T-Bone.«

Mark nickte entschlossen und prägte sich den Spitznamen, oder was es war, ein. Dann holte er tief Luft und machte auf der Spitze eines ramponierten Stiefels kehrt.

»Good-bye, Kelly Devereaux. Viel Glück.«

23.22 Uhr

Der Bruderschaftssaal war nahezu leer, nur ein paar Blutsprenkel waren zu sehen. Während My die frischen Flecken vom Hartholzboden und den Antiquitäten wischte, saßen Gamma, Kappa und Beta zusammengekauert am Tisch.

»Diesmal seid ihr wirklich zu weit gegangen«, sagte Beta, immer noch sichtlich erschüttert über die Gewalttätigkeit, die er gerade miterlebt hatte. »Ihr könnt nicht immer weiter so auf sie einprügeln. Sie werden rebellieren.«

»Blödsinn«, sagte Gamma mit eisigem Blick. »Die Füchse werden jedes Jahr durchgeprügelt. Das ist nun mal so bei einem Sigma-Fuchs. Und das ist auch der Grund dafür, daß wir die stärkste Verbindung im ganzen Land haben.«

Beta schüttelte den Kopf. »Solche Prügel habe ich noch nie gesehen. Früher ging es in der Fuchszeit um Kopfspiele und Darmkitzel. Reime und Intelligenztests. *Manchmal* wurde es auch körperlich, aber das hier ist doch völlig außer Kontrolle geraten.«

»In diesem Jahr ist alles anders«, sagte Kappa. »Wir müssen stärker sein als je zuvor. Wir müssen den Füchsen Sigma-Stolz einprügeln. Hörst du nie auf das, was Alpha sagt?«

»Ehrlich gesagt, vermeide ich es.«

»Vielleicht solltest lieber auf ihn hören«, sagte Gamma. »Alpha ist ein Sieger.«

»Er ist rücksichtslos.«

»Er ist ein Gott.«

»Das sind achtzehnjährige Jungen, Gamma! Und einer ihrer Freunde ist gerade gestorben.«

»Chad Ewing hatte keine Freunde. Tut mir leid, daß er tot ist, aber er war ein Weichei. Ein totaler Waschlappen, und als Sigma hat er es nicht gebracht. Nur die Stärksten überleben, Mann. Die Kranken und Schwachen müssen ausgemerzt werden.«

Beta starrte Gamma an. »Das meinst du doch nicht ernst?«

»Todernst. So läuft es eben auf der Welt. Und ich weiß nicht, was du machst, aber ich werde nicht einfach hier herumsitzen und hoffen, daß Mark die Sache für uns herausreißt. Glaubst du wirklich, daß er allein verhindern kann, daß es zu einem richtigen Verfahren kommt? Seine Freundin sitzt im Ausschuß. Seine *Freundin*! Die Tussi, die ihn fickt und ihn lutscht, und sie haßt uns wie die Pest. Er wird alles tun, was sie ihm sagt, weil er sonst vielleicht nicht mehr ran darf.«

»Komm schon, Gamma, hab ein bißchen Vertrauen zu ihm. Er liebt dieses Haus auch. Er liebt diese Verbindung. Er gehört zu uns.«

Gamma schüttelte den Kopf. »Schau dich doch um. Siehst du ihn hier irgendwo?«

»Darauf kommt es doch nicht ...«

»Und wenn er nicht hier ist, dann gehört er auch nicht zu uns. Und weißt du was? Das ist mir scheißegal, Mark Jessy ist nämlich ein Schwächling.«

»Dann kennst du ihn nicht so gut wie ich. Er ist ein echter Kumpel, und er läßt sich auch nicht von Shawn auf der Nase ...«

»Mir egal. Er war einmal unser Bruder, und jetzt ist er es nicht mehr, und wir sind stark genug, um diese Untersuchung selbst zu steuern. Wir brauchen niemand anderen, nur uns selbst, und daß müssen wir den Füchsen beibringen. Und das bringen wir ihnen bei.«

»Wir bringen ihnen bei, zu bluten.«

»Wir bringen ihnen bei, unsere *Farben* zu bluten.«

35. KAPITEL

Donnerstag, 5. März

23.59 Uhr

Eine einzige Kerze erleuchtete das abgedunkelte Schlafzimmer, und ihr fieberndes Feuer flackerte gelb und düster über die ungeschmückte Wand, vor der Mark saß. Mit der linken Hand strich er über die Perlen. In der rechten Hand hielt er das alte wellige Foto seiner Eltern und betrachtete es mit dem stumpfen Blick dessen, der plötzlich aus dem Schlaf gerissen worden ist.

Er legte das Foto weg und lehnte den Kopf an die Wand. Durch geschlossene Augenlider beobachtete er die wabernden Schatten des Kerzenscheins, bis ein kalter Luftzug ihrem Tanz ein Ende setzte.

Er spürte die Dunkelheit und öffnete die Augen.

Er stand auf.

Langsam ging er aus dem Zimmer. Er hörte das leise Klimpern einer Hundekette, als Casey über ihren Wäschehaufen rutschte.

Er öffnete die Hintertür und trat hinaus.

Er setzte sich in Bewegung.

Schnee knirschte, Kiefernnadeln streiften ihn und glitten vorbei. Als er die Lichtung erreichte, blieb er stehen und ließ den Blick über den Komplex von Sportplätzen schweifen.

Er stapfte weiter.

Und während er ging, schwappte die Vergangenheit über ihn hinweg wie eines Serie von Wellen nach einem Sturm. Nie wieder würde er in diesen Wellen ertrinken.

Er sah drei Männer in schwarzen Roben und Kapuzen. Er hörte ihre Stimmen und Reime, die ihn und zwölf andere Füchse in den Schoß der Verbindung Sigma Delta Phi aufnahmen.

Und über diesen Stimmen hörte er eine neue, gesichtslose Stimme sagen, daß Mark Jessy einfach kein Sigma-Material war und verschwinden mußte.

Er beschleunigte seinen Schritt, während seine Erinnerungen zurückeilten.

Er hörte Elliot Segals Erstsemesterstimme fragen, wo seine Eltern waren.

Er hörte seine eigene Stimme antworten, daß sie tot seien.

Er ging schneller, fast schon im Laufschritt, und sein Atem ging in kurzen, wolkigen Stößen.

Er sah neue, fremde Gesichter in einer neuen, fremden Stadt und die bedrohlichen Gitter einer Turnhalle, die ihn zwischen den Sticheleien neunjähriger Klassenkameraden gefangenhielten.

»Wo hast du denn die Klamotten her, Bubi ...«

»Jessy ist doch ein Mädchenname ...!«

»Hey! Bist du ein echter Indianer? Kann dein Daddy Leute skalpieren? Zeig doch mal dein Tomahawk ...«

Er spürte, wie er mit fanatischen Fäusten in viele Gesichter hämmerte, bis nur noch er auf den Beinen war und seine Klassenkameraden auf dem Boden wußten, daß sie Mark Jessys Eltern besser nicht erwähnten.

Er begann zu traben.

Er sah die Lücke, die sein Vater hinterlassen hatte, besetzt von Gesetzeshütern auf der Pirsch, die die Grenze zwischen Helden und Geächteten festlegten.

Er sah einen Sarg.

Auf dem Deckel, der aus gutem Grund geschlossen war, stand das Bild seiner Mom.

Er rannte schneller.

Er sah den Sonnenschein auf Uniformen, die viel friedlicher waren. Er spürte das heilige Gras, das seine primitiv gewandeten Beine kitzelte. Er hörte die Stammesgesänge über dem Lilienland.

Und dann sah, spürte und hörte er das vollkommene Chaos, das mit FBI-Getöse begann und dem verlöschenden Leben seiner Mutter endete.

Er spurtete. Tränen blendeten ihn, aber er rannte immer noch, als wollte er es darauf ankommen lassen, daß sich ihm ein Hindernis in den Weg stellte, als hoffte er darauf, blindlings gegen einen Baum oder einen Torpfosten zu krachen und zu erfahren, ob es mehr schmerzen würde als seine Vergangenheit.

In der Mitte des Lacrossefelds blieb er abrupt stehen.

Er drehte sich keuchend im Kreis und krächzte vor Abscheu gegen eine Welt, die immer schon sinnlos gewesen war. Er blickte hinauf zum Himmel, zum Mond und in die Dunkelheit und fragte sich, ob dort oben jemand zuschaute oder zuhörte.

Wenn ja, dann würden sie ihn jetzt sehen und hören.

Er spannte den Rücken, legte den Kopf zurück und schrie wie ein neunjähriges Kind gegen alles an, was ihm je passiert war.

Wieder und wieder schrie er, bis ihm schließlich die Stimme versagte. Dann fiel er schluchzend auf die Knie.

III. BUCH

Das Spiel

36. KAPITEL

Das 200ste Jahr

Freitag, 6. März

5.59 Uhr
Der Tag dämmerte klar und kalt.

Weniger als dreihundert Studenten waren wach. Von diesen versuchten über zweihundert angestrengt, wieder einzuschlafen. Die anderen waren beschäftigt.

Dreißig joggten oder hoben Gewichte, denn die Frühjahrsferien standen vor der Tür, und da mußten Badehosen und Badeanzüge mehr als nur passen. Fünfzehn büffelten, denn es mußten mehr als nur *gute* Noten werden. Zehn tranken nach einer durchzechten Nacht noch immer, denn einer ging immer noch. Sieben fingen gerade an zu trinken, denn das Wochenende konnte man nie früh genug eröffnen. Sechs hatten Sex, denn dafür war immer der richtige Zeitpunkt, und schlafen konnte man ja auch während der Kurse.

Zwei saßen allein an entgegengesetzten Enden des Campus, am Anfang und am Ende eines vierjährigen Studiums der Geisteswissenschaften.

Der eine hatte seit elf Tagen nicht mehr geschlafen.

Der andere hatte zwei Jahre lang geschlafen, vielleicht sogar dreizehn.

Beide waren hellwach.

9.04 Uhr

Der Dekan stolzierte in den Raum, sah sich mit wissendem Blick um und verdrehte indigniert die Augen. »Okay, wo ist Mark?«

»Ich weiß nicht«, antwortete Shawn. »Zum Treffen gestern abend ist er nicht erschienen.«

Der Dekan setzte sich mit einem genervten Seufzer. »Na schön, aber wir können nicht warten, bis er sich von den Eskapaden der letzten Nacht erholt hat. Am besten, wir fangen schon mal an.« Er stieß den Stuhl zurück und schlug die Beine übereinander. »Also, was haben wir denn jetzt entschieden?«

Schwitters warf Shawn einen kurzen Seitenblick zu und räusperte sich, als sie nickte. »Dekan Templeton, wir haben keine Beweise, daß Sigma direkt für Chad Ewings Tod verantwortlich ist. Deshalb halten wir es für das beste, das Verfahren einzustellen.«

Der Dekan sah vorsichtig zu Shawn. »Ist das auch Ihre Meinung?«

Shawn nickte.

»Wir sind der Ansicht«, fuhr Schwitters fort, »daß Sigma eine Art Seminar zu den Gefahren übermäßigen Alkoholgenusses veranstalten sollte. Aber ...«

Die Tür zum Konferenzraum wurde aufgerissen, und Mark Jessy trat mit wildem Blick, wirrem Haar und ohne Jacke ein.

»Mark«, sagte der Dekan mit einem selbstgefälligen Grinsen. »Frisch aus dem Pub, was?«

Schwitters kicherte pflichtschuldigst.

Mark schaute Shawn an. »Was habt ihr ihm gesagt?«

»Worüber?«

»Was habt ihr in dem Fall entschieden?«

»Ha!« rief Schwitters. »Als ob dich das interessieren würde ...«

»Schnauze, Simon. Shawn, habt ihr entschieden?«

Shawn zögerte einen Augenblick. »Wir ... stellen die Sache ein.«

»Nein.«

»Was?«

»Wir verfolgen den Fall weiter.«

Einen Moment lang waren alle sprachlos.

»Mark«, sagte Shawn schließlich, »wir haben gestern abend darüber geredet. Du bist nicht mal *gekommen*. Wir haben keine belastenden Indizien ...«

»Jetzt bin ich da, und wir haben Indizien.«

»Ach, wie amüsant«, schaltete sich der Dekan ein. »Würden Sie uns bitte die Gründe Ihrer Entscheidung mitteilen?«

»Ich habe einiges in Erfahrung gebracht.«

»Tatsächlich?«

»Ja, tatsächlich.«

»Und was haben Sie in Erfahrung gebracht?«

»Ich habe in dieser Woche zwei anonyme Briefe mit der Post bekommen. Beide lassen darauf schließen, daß in der Nacht von Chads Sturz ungewöhnliche Dinge im Sigma-Haus vorgingen.«

»Aha. Noch ein anonymer Zeuge. Großartig.«

»Genau, noch ein anonymer Zeuge. Und nach allem, was ich über Sigma weiß, habe ich gute Gründe zu glauben, daß dieser anonyme Zeuge die Wahrheit sagt.«

Der Dekan schnaubte. »Das wird ja immer mysteriöser. Überall laufen geheime Informanten herum, und jeder von ihnen tischt einen anderen, grandiosen Dreh zu Humpty Dumptys betrunkenem Sturz auf.«

»Das ist nicht komisch.«

Die Augen des Dekans verengten sich. »Wollte ich auch nicht sein. Ich wollte mich nur über Sie und Ihren sogenannten anonymen Zeugen lustig machen.«

Mark lächelte einnehmend. »Wissen Sie, was ich glaube?«

»Glauben heißt nicht wissen, Mark.«

»Ich glaube, Sie haben Angst, daß ich auf etwas gestoßen bin. Denn dann hätte *ich* etwas herausgefunden, was *Sie* übersehen haben, und dann wären Sie voll in der Scheiße.«

»Denken Sie daran, wen Sie vor sich haben!«

»Und *ihr* solltet auch daran denken, wen ihr vor euch habt.« Mark wandte sich den beiden anderen zu. »Ob es euch in den Kram paßt oder nicht, ich bin Mitglied in diesem Ausschuß. Wie und warum, spielt keine Rolle. Was zählt, ist nur, *daß* ich Mitglied bin, und meine Meinung muß genauso berücksichtigt werden wie die der anderen.« Auf dem Weg zur Tür drehte er sich noch einmal um und deutete auf den Dekan. »Der Fall wird verhandelt, und die Beweise kriegen Sie von mir.«

Damit stürmte er hinaus und hinterließ drei offene Münder.

11.01 Uhr

Mark versiebte schnell einen Stegreiftest und lief dann zurück in sein Apartment. Als er durch die Tür kam, klingelte das Telefon.

Es war die Sekretärin von Dekan Templeton. »Er möchte Sie sofort sprechen«, sagte sie.

11.22 Uhr

»Mark«, begann der Dekan mit honigsüßer Stimme. »Ich habe vorher ein bißchen die Nerven verloren. Ich möchte mich entschuldigen.«

Mark nickte kühl.

Der Dekan stand auf und begann durchs Zimmer zu wandern. »Aber ich glaube, daß Sie die Lage nicht richtig verstehen, und das würde ich gern klären. Als Dekan von Simsbury habe ich die Pflicht, die Studentenschaft zu schützen. Ich bin so eine Art Vater für sie.«

»Einen Vater habe ich schon …«

»Schsch«, schnitt ihm der Dekan das Wort ab. Dann ging er wieder auf und ab. »Aber … ich bin eine Art Vater für *viele* Studenten, und manchmal muß ich mich auf eine Seite stellen. Es fällt mir schwer, aber es muß sein. Kapiert?«

Mark verschränkte die Arme und lehnte sich mit einem angedeuteten Nicken zurück.

»Gut. Vielleicht verstehen Sie dann auch besser, was ich Ihnen sagen muß.«

Er blieb stehen und legte beide Hände gewissenhaft auf den Tisch. »Ich untersage alle weiteren Ermittlungen im Fall Chad Ewing.«

Mark schüttelte den Kopf. »Das können Sie nicht.«

»Doch, ich kann. Und ich tue es auch.«

»Schwachsinn!«

»Ich muß Sie nur daran erinnern, daß ich auch in *Ihrem* Fall ein Machtwort gesprochen habe. Ich habe die Entscheidung der Studenten überstimmt, und das tue ich jetzt wieder.«

»Und warum?«

»Weil ich der Berater des Disziplinarausschusses bin und die ganze Sache nur noch lächerlich ist.«

Mark war versucht zu sagen, daß sie nicht lächerlicher war, als *sein* Fall, aber er überlegte es sich anders. Der Dekan würde eine Geschichte, wie sie Kelly Devereaux erzählt hatte, niemals glauben.

»Sie sind der einzige, der den Fall weiterverfolgen will«, fuhr der Dekan fort. »Und das kann ich mir auch nur so erklären, daß Sie betrunken sind.«

»Ich bin nicht betrunken.«

»Dann sind Sie ganz einfach blöd. Ich werde dem Aufsichtsrat mitteilen, daß der Disziplinarausschuß die Untersuchungen nach mehrheitlicher Auffassung einstellen will. Damit ist der Fall abgeschlossen.«

»Dann sind *Sie* blöd.«

»Bitte?«

Mark lehnte sich vor. »Dekan Templeton, seid zwei Jahren behandeln Sie mich ziemlich von oben herab. Sie halten mich für einen versoffenen Faulpelz. Sie halten mich für einen bekloppten Sportler. Zugegeben, irgendwie paßt mein Verhalten zu diesen Klischees. Aber jetzt sage ich Ihnen, ich will diesen Fall weiterverfolgen, und ich will es mehr, als ich je etwas in meinem Leben gewollt habe. Stimmt, ich weiß nichts über Gesetze und nichts über den Ablauf des Verfahrens. Aber ich kenne die Sigma-Verbindung, und ich halte es für sehr wahrscheinlich, daß sie direkt für Chads Tod verantwortlich ist. Ich bin überzeugt, daß ich ihre Schuld beweisen kann.«

Der Dekan biß sich auf die Lippe und setzte sich auf seinen Stuhl. Dann sah er Mark nachdenklich an. »Ich wundere mich über Sie. Ich dachte, die Sigmas sind Ihre Freunde. Warum wollen Sie ihnen denn auf einmal so zusetzen?«

»Manchmal sind die Dinge nicht so, wie sie scheinen.«

»Hat Shawn Sie dazu angestachelt? Hat sie Ihnen diese beeindruckende kleine Rede von eben geschrieben?«

»Sie hat damit nichts zu tun. Sie haben doch gehört, daß sie die Untersuchung nicht weiterführen will.«

»Da sind wir schon zwei«, sagte der Dekan. »Drei sogar, wenn man Simon noch dazurechnet, ohne den Sie übrigens nicht die geringste Chance hätten, den Prozeß zu gewinnen. Er versteht mehr vom Gesetz als Sie von Lacrosse.«

»Unterschätzen Sie mich nicht.«

Der Dekan erhob sich wieder. »Da besteht keine Gefahr.«

Mark stand auf, um zu gehen. »Ich denke, das werden wir dann ja sehen, oder? Wenn Sie mich jetzt bitte entschuldigen, ich habe einen Haufen Arbeit ...«

»Mark, bevor Sie gehen, möchte ich Sie noch auf einen Umstand aufmerksam machen.« Der Dekan wies auf den leeren Stuhl. »Vielleicht wollen Sie doch noch einmal Platz nehmen.«

Mark sah den Dekan wachsam an und setzte sich.

Der Dekan nahm einen Ordner vom Schreibtisch und hielt ihn über den Kopf wie eine Fahne. »Sehen Sie das?«

»Was ist das?«

»Es ist Ihre Personalakte mit den Studienunterlagen.« Der Dekan öffnete den Ordner und begann zu lesen. »Hier steht, Sie sind wegen sexueller Belästigung und versuchter Vergewaltigung verurteilt worden. Sie haben die Tat gestanden und den Strafentscheid akzeptiert.« Der Dekan wedelte mit der Akte. »Erinnern Sie sich?«

»Sie haben gesagt, das kommt nicht in meine Unterlagen.«

»Wird es auch nicht. Vorausgesetzt, Sie beenden Ihr Studium hier nach den Vorgaben Ihres Strafentscheids. Eine der Bedingungen lautet, daß Sie während Ihrer restlichen Zeit in Simsbury im Disziplinarausschuß sitzen.«

»Und was mache ich Ihrer Meinung nach?«

Der Dekan schloß die Augen und schüttelte den Kopf. »Wenn Sie wegen unmoralischen Verhaltens aus dem Ausschuß fliegen, können Sie diese Bedingungen nicht erfüllen.« Lächelnd lehnte sich der Dekan vor. »Das heißt, die Anklage bleibt in Ihren Studienunterlagen. Und es heißt, daß Sie Ihren Abschluß nicht machen können. Kapiert?«

»Nein.«

Das Lächeln des Dekans wurde breiter. »Dann muß ich es wohl so einfach ausdrücken, daß es auch ein zurückgebliebener Kraftmensch wie Sie versteht. Wenn der Disziplinarausschuß das Verfahren gegen Sigma einstellt, dann streiche ich die Anklage aus Ihren Studienunterlagen. Wenn Sie den Fall weiterverfolgen, dann schmeiße ich Sie wegen unmoralischen Verhaltens aus dem Ausschuß.«

»Das können Sie nicht.«

»O doch, glauben Sie mir, ich kann es.«

»Das ist Erpressung.«

»Es ist Ihre Chance, heil aus der Sache rauszukommen. Sie können Sie nutzen oder nicht, ganz wie Sie wollen.«

Mark hielt seine Wut im Zaum. »Und was für ein ›unmoralisches Verhalten‹ würden Sie mir vorwerfen?«

Der Dekan kratzte sich am Kopf und schnippte dann mit den Fingern. »Ich hab's! Sie waren doch mal ein Sigma. Ich kann doch einfach herausfinden, daß Sie irgendwie die Untersuchungen des Disziplinarausschusses gegen Sigma sabotieren. So etwas hält doch jeder für unmoralisch, das müssen Sie doch zugeben.«

»Aber es wäre nicht die Wahrheit.«

»Mein Wort würde gegen Ihres stehen. Ich bin der Dekan. Sie sind ein Student mit krimineller Vergangenheit. Wem würde man wohl glauben?«

Mark starrte den Dekan an. »Ich frage mich«, sagte er im Aufstehen und griff nach seiner Jacke, »ob die Studenten und Lehrer hier eigentlich wissen, was für ein Riesenarschloch Sie sind.«

Der Dekan ging langsam auf ihn zu. »Ich schmeiße den Laden hier, Mark, und ich schmeiße ihn gut, und wenn dabei ein paar unwichtige Wanzen wie Sie zerdrückt werden müssen, dann kann ich das auch nicht ändern.«

»Sie manipulieren die Leute.«

»Nein, Mark. Ich manipuliere die Leute nicht, ich benutze sie. Und wenn ich mit ihnen fertig bin, dann ist nicht mehr viel von ihnen übrig.«

»Schön für Sie, Dekan. Ihre Mutter ist bestimmt stolz auf Sie.«

»Leider ist meine Mutter schon vor ein paar Jahren heimgegangen. Aber *sie* ist wenigstens eines natürlichen Todes gestorben. Sie wurde nicht getötet, als ...«

Instinktiv packte Mark den Dekan am Kragen und hob den kleineren Mann vom Boden. »Kein Wort mehr«, zischte er.

Der Dekan befreite sich aus seinem Griff. »Es ist vorbei«, lallte er. Dann glättete er seine Kleidung und rückte die Brille zurecht. »Du läßt die Finger von der Sache wie ein braver Junge und wirfst bis zum Jahresende deinen Lacrosseball durch die Gegend, dann kommst du vielleicht ungeschoren davon. Wenn nicht, müßte ich dir einen Dämpfer versetzen, der bis an dein Lebensende reicht. Du wirst schon *mit* Diplom kaum einen Job finden, mein Junge. Ohne Abschluß kannst du Dosen sammeln wie dein Onkel.«

»Du Wichser.«

»Hau ab, Jessy. Du langweilst mich.«

Mark starrte den Dekan an. Dann drehte er sich um und ging langsam aus dem Büro.

37. KAPITEL

Freitag, 6. März

12.42 Uhr

Typische Bilder und Geräusche bestimmten an diesem spätwinterlichen Tag das Geschehen im allgemeinen Speisesaal.

Studenten schlurften in einer langsamen Schlange vorwärts, angetrieben vom Semesterstreß und vom verpaßten Frühstück. Sie beluden ihre Teller schwer mit Essen und verteilten sich dann auf Tische und reservierte Plätze.

Vier Frauen unterhielten sich in selbstgerechtem Ton über die für den Nachmittag geplante Demonstration gegen Vergewaltigungen. Drei andere erklärten ihre vierte Zimmergenossin zur Schlampe. Zwei allein sitzende Schwarze kauten noch einmal die Kundgebung gegen Rassendiskriminierung vom Vortag durch. Und ein Ultra aus dem Süden dankte seinem Schöpfer dafür, daß er nicht schwarz war.

Ein älterer Student mit zurückweichendem Haaransatz stauchte seine jüngere Freundin zusammen, weil sie zwar für *sich* Shampoo gekauft, aber sein Haarwuchsmittel vergessen hatte. Eine Schönheit mit brillantem Notendurchschnitt verfluchte ihre elende Einsamkeit. Ein junger Außenseiter mit Seeigelfrisur und gepiercter Nase fütterte seine zahme Eidechse mit Bohnensprossen und hoffte, daß alle merkten, wie besonders und anders er war. Ein Niemand saß im Niemandsland seiner Studienbewerbung und träumte davon, im nächsten Jahr ein Fuchs der Verbindung Sigma Delta Phi zu sein.

Hey Mann, was liegt an, und Bier ist am besten. Muß man ihm lassen, hoch die Tassen, und der Winter ist widerlich. Springerstiefel, Friedensbewegung, Rucksäcke, Wollsocken. Politik, Semesterarbeiten, Tanzen, tiefe Gespräche.

College.

Und mitten drin saß Mark Jessy, der keine Augen und Ohren für den banalen Lärm um sich herum hatte. Während die Bilder der letzten vierundzwanzig Stunden an ihm vorüberzogen, ließ er die Wut im Bauch hochsteigen, bis sie ihre Klauen nach seinem Herzen ausstreckte. Er spürte, wie sie seine Fäuste ballte, in seine Gedanken eindrang und trennte zwischen dem, was zu tun war, und dem, was ihm guttun würde.

Es war ein Spiel. Anders, aber dennoch das gleiche. Ein Spiel, in dem Schulterpolster nicht schützten und in dem die Bälle gestaltlos und schlüpfrig durch die Luft schossen. Ein Spiel, bei dem die Grenzen gespenstisch verschwammen und man den Mitspielern nicht über den Weg trauen konnte. Ein Spiel, in dem der Gegner nach Ansicht einer einheimischen Lügnerin vor nichts haltmachte und von nichts aufgehalten werden konnte.

Aber trotzdem war es ein Spiel.

Ein Spiel, das noch lang nicht vorbei war.

Ein lohnenswertes Spiel.

Er stand auf und ließ seine Serviette fallen wie eine abgelegte weiße Fahne. Dann verließ er die Cafeteria.

Draußen begann er zu laufen wie ein Spieler, der im Namen vieler einen Haufen riesiger Rechnungen zu begleichen hatte.

Wie der Spieler, der er war.

12.57 Uhr

Der Freshman beendete das Wenige an Mittagessen, das er bei sich behalten konnte. Dann kroch er zu der Stelle, auf der Chad gelandet war. Er schloß kurz die Augen, aber lang genug, um noch einmal das lähmende Entsetzen zu erleben.

Er sah das Blut und die Haut und die weißen Knochen. Er hörte die krankhaften Befehle und das Schweigen. Er roch das erstickende Aroma von Raumsprays und Putzmittel. Er schmeckte das heftige Brennen von etwas Scharfem und den nebeligen Schwindel von etwas anderem.

Er öffnete die Augen und starrte wieder auf die glatte Politur, während gemeine Reime durch seinen heilen Schädel hallten.

Es hätte auch mich erwischen können, dachte er und wandte sich zur Flucht. *O mein Gott, es hätte auch mich erwischen können.*

13.25 Uhr

Shawn stand reglos auf den Stufen des Student Center und sah die Beine, die sie liebte, in vollendetem Gleichtakt über Schneehaufen sausen, die andere zu einem Umweg zwangen. Mark schien dahinzufliegen und sah aus wie ein niedrig gleitender, schwarzgewandeter Vogel.

Nur daß Vögel, auch wenn sie manchmal ziellos zu schweben schienen, nie einfach nur aus Freude am Fliegen flogen.

Und Vögel machten ihr auch nicht so viele Sorgen.

13.30 Uhr

Templeton war enorm stolz darauf, wie leicht er Mark Jessy abgefertigt hatte und wieviel er dabei verdient hatte, und griff spontan zum Hörer, um einen Urlaub für zwei in Jamaika zu buchen. Verdammt, die Frühjahrsferien standen vor der Tür, und warum sollten sich nur Studenten in der Sonne aalen dürfen?

Nachdem er eine Reiseroute festgelegt hatte, hängte er auf und schloß mit einem Lächeln die Augen, weil er sich sicher war, daß Linda Regis im Bikini fast so gut aussah wie ohne Hüllen.

Und weil er Meister des Spiels war.

18.00 Uhr

Im Sigma-Palast setzten sich die studentischen Brüder zum traditionellen Freitagsfestmahl mit Pizza und Bier nieder, das von der neuen Köchin zubereitet, von den alten Herren bezahlt und von den treuen Füchsen serviert wurde.

Zur gleichen Zeit stiegen Sigma-Ehemalige aus Unternehmensreichen im ganzen Lande herab und in die glänzenden Gefährte, die sie im Nu zu ihren Privatpalästen beförderten.

Templeton war nicht der einzige Meister des Spiels.

38. KAPITEL

Freitag, 6. März

20.10 Uhr

Der gemietete Bus, auf dessen Sitze siebzehn Collegeskifahrer und ein ungeduldiger Trainer verteilt waren, wartete geräuschvoll. Normalerweise hätte der Trainer den Fahrer aufgefordert, aufs Gas zu treten, denn am nächsten Tag warteten die Meisterschaften von New England, und seine Athleten mußten nach Killington gebracht werden. Die achtzehnte Skifahrerin hatte bereits zehn Minuten Verspätung. Es wäre ihr Fehler und eine verdiente Lektion, wenn sie den Bus verpassen würde.

Aber die achtzehnte Skifahrerin war Shawn Jakes, die Teamführerin und dreifache Titelverteidigerin von New England. Ein paar Minuten konnten sie schon noch warten. Außerdem stand die schnelle, unerschrockene Shawn ja nicht weit vom Bus gebeugt hinter der eisbeschlagenen Scheibe einer Campustelefonzelle.

Wo bist du Mark? dachte sie, während sie das Freizeichen hörte. *Was machst du, und was geht in dir vor?*

Nachdem das Läuten eine gute Minute ungehört verhallt war, hängte sie zögernd auf. Mit zusammengekniffenen Lippen starrte sie kurz auf den Boden und bestieg schließlich den Bus.

20.44 Uhr

Die Studenten kreischten und pfiffen im Käfig, um das an Nummer eins gesetzte Frauenbasketballteam im Erstrundenspiel des Regionalturniers anzufeuern. Mark schlug einen Kurs ein, der ihn zwischen dem Käfig und der Mitte des Campus hielt. Den gedämpften Klängen jubelnder Anbetung aus dem Käfig konnte er entnehmen, daß die meisten Studenten in leidenschaftlicher Loyalität befangen waren. Der Stille im akademischen Bereich des Campus konnte er entnehmen, daß es Freitag war und Zeit für Spaß. Loyalität und Spaß. Keines der beiden Worte bedeutete ihm noch etwas.

Gerechtigkeit. Erpressung. Diese beiden Worte waren der Grund für Marks nächtlichen Streifzug auf der Suche nach einer Möglichkeit, die eine zu bekommen und die andere zu vermeiden. Es mußte einen Weg geben. Irgendwo zwischen den efeubehangenen Grenzen des Simsbury College gab es eine Lösung für Mark, mit der er seine ehemaligen besten Freunde des Mordes anklagen konnte, ohne den strafenden Zorn des Dekans auf sich zu ziehen.

Ohne besonderen Grund machte er einen Bogen um den verharschten Rasen vor dem Student Center und steuerte auf den Eingang zu. Vielleicht würde er sich eine Pizza holen. Vielleicht würde er nach der Post sehen. Vielleicht würde er allein ein bißchen Pool spielen und einfach nachdenken.

Das Gebäude war fast leer. Mark latschte die Treppe hinunter zum Postraum, um seine neue *Sports Illustrated* abzuholen und dann zu Hause unter der Wärme von Casey und einer Decke zu lesen. Vielleicht sollte er die Gerechtigkeit lieber bis morgen warten lassen.

Der Postraum war verlassen, und das war irgendwie auch verständlich. Nur Perverse oder Soziopathen schauten am Freitag abend nach der Post, und beide Gattungen waren anscheinend gerade damit beschäftigt, physikalische Lehrsätze aufzustellen oder Bomben zu basteln. Während er zweimal an der Kombination seines Briefkastens herumfummelte, überlegte er, zu welcher der beiden Gruppen er gehörte und ob es wirklich so schwer war, Bomben zu bauen.

Seine Box enthielt zwei Briefe und die Nummer der *Sports Illustrated*. Er schob die Zeitschrift zusammengerollt in die Gesäßtasche und konzentrierte sich auf die Briefe.

Der erste, den Kiko mit seiner fast unleserlichen Klaue an ihn weitergeleitet hatte, stammte von Vaughan, dem Kapitän der *De-baitable Babe*. Wollte Mark in diesem Sommer wieder für ihn arbeiten? Mark hatte noch nicht so weit vorausgedacht, und im Augenblick schien ihm der Sommer Lichtjahre entfernt. Er steckte den Brief in die andere Gesäßtasche und nahm sich vor, Vaughan anzurufen, wenn sich sein Leben wieder etwas beruhigt hatte.

Dann öffnete er den anderen Brief.

Es war eine Karte zum St. Patrick's Day. Das Bild zeigte einen dämlichen Gnom, der in der einen Hand ein Bier und in der anderen ein Hufeisen hielt. Mark lächelte leicht gerührt. Es sah Shawn überhaupt nicht ähnlich, ihm solch eine kitschige Karte zu schicken.

Er machte die Karte auf.

»Es war Bruder Beam.«

Mistkerl! Er fuhr hoch und ließ den Blick über den Spielraum und den Verbindungsgang gleiten. Der einzige andere Mensch in der Nähe war ein Hausmeister mit Kopfhörer, der so sehr damit beschäftigt war, die Überreste einer abfallreichen Woche in eine überdimensionierte Müllschaufel zu kehren, daß er Mark überhaupt nicht bemerkte. Ansonsten war alles um ihn herum verlassen.

Mark las die Karte noch einmal und stopfte sie dann zum ersten Brief in die Gesäßtasche.

Als er sich zum Gehen wandte, sah er ihn.

Er stand verdeckt hinter der Glasscheibe einer teilweise geschlossenen Telefonzelle. Das Gesicht war gegen den Hörer in seiner Hand gepreßt, die weiten, wachsamen Augen hingen an Mark.

Es waren die Augen, die ihn verrieten.

Hoffende Augen.

Verschreckte Augen.

Die Augen eines Freshman, der drei anonyme Grußkarten an einen älteren Studenten geschickte hatte, den er nicht einmal kannte.

Einen kurzen Moment lang sah Mark direkt in diese Augen.

Dann ließ der Freshman den Hörer fallen und rannte davon.

Mark stürzte ihm nach und wäre bei der Biegung zur Treppe fast ausgerutscht. Als er das Gleichgewicht wiedergefunden hatte, hörte er die Turnschuhe des Freshman schon zwei Treppen über sich. Er wußte, daß er einen ziemlichen Rückstand aufzuholen hatte, und wuchtete sich mit gesenktem Kopf die Stufen hoch.

Als er den Seiteneingang erreichte, war nichts mehr von dem Freshman zu sehen. Mark verließ den Schutz des Gebäudes, um einen besseren Überblick über die Umgebung zu bekommen.

Und dann sah er ihn wieder. Wie eine dunkle Spitzmaus huschte er über die weißen Schneemassen auf dem Quad.

Mark raste ihm nach.

Er machte mit jedem Schritt Boden gut.

Als der Freshman Marks Schritte hörte, sah er über die Schulter zurück und geriet in Panik. Da er es bis zum Wohnheim nicht schaffen konnte, schlug er einen Haken zurück zur Mitte des Quad.

Mark schnitt ihm den Weg ab, und kurz darauf hatte er den Freshman eingeholt. Er tauchte nach Beinen und schloß die Arme um Knie. Beide schlugen hart auf und rollten mit Marks Schwung durch den Schnee.

Den nächsten Fehler machte Mark. Er löste seinen Griff, um aufzustehen. Heftig atmend blickte er in den Himmel, als sich der Freshman auf den Rücken drehte und ihn direkt in den Unterleib trat.

Eine Welle des Schmerzes durchzuckte Mark, und er fiel wie ein nasser Lappen zu Boden. Wie aus weiter Ferne nahm er durch sein Stöhnen und Keuchen wahr, daß der Freshman Reißaus nahm.

Bewegungslos lag Mark im Schnee und ächzte leise vor sich hin.

Es dauerte ganze zehn Minuten, bis er wieder stehen konnte, und gute zwanzig Minuten, bis er torkelnd in seinem Apartment ankam. Aber er hatte wieder Hoffnung geschöpft: Irgendwo dort draußen war ein anonymer Briefschreiber, der Dreierrennen und Augenbinden und Bruder Beam kannte und der genau wußte, was Chad Ewing zugestoßen war.

Ein Zeuge.

Mark hatte ihn gesehen.

Er hatte ihn gespürt.

Und er würde ihn finden.

39. KAPITEL

Samstag, 7. März

Nach Sonnenaufgang ruhte das Simsbury College zwei Stunden lang in ungestörtem und herrlichem Frieden, während diejenigen, deren Eltern für diese Herrlichkeit bezahlten, schliefen. Dann brachten leere Bäuche und unvollendete Semesterarbeiten Studenten dazu, ihre Verstecke zu verlassen und sich auf die Suche nach Nahrung und zitierbaren Quellen zu begeben.

Es war Samstag.

Gegen Mittag quälten sich ein paar Unentwegte im Fitneßraum, und aus dem Aerobiccenter wummerten Bässe und quietschten Turnschuhe. Der Spielraum sah einige lustlose Pool-Partien. Der Schnee wurde matschig, löchrig und brüchig. Das schöne Eis wurde gesalzen und weggescharrt.

Und so schritt der Tag voran als vollkommenes Sinnbild des Lebens an einem kleinen geisteswissenschaftlichen College in New England. Alles schien an seinem Platz.

13.15 Uhr

Der Freshman stellte seine Schlafversuche ein und stand auf. Er stolperte in das Wohnzimmer seines Dreierapartments und kratzte sich am Kopf, während er sich umschaute. Die nassen Klamotten von seinem Tänzchen im Schnee mit Mark Jessy hingen über dem Heizkörper. Erfreulicher war, daß seine beiden Zimmergenossen offensichtlich wie geplant übers Wochenende zu einem Snowboardausflug gefahren waren, was bedeutete, daß er das Zimmer für sich hatte. Er zog einen Bademantel an und öffnete die Tür zum Gang des Wohnheims. Nach einem furchtsamen Blick in beide Richtungen (eine Gewohnheit, die ihm durch mehrere Überraschungsangriffe der Brüder eingebleut worden war) machte er sich auf den Weg zum Bad.

»Hey«, kam eine Stimme hinter ihm.

Der Freshman zuckte zusammen, entspannte sich aber wieder, als er seinen Nachbarn von gegenüber sah. Danny Samarel saß auf dem Boden, hatte den Telefonhörer auf der Schulter liegen und wollte gerade wählen.

»Was ist?« fragte der Freshman.

»Anruf vom Postraum«, sagte Samarel. »Ein Paket für dich. Der Abholschein ist in deinem Briefkasten.«

Der Freshman blinzelte verschlafen und wunderte sich kurz darüber, daß er vom Postraum angerufen wurde, vor allem an einem Samstag. Dann nickte er. »Ah, okay. Danke.« Er drehte sich um und setzte seinen Weg zum Bad fort.

14.17 Uhr

Im Student Center ging der Freshman die Treppe zum Postraum hinunter. Er kniete sich vor sein Fach, drehte den Kombinationsriegel und öffnete dann die kleine Tür.

In seinem Briefkasten war kein Paketabholschein, nur ein verknitterter Umschlag, der aussah, als wäre er von außen in seine Box gezwängt worden. Er drehte ihn um und machte ihn auf.

Die Karte schrie ihm in grellen Signalbuchstaben mit Ausrufezeichen über einem Bild von Braut und Bräutigam die Worte »Glückwunsch zum Hochzeitstag« entgegen. Er starrte auf das Bild und wollte es nicht wahrhaben. Er wollte, daß es ein Trugbild war, eine Halluzination als Folge von zwei Wochen Schlaflosigkeit und Paranoia.

Es zeigte sein Foto, aus dem Studentenverzeichnis

ausgeschnitten und über das Gesicht des Bräutigams geklatscht.

Und das Foto von Chad Ewing, aus dem Studentenverzeichnis ausgeschnitten und über das Gesicht der Braut geklebt.

Und die gezeichneten Konturen einer dritten Person neben der Braut mit einem Fragezeichen im leeren Gesicht.

Und aus Tonpapier geformte dünne, schwarze Augenbinden, über die Gesichter geleimt.

Und die grobe Zeichnung von Bruder Beam, der über ihren Köpfen schwebte.

Mit Fingern, die sich nicht mehr wie die eigenen anfühlten, öffnete der Freshman, der alles über Dreierrennen und Augenbinden und Bruder Beam wußte, die Karte und las die Nachricht.

Glückwunsch zum zweiwöchigen Jubiläum. Ich weiß, wer du bist.

17.47 Uhr

Das Klopfen an der Tür war leise und schüchtern, so leise, daß sich Casey nicht zum geringsten warnenden Kläffen veranlaßt sah. Mark hatte es selbst kaum gehört und hätte es wohl auch nicht gehört, wenn er nicht darauf gewartet hätte.

Er ging langsam zur Tür und machte auf.

Vor ihm stand zitternd und mit weit aufgerissenen Augen der Freshman Gregory L. Turlington aus Larchmont, New York, der in Danforth Hall wohnte und dessen Briefkasten die Nummer 752 trug.

Lange sahen sie sich schweigend an.

»Du hast keine andere Wahl«, sagte Mark schließlich.

Turlington schüttelte den Kopf. »Nicht mehr.« Er ging an Mark vorbei ins Wohnzimmer und ließ sich weinend auf die Couch fallen.

40. KAPITEL

Samstag, 7. März

18.05 Uhr
Turlingtons Schluchzen und Stöhnen war so herzzerreißend, daß Mark Angst hatte, der Freshman könnte in Ohnmacht fallen.

Schließlich versiegten Turlingtons Tränen, und sein Schluchzen wurde zu einem leisen Gewimmer. Als er aufsah, zeigten seine Augen den glasigen, blutunterlaufenen Blick eines Junkies. Das Gesicht war gerötet und naß, und die Unterlippe bebte unkontrolliert. Zweimal holte er tief Luft, und nach einem dritten heftigen Atemzug schloß er die Augen und ließ die Luft langsam aus den Lungen strömen.

»Alles okay?« fragte Mark.

Turlington nickte.

»Du bist Student im ersten Jahr? Ein Sigma-Fuchs?«

Turlington hob die Hand. Wieder holte er lang und ungleichmäßig Luft, dann hatte er sich anscheinend wieder gefangen. Er fuhr sich mit der Hand über das dunkelblonde Haar, rückte die schmächtigen Schultern zurecht (*sehr* klein für Sigma, dachte Mark) und sah Mark direkt in die Augen. »Erst legen wir die Regeln fest.«

»Was für Regeln?«

»Meine Regeln«, sagte Turlington, und seine Blicke schossen hektisch zur teilweise verhüllten Schiebetür, als erwarte er einen versteckten Spion zwischen den Bäumen. »Und ich kann mir auch nicht Zeit lassen. Ich dürfte gar nicht hier sein.«

»Und warum nicht?«

Er verzog das Gesicht zu einer Art Lächeln. »Hältst du mich für blöd? Ich weiß, wer du bist und wofür du stehst. Und wenn ich an die Glückwunschkarte denke, die du mir netterweise geschickt hast, dann glaube ich, daß dir auch klar ist, wer ich bin und wofür ich stehe. Wir sind keine alten Bekannten. Wir wissen beide, daß das kein Freundschaftsbesuch ist.«

»Was ...«

»Moment. Du hast meine Regeln noch nicht gehört. Hörst du mir auch zu?«

Mark nickte.

»Gut. Regel Nummer eins« – Turlington lehnte sich vor und zählte die Regeln an den Fingern ab. »Ich weiß nicht, was das übliche Vorgehen im Disziplinarausschuß ist, aber du darfst diese Unterhaltung nicht aufnehmen. Wenn hier irgendwo ein verstecktes Tonbandgerät läuft, schalte es aus.«

»Wir sind doch hier nicht beim FBI ...«

»Gut. Regel Nummer zwei: Ich werde nie vor dem Disziplinarausschuß aussagen. Es hat also keinen Zweck, wenn du Shawn oder Simon etwas davon erzählst oder mich auf die Liste der wichtigen Zeugen setzt. Ich bin ein ziemlich guter Lügner. Wenn du mich in den Zeugenstand rufst, werde ich aussagen, daß Sigma nichts Böses getan hat, und du wirst dich blamieren. Vielleicht sage ich sogar, daß du mich zu einer Aussage gegen meine eigene Verbindung zwingen wolltest. Dafür könnten sie dich sogar rausschmeißen.«

Mark sah den jungen Studenten nachdenklich an. »Wie kommst du darauf, daß ich dich in den Zeugenstand holen will? Und wieso glaubst du überhaupt, daß ich so scharf auf eine Verhandlung bin? Ich bin ein ehemaliger Sigma, falls du das noch nicht weißt.«

»Ich weiß es, das kannst du mir glauben.«

»Was gibt dir dann die Sicherheit, daß ich nicht einfach zu Fairchild und Dominic rüberlaufe und ihnen alles brühwarm erzähle?«

»Das hättest du schon längst gemacht.«

Mark nickte langsam. »Gut möglich.«

»Regel Nummer drei. Die sollte eigentlich selbstverständlich sein: Du darfst keinem der Sigma-Jungs erzählen, daß ich mit dir Kontakt aufgenommen habe. Wenn du es machst, bin ich tot.«

»Ich glaube, du übertreibst.«

»Was du glaubst, interessiert mich nicht. Ich habe mit eigenen Augen gesehen, was Sigmas machen, wenn sie beleidigt sind. Ich sag dir, was ich weiß, und du kannst mit meinen Informationen machen, was du willst. Du darfst mich nur nicht als Quelle zitieren. Einverstanden?«

Mark verschränkte die Arme. »Du bringst mich ganz schön in die Klemme.«

Turlington zuckte die Achseln. »Hey, Rache war schon immer ein schwieriges Spiel. Deswegen lasse ich mich auch nicht darauf ein.«

»Und warum bist du dann überhaupt hier?«

Turlington blickte Mark lange an, verkniff sich aber eine scharfe Entgegnung und lehnte sich an das Couchpolster. »Mark«, begann er, »ich habe seit zwei Wochen nicht mehr geschlafen. Keine Sekunde. Es ist ein Alptraum. Und genau so einen habe ich jedesmal, wenn ich nur die Augen zumache. Wahrscheinlich sollte ich dankbar dafür sein, daß ich nicht schlafen kann.« Er beugte sich vor. »Ich hab eine Scheißangst, wenn ich allein bin, aber wenn ich mit Leuten zusammen bin, möchte ich am liebsten alles hinausplärren, was ich weiß, und dann mein Testament machen. Ich habe Schuldgefühle, weil ich noch lebe, aber ich bin glücklich, daß ich nicht tot bin. Ich habe das Gefühl … Ich bin … Ich …« Er schüttelte den Kopf. »Ich *weiß* nicht, was ich hier mache.«

Mark zog eine Braue hoch und inspizierte seine Fingernägel. Als er aufsah, starrte ihn Turlington flehend an. »Aber ich weiß, was passiert ist«, flüsterte der Freshman. »Und ich glaube, ich weiß, warum. Ist das nicht genug?«

Mark nickte zögernd. »Wenn du es mir erzählst, dann ist das wohl mehr als genug.«

Turlington holte mehrmals tief Luft und wischte sich übers Gesicht. »Hast du vielleicht ein Bier im Kühlschrank?« fragte er plötzlich.

»Klar.« Er holte eine Flasche Budweiser aus der Küche und reichte sie Turlington, der den Verschluß abschraubte und einen langen Zug nahm. »Danke.« Er fuhr sich mit dem Ärmel über den Mund. »Du hast also meine Briefe gekriegt. Alle drei.«

»›*Wir waren drei*‹, ›*Wir hatten Augenbinden*‹, ›*Es war Bruder Beam*‹. Und was bedeutetet das alles?«

»Genau das, was drin steht.«

»Wer waren die drei?«

»Ich, Chad Ewing und ein anderer Fuchs.«

»Welcher andere Fuchs?«

»Das spielt keine Rolle.«

»Du willst mir seinen Namen nicht sagen?«

»Nicht, solange ich lebe. Ich kann dir nur sagen, er ist der größte Trottel, dem ich je begegnet bin. Keine Fragen mehr, Mark. Ich weiß genau, was ich dir sagen will. Du kriegst von mir die nackten Fakten, und dann kriegst du noch meine Theorie dazu. Lehn dich also einfach zurück und hör zu.«

Mark zuckte die Achseln und nickte.

Turlington stellte sein Bier auf den Tisch. »Samstag abend vor dem Unfall«, begann er in leisem, vertraulichem Ton, »gab es eine Fuchsaktivität. Rennabend. Erinnerst du dich noch?«

»Natürlich.«

»Okay. Das Squashballrennen geht also mit der normalen Brutalität über die Bühne. Die Brüder treten uns, prügeln uns, spritzen uns Wodka und Limonade in die Augen, dreschen uns mit Ledergürteln auf den nackten Rücken, lassen heißes Kerzenwachs auf unsere Haut tropfen. Wie es das Unglück will oder wie es die Fäuste der Brüder wollen, beenden zwei andere Füchse und ich das Rennen als letzte. Das heißt, für uns gibt es die Verlierererzugabe. Erinnerst du dich an das Verliererrennen?«

Mark nickte, und vor sein Auge trat eine Szene, die er in seiner kurzen Zeit als Bruder einige Male miterlebt hatte: Die Brüder, die mit aller brüderlichen Macht austeilten. Zwei oder drei Burschen mit verbundenen Augen, die so stolz wie möglich dahinkrabbelten und Hiebe einsteckten, wie sie sonst nur Lasttieren, mittelalterlichen Gefangenen und Sklaven verabreicht wurden. An seine Zeit als Fuchs konnte er sich zwar fast gar nicht mehr erinnern, aber er wußte noch sehr genau, welche Rolle er im zweiten Studienjahr auf der anderen Seite gespielt hatte, und plötzlich wurde ihm speiübel.

»Wir drei müssen also noch mal ran, aber diesmal sind die Schläge schlimmer. Als wir die Ziellinie erreichen, hat Chad Ewing, einer der anderen zwei unglücklichen Verlierer, seinen Squashball verloren oder zum größten Teil verschluckt. Eine Todsünde. Der Fuchsmeister verständigt die Brüder, die sich den Sünder persönlich vorknöpfen. Sie umringen ihn, knüppeln und keilen auf ihn ein, bis er keucht: ›Ihr brecht mir die Rippen … Ihr brecht mir die Rippen …‹«

Die Last der Erinnerung ließ Turlingtons Blick zu Boden sinken. »Als sie damit fertig sind, ihm die Rippen einzutreten, schleppen sie uns drei in die Bar, lassen uns marschieren und singen und gießen uns durch einen Trichter Bier in den Schlund. Dazu ein paar weitere Schläge und diese grausigen Reime. Erinnerst du dich an die Reime? Die die Brüder aufschreiben und vor jeder Fuchsaktivität auswendig lernen, um sie dann parat zu haben?«

»Wie könnte ich so was vergessen?« fragte Mark. Während seiner kurzen Zeit als Bruder hatte er sich gerade im Verseschmieden besonders hervorgetan.

»Also«, fuhr Turlington fort, »mitten im Reimen und Prügeln muß Chad kotzen, und wir drei dürfen das Ganze dann vom Boden lecken. Wir vergnügen uns da unten auf allen vieren, da kommt einer der Brüder und zertrümmert Chad mit einem Baseballschläger die Hand. Er schreit und kriegt Fußtritte ins Gesicht, bis er Ruhe gibt. Sie lassen uns aufstehen und sagen, sie möchten uns einen Bruder vorstellen, den wir noch nicht kennen. Sie verbinden uns die Augen und eine kleinere Gruppe – wahrscheinlich Studenten des ältesten Jahrgangs – führt uns aus der Bar hinauf in den zweiten Stock. Die anderen Brüder und Füchse werden feiern, so hören wir von einem, während wir Bekanntschaft mit Bruder Beam schließen.«

Turlington blickte zu Mark auf. »Erinnerst du dich an Bruder Beam?«

Mark nickte grimmig, und ein Schauer lief ihm über den Rücken. »Jim Beam Whiskey, oder?«

»Genau. Sie bringen uns in ein Zimmer und knallen die Tür hinter uns zu. Zuerst ziehen sie uns die Kleider vom Leib. Dann zwingen sie uns zum Hinknien und lassen irgendeinen gereimten Schrott darüber ab, daß wir die drei schwächsten Füchse sind und Bruder Beam beweisen müssen, wie hart wir im Nehmen sind. Jemand drückt mir ein Glas in die Hand und befiehlt mir, es leerzutrinken, und ich tu's. Es ist ein doppelter Bruder Beam. Das Zeug geht nicht gerade runter wie Honig, wenn du weißt, was ich meine.«

Mark erinnerte sich an seine Fuchszeit und an seinen

einundzwanzigsten Geburtstag und zahllose andere Gelegenheiten. Er wußte, wie Bruder Beam runterging.

»Einer der Brüder drückt mir das nachgefüllte Glas in die Hand, und ich schlucke. Ich habe früher schon hartes Zeug getrunken, aber wie du sehen kannst, bin ich nicht gerade der Größte. Die Drinks hauen voll rein. Auch bei Ewing hauen sie voll rein, denn ich kann ihn husten und hecheln hören. Ich höre, wie ihm jemand eine scheuert und ihm sagt, er soll das Maul halten und austrinken.

Ich leere mindestens fünf doppelte Beams, vielleicht mehr. Ich höre, wie Ewing und dann auch der andere Fuchs zu Boden stürzen. Ich werde gezwungen, den Rest aus ihren Gläsern zu trinken, und zur Sicherheit kriege ich noch eins in die Fresse.«

Turlington nahm einen Schluck. »Ein Bruder teilt uns mit, daß sie jetzt das Zimmer verlassen und daß wir fünf Minuten warten sollen, bevor wir die Augenbinden abnehmen. Ein anderer Bruder meint, wir sollen uns mehr zusammenreißen. Bruder Beam, erklärt er, wird mit jedem Verstoß zorniger.«

»Mein Gott«, sagte Mark. »Was habt ihr denn gemacht?«

»Darauf komme ich später«, antwortete Turlington. »Die Tür klappt zu, und ich scheiße auf die fünf Minuten und rupfe mir die Augenbinde herunter. Der dritte Fuchs ist auf Händen und Knien und spuckt auf den Boden. Ewing ist in Fötusstellung zusammengerollt und hat immer noch die Augenbinde auf. Er stöhnt, blutet, röchelt. Ich helfe dem dritten Fuchs auf, und zusammen versuchen wir, Ewing zu helfen. Es ist zwecklos. Wir sind zu betrunken, um ihn hochzuheben. Der dritte Fuchs und ich, wir schaffen es irgendwie zum Bad im ersten Stock, wo wir uns beide mehrmals übergeben. Dann treten wir hinaus auf den Gang und fallen auf den Boden.«

Turlington schüttelte den Kopf und starrte einige Augenblicke wie gebannt auf die Wand. »Wie ich dort so liege«, sagte er schließlich, »kriege ich allmählich das Gefühl, daß ich mehr als nur betrunken bin. Ich meine, ich bin *total* fertig. Als letztes erinnere ich mich noch daran, daß sich alles um mich dreht, so schnell, daß ich schreien will, aber ich bringe keinen Ton heraus.«

Er fuhr sich mit der Hand durchs Haar und sah Mark in die Augen. »Ich glaube, es war etwas in den Drinks.«

»Was war es?« Mark beschlich ein Unbehagen bei der Erinnerung an Kelly Devereaux' Geschichte und das »desorientierende Element«, das die Sigmas bei ihm benutzt hatten.

»Ich bin mir ziemlich sicher, daß es eine Droge namens Rophynol war. Ich hatte noch nie davon gehört, aber ein paar Tage nach Chads Tod bin ich zu einem Professor für Psychobiologie gegangen und habe ihm die Symptome ›eines Freundes‹ geschildert. Er meinte, jemand hätte meinem Freund ein Mittelchen in seinen Drink gemixt. Und Rophynoltabletten – sogenannte Roofies – sind zur Zeit das beliebteste K.o.-Mittel. Natürlich hat er mich dann nach meinem Freund gefragt, um einzugreifen und zu ermitteln, aber ich habe ihm gesagt, daß mein Freund in Orlando lebt, und vielen Dank auch.«

»Bruder Beam war also mit Schuß?« fragte Mark.

»Mit Schuß.«

»Bei den anderen auch?«

»Wenn es bei mir so war.«

Mark nickte abwesend, versunken in die Erinnerung an seine eigene Erfahrung mit dem Betäubungsmittel. Aber plötzlich fiel ihm etwas ein. »Moment mal!« rief er. »Wir haben doch mit dem Leichenbeschauer geredet. Er sagte, daß Chad betrunken war, aber Roofies hat er mit keinem Wort erwähnt, und auch keine andere Droge. Und im Bericht des Arztes stand auch nichts.«

Turlington zuckte die Achseln. »Ich bin kein Pharmakologe, und ich weiß nicht, wie lang der Körper braucht, um die Droge zu verarbeiten. Ich weiß nur, daß wir alle drei vollkommen groggy waren, und nicht nur vom Alkohol. Ich glaube, es waren Roofies. Und am nächsten Morgen wurde einer von uns auf dem Boden im Wohnzimmer gefunden – das Opfer von Schlägen, Alkohol, Drogen und Schwerkraft.«

Mark starrte Turlington lange an und schüttelte dann den Kopf. »Verrückt.«

Turlington sagte nichts.

»Kann ich dir ein paar Fragen stellen?«

»Kommt darauf an.«

»Shawn hat gehört, daß Chad über und über mit Gedichten beschrieben war, als er gefunden wurde. Weißt du etwas darüber?«

Turlington öffnete den Mund zu einer Erwiderung, schloß ihn dann aber wieder und schüttelte eisern den Kopf. Mark hatte den Eindruck, daß der Freshman mehr wußte, als er zugeben wollte. »Wahrscheinlich weiß ich vieles nicht, was in der Nacht los war. Ich habe keine Ahnung, was mit Chad passiert ist, nachdem der dritte Fuchs und ich den zweiten Stock verlassen hatten, und ich weiß auch nicht, wie er in den ersten Stock gekommen ist. Vielleicht die Treppe runtergefallen. Vielleicht sind die älteren Brüder wieder in das Zimmer gegangen, haben ihn vollgekritzelt und ihn dann in den ersten Stock runtergetragen, damit er ihnen nicht ihr kostbares Revier versauen konnte. Aber das spielt doch sowieso keine Rolle. Ist doch egal, ob sie ihn vollgemalt haben. Was ich dir erzählt habe, reicht locker für ein Verfahren.«

Mark nickte kurz. »Kann ich dir noch eine Frage stellen?«

»Wie gesagt, kommt darauf an.«

»Es war eine Hausparty in Gang, als du zusammen mit dem dritten Fuchs nackt vor dem Bad im ersten Stock gelegen hast. Wie kommt es, daß euch keiner gesehen und geholfen hat? Ein Partygast zum Beispiel, der nicht zur Sigma-Verbindung gehört?«

Turlington zuckte mit den Schultern. »Nackte bei einer Sigma-Party sind doch nichts Besonderes. Das ist doch ganz normal dort. Sigmas sind oft nackt. Das stärkt ihr Zusammengehörigkeitsgefühl.«

Mark nickte, denn ihm war plötzlich klargeworden, daß er vielleicht selbst an Turlington und dem anderen Fuchs vorbeispaziert war, ohne sich das Geringste zu denken. Er *war* auf der Party gewesen und hatte gefeiert bis zum Abwinken. Und wahrscheinlich hatte er sogar das Bad im ersten Stock benutzt.

»Außerdem«, fügte Turlington hinzu, »würden die Sigmas keinen bei einer Hausparty dulden, der den Anblick von ein paar nackten Typen nicht aushält.«

»Wann hast du das Haus verlassen?«

»Am nächsten Morgen. Ich bin von der Sirene des Krankenwagens aufgewacht. Ich habe Angst gekriegt und den dritten Fuchs aufgeweckt. Wir sind in eines der Zimmer von den Brüdern gegangen, haben ein paar Klamotten geklaut und sind dann über die Feuerleiter rausgeschlichen, als im Erdgeschoß schon die Hölle losging. Von den Bäumen aus haben wir dann noch eine Zeitlang das Haus beobachtet. Dann sind wir abgehauen.«

Wieder nickte Mark, aber weniger aus Verständnis als aus Neugier, denn als die Antworten auf seine beiden letzten Fragen in der jeweils zuständigen Datenbank abgespeichert wurden, bildete sich bereits eine neue Frage in ihm, die ihn untergründig schon während des ganzen Gesprächs beschäftigt hatte.

Für einen Sigma sah Turlington nicht nur klein aus.

Er sah auch *jung* aus.

»Wie alt bist du?« Mark grinste über die Einfachheit seiner Frage.

»Warum?«

»Du siehst wirklich jung aus.«

»Ich bin fast siebzehn«, antwortete Turlington abwehrend.

Mark zog die Augenbrauen hoch. »Sind die meisten Collegeanfänger nicht fast neunzehn?«

»Ich habe ein paar Klassen übersprungen.«

»Ach. Du bist also eine Art Wunderkind.«

»Das Wort mag ich nicht.«

»Aber es ist so«, beharrte Mark lächelnd. »Mit zwei hast du *Krieg und Frieden* gelesen, mit drei hast du dir selbst Schach beigebracht, und mit vier warst du bereits ein Meistercellist.«

In Turlingtons Gesicht trat allmählich ein Ausdruck echter Belustigung. »Nein, aber bei der Aufnahmeprüfung für die Schule hatte ich mit 1600 die volle Punktzahl.«

»Wirklich?«

Turlington nickte verlegen.

»Wow.«

»Ja. Hör mal, und was hat das jetzt mit dem zu tun, was ich dir hier die ganze Zeit erzähle?«

»Na, schau dich doch an!« platzte Mark heraus, bevor er sich bremsen konnte. »Ich meine … deine Größe … dein Alter … du siehst einfach nicht wie Sigma-Material aus, um ehrlich zu sein.«

Turlington starrte ihn kurz an. Ein erster Anflug von Gekränktheit wich aber schnell der Einsicht. »Du hast recht. Ich bin kein Sigma-Material. Aber mein Vater war es. Er war Quarterback im letzten Footballteam von Simsbury, das die Landesmeisterschaft der dritten Liga gewonnen hat. Er hält alle Rekorde hier.«

»Natürlich!« Mark klatschte sich mit der Hand auf die Stirn. »Bill Turlington! Sein Name und sein Bild hängen an allen Sigma-Wänden.«

»Das ist mein Dad«, sagte Turlington stolz. »Aber meine Mutter ist ziemlich klein. Das habe ich von ihr.«

Mark lächelte.

»Ich bin eine Art Vermächtnis«, erklärte Turlington. »Mit Sigma-Blut in den Adern geboren, sozusagen. Den Brüdern blieb gar nichts anderes übrig, als mich zu bitten.«

»Dein Vater war bestimmt stolz auf dich.«

Turlington schüttelte amüsiert den Kopf. »Mein Vater hat mich angefleht, nicht beizutreten.«

»Häh?«

»Du hast richtig gehört. Angefleht hat er mich. Er hat mir gesagt, es wäre der größte Fehler meines Lebens. Ich hätte auf ihn hören sollen. Er wußte, was auf mich zukommt.«

»Versteh ich nicht.«

»Das wirst du sehr bald«, versicherte Turlington. »Glaub mir.« Er hob seine Flasche und bemerkte, daß sie leer war. »Kann ich noch eins haben?«

Mark nickte und ging in die Küche. »Du siehst vielleicht nicht aus wie ein Sigma, aber du *trinkst* wie ein Sigma«, rief er über die Schulter.

»Auch nichts, worauf ich stolz sein könnte«, knurrte Turlington.

Als Mark mit dem Bier zurückkam, spähte Turlington durch eine Lücke im zugezogenen Vorhang hinaus in die Nacht. Mark stellte ihm die Flasche auf die Schulter, und der Freshman zuckte zusammen.

»Ganz ruhig«, sagte Mark. »Da draußen ist niemand.«

»Sagst du.« Turlington nahm Mark das Bier ab und schlenderte durchs Wohnzimmer. Zuletzt strandete er wieder auf der Couch und nahm einen Schluck. »Das ist also passiert. Eine schlimme Nacht. Ein schlimmer Sturz. Chad Ewing ist weg vom Fenster. Eine Frage der Physik. Ein einfacher Zusammenhang von Ursache und Wirkung.«

Mark verzog das Gesicht.

»*Warum* es passiert ist«, fuhr Turlington fort, »ist wieder eine ganz andere Geschichte. Eine Geschichte, bei der man tatsächlich glauben könnte, daß Chad Ewing aus einem bestimmten Grund vergiftet und zu Tode geprügelt worden ist. Sehr kompliziert und unheimlich, wenn meine Theorie stimmt. Aber ich glaube, daß sie stimmt.«

»Welche Theorie?«

Turlington hielt Marks Blick und sagte dann: »Die Theorie der verbundenen Parteien.«

Mark schüttelte verständnislos den Kopf.

»Weißt du, was eine verbundene Partei ist?«

Mark zuckte die Achseln. »Irgendwas Politisches?«

Turlington grinste. »Es ist ein Geschäftsausdruck. Hat mit Wirtschaftsprüfung zu tun. Offenlegungspflicht vor der Börsenaufsichtsbehörde, solche netten Sachen. Mein Dad könnte dir bestimmt eine Lehrbuchdefinition geben. Er ist Gesellschafter einer der sechs großen amerikanischen Wirschaftsprüfungsfirmen in New York. Er könnte dir eine juristisch stichhaltige Definition geben, und du würdest sie wahrscheinlich trotzdem nicht verstehen. Aber ich habe in meiner Highschoolzeit jeden Sommer als Praktikant bei meinem Dad gearbeitet. Da mußte ich Arbeitspapiere abheften und überprüfen, ob alle Checklisten ausgefüllt worden waren. In der Zeit habe ich eine laienhafte Vorstellung von dem bekommen, was eine ›verbundene Partei‹ ist.«

Ein Schluck. »Angenommen, wir beide sind gute Freunde. Du gründest ein Unternehmen und verdienst eine Million. Dann ziehst du eine Tochtergesellschaft auf und machst mich zum Chef. Dein Unternehmen und meines sind jetzt verbundene Parteien, und wir sind verpflichtet, die Transaktionen zwischen uns offenzulegen. Sonst könnten wir einfach gegenseitig Verkäufe machen und damit unsere Bilanzen frisieren. Das wäre eine Irreführung der Börsenaufsicht und potentieller Anleger. Kapiert?«

»Nein.«

»Macht nichts, ich kapier's auch nicht.« Turlington schüttelte den Kopf. »Und wahrscheinlich war das Beispiel bescheuert. Aber das ist egal, weil ich meine eigene Theorie zu verbundenen Parteien habe und dazu, wie sie mit Sigma zusammenhängen. Und wie das wiederum in Beziehung steht zu dem Morgen, an dem Chad Ewing über das Geländer gefallen ist.«

Er hielt inne und drückte die Zeigefinger wie Spieße geben beide Seiten des Gesichts. Mark wünschte sich fast, die Geschichte möge zu Ende sein. Er hatte wenig Lust auf eine Lektion in Volkswirtschaft.

»Was du zuallererst wissen mußt«, begann Turlington, »und bestimmt weißt du es sowieso schon, ist, daß eine Verbindung streng hierarchisch funktioniert. Die Älteren beherrschen die Jüngeren, und die Reicheren beherrschen alle. Es ist wirklich ganz einfach und tatsächlich auch sehr zweckmäßig. Können wir uns darauf einigen?«

Mark zuckte die Achseln. »Wenn du meinst.«

»Komm schon, Mark. Hör mir zu.« Turlington stand kurz auf, um sich am Hintern zu kratzen, und setzte sich wieder. »Nun, für Sigma gilt das gleiche wie für alle anderen Verbindungen. Bloß daß die Hierarchie bei Sigma nicht nur streng ist. Sie ist das *Gesetz*. Ein seit zweihundert Jahren unumstößliches Gesetz. Und aus Gründen, wie sie in all diesen archivierten, geheimnisvollen Büchern im Bruderschaftssaal angepriesen werden, können Sigmas in viel höhere Sphären der Macht vordringen. Sigma, das ist wie Microsoft unter den Bruderschaften. Wie die New York Yankees der Verbindungen. Wenn so viel Macht auf dem Spiel steht, ist es entscheidend, daß alle Brüder warten, bis sie an der Reihe sind, und daß sie in unvergänglicher Treue dem Gesetz dieser Hierarchie gehorchen. Die Brüder, die an der Macht sind, erteilen die Befehle, und die Brüder weiter unten führen sie aus. Und zwar *ohne jede Ausnahme,* denn die nachrückenden Brüder bekommen die Schlüssel zum Königreich, und diese Schlüssel sind wirklich unbezahlbar. Brüder, die die Befehle *nicht* befolgen, müssen die Konsequenzen tragen. Ich glaube ... ich glaube, am besten kann ich es dir klarmachen, wenn ich dich mitnehme auf dem Weg eines Sigma-Bruders, den du ja selber einmal eingeschlagen hast. Nur diesmal geht es die ganze Strecke bis zum Palast am Ende des Weges, damit du siehst, wovon ich hier eigentlich rede.«

»Sag mir doch einfach, warum Chad über das verdammte Geländer ...«

»Halt die Klappe. Ich sag dir, warum, aber du mußt mir Zeit lassen.« Turlington schüttelte verärgert den Kopf und holte tief Atem. »Okay, fangen wir an. Das Leben als Sigma-Bruder hat drei Phasen. Du hast nur die erste Phase und einen Bruchteil der zweiten Phase kennengelernt. Die erste Phase ist die Fuchszeit. Sagen wir, du bist wieder ein leicht zu beeindruckender Collegeanfänger, der sich unter all den aufgeblasenen Sportskanonen an einer neuen Schule zurechtfinden muß. Da kommen supercoole Typen, die dir bei einem Faß Bier das Gefühl geben, du bist ein Mann und was Besonderes. Sie überreden dich dazu, daß du Sigma-Fuchs wirst. Dann kommt die Fuchszeit mit all ihren Schrekken. Der Sigma-Stolz wird dir regelrecht eingeprügelt.

Auf schmerzhafte, krankhafte Weise lernst du, was es heißt, bedingungsloses Vertrauen zu spüren und zu verdienen. Du schwörst, daß du für deine Mitfüchse und die Brüder über dir töten und sterben wirst. Du hörst die Reime, hältst sie für kreativ, unheimlich und cool, und folgst getreu den Befehlen in den Versen. In der ersten Phase siehst du manchmal die alten Herren im Haus herumschwirren, du hörst die älteren Studenten, die ab und zu von ihnen reden, aber du hast keine Ahnung von ihrer beherrschenden Rolle. Was dich betrifft, existieren die alten Herren noch nicht einmal. Und selbst wenn sie in seltenen Fällen dein verängstigtes Gesichtsfeld durchqueren, kommst du nicht auf die Idee, daß sie immer noch Brüder sind. Dein Horizont reicht kaum über vier Wochen und bestimmt nicht über vier Jahre hinaus, und so siehst du die älteren Studenten als wahre, vielleicht sogar als einzige Brüder, denn *ihre* Befehle befolgst du bei Tag und bei Nacht, ohne Fragen zu stellen.

Die zweite Phase beginnt nach der Initiierung. Das ist die Stufe des studentischen Bruders, die du bis zum zweiten Studienjahr kurz miterlebt hast. Über drei Jahre wildes Spielen und Trinken und Kämpfen an der Seite der begabtesten und physisch furchterregendsten Männer auf dem Campus. Über drei Jahre, in denen du dir deine eigenen Reime ausdenkst und sie den Füchsen entgegenschleuderst. Und eine Tradition, die so stolz und sexy ist, daß du am liebsten jedesmal ein Lied schmettern würdest, wenn du durch die Tür des spektakulärsten Hauses kommst, das du je gesehen, geschweige denn bewohnt hast.«

»An das Gefühl kann ich mich erinnern«, sagte Mark.

Turlington nickte. »In der zweiten Phase vergißt du, wie dein Leben vor Sigma war. Und du kannst dir nicht mehr vorstellen, ohne Sigma zu leben. Deshalb ist in zweihundert Jahren nicht ein Bruder aus der Verbindung ausgestiegen. Kein einziger. Einige Füchse, sicher, aber kein Bruder. Und das ist auch verständlich, denn die zweite Phase gibt dir das Gefühl der Unbesiegbarkeit. Eine Wir-gegen-den-Rest-der-Welt-Mentalität. Du bist niemandem außer deinen Brüdern Rechenschaft schuldig. Und den alten Herren natürlich. *Vor allem* den alten Herren. In der zweiten Phase erfährst du, wie sehr sie die Sigma-Welt dominieren. Und es ist eine ehrfurchtgebietende Dominanz. Du brauchst Kohle? Die alten Herren schmeißen sie dir nach. Du brauchst eine Praktikantenstelle im Sommer? Du mußt dich nur bei den freundlichen alten Herren in deiner Nachbarschaft umschauen, von denen dich die meisten allein mit einem Sommergehalt zum reichen Mann machen könnten. Und was erwarten sie als Gegenleistung? Sie erwarten, daß du ihre Befehle befolgst. Die alten Herren sind der Meinung, daß du dich besser für ein anderes Hauptfach eignest? Du wechselst besser das Fach. Die alten Herren sind der Ansicht, daß deine Freundin deinem Erfolg im Studium, deinen Leistungen auf dem Sportplatz oder deiner Fähigkeit zur Treue gegenüber der Bruderschaft im Wege steht? Du wechselst besser die Freundin. Simsbury ist ein geisteswissenschaftliches College, aber manche Entscheidungen kannst du als gehorsamer Sigma-Bruder nicht allein treffen. Du machst deinen Abschluß und kommst in die dritte Phase. Das wirkliche Leben. Nur daß es *nicht* das wirkliche Leben ist, weil du jetzt ein alter Herr der Verbindung Sigma Delta Phi bist. In der dritten Phase wirst du für deine studentische Treue belohnt und bekommst die Schlüssel zum Königreich. Einstellungsgespräche? Überflüssig. Bewerbungen bei Universitäten? Überflüssig. Die Arbeitsstelle kriegst du einfach. An der Uni wirst du einfach eingeschrieben. Wo du wohnst, wird dir gesagt.

Einer der mehreren hundert Sigma-Brüder im ganzen Land nimmt dich unter seine Fittiche und *befiehlt* dir, welche Karriere du einschlagen sollst. Du erhältst einen Auftrag wie ein Soldat. Du wirst dabei überhaupt nicht gefragt, aber das ist dir völlig egal. Fünfzig-, sechzigtausend mit Nebenleistungen sofort nach dem College und die Aussicht auf eine sechsstellige Zahl und Aktienoptionen schon nach wenigen Jahren – ein Angebot, bei dem man nicht nein sagt. Du wirst ein kleines Rädchen in der vielleicht gigantischsten Geschäftsmaschinerie der USA oder sogar der ganzen Welt.«

Er warf Mark einen seltsamen Blick zu. »Ist dir klar, worauf ich hinauswill?«

»Irgendwie schon.«

Turlington setzte sich zurecht. »Hör zu. Die Jahre vergehen. Jetzt bist du an der Reihe, du gibst jetzt die Befehle. *Du* bist jetzt der große Guru, der die wichtigen Entscheidungen in seinem Unternehmen trifft. Mit wem wirst du Geschäfte machen? Wen willst du als potentiellen Kunden gewinnen? Wen wirst du mit der Prüfung deiner Bücher beauftragen? Wer wird dich bei Rechtsstreitigkeiten vertreten? Wer soll deine privaten Investitionen abwickeln?« Er lehnte sich vor. »Wem kannst du bedingungslos vertrauen?«

Er lehnte sich wieder zurück. »Deinen treuen Brüdern natürlich. Für alle wichtigen Geschäftserfordernisse gibt es in allen wichtigen Städten einen Sigma. Wir reden hier nicht über Mechaniker, Mark. Wir reden über Anwälte und Makler und Unternehmensaufkäufer und Versicherungsmogule und Investmentbanker, die alle eine bestimmte Rolle spielen, weil sie sich noch sehr gut daran erinnern können, wie es gekommen ist, daß sie mit achtundzwanzig Millionäre und mit vierzig vielleicht sogar Milliardäre waren. Sigma ist eine einzige, riesige verbundene Partei.«

Er zeigte mit dem Flaschenhals in Marks Richtung. »Aber der Schlüssel zur dritten Phase ist der Erfolg der zweiten Phase. Und der Schlüssel zur zweiten Phase ist der Erfolg der ersten Phase. Darum erteilen die alten Herren den Studenten Befehle, und darum erteilen die Studenten den Füchsen Befehle. Es ist eine Erfolgsgleichung, die von unten nach oben führt. Die Gleichung beruht auf Statur, geistiger Einschüchterung, körperlicher Schikane und Angst, aber sie funktioniert.

Und sie fängt an bei den Füchsen. Das darfst du nie vergessen. Sigma ist darauf *angewiesen*, die Allerbesten zu gewinnen und aufzunehmen. Nicht unbedingt die Klügsten, aber die Fähigsten mit dem größten Selbstbewußtsein und der besten Arbeitsmoral. Die, die sich am besten in ein Team einfügen und Befehle befolgen. In neun von zehn Fällen sind es die Collegesportler, die es auch im Geschäftsleben zu etwas bringen. Sie sind diejenigen, die sich reinhängen und die schmutzige Arbeit für einen höheren Zweck machen, über den sie erst später aufgeklärt werden. Die Verbindung ist darauf *angewiesen*, daß solche Jungs durch ihre Tore spazieren.

Und dazu muß Sigma dieses Haus behalten. Darauf läuft das Ganze im Grunde genommen hinaus. Das Haus ist die Keimzelle für diese Maschinerie. Eine Verbindung kann unmöglich achtzehnjährige Helden anlocken, wenn sie nicht über ein großes, prächtiges Haus mitten auf dem Campusgelände verfügt. Kein Quarterback oder Lacrosse-Mittelfeldspieler wird sich in einer Verbindung rumtreiben, die ihr Hauptquartier in einer Studentenbude hat. In einer Studentenbude kannst du kein Bierfaß kalt stellen. In einer Studentenbude hängen keine heißen Girls rum.

Das Haus ist der Schlüssel. Eine Verbindung braucht ein *Haus*.«

»Aber Sigma hat doch ein Haus«, sagte Mark.

Turlington schüttelte den Kopf. »Nicht, wenn die Verbindung vom College aufgelöst wird. Das Haus steht auf Collegegrund. Es könnte genausogut das spektakulärste Wohnheim sein, das du je gesehen hast, verstehst du? Deswegen ist eine Fortsetzung der Untersuchung durch den Disziplinarausschuß so gefährlich. Der Ausschuß ist der verlängerte Arm des Aufsichtsrates. Der Aufsichtsrat trifft die Entscheidungen über das studentische Leben, und er bestimmt, wie die Collegeanlagen genutzt werden.«

Mark seufzte schwer. »Mensch, Greg. Ich dachte, Füchse haben keine Ahnung. Woher weißt du denn das alles?«

Turlington lächelte grimmig. »Ich bin Bill Turlingtons Sohn. Ich hab doch gesagt, daß ich mit Sigma-Blut in den Adern aufgewachsen bin.«

»Na und? Ich bin mit Mohawkblut in den Adern aufgewachsen, und ich weiß praktisch gar nichts über meine Vorfahren. Ich kann höchstens noch ›Hallo‹ und ›Tschüs‹ sagen und vielleicht ...«

»Nimm's mir nicht übel, Mark, aber das ist nicht das gleiche. Du kannst so viele Sprachkurse besuchen, wie du willst, aber fließend beherrschst du eine Sprache erst, wenn du in dem Land lebst, in dem sie gesprochen wird. Ich war bei *jedem* Treffen der alten Herren hier dabei, und da habe ich sehr viel gelernt, wenn sich mein Dad und seine Brüder unterhalten haben. Aber wichtiger war noch, daß ich bei meiner Arbeit für Dad Zugang zur privaten Business-Webseite von Sigma hatte. Immer wenn ich nichts zu tun hatte – das ist bei einer Wirtschaftsprüfungsfirma im Sommer ziemlich oft der Fall – habe ich sie studiert.« Er schüttelte den Kopf. »Diese Webseite ist wie ein Rezept für Reichtum. Ausführliche Börsentips. Trickreiche Steueranregungen. Ausgetüftelte Projektpläne. Neueste Infos über die Sigma-Ruhestandsversorgung. Berichte darüber, wer mit Hilfe von welchem Bruder was macht. Wenn ich reingegangen bin, habe ich jedesmal etwas über einen neuen Millionendeal unter Brüdern erfahren.« Er zog die Augenbrauen hoch und nickte. »Aus Erfahrung und eigenen Nachforschungen weiß ich, was Sigmas Herzschlag ausmacht und was ihn zum Stillstand bringen kann. Die anderen Füchse haben keine Ahnung, aber ich schon.«

»Dann möchte ich dir eine Frage stellen«, sagte Mark. »Wenn der Disziplinarausschuß für Sigma solch eine Bedrohung ist, warum sind die Brüder dann so blöd, daß sie Füchse unter Drogen setzen? Warum sollten sie so weit gehen, jemanden *umzubringen*?«

Turlingtons Miene wurde wieder finster. »Das ist eine gute Frage, aber ich glaube, ich kann sie beantworten.«

»Natürlich. Du hast eine Antwort auf alles.«

»Nicht auf alles. Deswegen bin ich ja hier. Aber auf deine letzte Frage habe ich eine Antwort.«

Er lehnte sich vor, um an den Zungen seiner Stiefel zu ziehen, und setzte sich wieder auf. »Meiner Meinung nach gibt es eine Kommunikationssynapse, bei der die Sigma-Hierarchie eine geographische und generationsbedingte Kluft nicht überbrücken kann.«

»Könntest du das bitte auf verständliche Weise ausdrücken?« sagte Mark.

»Entschuldigung.« Turlington lächelte und sog tief die Luft ein. »Die alten Herren beherrschen Sigma zwar, geben genaue Anweisungen und was weiß ich noch, aber sie können nicht überall gleichzeitig sein. Sie leben in Villen außerhalb von Boston und New York und Chicago und Philadelphia, und das heißt, sie können nicht alles überwachen, was in ihrer geliebten Verbindung in einem Kuhdorf von Maine abgeht. Und das hat ja auch seinen Sinn. Ich meine, die Studenten müssen zumindest ein paar Entscheidungen selber treffen. Zum Beispiel sind sie für die Hauswahlen zuständig. Sie entscheiden, wann Partys stattfinden. Und sie entscheiden, wer ein Fuchs wird. Verstehst du? Sie sind bei diesen Sachen wie Soldaten auf dem Schlachtfeld. Sie befolgen die allgemeinen Befehle der alten Herren, aber auf bestimmte Situationen müssen sie selbständig reagieren.

Dabei darfst du aber nicht vergessen, daß das ja noch Kids sind, die ab und zu auch mal Fehler machen. Zum Beispiel war es reichlich blöd, uns oben so zu schikanieren, während unten eine Hausparty lief. Sie können von Glück sagen, daß bei der Party außer den Sigmas nur Besoffene und Ahnungslose waren.«

Mark zuckte innerlich zusammen, sagte aber nichts.

»Es kommt immer wieder vor, daß ungeeignete Kandidaten durch die Maschen schlüpfen. Nichtsportler. Loser. Füchse mit offensichtlichen Schwächen. Füchse, die der gesamten Bruderschaft bis ganz nach oben schaden können. Solche Füchse sind wie aufsässige Soldaten, eine Schande für die Verbindung, und können nicht geduldet werden. Solche Füchse müssen auf Befehl der Ehemaligen aus der Verbindung entfernt werden. Chad Ewing war ein solcher Fuchs. Genauso wie der dritte Fuchs, der an unserer privaten Foltersitzung beteiligt war.«

»Aber du nicht«, bemerkte Mark schelmisch.

Turlington schüttelte den Kopf. »Nein, ich nicht. Ich habe eine andere Schwäche. Ich bin eine zukünftige Belastung der illoyalen Art. Schuldig durch Vererbung.«

»Kapier ich nicht.«

»Um das zu erklären, muß ich etwas weiter ausholen. Ich hatte doch gesagt, daß mich mein Vater angefleht hat, der Verbindung nicht beizutreten. Damals habe ich nicht verstanden, warum. Ich meine, Sigma hat ihm wirklich sehr geholfen. Sigma hat seinen Heldenstatus auf dem Campus gefördert. Sigma hat ihm seine Stelle bei einer der großen sechs Wirtschaftsprüfungsfirmen beschafft, obwohl er vom Rechnungswesen keine Ahnung hatte. Von Sigma hat er einen Kunden nach dem anderen bekommen. Sigma hat ihn zum wichtigsten Gesellschafter seines Unternehmens gemacht, was die Bindung und die Gewinnträchtigkeit seiner Kunden angeht. Deshalb konnte ich mir nicht erklären, daß mein Vater verzweifelt versucht hat, mich vom Beitritt zu der Verbindung abzuhalten, der er seinen ganzen Erfolg zu verdanken hat.

Die erste Woche der Fuchszeit lief so ziemlich, wie ich es erwartet hatte. Es war klar, daß Ewing und der andere Fuchs auf dem falschen Dampfer waren – Fehler bei der Rekrutierung, wenn man so will –, und sie mußten Schläge ohne Ende einstecken. Ich war mir ziemlich schnell sicher, daß die Brüder die beiden rausekeln wollten. Aber in der dritten Woche wurde ich auf einmal mit den beiden in einen Topf geworfen. Jetzt war ich auch ein Prügelknabe, einfach so. Hatte ich etwas falsch gemacht? Ich war mir keiner Schuld bewußt. Ich hatte alle Befehle befolgt. Ich hatte die ganzen Demütigungen stoisch über mich ergehen lassen. Warum gingen sie jetzt plötzlich auf mich los? Ich hatte keine Ahnung. In dieser Woche hat mich mein Vater jeden Abend angerufen und mich mit seiner väterlichen Stimme gefragt, ob alles in Ordnung ist. Ich habe gelogen und gesagt, alles ist okay. Aber ich bin ins Nachdenken gekommen. Wußte er etwas, was ich nicht wußte? Ich mußte es herausfinden, weil mein Leben auf einmal sehr qualvoll geworden war.

Ich war mir sicher, daß nichts in meinem Verhalten diese Mißhandlungen ausgelöst hatte, und nach allem, was ich im Lauf der Jahre erfahren hatte, konnte ich nur davon ausgehen, daß die Antwort in den Geschäften meines Vaters liegen mußte. Er ist Kundenbetreuer für einige große Unternehmen. Unternehmen auf der *Fortune*-500-Liste. Unternehmen, die für Schlagzeilen sorgen, wenn der Vorstandsvorsitzende einen Furz läßt. Und die meisten seiner Kundenunternehmen haben Wurzeln in der Sigma-Verbindung. Gegründet von einem Sigma. Geleitet von einem Sigma. Von einem Sigma zur Aktiengesellschaft gemacht. Man kann sich leicht ausmalen, was in der dritten Phase der Sigma-Welt los ist. Man muß nur die erste Seite von irgendeiner Wirtschaftszeitung lesen. Also habe ich ein bißchen recherchiert. Ich hatte zwar keinen Zugang zur Business-Webseite von Sigma, aber ich hatte Zugang zur Simsbury-Bibliothek. Und dort habe ich einen ganzen Sonntag lang neuere Ausgaben des *Wall Street Journal* und der *New York Times* gelesen.

Eines von den Kundenunternehmen meines Vaters, die von zwei jungen Sigma-Ehemaligen gemeinsam gegründeten und geleiteten Spencer Gluck Industries, hatte an einem Projekt gearbeitet, das das gesamte Europa nach dem kalten Krieg unter einem gemeinsamen Telekommunikationsdach zusammenfassen sollte. Es war ein riesiges Projekt, Mark. Absolut gigantisch. Sie hatten die Vorarbeit geleistet, mit der Hälfte der europäischen Länder Verträge geschlossen und sogar eine Marketingkampagne gestartet.

Aber das Ganze ist im Januar zusammengekracht, weil mein Dad den Jahresbericht von Spencer Gluck nur mit einem eingeschränkten Bestätigungsvermerk versehen hat. Die Banken haben ihre Finanzierungszusagen zurückgezogen, Deutschland ist ausgestiegen, und Spencer Gluck stand allein mit den ganzen Zahlungsverpflichtungen da. Damit sind sie so gut wie erledigt.« Turlington hob beschwörend die Hand. »Verstehst du, Mark, mein Vater hat zwei von seinen Brüdern abgeschossen. Natürlich ist es seine Aufgabe als Wirtschaftsprüfer, eine unabhängige Meinung zu den Büchern seiner Kunden abzugeben. Aber irgendwie habe ich das Gefühl, daß er den Auftrag nicht wegen seiner Unabhängigkeit bekommen hat. Er hat den Auftrag bekommen, damit er die Bücher uneingeschränkt bestätigt und anschließend für sein Schweigen ein Prüfungshonorar in sechsstelliger Höhe kassiert. Aber anscheinend ist ihm seine Ehrlichkeit in die Quere gekommen.

Ich hab die Sekretärin meines Vaters angerufen, und sie hat mir gesagt, der Auftrag von Spencer Gluck war vom ersten Tag an ein Alptraum. Und dann kam ein Anruf nach dem anderen von Dads großen Kunden – Unternehmen von Sigmas, dachte ich mir –, die mitteilten, daß sie ihre Buchprüfung in Zukunft von einer anderen Firma machen lassen würden. Mein Dad war am Boden zerstört. Die anderen Gesellschafter machten sich Sorgen um ihn und schlugen ihm vor, einen kleinen Urlaub zu nehmen.

Jetzt ergab das alles einen Sinn. Mein Vater hat die Sigma-Brüder verraten. Er hat sozusagen seine Befehle nicht befolgt, und darum können ihm all die verbundenen Parteien dort draußen nicht mehr bedingungslos vertrauen. Und weil *er* nicht mehr vertrauenswürdig ist, bin *ich* es auch nicht mehr. Er hat das Fiasko mit Spencer Gluck vorausgesehen und mir deswegen vom Beitritt zu Sigma abgeraten. Ich habe nicht auf ihn gehört, und jetzt bin ich in der ersten Phase wehrlos der Gnade von jungen Männern in der zweiten Phase ausgeliefert, die die Befehle von reichen Männern in der dritten Phase befolgen.

Mir war klar, daß ich aussteigen mußte, und ich hab noch überlegt, wie ich es am besten anstellen sollte, als der ›Unfall‹ passierte. Der Disziplinarausschuß hat eine vorläufige Untersuchung angesetzt, und die Brüder erinnerten uns an unsere Eide und das Gesetz des Schweigens. Jetzt konnte ich nicht mehr aussteigen. Ich war ein Zeuge. Bestimmt hätten die Brüder sich einen Reim auf meinen Abschied gemacht und mich zum Schweigen gebracht.

Sie haben Chad Ewing umgebracht, weil er schwach war. Ich, der Fuchs mit illoyalem Blut in den Adern, weiß etwas über seinen Tod, das sie vernichten könnte. Warum sollten sie also davor zurückschrecken, mich umzubringen?«

Mark zog die Augenbrauen hoch und schüttelte sich, wie um klaren Kopf zu gewinnen. »Das ist eine erstaunliche Geschichte, Greg. Im Gegensatz zu dir war ich einmal Sigma-Bruder. Und ich habe nie etwas von einer ersten, zweiten und dritten Phase und von diesem Schrott über verbundene Parteien gehört.«

Turlington deutete sich mit dem Daumen auf die Brust. »So nenne ich das doch nur. Mark, was ich dir erzählt habe, beruht alles auf Erfahrungen und Nachforschungen. Hast du mir nicht zugehört?«

»Ich hab dir sehr genau zugehört. Und deine Geschichte ist unlogisch.« Mark lehnte sich vor. »*Wenn* dir die Ehemaligen tatsächlich nicht vertraut haben, und *wenn* sie die anderen beiden Füchse für zu schwach hielten, warum haben sie euch dann nicht einfach rausgeschmissen?«

Turlington lächelte wieder. »Collegeregeln, Kumpel. Ich hab's nachgeschlagen. Es ist ein Verstoß gegen die Satzung von Simsbury, Artikel 14 zur Sozialpolitik, Abschnitt 6, Paragraph 11, einen Fuchs oder einen Bruder – oder einen *Bruder*, Mark« – er deutete wissend – »aus einer Verbindung auszustoßen, nachdem man ihn zum Beitritt aufgefordert hat. Der Dekan, der Disziplinarausschuß oder der Aufsichtsrat sind dazu befugt, das weißt du ja sicher, aber die Verbindung selbst darf keine Relegation aussprechen.«

Mark erinnerte sich vage an etwas, was Kelly Devereaux vom Stapel gelassen hatte. »Tatsächlich?«

»O Mann«, sagte Turlington. »Du bist doch im Disziplinarausschuß. Das müßtest du doch wissen. Ja, es ist ein Verstoß. War schon immer so. Wahrscheinlich möchte das College die Gefühle von Nieten schützen, die sich erst als Nieten zu erkennen geben, nachdem sie zum Eintritt in eine Verbindung aufgefordert worden sind. Aber diese Vorschrift heißt noch lange nicht, daß sich eine einfallsreiche Verbindung wirklich mit einem unerwünschten Fuchs abplagen muß. Es gibt verschiedene Möglichkeiten, die Schwachen und Illoyalen loszuwerden, und am wirkungsvollsten ist es, wenn der Fuchs selbst das Handtuch wirft. Und das erreicht man am leichtesten, wenn man ihn körperlich und geistig bis zum Zusammenbruch treibt. Und dazu müssen die Brüder die Ärmel hochkrempeln und alle Register ihrer Kreativität ziehen, wie man sie zum Beispiel an den krankhaften Gedichten ablesen kann, die den Füchsen jede Nacht um die Ohren fliegen.«

»Wenn ich mich recht erinnere«, sagte Mark, »war die Fuchszeit schon immer so. Es ist schon immer darum gegangen, die Füchse bis zum Zusammenbruch zu treiben. Aber das heißt nicht, daß die Brüder jemanden *umbringen* wollten.«

»Ich habe nicht gesagt, daß sie jemanden umbringen wollten. Ich habe gesagt, daß sie jemanden loswerden wollten. Und das ist ihnen bei Chad wirklich gelungen. Befehl gegeben. Befehl befolgt. Auftrag erledigt.«

Mark stellten sich die Haare auf. »Ja«, flüsterte er zögernd. Turlingtons Theorie leuchtete ihm immer mehr ein. »Aber ich kann mir einfach nicht vorstellen, daß du mit den anderen gefoltert worden bist, für etwas, was dein *Vater* getan hat.«

»Warum nicht? *Du* bist doch auch reingelegt worden, für etwas, was *dein* Vater gemacht hat.«

Mark krampfte sich der Magen zusammen. »Woher weißt du …?«

»Also«, sagte Turlington, »ob du's glaubst oder nicht, aber nicht alle Sigma-Studenten wissen, daß du reingelegt worden bist. Ich selbst weiß es nur, weil Pete Thresher seine große Klappe nicht halten kann. Am Montag nach Chads Tod habe ich zufällig mitgekriegt, wie er sich mit einem anderen Bruder über den Disziplinarausschuß unterhalten hat. So kamen sie natürlich auf dich und die Geschichte deiner Familie und darauf, daß du wegen dieser Geschichte ein Makel für den stolzen Ruf der Verbindung warst und daß sie dir eine Falle stellen mußten, um diesen Makel auszulöschen. Natürlich hat mich interessiert, was Thresher zu erzählen hatte, aber irgendwie habe ich ihm nicht abgenommen, wie er die Sache erklärt hat. Es kam mir so … *kitschig* vor. Es mußte noch einen anderen Grund dafür gegeben haben, daß sie sich so viel Mühe machten, um dich loszuwerden. Also bin ich danach am Abend wieder in die Bibliothek gegangen und habe in den Nachrichten nach dem Namen ›Jessy‹ gesucht. Und natürlich habe ich zigtausend Artikel gefunden, die alle aus der Zeit von vor zwölf Jahren waren und von den Ereignissen und den Nachwirkungen von Cherry Plain handelten. Ich hab das über deine Mutter und deinen Vater und über diesen Heckenschützen gelesen.«

Er sah Mark mit einer Mischung aus Mitgefühl und Härte an. »Aber vor allem habe ich gelesen, daß dein Dad noch auf der Flucht ist und zu den zehn meistgesuchten Leuten des FBI gehört. Ich habe gelesen, daß es bei einem deiner Jugendligaspiele fast zu Krawallen gekommen ist, weil du mit dem Metallschläger auf einen Marshal losgegangen bist, der nach deinem Dad Ausschau hielt. Ich habe einen Leitartikel gefunden, der sich dagegen wendet, daß das FBI Kinder verhört.« Er lehnte sich wieder zurück. »Als ich das gelesen habe, wurde mir klar, daß du aus ganz anderen Gründen reingelegt worden bist, als diese paar Studenten glauben. Nicht weil dein Nachname den ehrenhaften Ruf der Verbindung beschmutzt hat oder so ein Scheiß. Ich glaube, der Grund war der, daß du mit deiner Mitgliedschaft in der Verbindung unerwünschte Aufmerksamkeit von unerwünschter Seite angezogen hast.«

Mark runzelte die Stirn. »Wie meinst du das?«

»Bei diesem landesweiten Netz von verbundenen Sigma-Parteien und bei dieser weitverzweigten Familie von treuen Sigmas, die gigantische Gewinne scheffeln, liegt es da nicht auf der Hand, daß irgendwo in diesem Gebräu auch etwas Illegales läuft?

Mein Vater hat mir mal erklärt, daß Sigma-Ehemalige ein Prozent ihres Einkommens in einen Pool spenden müssen. Da kommen im Jahr ungefähr zehn Millionen zusammen. Jedes Jahr. Und das ist nur der Grundstock. Der Pool wird geschickt investiert und immer wieder neu investiert. Er wirft im Jahr mindestens einen Gewinn von dreißig Prozent ab und enthält nach Schätzungen meines Vaters über eine Milliarde Dollar. Ein Teil davon geht als jährliche Dividende an die Glücklichen, die Sigmas sind, und der Rest wird je nach Bedarf zur Finanzierung von Projekten reicher Ärsche verwendet. So will es der Sigma-Brauch. Zinslose Darlehen für neue Geschäftsvorhaben. Für Rechtsstreitigkeiten. Für Neujahrspartys.

In letzter Zeit habe ich darüber nachgedacht, wofür dieses Geld sonst noch benutzt wird. Vielleicht zur Beeinflussung von Kongreßabgeordneten. Vielleicht zur

Bestechung von Richtern. Vielleicht sogar, um Cops, Leichenbeschauer und Ärzte einer Kleinstadt dazu zu bewegen, einen verdächtigen Todesfall zu ignorieren.«

Und vielleicht wird es benutzt, damit Kelly Devereaux für fünfundzwanzigtausend einen Sigma-Bruder wegen versuchter Vergewaltigung hinhängt, dachte Mark.

»Hast du's kapiert, Mark? Sigma-Mitglieder sind nicht die einzigen verbundenen Parteien in dieser Gleichung. Eine verbundene Partei kann *jeder* sein, der den Mund hält und finanziell vom Umgang mit Sigma profitiert. Wir reden hier von sehr viel Kohle, und davon fließt wahrscheinlich einiges in dunkle Kanäle. Vielleicht sogar kriminelle Kanäle. Man kann davon ausgehen, daß die Steueranwälte von Sigma diesen Trust arrangiert haben, um neugierige Blicke möglichst zu vermeiden. Aber trotzdem besteht natürlich das Risiko, daß die Steuerfahnder oder das FBI über etwas Illegales stolpern. Und dadurch könnte eine Lawine losgetreten werden, die für Sigma wirklich bedrohlich wäre. Und ich vermute, daß Sigma nur einmal in zweihundert Jahren Besuch vom FBI gekriegt hat. Und das war in der Zeit, als du ein Bruder warst.«

»Ach du Scheiße«, flüsterte Mark.

Turlington nickte. »Die alten Herren überprüfen die neuen Füchse bestimmt auf ihren Hintergrund, so wie es die Personalabteilung eines Unternehmens bei einem Bewerber macht. Aber du hast dich über deine Vergangenheit so gründlich ausgeschwiegen, daß sie wahrscheinlich erst nach deiner Initiierung herausgefunden haben, wer du wirklich bist. Und das ist wahrscheinlich dein Glück, denn wenn sie es früher herausgekriegt hätten, wär's dir vielleicht gegangen wie Chad Ewing. Aber sie mußten dich natürlich loswerden, also haben sie auf ihre Chance gewartet und die Sache gut geplant.«

Ja, dachte Mark, *sie haben es sehr gut geplant.*

»Und schließlich haben sie erreicht, was sie wollten«, sagte Turlington und zeigte auf Mark. »Du ziehst regelmäßige Nachprüfungen des FBI auf dich, aber seitdem du aus der Verbindung verschwunden bist, hat Sigma nichts mehr zu befürchten.«

»Außer den plötzlichen Tod eines Fuchses.«

Turlington nickte. »Genau. Mit ihrer ganzen Geheimhaltung ist eine Bruderschaft auf allen Ebenen wie geschaffen für Verschwörungen. Kleine wie die, die zu deinem Verfahren wegen versuchter Vergewaltigung geführt hat, und große wie die, denen Sigma ihre Macht verdankt. Eine Bruderschaft ist ihrem Wesen nach schon eine Verschwörung.« Er senkte den Kopf und legte die Stirn in Falten. »Und Verschwörungen sind fast immer illegal.«

Mark biß sich nachdenklich auf die Lippe. »Ich möchte dich noch was fragen. Kommt es dir nicht komisch vor, daß solche Verschwörungen jungen Leuten anvertraut werden? Kids, die ab und zu auch mal Fehler machen, wie du gesagt hast? Kids, die so wenig Verstand haben, daß sie Loser wie Ewing und diesen dritten Fuchs zum Beitritt auffordern?«

Turlington schüttelte den Kopf. »Sie wissen nicht, was für eine große Rolle das Geld in der Verbindung spielt. Noch nicht, auf jeden Fall. Man könnte sagen, ihnen geht es noch um edlere Ziele. Daß die Bruderschaft stark und tugendhaft bleibt. Daß bestimmte Traditionen erhalten bleiben. Den Studenten, das weißt du sicher, wird die Vorstellung vermittelt, daß die Verbindung der Anfang des Weges zum Mann ist. Sie befolgen Befehle, von denen sie glauben, daß sie diesen Weg schützen. Die Studenten kommen nicht auf die Idee, daß sie Befehle befolgen, hinter denen nur Geld und die nackte Gier der alten Herren steckt. Das finden sie erst heraus, *nachdem* sie alle Befehle befolgt und in die dritte Stufe der Bruderschaft aufgestiegen sind. Und dann ist der Geruch des Geldes schon so verlockend, daß sie nicht mehr nein sagen können. Eines Tages, Mark, wenn sie alle reich geworden sind, werden deine Sigma-Kumpel draufkommen, warum du *wirklich* hereingelegt worden bist. Und weißt du was? Wahrscheinlich sind sie dann der Meinung, daß es sich gelohnt hat. Verstehst du, worum es hier geht? Es geht nicht bloß um ein außergewöhnliches Geschäftsnetz. Es geht um eine richtige Armee. Jeder treue Bruder ist ein Soldat, der sich dem Ganzen unterordnet und manchmal nicht einmal weiß, welchem größeren Zweck dieses Ganze dient. Jeder Befehl wird aus Gründen befolgt, die der individuellen Auslegung und Rechtfertigung unterliegen. Aber es ist eine strenge Hierarchie, eine Leiter menschlicher Sprossen, und sie führt zu den höchsten Ebenen geheimer Macht, die es in diesem Land je gegeben hat.«

Mark blickte resigniert zur Decke. »Das ist mir alles viel zu hoch.«

Turlington lehnte sich wieder vor und schüttelt fast verzweifelt den Kopf. »Mark, als ich dir diese anonymen Nachrichten geschickt habe, da hatte mein Wahnsinn Methode. Ich wollte sagen, was ich wußte, und ich wollte es jemandem sagen, der etwas unternehmen *kann*, der aber wahrscheinlich die Finger von der Sache läßt. Ich wollte aus meiner Ohnmacht herauskommen, aber ohne daß wirklich etwas passiert. Wenn ich Simon diese Briefe geschickt hätte, hätte er sich voll in den Fall gestürzt, um seine Ambitionen auf ein Jurastudium zu fördern. Und wenn ich sie Shawn geschickt hätte, hätte sie eine Gerechtigkeitsdemo mit sich selbst als einziger Teilnehmerin veranstaltet und beim Marsch über den Quad die Briefe durch die Luft geschwenkt. Aber du ... ich war mir sicher, daß du wahrscheinlich gar nichts machen wirst. Natürlich hätte es sein können, daß du die Briefe an Fairchild oder Dominic weitergibst. Aber nach allem, was ich gehört habe, bist du nur an Collegevergnügungen wie Lacrosse, Biertrinken und Vögeln interessiert. Da konnte ich das kleine Risiko schon auf mich nehmen, um mich nicht mehr so ohnmächtig zu fühlen. Und als du nach dem ersten Brief nichts unternommen hast, war mir klar, daß ich richtig gelegen hatte.«

Er starrte angestrengt vor sich hin. »Aber es war nicht genug. Ich habe die Grenzen dessen, was ich sagen konnte, immer weiter hinausgeschoben, weil es mir letztlich nicht genug war, das Gefühl von Ohnmacht loszuwerden. Ich wollte *Taten* sehen, auch wenn ich das erst heute nachmittag gemerkt habe. Ja, gestern nacht bin ich noch vor dir davongelaufen, aber ich war da. Und trotzdem hast du mich gekriegt.

Ich will Taten sehen«, wiederholte er und setzte sich gerade auf.

»Und weißt du was?« fuhr er mit emotionsgeladener Stimme fort. »Du bist der einzige, der etwas unternehmen kann. Die örtliche Polizei hat Sigma sowieso in der Tasche, und das FBI und die Steuerfahndung würden sich wahrscheinlich kaputtlachen, wenn ich ihnen meine Geschichte erzählen würde. Im Moment ist die größte Bedrohung für die Sigmas der Disziplinarauschuß, die einzige Kraft, die ihnen ihr großes, schönes Haus wegnehmen kann. Und das gefährlichste Element dieser Kraft bist *du*.«

Er ballte die Hand zur Faust und schüttelte sie. »Du weißt, wie die Sigma-Verbindung funktioniert. Du kennst ihre Stärken und Schwächen. Du kannst den Aufsichtsrat bei einem Verfahren von der Schuld der Sigmas überzeugen. Und wenn du das tust, dann ist Sigma Geschichte.«

Er senkte die Stimme. »Ich sag dir, sie sind reif. Seit

zweihundert Jahren beherrschen sie diese Schule. Und seit hundert Jahren beherrschen sie praktisch dieses Land. Aber irgendwann in dieser Zeit ist die ganze noble Tradition verschütt gegangen, und die Ehre mußte dem Geld weichen. Geld ist die einzige Tradition, die für die Sigma-Brüder noch Bestand hat.« Er lehnte sich noch weiter vor. »Und jetzt«, fuhr er halb flüsternd fort, »stehen sie mit dem Rücken zur Wand. Sie haben einen ihrer Füchse zu Tode schikaniert. Der Aufsichtsrat hat ihnen bereits die Ackerly-Arbeitsgruppe auf den Hals gehetzt, und jetzt kommt auch noch der Disziplinarausschuß. Wenn du genau hinschaust, siehst du die Anspannung in den Augen der Brüder. Sie spüren die Last einer zweihundertjährigen Verbindung auf ihren Schultern. Sie befolgen Befehle, die sie nicht verstehen, die sie nicht vor sich rechtfertigen können, wenn sie nachts im Bett liegen. Sie schikanieren uns so schlimm wie nie zuvor, um uns mit Angst und Schmerz zur Treue zu zwingen. Sie lassen keine Außenstehenden mehr ins Haus, nicht einmal mehr Freundinnen. Die gute alte Tradition ist vergessen, das Wir-gegen-den-Rest-der-Welt-Gefühl ist in Irrsinn umgeschlagen. Sigma ist wie ... wie ein verwundeter Löwe. Gefährlicher denn je. Aber auch geschwächt.

Und du bist der einzige, der diese Schwäche finden und ausnutzen kann.«

»Nicht, wenn du nicht aussagst.«

»Ich *kann* nicht aussagen. Ich kann von Glück sagen, daß ich noch lebe.«

»Hör schon auf, Greg. Dein Leben ist doch nicht in Gefahr.«

Turlingtons Augen verengten sich zu Schlitzen. »Mark«, sagte er leise und voller Ernst. »Ich habe in dieser Nacht auch im Gang im ersten Stock geschlafen. Das hätte genausogut ich sein können, der über das Geländer geht. Und jetzt bin ich einer von zwei Augenzeugen der Ereignisse, die zu Chad Ewings Tod geführt haben. Erzähl mir bitte nicht, daß mein Leben nicht in Gefahr ist. Ich werde den Kopf einziehen, den Mund halten und so tun, als wäre alles paletti. Und wenn sich die Lage am Ende des Schuljahres wieder beruhigt hat, werde ich mich hier abseilen und das College wechseln. Aber im Augenblick werde ich bestimmt nichts riskieren.«

»Dann bist du ein Feigling, und ich kann nichts ...«

»Du bist am Zug, Mark. So einfach ist das.«

41. KAPITEL

Samstag, 7. März

20.07 Uhr

Mark entschloß sich zu einem Spaziergang mit Hund, um noch einmal in aller Ruhe Turlingtons Theorie zu sortieren. Er zog einen hochgeschlossenen Pullover und seine Jagdjacke an, spannte eine lange Leine an Caseys Halsband und trat hinaus in den Schnee. Nachdem er sich nach allen Richtungen umgeschaut und sich vorsichtig mit der kalten Luft vertraut gemacht hatte, schlug er den Weg zu den Sportplätzen ein. Um die eisig stechenden Kiefernnadeln zu vermeiden, hielt er den Kopf tief gesenkt. Casey lief vor ihm im Zickzack und erschnupperte alles, was der Boden an Gerüchen hergab.

Was in aller Welt sollte er mit Turlingtons Informationen anfangen? Wie sollte er das Geschehene aufdecken? Er wußte wenig über Prozeßtaktik und gar nichts über Großunternehmen. Und selbst wenn er genügend Belastungsmaterial für eine offizielle Anklage gegen Sigma zusammentragen könnte, da war immer noch der Dekan, der Marks Personalakte mit knochigen, erpresserischen Fingern fest im Griff hielt.

Eine Tatsache, an die er sich jetzt wieder erinnerte, als ihn ein Windstoß im Gesicht traf. Er vergrub die Hände noch tiefer in den Taschen und fand ganz unten einen kleinen Zettel.

Er zog die Faxquittung hervor.

Great White Industries. Immobilien. Terrence Bonnell. Vorsitzender.

Den Blick auf dem Zettel, setzte er lose Teile eines Puzzles zusammen. Die Quittung stammte aus seiner Untersuchungsakte. Aus der Untersuchungsakte, die er im Büro des Dekans gefunden hatte. Der Dekan, der über Marks Verfahren im Disziplinarausschuß gewacht hatte und der einfach gewußt haben *mußte*, daß die ganze Sache abgekartet war. Der Dekan, der ihm im Grunde *befohlen* hatte, Mitglied des Disziplinarausschusses zu werden, und der ihm jetzt im Grunde *befahl*, das Verfahren gegen Sigma einzustellen.

Er fragte sich, warum ihm das erst jetzt eingefallen war, und schnappte sich Casey. Er verfrachtete sie zurück ins Apartment und machte sich auf den Weg in Richtung Campus.

20.31 Uhr

Nachdem Mark Jessy und Elliot Segal an ihrem ersten Abend als Studienanfänger gemeinsam ein Sixpack geleert hatten und dem Gerücht einer Party mit fünfzehn Fässern im Sigma-Haus gefolgt waren, hatten sich die Wege ihrer Collegekarriere getrennt. Nach ein oder zwei Stunden Bierseligkeit war Elliot wieder in sein Zimmer zurückgekehrt, hatte sich mit einem Vorlesungsverzeichnis von Simsbury bewaffnet und gewissenhaft einen

Studienweg festgelegt, der ihm das bestmögliche Stellenangebot eintragen würde. Mark dagegen hatte die Nacht in der Sigma-Bar durchgetanzt und war am Schluß unter einer Frau zusammengebrochen, die vom Scheitel bis zur Sohle nach Gin stank.

Der Rest war Geschichte, wie es so schön heißt.

Trotz aller Unterschiede hatten die beiden eine feste Freundschaft bewahrt, die allerdings weniger auf kosmisches Karma als auf die Tatsache zurückzuführen war, daß Elliot der beliebteste Mensch auf dem Campus war. Seine stämmige Gestalt sprudelte über vor Energie, seine Stimme ließ schlechter Laune keine Chance, und jedem kam er mit ausgestreckter Hand entgegen. Wenn Fairchild der Posterboy von Simsbury war, dann gehörte Elliot – oder »Steamer«, wie ihn alle liebevoll nannten – zumindest auf die Vorderseite einer Marketingbroschüre.

Es paßte zu seinem Ziel, sein Studium in eine spektakuläre Karrierechance münden zu lassen, und zu seiner natürlichen Begabung im zwischenmenschlichen Bereich, daß Steamer das wichtigste Verbindungsglied zwischen den Studenten und den Ehemaligen war. Er hatte drei Jahre lang Jobbörsen organisiert und sich zum König der Beziehungen entwickelt. Und es hatte sich ausgezahlt. Als erster seines Jahrgangs hatte er einen Job ergattert, eine phantastische Analystenstelle an der Wall Street, die mit Aktienbeteiligungen verbunden war.

Als er an die saubere Tür im zweiten Stock von Ruddy Hall klopfte, hoffte Mark, daß Steamers Beziehungen zu den Ehemaligen auch ihm helfen würden.

»Steamer ... bist du da?«

Er hörte einen unterdrückten Schrei, dann ein lautes Plumpsen.

Kurz darauf öffnete sich die Tür und da stand Steamer, der nichts anhatte außer Boxershorts.

»Hi, Steamer, was treibst du denn da drinnen?«

»Wer ist es, Elliot?« rief eine weibliche Stimme hinter der geschlossenen Schlafzimmertür.

Steamer biß sich auf die Lippe und grinste.

»Steamer!« flüsterte Mark und hätte trotz des Horrortrips in den letzten zweiundsiebzig Stunden beinahe gelächelt. »Wen hast du denn da drin?«

»Cori Shapiro«, flüsterte Steamer.

Mark mußte leise gackern. »Ist das nicht die, die aussieht wie deine Mutter?«

»Sie haben nur die gleiche Frisur.«

»Saukerl!«

»Elliot«, rief die Stimme wieder. »Mit wem redest du?«

»Mit Mark«, antwortete Steamer über die Schulter. Dann zog er Mark so weit wie möglich von der Schlafzimmertür weg. »Was ist los, Alter? Schön, dich zu sehen.«

»Gleichfalls. Hör mal, Steamer, tut mir leid, daß ich dein Schäferstündchen unterbreche, aber hast du noch diese Excel-Datei mit den Namen von allen alten Herren, was sie beruflich machen und so.«

»Natürlich. Warum?«

»Ich muß da mal reinschauen.«

»*Jetzt?*«

»Es dauert nicht lang. Ich versprech's dir.«

Steamer sah ihn kurz an und nickte dann. »Komm rein.« Er führte Mark zur anderen Seite des Zimmers, setzte sich an den Computer und verscheuchte mit einer Mausbewegung den Bildschirmschoner. »Nach jedem Geschäftsquartal«, erklärte er, »bringe ich die Informationen auf den neuesten Stand. Adressenwechsel, Berufswechsel und so weiter.«

Er rief eine Datei auf und wartete, bis sich der Monitor mit Daten füllte. »Hier haben wir's. Schau, in dieser

Spalte stehen die alten Herren in alphabetischer Reihenfolge, und in der nächsten Spalte sind Adressen und Telefonnummern aufgelistet.« Er fuhr mit der Maus nach rechts. »In dieser Spalte findest du ihren Beruf, und in den nächsten steht, wieviel sie bei der letzten Stiftungstour und in den Jahren vorher gespendet haben. Leute mit Sternchen beim Namen sind Bart-Gib-Spender.«

»Was heißt das?«

»Du kennst doch Bartholomew Gibbons! Der Typ, der die Bibliothek gebaut hat. Ein Bart-Gib-Spender ist einer, der in jedem Jahr über zehntausend Dollar stiftet.«

Mark ließ ein beeindrucktes Pfeifen hören. Natürlich wußte er, daß manche alten Herren für bestimmte Zwekke sogar *fünfundzwanzigtausend* springen ließen.

»Was möchtest du wissen?« fragte Steamer, während er den Cursor wieder nach links schob. »Ich kann dir alles heraussuchen.«

»Ich möchte, daß du einen Namen für mich nachsiehst. Ein Typ aus der Immobilienbranche. Vielleicht eine Jobmöglichkeit.«

Steamer nickte zustimmend. »In der Branche gibt es wirklich gute Chancen. Wie heißt der Typ?«

»Terrence Bonnell«, sagte Mark und drückte Elliot die Faxquittung in die Hand. »Könntest du nachschauen, ob er ein alter Herr ist?«

Steamer schaltete weiter, und als er bei den Bs ankam, bremste er und ließ den Finger über den Bildschirm wandern. »Sagamore Drive 1240, Wellesley, Massachusetts.« Er drehte sich im Stuhl um. »Wellesley ist eine ziemlich betuchte Stadt.«

Er wirbelte zurück zum Monitor und las weiter. »Gründer und Vorsitzender von Great White Industries. Hauptsitz in Boston, Massachusetts.« Dann deutete er mit leisem Pfeifen auf den Bildschirm. »Der Typ hat zwei Millionen ... fünf Millionen ... neun ... Sekunde.« Er schaltete, flüsterte vor sich hin, und schaltete weiter. »Das gibt's nicht! Der Typ hat Simsbury in den letzten acht Jahren dreißig Millionen Dollar gespendet. *Dreißig Millionen!*« Er drückte ein paar Tasten. »Seinen Abschluß hat er vor zwanzig Jahren gemacht. Er war Spielführer des Baseballteams. Hey, das wird dich interessieren. Er war ein Sigma. Er ist dein Verbindungsbruder, Mark! Besser kannst du es gar nicht treffen!« Steamer drehte sich aufgeregt im Stuhl. Aber sein Freund war verschwunden.

21.01 Uhr

Außer Atem erreichte Mark den Käfig und konnte dem alten Wachmann Pops, der zum Inventar des sündteuren Sportkomplexes gehörte, kaum zur Begrüßung zunicken.

Pops schien erstaunt, ihn zu sehen. »So spät noch Krafttraining, Mark?«

»Nein ... Pops ... Wollte nur schnell noch ... in den Trainerraum.« Mark klopfte sich auf die Hüfte. »Ist wieder ein bißchen empfindlich.«

»Na, dann solltest du nicht so herumrennen! Schau dich doch an. Ganz heiß und verschwitzt, du Dussel.«

»Ich weiß, Pops. War blöd von mir.«

»Und jetzt ist auch keiner mehr da. Die Anlage ist seit fünf geschlossen.«

Mark sank der Mut. »Wirklich?«

»Ja. Alle Teams sind weg, außer die Sportgymnastinnen, und die hatten gestern Wettkampf.«

»Scheiße«, sagte Mark und wischte sich den Schweiß von den Augen. »Hören Sie, könnten Sie mir einen Gefallen tun und für mich aufsperren? Ich glaube, ich habe heute morgen dort drinnen ein Lehrbuch vergessen, und das brauche ich ganz dringend für den Kurs am Montag.«

»Oh«, sagte Pops und rang kurz mit sich. »Kein Problem. Ich hab ja den Schlüssel.« Er fummelte seine riesige Schlüsselkette vom Gürtel und gab sie Mark. »Der da ist es. Bring sie mir einfach zurück, wenn du dein Buch gefunden hast.«

»Mach ich. Danke, Pops.«

Mark eilte zum Trainerraum, sperrte auf und knipste das Licht an. Sein Blick suchte sofort die gegenüberliegende Wand ab.

Langsam ging er auf sie zu und betrachtete das zwanzig Jahre alte Bild des Baseballteams von Simsbury, das die Männer mit merkwürdigen Haarschnitten und gekünstelten Spitznamen zeigte. Er hatte das Gefühl, daß das Bild die Antwort auf all seine Fragen enthielt, und das hieß, er hatte die Antwort die ganze Zeit vor der Nase gehabt.

Gewissenhaft ging er die Liste der Namen durch. Weder in der oberen noch in der mittleren Reihe wurde er fündig. Aber beim Blick auf die dritte Reihe sprang es ihm förmlich entgegen, und einen Moment lang setzte sein Herzschlag aus.

Terrence »T-Bone« Bonnell. Spielführer.

Als Mark die scharf geschnittenen Gesichtszüge und die kalten, schwarzen Augen anstarrte, lächelte er im Gefühl des Triumphs.

Die Sigma-Mitglieder waren nicht die einzigen verbundenen Parteien in der von unten nach oben führenden Erfolgsgleichung einer Armee treuer Brüder.

Auch Dekan Templeton war eine verbundene Partei.

42. KAPITEL

Samstag, 7. März

22.41 Uhr
Mit organischen Blättern, die sie sorgfältig auf ihre dicker werdenden Krampfadern preßte, war Judith in eine Art der Selbstrestaurierung versunken, deren Hoffnungslosigkeit Templetons Wunsch nach räumlicher Distanz von ihr noch vergrößerte. Er ließ sie vor dem Fernseher sitzen und brachte vier Zimmer zwischen sie und sich. In seinem Studio lehnte er die Tür an und ließ sich in den Sessel fallen. Dann griff er nach der neuesten Ausgabe des *Investor's Weekly* und begann zu lesen. Er hatte ein Drittel eines Artikels über die Zukunft des Derivatenhandels hinter sich, als er die Türglocke hörte.

Stirnrunzelnd legte er das Magazin beiseite und machte sich auf den Weg zur Eingangstür. Als er am Wohnzimmer vorbeikam, sah er Judith, die in Richtung Gang watschelte und dabei krampfhaft versuchte, die Blätter nicht von den Schenkeln rutschen zu lassen. Er winkte sie zurück. »Setz dich wieder hin, Liebling. Ich geh schon.«

In Pantoffeln schlappte er durch den kalten, gekachelten Gang und schloß die Tür auf.

Mark hatte sich nicht überlegt, was er sagen wollte. Er konnte sich nicht einmal an seinen wütenden Zwei-Meilen-Marsch zum Haus des Dekans erinnern. Er wußte nur, daß er jetzt hier war. Ohne Plan, aber wild entschlossen. Und in der rechten Hand hielt er etwas Kleines, Explosives. Er handelte rein instinktiv, denn er war zu aufgebracht, um sich von vernünftigen Gedanken leiten zu lassen.

Als sich die Tür öffnete, blickte er auf und sah die Wochenendaugen des Dekans, die allmählich erkannten, wen sie vor sich hatten.

»Mark«, sagte der Dekan erstaunt. »Was machen Sie denn hier?«

Mark starrte ihn einfach an. Dieses Wieselgesicht. Diese schmalen Lippen. Diese schimmernde, weiße Stirn. Diese kleinen, schwarzen Augen.

Er starrte.

Templeton feixte. »Wie immer sprühen Sie nur so vor geistreichen Bemerkungen.«

Marks Kiefer mahlten, aber er sagte nichts.

»Was machen Sie hier, Mark?«

Mark zögerte und machte einen Schritt nach vorn. »Ich habe Ihnen was zu essen mitgebracht.«

Der Dekan lächelte vorsichtig. »Ach? Und was?«

»Das da!« rief Mark und stürzte sich auf ihn. Er packte den Dekan mit der linken Hand am Kragen und stopfte ihm mit der rechten Hand die Faxquittung in den Mund. Mit weit aufgerissenen Augen versuchte der Dekan zurückzuweichen, aber Mark hielt ihn fest und zerrte ihn hinaus auf die Veranda. Dann stieß er ihn gegen die Frontverschalung des Hauses und legte ihm beide Hände auf das rot angelaufene Gesicht. Drükkend und ziehend zwang er den Dekan, auf dem Papier zu kauen.

»Na«, sagte Mark, »schmeckt das nicht lecker?«

Der Dekan warf den Kopf hin und her und gab ein gurgelndes Geräusch von sich. Er würgte, bis ihm ein Teil der Quittung zerknittert und voller Spucke von der Unterlippe hing. Mark packte den durchweichten Zettel, strich ihn mit den Fingern glatt und hielt ihn dem Dekan vor die trüben Augen. Er sah, wie der Dekan das Geschriebene registrierte und resigniert die Augen schloß.

»Ich könnte Ihnen jetzt erzählen«, sagte Mark, der seine ganze Selbstbeherrschung aufbieten mußte, um dem Dekan nicht die Zähne einzuschlagen, »wo ich diesen netten Snack herhabe. Ich könnte Ihnen erzählen, wer T-Bone ist und wieviel er und seine Scheißbrüder einer Einheimischen für eine kleine Komödie bezahlt haben. Ich könnte Ihnen erzählen, welche Rolle Sie bei meinem Verfahren wegen sogenannter versuchter Vergewaltigung in Wirklichkeit gespielt haben. Und ich könnte Ihnen erzählen, daß ich es euch heimzahlen werde.«

Ein böses Funkeln trat in Marks Augen. »Aber ich nehme an, das wissen Sie alles schon.« Er lehnte sich noch näher zu ihm. »Und ich möchte Ihnen ja nicht den Appetit verderben.«

Nach einem letzten vernichtenden Blick wandte er sich ab und machte sich auf den langen Rückweg zum Campus, ohne sich noch einmal umzudrehen.

23.26 Uhr

Zu Hause angekommen, fand Mark eine angelehnte Apartmenttür und brennende Lichter vor. Aber merkwürdigerweise hatte er weder Angst noch das Bedürfnis, vorsichtig zu sein. Schlimmer als in den letzten sechzig Stunden konnte es nicht mehr kommen. Der Gedanke an einen Einbrecher in seiner wertlosen Behausung schreckte ihn nicht im geringsten, und er freute sich fast über die Chance, jemanden bewußtlos zu prügeln.

Die Faust auf Ohrenhöhe gehoben, stieß er die Tür ganz auf.

Aber als er den Eindringling sah, ließ er die Faust wieder sinken.

Reglos und ratlos stand Shawn mitten im Wohnzimmer. In ihrem Gesicht lag der Ausdruck eines Kindes, das mit dem Finger im Marmeladenglas ertappt worden ist. Ihre Augen waren größer als sonst, und ihr Mund bildete die Form eines kleinen »O«. Sie wirkte unentschlossen und sogar verwirrt, als wüßte sie nicht, ob sie sich setzen oder davonlaufen sollte.

Sie traten aufeinander zu und fielen sich um den Hals. Mark mußte daran denken, daß er seit Tagen nicht mehr mit ihr gesprochen hatte. Noch immer hatte er ihr nicht erklärt, warum er am Freitag vormittag im Disziplinarausschuß Beweise für eine Verhandlung gegen Sigma angekündigt hatte. Sie wußte nichts von Kelly Devereaux und auch nicht von Greg Turlington. Sie wußte nichts über die Unehrlichkeit des Dekans.

Er löste sich aus der Umarmung und führte sie an der Hand in das dunkle Schlafzimmer. Er ließ sie auf der Bettkante Platz nehmen und zündete auf dem Schreibtisch eine Kerze an. Dann setzte er sich neben sie, und nachdem er ihren Blick gefunden hatte, erzählte er ihr alles über seine Kindheit in Cazenovia, über seinen Vater, der ihm einen selbstgemachten Lacrossestock geschenkt hatte, und über seine Mutter, die ihm die Halskette aus schwarzen Perlen geflochten hatte, die er berührte, wenn er einsam war oder Angst hatte.

Er erzählte ihr von einem Ort namens Cherry Plain, einer heiligen Begräbnisstätte der Mohawks, die vom Kongreß zum Verkauf freigegeben und sofort von einem Unternehmen erworben worden war, um darauf einen Golfplatz zu errichten. Er beschrieb ihr die friedliche Protestkundgebung, die seine Eltern organisiert und der alle Mohawkfamilien in einem Umkreis von hundert Meilen beigewohnt hatten … die symbolischen Kostüme aus gefiederten Häuten und Mokassins … und die Gesänge der Sitzenden in indianischen Gewändern.

Er erzählte Shawn von den Tomahawks, die die Mohawks als Zeichen der Stärke und Solidarität geschwungen hatten.

Er malte scharfe Bilder dieses Tages: das Dröhnen näher kommender Militärfahrzeuge, das Donnern heranbrausender Hubschrauber und die Verteilung der FBI-Scharfschützen im Umkreis der Kundgebung. Er schilderte die Anspannung und Angst … den krachenden Schuß eines Gewehrs … und die Kugel, die fünfzig Meter flog, bevor sie den Hals seiner Mutter durchschlug.

Er erzählte ihr, wie es war, den Kopf einer Sterbenden im Schoß zu halten und in einem Vakuum des Schreckens zu knien, während außen herum die Hölle losbrach … wie sein Vater, blind vor Zorn, Rache nahm an dem Heckenschützen, der Karin Jessy erschossen hatte.

Er schilderte es, wie er es jetzt sah: in einem kurzen Augenblick hatte ein Sohn beide Eltern verloren.

Er erzählte von der Menschenjagd auf Jay Meadow Jessy, ein Gesetzloser in den Augen der Abzeichenträger, ein Held in den Augen aller anderen. Er stellte ihr eine Marionette namens Kelly Devereaux und einen Marionettenspieler namens T-Bone vor. Er beschrieb die Bühne, die Dekan Templeton mit Hilfe von dreißig Brüdern errichtet hatte. Er sagte ihr die Wahrheit über die größte Lüge, die Simsbury bisher erlebt hatte, über den Vergewaltigungsprozeß, dessen Drehbuch Milliardäre verfaßt hatten, von dem es aber in den Akten des Disziplinarausschusses keine Spuren gab.

Nur Greg Turlingtons Darstellung der Chad-Ewing-Verschwörung behielt er für sich.

Aber er sagte Shawn, worauf sie so lang gewartet hatte, und als er fertig war, betrachtete sie ihn mit einem Blick, der zwischen Glauben und Zweifel schwankte. Dann sagte sie mit leiser, harter Stimme zu ihm, daß sie diese Schweine kriegen würden – für Mark Jessy, für Chad Ewing, für Kelly Devereaux und für alle anderen, die je von Sigmas tyrannisiert und benutzt worden waren.

Dann küßte sie ihn auf die Stirn, zog ihn an sich und schlang die Arme um ihn …

Mark wartete, bis Shawn schlief, bevor er leise aufstand. Schnell zog er sich an und griff behutsam nach einer Dose Farbe, die er nie für die Wände gebraucht hatte. Dann verließ er das Apartment.

Eine Stunde später kam er zurück, überredete Casey zum Weiterschlafen und kroch wieder ins Bett.

Am Morgen nach dem Aufwachen stießen alle gut vierzehnhundert Simsbury-Studenten – all die selbstzufriedenen, künftigen Stützen der Gesellschaft – auf folgende Nachricht, die in schwungvoller Schrift auf die alte verlassene Anzeigentafel vor dem Käfig gemalt war:

NEHMT DIE SCHEUKLAPPEN AB. CHAD EWING IST ERMORDET WORDEN.

43. KAPITEL

Sonntag, 8. März

6.04 Uhr

Templeton hatte unruhig geschlafen, und nun dachte er im schräg durch das Wohnzimmerfenster einfallenden Sonnenlicht über seine zwei Optionen nach. Die erste war, Sigma zu verpfeifen, bevor die Sache noch mehr aus dem Ruder lief. Aber was, außer ein paar vagen Anschuldigungen, konnte er eigentlich schon auspacken?

Er wußte nur, was T-Bone, sein eigentlicher Chef, ihm in den letzten fünf Jahren erzählt hatte. Das und natürlich, daß die Sigma-Ehemaligen sein Gehalt aufbesserten und ihm deftige Prämien für erfolgreiches Krisenmanagement zahlten. Er hatte keine unwiderlegbaren Beweise in der Hand, mit denen er Sigma ein für alle Mal vom Schachbrett hätte werfen können.

Außerdem wäre es reichlich blöd, die Bundespolizei anzurufen und ihnen etwas von Mord und Bestechung zuzuraunen. Dann schon lieber abhauen. Wenn die Sigmas untergingen, dann würden sie ihn mitnehmen. Schließlich war er ein Erpresser. Und er hatte das mulmige Gefühl, daß er vielleicht auch indirekt als Komplize an der Ermordung von Dr. Charles F. K. Marston und weiß Gott an welchen anderen Verbrechen beteiligt war, die nach der Chad-Ewing-Krise begangen worden waren. Er war ein Krimineller, aber die Aussicht auf Gefängnis erschien ihm unerträglich.

Und er wußte einfach nicht genug, um seine Aussage als Kronzeuge gegen eine Begnadigung eintauschen zu können.

Oder gegen Schutz vor der Sigma-Verbindung.

Seine zweite, bessere Option war, den Mund zu halten und das Spiel zu Ende zu spielen. Schließlich hatte er es bloß mit Mark Jessy zu tun, und die Vorstellung, daß dieser Bauer im Spiel dem Panzer von Sigma auch nur eine Schramme verpassen konnte, war einfach lächerlich. Mark hatte nur, ohne es direkt zu sagen, die erpresserische Drohung des Dekans gegen diesen gekehrt. Aussage stand gegen Aussage. Und das hieß, daß Templeton das Spiel gewinnen würde, weil ihm die mächtigste Verbindung der Nation zur Seite stand und weil er der bessere Spieler war.

Oder etwa nicht?

Bitte, dachte er, als er mit zitternder Hand zum Telefonhörer griff. *Bitte, laß nichts schiefgehen.* Mit fahrigen Fingern berührte er die elf Zahlen eines Privatanschlusses und schloß die Augen, während er auf eine Antwort wartete. *Sei stark,* sagte er sich. *Es ist nicht deine Schuld, es ist nicht deine Schuld, es ist nicht –*

»Hallo?« sagte eine tiefe Stimme.

»T-Bone.« Templeton versuchte, sich die Angst nicht anmerken zu lassen. »Templeton hier. Sie sollten sich nach einem studentischen Rechtsvertreter umsehen. Die Sache kommt zur Verhandlung.«

7.00 Uhr
Dominic hatte die Hälfte seiner dreihundert Liegestütze hinter sich, als das Telefon zu krähen begann, und weil ihn nur eine Verletzung von seinem Drill vor dem Frühstück abbringen konnte, wuchtete er seinen fast nackten Körper zumindest noch bis zur Zweihundertergrenze, bevor er die Außenwelt zur Kenntnis nahm. Mit Übung 201 schnellte er auf die Füße und bellte ins Telefon.

»Was?«

»Gamma, hier Alpha«, sagte die Stimme, »mein Reim kurz und knapp. Wir schlagen jetzt los, bring die Jungs auf Trab.«

44. KAPITEL

Sonntag, 8. März

8.33 Uhr
Friedlich eingekuschelt zwischen Hund und Freundin erwachte Mark und hatte in den ersten bewußten Momenten alles über Betrug und Verschwörung vergessen. Er blinzelte sich den Schlaf aus den Augen und be-

trachtete die neben ihm schlafende Shawn. Dann strich er ihr zärtlich mit den Fingern über den Rücken und die Schulterblätter.

Sie bewegte sich. »Mmmm ...«

Er streichelte sie weiter, und plötzlich wich das Glück der Erkenntnis der Realität.

»Worauf habe ich mich da eingelassen«, flüsterte er.

Shawn schnaufte schläfrig und rollte sich zu ihm herum. Sie stützte sich auf einen Ellbogen und sah ihm mit feuchtem Blick direkt in die Augen, als müsse sie mit sich kämpfen.

»Ich war es«, sagte sie.

Er starrte sie an und versuchte zu begreifen, was sie meinte.

»Ich habe dafür gestimmt, daß du nicht vom College verwiesen wirst. Ich, die sich jede gute Sache zu eigen macht und die Typen wie dich eigentlich hassen sollte. Ich hab dafür gestimmt, daß du bleiben kannst, aber nicht, weil ich dachte, du bist unschuldig.« Ihr Gesicht kam näher heran. »Sondern weil ich etwas Besonderes in dir gesehen habe. Etwas Schönes und Echtes.«

Sie streichelte ihm sanft über die Wange, und der Schlaf kehrte in ihr Gesicht zurück. »Darum frustrierst du mich manchmal so. Und darum komme ich immer wieder zu dir zurück.«

Sie lächelte das süßeste Lächeln, das er seit dreizehn Jahren gesehen hatte, küßte ihn weich und drehte sich wieder zur Seite.

13.00 Uhr

Als Mark das Klopfen an der Tür hörte, trabte er zur Hintertür und öffnete.

»Hi«, sagte Fairchild. Sein müdes Gesicht widersprach der Munterkeit in seiner Stimme. »Was liegt an?«

Mark starrte ihn einfach nur an, so wie er am vergangenen Abend den Dekan angestarrt hatte. Er hatte noch nicht darüber nachgedacht, wie eine Begegnung unter vier Augen mit seinem früheren besten Freund für ihn sein würde. Aber er konnte sich vorstellen, daß die Sigmas seine Absichten inzwischen kannten, und der Ausdruck in Fairchilds Gesicht zeigte ihm, daß er recht hatte.

»Kann ich reinkommen?«

Achselzuckend machte Mark einen Seitenschritt. Fairchild betrat das Apartment und rieb sich die Kälte aus den Händen. »Wir müssen reden.«

»Wenn du meinst.«

»Ich schwör dir, Mark, ich hatte keine Ahnung …«

»Schwachsinn.«

»Ehrlich«, flehte Fairchild. »Ich schwör's dir. Nur die ältesten Studenten wußten Bescheid. Glaubst du wirklich, ich hätte so was zugelassen?« Er trat auf Mark zu und legte ihm eine Hand auf die Schulter. »Komm schon, Mark. Ich bin dein Freund.«

Mark schüttelte die Hand ab und lächelte kühl. »Dave, wenn du mein Freund bist, dann kriege ich Angst vor meinen Feinden.«

»Ich bin dein Bruder.«

»Das bist du nicht.«

Fairchild machte ein Gesicht, als hätte Mark ihn geohrfeigt. Dann wandte er den Blick ab. »Ich habe gehört, du wirst vielleicht Anklage erheben.«

»Ach, und von wem hast du das gehört?« fragte Mark. »Von Templeton? Oder von T-Bone?« Mark suchte Fairchilds Blick, aber der klebte immer noch auf dem Teppich. »Ja, Dave. Ich weiß über T-Bone Bescheid. Terrence T-Bone Bonnell, Kriegsherr der Sigma-Studenten. Hat er dich zu mir geschickt? Will er wissen, wie hoch mein Schweigegeld ist?«

»Ich … ich weiß nicht, wovon du sprichst.«

»Ach komm. Ich sag dir was, Dave. Wenn dir dein Informant erzählt hat, ich werde *vielleicht* Anklage erheben, dann hat er damit Unrecht. Ich werde *garantiert* Anklage erheben. Und ich kann mir nichts Schöneres vorstellen, als eure verdammte Verschwörung des Schweigens in Scherben zu schlagen. Das kannst du deinen kranken Brüdern und diesem Haufen von kranken alten Herren bestellen.«

»Gesprochen wie ein ganzer Kerl. Mann, was bist du taff.«

»Für euch reicht's.«

»Wow, ich hab echt Angst vor dir. Vielleicht gehst du gleich auf mich los.«

Plötzlich stürzte sich Mark auf Fairchild, packte ihn am Kragen und preßte ihn in eine Ecke.

Fairchild starrte zu ihm auf. »Na los, schlag doch zu. Schlag zu und mach unserer dreijährigen Freundschaft ein Ende!«

»Es war eine *einjährige* Freundschaft, du Arschloch.«

Fairchild öffnete den Mund zu einer Antwort, schloß ihn dann aber wieder und wappnete sich gegen Marks Schlag. Mark hob die Faust noch höher und war kurz davor, sie Fairchild ins Gesicht zu rammen.

Aber etwas hielt ihn zurück.

Er löste den Griff und wich zurück.

Fairchild stemmte sich hoch und glättete seine Jacke, während er sich auf die Tür zubewegte. Lange starrte er Mark an wie das Mitglied einer rivalisierenden Bande. Dann wurde sein Blick weicher und zeigte den gleichen Respekt, der Marks Faust gebremst hatte. Mit einem zittrigen Seufzer sagte er: »Okay, ich verstehe, daß du eine Stinkwut hast. Ich möchte mich im Namen von Sigma dafür entschuldigen, was passiert ist.«

Mark schüttelte den Kopf. »Heb dir deine Entschuldigungen für den Aufsichtsrat auf.«

Fairchild seufzte vor Enttäuschung. »Überleg doch, was du sagst. Du stehst kurz davor, alle Rekorde im Lacrosse zu brechen, du hast eine wunderschöne Freundin … und gute Freunde.« Er sah Mark in die Augen. »Ob du's glaubst oder nicht, für uns Sigmas bist du immer noch ein Bruder.« Er tippte sich an die Schläfe. »Überleg dir, was du tust. Ist es das wirklich wert?«

Mark setzte zu einer Antwort an, doch dann schwieg er. *War* es das wirklich wert? Lohnte es sich, einen Freund wie Fairchild zu verlieren, mit dem er all seine Hoffnungen und Träume geteilt hatte?

Lohnte es sich, vielleicht sogar das eigene Leben aufs Spiel zu setzen?

»Hau ab, Dave. Hau bloß ab.«

Fairchild nickte langsam, resigniert. »Na gut, Mark, du mußt wissen, was du tust. Aber eins muß dir klar sein. Du wirst verlieren.«

16.12 Uhr

Dem Befehl strenger Reime folgend, trotteten drei Füchse über den Quad, einen verschneiten Weg entlang und durch den Parkplatz des Käfigs. Der erste trug eine Leiter, der zweite eine Flasche und der dritte einen Eimer mit Schwämmen, Bürsten und Farbdosen.

Vor der Anzeigentafel blieben sie stehen und lasen stumm die Botschaft.

Dann machten sie sich an die Arbeit.

Während der Himmel dunkelviolett wie ein Bluterguß wurde, kletterten, scheuerten und malten die Füchse nacheinander, bis zuletzt ein einziges, einfaches Wort auf der Tafel prangte.

BRUDERSCHAFT.

Sie tauschten einen Händedruck brüderlicher Solidarität aus, nahmen die Leiter auseinander und gingen schweigend zurück zum Sigma-Haus.

Madame Klatsch hob sich ihre Sensationen meistens für den Montag auf, aber mit dieser Nachricht konnte sie einfach nicht hinter dem Berg halten. Zum zweiten Mal an diesem verschlafenen Sonntag stand auf der alten Anzeigentafel vor dem Käfig eine Nachricht.

Die erste Nachricht hatte für Verwunderung gesorgt. *Chad Ewing ermordet? Wirklich? Von wem? Und was soll das mit den Scheuklappen?*

Die zweite Nachricht hatte Verwirrung ausgelöst. *Bruderschaft? Was soll das denn wieder heißen?*

Hier geht etwas vor, flüsterte Madame. *Bleibt am Ball.*

17.20 Uhr

Der Bruderschaftssaal war spärlich beleuchtet und kalt, und die Atmosphäre schien zu knistern.

»Ich möchte nur eines wissen«, sagte Beta mit leiser, aber angespannter Stimme. »Wie viele von euch haben gewußt, daß Mark reingelegt worden ist?«

Die Brüder tauschten Blicke aus.

»Wer es vor letzter Woche schon gewußt hat, soll bitte aufstehen.«

Wieder musterten sie einander stumm. Dann stand Gamma achselzuckend auf, und Kappa folgte seinem Beispiel.

Beta nickte. »Das hätte ich mir doch denken können.«

»Ich habe es erst letzten Herbst rausgefunden«, verteidigte sich Kappa.

»Und warum hast du uns damals nichts erzählt?«

Kappa blickte nervös in die ihm zugewandten Gesichter. »Weil ...«

»Weil ich es ihm gesagt habe«, warf Gamma ein. Mit einem Wink bedeutete er Kappa, er möge sich setzen, und ließ sich dann selbst auf seinen Stuhl nieder. Nachdem er seine wuchtige Gestalt geordnet hatte, verschränkte er herausfordernd die Arme.

»Ich verstehe«, sagte Beta, dessen Lippen weiß wurden. »Du willst uns damit also sagen, Gamma, daß wir nur so lange eine Bruderschaft sind, wie es dir in deine geheimen Pläne paßt.«

»Ich will damit sagen, die Sache war vorbei und erledigt. Niemand sollte etwas erfahren, so war es am besten für die Bruderschaft.«

»Und warum? Damit wir anderen ausschauen wie ein Haufen falscher Hunde?«

»Das konnte nur passieren, wenn Mark es herausfinden würde.«

»Und das hat er ja auch.«

Gamma zog die Augenbrauen hoch und studierte seine Fingernägel. »Als Eingeweihter war ich sicher, daß seine Chance, es rauszufinden, eins zu eine Million stand. Er hatte Glück.«

»Und warum, zum Teufel, warst du eingeweiht?«

»Es war eine Sache der ältesten Studenten«, sagte Gamma achselzuckend. »Ich war nur fürs Grobe zuständig, wenn Fremde reinwollten. Die Phi Omegas kamen ungebeten, und ich habe mitgeholfen, sie zu vertrimmen, weil mir Beta Patterson den Befehl erteilt hat. Später habe ich ihn nach dem Grund gefragt und er hat mir in aller Stille erklärt, was los war und warum.«

»Und was *war* los?«

»Wir haben die Bruderschaft von einem Makel befreit.«

»Und warum?«

Gamma blickte in die Runde. »Weil die ehrwürdigen Tore unserer Verbindung nicht für den lügnerischen Sohn eines Mörders offenstehen.«

Beta sah ihn ungläubig an. »Womit soll Mark gelogen haben?«

»Er hat jedem erzählt, daß seine Eltern beide tot sind, und wir hatten alle Mitleid mit ihm.«

»Und warum hätten wir kein Mitleid mit ihm haben sollen?«

Gamma zog ein finsteres Gesicht. »Weil sein Scheißvater einen FBI-Agenten getötet hat, der sein Leben aufs Spiel gesetzt hat, um anständige Amerikaner zu beschützen.« Er lehnte sich vor und zeigte auf Beta. »Mark war ein dunkler Fleck in unserer stolzen Tradition. Er hatte hier nichts verloren.«

»Hat er die Nachricht auf die Anzeigentafel gemalt?« fragte Delta.

Immer noch auf Gamma fixiert, schüttelte Beta abwesend den Kopf. »Ich hab ihn nicht gefragt.« Dann schien die Frage zu ihm durchzudringen, und er wandte sich an die anderen im Saal. »Spielt das denn eine Rolle? Und könntet ihr ihm einen Vorwurf machen?« Er riß die Arme in die Luft. »Ist sonst noch jemand hier der Meinung, daß es falsch war, was wir mit ihm gemacht haben?«

Zwei oder drei nickten, aber die anderen schüttelten den Kopf.

»Es ist einfach so, Beta«, sagte Epsilon. »Mark ist in Ordnung, und es tut mir auch leid für ihn, aber er hat wirklich nicht hierher gehört.«

»Und warum? Weil er nie in einem Country-Club war?«

Epsilon schüttelte den Kopf. »Ich war auch nie in einem. Es ist nur … irgendwie zieht er das Pech an.«

»Und wir nicht?«

»Er ist ein Loser«, sagte Delta.

»Ach so, Delta«, sagte Beta. »Und was sagst du als einer seiner Mitspieler zu seinen Fähigkeiten auf dem Lacrosseplatz?«

»Er ist gut.«

»Nur *gut*?«

Delta zögerte. »Er ist der beste Spieler, den ich je gesehen habe«, räumte er ein.

Gamma verdrehte die Augen. »Können wir vielleicht die Lobeshymnen einstellen und uns wichtigeren Dingen zuwenden?«

»Zum Beispiel?« fragte Epsilon.

»Zum Beispiel dem Anruf, den ich heute von Alpha *persönlich* gekriegt habe«, antwortete Gamma mit sichtlichem Stolz.

»Alpha weiß von Mark?«

»Ja.«

»Wie lauten seine Befehle?« fragte Ypsilon.

»Er befiehlt, daß wir mit der Operation Blauer Adler beginnen.«

»Ach, komm«, spottete Beta. »Operation Blauer Adler. Hey Mann, wir sind hier nicht im Nahen Osten. Vielleicht solltest du allmählich anfangen, dich an die Wirklichkeit zu gewöhnen, wie wir anderen auch.«

Gamma funkelte Beta an. »Wo warst du, als ich mein Leben aufs Spiel gesetzt habe? Beim Einkaufen? Auf einem Schülerball?«

»Ich hab mir die ganze Farce im Fernsehen angeschaut. Das war wirklich knallhart von euch Jungs, wie ihr die da unten gedeckelt habt, diese gemeinen, feigen ...«

»Halt den Mund. Jetzt reden wir über Operation Blauer Adler.«

Beta lächelte unerschrocken. »Das sagst du richtig gern, was? Kommt dir echt cool über die Lippen. Operation Blauer Adler.«

»Halt dein Maul ...«

»Es klingt so gut, stimmt's? Da fühlst du dich wie der Oberst, der du nie sein wirst.«

»Halt deine verdammt...«

»Oberst Gamma, der Söldner seiner Majestät Alpha.«

»Verdammt noch mal, halt deine Fresse, du Schwanzlutscher!«

Schweigend beobachteten die anderen zehn die beiden engen Freunde, die kurz davor standen, sich gegenseitig in Stücke zu zerreißen.

»Mein Gott«, sagte My mit zitternder Stimme. »Bitte hört auf damit.«

»Ich denke nicht daran!« zischte Gamma, seine Augen voller Haß. »Mark Jessy ist der Feind. Er erweist uns keinen Respekt. Ich habe keinen Respekt vor Leuten, die uns keinen Respekt erweisen, und darum bin ich mit Alpha der Meinung, daß die Zeit fürs Grobe gekommen ist.«

»Genau!« sagte Epsilon.

»Und zwar sofort!« rief Delta und schlug klatschend auf Omegas Hand.

Beta blickte auf und spottete. »Wenn ihr euch hören könntet! Das ist doch kein Mob hier. Wir können nicht jedem Arme und Beine brechen, der anderer Meinung ist als wir.«

»Eine Meinungsverschiedenheit würde ich das aber nicht nennen.«

»Eben«, sagte Zeta. »Ich schlage vor, wir treten ihm heute abend die Rippen ein.«

»Aber Marks Freundin kannst du nicht zusammenschlagen«, konterte Rho.

»Aber ich könnte sie durchficken.« Zeta grinste und stieß Kappa an, der lachend auf den Boden spuckte.

»Nein«, sagte Rho nachdenklich. »Das könntest du wahrscheinlich auch nicht.«

»Ach? Und warum nicht?«

»Weil du große Ohren und einen kleinen Schwanz hast.«

Gelächter.

Gamma sprang auf und schleuderte eine leere Bierflasche an die Wand. Glas splitterte in alle Richtungen. »*Scheiße!*« brüllte er.

Plötzliches Schweigen.

Er starrte wütend jeden Bruder an, der es wagte, ihm in die Augen zu sehen. »Ist das ein Witz für euch? Habt ihr nicht gesehen, was auf der Anzeigentafel gestanden hat? Es gibt einige Leute, die unsere Verbindung schließen wollen. Für immer! Wollen wir einfach nur dasitzen und Witze reißen, während alles den Bach runtergeht? Es gibt Befehle, die wir befolgen müssen! Und deshalb legen wir jetzt los und treten in weiche Ärsche!«

Wildes, zustimmendes Gejohle folgte auf diese kleine Ansprache.

Beta ließ den Kopf hängen und schüttelte ihn in dem allgemeinen Tumult.

Als der Lärm vorbei war, sagte Gamma: »Komm schon, Beta, jetzt entspann dich endlich. Bei Operation Blauer Adler ist Mark nicht das Hauptziel.«

»Ach wirklich? Und wer ist das Hauptziel?«

»*Ziele*«, korrigierte Gamma und griff hinter sich nach einem dünnen Stapel von Papieren, die er an alle verteilte. »Sie sind hier zusammen mit dem Aktionsplan aufgelistet.« Als alle anderen elf Brüder einen Ausdruck hatten, kehrte er zu seinem Platz zurück. »Ich denke, Ziel Nummer eins spricht für sich selbst. Ich habe ihre Gewohnheiten ein bißchen erforscht und glaube, daß wir sie heute nacht kriegen. Ziel Nummer zwei ist wahrscheinlich am wichtigsten. Wir brauchen diesen Typ auf unserer Seite. Ziel Nummer drei soll nur eine Warnung an Mark sein, damit er darüber nachdenkt, worauf er sich da eingelassen hat.«

Beta kam zum Ende der Liste und blickte ungläubig auf. »Woher zum Teufel kennt Alpha Ziel Nummer drei?«

Gamma lächelte stolz. »Er kennt es nicht. Das ist meine Ergänzung zur Liste.«

Beta zerknüllte sein Papier und warf es auf den Boden. »Du bist krank im Hirn, Gamma.«

»Es reicht, Beta«, sagte Gamma ungeduldig. »Wir werden also folgendermaßen vorgehen. Nach dem Abendessen ...«

»Stimmen wir nicht ab?« fragte Beta.

»Was soll der Scheiß? Es ist ein Befehl von den alten Herren.«

»Laß uns trotzdem abstimmen. Ich möchte, daß wir später an diesen Abend zurückdenken können und genau wissen, wer was wollte und wer nicht.«

»Wir haben keine andere Wahl, Beta«, sagte Gamma müde, »aber wenn es dir so viel bedeutet, dann machen wir eine Abstimmung.«

Beta stand auf. »Stimmzettel oder Handzeichen?«

Alle einigten sich auf Handzeichen und schritten dann zur überflüssigen Wahl. Mit zehn zu zwei Stimmen wurde der Beschluß gefaßt, die Operation Blauer Adler anlaufen zu lassen.

17.58 Uhr

Auf einem Einzelbett lag Ziel Nummer eins und las ein Sachbuch und träumte von dem Tag, an dem sie die führende Autorität auf ihrem Gebiet sein würde.

Auf einem Doppelbett, das kaum ausreichte für sein Ego, sah Ziel Nummer zwei den Kabelsender C-Span und träumte von dem Tag, an dem seine Anträge vor Gericht Schlagzeilen machen würden.

Auf einem behelfsmäßigen Bett voller vertrauter Gerüche schlief Ziel Nummer drei sanft und süß und träumte von gar nichts.

18.15 Uhr

Nachdem sie gespeist hatten, versammelten sie sich im Bruderschaftssaal. Dunkle Gewänder wurden verteilt, letzte Anweisungen gegeben, und mit einer glücksbringenden Berührung durch das Schwert der Tradition, dessen Klinge nach all den Jahren immer noch schwer und scharf war, marschierten die Brüder nacheinander wie eine Armee zur Tür hinaus.

Der letzte Soldat trug das Schwert der Tradition.

45. KAPITEL

Sonntag, 8. März

19.15 Uhr

Betsy Kimball überlegte nicht weiter, als sie die Abkürzung durch das Waldstück zwischen dem Coles Tower und den Brunswick Apartments einschlug, wo ihr Freund Tom wohnte. Sicher, der Pfad war dunkel und verschlungen, aber die Lichter des Tower und von Toms Apartment blieben je nach der Richtung, in der sie ging, immer zu sehen. Und da am Bowdoin College gerade das Abendessen vorbei war, war sie jetzt unterwegs zu Tom. Wie immer würden sie bis Mitternacht miteinander lernen – er lebte in einem ruhigen Einzelapartment, in dem man sich gut konzentrieren konnte –, und dann würde er sie durch das Waldstück zurückbegleiten. Sie würde ihm vor der Tür zu ihrem Zimmer einen Gutenachtkuß erlauben und ihn dann wegschicken.

Sie bemerkte nicht, daß sich die Schatten, die eben noch Bäume und Büsche waren, in Bewegung setzten und dann direkt auf sie zuschlichen.

Die maskierten Gestalten kamen aus allen Richtungen. Sie hatte keine Zeit, aufzuschreien, aber das machte keinen Unterschied, denn vor Schreck hatte es ihr die Sprache verschlagen. Starke Hände hielten ihr den Mund zu und packten sie an Armen und Beinen. Eine Augenbinde wurde ihr übers Gesicht geschoben. Ein zusammengeknüllter Lappen wurde ihr in den Mund gerammt. Dann wurde sie verschleppt.

Sie wollte sich losreißen, aber nach einigen wirkungslosen Versuchen gab sie diese Anstrengungen auf. Obwohl sie nichts sah, nahm sie ihre Umwelt genau wahr. Die Tür eines Lieferwagens, die aufgeschoben wurde. Flüstern. Füße, die über den Gehsteig scharrten. Sie selbst, die in den Wagen hineinbugsiert wurde, und das Reiben ihrer Handfläche auf einem feuchten Teppich. Arme und Beine, die über sie krochen. Das Knallen der Tür, der Knebel, der ihr aus dem Mund gerissen wurde, und das Aufheulen des Motors.

Die Welt geriet in Bewegung.

Sie brachten sie irgendwohin.

Sie wollten sie vergewaltigen.

Ein markerschütternder Schrei durchdrang das montone Motorendröhnen, und laute Musik pulsierte durch einen Lautsprecher neben ihrem linken Ohr. Instinktiv rollte sie sich weg von dem Lärm, aber eine Hand packte sie und drückte ihren Kopf auf den Boden.

»Bleib liegen, du Schlampe!«

Durch den kreischenden Heavy-Metal-Sound hörte sie das begleitende Gejohle ihrer Entführer. Männer. Jung. Bowdoin-Studenten? Unwahrscheinlich. Wahrscheinlich aus der Stadt. Sie prägte sich alles ein, was sie hörte, fühlte und spürte. Sie würde sich an alles erinnern, wenn sie Anzeige erstattete. Sie würde persönlich dafür sorgen, daß man diese Schweine erwischte.

Jemand grölte ihr ins Ohr, ganz nah bei ihr sang eine Stimme höhnend mit der Musik: *»Do you know where you are? You're in the jungle, baby ...!«* Im Dschungel, ja.

Das Gelände wurde holprig und der Wagen langsamer. Die Musik verhallte, und das Grölen verstummte abrupt. Alles war wieder still, bis auf ein gleichbleibendes Klappern.

Der Wagen kam knatternd zum Stillstand, und das Motorengeräusch erstarb.

Sie wartete angespannt.

Türen öffneten sich quietschend und knallten zu. Sie hörte ein fernes Brausen. Sie wurde gepackt und aus dem Wagen gezerrt. Ein Flüstern befahl ihr, aufzustehen.

Als sie sich erhob, schlug ihr ein eisiger Windstoß ins nackte Gesicht. Und dann hörte sie weiter weg über dem Heulen des Windes ein tieferes Brüllen.

Das Meer.

Die Hände führten sie vom Wagen weg. Der Wind wurde stärker. Die Brandung donnerte lauter.

Sie brachten sie zum Wasser.

Sie wollten sie vergewaltigen, und dann wollten sie sie ertränken.

Obwohl sie ganz taub im Gesicht war, spürte sie das Beben ihrer Unterlippe. Die Augenbinde sog ihre Tränen auf, aber nichts, nicht einmal das Tosen von Wind und Wellen, verbarg ihr jämmerliches Wimmern.

»Bitte, nein. Bitte, ich gebe euch alles, was ihr wollt. Aber laßt mich ...«

»Halt's Maul, Fotze!«

Sie wurde zu Boden geschleudert und stürzte auf die eisigen Felsen der winterlichen Küste von Maine. Sie schrie auf.

Einen Augenblick herrschte Schweigen. Dann erhob sich eine ruhige, mächtige Stimme über den Elementen.

»Miss Kimball ... Bitte nehmen Sie Ihre Augenbinde ab.«

Sie kannten ihren Namen! Sie fummelte an dem Tuch herum, das ihr die Augen verdeckte. Sie streifte es sich vom Kopf und ließ es zu Boden fallen. Dann blinzelte sie in das blendend helle Feuer, das vor ihr loderte. Rote Asche flog ihr ins Gesicht, und sie wandte sich ab.

Sie wollten sie vergewaltigen, und dann wollten sie sie verbrennen.

Eine gewaltige Woge, größer als ihre Schwestern, schlug auf den Strand, und ein kalter Sprühregen ging auf sie nieder. Sie war drei Meter vor dem Meer, drei Meter vor dem Feuer, drei Meter vor …

»Miss Kimball, sehen Sie uns an!«

Um das Feuer herum ragten, das Gesicht ihr zugewandt, ungefähr dreißig Männer in Schwarz auf, die heruntergezogene Skimützen trugen. Auf einem hohen Felsen standen drei weitere Gestalten, die alle in eine schwarze Robe und eine Klan-Kapuze gehüllt waren. Einer hielt eine Axt, der zweite eine Schlinge, der dritte ein Schwert.

Der Schwertträger sprang vom Felsen herab und schritt mit wallender Robe um die Flammen herum. Im Licht des Feuers schwebte sein langer, flüchtiger Schatten über den Boden.

»Stehen Sie auf, Miss Kimball.«

Eilig rappelte sie sich hoch. Als der Schwertträger näher kam, dachte sie an Flucht, aber sie hatte keine Chance, ihnen zu entkommen.

Der Schwertträger blieb vor ihr stehen.

Er hob das Schwert hoch über den Kopf.

Und dann begann er zu reimen.

Miss Kimball, sonst eifrig im Unterricht,
Steht einsam vor uns hier im hellen Licht.

Die Eltern, sie zahl'n für den guten Start
von Miss Kimball, die froh ihrer Zukunft harrt.

Er stieß mit dem Schwert ins Feuer, daß die Funken stieben.

Doch was hat denn bloß das ganze Studier'n
eine Leichenbeschauerin zu interessier'n?

Das Kreative ist Ärzten doch fremd;
Wer braucht das beim Blick unters Leichenhemd?

Wir machen uns Sorgen; die Toten sind tot,
Doch Miss Kimballs Klatsch scheucht sie auf ohne Not.

Er trat näher.

Das College hat einen Schock erlitten,
Wir müssen Miss Kimball um Schweigen bitten.

Plötzlich ergaben all diese grotesken Reime einen Sinn für Betsy. Chad Ewing. Das waren seine Freunde.

Oder seine Feinde.

Zu reden wäre ganz gegen ihre Int'ressen,
Außer sie ist auf Gefahr versessen.

Drum soll sie zurück in die Reihe treten,
Denn sie kennt zwar den Tod, doch wir können töten.

Der Schwertträger hob seine Waffe wieder hoch über den Kopf, und sofort stürzten drei seiner Kameraden herbei, um Betsy zu packen. Zwei faßten sie an den Armen, während der dritte niederkniete und sie an den Füßen festhielt.

Sie hätten sich die Mühe sparen können.

Betsy war gelähmt vor Entsetzen.

Der Schwertträger kam noch näher und stand jetzt

nur noch eine Handbreit von ihr entfernt. Eisige Augen schauten sie durch die Maske an. Er griff nach dem Bund ihrer Trainingshose und begann sie ihr vom Leib zu schneiden.

Sie schrie einmal auf, aber der Mann zu ihrer Linken schlug ihr mit der offenen Hand hart ins Gesicht. Danach konnte sie nur noch schwach und hilflos wimmern.

Die Stoffetzen fielen ihr von den Hüften und Beinen. Dann packte der Schwertträger ihre Unterhose und riß sie ihr mit einem heftigen Ruck herunter, der sie zu Boden taumeln ließ. Sie landete als halbnacktes, schluchzendes Bündel Elend und wartete auf die Fortsetzung der Vergewaltigung.

Aber sie kam nicht. Es kam nur die leise, tückische Warnung einer grausam poetischen Stimme ganz nah an ihrem Ohr.

Denk immer daran, wie ernst es uns ist,
Und weh dir, du Sau, wenn du's jemals vergißt!

Und das war alles. Die Augenbinde wurde ihr wieder übers Gesicht gezogen, und sie wurde wie eine Lumpenpuppe hochgehievt. Sie wurde zurück zum Wagen getragen, und das Tosen des Ozeans wich zurück.

Sie wurde wieder verladen. Wieder dröhnte der Motor. Betsy saß reglos im Fond und war sich bewußt, daß sie nur Zentimeter von echten Perversen entfernt war.

Einige Zeit geschah nichts, dann kam der Wagen mit quietschenden Bremsen zum Stehen.

Türen öffneten und schlossen sich. Die Schiebetür glitt zurück. Flüstern und Hände. Ein kalter Luftzug auf ihren nackten Beinen, und dann ein harter Stoß.

Sie landete schmerzhaft und überschlug sich einmal. Der verschneite Boden auf nackter Haut war wie ein

Schock, aber sie wagte es nicht, aufzustehen oder auch nur die Augenbinde abzunehmen. Sie hatte kein Bedürfnis, das Nummernschild zu sehen. Sie hatte kein Bedürfnis, sich an *irgend etwas* von diesem Abend zu erinnern. Die Perversen hatten sie einmal gefunden, und sie konnten sie problemlos wieder finden.

Sie hörte kreischende Reifen, und als sie sicher war, daß der Wagen verschwunden war, nahm sie die Augenbinde ab und sah sich vorsichtig um. Zu ihrem Erstaunen fand sie sich am Anfang des Pfades zwischen den Brunswick Apartments und dem Coles Tower wieder. Es war fast, als wäre nichts geschehen, aber sie wußte, daß sie die Ereignisse dieses Abends für den Rest ihres Lebens in Alpträumen heimsuchen würden.

Nie wieder würde sie diesen dunklen Waldpfad einschlagen, auch wenn sie jetzt keine andere Wahl hatte. Sie war von den Hüften abwärts nackt. So konnte sie Tom nicht gegenübertreten, und die Hauptstraße kam ebenfalls nicht in Frage.

Barfuß und halbnackt huschte sie durch das Waldstück und wurde immer schneller, als mit der wilden Phantasie eines Kindes wachsende Panik in ihr hochstieg. Sie verfolgten sie und wollten sie von hinten pakken. Im Dickicht der Bäume und unter dem Schnee lauerten gespenstische Ungeheuer, und der verdammte Tower schien vor ihr zurückzuweichen!

Endlich berührten ihre Füße den Matsch auf dem Parkplatz. Bäume und Büsche und Schatten blieben zurück, und die hellen Lichter der akademischen Welt zogen sie in die Sicherheit.

Wie durch ein Wunder kam sie ungesehen über den Parkplatz und den Fußweg. Sie öffnete die Tür zum Tower und steckte den Kopf in den Korridor. Nachdem sie sich von dessen Verlassenheit überzeugt hatte, riß sie eine schwarzweiße Fahne mit der Aufschrift »Go U Bears!« von der Wand und wickelte sie sich wie ein Handtuch um die Hüften. Dann raste sie zum Aufzug, suchte mit hektischen Fingern nach einer Taste und tat ihr Bestes, ihr Gesicht zu verbergen, als drei Leute aus dem Lift stiegen und sie, wie ihr schien, mit Blicken des schieren Grauens betrachteten. Sie flitzte in den Aufzug, drückte einen Knopf, und erst als die Tür zuglitt und der Fahrstuhl knirschend in Gang kam, brach sie in Tränen aus.

Im zehnten Stock stieg sie aus und schlich sich über den Gang zu ihrem Vierpersonenapartment. Geräuschlos öffnete sie die Tür, glitt hinein und schloß hinter sich ab. Hoffentlich hatten ihre Wohngenossinnen alle ihren Schlüssel dabei, denn sie hatte nicht die Absicht, an diesem Abend irgendwem die Tür aufzumachen.

Im Gemeinschaftsbereich schaltete sie alle Lichter an, stolperte zum Bad, kniete sich vor die Toilette und übergab sich.

20.45 Uhr

Es war ungeschriebenes Gesetz, daß das Simsbury College mit all seinen Segnungen der Gesellschaft und vor allem Georgeville etwas schuldete. Das College ließ keine Gelegenheit ungenutzt, um der Stadt etwas zurückzugeben, weil dies sowohl für die nachbarschaftlichen Beziehungen als auch für die Charakterbildung der Studenten von Vorteil war.

Camp Cardinal, die Idee des aktuellen Sportdirektors, war sofort zum durchschlagenden Erfolg geworden. Es handelte sich dabei um ein einjähriges Programm von Lehrangeboten, mit denen Athleten des Simsbury College ihr Wissen an einheimische Kinder weitergaben. Im allgemeinen fanden sich die Simsbury-Sportler gern dazu bereit.

Mit Ausnahme von Simon Schwitters. Er haßte sowohl Unterrichten als auch Kinder, und dadurch wurden ihm die Schwimmlektionen am Sonntagabend zu einer lästigen Pflicht. Seine Schüler waren alle zwischen zehn und zwölf – jung genug, um hyperaktiv zu sein, alt genug, um ihm auf der Nase herumzutanzen. Aber es gab einen Grund, und nur aus diesem einen Grund ertrug er diese Schwimmstunden. Davis Ballmiller, der Trainer des Schwimmteams, war ein uneingeschränkter Befürworter des Camp-Cardinal-Programms und betrachtete alle mit einem wohlwollenden Auge, die sich als Lehrer zur Verfügung stellten. Außerdem war Coach Ballmillers Schwester ein hohes Tier im Fachbereich Jura von Harvard, mit dem Simon für die Fortsetzung seines Studiums nach dem College liebäugelte. Mit der Arbeit an einem guten Beziehungsnetz konnte man nie früh genug anfangen.

Aber an diesem Abend konnten nicht einmal Träume von einer Karriere an einer Eliteuniversität Simons Interesse an den kleinen Pimpfen aus der Stadt wachhalten, die im Schwimmbecken herumtollten. Er hatte am nächsten Tag eine Prüfung in Internationalem Recht, und jede Minute, die er damit verbrachte, den Bälgern den Butterflystil beizubringen, fehlte ihm für das Studium seiner Karteikarten.

»Freies Schwimmen!« rief er. »Tony, Schluß mit Tauchen jetzt, sonst schwimmst du hier die nächsten zehn Minuten Runden.«

Tony Russo, ein zwölfjähriges Monster, zeigte Schwitters den Finger und verschwand unter der Wasseroberfläche.

Nachdem er zehn Minuten lang Bomben und Wasserkämpfe passiv beaufsichtigt hatte, blies Schwitters mit der Pfeife das Signal für das Ende der Lektion. Aus dem Pool schwärmten Kids in die handtuchbewehrten Arme von Müttern und Vätern, während Schwitters sich ans Wegräumen von Volleybällen, Ballons und Schwimmreifen machte. Als er die Spielzeugkiste verstaut hatte, war die Schwimmhalle verlassen. Er schaltete die Lichter aus und verließ den Käfig durch den Hintereingang.

Er ließ das Zwölf-Millionen-Dollar-Wunder von Simsbury hinter sich und trat in das Dunkel über dem langen, kiefernbeschatteten Weg, der sich zur Mitte des Campus schlängelte. Die Luft roch nach Schnee, so wie es der Vorhersage entsprach. Schwitters betrachtete die imposanten Schneehaufen am Wegrand und fragte sich, wo das ganze Zeug denn noch hinsollte.

Er hörte ein Geräusch aus den Bäumen rechts und beschleunigte instinktiv seinen Schritt.

Ein Windstoß bombardierte sein Gesicht mit Schneestaub und blendete ihn für einen Moment. Er wandte sich um und ging rückwärts, während er sich den Reif aus den Augen rieb.

Dann sah er die schwarze Gestalt, die durch den weißen Nebel auf ihn zurannte.

Der Angreifer rammte Schwitters die Schulter in den Magen, der zischend die Luft ausstieß und dumpf auf dem eisigen Weg aufschlug. Schwitters rang nach Atem und wurde brutal herumgezerrt. Aus der Bauchlage sah er zwei weitere Stiefel vor sich stehen. Der erste Angreifer drückte ihm das Knie ins Rückgrat und hielt ihn so am Boden fest, während ihm der zweite ein Stück Tuch um den Kopf band.

»Bitte …« ächzte er, als die Augenbinde plötzlich die Welt verdunkelte. »Bitte tut mir nicht weh. Mein … mein Vater hat … Geld.«

Sein klägliches Winseln blieb ohne erkennbare Wirkung auf seine Widersacher. Sie drehten ihn wieder auf den Rücken und hoben ihn hoch. Der eine hielt ihn unter den Achseln gepackt, der andere an den Knöcheln, und so trugen sie ihn im Laufschritt weg.

Ein Auto bremste, und einen Augenblick lang wurde ihm leichter ums Herz. Dann hörte er einen Schrei, und ihm wurde klar, daß kein freundlicher, vorbeikommender Fahrer angehalten hatte, um ihm zu helfen.

Nein, die Angreifer hatten Verstärkung erhalten.

»Zieh den Kopf ein, Weichei!«

Schwitters segelte wie ein Müllsack durch die Luft. Kaltes Plastik an der Haut und Geruch nach Motoröl sagten ihm, daß er im Auto gelandet war. Er hörte heftiges Türenknallen, dann setzte sich das Auto ruckartig in Bewegung.

Sein letzter Funken Hoffnung bestand darin, daß die Kidnapper vielleicht seine Füchse waren. Es war schon vorgekommen, daß sie im Spaß ältere Studenten zu einer Nacht voller Bier und Pornos entführt hatten. Zaghaft erprobte er seine Theorie: »Mothball? Snaggletooth? Seid ihr das?«

Es herrschte langes Schweigen, das nur vom Motorengeheul des plötzlich beschleunigenden Autos unterbrochen wurde. Und dann kam vom Vordersitz die Stimme eines Verbindungsstudenten, aber ihr Klang war tiefer und tückischer, als Schwitters es jemals von einem Zeta-Rho gehört hatte.

Du schwanzloses Arschloch, das hier ist kein Spaß.
Also halt deine Fresse, sonst setzt es was.

22.21 Uhr

Mark lag zusammengekrümmt auf seiner Couch im Wohnzimmer. Seine Lehrbücher und seine Notizhefte mit Eselsohren waren über den Boden und seine untere Körperhälfte verstreut. Die wenige Kraft, die er in seinem letzten Studienjahr noch für Schularbeiten übrig hatte, hatte sich inzwischen vollkommen darauf konzentriert, die Wahrheit im Todesfall Chad Ewing ans Licht zu bringen.

Auch wenn er bei seinen Auseinandersetzungen mit Templeton und Fairchild noch so sehr aufs Blech gehauen hatte, wußte er, daß er von Gerichtsverfahren keinen blassen Dunst hatte. Nur aus Filmen kannte er ein paar zusammenhanglose Bruchstücke. Er hatte keine Ahnung, wie er diesen Fall verhandeln sollte, und zum ersten Mal überhaupt war er dankbar dafür, Schwitters auf seiner Seite zu haben, denn der schien sehr viel vom Gesetz zu verstehen. In den nächsten ein oder zwei Wochen mußte sich Mark wohl oder übel bei ihm einschmeicheln.

Er griff nach dem Telefon und wählte Shawns Nummer. Belegt. Er hängte auf und schloß die Augen, um sich zurückzulegen.

Dann öffnete er sie wieder.

Etwas stimmte nicht.

Im Apartment war es zu ruhig.

Wo war Casey?

Mit dem schlechten Gewissen eines nachlässigen Vaters fiel ihm ein, daß er sie vor fast einer Stunde hinausgelassen hatte. Böse auf sich selbst stand er auf und ging zur Glasschiebetür. Er warf sie auf und rief nach Casey.

Keine Antwort.

Er hielt die Hände um die Augen und spähte durch das schneeweiße Dunkel.

Nichts zu sehen.

Er trat hinaus und bahnte sich einen Weg durch die Bäume, immer angestrengt auf das verräterische Klimpern einer Hundekette lauschend. Aber es tobte ein rauher Schneesturm. Alles, was er hören konnte, war das schrille Heulen des Winters.

Er lief an der Reihe von Apartments entlang und suchte in den kleinen, dunklen Zwischengassen nach einem glühenden Augenpaar. Er blickte durch alle Schiebetüren in der Hoffnung, einer seiner Nachbarn könnte die Hündin gefunden und mitgenommen haben. Aber die meisten Apartments waren dunkel, und in den beleuchteten saßen disziplinierte Studenten, die weder Zeit noch Lust hatten, sich um einen verirrten Hund zu kümmern.

Wo konnte sie nur sein? Der Schnee schien immer stärker zu fallen, der Wind immer heftiger zu blasen. Vielleicht war sie zu den Sportplätzen gerannt. Das war naheliegend, weil er zum Spielen immer mit ihr dorthin ging. Er wandte sich zum schneeverwehten Lacrossefeld und mühte sich durch herabhängende Äste.

Ein schwaches Geräusch ließ ihn stehenbleiben.

Der Wind setzte kurz aus, und er hörte das Geräusch wieder.

Ein hohes Winseln.

Ein Quieken.

Er wirbelte herum.

Und keine zehn Meter von ihm entfernt sah er Casey, die hilflos an einen breiten Baumstamm gefesselt war und ihn mit flehenden braunen Augen anstarrte.

Er rannte zu ihr.

Sie war mit einem dünnen Strick festgebunden. Auf ihrem Fell war gefrorenes Blut. Beim Anblick ihres Herrn wand sie sich wie rasend, und der Strick grub sich noch tiefer in ihren Pelz. Ihr gequältes Winseln und ängstliches Zittern hätten ihm fast das Herz gebrochen.

Wie konnte man einem kleinen Hund so etwas antun?

Er machte sich daran, den Strick zu lösen, aber die mit Eis und Schnee bedeckten Knoten waren durch Caseys Panik so festgezogen worden, daß er es mit den

Fingern nicht schaffte. Mit bloßen Händen grub er unter dem Schnee, um vielleicht einen scharfen Stein oder ein Eisstück zu finden.

Seine taub werdenden Finger stießen auf etwas Glattes zwischen dem körnigen Schnee. Er legte die Hand darum und zog es heraus.

Es war eine leere Bierflasche. Mit einer schnellen Armbewegung schmetterte er den Flaschenhals gegen den Baum.

Mit den scharfen Kanten hatte er Casey in weniger als einer Minute befreit, und sie flüchtete sich in seine Arme. Er schob ihr eine Seite seines Flanellhemdes über den Kopf und stolperte über den Schnee zurück zu seinem Apartment.

Dort setzte er die zitternde, blutende Hündin auf den Küchentisch und untersuchte ihre Wunden. Im Licht sahen sie nicht besonders schlimm aus, nur aus dem Schnitt auf ihrem Ohr quoll ziemlich viel Blut. Und sie schlotterte noch immer am ganzen Leib.

Mark fiel nur eine Person ein, die Casey jetzt helfen konnte.

Er warf seine schwerste Jacke über und schloß sie warm um seine Hündin. Dann trat er wieder hinaus und marschierte los.

22.50 Uhr

Kurz darauf klopfte er mindestens zehnmal an die Tür am hinteren Ende des Gangs im ersten Stock von Dudley Hall. Dann wippte er auf den Fersen und sah in die samtigen, vertrauensvollen Augen, die aus seiner sackförmig ausgebeulten Jacke zu ihm aufblickten.

Die Tür öffnete sich.

Jessica LaChance, die Frau, die gefrorenen Vanillejoghurt liebte und später einmal Tierärztin werden wollte, lächelte beim Anblick des Mannes, mit dem sie in ihrem ersten Studienjahr oft geschlafen hatte. »Mark«, sagte sie. Dann bemerkte sie den Ausdruck in seinen Augen und ihr Lächeln verschwand. »Was ist los?«

Er machte den Reißverschluß seiner Jacke auf, und es kam eine blutbefleckte Hündin zum Vorschein, die sich an ein blutverschmiertes T-Shirt schmiegte.

Sie legte die Hand vor den Mund und ächzte. »O mein Gott! Ist sie überfahren worden?«

Er schüttelte den Kopf, trat in den Raum. »Nein. Jemand hat sie mit einem Strick an einen Baum gebunden. Kannst du ihr helfen?«

Sie zog ihn hinein, schloß die Tür und nahm Casey zärtlich in die Arme. »Ist ja gut«, tröstete sie. »Jetzt sehen wir uns das mal an. Schsch ...« Sie tastete mit den Fingern durch Caseys Fell, sah ihr in Ohren und Maul und fuhr ihr mit der Hand über Brust und Bauch. »Alles in Ordnung«, sagte sie schließlich. »Sie hat einen bösen Riß am Ohr, aber ansonsten wird es ihr bald wieder gutgehen. Bei jungen Hunden heilt so was sehr schnell.« Sie kraulte Casey an ihrem gesunden Ohr und wandte sich Mark zu. »Ich bring sie morgen in die Tierklinik. Fürs erste kann ich ihr jetzt Bacitracin auf ihr Ohr tun. Wenn es uns bei Entzündungen hilft, dann sollte es auch Hunden helfen. Stimmt's?«

Mark starrte sie mit leeren Augen an, und allmählich ebbten der Schmerz und die Sorge in ihm ab. Gleichzeitig spürte er das Heranbranden eines neuen Gefühls.

Wut.

Kalte, nackte Wut.

0.24 Uhr

Das Telefon neben der Baseballmütze der New York Yankees läutete elfmal, bevor es den tief schlafenden Mann wecken konnte. Er ballte die Hände zu Fäusten und drückte sie in seine Augenhöhlen. Dann würgte er den Apparat ab und sagte: »Verdammte Scheiße!«

»Hey«, antwortete eine tiefe Stimme.

»T-Bone.« Die Stimme des Mannes klang plötzlich wacher und respektvoller. »Was ist los?«

»Ich habe wieder einen Auftrag für dich. Deine Lieblingssorte.«

»Sie meinen ... jetzt gleich?«

»Nein. Morgen abend.«

»Geht klar. Worum geht's?«

»Jemand macht uns Probleme.«

»Mann oder Frau?«

»Ein Mann. Ein Collegestudent.«

»Und wie heißt der Junge?«

»Mark Jessy«, sagte T-Bone. »Der Junge, dem wir eine Vergewaltigung angehängt haben.«

»Und wie heiße ich?«

»Daran arbeite ich noch.«

Der Mann dachte nach. »O Mann, der Bursche liegt euch ja wirklich schwer im Magen.«

»Er kommt uns ständig in die Quere.«

Der Mann klemmte den Hörer zwischen Ohr und Schulter und begann, mit den Fingerknöcheln zu knakken. »Was ist mit der Entsorgung?«

»Mein Boot wartet in Cape Elizabeth auf dich. Du mußt weit genug rausfahren, damit nichts gefunden wird. Aber vorher möchte ich dich noch um einen besonderen Gefallen bitten.«

»Das wäre?«

»Laß ihn leiden.«

46. KAPITEL

Montag, 9. März

11.42 Uhr
Der Dekan hatte bereits am Konferenztisch Platz genommen, als Mark und Shawn ankamen, und begrüßte sie mit seinem üblichen selbstgefälligen Nicken. Shawn brachte ein angespanntes »Morgen« hervor, das vor allem an ihre Wasserflasche gerichtet schien. Mark verzichtete auf einen Gruß. Er setzte sich ganz ans Ende des Tisches, aus Angst, bei größerer Nähe zu Templeton der Versuchung nicht widerstehen zu können, ihm an die Wäsche zu gehen.

»Simon ist noch nicht da?« sagte Shawn.

Der Dekan zögerte und grinste in sich hinein. »Ich habe Ihnen etwas mitzuteilen.« Er nahm die Brille ab und nachdem er sorgfältig auch den letzten Fleck von den Gläsern poliert hatte, ließ er die Bombe platzen. »Simon ist von seinem Amt im Disziplinarausschuß zurückgetreten.«

»*Was?*« rief Shawn.

»Er hat mich heute morgen über seine Entscheidung informiert. Er ist der Auffassung, daß wir kein ausreichendes Beweismaterial gegen Sigma haben, und trotz seines tiefen Respekts für den Ausschuß, das College und die Justiz im allgemeinen sieht er sich außerstande, den Fall weiterzuverfolgen.« Nach einer kurzen Pause fuhr der Dekan fort. »Wir dürfen unterstellen, daß Simon sehr mit sich gerungen hat. Ich zumindest kann seinen Entschluß gut nachvollziehen.«

»Aber ich nicht!« sagte Shawn.

Der Dekan schloß die Augen und zuckte die Achseln.

»Glauben Sie, er könnte es sich noch einmal anders

überlegen?« fragte Shawn. »Vielleicht sollte ich mit ihm reden.«

»Ich glaube nicht. Er schien ziemlich entschlossen.«

»Das wär's dann also, oder? Der Fall ist gestorben?«

»Rein technisch gesehen«, antwortete der Dekan, »können Sie und Mark das Verfahren weiterführen. Aber ich darf Sie darauf aufmerksam machen, daß die Mitglieder des Aufsichtsrats, die als Geschworene fungieren werden, Simons Wechsel von der Anklage zur Verteidigung sehr kritisch bewerten werden. Ich fürchte, sie werden die weiteren Aussichten mit Skepsis ...«

»Moment mal«, sagte Mark. »*Was* haben Sie gerade gesagt?«

Der Dekan lächelte unschuldig. »Hatte ich das noch nicht erwähnt? Simon hat sich entschlossen, für das weitere Verfahren die Rechtsvertretung von Sigma zu übernehmen.«

»Was?«

»So ist es, Shawn«, bestätigte der Dekan. »Er hat sich also nicht völlig aus dem Fall zurückgezogen. Er hat nur ... die Seiten gewechselt. Und im Falle eines Verfahrens vor dem Disziplinarausschuß kann sich die angeklagte Partei von jedem Simsbury-Studenten vertreten lassen.«

»Wäre schön gewesen, wenn er uns persönlich informiert hätte«, sagte Shawn.

»Er läßt sich entschuldigen. Leider hat er es nicht einrichten können. Er hat ein Arbeitsessen im Sigma-Haus. Schließlich müssen sie noch sehr viel vorbereiten und haben dafür nicht sehr viel Zeit.« Er hob den Zeigefinger. »Das erinnert mich daran ... Als Richter muß ich Sie ersuchen, sowohl mir als auch Schwitters eine Zeugenliste vorzulegen.« Der Dekan wandte sich an Mark. »Haben Sie eine solche Liste dabei?«

»Nein.«

Shawn riß die Arme hoch. »Nein, wir haben *keine* solche Liste! Simon sollte sie zusammenstellen. Wir brauchen mehr Zeit.«

Der Dekan zuckte die Achseln. »Tut mir leid, aber der Beginn des Verfahrens ist für morgen nachmittag angesetzt. Ich habe bereits den Aufsichtsrat verständigt, und er hat sein Erscheinen fest zugesichert. Wir können die Sache nicht mehr verschieben.«

»Das ist doch zum Kotzen.«

»Ich darf Sie daran erinnern«, konterte der Dekan, »daß Sie das ganze Wochenende dafür Zeit hatten. In meiner Funktion als unparteiische Instanz wäre es nicht statthaft, Ihnen noch mehr Zeit einzuräumen.«

Unparteiisch. Mark spürte einen Brechreiz.

»Ich möchte die Liste bis ein Uhr haben.«

Shawn sah auf die Uhr. »Wir haben also eine schlappe Stunde, um eine Zeugenliste aus dem Hut zu zaubern.«

»Sieht so aus.«

»Wie fair von Ihnen.«

»Ich bevorzuge keine Seite, Shawn. Eigentlich ...«

»Sie kriegen die Liste«, versprach Mark.

Shawn und der Dekan sahen Mark entgeistert an.

»Ach wirklich?« meinte Shawn. »Wir leiern uns einfach eine Zeugenliste aus den Rippen?«

»Wenn es sein muß.«

»Es muß sein«, sagte der Dekan. »Ich möchte bis spätestens um ein Uhr zwei Exemplare auf dem Schreibtisch meiner Sekretärin haben.«

»Kriegen Sie.«

»Bist du bescheuert?« sagte Shawn wenig später draußen vor der Tür. »Eine Zeugenliste! Wir haben nicht einmal *einen* Zeugen, wo willst du da eine Liste herkriegen?«

»Und was ist mit Betsy Wie-heißt-sie-noch? Hast du sie erreicht?«

»Nein. Sie ruft nicht zurück.«

»Versuch's weiter.«

Shawn legte Mark eine Hand auf die Schulter. »Hey, hörst du mir überhaupt zu? Wir haben *keine* Zeugen. *Keinen einzigen.*«

»Wir haben einen Haufen Zeugen.«

13.05 Uhr

Nach ein oder zwei Minuten vergeblichen Fummelns riß der betagte und frustrierte Präsident von Simsbury das Zuckerpäckchen mitten entzwei und streute damit sehr wenig Süße in seine Tasse und den Rest über die ganze Schreibtischplatte. Carlisle seufzte und schob die dampfende Tasse in die Ecke des Schreibtischs. Dann wandte er sich dem Dekan zu.

»Okay, Anson«, begann er. »was ist los?«

»Es kommt zur Verhandlung. Morgen nachmittag um vier Uhr.«

»Wirklich?«

Templeton nickte.

»Was muß getan werden?«

»Nichts. Ich habe Hank gesagt, er soll die Aufsichtsratsmitglieder anrufen. Er wird ihnen die Einzelheiten erklären.«

»Zum Beispiel?«

»Zeit, Ort und so weiter.«

Carlisle schwieg und kratzte sich am Kopf. »Wer wird gewinnen, Anson?« fragte er schließlich.

»Sigma. Ohne Zweifel.«

»Ist das gut oder schlecht?«

»Da Sigma nicht das geringste mit Chad Ewings Tod zu tun hat, würde ich sagen, es ist *gut*, Sie nicht?«

»Natürlich. Gerechtigkeit ist eine gute Sache.«

Templeton nickte zustimmend, sagte aber nichts mehr.

13.54 Uhr

Wenn Mark gewußt hätte, daß er mit Schwitters buchstäblich zusammenstoßen würde, als er eilig um die Ecke des Ökonomiegebäudes bog, hätte er wahrscheinlich die Oberarme nach vorn genommen und die Sache richtig angepackt. Aber er war so wenig auf eine derartige Begegnung gefaßt, daß Schwitters die Kollision zu seinen Gunsten gestalten und ihm den Ellbogen des Aktenkofferarms tief in die Seite bohren konnte. Fluchend drehte sich Mark ab und ließ den Rucksack fallen, um sich die Stelle zu reiben. Schwitters sah ihn einen Augenblick lang furchtsam und beschämt an, bevor sich die Fassade der Selbstgefälligkeit wieder schloß.

»Tut mir wirklich leid«, sagte er mit einem Grinsen.

Mark verkniff sich alle weiteren Grimassen und griff nach seinem Rucksack. »Dir wird noch viel mehr leid tun, *Vertreter der Verteidigung*.«

»Hey, perfekt«, sagte Schwitters. »Probierst du jetzt alle juristischen Fachausdrücke aus, die du in den letzten zwei Jahren nicht gelernt hast?«

»Immer noch besser, als damit anzugeben, daß es mir nicht darum geht, was ich glaube, sondern nur darum, was ich beweisen kann.« Mark schnallte sich den Rucksack um. »Darf ich also annehmen, du kleiner Wichser, daß du meinst, die Unschuld der Sigma-Verbindung ist leichter zu beweisen als ihre Schuld?«

Schwitters verzog das Gesicht. »Was mich angeht, darfst du *überhaupt* nichts annehmen, du Arschloch.«

Mark nickte und legte die Arme übereinander. »Schön. Dann sag ich dir etwas, was ich sicher weiß. Die Sigma-Studenten hassen dich, Simon. Sie hassen dich wie die Pest.«

Schwitters schüttelte lächelnd den Kopf. »Mag sein, aber nicht so, wie sie dich hassen. Wir sehen uns vor Gericht, *Vertreter der Anklage*.«

Er wandte sich um und steuerte auf das Sigma-Haus zu.

14.02 Uhr

Das Summen der Sprechanlage weckte Templeton aus seinem Nickerchen. Er lehnte sich vor und drückte auf zwei Knöpfe seines Telefons.

»Ja, was ist los?« grummelte er.

»Shawn Jakes will Sie sprechen.«

»Schicken Sie sie rein.«

Einen Moment später öffnete sich die Tür zu seinem Büro, und Shawn marschierte herein, als ob sie zu Hause wäre. Sie steuerte direkt auf seinen Schreibtisch zu und knallte ein Papier auf die Platte. Die Hände in den Hüften verkündete sie: »Hier ist Ihre Zeugenliste.«

Templeton nahm das Papier und legte es wieder beiseite, nachdem er es kurz überflogen hatte. »Die Liste hätte schon vor einer Stunde hiersein sollen.«

»Sie können mich, Dekan Templeton. Es war sowieso eine Zumutung von Ihnen, daß Sie uns unter diesen Umständen nicht mehr Zeit gegeben haben.«

»Tur mir *ehrlich* leid, daß Sie das so sehen.«

»Das glaube ich sofort. Ich weiß alles über Ihre nette finanzielle Beziehung zu Sigma.«

»Tatsächlich?«

»Tatsächlich. Wenn ich es beweisen könnte, würde ich Ihnen die Hölle heiß machen. Sie sind absolut widerlich.«

»Ich glaube, Sie hören zuviel auf die Märchen, die sich Ihr gestörter Freund ausdenkt.« Templeton wandte sich seinem Schreibtisch zu, als hätte er Wichtigeres zu tun. »Unterhaltsam sind sie ja schon, und an einem anderen Tag würde ich sie mir gern alle bei einer Tüte Popcorn zu Gemüte führen.« Er drehte sich in seinem Stuhl und kehrte ihr den Rücken. »Aber leider habe ich noch sehr viel Arbeit vor mir, wenn Sie mich jetzt also bitte allein lassen könnten ...«

Er stand auf, doch als er sich umgedreht hatte, stürmte Shawn bereits wieder den Gang hinunter.

16.33 Uhr

Das Telefon in der Präsidentensuite im Sigma-Haus läutete sechsmal, bevor Dave Fairchild aus seinem Tagtraum hochschreckte.

Er griff nach dem Hörer. »Hallo?«

»Dave!« dröhnte eine unverkennbare Stimme.

»Hi, Jeremy. Wie geht's?«

»Gut, Dave, gut. Und wie geht's dir?«

Fairchild zögerte und hätte am liebsten die Wahrheit herausgebrüllt. »Mir geht's super.«

»Bist du sicher?« fragte Jeremy Townsend, der Agent von vierzehn Hockeyspielern und sechs Footballspielern. »Trainer Cote hat nämlich angerufen. Er macht sich Sorgen um dich.«

»So?«

»Ja. Er sagt, er hat dich gestern auf dem Quad gesehen und deinen Namen gerufen, aber du hast nicht reagiert. Er sagt, du siehst ... müde und abwesend aus. Townsend räusperte sich vernehmlich. »Er sagt, du siehst *mager* aus, Dave.«

»Ich war ... ich hatte einen Darmvirus.«

»Das dachte ich mir gleich.« Townsend klang erleichtert. »Cote hat gemeint, daß du momentan vielleicht ein bißchen viel um die Ohren hast. Ich hab ihm gesagt, der Dave Fairchild, den ich kenne, wird mit allem fertig, und wenn ihm noch soviel Scheiße um die Ohren fliegt, Baby!« Er lachte, bis er einen Hustenanfall bekam. »Mannomann«, sagte er schließlich, »ich glaub, ich hab auch schon die Viren. Aber ernsthaft, ist wirklich alles in Ordnung?«

»Ich … ja, Jeremy, alles ist bestens.«

»Das höre ich gern«, sprudelte Townsend. »Aber schau, daß du dein Gewicht wieder hochkriegst. Denk daran, alle Ligatrainer haben gesagt, neunzig Kilo reine Muskeln bis zum Trainingslager. Übrigens hab ich dich dem Manager von den Bruins wärmstens an Herz gelegt. Wenn er dich nimmt, kriegen wir vielleicht eine Abschlußprämie von sieben fünfzig …«

Während Townsends Verkaufsgelaber von ihm abglitt, fiel Fairchilds Blick auf ein Foto auf dem Schreibtisch – ein Bild glücklicherer Zeiten. Er hätte jedes schwindende Pfund Gewicht dafür gegeben, um zu verhindern, was er bereits hatte geschehen lassen, und er hätte jeden Prämiendollar verschenkt, um zurücknehmen zu können, was er getan hatte.

20.44 Uhr

Nach vierundvierzig Minuten der dritten Klausurstunde mit Pizza und Strategiegesprächen waren Mark und Shawn fast zu Ende. Sie kommunizierten zum ersten Mal in ihrer nun seit acht Monaten bestehenden Beziehung nicht als Liebespaar, sondern als Studiengespann. Zwei Studenten in ihrem letzten Collegejahr, die wie für ein Semesterprojekt zusammenarbeiteten.

Nur daß das Thema ein toter Fuchs war.

Und das Ziel Gerechtigkeit.

Shawn saß mit überkreuzten Beinen auf dem Boden und ließ gähnend den Bleistift fallen. »Ich muß gehen«, ächzte sie. »Ich muß am Freitag eine Arbeit abliefern.« Ihre Augen leuchteten auf, als Casey ins Zimmer taperte. »Komm her, mein kleiner Engel. Wie geht's deinem Ohr?«

Die Hündin kletterte auf Shawns Schoß und machte es sich gemütlich. Ihr bandagiertes Ohr schmiegte sich in Shawns Armbeuge.

»Soll ich heute abend bei dir drüben schlafen?« fragte Mark.

»Nur wenn du diesen süßen Engel mitbringst.«

Das Telefon läutete, und Mark schnappte sich den Hörer. »Hallo?«

»Ja, hallo«, sagte eine tiefe Stimme aus Maine. »Könnte ich bitte mit Mark Jessy sprechen?«

»Am Apparat.«

»Hi, Mark, ich bin Tino De Lasa. Ich bin Sanitäter von Cumberland County.«

»Ja?«

»Ja, also ich habe an diesem Sonntag morgen, dem 22. Februar, einen Notruf von einem Verbindungshaus gekriegt und bin hingefahren.«

Mark schluckte. »Sie meinen«, sagte er und machte Shawn ein Zeichen, zu bleiben, »als Chad Ewing vom Balkon fiel?«

»Genau.«

»Sie waren dort?«

»Ja. Ich habe erst heute morgen erfahren, daß er gestorben ist.«

»Ja, er ist tot.«

»Mann.« De Lasa seufzte schwer. »Ich habe heute mit Chief Sullivan gesprochen, und er hat mir gesagt, die Verbindung hat sich bereit erklärt, dem Staat wegen Alkoholmißbrauch eine saftige Geldstrafe zu zahlen. Und er hat mir gesagt, daß das College eine eigene Untersuchung durchführt.«

»Ja«, sagte Mark. »Ich bin in dem dafür zuständigen Ausschuß.«

»Genau. Deswegen rufe ich auch an. Ich habe Ihren Namen von Präsident Carlisle. Er hat gesagt, ich soll mit Ihnen reden.«

»Wirklich?«

»Ja. Er konnte sich nur an Ihren Namen erinnern«,

sagte er mit einem leichten Lachen. »Er sagt, Sie sind ein großer Lacrossestar.«

»Ich ... spiele.«

»Egal, ich weiß, die Sache mit Ewing geht mich eigentlich nichts mehr an, aber irgendwie habe ich das Gefühl, daß ich was zur Klärung beitragen kann.«

Stille.

»Fahren Sie fort«, sagte Mark.

»Der Junge ist mißhandelt worden. Er war total nackt und über und über mit irgendwelchen Versen beschmiert. Und das war nicht alles. Irgendwie dachte ich mir, *das ist kein Unfall*.«

Er wandte sich zu Shawn und hielt den Daumen hoch. »Mr. De Lasa, wäre es möglich, daß wir uns treffen – heute abend noch?«

Schweigen.

»Es ist *wirklich* wichtig.«

»Okay. Dadurch habe ich eine Ausrede, um das Haus zu verlassen. Meine Frau hat heute Kinderwaschtag. Sie wissen ja, wie das ist.«

»Gott sei Dank noch nicht.«

De Lasa lachte. »Wissen Sie, wo Jack's Coffee House ist?«

Mark überlegte. »Nein, ich glaube nicht.«

»Es liegt an der Freeport Road, gleich nach dem April Pond. Auf der linken Seite.«

Mark schnappte sich Stift und Papier. »Okay, das hört sich einfach an. Das finde ich bestimmt.«

»Ich warte drinnen.«

»Cool«, sagte Mark und kritzelte. »Warten Sie ... Wie erkenne ich Sie?«

»Das sollte nicht schwer sein«, sagte De Lasa. »Wir werden die einzigen Gäste unter fünfzig sein.«

»Okay.«

»Können Sie in einer Viertelstunde dasein?«

»Klar!«

»Also, bis gleich.«

Mark legte das Handy weg und ballte die Faust. »Ja!«

Erschreckt durch seinen Schrei lief Casey aus dem Zimmer. Shawn erhob sich rasch, die blauen Augen weit aufgerissen. »Was ist denn?«

»Das war der Sanitäter, der Chad Ewing nach seinem Sturz betreut hat. Er sagt, Chad war nackt und von oben bis unten mit Versen vollgeschrieben!«

Shawn schüttelte erstaunt den Kopf. »Ich glaube es nicht.«

»Du kannst es glauben.«

»Und er möchte jetzt mit dir reden?«

»Ja. Wir treffen uns in Jack's Coffee House.«

»Wo ist das?«

»Gleich nach dem April Pond.«

»O Mann. Das ist ziemlich weit draußen. Paß auf, daß dich keine fliegende Fischereihütte trifft.«

47. KAPITEL

Montag, 9. März

21.30 Uhr

Überall auf dem Campus waren die Studenten des Simsbury College beschäftigt.

In Bibliotheken waren sie mit der Ausarbeitung von Studienplänen beschäftigt.

In Küchen waren sie mit dem Backen von tiefgefrorenen Pizzen beschäftigt.

In Aufenthaltsräumen und Gemeinschaftsbereichen waren sie mit Smalltalk beschäftigt.

In Betten waren sie mit Sex beschäftigt.

Und in einem stillen, einsamen Zimmer war Jason Lyle mit einem Entschluß beschäftigt.

Nachdem er sich durchgerungen hatte, griff er zum Telefon.

21.32 Uhr

Diese Seite der Freeport Road lag dunkel, verlassen und überwuchert wie ein Waldweg aus einem Grimmschen Märchen. Die Nacht malte die Bäume als massive Ebenholzgestalten, hinter denen kein Zeichen der Zivilisation zu erkennen war, während Mark mit dem Jeep seiner Freundin über die gefrorene, schlammbedeckte Straße holperte und durch das beschlagene Fenster nach Jack's Coffee House Ausschau hielt. Er war voller Zuversicht, trotzdem durchschauerte ihn ein leichtes Unbehagen und flüsterte ihm zu, daß irgend etwas an diesem Treffpunkt merkwürdig war.

Das Unbehagen wurde stärker, als plötzlich ein Gebäude aus der ländlichen Düsternis heraustrat. Schlitternd brachte Mark den Jeep zum Stehen und betrachtete den Bau aus dem Fahrzeuginneren. Das Haus stand zurückgesetzt am hinteren Ende eines öden, ungepflegten Parkplatzes und vor einem Wald, der sich undurchdringlich in alle Richtungen zu erstrecken schien. Nach einem warmen, gemütlichen Café sah das Etablissement auf jeden Fall nicht aus. Es wirkte eher wie ein verfallener Schuppen, der nur von einem einzigen, rußigen Strahler beleuchtet war, von dem man das Gefühl hatte, daß er jeder Zeit verlöschen konnte. Verrottete Bretter verdeckten die Fenster. Fehlende Dachziegel gaben schwarze Löcher auf das Innere frei. Und über der Tür befand sich ein gemaltes Schild mit den Buchstaben ACK'S COFFEE HO SE.

Das mußte es sein.

Er manövrierte den Jeep auf den durchweichten Seitenstreifen und stellte den Motor ab. Noch einmal musterte er mißtrauisch das Gebäude und überlegte, ob er überhaupt aussteigen sollte. Anscheinend war das Café aufgegeben worden. Er fragte sich, ob De Lasa überhaupt gewartet hatte.

Und dann bemerkte er den schwarzen BMW neben einem Müllcontainer in der hinteren Ecke des Parkplatzes.

Das war er bestimmt.

Mark schob seine Zweifel beiseite und stieg aus. Als er zu dem Auto hinüberging, peitschte ein Windstoß über den Parkplatz, und er zog den Reißverschluß seiner Jacke ganz nach oben.

Als er fünf Meter vor dem Auto war, öffnete sich die Fahrertür. Ein großer, hagerer Mann stieg aus.

Mark blinzelte durch das Schneegestöber. »Sind Sie Mr. De Lasa?«

»Ja«, antwortete De Lasa, und neigte abwehrend den mit einer Baseballmütze bedeckten Kopf gegen den Wind. »Tut mir leid. Ich hatte keine Ahnung, daß der Laden hier dichtgemacht hat.«

»Das macht nichts. Hauptsache, daß Sie mich angerufen haben.«

»Freut mich«, sagte De Lasa, als er vor Mark stehenblieb.

Auf der Baseballmütze war nun das gestickte Logo der New York Yankees auf weißem Grund zu erkennen.

Mark erstarrte, und in seinem Kopf hörte er Kelly Devereaux. Einen Augenblick lang stand er da und spürte, wie das Adrenalin in ihm hochschoß ... *ein Mann mit einer Yankees-Mütze ... der einen schwarzen BMW fährt.*

Die beiden Männer sahen sich in die Augen. Dann wandte sich Mark ab und schlenderte zurück in Richtung Jeep.

»Wo gehen Sie hin?«

»Zurück zu meinem Auto«, antwortete Mark schnell. »Ich hab mein Aufnahmegerät vergessen.« Er zwang sich, ruhig zu gehen. Wenn er die Gleich-wieder-da-Komödie überzeugend spielte, konnte er sich vielleicht in den Jeep schwingen und abzischen, bevor »De Lasa« merkte, daß Mark sein Spiel durchschaut hatte.

Aber dann sah er den Schatten des Mannes, der sich schwarz gegen den aschigen Schnee abzeichnete und ihm folgte.

Mit lässig lief hier nichts mehr.

Er beschleunigte seinen Schritt und ließ den Schatten nicht aus den Augen. Er war so auf die Beine und das Tempo der Silhouette konzentriert, daß er erst wenige Meter vor dem Jeep den Gegenstand bemerkte, der spitz aus einer Hand herausragte.

Mark zog einen Spurt an, der dem Hämmern seines Herzschlags entsprach. Die nächsten sechs oder sieben Schritte waren surreal, als ob er sie nicht in der normalen Welt aus Zeit und Raum zurückgelegt hätte, sondern in einem Kontinuum verzerrter Relativität.

Er erreichte den Jeep. In der Gewißheit, daß ihm der Mann dicht auf den Fersen war und daß ihm keine Zeit blieb, an dem wackligen Türgriff herumzuzerren, benutzte Mark die Fahrertür als Bande für eine rasche Drehung und versetzte seinem Verfolger einen Schlag, der ihm das Nasenbein zerschmetterte. Mit einem Aufschrei sackte der Mann zusammen. Blut strömte durch behandschuhte Finger, befleckte die schimmernde Klinge und brannte burgunderrote Löcher in den Schnee.

Nach einem kurzen Blick auf seinen Angreifer sprang Mark in den Jeep und startete den Motor.

Er riß den Jeep um 180 Grad Richtung Georgeville herum und trat das Gaspedal durch. Während der Wagen die Freeport Road entlangraste, zurück in die relative Sicherheit eines der beliebtesten geisteswissenschaftlichen Colleges der Nation, hing Mark mit einem Auge immer am Rückspiegel, um sich zu vergewissern, daß ihm kein schwarzer BMW am Auspuff klebte.

Er brauste durch das Zentrum von Georgeville und durch das rostige gußeiserne Tor, das Simsbury College von der wirklichen Welt trennte. Er fuhr den Jeep auf den baumbestandenen Parkplatz, hinter dem seine Bude kaum zu erkennen war, und stürzte hinein. Zum ersten Mal überhaupt verriegelte er alle drei Türen zu seinem Apartment und schaltete alle Lichter aus. Dann nahm er Casey in die Arme und verkroch sich in die dunkelste Ecke des Wohnzimmers.

Dort wartete er und hörte seinen keuchenden Atem, während er mit den Fingern über die Perlenkette tastete.

22.25 Uhr

Shawn schenkte sich ein Glas Weißwein ein und nahm es mit ins Bad, wo sie es auf dem Waschbeckenrand abstellte. Sie drehte das Wasser in der Dusche an und glitt aus ihrem Bademantel. Während sie von ihrem Wein nippte, betrachtete sie zerstreut ihr nacktes Spiegelbild. Als ihr der Dampf allmählich die Sicht nahm, deponierte sie das Glas wieder auf dem Waschbeckenrand und trat unter den heißen Strahl, um sich den Streß des Tages vom Leib zu spülen.

Versunken schwelgte sie ihm Schaum und wusch sich ab, doch dann fiel ihr ein, daß Mark noch vorbeikommen wollte. Also seifte sie sich die Beine noch einmal ein, um sie zu rasieren. Nachdem sie das Wasser abgedreht hatte, trocknete sie sich mit dem Handtuch und glitt zurück in ihren Bademantel. Dann holte sie sich das Glas Wein und öffnete die Badezimmertür.

Sie trat hinaus in den Gang. Ohne Daphne war das Apartment sehr still, nur das Ticken der Uhr im Wohnzimmer war zu hören. Sie tapste in ihr Zimmer.

Als sie nach dem Lichtschalter griff, schoß eine Hand aus der Dunkelheit und packte sie am Arm. Mit einem Aufschrei ließ sie ihr Glas fallen, und kristallene Scherben und Wein sprühten über ihre Knöchel. Eine andere Hand faßte sie an den Haaren und zerrte sie ins Schlafzimmer.

Als sie hart auf dem Bett landete, schrie sie wieder und versuchte, gleich wieder auf die Füße zu springen, aber eine Hand schloß sich über ihrem Gesicht und stieß sie zurück aufs Bett. Wütend keilte sie mit den Beinen in die Dunkelheit, und dabei rutschte ihr der Bademantel über die Hüften und löste sich. Eine Hand legte sich um ihren Hals, eine andere riß ihr den Bademantel herunter.

Eine Gestalt, die sich dunkel und wuchtig gegen das schwache Licht im Gang abzeichnete, stand über ihr.

Wie wild schlug sie mit den Fäusten um sich und traf zweimal, aber ohne große Wirkung. Eine der riesigen Pranken klatschte ihr hart ins Gesicht, und unter ihren flatternden Lidern flogen Sterne. Stöhnend hielt sie sich die Hände vors Gesicht. Zwei massive Schenkel schlossen sich um ihre Rippen. Die Hände griffen nach ihren Handgelenken und preßten ihre Arme ans Bett.

Nach kurzem Aufbäumen gab sie es auf und flüsterte eine flehentliche Bitte. »*Bitte* … nicht. Du … solltest besser verschwinden. Mein Freund ist auf dem Weg hierher …«

Der Maskierte beugte sich über sie. Heißer Atem schlug ihr ins Gesicht und zischte: »Das glaube ich *nicht*.«

Jetzt hielt der Angreifer ihre beiden Arme mit einer Hand, und Shawn sah, daß er sich mit den Zähnen den

Handschuh von der freien Hand zog. Sie machte die Augen zu.

Eine brennende Hand schloß sich um ihre Brust, fand die Brustwarze und kniff brutal zu. Sie biß sich auf die Zunge, um nicht aufzuschreien, und öffnete langsam die Augen.

Durch einen Schlitz in der Maske grinsten ihr weiße Zähne entgegen.

Dann begann die Zunge hinter den Zähnen zu reimen.

Das war nur das Vorspiel, drum, Schlampe, sei klug.
Hör auf rumzuschnüffeln, genug ist genug.

Wenn du sterben willst, Miststück, dann sag mir nur, wann;
Doch wenn nicht, dann leg dich nie mehr mit uns an.

Der Angreifer erhob sich vom Bett, schob ihr die Hände unter den Rücken und wirbelte sie in die Luft. Sie drehte sich und rollte übers Bett, bis sie zwischen Bettkante und Wand hinunterfiel. Zerschlagen, zusammengekrümmt und nackt hörte sie schwere Schritte, die durch das Apartment und zur Tür hinausstapften.

Sie arbeitete sich aus dem Spalt heraus und setzte sich auf die Bettkante. Dann legte sie den Kopf in zitternde Hände und begann zu weinen.

Und während sie schluchzte, verschwand all ihr früherer Zorn und Haß auf die Sigma-Verbindung wie ein launisches Eichhörnchen im Dickicht. Die Bruderschaft hatte ein neues Gefühl in ihr geweckt.

Angst.

22.52 Uhr
Officer Ames brachte das Abzeichen sorgfältig über dem Herzen an und schlug die Spindtür zu. Summend trat er aus den Umkleideräumen des Polizeireviers von Georgeville auf den Gang. Er war auf dem Weg zum Einsatzleiter, um sich seine Anweisungen für die Nachtschicht zu holen. Aber als er am Büro des Chief vorbeikam, unterbrach er sein Summen und blieb stehen. Das Licht war an. Die Tür war angelehnt.

Es war kurz vor elf am Montag abend, und Chief Sullivan war da.

Ames schob sachte die Tür auf. »Sully«, sagte er, angenehm überrascht. »Was machen Sie denn hier?«

»Ich warte auf Sie«, antwortete Sullivan und lehnte sich in seinem Stuhl zurück. »Machen Sie die Tür zu.«

Ames schloß die Tür und setzte sich auf den Stuhl vor Sullivans Schreibtisch. »Was ist los?«

Sullivan seufzte und rieb sich die Augen. »Ein Haufen Scheiße.«

»Probleme zu Hause?«

Sullivan schüttelte den Kopf und blickte Ames finster in die Augen. »Haben Sie das Geld schon ausgegeben?«

»Ich ... nein ...«

»Gut. Dann tun Sie's auch nicht.«

Ames runzelte die Stirn. »Wieso auf einmal?«

»Weil es Blutgeld ist.«

»Ich ... wirklich? Was meinen Sie damit?«

»Ach, kommen Sie schon. Wir sind zwar in Georgeville, aber Sie sind doch ein Cop. Sie wissen, was dieser Ausdruck bedeutet.«

Ames starrte Sullivan an und senkte mit einem Nikken den Blick. »Wessen Blut?«

»Das von Doc Marston.«

Ames schloß die Augen und fluchte leise vor sich hin. »Wer hat ihn umgelegt?«

»Die Verbindung in dem großen weißen Haus an der Ecke des Collegegeländes.«

»Sind Sie sicher?«

»Ziemlich. Ich hab Ihnen ja erzählt, daß ich mich mit diesem reichen Sack auf dem Parkplatz hinter Paul and Dory's getroffen habe. Der Typ hat die Kohle anstandslos rübergeschoben und war dabei so kaltschnäuzig, daß ich mir dachte, diese mächtigen Arschlöcher würden sogar töten, wenn ihre Verbindung auf dem Spiel steht. Und tatsächlich wird vier Tage später der Arzt überfahren, der das Leben dieses jungen Studenten retten wollte. Sehr praktisch. Also habe ich die Massachusetts-Nummernschilder an dem BMW des Typen mit Polizeidaten aus allen sechs New-England-Staaten, aus New York und aus New Jersey verglichen.«

»Was haben Sie rausgefunden?«

»Nichts, außer daß die Nummernschilder letztes Jahr in Boston als gestohlen gemeldet worden sind.«

»Hmm.«

»Ja. Also habe ich mir das Video der einfahrenden Autos an der Mautstelle von Maine am Tag von Marstons Tod und am Tag danach vorgenommen.« Sullivan lehnte sich wieder vor. »Um zwanzig nach fünf, ungefähr vier Stunden bevor Marston überfahren wurde, hat ein schwarzer BMW aus der Serie und aus dem Baujahr wie der von mir gesuchte Wagen die Grenze nach Maine überquert. Und um achtzehn nach acht am nächsten Morgen ist der gleiche BMW zurück nach New Hampshire gefahren.«

»Haben die Nummernschilder gepaßt?«

»Nicht zu denen, die ich gesucht habe.« Sullivan ließ sich zurücksinken. »Aber das heißt gar nichts. Ich bin sicher, das war der Typ, und ich bin sicher, daß er einen der besten Männer unserer Stadt umgebracht hat.«

Ames schüttelte wieder den Kopf und biß die Zähne

zusammen. »Eigentlich«, sagte er schließlich, »wollte ich das Geld sowieso nicht.«

»Ich weiß, und es war blöd von mir, daß ich es Ihnen angeboten habe. Scheiße, Mann, es war falsch, daß ich es selbst gewollt habe.« Sullivan warf einen höhnischen Blick auf den Orden aus dem Vietnamkrieg, der an seiner Schreibtischlampe hing. »Es war nur ... ich war so scharf darauf, daß diese reichen Simsbury-Ärsche einen hohen Preis *zahlen*. Da ist mir gar nicht aufgefallen, daß der höchste Preis für sie wäre, wenn man ihnen diesen ganzen verdrehten Bruderschaftsscheiß wegnimmt, bei dem mir das kalte Kotzen kommt.« Er zeigte zum Papierkorb. »Wenn ich nach Ihrem ursprünglichen Bericht gehandelt hätte, wäre dieses große weiße Verbindungshaus inzwischen nur noch ein großer weißer Friedhof.«

Ames zog die Augenbrauen hoch. »Und was machen wir jetzt?«

»Nichts.«

»Sully, wir können sie nicht einfach davonkommen lassen.«

»Schon passiert. Ich habe einen landesweiten Fahndungsbefehl nach einem schwarzen BMW mit eingedrückter Kühlerhaube rausgegeben, aber ich weiß, das bringt nichts, vor allem weil die Farbe, die sie von Marstons Leiche gekratzt haben, nicht mit der übereinstimmt, die bei BMW verwendet wird. Ich hab's überprüft.«

Ames fuchtelte mit den Armen. »Na, okay, meinetwegen. Aber wir könnten Anzeige erstatten wegen des toten Jungen.«

»Und was sagen wir dann? Daß wir so beschäftigt waren, daß wir erst jetzt dazu gekommen sind? Glauben Sie mir, Ames, die würden uns beide vor Gericht stellen, und ich bin nicht bereit, meinen Job zu opfern, bloß weil wir eine *winzige* Chance haben, diese Verbindung zur Strecke zu bringen.«

»Also machen wir *nichts*?«

»Zumindest jetzt.« Sullivans Miene wurde grimmig. »Diese Ärsche haben schon öfter Scheiß gebaut, und sie werden wieder Scheiß bauen. Und wenn es soweit ist, dann werde ich ihnen ihre Scheiße ins Maul stopfen, daß sie bis an ihr Lebensende kotzen müssen.« Er starrte Ames einen langen Moment unversöhnlich an. Dann trat ein weicherer Ausdruck in sein Gesicht, und er ging zum Fenster, um in den schwarzen westlichen Himmel zu schauen.

»Für erste«, sagte er schließlich, »weiß ich wenigstens, was wir mit dem Blutgeld machen können.«

23.40 Uhr

»Wir haben soviel Blut vergossen wie möglich«, sagte Gamma, der studentische Führer der Operation Blauer Adler und damit auch der neue inoffizielle Führer der ältesten Sigma-Studenten.

»Können wir Schwitters *wirklich* vertrauen?« fragte Epsilon.

Nach kurzer Überlegung nickte Gamma. »Er wird uns nicht hängenlassen. Dazu ist ihm sein zarter kleiner Körper zu wichtig. Außerdem ist das die Gelegenheit für ihn, mit coolen Typen zusammenzusein. Ihr wißt doch noch, daß er im ersten Studienjahr Sigma werden wollte.«

»Was für ein Witz.«

»Und er kann Mark nicht ausstehen«, fügte Ypsilon hinzu. »Ich glaube, er ist in Shawn verknallt. Jetzt hat er die Chance, den Typen zu besiegen, der seine Angebetete bumst.«

»Und selbst *wenn* er sich gegen uns wendet«, sagte Gamma, »dann argumentieren wir einfach, daß er uns nicht angemessen vertreten hat, weil er immer noch mit dem Disziplinarausschuß unter einer Decke gesteckt hat. Das wird uns der Aufsichtsrat bestimmt abnehmen, das Verfahren wird eingestellt, und ich werde Schwitters persönlich die Abreibung seines Lebens verpassen.«

»Im Grunde«, faßte Kappa zusammen, »können wir also gar nicht verlieren.«

»Genau.«

»Außer natürlich«, meldete sich Beta zu Wort, der bis dahin still in der Ecke gesessen hatte, »es sickert durch, daß wir im Umkreis von zehn Meilen jeden terrorisiert haben.«

Gamma sah Beta an. »Was soll das heißen, es sickert durch?«

»Na was wohl! Betsy Kimball! Shawn Jakes!«

»Die sagen kein Wort. So blöd sind die nicht. Hör zu, Beta. Ich weiß, dir paßt es nicht, wie wir die Sache angepackt haben, aber ob du's glaubst oder nicht, auf diese Weise gewinnen wir wahrscheinlich unseren Prozeß.«

»Alpha hat es doch gesagt«, fügte Kappa hinzu. »Das Wichtigste ist unser Haus und unsere Bruderschaft. Alles andere ist Nebensache.«

»Du bist völlig durchgeknallt.«

»Nein, ich stelle mich nur in den Dienst der Sache«, sagte Kappa zu Beta. »Und das hast du früher auch getan. Was ist los mit dir, Mann?«

Beta sah Kappa lange an. Dann wandte er sich ab, um aus dem gesprungenen Fenster zu starren, gegen das er die linke Schulter gelehnt hatte. Die Versammlung ging ohne ihn weiter, und obwohl sein Name mehrmals erwähnt wurde, sah er kein einziges Mal auf.

Mitternacht

Als die Uhr in der Ferne den nächsten Tag einläutete, griff Mark nach dem Telefon und wählte Shawns Nummer. Das Klingeln verhallte im Nichts. Anscheinend hatte sie das Warten aufgegeben und war zu Bett gegangen. Er ließ sich noch tiefer in die Schwärze seines Wohnzimmers zurücksinken, um über den Stand des tödlichen Wettkampfs nachzudenken, in den er hineingeschlittert war.

Turlington hatte also recht gehabt. Es *standen* Leben auf dem Spiel. Und da sich das Spiel bis zu einem mörderischen Grad gesteigert hatte, mußte er jetzt darüber nachdenken, ob es sich lohnte, weiterzuspielen. Denn so sehr es ihn drängte, all die offenen Rechnungen zu begleichen, im Augenblick bewegte ihn nur noch eine erschreckende Erkenntnis.

Der Mann wollte mich töten.

Der Tod. Das Wort samt all seinen Facetten bedeutete sicherlich mehr für Mark als für alle anderen Studenten in Simsbury. Seit dreizehn Jahren lebte er mit dem Tod, so wie andere Leute mit Asthma oder viel Geld lebten.

Er schloß die Augen und lehnte den Kopf an die Wand. Die sicherste Möglichkeit für ihn war, wieder die weiße Fahne zu zeigen. Aber jetzt aufzugeben, nachdem er so viel über Sigma erfahren hatte … das brachte er einfach nicht fertig. Die zweitsicherste Alternative war wohl ein Anruf bei der Polizei, um sie davon zu überzeugen, daß sie etwas unternehmen mußte. Natürlich war das die gleiche Polizei, die den Sigmas nach Turlingtons Ansicht aus der Hand fraß. Wahrscheinlich würden die Cops also mehr schaden als nutzen. Außerdem trugen sie Abzeichen und vertraten das Gesetz und waren Kollegen des FBI. Und Mark hatte nicht ein Leben lang Lacrossestöcke gegen US-Marshals geschwungen, um jetzt klein beizugeben.

Im Grunde war er also auf sich allein gestellt.

Höchstens an seinen Vater konnte er sich vielleicht wenden, der einmal gesagt hatte, niemand schwebe in so großer Gefahr wie ein Jäger, der plötzlich zum Gejagten geworden ist.

Mark öffnete die Augen und erhob sich aus seinem Winkel. Er schaltete alle Lichter im Apartment an und ging ins Schlafzimmer. Er nahm das Erbe seines Vaters – den Lacrossestock, den Jay Jessy für seinen Sohn gemacht hatte – von seinem Gedenkplatz auf der Kommode und ließ die Finger über den glatten Schaft gleiten.

Dann zerbrach er ihn über dem Knie und nahm die schärfere Hälfte mit ins Wohnzimmer. Dort kauerte er sich wieder in die sichere Ecke der Welt zurück und griff nach seiner Perlenkette, um die Entschlossenheit eines Jägers in sich zu beschwören.

48. KAPITEL

Dienstag, 10. März

6.00 Uhr

Das Wecksignal brauchte er nicht. Die gebrochene Nase und die zuschwellenden Augen hatten ihn die ganze Nacht wachgehalten. Nicht einmal seine Yankees-Mütze hatte er abgenommen. Er hatte nur einfach im Lehnstuhl des Hotelzimmers gesessen und im Essen des Zimmerservice herumgestochert. Bei jedem vorsichtigen Bissen war er zusammengezuckt. Bei Anbruch der Morgendämmerung raffte er sich zum fälligen Bericht auf.

»Hallo?« fragte eine Stimme nach zweimaligem Klingeln.

»T-Bone, ich bin's.«

»Auftrag erledigt.«

»Nein.«

»*Was?*«

»Irgendwie hat er gemerkt, was los war.«

»Verdammt.«

»Er hat Instinkt. Wer ist dieser Junge?«

»Übertreib nicht. Du warst übermütig, und er ist davongekommen.«

»T-Bone ... was wird hier eigentlich gespielt?«

»Nichts, was du nicht früher auch schon gespielt hättest.«

»Glaub ich nicht. Ich will mehr über den Scheißkerl wissen – und damit meine ich nicht seine Noten.«

»Cherry Plain.«

Dem Mann flatterten die Worte »Cherry« und »Plain« durch den Kopf und verbanden sich mit dem wenigen, was er über sein aktuelles Zielobjekt wußte. Wie ein Film liefen die Jahre zurück zu einer Zeit, als ganz Amerika gegen eine FBI-Maschinerie wütete, die eine junge Mutter erschossen hatte. Als Marine, der zu den Spezialeinheiten wollte, hatte er persönlich sich weniger für den Tod einer Zivilistin interessiert als für die Art und Weise, wie der Ehemann der Zivilistin Rache genommen hatte.

Er hatte dem Heckenschützen mit bloßen Händen die Nase ins Gehirn gerammt.

»Es ist *dieser* Jessy?« fragte er und tastete mit vorsichtigen Fingern über seine eigene Nase.

»Der Sohn. Sein Daddy ist noch immer auf der Flucht.«

Der Mann mit der gebrochenen Nase nickte langsam ins Telefon.

»Ich schlage also vor«, sagte T-Bone, »du läßt die Mätzchen und stattest unserem Freund einen Besuch in seinem Apartment ab. Bring die Sache hinter dich. *Jetzt gleich.*«

»Ich mag es nicht, wenn eine Zielperson ein Heimspiel hat.«

»Du kapierst nicht. Er *hat* schon ein Heimspiel. Nach dem, was gestern abend war, verläßt er das Campusgelände bestimmt nicht mehr.« T-Bone schwieg. »Es wird nur immer *schwieriger*.«

»Nicht unbedingt«, sagte der Mann mit der gebrochenen Nase. »Ich hab da so eine Idee.«

9.00 Uhr

Um Punkt 9.00 Uhr wurden die Tore der Southern Maine Savings Bank vom stellvertretenden Präsidenten persönlich aufgeschlossen, der als achtzehnjähriger Kassierer bei der SMS angefangen hatte. Und um Punkt 9.04 wurden von einem Konto mit der Bezeichnung »Rentenfonds Polizeirevier Georgeville« zwei Beträge in einer Gesamthöhe von fünfundsiebzigtausend Dollar auf das Privatkonto von Paul und Dory Bunker überwiesen – den ehemaligen Besitzern eines Tante-Emma-Ladens in Georgeville, die von einer Supermarktkette zur Geschäftsaufgabe gezwungen worden waren und in die Berge von Tennessee hatten ziehen müssen, statt ihren verdienten Ruhestand am Strand von Florida genießen zu können.

9.07 Uhr

Nachdem er Casey für die kommenden Tage in Jessicas Obhut gegeben hatte, kam Mark mit nur wenigen Minuten Verspätung im Konferenzraum an und bemerkte überrascht, daß nur der Dekan auf ihn wartete.

»Wo ist Shawn?«

»Sie ist verschwunden.«

»Was heißt das, verschwunden?«

»Verschwunden. Wie deine Mutter und dein Vater.«

Mark schloß die Augen und holte tief Luft. »Dekan

Templeton«, sagte er leise. »Bitte sagen Sie mir, was los ist.«

»Oh, nichts!« Der Dekan lehnte sich vor und stützte sich auf die Knöchel. »Sie ist nicht mehr Mitglied des Disziplinarausschusses.«

Mark war völlig baff und brachte nur ein Knurren heraus.

»Ja, so ist es, Mark. Sie hat es mir heute morgen per E-Mail mitgeteilt. Aber bestimmt wünscht Sie Ihnen viel Glück für die Verhandlung heute.«

Mark schwirrte der Kopf.

Der Dekan lachte und zupfte sich eine Fussel vom Ärmel. »Ich weiß nicht, warum ich mir wegen Ihnen Sorgen gemacht habe«, krähte er vergnügt. »Sie sind doch ein Leichtgewicht. Nicht mal Ihre Freundin nimmt Ihnen Ihre Phantasien ab.« Er stand auf und funkelte Mark an. »Es ist *vorbei*. Sie haben nichts in der Hand für eine Verhandlung, und Sie werden auf Ihre Rache verzichten müssen. Ich hab gewonnen.«

9.12 Uhr

Nach dreistündigem Schlaf regte sich so etwas wie Appetit in Fairchild. Er ließ einen großen Teil seiner Schuldgefühle an der Tür zum Sigma-Speisesaal zurück und steuerte mit dem Gefühl allgemeiner Zuversicht auf die Küche zu. Er wünschte der neuen Köchin einen guten Morgen und nahm sich ein mexikanisches Omelett und einen Schlag schwarze Bohnen. Dann suchte er sich einen Platz mit möglichst viel Sonnenschein. Er fläzte sich in den Stuhl und spuckte seinen Kaugummi in die Serviette. Dann machte er sich daran, ein wenig von seinem wertvollen verlorenen Gewicht wieder aufzuholen.

Diesmal blendete ihn die Vision ohne warnendes Summen. *Schau genau hin*, schien sie ihm zu befehlen.

Schau genau in die Augen, die dich voller Vertrauen angesehen und gefragt haben, wann es vorbei sein wird.

Schau dir an, was du geantwortet hast.

Schau dir an, was du für ein Blutbad verschuldet hast.

Fairchild sprang auf und sprintete aus dem Speisesaal. Er raste durch den Gang, vorbei an der Stelle, auf der Chad Ewing zu Tode gestürzt war, ins Bad und kniete sich vor die Toilette.

Aber er konnte nichts erbrechen. Keine Nahrung, kein Wasser und gewiß nicht das Summen, das ihn bis in den Schlaf hinein und zu den Mahlzeiten verfolgte und ihn immer wieder fragte, was er geben und was er verschenken würde. Er senkte den Kopf und würgte mehrere Male. Beim letzten Versuch knallte er mit dem offenen Kiefer so hart gegen das Porzellan, daß er sich beinahe einen zweiten Zahn angeschlagen hätte.

Nach einem Moment der Erschöpfung stand er auf und wankte in sein Zimmer. Dort wollte er warten, bis es an der Zeit war, eine Bruderschaft zu verteidigen.

9.19 Uhr

Wütend drückte Mark seine Schulter gegen die Eingangstür des Verwaltungsbaus und stolperte hinaus in ätzendes Winterlicht. Er spürte nur den Drang, Shawn bei den Schultern zu packen, sie durchzuschütteln und zu schreien: *Was ist in dich gefahren?*

Er stürmte hinüber zum Gebäude für Umweltstudien am Nordrand des Campus, und wenige Meter vor dem Eingang erspähte er zwischen Zöpfen und Baseballmützen den unverkennbaren blonden Pferdeschwanz über der Windjacke des College-Skiteams.

Sein Blick begegnete dem der Frau, die etwas Besonderes, Schönes und Echtes in ihm gesehen hatte, und er erkannte etwas in ihren Augen, was er vorher nicht gesehen hatte: Angst.

Mark wußte plötzlich, daß sie um ihr Leben fürchten mußte.

Sie nickten einander kurz und im stillen Verständnis zu, ehe Shawn im Gebäude für Umweltstudien verschwand. So allein wie noch nie in seinem Leben wandte Mark sich ab und machte sich auf den Weg zur Bibliothek. Dort wollte er warten, bis es an der Zeit war, eine Bruderschaft zu bekämpfen.

49. KAPITEL

Dienstag, 10. März

9.30 Uhr

Campusführerin Sharon Kolojay, die die letzte halbe Stunde mit dem Mann mit der Yankees-Mütze verbracht hatte, fand den Mann merkwürdig. Er hatte die Tour allein gemacht, ohne einen Highschoolschüler an seiner Seite. Und er hatte ihr nicht eine Frage zum Lehrplan gestellt; dafür aber die seltsamsten Fragen nach der nächtlichen Bewachung durch Sicherheitsdienste und nach den Gebäuden, die »antiquierte elektrische Sicherheitssysteme« und noch nicht »diese moderneren Anlagen« hatten.

Und dann noch die geschwollene Nase und die blaugeschlagenen Augen!

Im nächsten Semester würde sie sich einen anderen Job suchen. Bei dem hier hatte sie mit zu vielen Eltern zu tun, die auch immer unheimlicher wurden.

10.00 Uhr

In Übereinstimmung mit dem vereinbarten Termin – 10. März, 10.00 Uhr – bestätigte der zuständige Ausschußleiter mit seiner Unterschrift die diesjährigen Festanstellungen und stempelte die Urkunde mit dem Collegesiegel ab. Er ging rasch die Liste der Namen von Lehrern, Verwaltungskräften und Ehemaligen durch, die eine inoffizielle Vorschau auf das Abstimmungsergebnis erhielten. Dann begann er zu faxen, E-Mails zu verschicken und zu telefonieren.

Um 10.20 Uhr waren alle befugten Personen informiert.

Um 10.27 Uhr hatte der sechzehnte Name auf der Liste, der Ehemalige Terrence Bonnell, die Faxkopie des Abstimmungsergebnisses durchgesehen und gelächelt über die Möglichkeiten, die sich daraus ergaben.

Um 10.33 Uhr hatte er weitere Informationen eingeholt.

12.38 Uhr

Templeton kritzelte seine Unterschrift unter die Liste der Studenten, die ihr drittes Studienjahr zur Hälfte oder ganz im Ausland verbringen wollten und warf das Schriftstück in die Ablage für Ausgänge. Dann nahm er einen Bissen von seiner Quiche und wandte sich einem der zwei Kontoauszüge seiner Altersvorsorge zu, die er monatlich von der Grand Cayman Fidelity erhielt.

Mit einem beifälligen Lächeln quittierte er die jüngsten Überweisungen, lehnte sich zurück und träumte von der Zukunft.

14.58 Uhr

Mark hatte seinen ganzen Mut zusammennehmen müssen, um die Sicherheit der Bibliothek zu verlassen, wo er die letzten fünf Stunden verbracht hatte. Aber Furcht und Zorn waren der Neugier gewichen, als sein Nachbar Matt Moriarty an seinem Platz vorbeilief und nach einer Kehrtwende fragte: »Hey Mark, weißt du, daß an deiner Tür ein Umschlag hängt?« Nachdem er die Risiken und Möglichkeiten gegeneinander abgewägt hatte, entschied sich Mark fürs Handeln und kehrte allein zu seinem Apartment zurück.

Er glaubte zwar nicht, daß jemand am hellichten Tag auf ihn schießen würde, aber trotzdem stahl er sich vorsichtig durch die Kiefern, die sein Apartment und elf andere vom Lacrosseplatz trennten. Dankbar für jede Deckung trat er auf die kalte, überschattete Lichtung, als eine winterliche Windbö von Süden nach Norden die Reihe der Apartments entlangfegte und nacheinander die vertrockneten, übriggebliebenen Kränze und Dekorationen von Weihnachten hochwirbelte.

Auch der Umschlag an seiner Tür raschelte.

Er nahm ihn ab und öffnete ihn.

Mark,

ich habe vor Ihrem Kurs um elf Uhr auf Sie gewartet, aber anscheinend haben Sie ihn ausfallen lassen. Ich wollte Sie anrufen, aber niemand hat abgehoben. Glauben Sie mir, es ist gut, daß Sie sich heute nicht an Ihre üblichen Gewohnheiten halten. Ich muß Ihnen drei Dinge mitteilen.

Wir haben Ihren Vater gefunden.

Jemand versucht Sie umzubringen.

Beide Dinge hängen direkt zusammen.

Sie werden im Augenblick zu Ihrem Schutz von US-Marshal Sehorn beobachtet, aber ich kann Ihnen nicht garantieren, daß Sie den nächsten Sonnenaufgang erleben, wenn Sie hier bleiben. Packen Sie eine Tasche, wenn es sein muß, und hauen Sie ab. Verbringen Sie den Rest des Tages mit Freunden auf dem Campusgelände und treffen Sie mich um Mitternacht im Trussell-Biologiebau, Raum 104. Ich bringe Sie an einen sicheren Ort und erkläre Ihnen, was los ist.

Irgendwann müssen Sie anfangen, mir zu vertrauen,

Mark. Vielleicht ist jetzt der richtige Zeitpunkt gekommen.
Deputy Trevor Mawn
United States Marshal Service
Federal Bureau of Investigation

Ein zweiter, kälterer Windstoß fuhr über Mark hinweg, während das nochmalige Lesen ein unentwirrbares Knäuel von Emotionen in ihm wachrief.

Er drehte sich um und suchte mit den Augen den Horizont ab. Zuerst sah er nichts als das erwartete Glitzern aus Schnee und Wintergrün. Doch dann erspähte er durch die Zweige ein winziges Blinken gläserner Kreise.

Ein Fernglas.

Das ihn beobachtete.

Das reichte ihm, um den Brief einzustecken und im Apartment in aller Eile eine Tasche zu packen.

Aber nicht bevor er unter den Haufen zerfranster Pullover in der Ecke seines Schlafzimmers gegriffen hatte.

50. KAPITEL

Dienstag, 10. März

16.00 Uhr

Im Konferenzraum im zweiten Stock des Verwaltungsgebäudes wartete die Parodie einer Gerichtsverhandlung von gigantischen Ausmaßen auf ihren Beginn.

Die Geschworenen waren zwölf Aristokraten, die allesamt ihren Erfolg auf das Simsbury College zurückführten und daher voller Stolz ihre undankbare Rolle im Aufsichtsrat wahrnahmen. In zwei Reihen saßen sie auf Bänken aus hart geschliffenem Ahornholz und warteten auf die bevorstehende Verhandlung.

Vor der Wand neben der Tür zum Konferenzraum saßen die Angeklagten, ein eindrucksvolles Trio junger Männer in feinen marineblauen Anzügen der gleichen Machart. Dave Fairchild – der Mann mit den zahllosen Preisen, den vielen Fans und dem Unschuldsgesicht – fiel am stärksten auf, obwohl er übermüdet und ein wenig mager aussah. Sein Haar war exakt gescheitelt wie das einer Puppe, und seine königsblauen Augen paßten zur Farbe des Sigma-Adlers an seinem Kragen. Neben ihm saß A. J. Dominic, ein hünenhafter Mann, um dessen Hals der Kragen seines Hemdes und Anzugs so eng lagen, daß unter seiner Haut die Adern hervortraten. Er saß stocksteif da wie ein neuer Rekrut, der auf die Befehle eines Feldwebels wartet. Links von A. J. und weit weniger imposant saß Pete Thresher, dessen Augen taxierend von einem Geschworenen zum nächsten huschten.

Auf der rechten Seite von Fairchild am Kopf des Tisches der Verteidigung saß Simon Schwitters, ein Mann mit einem jungen Gesicht, der nicht so recht zu seinen drei Klienten passen wollte. Aber er war auch nicht hier, um gut auszusehen. Er war hier, weil er ein anerkanntes juristisches Genie war, ein Student, dessen Wissen seinen Jahren weit voraus war. Der Aktenkoffer, aus dem er jetzt Notizblöcke und Mappen holte, legte beredtes Zeugnis für seine Frühreife ab.

Neben der beklagten Partei thronte über allem auf einer erhöhten Plattform als Richter Dekan Anson Templeton. Er trug eine Robe und eine Miene gebieterischer Strenge. Vor ihm auf einem schrägen Pult lagen die Satzung des Simsbury College und der Hammer des Richters.

Und an einem antiken Tisch saß die Anklage: Mark Jessy, allein und ein wenig schäbig wirkend in seinem geborgten blauen Anzug. Vor sich hatte er ein offenes Notizbuch liegen.

Der Dekan erhob sich und schlug zweimal mit dem Hammer auf das Pult. Die Verhandlung hatte begonnen.

»Meine Damen und Herren«, verkündete er, »hiermit eröffnen wir das Verfahren in der Streitsache Simsbury College gegen Sigma Delta Phi. Mein Name ist Anson Templeton, und als Dekan des College ist es nach den Statuten der Simsbury-Satzung« – er hob die Satzung in die Luft – »meine Aufgabe, bei diesem Verfahren als unparteischer Richter zu fungieren. Innerhalb dieser Wände bin ich bis auf weiteres mit ›Euer Ehren‹ anzusprechen. Erst wenn ein Urteil gefällt ist, werde ich wieder zum Dekan, und werde dann gegegebenenfalls die von den Geschworenen verhängten Sanktionen umsetzen.«

Mit einer grandiosen Armbewegung wies er auf die Geschworenen. »Zu meiner Rechten befinden sich die Mitglieder des Collegeaufsichtsrats von Simsbury. Als Gleichrangige entsprechen sie der verfassungsmäßigen Definition fairer Geschworener. Sie haben den Auftrag, die Schuld oder Unschuld der Angeklagten festzustellen.

Die beklagte Partei«, fuhr er fort, »die Verbindung Sigma Delta Phi, wird vertreten von den studentischen Mitgliedern David Troy Fairchild, Anthony James Dominic und Peter Reginald Thresher. Die rechtlichen Interessen der Verbindung werden von Simon Duncan Schwitters III wahrgenommen. Mr. Schwitters wurde ordnungsgemäß darauf hingewiesen, daß es seine moralische Pflicht ist, seinen Klienten fair zu vertreten, und daß jeder Versuch, die Belange seines Klienten zu hintertreiben, mit disziplinarischen Maßnahmen geahndet wird.

Das College wird vertreten von Mark Morningstar Jessy, der in diesem Fall als einziger Ankläger in Erscheinung tritt. Mr. Jessy ist Mitglied des Disziplinarausschusses von Simsbury. Es soll nicht unerwähnt bleiben, daß diesem Ausschuß normalerweise drei Studenten angehören, von denen jedoch zwei zurückgetreten sind. Eines der früheren Mitglieder ist Verteidiger Schwitters.

Im Namen der Schule und in Übereinstimmung mit der Collegesatzung hat Mr. Jessy Anklage gegen Sigma erhoben. Laut dieser Anklage trägt die Verbindung die Verantwortung für den Tod von Chad Francis Ewing.«

Der Dekan legte eine Kunstpause ein und konsultierte sein Pult. »Beide Parteien werden eine Eröffnungserklärung abgeben. Danach wird die Anklage ihre Zeugen aufrufen, und die Verteidigung erhält Gelegenheit, sie ins Kreuzverhör zu nehmen. Aus der Zeugenliste geht hervor, daß die Verteidigung darauf verzichtet hat, eigene Zeugen zu benennen, und ausschließlich auf die Aussagen aus den Kreuzverhören bauen wird. Alle Zeugen wurden angewiesen, während der Gerichtsstunden in ihren Zimmern auf Abruf bereitzustehen.«

Er blickte auf. »Ich möchte beide Seiten ermuntern, sich für den Sieg ihrer Sache einzusetzen, aber Sie sollten stets daran denken, daß Sie Kommilitonen sind und daß der Konflikt im Rahmen dieses Verfahrens auf zivilisierte Weise gelöst werden soll. Wer sich unangemessen verhält, muß mit entsprechenden Sanktionen rechnen.«

Der Dekan setzte sich und rückte seinen Stuhl zurecht. »Wenn es keine Fragen mehr gibt, kann die Anklage nun ihre Eröffnungserklärung abgeben.«

Mark schluckte und stand auf. Den Geschworenen zugewandt, begann er aus seinem Notizbuch zu lesen.

»Sehr geehrte Damen und Herren Geschworenen, am Morgen des 23. Februar dieses Jahres, einem Sonntag, wurde der Sigma-Fuchs Chad Francis Ewing in lebensbedrohlichem Zustand auf dem Wohnzimmerboden des Sigma-Verbindungshauses gefunden. Trotz aller Anstrengungen, die zur Rettung von Ewings Leben unternommen wurden, konnte kurze Zeit später im St. Elizabeth's Hospital nur noch sein Tod festgestellt werden. Diese Tatsachen sind unbestreitbar.«

Er ging langsam vor den Geschworenen auf und ab, so wie er es in all den Gerichtsfilmen gesehen hatte.

»In Frage stehen hier die Ereignisse, die zur Auffindung des schwerverletzten Studenten geführt haben. Die Lage seines Körpers und die Art der Verletzungen legen den Schluß nahe, daß er vom Balkon im ersten Stock gestürzt ist, der sich rund drei Meter über dem Boden des Wohnzimmers befindet. Aber die Ursache des Sturzes ist immer noch äußerst umstritten. Mr. Schwitters wird Ihnen wahrscheinlich erzählen, Chad habe sich unverantwortlich benommen und sei nach übermäßigem Alkoholgenuß im Gang des ersten Stocks bewußtlos zusammengebrochen. Am nächsten Morgen, wird Ihnen Mr. Schwitters dann erklären, sei Chad desorientiert und immer noch betrunken aufgewacht und in seiner Verwirrung über das knapp hüfthohe Balkongeländer gestolpert. Und somit wird Mr. Schwitters den Schluß ziehen, daß Chad und *nur* Chad für diesen unglücklichen Unfall verantwortlich sei.«

Mark sah von seinem Notizbuch auf und suchte direkten Blickkontakt zu den Geschworenen. »Aber das College wird einen völlig anderen Hergang der Ereignisse beweisen: Am Samstag abend, das heißt in der Nacht des 22. Februar, fand im Sigma-Haus eine Fuchsaktivität statt. Nachdem die Sigma-Brüder die Füchse körperlich und geistig brutal mißhandelt hatten, griffen sie sich Chad heraus. Um ihn zum Ausscheiden aus der Bruderschaft zu bewegen, zogen sie ihn nackt aus, zwangen ihn zum Trinken von Alkohol und beschmierten seine Haut über und über mit erniedrigenden Versen. Dann ließen sie ihn bewußtlos im ersten Stock auf dem Gang liegen. Als Chad am nächsten Morgen aufwachte, war er immer noch schrecklich betrunken. Und in seiner Benommenheit ist er über den Balkon im ersten Stock gefallen.«

Mark blätterte um. »Das sind die Tatsachen, und ich werde sie beweisen. Und ich bin überzeugt davon, Sie werden aufgrund dieser Beweislage zu dem Schluß gelangen, daß die Verbindung Sigma schuldig ist im Sinne der Anklage und daß sie entsprechend bestraft werden muß. Ich danke Ihnen für Ihre Aufmerksamkeit.«

Er setzte sich.

Gelassen und voller Selbstbewußtsein erhob sich Schwitters. Er hatte kein Notizbuch in der Hand, und sein dreiteiliger Anzug ließ den von Mark ziemlich kläglich aussehen. Er lächelte den Geschworenen zu und steckte die Hände in die Taschen.

»Meine Damen und Herren Geschworenen, ich stehe ohne Notizbuch vor Ihnen, weil ich kein vorbereitetes Skript habe. Denn genau das hat Ihnen Mr. Jessy hier vorgelesen. Ein Skript. Eine Lüge. Ich habe die Erfahrung gemacht, daß einem nur die *Wahrheit* spontan über die Lippen kommt, und aus diesem Grunde vertraue ich darauf, daß ich mit nichts anderem als meiner Aufrichtigkeit vor Sie treten kann.

Ich möchte jedoch nicht versäumen, mich bei Mr. Jessy für das unterhaltsame Szenario zu bedanken, das er sich ausgedacht hat. Sogar *ich* fand seine Geschichte ziemlich spannend.« Schwitters nickte den Geschworenen und Mark mit einem beflissenen Lächeln zu.

»Aber dann habe ich mich erinnert, daß wir hier am Simsbury College sind und nicht in einem Hollywoodfilm, und das hat mich wieder zur Vernunft gebracht.

Simsbury College. Dessen Studenten vor dem Leben der anderen genauso viel Respekt haben wie vor der Meinung der anderen. Die bloße Andeutung, daß die Sigma-Brüder mittelbar oder unmittelbar für Chads Tod verantwortlich sein sollen, stellt eine Beleidigung für mich, meinen Klienten und jeden Studenten dar, der je in den Genuß von Simsburys einzigartiger Größe gekommen ist.«

Schwitters lehnte sich an den Tisch der Verteidigung und rieb sich übers Kinn. »Zum besseren Verständnis sind hier ein paar Wort über Mr. Jessys Vergangenheit nötig. Hat er erwähnt, daß er früher der Sigma-Verbindung angehört hat?« Er musterte die Gesichter der Geschworenen. »Nein? Dann kann ich Ihnen hier verraten, daß er einst als stolzer Sigma-Bruder den Traditionen der Ehre und Vortrefflichkeit nacheiferte, die von den Gründern eingeführt worden sind und auch heute noch von den Mitgliedern und Ehemaligen praktiziert werden. Aber Mr. Jessys Bemühungen schlugen fehl. Denn vor fast auf den Tag genau zwei Jahren wurde er der sexuellen Belästigung und versuchten Vergewaltigung an einer Einheimischen für schuldig befunden. Daraufhin mußte er auf Anweisung der Collegeleitung seine Beziehung zur Verbindung lösen. Mit anderen Worten, meine Damen und Herren, Mr. Jessy war schon einmal in diesem Raum.«

Schwitters begann hin und her zu gehen und sprach mit erhobener Stimme. »Und das ist bedauerlicherweise auch der Grund dafür, daß wir heute hier sind. Der arme Mr. Jessy kann die Vorstellung nicht ertragen, daß andere junge Männer Vorzüge genießen, um die er sich selbst gebracht hat. Er leidet unter der Wahnvorstellung, daß ihm Sigma ein Unrecht angetan hat. Und jetzt möchte er es der Verbindung heimzahlen, die ihn einst als Bruder in ihren Armen aufgenommen hat. Das wurde sowohl mir als auch Shawn Jakes klar, dem dritten Mitglied des Disziplinarausschusses, die sich erst heute morgen aus dem Fall zurückgezogen hat. Ihr und mir war nicht mehr wohl bei dem Gedanken, Mr. Jessy bei seiner kleinlichen Rache zu unterstützen.«

Schwitters schüttelte mitfühlend den Kopf und bedachte Mark mit einem traurigen Blick. »Der arme Mr. Jessy. Ganz allein, weil er es einfach nicht kapieren will.«

Mark wandte den Blick ab und sah sich unvermittelt mit dem verächtlichen Grinsen von Pete Thresher konfrontiert. In seiner Not starrte er schließlich einfach zu Boden.

»Offen gestanden«, fuhr Schwitters fort, »kann ich mir nicht vorstellen, daß Mr. Jessy in diesem Verfahren überzeugende Argumente vorbringen wird. Aber sollte er es wider Erwarten dennoch tun« – er begleitete seine Ausführungen mit hackenden Armbewegungen – »wird die Verteidigung beweisen, daß Chad *nicht* schikaniert wurde, daß er *nicht* zum Trinken von Alkohol gezwungen wurde, daß er *nicht* nackt ausgezogen wurde, daß er *nicht* vollgeschrieben wurde. Die Verteidigung wird beweisen, daß sich Chad nicht nur verantwortungslos, sondern *fahrlässig* verhalten hat und allein an seinem unglücklichen Unfall schuld ist. Aus diesem Grunde verdienen auch neue Informationen Beachtung, die den Verdacht aufkommen lassen, Chad könnte Selbstmord begangen haben.«

Schwitters blieb stehen und sah zu den Geschworenen auf. »Aber ist das alles wirklich wichtig?«

Er setzte sich wieder in Bewegung. »Wichtig ist doch, daß Chad von uns gegangen ist. Ob sein Hinscheiden von eigener oder von Gottes Hand verursacht wurde, spielt doch jetzt keine Rolle mehr. Können wir ihn nicht einfach in Frieden ruhen lassen? Ich bin überzeugt davon, die Geschworenen werden ihm seinen Frieden lassen und dies durch einen Freispruch bestätigen.«

Schwitters kehrte zu seinem Stuhl zurück. Fairchild beugte sich zu ihm und flüsterte ihm etwas ins Ohr. Der studentische Verteidiger nickte und stand wieder auf. »Verzeihen Sie, Euer Ehren, wir möchten zu Protokoll geben, daß Mr. Jessys Zeitangaben ungenau waren. Chad ist am 22. Februar gestorben und nicht am 23., wie Mr. Jessy fälschlicherweise behauptet hat. Auf diesen achtlosen Fehler wurde ich von meinem Klienten aufmerksam gemacht, dessen Mitglieder sich an die tragischen Ereignisse dieses Morgens gewiß ihr ganzes Leben lang erinnern werden.« Er nahm wieder Platz.

»Zur Kenntnis genommen«, sagte der Dekan und wandte sich an Mark. »Mr. Jessy, das College kann seinen ersten Zeugen aufrufen.«

Mark nickte höflich und sah dann auf die erbärmliche Liste von Fragen, die er zusammengekritzelt hatte, während er sich in der Bibliothek versteckt hielt. Einen Augenblick lang spielte er mit dem Gedanken, einen Zeugen aufzurufen und ein wenig den Staatsanwalt zu markieren. Aber es hatte ja keinen Zweck. Er war völlig unvorbereitet und würde nur Zeit und einen Zeugen verschwenden.

Er stand auf. »Euer Ehren, die Anklage ist abgeschlossen.«

Der Dekan blinzelte. »Pardon?«

»Äh, abgeschlossen. Ich bin fertig für heute.«

Der Dekan feixte. »Mr. Jessy, wenn die Anklage abgeschlossen ist, dann ist das Verfahren vorbei.«

»Nein«, sagte Mark betreten. »Ich meine, ich bin nicht darauf vorbereitet, *heute* Zeugen aufzurufen.«

Der Dekan setzte eine beleidigte Miene auf. »Mr. Jessy, Ihr blinder Ehrgeiz ist der einzige Grund dafür, daß wir heute hier sind.« Er warf einen kurzen Blick auf die Geschworenen. »Diese Geschworenen sind aus ganz New England angereist, weil Sie gesagt haben, daß Sie ernsthafte Argumente vorbringen können. Wollen Sie sie jetzt etwa in ihre Hotels zurückschicken und dort warten lassen, bis Sie mit etwas Handfestem aufwarten können?«

»Ich bitte nur um etwas Geduld, Euer Ehren. Heute morgen hatte ich noch einen Partner. Jetzt muß ich allein zurechtkommen.« Mark wandte sich an die Geschworenen. »Bitte ... Ich verspreche, daß ich morgen besser vorbereitet bin.«

Die Mitglieder des Aufsichtsrates tauschten verärgerte Blicke aus. Schließlich sah der Kahlste von ihnen den Dekan an und nickte.

Der Dekan registrierte die Geste und schluckte. »Na schön. Im Hinblick auf das tägliche Kursprogramm in Simsbury von 8.00 bis 15.00 Uhr vertagt sich das Gericht auf morgen um 16.00 Uhr.«

Mark tastete fiebrig über seinen einzigen Besitz und dachte an die vor ihm liegende Nacht, während die Geschworenen und die Angeklagten mit ihrem Verteidiger nacheinander den Raum verließen.

Als er aufblickte, saß nur noch der Dekan da und zeigte ihm ein höhnisches Grinsen. »Klasse Vorstellung, Mr. Jessy. Sie sind wirklich ein fürchterregender Gegner.«

16.42 Uhr

Fairchild, Dominic und Thresher machten auf dem Rückweg zum Sigma-Haus einen Bogen über den Quad. Dominic und Thresher amüsierten sich darüber, wie leicht

Schwitters Marks unbeholfenen Auftritt gekontert hatte, und beide waren sich sicher, daß das Verfahren morgen um die gleiche Zeit vorbei sein würde.

Fairchild ging schweigend, die Augen auf den Boden geheftet.

Thresher stieß ihn an. »Was ist los mit dir? Wir haben Mark gerade voll eins auf die Rübe gegeben.«

Fairchild preßte die Lippen zusammen, ohne etwas zu sagen.

»Komm schon, Dave«, sagte Dominic. »Ich weiß, er ist dein Freund, aber er kriegt nur die Demütigung, die er verdient. Er hat uns in die Sache reingezogen, und jetzt muß er dafür zahlen.«

Fairchild blieb stehen und sah auf. »Meinst du?«

»Ich *weiß* es.«

Fairchild nickte und starrte in den Himmel. »Aber ein paar Sachen hat er doch gewußt, oder?«

Dominic zog die Augenbrauen hoch. »Zum Beispiel?«

»Er wußte von den Drinks. Er wußte, daß wir vor der Party eine Fuchsaktivität hatten.«

Dominic legte die Stirn in Falten. »Mein Gott, er hat *geraten*. Er war doch früher ein Bruder. Er weiß, daß wir Fuchsaktivitäten haben, und er weiß, daß wir den Füchsen manchmal Drinks verabreichen.«

Fairchild bückte sich, hob einen kleinen Stein auf und warf ihn an einen Baum. Er klatschte gegen den Stamm und hüpfte dann über den Weg.

»Irgendwie hat er es gewußt.«

»Schwachsinn. Wenn er so viel gewußt hat, warum hat er dann die Roofies nicht erwähnt?«

Fairchild drehte den Kopf und begann in die entgegengesetzte Richtung zu marschieren. Dominic und Thresher sahen sich achselzuckend an und setzten ihren Weg zum Sigma-Haus fort.

20.17 Uhr

Tausend Meilen entfernt blätterte Carla Ewing gedankenlos das Familienfotoalbum durch – zum zehnten und letzten Mal seit Jason Lyles Anruf vergangene Nacht. Dann legte sie das Album beiseite, wischte sich eine letzte Träne von der Wange und griff nach dem Telefonverzeichnis von Simsbury, das sie anläßlich des Elternwochenendes am College erhalten hatte, als sie noch zu den Collegeeltern gehörte.

Aber diesen Band blätterte sie nur einmal durch.

Und nur bis zum Buchstaben J.

20.28 Uhr

Da man von jedem der zweihundertdreizehn Telefone auf dem Campus nur eine 9 wählen mußte, um eine Außenverbindung zu bekommen, wurde der Münzfernsprecher gegenüber dem Sigma-Haus am kiefernbestandenen Rand des dichten Waldstücks zwischen Georgeville und der nächsten Stadt kaum gebraucht. Noch hatte die Telefonzelle im März kein einziges Geldstück geschluckt.

Bis jetzt.

Die dunkle Gestalt kauerte im eisigen Licht der Telefonzelle, schob eine Reihe Münzen in den Schlitz und drückte elf Tasten. Niemand hörte, was er sagte, niemand sah, wie er in den Schatten der Bäume zurückglitt.

Am anderen Ende der soeben unterbrochenen Verbindung sahen nicht weniger als fünf mächtige Männer, wie der noch mächtigere Empfänger des Anrufs vollkommen reglos das Außerordentliche des soeben Gehörten verarbeitete und dann alles liegen- und stehenließ, um nach einer Waffe zu greifen.

Sofort folgten alle fünf seinem Beispiel.

21.16 Uhr
Zum zweiten Mal seit gestern abend stand Shawn vor dem Spiegel im Badezimmer.

Aber diesmal war sie angezogen.

Den vertrauensvollen Blick, den sie am Morgen von Mark geerntet hatte, im Rücken und Carla Ewings Worte am Telefon noch in den Ohren, stand sie gestärkt da und nickte ihrem Spiegelbild zu.

Dann klatschte sie die offene Hand gegen die Wand und stürmte aus dem Bad hinüber ins Wohnzimmer. Dort riß sie ihre Jacke vom Haken neben der Phi-Beta-Kappa-Urkunde, die ihr außerordentliche akademische Leistungen bescheinigte, und rauschte zur Eingangstür hinaus.

Auch sie hatte eine offene Rechnung zu begleichen.

Und jetzt wußte sie genau, wo sie den Anfang machen mußte.

23.01 Uhr
Roben, Kapuzen, Schatten und Kerzenlicht.

Das Triumvirat.

Wieder einmal.

Der Führer starrte die Füchse finster an und schlug krachend mit dem Schwert auf den Tisch. Dann begann er zu reimen:

Ihr Füchse, steht auf, hört den ernsten Ton,
Nehmt ab eure Binden und lauscht der Lektion.

Ich reime euch heut' von Geburtsrecht und Treue
Und gemahne euch an euren Eid aufs neue.

Im Schutz des Verfahrens wird Krieg geführt,
Drum habt acht, wenn die Anklage euch attackiert.

Verbergt das Geheimnis ganz tief in euch drinnen;
Der Kläger wird scheitern, und wir gewinnen.

23.22 Uhr

Ungefähr eine Stunde vor der Triumviratsversammlung hatte Rho eine Ladung seiner berühmten Marihuanaplätzchen aus dem Ärmel gezaubert, und sieben der zwölf ältesten Sigma-Studenten hatten zur Feier von Marks jämmerlichem Auftritt als Ankläger zugegriffen. Jetzt waren alle sieben high (zwei hatten nicht einmal der Triumviratsversammlung beiwohnen können, aus Angst, loszukichern) und paranoid. Der Ärger begann mit einer Äußerung von Rho. Er sehe erste Anzeichen dafür, daß die Füchse unter dem Druck bald zusammenbrechen würden. Was konnte man dagegen unternehmen? Brabbelnd verließ er das Zimmer, um sich Snacks zu holen. Aber er hatte den Keim eines Zweifels gesät.

Gamma war zwar nicht high, aber wie immer kampflustig und schlug vor, die Füchse noch einmal durch den Kakao zu ziehen. Kappa pflichtete ihm natürlich bei. Delta, der Gras generell schlecht vertrug, meinte, Kappa solle lieber mehr auf seine kleine Schlampe aufpassen, die ihr Maul schon einmal aufgerissen hatte, und wie konnten sie da sicher sein, daß das nicht wieder passierte? Kappa antwortete, Jocelyn würde den Mund halten, und Epsilon meinte, klar, denn sie hatte bestimmt keine Lust darauf, noch mal vertrimmt zu werden. Kappa scheuerte Epsilon eine, Epsilon schlug zurück, und Gamma ging dazwischen, um beide kurzzeitig schwindlig zu prügeln. Mitten in dieses Getümmel platzte der zurückkehrende Rho. In einer Ecke sitzend, verspeiste er Chips und erinnerte seine streitenden Brüder daran, daß Marihuana eigentlich nicht gewalttätig machte.

Als sich der Tumult gelegt hatte, setzte sich Gamma,

schraubte den Verschluß von einer Flasche Bier und warf ihn auf Rho. »Scheißhippie! Verbreitest hier die volle Panik.«

Rho mampfte seine Chips. »Hey, ich sag's euch. Einigen von denen traue ich nicht über den Weg.«

»Zum Beispiel?« fragte Zeta.

»Drew Silas und Greg Turlington, um mal zwei zu nennen.«

»Und warum?«

»Na, *warum* wohl?«

»Glaubst du auch, daß sie uns hängenlassen könnten?« fragte Delta Gamma.

Achselzuckend kippte der Hüne sein Bier. »Turlington vielleicht.«

»Und was ist mit Silas?«

»Keine Chance«, sagte Gamma. »Er betet die Verbindung an.«

»Glaub ich auch«, meinte Kappa immer noch ein wenig mitgenommen von seiner Auseinandersetzung mit Epsilon. »Ich kann ihn zwar nicht ausstehen, aber der wird bei der Stange bleiben.«

»Dann bin ich froh, daß ich mit dem Studium bald fertig bin«, sagte Delta. »Der Junge geht mir voll gegen den Strich.«

»Mir genauso«, erklärte Epsilon. »Nicht zu fassen, daß der noch nicht das Handtuch geworfen hat. Wer hat ihn denn überhaupt aufgefordert?«

»Walker«, antwortet Rho abfällig. »Sie kommen aus derselben Stadt. War aber sehr umstritten. Ich glaube, das Abstimmungsergebnis war ziemlich knapp.«

»Einstimmig war es auf jeden Fall nicht«, erinnerte sich Ypsilon.

»Zurück zum Thema,« sagte Gamma. »Jessy wird ab morgen Zeugen aufrufen, und deshalb schlage ich vor, daß wir *heute* noch was wegen Turlington unternehmen.«

»Moment mal«, wandte Beta ein. »Wann haben wir beschlossen, etwas wegen Turlington zu unternehmen? Was hat er denn getan?«

»Noch nichts. Mir macht Sorgen, was er tun *könnte*.«

»Ach, bist du jetzt ein Psycho?«

»Fick dich ins Knie, Beta. Ich hab heut abend keinen Bock auf dein scheinheiliges Getue.«

Beta setzte zu einer Antwort an und verschränkte dann nur mürrisch die Arme. »Okay«, sagte er schließlich. »Was schlägst du vor?«

»Ihm ein bißchen Sigma-Stolz einbleuen.«

»Und was haben wir davon? Angenommen, Mark ruft ihn in den Zeugenstand. Turlington wird ziemlich verdächtig aussehen mit Rißwunden und Prellungen im ganzen Gesicht.«

»Nicht, wenn wir ihn so in die Mangel nehmen, daß man nichts sieht«, antwortete Gamma gelassen. »Ein paar Schläge in die Rippen, vielleicht ein Brandzeichen auf den Arsch. Damit er weiß, daß er den Mund halten sollte.«

»Aber warum halten wir uns überhaupt damit auf?« fragte Beta zynisch. »Warum bringen wir ihn nicht gleich um?«

»Beta«, beschwichtigte Epsilon, »uns macht es auch kein Vergnügen, jemandem Schmerzen zuzufügen, aber manchmal muß es ...«

»Ach, hör doch auf. So was will mir einer weismachen, der an den Abenden mit Körpereinsatz Stiefel mit Stahlkappen trägt!«

»Hey, Beta«, sagte Gamma mit einem boshaften Funkeln in den Augen, »deine Hände sind genauso schmutzig wie unsere. Und deine Stiefel übrigens auch.«

Beta starrte Gamma an und senkte den Kopf. »Laß Greg in Ruhe, Gamma. Laß ihn bitte in Ruhe.«

»Auf keinen Fall«, mischte sich Rho ein. »Er hat in

letzter Zeit so einen Blick in den Augen, der mir nicht gefällt. Er hat was vor, und ich traue ihm nicht.«

»Ich auch nicht«, sagte Delta. »Und die alten Herren sehen das anscheinend genauso. Sonst hätten sie uns nicht befohlen, ihn rauszuekeln. Turlington ist ein Schwachpunkt, und ich würde heute besser schlafen, wenn wir etwas dagegen unternehmen.«

Langes, bedrohliches Schweigen.

Gamma stand plötzlich auf und zeigte auf Kappa. »Also gut. Ruf Turlington an und sag ihm, er soll um Mitternacht am Felsen sein.«

Kappa lächelte grausam. »Was werden wir mit ihm anstellen?«

»Wir werden ihn daran erinnern, daß er auf ewig ein Sigma ist.«

23.34 Uhr

Die chronisch übernervöse Studentin war fast am Ende des Pfades angelangt, der vom Käfig zum westlichsten Ausläufer des Campus führte, als sie, von einem schwachen Geräusch aufgeschreckt, herumfuhr.

Was war das?

Mit weit aufgerissenen Augen suchte sie das Dunkel zwischen den dichtstehenden Kiefern nach verdächtigen Anzeichen ab. Als sie sich davon überzeugt hatte, daß ihr nur windige Schatten folgten, schüttelte sie ihre Angst ab und setzte den Weg zu ihrem Wohnheim fort.

In diesem Moment nahmen die Schatten ein windloses und dunkelgekleidetes Eigenleben an, und sechs Gestalten, die alles hatten liegen- und stehenlassen, um nach Waffen zu greifen, traten wie schwarze Rauchwölkchen nach einem Gewehrschuß zwischen den Kiefern hervor, die bei Tag die Landschaft zierten.

Dann drangen sie geduckt auf das Collegegelände vor.

51. KAPITEL

Dienstag, 10. März

23.45 Uhr
Eine Viertelstunde vor Mitternacht gähnte Wachmann Ralph Deeble vor Langeweile, während sein Blick über den wohl sichersten Teil einer ohnehin schon außerordentlich sicheren Gegend glitt: die Viertelquadratmeile Land, die den Namen Simsbury-Campus trug.

Seine Anwesenheit hier war überflüssig, stellte er wieder einmal fest und lehnte sich mit geschlossenen Augen an einen Baum.

In diesem Augenblick traten aus getrennten, aber gleichermaßen schmalen Schatten zwei dunkle Gestalten und warfen ihren eigenen Schatten auf den Schnee um den Trussell-Biologiebau. Obwohl beide – mit unterschiedlichen Absichten – darauf hofften, einander zu sehen, hatte keiner von ihnen etwas von der Anwesenheit des anderen bemerkt.

Und beide waren für Ralph Deeble nicht zu hören.

Denn der eine ging wie ein Indianer.

Und der andere wie ein Mörder.

Die Tür zum Biologiebau öffnete sich knarrend und fiel wieder zu.

Mitternacht
Der Mann mit der gebrochenen Nase, den zwei Veilchen und einer Pistole in der Hand streifte seine Nachtsichtbrille über und setzte mit einer schnellen Handbewegung den antiquierten Sicherungskasten außer Betrieb, den er sich bei seiner Campusführung am Vormittag eingeprägt hatte. Nunmehr von permanenter Schwärze umgeben, zog er die Schultern hoch und fixierte mit

hartem Blick die Lehrsaaltür am entgegengesetzten Ende des kurzen Ganges.

Im Nu hatte er den Korridor hinter sich und stand knapp vor der Tür zu Raum 104. Er hielt inne und spannte den Griff um seine Pistole. Dann schob er den Unterkiefer vor und suchte mit der freien Hand nach dem Türknauf.

Er erstarrte.

Durch das helle Gewirr der zahllosen anderen an die Tür gehefteten Nachrichten schimmerte weiß ein gefaltetes Blatt Papier, das einfach an »Mawn« adressiert war.

Vorsichtig trat er zurück und spähte noch einmal durch den Gang. Als er nur Schwärze sah und nur Leere spürte, lockerte er den Griff um die Waffe und steckte sie in das Halfter zurück. Er riß den Zettel herunter und faltete ihn auseinander.

Deputy Mawn,
US-Marshal Sehorn ist vor ungefähr vier Stunden verschwunden. Diese Unfähigkeit von seiten Ihres Vereins überrascht mich zwar nicht, aber natürlich fühle ich mich jetzt ziemlich schutzlos. Offenbar muß ich selbst handeln, um meine Sicherheit zu gewährleisten. Ich werde Sie treffen, aber nicht hier.
Auf der Nordseite des Campus steht ein Gebäude namens Unter-Vessey Hall. Im ersten Stock befinden sich mehrere kleine Beobachtungsräume des Fachbereichs Psychologie, die von innen verriegelt werden können. Wenn Sie das hier lesen, habe ich mich im östlichsten Raum eingeschlossen (ich nehme an, daß sogar Sie wissen, in welcher Richtung Osten liegt). Klopfen Sie dreimal, dann zweimal und sagen Sie dann das Wort »Tomahawk«.

Stirnrunzelnd las er den Brief noch einmal und knüllte ihn schließlich zusammen, während er gleichzeitig auf den Boden starrte und überlegte, ob er die Sache nicht lieber abbrechen sollte. Er hatte genügend Erfahrung als Killer, um zu wissen, daß ein Auftrag entweder schnell und sauber oder gar nicht erledigt werden sollte. Seinem Opfer über den ganzen Campus nachzuhampeln wäre die reinste Idiotie.

Andererseits hatte er Beschreibungen wie »schnell« und »sauber« im Zusammenhang mit dieser besonderen Mission schon längst vergessen.

Er richtete sich auf und steckte den zerknitterten Brief ein. Dann kehrte er der Tür zu Raum 104 den Rükken und trat hinaus in die Nacht.

0.14 Uhr

Simsbury-Wachfrau C.C. Marino zog auf ihrer üblichen Runde eine Linie von Stiefelabdrücken durch den Schnee zwischen dem nördlichsten und dem südlichsten Koordinatenpunkt des Campus. In ihrer linken Hand wirbelte ein Schlüsselbund. In ihrer rechten klebte ein halbgelutschter Lollipop. Sie setzte den Lutscher an den Mund und beobachtete das Herablassen einer Fensterjalousie, als eine leise Störung im Puls der Nacht ihre Aufmerksamkeit weckte. Sie blieb in der Mitte des Quad stehen, leckte an ihrem Lolly und wandte sich Richtung Westen.

Und sah, wie sechs schwarze Schatten schnell wie Gewitterwolken über einen ruhigen See aus Schnee huschten und zwischen den Bäumen verschwanden.

0.18 Uhr

Der Mann mit der gebrochenen Nase, den zwei Veilchen und dem Killerinstinkt kauerte sich gegen die Wand, als er im ersten Stock von Unter-Vessey Hall ankam, und starrte mit unverwandtem Blick auf die östlichste von fünf identisch aussehenden Türen. Er wartete einen Moment, um zu lauschen. Dann rückte er mit einem tiefen Atemzug die Nachtsichtbrille zurecht. Die Pistole fest umklammert, schlich er über den Teppich auf die verschlossene Tür zu.

Als er vor der Tür stand, legte er die Handfläche auf das Holz. Mit der geballten Faust klopft er dreimal, dann zweimal und legte die Lippen an den dünnen Spalt zwischen der verriegelten Tür und ihrem Rahmen.

»Tomahawk« sagte er, während er die Pistole auf Schußhöhe brachte und den Finger um den Abzug legte.

Keine Antwort.

Er neigte sich zurück und nach einem Moment des Schweigens wieder vor.

Tock-tock-tock.

Tock-tock.

»Tomahawk.«

Nichts.

Absolut nichts.

Mit leicht geöffnetem Mund stand er da, die Waffe immer noch in tödlicher Absicht angelegt.

Dann preßte er die Lippen aufeinander, ließ die Waffe sinken und trat die Tür ein.

Der östlichste Raum im ersten Stock von Unter-Vessey Hall war tatsächlich leer.

Er fluchte leise und wollte sich gerade wieder dem Gang zuwenden, als ein kleiner, einsamer Gegenstand auf halber Höhe der hinteren Zimmerwand seine Aufmerksamkeit auf sich zog.

Ein Blatt Papier.

Einmal gefaltet und an »Mawn« adressiert.

Er rupfte den Zettel von der Wand und begann wieder zu lesen.

Deputy Mawn,
ich kann nicht hierbleiben und habe keine Zeit, um Ihnen zu erklären, warum. Sie finden mich im nördlichen Eingang (hinter der Bühne – von außen schwer zu erkennen, so daß Sie niemand hereinkommen sieht) des Janis Center für Darstellende Künste auf der äußersten Westseite des Campus.
Bitte beeilen Sie sich.

Wieder las er den Brief zweimal und zerdrückte ihn in der Hand.

Und wieder nagte das Unbehagen an seinen Nerven.

Aber wie zuvor kehrte er seiner Empfindung den Rücken, denn sie zur Kenntnis zu nehmen hätte geheißen, ihr nachzugeben. Wenn überhaupt, dann war er verärgert. Verärgert, weil bereits die Hälfte der Stunde vergangen war, in der er den Job erledigen und verschwunden sein wollte, und noch immer hatte er sein Opfer nicht einmal zu Gesicht gekriegt. Verärgert, weil ihm diese Sache mit jeder verstreichenden Minute immer mehr wie etwas vorkam, was sie nun wirklich nicht sein sollte.

Ein Spiel.

Ein Spiel, bei dem ein anderer die Fäden zog.

Scheiß drauf, dachte er. Collegekids spielten keine Spiele mit ihrem Leben. Nein, sein Opfer war weder im Trussellbau noch in Unter-Vessey Hall gewesen. Aber das Simsbury College war ein niedliches, kleines Domizil für reiche, verwöhnte Zöglinge, und sein Opfer mußte hier irgendwo sein und so viel Angst haben, wie man es aus seinen Briefen erkennen konnte.

T-Bones Mann ging den Weg, den er gekommen war, zurück, bis er wieder auf Schnee stand. Dann versteckte er die Gegenstände, die seine Gefährlichkeit verrieten, und ließ sich vom Ostwind zeigen, wo er seine Jagd fortsetzen mußte.

0.31 Uhr

Er hieß Johnson und war nur einer von sechs, die alles hatten liegen- und stehenlassen, um nach Waffen zu greifen, und einer von vielen, die genauso gehandelt hätten. Mit dem Rest seines Teams kauerte er im Schatten hinter einem Wall von Büschen, vierzig Meter westlich von einem Gebäude, das leblos hinter einer Wand von Bäumen aufragte.

»Hab noch nie in meinem Leben so viele Bäume gesehen«, flüsterte Johnson, die Augen pflichtbewußt auf das Janis Center gerichtet. »Wie lang bleiben wir hier noch?«

»So lang, wie es dauert«, erwiderte der Mann rechts von ihm.

»Und was ist, wenn nichts passiert?«

»Es wird was passieren. Das rieche ich.«

Johnson wandte sich einem Moment seinem Nachbarn zu, der an der Einstellung seiner Waffe herumfummelte, und schüttelte bewundernd den Kopf.

Seine Augen hatten sich bei der Jagd an große Gegenstände von großen Ausmaßen gewöhnt – Riesenkiefern und das massive zweistöckige Haus dahinter –, und so mußte er sich erst einen Moment lang umstellen, bevor er blinzelnd eine einzelne menschliche Gestalt erfaßte, die einen Augenblick zuvor noch nicht dagewesen war.

»Ist das der, für den ich ihn halte?« wisperte er und zerrte aufgeregt an dem neben ihm kauernden Schenkel.

Der Mann rechts von ihm blickte auf. »Mein Gott«, zischte er. »Es ist Mark. Ich hab Ihnen ja gesagt, es passiert was.«

Er drehte sich um und machte den anderen vier Männern Zeichen. Unterdessen zog Johnson als jemand, der viel von Mark Jessy gehört, aber ihn noch nie gesehen hatte, ein Infrarotfernglas aus der Tasche und setzte es auf. Er drehte an der Einstellung, bis die Gestalt deutliche Züge annahm. Die Arme hingen nach unten, wie um das Gleichgewicht zu bewahren, und die Beine suchten tastend nach Halt, den sie nicht zu finden schienen. Der Junge sah verletztlich, schutzlos und verängstigt aus, wie ein gejagtes Wild, und das *war* er ja auch.

Moment. Was war das?

Er hob das Fernglas ein wenig, schwenkte langsam nach links, bis er die rechte Hand scharf im Blick hatte.

Und den gefährlichen Gegenstand darin.

»Hey«, flüsterte er und gab das Fernglas nach rechts weiter. »Ist das Ding in seiner Hand das, wofür ich es halte?«

Das Fernglas verließ seinen Griff, und kurz darauf grunzte der Mann rechts: »Heilige Scheiße. Die Sache endet heute.«

»Soll ich …«

»Noch nicht. Wir warten auf unseren Mann.«

Johnson löste den Blick von Mark und blickte forschend in die dunkelsten Winkel der Kulisse. »Ich sehe ihn nirgends.«

»Das heißt, er sieht uns auch nicht. Wir haben Zeit. Wir haben so lang gewartet, da können wir auch noch etwas länger warten.«

Die sechs, die alles hatten liegen- und stehenlassen, warteten in vereinbarter Lautlosigkeit, bis Mark Jessy, irgendeiner Regung folgend, zwischen den Bäumen um das Janis Center verschwand.

Dann beeilten sie sich, aus ihren Verstecken zu kriechen, um den Gejagten zur Strecke zu bringen.

0.40 Uhr
T-Bones Mann musterte das Janis Center, und als ein kalter Windhauch durch die hohen Zweige fuhr, setzte er sich in Bewegung. Er huschte von Schatten zu Schatten, und seine Füße berührten kaum lang genug den Boden, um Spuren zu hinterlassen. Er folgte seinem eigenen professionellen Tempo und änderte seine Richtung nur, wenn ihn ein Baum dazu zwang.

Er huschte die Stufen zum Nordeingang des Gebäudes hinauf, als er es sah. Er blieb stehen und starrte ungläubig auf den Gegenstand, der aus der Tür ragte. Auf das Eisen, das matt im brüchigen Mondlicht schimmerte.

Ein blutbeflecktes Tomahawk.

Und darunter, an die Tür gespießt, war eine nicht adressierte Nachricht.

Mit einer Hand stemmte der Mann die Waffe aus der Tür und fing mit der anderen Hand den herunterflatternden Zettel auf.

Er faltete ihn auseinander und begann im nebligen Strahl einer fernen Lichtquelle zu lesen.

Lieber Wer Sie auch sind,
Bei Ihren Recherchen haben Sie leider übersehen, daß ich US-Marshal Mawn nie vertrauen würde. Ich vertraue nur auf eines: meine Instinkte.
Aber kommen Sie trotzdem herein.
Ich warte auf Sie.

Diesmal las er den Brief nur einmal.

Dann ließ er den Blick langsam von dem Brief auf den schneebedeckten Boden gleiten. Frische Stiefelspuren, die ein wenig kleiner als seine waren und nur in eine Richtung verliefen, ließen keinen Zweifel daran, daß ein Mann vor kurzem von Norden aus das Janis Center betreten hatte.

Und noch dort wartete.

Der Mann mit der gebrochenen Nase und den zwei Veilchen stand gebannt vor der dünn geschnittenen Scharte des Mondes in der Nacht und prüfte seine eigenen Instinkte, die so gar nicht zu einem früheren Marine passen wollten. Er spürte einen plötzlichen Drang, der Sache hier den Rücken zu kehren, zu seinem Auto zu laufen und zurück nach Boston zu fahren.

Aber dieser Drang wurde von einem viel mächtigeren in die Schranken gewiesen.

Dem Drang, zu töten.

Sofort.

Er warf das Tomahawk weg, zog seine Waffe und ließ das Magazin einschnappen. Dann wandte er sich abrupt um und setzte die Nachtsichtbrille wieder auf. Als ihm die eben noch schwarze Welt in grünem Glanz entgegensprang, öffnete er die Tür und drang in den vollgestellten Bereich hinter der Bühne des Janis Center vor.

Er trat an den Bühnenvorhang und warf einen kurzen Blick durch den Spalt.

Dann hob er die Pistole auf Schulterhöhe, glitt durch die Öffnung und attackierte.

Schatten schossen in die Höhe.

In der fünften Reihe erhob sich die erste Gestalt, deren Arme, Kopf und Rumpf wie die eines Phantoms aus einem der eben noch leeren Sitze wuchsen. Die zweite erwachte zehn Reihen weiter hinten zum Leben, und die dritte brach hinter dem Balkonvorsprung hervor. Die vierte und fünfte bewegten sich aus entgegengesetzten Bühnenseiten aufeinander zu, und während sie in Kauerstellung gingen, sprang eine sechste aus den Tiefen des Orchestergrabens.

Umstellt von Angreifern, deren Waffenarsenal auf ihn gerichtet war, und mit keiner anderen Aussicht als der auf das Leichenschauhaus, konnte der Mann mit der gebrochenen Nase, den beiden Veilchen und der geladenen Pistole nur eins machen.

Beobachten.

»Jay Meadow Jessy!« rief der Mann in der fünften Reihe und öffnete seine Jacke, um das sternförmige Abzeichen an einer Halskette zu zeigen. »Deputy Trevor Mawn, US-Marshal, FBI. Legen Sie Ihre Waffe nieder, legen Sie die Hände hinter den Kopf und treten Sie zwei Schritte zurück!«

Der Mann mit der gebrochenen Nase und den beiden Veilchen starrte ihn nur an.

»Werfen Sie die Waffe weg, Jessy!« warnte eine andere Stimme.

»Laß sie fallen, Dreckskerl!« brüllte eine dritte.

»Mach schon, du Arschloch!«

»Wirf sie weg!«

»Wirf die Scheißknarre hin!«

Und dann kam aus dem Orchestergraben ein leises, beschwörendes Flüstern, und die angeheizte Spannung fiel in sich zusammen wie ein Kartenhaus.

»Das ist nicht Jay Jessy ...«

Und als diese fünf Worte einen verdatterten sechsstimmigen Chor zum Schweigen brachten, dämmerte dem Mann mit der gebrochenen Nase und den beiden Veilchen allmählich, was hier gespielt wurde, wie er und seine sechs waffenschwenkenden, feuerbereiten Spiegelbilder an der Nase herumgeführt worden waren. Hätte er nicht in Gedanken fieberhaft nach einem Ausweg gesucht, dann hätte er sich vielleicht ein anerkennendes Lächeln abgerungen. Der kleine Jessy war wirklich schlau.

Aber nicht schlau genug.

Im Bruchteil einer Sekunde hatte sich T-Bones Mann entschieden. Er senkte die freie Hand, rief mit ruhiger

Stimme: »Nicht schießen!« und griff mit friedlicher Absicht langsam unter den Reißverschluß seiner Jacke.

Von dort brachte er ein eigenes sternförmiges Abzeichen zum Vorschein.

Er hielt den Stern hoch. »US-Marshal Kenneth Sehorn, FBI-Büro Portland. Ich bin einer von euch.«

Widerwillig entspannten sich die sechs Spiegelbilder und ließen zögernd die Waffen sinken.

53. KAPITEL

Mittwoch, 11. März

1.22 Uhr

Die Besprechung fand bei Donuts und Kaffee auf dem Kofferraum eines nicht registrierten Autos der Bundespolizei statt und dauerte nur zweiunddreißig Minuten. Aber Zeit und Geld, die im Namen der Steuer- beziehungsweise Kopfgeldzahler verschwendet worden waren, hatten auf beiden Seiten – der der sechs US-Marshals vom Bostoner FBI-Büro und der des »Marshals aus Portland« mit gebrochener Nase – hohe Kosten verursacht. Auch wenn das keine der beiden Seiten zugegeben hätte.

Für die sechs Bostoner Marshals lag die Sache klar. In dieser Nacht war nur eine Partei auf der Jagd gewesen, nämlich die Bundespolizei der Vereinigten Staaten. Zwar war das unerwartete Erscheinen von Marshal Sehorn für die sechs sicherlich eine Überraschung gewesen, aber es war auch ermutigend, zu sehen, daß die Suche nach einem Mörder wie Jay Meadow Jessy nationale Bedeutung besaß.

Trevor Mawn hatte ungefähr um 20.30 Uhr einen

anonymen Anruf erhalten, der zu einer Telefonzelle an der Maine Street in Georgeville zurückverfolgt werden konnte. Der Anrufer klang nervös und zaudernd und bezeichnete sich als patriotischen Simsbury-Studenten, der sicher wußte, daß Mark Jessy seinen entflohenen Vater ungefähr um Mitternacht im Janis Center der Darstellenden Künste treffen wollte, um ihm etwas zu übergeben. Der Anrufer hatte Einzelheiten genannt, die nur jemand aus dem näheren Bekanntenkreis von Mark wissen konnte, und war aus diesem Grund als glaubwürdig eingestuft worden. Mawn und seine fünf Kollegen waren um 23.30 Uhr auf dem Campus eingetroffen, waren in das Janis Center eingedrungen und hatten sich dort auf die Lauer gelegt, nachdem sie Mark mit dem Tomahawk, an dem das Blut seiner Mutter klebte, in der Nähe des Gebäudes gesehen hatten.

Ungefähr zu diesem Zeitpunkt wohl, ergänzte Marshal Sehorn, wurde die Bitte um Verstärkung vom Bostoner Büro nach Portland weitergeleitet. Angefordert wurden mindestens zwei Leute mit guten Kenntnissen der Wälder um Portland, falls die Jagd auf den Flüchtigen zu Fuß fortgesetzt werden mußte. Als einziger verfügbarer Beamter war Sehorn ungefähr eine halbe Stunde nach Mitternacht auf dem Campus eingetroffen. Schon kurz darauf hatte er eine Person gesehen, auf die Mark Jessys äußere Beschreibung paßte, die das Janis Center von Norden her betrat. Ohne den Standort des Bostoner Teams zu kennen und in der Hoffnung, der Sohn würde ihn zum Vater führen, war er der Person gefolgt.

Aber offenbar, schloß Sehorn, war es ein blinder Alarm gewesen.

Kopfschüttelnd verstummte er, und während die sechs aus Boston ihre eigene schweigende Frustration zum Ausdruck brachten, steckte er seinen Stern und seinen Ausweis ein und rieb sich leicht über die zugeschwollenen Augen.

Und das war's.

Letzte Entschuldigungen wurden ausgetauscht, Hände geschüttelt, und mit dem wechselseitigen Versprechen, ihren Mann eines Tages zu erwischen, kletterten die sechs Marshals aus Boston in drei hellbraune Limousinen und machten sich aus dem Staub.

Der einzelne Marshal aus Portland sah ihnen nach, bis die Rücklichter am Horizont verblaßt waren. Dann ging er zu seinem schwarzen BMW, glitt auf den Fahrersitz und verschwand in der Nacht.

2.11 Uhr

Die unchristliche Stunde ließ Marshal Johnson im Fernsehen nur die Wahl zwischen den Hundeweltmeisterschaften oder PayTV-Dreck, und da Deputy Mawn, sein heutiger Zimmergenosse, Pornographie jeder Art strikt ablehnte, mußte es die Hundeschau sein. Johnson saß am Fuß des Hotelbetts und schlürfte von seinem Bier. Er verfolgte die Bemühungen eines Irish Setter, der die Befehle seines Herrn mißverstand, und wünschte sich einen Moment lang, er wäre Sportlehrer geworden.

»Wären wir nur mit dem Hubschrauber gekommen«, grunzte er bei dem Gedanken an sein eigenes Bett.

»Na klar«, erwiderte Mawn, der sich gerade auszog. »Wir kriegen einen anonymen Hinweis und brausen mit einem Helikopter über die Wälder von Maine heran.« Er sah Johnson mit kritischer Miene an. »So kann man einen Flüchtigen auch vertreiben.«

»Was für einen Flüchtigen?« grummelte Johnson und bedauerte seine Äußerung sofort.

Mawn ließ seinen Blick bewußt lange auf Johnson ruhen und warf sein Jackett aufs Bett. »Haben Sie ein Problem mit unserem Vorgehen heute abend?«

Johnson schickte sich zu einer Erwiderung an, wie sie einem Untergebenen zustand, überlegte es sich dann aber anders. »Ja«, bekannte er schließlich ohne Rücksicht auf Verluste. »Ich habe große Probleme mit unserem heutigen Vorgehen.«

Mawn setzte sich und verschränkte die Arme. »Klären Sie mich auf.«

Nach kurzem Zögern legte Johnson los. »Okay. Als erstes reagieren wir auf die Art von anonymem Hinweis, die wir normalerweise ignorieren. Dann brettern wir in ein Kaff am Arsch der Welt, schauen uns 'ne Zeitlang ein Haus an, und obwohl der Sohn des Gesuchten mit einem wirklich monströsen Gegenstand durch die Gegend rennt, wollen wir erst losschlagen, wenn wir unseren Mann sehen. Dann stürmen wir, *ohne* unseren Mann gesehen zu haben oder auch nur zu wissen, ob er in Maine ist, ein großes Marionettentheater und blasen dabei einem Kollegen fast den Kopf weg.« Er zuckte mit den Schultern und zeigte auf den Fernseher. »Und jetzt sitze ich hier in einem Hotel ohne Zimmerservice und schau mir Pudel an, die sich gegenseitig vollpissen.«

Mawn warf einen kurzen Blick auf das TV-Gerät und wandte sich dann kopfschüttelnd zu Johnson. »Erstens leistet jeder, der unser Abzeichen trägt, einen Eid, daß er alles dafür tut, um Scheißkerle wie Jay Jessy vor Gericht zu bringen. Ich bin bereit, für diesen Eid zu töten, und wenn nötig, bin ich auch bereit, dafür zu sterben. Ich nehme an, Marshal Sehorn denkt und fühlt genauso. Abgesehen davon glaube ich, daß er Stroh im Kopf hat, denn was er heute nacht gemacht hat, war so ziemlich das Idiotischste, was ich je erlebt habe, und morgen werde ich seinen Vorgesetzten anrufen.«

»Es ist schon morgen, Trevor.«

Mawn winkte ab. »Was Ihre anderen Bemerkungen angeht, kann ich nur sagen, ich mußte ein paarmal nach meinem Instinkt handeln, und das ist eben schiefgegangen. Aber selbst wenn ich richtig gehandelt hätte, wäre es schiefgegangen, weil dieser Jessy-Arsch überhaupt nicht in der Gegend war.« Er verstummte und fügte hinzu: »Soweit ich weiß.«

»Damit wäre ich bei meiner nächsten Bemerkung.« Johnson lehnte sich vor. »Wir sollten zurück nach Simsbury fahren und Mark Jessy verhaften.«

»Mit welcher Begründung?«

»Kommen Sie, Trevor. Es ist doch klar, daß *er* angerufen hat ...«

»Mit welcher Begründung, Steve? Wir haben nur einen anonymen Anruf aus einer Telefonzelle in der Nähe von Simsbury.«

»Er hat uns mit seinem Tomahawk geködert.«

»Na und, er konnte doch gar nicht wissen, ob wir überhaupt da sind. Und was sollen wir ihm denn vorwerfen? Ungesetzlichen Besitz eines Familienerbstücks? Er könnte sagen, daß er es seiner Freundin vorführen wollte. Er könnte sich auf sein verfassungsmäßiges Recht auf Waffenbesitz berufen.« Mawn erhob sich vom Bett und zog sich das Unterhemd aus. »Unterm Strich bleibt nichts, was wir ihm anhängen können, und ich gebe ihm bestimmt nicht die Genugtuung, ihn wissen zu lassen, daß er uns ziemlich aus der Fassung gebracht hat.«

Er trat zum Spiegel und starrte hinein, während er zerstreut ein Paar Wollsocken zusammenknüllte. »Mark Jessy soll seinen läppischen Triumph haben. Er soll sich ins Bett legen und glauben, daß er den Verfolgern seines Vaters einen netten, kleinen Streich gespielt hat. Aber tief drinnen weiß er, daß er mit allen kindischen Spielen der Welt nichts an zwei simplen Fakten ändern kann.«

Er ließ die Socken fallen und stützte sich auf die Kommode, um sein Gesicht ganz nahe an das Spiegelglas zu halten. »Sein Vater ist ein Mörder«, sagte er leise. »Und ich werde ihn kriegen.«

3.38 Uhr
Fairchild verließ das Bett und tastete sich durch die Finsternis in seiner Suite zum Gang im zweiten Stock, der von einem einzigen Notausgang-Wegweiser erleuchtet war. Er wanderte durch den Korridor, den Blick nur auf eine von mehreren geschlossenen Türen gerichtet. Er kam schneller an, als er erwartet hatte, und trat ein, nachdem er den Türknauf gedreht hatte.

Wieder stakste er durch eine Suite, die zwar weniger dunkel, aber auch weniger vertraut war. Undeutlich spürte er verstreute Wäsche unter den Füßen. Und irgendwie losgelöst von sich hatte er das Gefühl, daß ihn Sportgrößen und Bikinischönheiten von Postern herab beobachteten.

Vor dem Schlafzimmer hielt er, dann stieß er die Tür auf.

Und als sich seine Augen an das tiefere Dunkel gewöhnten, trat die schlafende Gestalt von Ran Robinson hervor.

Fairchild kniete sich neben das Bett und sah seinen Freund lange an. Und während er dies tat, fragte er sich mit unverhohlener Sehnsucht, wie es wohl wäre, ein Leben ohne die Bürde heroischer Erwartungen zu führen.

Er sah ihn an, bis er das Brennen in der Kehle nicht mehr ertragen konnte.

Dann lehnte er sich unmerklich vor und begann leise flüsternd zu beichten.

»Ran, ich muß ... ich möchte dir etwas sagen.« Er hielt inne und richtete sich wieder auf. »Ein paar Tage vor Chads Tod, da ist er zu mir gekommen ... und er hat mich gefragt ... er hat mir *gesagt*, daß er die Mißhandlungen nicht mehr lange aushalten würde, daß er daran dachte, auszutreten. Und … und weißt du, was ich ihm gesagt habe?« Er schüttelte den Kopf in Richtung Decke. »Ich hab ihm gesagt, halt durch, Junge, bald ist es vorbei.« Wieder schüttelte er den Kopf und suchte mit flehendem Blick wieder Rans bewußtlose Augen. »Und *dann* …«

Er unterbrach sich.

Vorsichtig stupste er Ran an der Schulter. Nachdem er sich überzeugt hatte, daß sein Freund immer noch schlief, stand Fairchild auf und floh hinaus in den Gang.

Aber die heilige Halle bot ihm keine Zuflucht. Er sank in sich zusammen und starrte auf die Hände, die Chad Ewing Drinks eingeschenkt hatten, und auf die Füße, die Chad Ewing die Rippen eingetreten hatten.

53. KAPITEL

Mittwoch, 11. März

6.16 Uhr

Der Mann mit der gebrochenen Nase feuerte seine Yankees-Mütze in den Lehnstuhl des Hotelzimmers und schnappte sich das Telefon. Kochend vor Wut wählte er eine elfstellige Fernverbindung.

»Ja?«

»T-Bone. Ich bin's. Der kleine Scheißer lebt noch, aber nicht mehr lang …«

»Vergiß es«, unterbrach ihn T-Bone. »Wir vernichten ihn vor Gericht.«

»Nein, Sie verstehen nicht. Ich bringe diesen Jungen um. Ob Sie zahlen oder nicht, ist mir scheißegal, denn das hier hat mit Ihnen nichts mehr zu tun. Es hat nichts mehr mit Geld zu tun. Ich schwöre bei jedem Grab, für das ich verantwortlich bin, daß dieser eingebildete kleine Scheißer spätestens bis morgen früh in seinem nassen Grab liegt.«

9.47 Uhr

Der Konvoi aus drei nicht registrierten Wagen der Bundespolizei beachtete bei seiner Fahrt Richtung Süden auf der Mautstraße von Maine streng die Geschwindigkeitsbegrenzung. Die drei Fahrer schlürften Kaffee und hielten die Augen auf der Straße, während zwei der drei Beifahrer sich ausschliefen. Der sechste Mann haßte sowohl Kaffee als auch Schlaf und konzentrierte sich auf etwas anderes.

Etwas, was ihm im Kopf herumspukte.

Er griff nach dem Autotelefon.

»US-Marshals-Büro«, sagte eine Stimme. »Hannah Kelly am Apparat.«

»Hallo, Hannah. Trevor hier.«

»Deputy Mawn«, flötete Hannah. »Ich habe auf Ihren Anruf gewartet.«

»Das Warten ist vorbei. Was haben Sie für mich?«

»Gute Frage. Es sieht so aus, als ob die Personalabteilung keine Informationen über einen Marshal Sehorn aus Portland hat.«

»Wie gibt's denn das?«

»Er existiert nicht.«

»Was?«

»Einen Marshal mit diesem Namen gibt es nicht.«

»In Portland?«

»Nirgends.«

»Er hatte einen Ausweis.«

»Das kann schon sein, aber er hat keine *Akte*.«

Mawn legte die Hand an die Stirn und wandte sich dem Fahrersitz zu. Einen Moment lang beobachtete er, wie Marshal Tasha ein Stück von seiner Styroportasse abbiß und daran kaute. Den Blick wieder auf das Armaturenbrett gesenkt, sagte er: »Probieren Sie eine andere Schreibung, Hannah. Vielleicht ein ›e‹ am Ende, oder so was.«

»Haben wir schon gemacht. Einen ›Richard‹ mit dieser Schreibung haben wir gefunden, aber er ist tot. Vor zwölf Jahren in Ausübung seines Dienstes in Detroit gestorben.«

10.14 Uhr

Während Professor Rosenfield Überlebensstrategien aus dem Tierreich anpries, saß der heimlichste Überlebenskünstler von Simsbury in der letzten Reihe des Kurses. Nach dem Kräftemessen mit unsichtbaren Gegnern in der letzten Nacht litt Mark unter Adrenalinresten und einer lustlosen Zerstreutheit. Offensichtlich hatten die US-Marshals den Killer, den ihnen Mark auf dem Tablett serviert hatte, nicht verhaftet. Seine Gedanken an diesem Morgen waren wirr. Sie schwirrten hin und her zwischen dem, was er geschafft hatte, und dem, was er nicht geschafft hatte. Zwischen dem, was seine Eltern von dem Ganzen gehalten hätten, und dem, was Shawn wohl im Augenblick beschäftigte. Und über allem schwebte natürlich die eine Frage, die auf eine Antwort wartete.

Wie sollte er einen Zeugen finden, der gegen Sigma aussagen würde?

Er fragte sich, ob er nicht einfach am heutigen Verhandlungstag das Versprechen an Turlington brechen, ihn Wort für Wort zitieren und den Dekan der Korruption beschuldigen sollte. Keine gute Strategie, wie er schließlich einsah. Solch eine Erklärung würde ohne die Aussage eines Zeugen bloß lächerlich klingen. Er würde bei den Geschworenen jede Glaubwürdigkeit verlieren, das Verfahren würde abgeschmettert, und Turlington würden sie in aller Stille halb totprügeln.

Andere Möglichkeiten gingen ihm durch den Kopf, aber alle waren hoffnungslos. Allmählich kehrte er wieder zum Geschehen in der Vorlesung zurück. Professor Rosenfield stand auf den Spitzen seiner Birkenstocksandalen und zog die Filmleinwand herunter.

Er ließ den Projektor anschalten und knipste selbst das Licht aus. Die Leinwand erwachte zum Leben und zeigte den ersten Star des Films, einen getarnten Stachelrochen, der sich im Sand vergrub, bis nichts mehr von ihm zu sehen war. Mark sah sich den Film an, solange er es aushielt. Als ein Tintenfisch eine riesige schwarze Wolke ausstieß und damit die Linse der Kamera verhüllte, die ihm nachstellte, fielen Mark die müden Augen zu.

Aber er öffnete sie gleich wieder.

Denn das letzte schwarze Bild des Films war ihm unter die geschlossenen Lider gefolgt und hatte ihm etwas gezeigt, was er bisher noch nicht erkannt hatte. Nach dieser Erkenntnis saß er reglos und atemlos da, erinnerte sich und malte sich aus, nahm hier ein Teil weg und setzte es dort hinzu: Die Antwort auf das Ganze konnte doch nicht wirklich so einfach sein!

Er schnappte sich Notizbuch und Jacke und stürmte die Treppe des Hörsaals hinunter. Er warf Rosenfield einen entschuldigenden Blick zu, der war aber viel zu sehr in die Ausdehnung eines Kugelfischs versunken, um sich um ihn zu kümmern.

Mark raste über den Campus und hoffte, daß die Wahrheit auf ihn warten würde.

10.48 Uhr

»Grand Cayman Fidelity, wie kann ich Ihnen helfen?«

»Ja«, sprach Templeton in den Hörer, »ich möchte den Betrag einer Einzahlung prüfen, die heute auf meinem Konto eingegangen sein müßte.«

»Einen Augenblick bitte ... Okay, Ihre Kontonummer bitte?«

»Vier-zwei, neun-fünf-neun, eins-sechs-sechs-drei.«

»Vielen Dank. Einen Moment bitte ... Hier haben wir es. Eine Überweisung des Blue Eagle Corporate Trust über fünfundzwanzigtausend Dollar. Hört sich dieser Betrag richtig an?«

»Ja«, sagte Templeton. »Hört sich hervorragend an.«

10.52 Uhr

In seinem Apartment riß Mark die Schreibtischschublade auf.

Unter dem Foto seiner Eltern fand er den Brief mit den getürkten Vorwürfen, den ihm der Dekan vor zwei Jahren und sieben Tagen geschickt hatte. Lächelnd steckte er ihn in die Tasche. Dann warf er sich wieder aus dem Fenster und rannte los.

Und schon im Laufen erdachte er Reime.

12.01 Uhr

Der Sigma-Speisesaal füllte sich mit Brüdern und Machogelaber. Sandwiches wurden zubereitet, Suppe in Schüsseln verteilt und Stühle mit wuchtigen und großspurigen Gestalten beladen, die nach jedem Besuch im Kraftraum wuchtiger und großspuriger wurden. Den Befehlen der Brüder folgend, sausten die Füchse herum und versuchten würdevoll dreinzuschauen, während sie Saft und Milch servierten und dafür Ohrfeigen kassierten.

Die Vormittagskurse waren vorbei, und das hieß, die Studenten waren den Prüfungen, dem Sommer, der Abschlußfeier und den in Banken und Vorstandsetagen winkenden Reichtümern wieder einen halben Tag näher gerückt. Chad Ewing war tot und begraben, das damit verbundene Verfahren des Disziplinarausschusses entwickelte sich für diesen zu einer verheerenden Schlappe, und die Frühjahrsferien standen bereits vor der Tür.

Das Leben als Bruder von Sigma Delta Phi war wunderbar.

12.06 Uhr

Mark hämmerte an die Tür und bewegte sich auf unruhigen Beinen, als er auf eine Antwort wartete. *Komm schon, sei da,* dachte er. *Sei da sei da sei da sei da sei –*

Langsam öffnete sich die Tür, und Turlington musterte Mark mit dem vorsichtigen Blick einer Hausfrau, die einem Vertreter gegenübersteht.

»Hör zu«, sagte Mark völlig außer Atem. Er wußte, daß er nichts anzubieten hatte außer einem Plan, der fast genauso riskant war wie sein Vorgehen in der vergangenen Nacht. »Weißt du noch, wie du mir neulich erzählt hast, daß die Füchse keine Ahnung davon haben, daß die alten Herren noch Brüder sind? Weißt du noch? Weißt du noch, daß du das gesagt hast?«

Turlington zögerte und nickte ohne großes Engagement.

»Okay. Wenn ich dir erzählen würde, daß du Sigma zur Strecke bringen kannst, *ohne als Zeuge aufzutreten,* was würdest du dann sagen?«

Turlington sah Mark lange an. Dann zog er langsam sein T-Shirt aus und ließ es auf den Boden fallen.

Mark keuchte.

Auf der linken Schulter des Freshman standen in aufgesprungenen Brandblasen die Worte *Sigma auf ewig*.

»Ich würde sagen, ich bin auf ewig ein Sigma, Mark.«

12.46 Uhr

»Ich habe es Ihnen doch erklärt«, sagte die übellaunige Aushilfskraft, die Carlisles angeblich an Mandelentzündung erkrankte Sekretärin vertrat. »Er ist nicht in seinem Büro, und ich weiß nicht, wann er wiederkommt.« Sie machte eine flatternde Handbewegung wie ein Schmetterling mit nur einem Flügel. »Er ist einfach ... weggegangen.«

»Und Sie haben keine Ahnung, wo er ist?« fragte Shawn.

Die Aushilfskraft zog ein böses Gesicht. »Stottere ich?«

Shawn setzte zu einer Erwiderung an, bremste sich aber dann. »Nein ... das tun Sie nicht«, sagte sie schließlich. Ihr kam plötzlich eine Idee, etwas, das sie nach Jocelyn Patricolas erstem Bericht über das blutige Schauspiel im Sigma-Haus schon längst hätte überprüfen müssen.

Sie drehte sich auf dem Absatz um und machte sich auf den Weg zum Büro des Campus-Sicherheitsdienstes.

54. KAPITEL

Mittwoch, 11. März

16.10 Uhr

Der Dekan pochte mit dem Hammer auf sein Pult. »Ist die Anklage bereit, ihren ersten Zeugen aufzurufen?«

Mark erhob sich. »Ja, Euer Ehren. Das College ruft den Sigma-Fuchs John Andover in den Zeugenstand.«

Der Dekan drückte auf den Knopf seiner Sprechanlage. »Peggy, John Andover bitte.«

Während die Anwesenden auf den ersten Zeugen warteten, versuchte Mark sich auf die in groben Stichpunkten hingekritzelten Fragen in seinem Notizbuch zu konzentrieren und jeglichen Blickkontakt zu vermeiden. Aber dann behielt seine Neugier doch die Oberhand, und er wandte sich dem Tisch der Verteidigung zu. Dominic starrte ihn mit einem geradezu ausgehungerten Groll an. Thresher trug die boshafte und zugleich feige Miene von jemandem zur Schau, der seine Frau prügelt. Schwitters wirkte majestätisch. Fairchild sah einfach müde aus.

Und sehr mager.

John Andovers massige Gestalt trat mit federndem Schritt durch die Tür des Verhandlungssaales. Er gehörte zur langen Ahnenreihe der Sigma-Footballspieler, und in seinen Augen stand das kalte Starren eines Linebackers, als er zum Zeugenstand schlenderte. Mark fühlte sich wie ein gegnerischer Quarterback.

Der Dekan forderte Andover mit einem Wink auf, sich zu setzen. Der Zeuge folgte der Anweisung, zog seinen Sigma-Blazer zurecht und begrüßte den Tisch der Verteidigung mit einem loyalen Nicken.

»Mr. Andover«, sagte der Dekan, den Blick von oben auf den Zeugen gerichtet, »ich erinnere Sie hiermit daran, daß jede Falschaussage bei dieser Verhandlung als Verstoß gegen den Ehrenkodex gewertet wird, den Sie bei Ihrer Einschreibung unterzeichnet haben.«

Andover nickte nervös. »Okay.«

Mark faßte das als sein Stichwort auf und ging auf den Zeugen zu, der seine Annäherung mit einem lässigen Lächeln würdigte.

Mark räusperte sich. »Darf ich Sie John nennen?«

»Natürlich. Das ist ja mein Name.«

»John, sind Sie ein Sigma-Fuchs?«

»Ja.«

»Kennen Sie die Collegegrundsätze zur Fuchszeit? Und vor allem die Grundsätze zum sogenannten ›Schikanieren‹?«

»Ich glaube schon.«

»Wissen Sie, was Schikanieren ist?«

»Klar.«

»Könnten Sie es für das Gericht definieren?«

Schwitters sprang auf. »Einspruch! Erwartet die Anklage wirklich, daß dieser Student eine Lehrbuchdefinition des Begriffs Schikanieren formuliert?«

Mark wandte sich an den Dekan. »Ich möchte hier nur klarstellen, wie das College zu dieser Frage steht.«

Schwitters, der immer noch stand, schüttelte den Kopf. »Und *ich* möchte hier klarstellen, daß Mr. Andovers fehlendes Wissen – sollte er *weder* die Definition *noch* die Grundsätze kennen – in keinerlei Zusammenhang steht mit der Schuld oder Unschuld meines Klienten. Wenn er Schikanen nicht definieren kann, heißt das noch lange nicht, daß er schikaniert worden ist. Der Zeuge kann wahrscheinlich nicht definieren, was Triskadekaphobie ist, aber das heißt noch lange nicht, daß er Angst vor der Zahl Dreizehn hat.«

Mark verdrehte die Augen.

Der Dekan kratzte sich am Kopf. »Stattgegeben. Mr. Jessy, alle neuen Studenten besuchen in ihrer ersten Woche am College ein Einführungsseminar zu Sicherheitsfragen. Dabei kommen auch Fuchszeit und Schikanieren ausführlich zur Sprache. Wenn Sie die Definition und die Collegegrundsätze dazu mitteilen wollen, warum lesen Sie sie dann nicht einfach vor?«

Mark schwieg einen Moment. »Euer Ehren, ich habe diese Dokumente nicht bei mir.«

»Das ist wirklich bedauerlich, Mr. Jessy. Vielleicht sollten Sie sich als Vertreter der Anklage das nächste Mal besser vorbereiten.«

Mark nickte und wandte sich wieder dem Zeugen zu. »John, sind Sie jemals körperlich oder geistig von jemandem im Zusammenhang mit der Verbindung Sigma mißhandelt worden?«

»Nein, nie.«

»Niemand hat Sie je Liegestütze machen lassen?«

»Niemand außer meinem Footballcoach.«

»Niemand hat Sie je mit einem leeren Bierfaß auf dem Rücken zehn Meilen durch die Dunkelheit wandern lassen?«

»Nein.«

Mark spielte Verwunderung. »Wenn ich die anderen fünfzehn überlebenden Füchse aufrufe, werden Sie mir das gleiche erzählen?«

»Ja.«

»Ich erinnere Sie daran, daß Sie den Ehrenkodex unterschrieben haben ...«

»Einspruch. Der Vertreter der Anklage bedrängt den Zeugen.«

»Stattgegeben. Mr. Jessy, wenn Sie nur noch Fragen nach dem Motto ›Sind Sie sicher?‹ haben, muß ich Sie leider bitten, den Zeugen zu entlassen.«

»Tut mir leid«, sagte Mark und nahm einen Schluck Wasser. »John, mußten Sie je nackt mit hartgekochten Eiern, die an Ihren Hoden klebten, und Sigma-Gesänge schmetternd über den Campus marschieren?«

Die einzige weibliche Geschworene mußte kichern. Alle Augen fuhren zu ihr herum, und sie legte die Hand über den Mund. »Entschuldigung.«

»Schon gut, Lillian«, sagte der Dekan. Er fixierte Mark mit einem wütenden Blick. »War das eine ernsthafte Frage, oder wollen Sie aus dieser Gerichtsverhandlung eine Talkshow machen?«

»Es war eine ernsthafte Frage, Euer Ehren.«

Schwitters stand wieder auf. »Euer Ehren, es liegt auf der Hand, daß der Vertreter der Anklage keine sachdienlichen Fragen hat. Er hofft, mit der bloßen *Andeutung* von Unziemlichkeiten unsere geschätzten Geschworenen davon überzeugen zu können, daß sich

Sigma in irgendeiner Weise etwas hat zuschulden kommen lassen. Ich weiß, es ist noch früh, aber ich kann mich hier nur dafür aussprechen, die Klage sofort zu verwerfen.«

»Moment mal!« rief Mark. »Das sind sehr wohl sachdienliche Fragen. Ich möchte das Gericht daran erinnern, daß ich ein ehemaliger Sigma-Bruder bin. Diese Fragen beruhen auf den Erfahrungen aus meiner eigenen Fuchszeit.«

»Mr. Jessy«, sagte der Dekan, »irgendwelche fragwürdigen Aktivitäten, denen Sie sich in Ihrer Zeit in der Sigma-Verbindung gewidmet haben, sind hier nicht relevant. Sie hatten Ihre Verhandlung bereits.«

»Euer Ehren, ich spreche nicht von ...«

Der Dekan hob die Hand. »Wenn Sie keine Frage haben, die sich auf irgendwelche Beweise stützen, muß ich Sie leider bitten, den Zeugen zu entlassen.«

Mark setzte zu einer Entgegnung an, überlegte es sich aber anders. »Schön. Der Zeuge ist entlassen.«

Der Dekan wandte sich an Andover, der inzwischen ziemlich verwirrt aussah. »Sie sind entlassen, Mr. Andover.«

»Wenn Euer Ehren erlauben«, sagte Schwitters, »die Verteidigung würde gern ihr Recht ausüben, den Zeugen ins Kreuzverhör zu nehmen.«

»Bitte.«

»Danke, Euer Ehren.« Schwitters knöpfte sich die Jacke zu und ging auf Andover zu. »Mr. Andover, sind Sie stolz auf Ihre Beziehung zu Sigma?«

»Einspruch«, sagte Mark. »Natürlich ist er stolz. Er lebt ja noch.«

»Mr. Jessy!« dröhnte der Dekan. »Wenn Sie Ihr Mundwerk nicht zügeln, machen Sie sich der Mißachtung des Gerichts schuldig!«

»Euer Ehren, der Zeuge ist ein Fuchs, der Sigma-Mitglied werden will. Daß er stolz ist, heißt noch lange nicht, daß Sigma nicht einen seiner Mitfüchse getötet hat. Ich bin sicher, daß die meisten von Hitlers Psychos stolz darauf waren, Nazis zu sein, aber das heißt noch lange nicht, daß sie keinen Völkermord ...«

»Einspruch!« kreischte Schwitters. »Euer Ehren, vergleicht der Vertreter der Anklage meinen Klienten mit *Nazideutschland*?«

Der Dekan nahm die Brille ab und rieb sich die Augen. »Stattgegeben. Zum einen, Mr. Jessy, war das wohl die schlechteste Analogie, die ich in meiner fünfundzwanzigjährigen Erfahrung als Lehrer gehört habe. Und zum anderen kann ich mich des Eindrucks nicht erwehren, daß Sie den Zweck der Aufrufung von Zeugen mißverstehen. Das ist *Ihr* Zeuge! Er soll *Ihre* Argumentation stützen. Wenn er sagt, er ist stolz auf seine Beziehung zu Sigma, dann, so scheint mir, haben Sie einen miserablen Zeugen aufgerufen.« Der Dekan wandte sich zu Andover. »Bitte beantworten Sie die Frage.«

»Ich bin sehr stolz auf meine Beziehung zur Verbindung Sigma Delta Phi.«

Schwitters nickte selbstgefällig. »Und worauf beruht dieser Stolz?«

»Sigma ist eine Bruderschaft in jedem Sinn des Wortes. Wir respektieren einander und legen Wert auf die Meinung und das Wohlergehen der anderen.«

»Können Sie die Reaktion der Sigma-Brüder auf den tragischen Tod von Chad Ewing schildern?«

»Selbstverständlich«, sagte Andover. »Die Brüder waren genauso erschüttert wie die Füchse. Sie haben die gesamte Gedenkfeier geplant.«

»Und wie haben die Brüder Chads Familie behandelt?«

»Wie ihre eigene Familie.«

Schwitters nickte und wandte sich an die Geschworenen. »Klingt das wie die Bande von Strolchen, die Chad angeblich dazu gezwungen hat, alkoholische Getränke zu konsumieren, wie Mr. Jessy behauptet hat? Ich glaube nicht.« Er sah den Dekan an. »Ich habe keine Fragen mehr, Euer Ehren.«

»Gut. Der Zeuge ist entlassen. Vielen Dank, Mr. Andover.«

Andover verließ den Saal und zeigte seinen Sigma-Kumpanen im Vorbeigehen ein Grinsen.

»Die Anklage kann ihren nächsten Zeugen aufrufen.«

Mark sah in sein Notizbuch. »Die Anklage ruft Tim Barringer in den Zeugenstand.«

Zehn Minuten später erschien Barringer. Auch er entsprach dem Sigma-Modell von Stattlichkeit. Während der Dekan die Vereidigung vornahm, stand Mark auf und schlenderte hinüber zum Zeugenstand. Als der Dekan zu Ende war, fragte Mark.

»Sind Sie zur Zeit Sigma-Fuchs?«

»Ja.«

Mark nickte und ging langsam auf und ab. »Tim, ich war auch einmal ein Fuchs. Sie können ruhig zugeben, daß es Ihnen keinen Spaß macht, ein Fuchs zu sein.«

»Einspruch. Die persönlichen Erinnerungen des Anklagevertreters an die Fuchszeit sind irrelevant.«

»Stattgegeben.«

Mark warf einen kurzen Blick in sein Notizbuch. »Tim, freuen Sie sich auf die Aufnahme in die Bruderschaft?«

»Ich kann es gar nicht mehr erwarten«, sagte Barringer enthusiastisch.

»Ach? Warum die Eile?«

»Nun«, sagte Barringer, als wäre die Antwort klar, »die Bruderschaft ist eben das große Ziel.«

»Ich verstehe. Und das hat nicht vielleicht etwas damit zu tun, daß Sie die Fuchszeit *ankotzt*?«

»Einspruch! Wortwahl.«

»Stattgegeben. Bitte formulieren Sie die Frage anders.«

Mark nickte entschuldigend. »Tim, würden Sie die Fuchszeit als besonders belastend bezeichnen?«

»Was meinen Sie damit?«

»Ich meine, würden Sie nicht sagen, daß die Fuchszeit eine sehr schwierige, zeitraubende Aktivität ist?«

»Einspruch. Beeinflussung des Zeugen.«

»Stattgegeben.«

Mark seufzte gereizt. »*Ist* es zeitraubend, ein Fuchs zu sein?«

Barringer zuckte unverbindlich die Achseln. »Ich glaube schon.«

»Ja oder nein?«

»Ja.« Er sah nervös zum Tisch der Verteidigung. »Wie viele andere Dinge auch.«

»Wie Football?«

»Pardon?«

»Sie spielen doch Football, oder?«

»Ja, stimmt.«

»Super«, sagte Mark. »Ich bin auch Sportler.«

»Ich weiß. Sie spielen Lacrosse.«

»Und ich finde es sehr zeitraubend. Ich habe jeden Tag Training, und manchmal bin ich das ganze Wochenende unterwegs. Ich kann mir vorstellen, beim Football ist es das gleiche.«

»Natürlich.«

»Football kostet also mindestens soviel Zeit, wie Fuchs zu sein?«

»Auf jeden Fall«, stimmte ihm Barringer zu, »wahrscheinlich sogar mehr.«

Mark legte das Notizbuch auf den Tisch und schlenderte lässig durch den Saal, während er den Blick auf die Decke richtete, um tiefes Nachdenken zu simulieren.

»Tim, haben Sie sich auf das Ende der Footballsaison gefreut?«

»Pardon?«

Mark konzentrierte sich auf den Zeugen. »Ich meine, haben Sie während der Saison das Ende der Spielrunde herbeigesehnt? Mit anderen Worten, waren Sie *froh*, als die Saison vorbei war?«

Barringer schüttelte den Kopf. »Ich liebe Football. Als die Saison vorbei war, war ich enttäuscht.«

»Wirklich? Wie hat Ihr Team letztes Jahr abgeschnitten?«

»Einspruch! Worauf will der Vertreter der Anklage hinaus?«

Der Dekan nickte Schwitters zu und sah Mark an. »Mr. Jessy?«

»Euer Ehren, meine Absicht wird gleich deutlich. Bitte lassen Sie mich fortfahren.«

Der Dekan zog die Brauen hoch. »Schön, aber beeilen Sie sich.«

»Danke, Euer Ehren. Tim?«

»Ein Sieg und neun Niederlagen.«

Mark gab sich schockiert. »Sie meinen, Sie haben nur *ein* Spiel gewonnen?«

»Ja«, grunzte Barringer verlegen. »Wir hatten ziemlich viel Pech.«

»Kommt mir auch so vor. Aber trotzdem muß es doch sehr schwer sein, so eine Saison durchzustehen. Ich meine, *ein* Sieg und *neun* Niederlagen, das ist doch erbärmlich!«

»Einspruch! Der Vertreter der Anklage beleidigt den Zeugen.«

»Stattgegeben.«

Mark nickte und hob beschwichtigend die Hand in Richtung Tisch der Verteidigung, obwohl er sich insgeheim an dem entrüsteten Gesichtsausdruck von A. J. Dominic weidete, dem Kapitän des besagten erbärmlichen Footballteams.

»Tim«, fuhr er fort, »Sie sagten, Sie haben sich nicht auf das Ende der Saison gefreut, weil Sie das Spiel lieben. Stimmt das so?«

Barringer nickte.

»Als Team seid ihr also nicht gerade die Besten. Trotzdem sind Sie traurig, wenn die Saison vorbei ist. Andererseits ist es auch zeitraubend, schwierig und eine Herausforderung, ein Fuchs zu sein. Aber Sie können es nicht erwarten, daß die Fuchszeit vorbei ist. Warum ist das so?«

»Also«, sagte Barringer, »die Fuchszeit ist eben ein Mittel zum Zweck. Es gibt ein höheres Ziel, das man erreichen muß. Wir versuchen, Brüder zu werden. Wenn die Fuchszeit vorbei ist, heißt das, wir gehören dazu.«

»Okay«, sagte Mark, »Aber angenommen, Sie wüßten schon jetzt, daß Sie am Ende der nächsten Footballsaison einen Platz in einem Ligateam sicher hätten. Die reguläre Saison wäre also ein ›Mittel zum Zweck‹. Würden Sie sich dann auf das Ende der regulären Saison freuen?«

»Nein. Ich wäre aufgeregt, aber die reguläre Saison würde ich trotzdem genießen.«

»Habe ich das jetzt richtig verstanden: Sie können es nicht erwarten, daß die Fuchszeit vorbei ist, aber Sie trauern über das Ende jeder Footballsaison. Beide sind zeitraubend, schwierig und eine Herausforderung. Wo liegt denn jetzt der Unterschied?«

Barringer zuckte die Achseln. »Football macht Spaß.«

»Aha! Football macht *Spaß*! Und die Fuchszeit nicht?«

Barringer schien sich nicht wohl zu fühlen. »Die Fuchszeit ist anders.«

Mark warf einen Seitenblick auf den Tisch der Verteidigung. Schwitters konferierte mit Fairchild, während Dominic und Thresher angespannt zuhörten.

Mark wandte sich wieder dem Zeugen zu. »Was ist an der Fuchszeit so anders?«

Barringer sah hilfesuchend zum Dekan. Als keine Unterstützung kam, blickte er wieder Mark an. »Es ist, äh, kein Spiel, so wie Football.«

»Gehen Sie auf Verbindungspartys?«

»Ja.«

»Würden Sie sagen, daß diese Partys Spaß machen?«

»Klar. Sie hauen voll rein.«

»Aber sie sind kein Spiel wie Football, oder?«

Barringer zögerte. »Nein, sie sind gesellig.«

»Also«, folgerte Mark, »muß etwas, wenn es Spaß machen soll, entweder ein Spiel sein oder es muß gesellig sein?«

»Nicht unbedingt.«

»Vielleicht sollte ich es anders ausdrücken, Tim. Kann man davon ausgehen, daß die Fuchszeit weder ein Spiel noch gesellig ist?«

Barringer schüttelte rasch den Kopf. »Das habe ich nicht gesagt.«

»Tim, ist es demütigend, ein Fuchs zu sein?«

Barringer bewegte sich nervös. »Nein.«

Mark sah auf sein Notizbuch. »Tim, sind Sie von den Sigma-Brüdern je gezwungen worden, eine Woche lang zu allen Mahlzeiten ein Frauenkleid anzuziehen?«

Barringer zog an seiner Krawatte. »Nein.«

»Sind Sie *sicher*?«

»Einspruch.«

»Stattgegeben.«

»Sind Sie von den Brüdern je gezwungen worden, ein Kuhkostüm auszuleihen, beim Milchspender zu stehen und zu muhen, wenn Sie Gläser voll Milch verteilten?«

Kichern von den Geschworenen.

»Nein«, erwiderte Barringer mit mahlenden Kiefern.

»Tim«, sagte Mark mit erhobener Stimme, »denken

Sie daran, daß Sie den Ehrenkodex unterzeichnet haben. Sind Sie von den Brüdern je gezwungen worden, sich einen Maiskolben in den Hintern zu schieben?«

Die Geschworenen schnappten nach Luft.

»Einspruch!«

Der Dekan stand auf und bearbeitete das Pult mit seinem Hammer. »Jetzt reicht's. Das ist Mißachtung des Gerichts!«

Mark zog eine Grimasse. »Und was wollen Sie machen? Mich ins Gefängnis werfen?«

Bleich vor Zorn schüttelte der Dekan den Kopf. »Leider kann ich das nicht tun. Aber noch eine einzige unschickliche Frage oder Bemerkung, und diese Verhandlung ist beendet.«

»Ich stelle nur ein paar Fragen, Euer Ehren. Wie ein Anwalt.«

»Und dabei widern Sie uns an. Ich hoffe, Sie bilden sich nicht ein, daß Sie diesen Fall mit einer Schocktaktik gewinnen können.«

»Ich dachte, Euer Ehren, daß die Wahrheit allein ausreichen wird.«

»Dann halt dich daran, Mann!«

Alle Köpfe wandten sich zum Urheber dieses wütenden Schreis. A. J. Dominic stand mit seiner wuchtigen Gestalt turmhoch über den anderen und fixierte Mark mit einem mörderischen Blick. »Paß bloß auf, sonst …«

»Einspruch!« krähte Mark. »Ich werde bedrängt.«

Der Dekan sah von Mark zu Dominic. »Äh, stattgegeben. Bitte, Mr. Dominic, verschonen Sie uns mit Ihren Ausbrüchen.«

Widerwillig ließ sich Dominic auf seinen Stuhl sinken. Mark wandte sich wieder dem Zeugen zu.

»Tim, wurde Chad Ewing je schikaniert?«

»Nein.«

»Haben ihn die Brüder je gezwungen, einen ganzen Samstag nackt herumzulaufen?«

»Nein.«

Auf den Fersen wippend sah Mark zu Boden. Dann faßte er Barringer wieder ins Auge und verschränkte die Arme. »Ich habe nur noch eine Frage, Tim. Haben die Brüder Chad Ewing gezwungen, Drinks mit Jim-Beam-Whiskey zu trinken?«

Barringer öffnete den Mund zum Sprechen, wurde aber von einem Hustenanfall unterbrochen. Als er wieder zu Atem kam, antwortete er mit schwacher Stimme: »N-nein. Nein, das haben sie nicht.«

Mark zuckte gelassen die Achseln. »Merkwürdig. Ich habe etwas ganz anderes gehört. Der Zeuge ist entlassen.«

Der Dekan zog die Augenbrauen hoch und schüttelte den Kopf, als hätte er Wasser im Ohr. »Möchte die Verteidigung den Zeugen ins Kreuzverhör nehmen?«

»Ja, Euer Ehren.« Schwitters erhob sich und ging mit gemessenen Schritten zur Mitte des Saales. »Mr. Barringer, freuen Sie sich auf den Sommer?«

»Bitte?«

»*Freuen* Sie sich auf das Semesterende? *Freuen* Sie sich auf den Sommer?«

Barringer blickte nervös zum Tisch der Verteidigung. »Ähm, ja.«

»Würden Sie sagen, daß das Lernpensum hier in Simsbury eine *Herausforderung* ist?«

»Ja.«

»Würden Sie sagen, daß Sie viel Zeit mit Studieren verbringen? Mit anderen Worten, würden Sie sagen, daß Ihr Studium *zeitraubend* ist?«

»Ja.«

»Wenn ich zusammenfasse, Tim, kann man also davon ausgehen, daß Sie Ihre kurze bisherige akademische Karriere als eine Herausforderung und als zeitraubend empfinden und daß Sie es gar nicht erwarten können, bis das Semester vorbei ist? Stimmt das so?«

Barringer zuckte die Achseln und blickte vorsichtig in Richtung der Geschworenen. »Verstehen Sie mich nicht falsch, es macht mir Spaß ...«

»Ja oder nein, Tim.«

»Äh, ja, das stimmt mehr oder weniger.«

Schwitters nickte und begann, langsam auf und abzugehen, als würde er das Gehörte abwägen. »Seltsam, Ihre Gefühle gegenüber der Fuchszeit haben Sie fast genauso beschrieben.« Nach einigen weiteren Schritten schnippte er mit den Fingern, stürzte hinüber zur Geschworenenbank und zeigte auf das Gesicht der einzigen weiblichen Geschworenen. »Meine Damen und Herren Geschworenen, hiermit klage ich Sie des Schikanierens an!«

Es herrschte betroffenes Schweigen, und Schwitters setzte nach. »Wie können Sie es *wagen*, Professoren zu beschäftigen, die Herausforderungen an die Studenten stellen! Wie können Sie es *wagen*, das Anbieten zeitraubender Kurse zu fördern! Wenn Sie sich die Beweislage ansehen, werden Sie mir zustimmen müssen, daß jeder einzelne von Ihnen schuldig ist, Tim Barringer schikaniert zu haben!«

Schwitters starrte die Geschworenen nacheinander an und wandte sich dann zum Dekan. »Keine weiteren Fragen, Euer Ehren.«

Händeschüttelnd und lächelnd wurde er an seinem Platz empfangen.

»Mr. Barringer, Sie dürfen gehen. Mr. Jessy, Sie können Ihren nächsten Zeugen aufrufen.«

Mark stand auf. »Wenn Euer Ehren gestatten, die Anklage ist für heute fertig.«

»Sie ... beantragen also eine Unterbrechung?«

»Ja, eine Unterbrechung.«

»Der Dekan runzelte die Stirn. »Das heißt, Sie haben nur noch zwei Tage, um die verbleibenden Zeugen aufzurufen. Ich darf Sie daran erinnern, daß der Freitag auf jeden Fall der letzte Verhandlungstag sein wird, und zwar unabhängig davon, wie weit Sie mit Ihrer Zeugenliste gediehen sind.«

»Das ist mir klar, Euer Ehren.«

»Na schön. Die Verhandlung wird bis morgen um 16.00 Uhr unterbrochen.« Er schlug den Hammer einmal auf das Pult, und das war es.

Mark sammelte sein Notizbuch und seine Jacke auf. Auf dem Weg hinaus stieß er mit Dominic zusammen, der strategisch zwischen Mark und der Tür Stellung bezogen hatte.

»Du bist erledigt, Schlappschwanz«, zischte Dominic ihm zu.

»Hab noch nicht mal losgelegt, Weichei«, konterte Mark.

Er sprang die Stufen des Verwaltungsgebäudes hinunter und hinaus auf den Quad. Er hielt an einem Campustelefon und meldete sich bei Coach Capofina vom Abendtraining ab. Danach beschleunigte er den Schritt zu einem leichten Trab in Richtung Bibliothek, und dabei reimte er.

19.12 Uhr

Templeton war schon zu spät dran für seine Verabredung mit Linda und tippte die E-Mail schnell im Stehen ein.

T-Bone,
Sie haben bestimmt schon gehört, daß heute wieder ein Blutbad stattgefunden hat. Habe mit zwei Geschworenen gesprochen, die »empört« darüber sind, daß Jessy immer

noch nicht damit aufhört. Habe ihnen gesagt, daß er ein Querulant ist, bei dem auch psychische Probleme dazukommen.
Auf jeden Fall danke für die Überweisung. Hat mich sehr gefreut. Wir werden uns bestimmt sehen, wenn das alles vorbei ist, und das sollte bereits morgen sein.
Abendessen auf meine Kosten.

55. KAPITEL

Mittwoch, 11. März

20.24 Uhr
Es war dunkel, und das war vielleicht der Grund dafür, daß niemand etwas merkte. Oder vielleicht hatte der Fuchsmeister aus Leichtsinn das Abzählen vergessen. Aber es heißt ja auch, daß sich das menschliche Auge daran gewöhnt, die Dinge auf eine bestimmte Weise zu sehen, und sie auch weiterhin so sieht, selbst wenn sich die Szenerie verändert hat. Was auch der Grund war, die Triumviratssitzung neigte sich bereits dem Ende zu, bevor die Brüder entdeckten, daß ein Fuchs fehlte.

Der Führer hielt mitten im Reim inne.

»Es fehlt einer«, sagte er, und obwohl keiner der Brüder und Füchse die Bedeutung dieser drei Worte sofort erkannte, erwiesen sie sich als denkwürdig, denn sie leiteten den ersten nicht gereimten Wortwechsel in der Geschichte des Sigma-Triumvirats ein.

Mit vorgestrecktem Kapuzenkopf suchte der Führer die zweite Reihe der Füchse ab. Die Füchse in dieser Reihe hatten einen größeren Abstand voneinander, um sie so lang wie die erste erscheinen zu lassen. Sie wußten, daß ein Fuchs fehlte und was ihnen bevorstand, wenn es auch die Brüder erfuhren.

Der Führer zählte die Anwesenden ab. »Fünfzehn. Wer fehlt?«

Keine Antwort.

Der Führer nahm dem Waffenträger das Schwert der Tradition ab und ließ es krachend auf den Eichentisch niedersausen.

»Wer fehlt?«

Einige der Füchse sahen sich an. Schließlich kam eine zittrige Stimme aus der zweiten Reihe. »Fuchs Turlington.«

Schweigen. »Und wo ist er?«

»Wir wissen es nicht, Sir.«

Noch einmal fuhr das Schwert herab, und die Brüder begannen zu fauchen.

»Wir haben euch *befohlen*«, tobte der Führer, »immer wieder befohlen, nur vollzählig vor der Bruderschaft zu erscheinen. Ist das so?«

»Ja, Sir!«

»Dann habt ihr heute abend versagt! Und dafür werdet ihr eure verdiente Strafe erhalten, genauso wie Fuchs Turlington.«

»Fuchsmeister, bring die Füchse hinunter in die obere Bibliothek. Halte sie dort fest, bis wir Fuchs Turlington gefunden haben. Wenn nötig, müssen sie die ganze Nacht bleiben.«

Der Fuchsmeister nickte. »Füchse, setzt eure beschissenen Augenbinden auf.«

20.42 Uhr

Nachdem die Füchse sicher verstaut waren, und die Studenten des zweiten und dritten Jahrgangs unten als Wachen Stellung bezogen hatten, begannen die Ältesten im Bruderschaftssaal zu schäumen.

»Verdammte Scheiße!« brüllte Gamma. »Dieser kleine Wichser!«

Kappa wandte sich an Beta. »Was machen wir jetzt?«

Beta saß schweigend in der Ecke, den Blick in weite Ferne gerichtet. Er schüttelte nur leicht den Kopf und zuckte die Achseln.

»Wir schlagen ihn noch mal windelweich«, sagte Delta. »Wir rammen ihm die Zunge in den Hals. Wir brandmarken ihm auch noch die rechte Schulter und geben ihm den Schorf von der linken zu fressen. *Das* machen wir jetzt.«

»Dazu müssen wir ihn erst mal finden, du Blödsack.«

»Hey Mann, lutsch mir doch den Schwanz!«

»Haltet die Klappe! Beide!« sagte Gamma. »Erst mal haben wir immer noch Silas, der allem widersprechen kann, was Turlington sagt. *Vorausgesetzt*, Turlington will gegen uns aussagen, und *vorausgesetzt*, wir finden ihn nicht. Aber wir werden ihn finden, weil wir hier am Simsbury College sind und nicht in New York City. Kappa, du gehst rüber zu seinem Zimmer. Vielleicht ist er so blöd und hat sich dort verkrochen. Ypsilon, du schaust in der Bibliothek nach. Delta, du übernimmst den Käfig. Ich werde mir Jessys Apartment vorknöpfen. Ich hab so eine Ahnung, daß Turlington dort steckt.«

»Und wenn er dort ist?«

»Dann reiße ich beiden den Arsch auf. Und dann komm ich wieder hierher und erkläre Drew Silas, daß er mein großer Held ist.«

20.50 Uhr

Turlington hatte sich bereit erklärt, in dem putzigen Freeport-Hotel zu bleiben, wenn Mark die Rechnung übernahm. Mit sechshundert Dollar in der Tasche, die er jetzt nicht mehr für South Padre Island brauchte, hatte sich Mark darauf eingelassen und sogar noch eine

Pizza spendiert, die er jetzt zusammen mit Turlington mampfte, während der Uhrzeiger auf neun vorrückte.

Mark entschied nach einem Blick auf Turlingtons Armbanduhr, daß es Zeit für seinen Plan war. Er stand auf. Draußen drehte Mark sich noch einmal um, um dem Freshman zu sagen, er solle die Tür gut verschließen.

Turlington stand auf der Türschwelle mit dem Pizzarand in der Hand.

»Beinah hätte ich ihn gehabt«, sagte er.

Mark sah ihn verständnislos an.

»Beinah hätte ich ihn gehabt«, wiederholte der Freshman.

Mark schüttelte den Kopf. »Wen?«

»Chad. Ich hab gesehen, wie er auf das Balkongeländer zugetorkelt ist. Ich hab ihn gesehen, Mark. Und die Gedichte auf seiner Haut, nach denen du mich gefragt hast. Ich wußte, daß er Hilfe braucht. Ich habe ihm die Hände auf den nackten Rücken gelegt.« Er senkte den Blick. »Ich … ich hab ihn einfach nicht mehr erwischt.«

21.31 Uhr

Die Brüder versammelten sich wieder im Bruderschaftssaal und stellten fest, daß Turlington immer noch nicht aufgetaucht war. Sie machten sich auf den Weg hinab zur unteren Bibliothek.

Sie trieben die Füchse zusammen, führten sie hinunter in die Bar und schikanierten sie bis aufs Blut.

22.05 Uhr

Still wie ein Stein stand Mark im hinteren Teil des Parkplatzes und starrte hinauf zum Sigma-Haus.

Die Luft würde nicht reiner und der Zeitpunkt nicht besser werden, und so duckte er sich und stahl sich in Richtung Feuerleiter.

Er griff nach der untersten Sprosse und zog sich hinauf. Dann kletterte er über die klappernden schwarzen Eisenstufen die zwei Stockwerke hinauf. Auf halben Wege erkannte er, daß er sich mit seiner schwarzen Kleidung von der makellosen Fassade des Hauses abhob wie ein wandernder Pickel. Der Anstieg schien ewig zu dauern.

Oben angekommen, ruhte er er sich auf der Gitterplattform aus. Durchatmen, bevor er sich in höchste Gefahr begab. Sein Zielfenster war auf dem steil abfallenden Dach über ihm.

Wenn er fiel, würde er sterben.

Er stemmte sich auf das Teerdach und lag einen Moment mit ausgestreckten Armen und Beinen auf der Schräge, um Mut zu sammeln. Aufzustehen wäre halsbrecherisch. War aber unbedingt notwendig.

Direkt außerhalb der Reichweite seiner Hände stand aus dem Eis ein verankertes Stahlrohr hervor, und gleich daneben erhob sich der Backsteinkamin. Er schnellte vor und umklammerte das Rohr mit der rechten Hand, dann zog er sich zum Kamin und hielt sich daran fest. Langsam stand er auf und machte sich für den kniffligen Teil bereit.

Zwischen hier und dem Fenster gab es keinen Halt außer Glück. Er mußte schnell und ohne Anhalten laufen. Wenn er zu langsam war, würde er abrutschen, und dann wäre er erledigt. Und wäre es nicht eine Schande, einen Killer zu überlisten, nur damit ihn dann die Schwerkraft über den Asphalt verteilte? Nur wenn er im Bogen über das Dach sprintete, konnte er es schaffen.

Er umklammerte den Kamin. Hätte er die ganze Nacht Zeit gehabt, er hätte sie sich genommen. Aber er hatte nicht viel Zeit, und deshalb konnte er die Sache nur schnell über die Bühne bringen.

Er berührte kurz die Perlen und stieß sich ab. Scharrend und schabend und mit den Armen rudernd, kurvte er in Richtung Dachgiebel. Zweimal kam er ins Schlittern, und drei Meter vor dem Fenster hechtete er los und konnte sich gerade noch am Fensterbrett festkrallen. Seine Beine drohten über das Dach zu rutschen, aber sein Griff hielt. Keuchend und mit hämmerndem Herzschlag schloß er die Augen und bedankte sich flüsternd bei seinem durchtrainierten Körper.

Einen Augenblick hing er so, um Luft zu holen. Rechts von ihm war die Stelle, wo er zusammen mit Ran und Fairchild an seinem letzten Abend im Sigma-Haus gesessen und Bruder Beam getrunken hatte.

Versprecht ihr mir, daß wir immer Brüder bleiben?

Ja, verdammt!

Und bei jedem Jahrestreffen kommen wir hierher, genau an diese Stelle. Das ist unser *Ort.*

Nein, nur Euer *Ort,* dachte der ehemalige Bruder. Er zog sich auf die Füße und hielt eine Hand auf dem Sims, um sich abzustützen. Mit der freien Hand stieß er das Fenster auf. Er schob den Kopf hinein und suchte den Gang ab. Anscheinend waren alle in der Bar und prügelten den geschätzten Füchsen die Scheiße aus dem Leib. Leichtfüßig schwang er sich durch das Fenster und schlich sich über den Gang zum Bruderschaftssaal.

Obwohl die Brüder diesen Raum als den »erhabensten aller Säle am Ende der heiligsten aller Hallen« bezeichneten, war die Tür nie abgeschlossen. Wahrscheinlich, vermutete Mark, merkten sogar die egozentrischen Sigmas, daß niemand anderer für all die Flaggen, Banner, Bücher und den Bockmist im Bruderschaftssaal auch nur einen Rattenfurz gegeben hätte. Sie hätten bestimmt nicht im Traum daran gedacht, daß jemand dort etwas stehlen könnte.

Er öffnete die Tür und glitt durch die vollkommene

Dunkelheit zur gegenüberliegenden Seite des Saales, wo feierlich und wuchtig die eichene Triumviratstafel stand. Er ging in die Hocke und griff unter den Tisch. Er schob eine Klappe des Kartons auf, und als sich seine Hand um den Baumwollstoff schloß, krampfte sich sein ganzer Körper zusammen. Er riß den Karton ganz auf, und da waren sie.

Er sammelte die Bündel auf, schloß die Schachtel wieder und verließ den Bruderschaftssaal.

Er schritt durch den Gang zur Feuertreppe, deren Zugang nur von außen verschlossen war. Er öffnete die Tür wie ein zivilisierter Verbrecher und schob seine Beute unter die Jacke. Dann floh er über die Stufen.

22.44 Uhr

Als sie zu der Einsicht kamen, daß alle Schikanen der Welt Turlington nicht zurückholen konnten, ließen die Brüder schließlich von den anderen Füchsen ab. Turlington war wie vom Erdboden verschluckt, und die Brüder mußten jetzt mit dem Schlimmsten rechnen.

Die Ältesten, die Retter, versammelten sich im Bruderschaftssaal.

»Also«, sagte Theta, »er ist verschwunden. Was machen wir jetzt?«

Es herrschte hoffnungsloses Schweigen.

»Wenigstens haben wir ihn gebrandmarkt«, sagte Beta.

»Ach, verpiß dich doch!« rief Gamma. »Wir haben nur gemacht, was wir machen mußten!«

»Alpha wird uns umbringen.«

Wieder Schweigen. Einige der Brüder hatten anscheinend genug und verließen den Raum.

»Eins steht fest«, sagte Delta schließlich. »Wir brauchen Drew Silas. Jetzt kann uns nur noch Drew Silas retten.«

56. KAPITEL

Mittwoch, 11. März

23.05 Uhr
Leicht betrunken und schwer lädiert schloß Fuchs Silas die Tür zu seinem Zimmer auf und schlurfte hinein, in der Hoffnung, daß seine Zimmergenossen schon schliefen. Die Risse in seinem Gesicht bluteten noch, und die Prellungen um Schultern, Brust und Hals begannen sich zu färben. Er hatte keine Kraft mehr, um sich blödsinnige Erklärungen aus den Fingern zu saugen. Er ließ sich auf die Couch fallen und schloß die Augen.

Turlington war abgehauen. Natürlich wußte nur Silas, was das bedeutete, denn er war der einzige Nichtbruder, der die Gründe für Chad Ewings Sturz kannte. Die anderen Füchse stellten sich wahrscheinlich vor, daß sich die Brüder deshalb so aufregten, weil Turlingtons Abwesenheit für sie einen Bruch der Fuchstreue und einen Mangel an Respekt darstellte.

Aber es war ganz anders. Silas kannte die Wahrheit. Er wußte, daß mehr als nur Bruder Beam durch die Kehlen von drei Füchsen geflossen war.

Er konnte es nicht fassen, daß Turlington so dumm war. Er konnte es einfach nicht fassen! Trotz aller Mißhandlungen, die er eingesteckt hatte, würde er, Silas, alles tun, um die geschworenen Eide einzuhalten und um die Bruderschaft zu schützen.

Alles.

Er hoffte, die Brüder wußten das.

Das Klingeln des Telefons zerriß die beinahe mitternächtliche Stille. Er wollte es einfach läuten lassen, denn er hatte keine Lust zum Reden. Aber beim vierten Klingeln kam ihm der Gedanke, daß es vielleicht Turlington sein könnte. Wenn Turlington so blöd war, Sigma zu verraten, dann war er vielleicht auch so blöd, Silas zu vertrauen. Silas würde Turlington sanft dazu überreden, ihm seinen Aufenthaltsort zu verraten, und dann würde er sofort die Brüder verständigen. Die Brüder würden Turlington schnappen, und Silas wäre der Held.

»Hallo?«

»Fuchs Silas?«

Sein Mut sank. Warum nur war er ans Telefon gegangen? »Ja, Sir. Silas am Apparat.«

Fuchs Silas, wir sind noch nicht fertig mit dir.
Komm alleine zum Felsen. Dort warten wir.

57. KAPITEL

Mittwoch, 11. März

23.21 Uhr

Voller Vorahnungen, die nur er und fünfzehn andere Überlebende verstehen konnten, ging Silas durch knirschenden Schnee über die dunklen Sportplätze auf das dahinterliegende Waldstück zu.

Zum Felsen.

Er malte sich aus, was die Brüder mit ihm anstellen würden und warum. Wahrscheinlich waren sie scharf darauf, jemanden für Turlingtons Ungehorsam zu bestrafen, und da bot er sich natürlich als erster an. Am besten würde er versuchen, die Brüder davon zu überzeugen, daß er nicht die Absicht hatte, sie zu verraten. Seine Lippen waren für immer versiegelt, das würde er ihnen zwischen Schmähungen und Schlägen klarmachen.

Als er die erste Reihe von Kiefern erreichte, umgab ihn vollkommene Dunkelheit. Unsichtbare Nadeln streiften sein Gesicht, während er sich seinen Weg durch die skelettartigen Äste bahnte. Eis und Zweige knackten wie Feuer unter seinen Füßen.

Als er die erste der beiden Lichtungen erreichte, verfiel er in einen Laufschritt.

Er konnte sich noch lebhaft an das einzige andere Mal erinnern, als er zum Felsen gerufen worden war. Nachdem sie ihn gezwungen hatten, den glitschigen, zweieinhalb Meter hohen Felsen zu erklettern, mußte er dort oben Sigma-Lieder singen, während sie ihn von unten mit Schneebällen und Eisbrocken bewarfen.

Jetzt warteten sie wieder auf ihn.

Vor dem Felsen standen drei Gestalten in schwarzen Roben und Kapuzen.

Das Triumvirat.

Vorsichtig trat er heran, und sein Herz trommelte heftig gegen seine zerschundenen Rippen.

Die windgepeitschten Roben der drei flogen durcheinander und verschmolzen zu einer schwarzen Einheit. Die Gestalten zu beiden Seiten des Führers hielten Kerzen, die der Szenerie keine Wärme verliehen, sondern nur ihre Träger höher aufragen ließen und Schatten um Schatten um Schatten warfen.

Für Silas war es ein furchterregender Anblick.

Drei Meter vor dem Triumvirat kniete er ehrfürchtig nieder, wartete mit angelegten Armen auf Belehrung oder Bestrafung.

Fuchs Silas, auf dich zähl'n die Brüder heut nacht,
Drum hoff ich, du hast deinen Eid wohl bedacht.

In die Waagschale wirf deine ganze Kraft
Für zweihundert Jahre der Bruderschaft.

Silas haßte sich für die Tränen, die ihm über die Wangen liefen.

Turlingtons Flucht und was wir davon halten
Soll sich nun vor deinen Augen entfalten.

Als erstes, Fuchs Silas, mußt du verstehn,
Mark Jessy wird richtig zur Sache gehn.

Turlington ist sein Fisch an der Angel,
Mit dem nimmt er Sigma schwer in die Mangel.

Müssen wir bangen? O ja, in der Tat,
Denn Turlington ist jetzt bereit zum Verrat.

Doch bevor Greg noch aussagt im Zeugenstand,
Holen wir unsern Trumpf aus der Hinterhand.

Wer ist dieser Trumpf, wer aus unserem Bund?
Du bist es, erschallt's wie aus einem Mund.

Der eine, der überlebt' jene Nacht
Führt uns aus dem Dunkel, aus finsterer Schlacht.

Du wirst dich doch an jene Nacht erinnern?
Rumort sie nicht immer noch in deinem Innern?

Wie denn auch nicht, sind doch Bruder Beam
Und die Roofies ein prächtiges Team.

Es wär' eine Schande, und wir würden es hassen,
Dich das noch einmal erleben zu lassen.

Schweigen.

»Nicht wahr, Fuchs Silas?« sagte der Führer. »Wäre

es nicht eine Schande, dem verschärften Bruder Beam wieder begegnen zu müssen?«

Silas brachte nur ein Nicken zustande.

Nun, junger Silas, klug antwortest du,
Drum wenden wir uns nun der Zukunft zu.

Wir sehen am Ende des Tunnels ein Licht.
Das kommt von Marks Taktik vor Gericht.

Der Auftritt der Zeugen folgt dem Alphabet.
Und wir denken, daß dies auch weiter so geht.

Das trifft sich sehr gut, denn das »T« folgt dem »S«.
Du sprichst also vor Greg in diesem Prozeß.

Silas nickte wieder, ohne eine Ahnung zu haben, worauf die Reime hinauswollten.

Was gilt's nun für dich im Zeugenstand?
Die Wahrheit zu sprechen. Das liegt auf der Hand.

Jene schreckliche Nacht wirst du offenbaren,
Die Geschworenen sollen jetzt alles erfahren.

Oder: fast alles. Hier und da wirst du was streichen
Und ein klein wenig von der Wahrheit abweichen.

Sprich nicht von den Reimen und nicht von dem Rennen.
Den Rest sollst du voller Unschuld bekennen.

So setzt du ein End' allen anderen Geschichten.
Mit diesem Gegenschlag wirst du sie vernichten.

Denn tief in der Wahrheit sitzt klein eine Lüge,
So vereiteln wir all ihre Winkelzüge.

Wer euch die Drogen gab, wirst du erklären,
waren nicht die Studenten, sondern die alten Herren.

Silas begriff allmählich, war sich aber nicht sicher, ob er seinen Ohren trauen durfte.

Silas, die Verwirrung steht dir im Gesicht,
Du hörst zwar den Reim, doch verstehst du ihn nicht.

Du fragst dich, wie kann ich es jemals wagen,
Die alten Herren so anzuklagen?

Vertrau uns, Fuchs Silas, wir kennen das Ziel,
Denn wir sind die Meister in diesem Spiel.

Der letzte Vers entschwebte, vom Wind davongetragen, und hallte in Silas' Kopf nach.

»Ähm, ich …«

Schweig still, oder willst du die Regel entweihn?
Wir sind die Lehrer, und so soll es sein.

Du wirst nichts sagen, dein Schweigen nicht brechen,
Bis es Zeit für dich ist, in Reimen zu sprechen.

Daß du ein paar Fragen hast, ist ganz natürlich.
Wir woll'n sie beantworten, gleich und ausführlich.

Nein, für das, was die Alten taten,
Werden nicht wir in die Klemme geraten.

Nicht wir werden für ihre Sünden gegeißelt,
so steht's in der Satzung, in Stein gemeißelt.

Der Ausschuß hat Macht über uns, die Studenten,
Doch nicht über einstige Absolventen.

Artikel neunzehn, der hilft uns hier,
Paragraph fünf in Abschnitt vier.

Silas nickte leicht, wie um anzudeuten, daß er verstanden oder die Satzung von der ersten bis zur letzten Seite gelesen hatte. Weder das eine noch das andere traf zu.

Der Ausschuß richtet nur Brüder alleine,
Und die Brüder sind wir, sonst gibt es keine.

Egal, was du lerntest von Hierarchien
Und was dir bisher selbstverständlich schien.

Die wahren Brüder, es gibt sie ja nur
Vier Jahre, dann folgt schon die große Zäsur.

Darum wird auch unser Plan gelingen,
Und die Bruderschaft wird deine Tat besingen.

Seit sechs Wochen stellte Silas nichts mehr in Frage, nahm Mißhandlungen als selbstverständlich hin und reagierte widerspruchslos auf Fragen und Anweisungen. Sein Gehorsam war so zementiert und selbstprogrammiert, daß er schockiert war, als sich sein Mund öffnete und rief: »Ich versteh das nicht!«

Du fragst, ob die Alten nicht doch Brüder seien,
Sind sie doch geboren aus unseren Reihen.

Die Frage kannst du dir selber stellen.
Und die Antwort wird bald sich dazu gesellen.

Rechnen wir sie denn zu unseren Kumpanen?
Sind sie es, die unsere Partys planen?

Laufen sie über'n Campus mit uns jeden Morgen?
Sind sie's, die für Kämpfe und Stimmung sorgen?

Sind sie's, die mit Reimen uns überraschen?
Sind sie's, die die heißesten Bräute vernaschen?

Ich sage: nein. Sie tun nichts dergleichen.
Und auch dir sollten diese Beweise reichen.

Sie sind nicht wir, selbst wenn sie uns entstammen.
Drum hängt, was sie tun, nicht mit uns zusammen.

Sie sind nicht wir, das ist es, was zählt,
Wenn das College sich selbst zum Richter wählt.

Der Führer sprach nun lauter, um die letzten verbleibenden Keime des Zweifels zu ersticken.

Also sag, was du weißt, wenn auch nicht detailliert,
Und sie werden von dir in die Irre geführt.

Sigma und Schwitters werden laut protestieren,
Einspruch erheben und die Fassung verlieren.

Und das genau wird unsere Unschuld bezeugen;
Dieser Erkenntnis muß jeder sich beugen.

Behalt du nur die Nerven trotz allem Geschrei.
Sag, was du sagen mußt, und bleib dabei.

Denn nur so wird schließlich der Strick geschlungen
Um den Hals der Alten, nicht ums Herz der Jungen.

Jessy und Turlington kann man vergessen,
Denn der Dekan hat dann andere Interessen.

Für uns läßt man es bei 'ner Rüge bewenden,
Und für die Alten ist Schluß mit den Spenden.

Aber was macht das aus, wen schert dieser Schrott.
Uns geht's gut, und wir haben mehr Geld als Gott.

Mit einem Schritt nach vorn löste sich der Führer von seinen kerzentragenden Brüdern.

Und jetzt los, Fuchs Silas, pack die Welt bei den Eiern,
Dann können wir bald wieder Feste feiern.

Geschickt mußt du vorgehn und raffiniert,
Und stark mußt du sein. Hast du das kapiert?

Er trat noch näher. »Hast du das kapiert, Fuchs Silas? Hast du kapiert? Bist du fähig und willens, alles zu tun, was für die Rettung der Bruderschaft notwendig ist?«

Jeder Zweifel fiel von Silas ab, denn dies waren die Worte, nach denen er sich während all der Schläge und Martern und Demütigungen immer gesehnt hatte. Plötzlich spielte es keine Rolle mehr, daß er nicht richtig verstand, was von ihm erwartet wurde. Wichtig war jetzt nur noch, daß er vor dem Triumvirat kniete, daß ihm die Brüder Befehle erteilten und daß sie auf ihn zählten. Also sprudelte er mit stolzgeschwellter Brust den Reim heraus, den er im Schlaf hätte aufsagen können.

Brüderlich schwör' ich auf uns'ren Bund,
Und führt unser Weg auch zum Höllenschlund.

Den Reimen gehorch' ich wie dem Gesetz.
Wenn mich Schwäche auch lockt, ich geh nicht ins Netz!

Der Führer nickte und trat zurück in die Reihe seiner Brüder. »Guter Junge. Wir wußten, daß wir auf dich zählen können. Wir sind unbesiegbar, Fuchs Silas, und morgen werden wir es beweisen.«

Silas nickte, beseelt von einer Begeisterung, die er seit dem ersten Tag seiner Fuchszeit nicht mehr gespürt hatte.

Zurück in dein Zimmer. Folg' uns'rem Gebot.
Denn wenn du versagst, ist die Bruderschaft tot.

23.51 Uhr

Das Triumvirat wartete reglos wie der Fels, bis Silas außer Sicht war. Schließlich nickte der Führer, und die drei Gestalten nahmen gleichzeitig ihre schwarzen Kapuzen ab.

Caitlin Kittiwake, ein SWA-Mitglied, das für seine Größe und den Aufkleber *Mein Bauch gehört mir* auf ihrem Rucksack bekannt war, starrte den Führer voller Erstaunen an. »Du hast wirklich kaum gestottert.«

»Hey«, sagte Marcia Heery, ein gleichermaßen hochgewachsenes SWA-Mitglied, auf dessen Rucksack die Worte *Tote Männer schänden nicht* prangten, »das hat echt Spaß gemacht. Sind wir jetzt *Brüder,* oder so?«

Mark Jessy ließ seine Kapuze fallen und legte beiden Frauen einen Arm um den Hals. Beide hatten mit heftigem Unmut auf die Eröffnung reagiert, daß Sigma eine versuchte Vergewaltigung vorgetäuscht hatte, beide waren stinkwütend darüber, daß eine SWA-Präsidentin für die manipulierte Anklage als Instrument benutzt worden war, und beide hatten sich gern mit einem Opfer von Machomachenschaften zusammengetan, um auf diese Weise eine offene Rechnung zu begleichen.

»Wie wär's mit Schwestern?« fragte Mark.

0.04 Uhr

Der Mann mit der gebrochenen Nase und den beiden Veilchen hatte eine eigene Rechnung zu begleichen. Er schnürte seine Stiefel, als das Telefon klingelte.

»Ich bin's«, sagte T-Bone mit noch dunklerer Stimme als sonst.

»Ich hab zu tun.«

»Das will ich hoffen. Vergiß, was ich heute morgen gesagt habe. Der Junge muß von der Bildfläche verschwinden.«

»Dafür sorge ich schon, aber ich sag's noch mal: Der geht auf mich.«

»Und du kriegst fünfhunderttausend dafür, bau also keinen Mist.«

Der Mann nahm die Hände von den Schnürsenkeln und stützte sich gegen das Bett. »Eine halbe Million?«

»Du hast mich gehört.«

»Klingt, als hätte jemand *Angst*.«

»Bring die Sache einfach über die Bühne.«

Der Killer starrte einen Moment die Wand an und wandte sich dann wieder seinen Stiefeln zu. »In einer Stunde ist der eitle kleine Scheißer tot. Verlassen Sie sich drauf.«

58. KAPITEL

Donnerstag, 12. März

1.14 Uhr

Mark fuhr aus tiefem Schlaf auf, und seine Sinne waren sofort bis zum Zerreißen angespannt.

Irgend etwas stimmte nicht.

Und dann hörte er aus dem Dunkel am Fuße seiner

Matratze Caseys Knurren – und ein zweites Geräusch, diesmal aus der Küche.

Klick. Klack-klack. Klick.

Mit wild pochendem Herz lehnte sich Mark vor bis zum Bettende und spähte durch die offene Tür. Die Küche war genauso dunkel wie das Schlafzimmer, nur durch die Glastür fiel rechteckig der Schein der Campuslaternen und spiegelte sich auf dem Linoleum.

Ein Zweig klatschte laut gegen Marks Fenster, und ihm stockte das Herz.

Dann war wieder alles ruhig.

Einen Augenblick nur.

Klick. Klack. Klick-klick.

Mark spähte in Richtung Küche und versuchte, etwas Verdächtiges zu erkennen.

Von der weißen, rechteckigen Spiegelung hoben sich dunkel zwei Beine, ein Oberkörper und schwach bewegte Arme ab.

Mark kroch von der Matratze und bewaffnete sich mit dem Rest eines Lacrossestocks. Er hielt die schartige, selbstgemachte Waffe fest umklammert, und während sich Casey zum Sprung bereit machte, glitt er hinter die offene Tür und tastete über seine Perlen.

Und wartete.

Klick. Klick. Klack.

Er hörte das Drehen des Türknaufs, und die Tür öffnete sich mit einem scharfen, saugenden Geräusch. Ein kalter Luftzug durchwehte das Schlafzimmer; Caseys Kopf schnellte hoch, und auf dem Schreibtisch raschelten lose Papiere wie totes Laub.

Zwei peitschende Geräusche, denen zischendes Einatmen und gedämpftes Stöhnen folgten. Dann stapften Stiefelschritte über die kurze Terrasse, Schnee knirschte, eine Autotür wurde zugeknallt, ein Motor sprang an, Reifen schlitterten wild über den Boden, und Eisbrokken spritzten durch die offene Küchentür über das Linoleum.

Mark verließ sein Versteck und schlich auf Zehenspitzen durch die Küche. Casey folgte ihm und bellte dem leiser werdenden Krawall nach. Durch die offene Tür sah Mark, wie der schwarze BMW über die College Steet davonraste.

Er wandte sich der offenen Tür zu, wo Casey direkt unterhalb der Angeln am Rahmen leckte. Er trat heran, um sich die Sache näher anzuschauen.

Tief in das Holz des Türrahmens eingegraben war eine der rasiermesserscharfen Harpunenspitzen, die ihm sein geliebter Onkel Kiko als Abschiedsgeschenk mit auf den Weg gegeben hatte. Die zehn Zentimeter lange Eisenspitze hatte etwas aufgespießt. Aber diesmal war es kein Thunfisch, sondern schwarzer Baumwollstoff.

Und von der Stelle, an der das Eisen in Tuch gedrungen war, tropfte Blut.

Sigma-Blut.

Seine Falle hatte funktioniert. Die beiden an dieser Tür angebrachten Harpunenspitzen sollten von einer Seite des Rahmens zur anderen schnellen und dabei nicht nur alles an Beinen treffen, was das Apartment betraf, sondern auch die am Eisen befestigte Angelschnur über der Türöffnung festziehen. Und da nur eine Harpunenspitze in der gegenüberliegenden Seite des Rahmens eingeschlagen war, konnte Mark, was die derzeitige Position des zweiten Eisens betraf, eine befriedigte Schlußfolgerung ziehen.

»Der geht auf dich, Kiko«, flüsterte er.

59. KAPITEL

Donnerstag, 12. März

4.11 Uhr
Der Mann mit der gebrochenen Nase, den beiden Veilchen und der Harpunenspitze im Knie griff nach dem Telefon und wählte.

»T-Bone«, ächzte er nach dem Piepzeichen, »ich bin's. Wenn Sie und Ihre Brüder Mark Jessy unbedingt tot sehen wollen, dann sollten Sie auch Manns genug sein und ihn selbst erledigen.«

11.22 Uhr
Präsident Carlisle saß an seinem Schreibtisch, umgeben von Dingen, mit denen er nichts anfangen konnte. Ein Computer mit zahllosen winzigen Knöpfen und einer sogenannten E-Mail-Funktion. Ein Faxgerät, quasselnde Voice-Mail. Erfindungen, die für ihn die ersten Zeichen der bevorstehenden Apokalypse darstellten.

Es machte ihm nichts aus, ein technologischer Analphabet zu sein, andererseits kannte er natürlich seine Schwächen. Er wußte, daß seine Zeit fast abgelaufen war. Eine Krankheit, deren Name ihm manchmal nicht mehr einfiel, brachte ihn langsam zur Strecke. Er vergaß die Namen von Lehrern und Verabredungen. Er war einundsiebzig und müde. Es war sein letztes Dienstjahr.

Und danach würde er hoffentlich bald sterben, denn er wußte, es würde ihm das Herz brechen, den unvermeidlichen Niedergang seiner Alma Mater miterleben zu müssen. Manipulative Tyrannen wie Templeton, die sich für wichtiger hielten als ihren Bildungsauftrag, und eine Generation junger Leute ohne Ehrgefühl würden die Macht am College übernehmen.

Seine Sprechanlage piepte, und während er noch überlegte, von welcher Maschine das Geräusch kam, piepte es wieder. Er drückte auf mehrere Knöpfe, bis er schließlich das geduldige Atmen seiner Sekretärin hörte.

»Ja?«

»Sie haben einen Anruf auf Anschluß zwei. Eine Studentin namens Shawn Jakes.«

Er legte die Stirn in Falten. »Worum geht es?«

»Ich weiß nicht, aber sie sagt, es sei dringend.«

»Ach. Na dann stellen Sie sie bitte durch.«

Anschluß zwei blinkte, und er drückte den zugehörigen Knopf.

»Miss Jones?«

»Jakes. Shawn Jakes.«

»Ja, Miss Jakes, was kann ich für Sie tun?«

»Also ... Sie kennen mich bestimmt nicht. Ich bin im letzten Studienjahr und war bis vor kurzem Mitglied des Disziplinarausschusses.«

»Ach?«

»Genau. Hören Sie, es geht um den Fall Chad Ewing ... Ich habe etwas herausgefunden, und ich glaube, das sollten Sie unbedingt wissen.«

60. KAPITEL

Donnerstag, 12. März

16.03 Uhr

»Bitte erheben Sie sich!«

Alle erhoben sich von ihren Plätzen.

»Zur Verhandlung steht die Sache Simsbury College gegen Sigma Delta Phi.« Als die Geschworenen Platz nahmen, setzte der Dekan die Brille auf und bedachte

Mark mit einem strengen Blick. »Mr. Jessy, bevor wir heute beginnen, sehe ich mich leider gezwungen, Sie wegen Ihres gestrigen beklagenswerten Verhaltens zu verwarnen. Sie haben mit Ihren Fragen die Geschworenen beleidigt.«

»Euer Ehren«, erwiderte Mark ruhig. »Ein Student ist tot. So unangenehm meine Fragen sein mögen, sie sind bestimmt nicht *annähernd* so unangenehm wie Chad Ewings Schicksal.«

»Sparen Sie sich Ihre Herablassung, junger Mann.«

»Bitte vielmals um Verzeihung. Kann ich den nächsten Zeugen aufrufen?«

Der Dekan wandte sich direkt an die Geschworenen. »Meine Damen und Herren, ich versichere Ihnen, daß ich mit dem Verlauf dieser Verhandlung überhaupt nicht zufrieden bin. Am liebsten würde ich das Verfahren sofort einstellen.«

»Euer Ehren«, mischte sich Schwitters ein, »ich bin ganz Ihrer Meinung. Bisher war diese Verhandlung eine reine Zeitverschwendung sowohl für das Gericht als auch für unsere geschätzten Geschworenen, die sich trotz Termindruck Zeit genommen haben, nur um immer wieder beleidigt zu werden.«

»Ich bin überhaupt nicht beleidigt.«

Alle Blicke wandten sich der Geschworenenbank zu, um zu sehen, wer gesprochen hatte. Roosevelt Jefferson stand auf und übernahm die Verantwortung für die Stimme.

»Und ich bin sogar *sehr* interessiert an diesem Fall«, fuhr Jeffersin fort. »Was mich betrifft, so gibt es nichts Wichtigeres auf dieser Welt, als die Wahrheit über Chad Ewings Tod herauszufinden. Wenn dafür ein wenig unangenehmes Geplänkel nötig ist, dann habe ich nichts dagegen.«

Die anderen Geschworenen nickten zustimmend,

und Mark spürte, wie sich ein Lächeln auf seine Lippen stahl.

»Außerdem«, fügte Jefferson schmunzelnd hinzu, »bin ich in Rente. Ich habe keinen Termindruck.«

Die Geschworenen lachten, und der Dekan stand erstarrt da. Mit einem Mal wurde offensichtlich, daß die Geschworenen auch seine Vorgesetzten waren.

Templeton nickte. »Also schön«, sagte er sichtlich um Fassung bemüht. »Wir setzen die Verhandlung fort.« Dann eilte er zu seinem Pult.

Mark stand auf und starrte den Tisch der Verteidigung herausfordernd an. »Euer Ehren«, begann er, »ich behalte mir zwar vor, auch weiterhin Füchse aufzurufen, aber im Moment würde ich gerne die Gangart wechseln. Das College ruft David Troy Fairchild in den Zeugenstand.«

In Fairchilds Blick malte sich dünn und erschöpft die Überraschung, und Schwitters sprang auf. »Einspruch! Dieser Zeuge steht nicht auf der Liste!«

Der Dekan nickte schnell und nervös. »Mr. Jessy, Sie können keine Leute aufrufen, die nicht auf der Liste stehen.«

»Ich weiß, Euer Ehren, aber ich dachte, da er sowieso schon hier ist ...«

»Aber so geht es nicht. Wir müssen uns schon an die Regeln halten.«

Mark legte die Hände ineinander. »Bitte ... ich habe mit Mr. Fairchild ein Jahr lang zusammengewohnt, und ich betrachte ihn als engen Freund. Ich habe sicher nicht die Absicht, ihn gnadenlos ins Verhör zu nehmen.«

Der Dekan sah Schwitters an, der Fairchild ansah, der immer noch Mark ansah. Mit einem gezwungenen Lächeln zuckte der Sigma-Präsident die Achseln.

»Klar, ich sage aus.«

Gefaßt ging Fairchild zum Zeugenstuhl und ließ die Vereidigung des Dekans stoisch über sich ergehen. Als er Platz genommen hatte, sah er Mark mit einem echten Lächeln und einem angeschlagenen Zahn entgegen.

Mark erwiderte das Lächeln.

»Dave, bist du der derzeitige Sigma-Präsident?«

»Ja, das bin ich.«

»Und letztes Jahr warst du Vorsitzender des Komitees für die Aufnahme neuer Füchse?«

»Ja.«

»Und im Jahr davor?«

»Schatzmeister.«

»Hey«, sagte Mark anerkennend, »anscheinend haben deine Mitbrüder eine genauso hohe Meinung von dir wie ich.«

»Danke.«

»Gern geschehen.«

»Einspruch! Will der Vertreter der Anklage meinem Klienten einen Antrag machen?«

»Stattgegeben. Können wir den Ausdruck gegenseitiger Bewunderung vielleicht auf später verschieben?«

»Klar«, sagte Mark liebenswürdig und wandte sich wieder dem Zeugen zu. »Dave, gibt es bei Sigma eine rege Teilnahme der Ehemaligen, der sogenannten alten Herren?«

Fairchild nickte. »Eine sehr rege Teilnahme.«

»Könntest du das näher ausführen?«

»Sicher. Neben finanziellen Beiträgen sind die alten Herren fast an jeder Entscheidung im Hinblick auf die Bruderschaft beteiligt.«

»Sehr beeindruckend. In manchen anderen Verbindungen sind die alten Herren doch eher apathisch.«

»Stimmt. Aber nicht bei uns.«

»Spielen die alten Herren auch eine Rolle bei der Anleitung der Füchse?«

»Ja. Sie engagieren sich aktiv in der Einführung der Füchse.«

»Sind sie bei vielen Einführungsveranstaltungen dabei?«

»In der Regel sind an all unseren Institutionen alte Herren beteiligt. Zur Aufsicht.«

»Tatsächlich. Das muß doch für die Füchse ein großer Ansporn sein. Wenn sie sehen, daß die ehemaligen Brüder regelmäßig zu ihrem Haus zurückkehren, wollen sie doch bestimmt um so lieber aufgenommen werden.«

»Sicher«, sagte Fairchild. »Aber die alten Herren sind keine *ehemaligen* Brüder. Sie werden nach wie vor als *aktive* Brüder betrachtet.«

»Also einmal ein Bruder, immer ein Bruder?«

»Immer.«

»Auch wenn du achtundachtzig bist, oder so?«

»Immer.«

»Es gibt also keinen Unterschied zwischen dir und, sagen wir, einem Bruder, der vor fünfzehn Jahren seinen Abschluß gemacht hat?«

»Nicht den geringsten Unterschied. Außer daß ich meine Studiendarlehen noch zurückzahlen muß.«

Die Geschworenen lachten wissend, und Mark gestattete sich ein Lächeln. »Um noch einmal auf die alten Herren zurückzukommen: Würdest du erwarten, daß sie in ihrem Verhalten die gleiche Integrität zeigen wie du selbst? Und umgekehrt?«

»Selbstverständlich.«

»Zusammengefaßt: Es gibt keinen wesentlichen Unterschied zwischen studentischen Brüdern und alten Herren?«

»Richtig.«

»Danke. Keine weiteren Fragen an den Zeugen.«

Der Dekan sah Schwitters an. »Wünscht die Verteidigung ein Kreuzverhör?«

Dem Lachen nahe stand Schwitters auf. »Nein, Euer Ehren, kein Bedarf.«

»Der Zeuge ist entlassen.«

Fairchild kehrte zu seinem Platz zurück. Schwitters, Dominic und Thresher grinsten sich an und schüttelten den Kopf. Nur Fairchild sah Mark mit besorgter Miene an.

Mark wandte sich wieder an den Dekan.

»Euer Ehren, das College ruft den Sigma-Fuchs Drew Silas in den Zeugenstand.«

Mark sah, wie das triumphierende Lächeln aus Dominics und Threshers Gesicht verschwand. Nur Schwitters grinste unverändert.

Nach zwei Minuten betrat Silas den Saal. Bleich und schmal versuchte er seine klägliche Erscheinung durch eine geradezu militante Entschlossenheit zu überspielen. Als er stolz am Tisch der Verteidigung vorbeischritt, warf er den dort Sitzenden einen siegessicheren Blick zu.

Silas leistete seinen Eid und betrachtete Mark voller Verachtung.

»Ihr Name ist Drew Silas?«

»Ja.«

»Und Sie sind ein Sigma-Fuchs?«

»Ich bin ein Fuchs der Verbindung Sigma Delta Phi.«

»Habe ich das nicht gefragt?«

Silas hob sein spitzes Kinn und streckte die knochige Brust heraus. »Ich nenne die Verbindung lieber bei ihrem vollen Namen.«

»Oh, Verzeihung.«

Silas sagte nichts.

»Und wie gefällt Ihnen das Verbindungsleben bisher, Drew?«

»Es gefällt mir sehr gut.«

Mark musterte beiläufig seine Fingernägel. »Freuen Sie sich schon auf die Aufnahme?«

»Ja.«

»Drew, erinnern Sie sich an Samstag abend, den 21. Februar?«

»Ja, ich erinnere mich.«

»Könnten Sie dem Gericht Ihre Erlebnisse an diesem Abend beschreiben?«

»Selbstverständlich.« Nach einem Seitenblick auf den Tisch der Verteidigung begann Silas zögernd zu reden. »An dem besagten Abend gab es eine Party im Sigma-Haus. Alle Füchse waren dort und auch die meisten Brüder. Wir waren fast den ganzen Abend in der Bar und haben uns miteinander und mit anderen Studenten unterhalten und Spaß gehabt.

Später am Abend, ich weiß nicht mehr genau, wann, bin ich in den ersten Stock hinaufgegangen, um andere Musik aufzulegen. Da haben mich auf einmal mehrere Typen von hinten gepackt, mir eine Augenbinde übergestülpt und mich über den Gang getragen ...«

»Einspruch!« rief Schwitters und sprang mit panisch rollenden Augen auf.

»Äh, aus welchem Grund, Mr. Schwitters?« fragte der Dekan, dessen Gesicht und Tonfall ebenfalls Unbehagen verrieten.

Schwitters sah hilfesuchend zu den Angeklagten. Fairchild, Dominic und Thresher starrten Silas an, und in ihrem Gesicht stand blankes und unverhohlenes Entsetzen.

»Mr. Schwitters?«

»Ich ... äh ... ziehe den Einspruch zurück. Ich warte bis zum Kreuzverhör, um diese Aussage vollkommen zu entkräften.«

»Gute Idee«, sagte Mark. Er wandte sich wieder zu Silas, der bedeutungsvoll in Richtung der drei Angeklagten nickte. »Sie können fortfahren, Drew.«

»Okay. Ich wurde also über den Gang in ein Zimmer

geschleppt. Dort mußte ich mich hinknien und dann haben sie mir ein Glas in die Hand gedrückt. Sie haben mir befohlen, den Inhalt zu trinken, und ich habe es getan. Dann haben sie mich gezwungen, noch drei oder vier Drinks zu schlucken.«

»Was war es?« fragte Mark.

»Bitte?«

»Was waren das für Drinks?«

»Ach so. Whiskey. Jim Beam.«

»Nur Whiskey? So schlimm ist das ja auch wieder nicht.«

Silas schüttelte schnell den Kopf. »Wie ich später herausgefunden habe, waren die Drinks mit einer Droge versetzt.«

»Einspruch!«

»Was für eine Droge?«

»Einspruch!«

»Halt die Klappe, Simon. Was für eine Droge, Drew? Welche Droge war in den Whiskey gemischt?«

Stockend blies Silas die Backen auf, bevor er die Luft ausströmen ließ.

»Rophynol«, sagte er schließlich mit einer so klar verständlichen Stimme, daß Mark am liebsten jubelnd die Arme hochgerissen hätte. »Ich bin mir ziemlich sicher, daß es Rophynol war.«

Mark nickte und unterbrach seine Befragung so lange, bis sich das bestürzte Flüstern auf der Geschworenenbank gelegt hatte, so lange, bis er den Anblick der Beteiligten um ihn herum ganz ausgekostet hatte. Der Dekan, dessen Hand schlaff neben seinem Hammer lag, starrte Silas an wie ein zum Tode Verurteilter. Dominic zischte Schwitters zu: »Mach was, Mann!« Schwitters schüttelte benommen den Kopf angesichts einer Situation, der er trotz aller Kurse in Internationalem Recht völlig hilflos gegenüberstand. In Fairchilds Miene spiegelte sich eine seltsame Mischung aus Trauer und Erleichterung, Enttäuschung und Dankbarkeit. Thresher sah aus, als würde er gleich in Tränen ausbrechen.

Mark wandte sich wieder zu Silas und blickte dann in sein Notizbuch. »Rophynol. Auch als ›Roofie‹ bekannt. Sie sind sich *ziemlich* sicher, daß es Rophynol war?«

»Es war Rophynol, das *weiß* ich«, sagte der junge Student mit einer Festigkeit, für die ihn Mark in die Arme hätte nehmen können. »Greg Turlington, ein anderer Fuchs, war auch im Zimmer. Er mußte die Drinks auch schlucken, und er hat mir ein paar Tage später erzählt, daß es Rophynol war. Ich glaube, er hat die Symptome seinem Professor beschrieben. Aber ich möchte ja nur sagen …«

»Einspruch!« brüllte Schwitters. »Da weder der Professor noch dieser Turlington anwesend sind, beantrage ich die Streichung der letzten Aussage.«

»Stattgegeben. Die Geschworenen werden gebeten, die letzte Antwort nicht zu berücksichtigen.«

Ein Blick zu den Geschworenen zeigte Mark, daß sie den Dekan seltsam musterten.

»Drew«, sagte Mark wieder an den Zeugen gewandt, »wollen Sie damit sagen, daß Sie nicht allein in dem Zimmer waren?«

»Genau. Greg Turlington war dabei und auch Chad Ewing. Aber, darf ich vielleicht …«

»Woher wissen Sie, daß die beiden im Zimmer waren? Ich dachte, Sie hatten verbundene Augen?«

»Ja, hatte ich auch. Aber nachdem die anderen Typen verschwunden waren, habe ich die Augenbinde abgenommen. Nur ich, Greg und Chad waren noch im Zimmer.«

»Und was ist als nächstes passiert?«

»Wie? Ich weiß nicht. Ich glaube, ich bin im Gang im ersten Stock umgekippt.«

»Und am nächsten Morgen wurde Chad sterbend im Wohnzimmer gefunden?«

Silas schloß die Augen und nickte traurig. »Ja. Aber es waren die alten …«

»Drew, wie haben Sie sich an diesem Morgen gefühlt?«

»Was? Schrecklich. Chad war ein netter Junge.«

»Das glaube ich, Drew. Aber wie haben Sie sich *körperlich* gefühlt?«

»Ach so. Mir war ziemlich schlecht, glaube ich.«

»Wenn Sie im ersten Stock immer noch betrunken und mit verbundenen Augen aufgewacht wären – wäre es dann denkbar, daß Sie vielleicht über das Balkongeländer …«

»Einspruch!« Schwitters' Stimme klang hoch und hoffnungslos wie der Schrei eines gefangenen Delphins.

»Stattgegeben!«

»Drew, *wer* hat Ihnen das angetan?« fragte Mark in bewußt anprangerndem Tonfall, um Silas' Antwort den nötigen Nachdruck zu verleihen. »*Wer* hat Sie gezwungen, Whiskey mit Rophynol zu trinken. Waren es die Brüder?«

Silas lächelte beruhigend und schüttelte den Kopf. »*Nein!*«, sagte er mit erhobener Stimme. »Das wollte ich ja die ganze Zeit schon sagen! Es waren nicht die Brüder. Es waren die alten Herren!« Er nickt emphatisch und warf den Sigmas einen siegesgewissen Blick zu.

Mark sah, wie vier Kiefer gleichzeitig herunterklappten.

»Ach«, sagte er langsam. »Die alten Herren waren es also. Sind Sie sicher?«

Silas nickte eifrig. »Ja. Es waren alte Herren, hundertprozentig. Ich habe kurz über die Augenbinde gelinst. Sie waren älter, und ich habe ihre Gesichter aus der Fotomontage im ersten Stock neben dem Feuerlöscher wiedererkannt.«

Mark hob die Hand und ließ sie mit dramatischer Geste wieder sinken. »Drew«, sagte er langsam und deutlich, »wollen Sie damit sagen, daß die alten Herren der Sigma-Verbindung Chad unter Drogen gesetzt haben und somit dafür verantwortlich sind, daß er am nächsten Morgen über das Balkongeländer gestürzt ist?«

»Einspruch!«

»Stattgegeben.«

Mark holte tief Luft, so tief wie schon seit Tagen nicht mehr, und wiederholte mit der gleichen Deutlichkeit die erste Hälfte der Frage. »Drew, wollen Sie damit sagen, daß die alten Herren der Sigma-Verbindung Chad unter Drogen gesetzt haben?«

»Ja.« Reuig fügte er hinzu: »Eigentlich wollte ich nichts sagen, damit die Bruderschaft nicht von den allgemeinen Stiftungsfonds ausgeschlossen wird. Aber ich kann diese Sache nicht mehr für mich behalten, vor allem da die Brüder selbst fälschlicherweise verdächtigt worden sind.«

Mark nickte und begann auf und ab zu gehen. Er sah kurz zu den Geschworenen hinüber, die alle mit grimmiger Miene in Richtung der Angeklagten schauten.

Plötzlich blieb er stehen und sah Silas offen ins Gesicht. »Drew, Dave Fairchild hat gerade ausgesagt, daß es bei Sigma *keinen Unterschied* zwischen alten Herren und studentischen Mitgliedern gibt. Sind Sie sich dessen bewußt?«

Während seine Lippen allmählich ein O formten, sah Silas zu Fairchild hinüber, dessen toter Blick an der Tischplatte hing.

Mark sah an der sekundenwährenden Veränderung

in Silas' Gesicht, daß die Erkenntnis seiner Tat allmählich in ihn einsickerte.

»Nicht der geringste Unterschied«, wiederholte Mark. »Waren Sie sich dessen bewußt?«

»Moment mal!« quiekte Silas. »Ich hab nicht gesagt ...«

»Es war Ihnen wohl nicht bewußt«, sagte Mark schlicht. »Vielleicht informieren Sie sich nächstes Mal ein bißchen genauer, bevor Sie einer Verbindung beitreten. Der Zeuge ist entlassen.«

Mark drehte sich ab und ging zu seinem Tisch. Dort setzte er sich und wartete. Er sah den verstörten Blick des Dekans und dachte: *Fröhliche Arbeitssuche, du Arschgesicht.*

Schwitters erhob sich tapfer in der Totenstille und zog an seinem Kragen. »Euer Ehren, die Verteidigung wünscht ein Kreuzverhör.«

»Gestattet«, sagte der Dekan matt.

Schwitters schritt zur Mitte des Saals und baute sich vor Silas auf, der immer noch mit einem Ausdruck grenzenloser Panik flehend zu Fairchild, Dominic und Thresher hinübersah.

»Mr. Silas, haben Sie wirklich *gesehen*, daß Chad den Whiskey getrunken hat? Ich meine, Sie hatten doch eine Augenbinde auf?«

Silas starrte Schwitters nur an, ohne zu wissen, was er tun sollte.

»Mr. Silas, wie können Sie so sicher sein, daß Chad die Drinks ebenfalls zu sich genommen hat, nur weil Sie sie getrunken haben?«

Plötzlich sprang Silas auf und rief: »Ich verweigere die Aussage!« Er schnellte aus dem Zeugenstuhl und spurtete aus dem Raum. Fairchild folgte ihm und rief ihm nach, er solle hierbleiben. Die Geschworenen brachen in zorniges Palavern aus. Der Dekan klopfte so wild auf sein Pult, daß der Hammerkopf vom Stiel fiel. Unterdessen stampfte Schwitters mit flatternden Armen durch den Saal und kreischte: *»Verfahrensfehler! Verfahrensfehler!«*

Zwei Geschworene verließen ihre Plätze und näherten sich dem Dekan. Die anderen hatten sich zu einem gereizten Haufen zusammengedrängt.

Der Dekan bugsierte die Geschworenen zurück und ließ mehrmals die Handfläche auf das Pult klatschen. *»Ruhe!«* schrie er. *»Ruhe!«*

In diesem Augenblick flog die Tür zum Konferenzraum auf, und wie eine Löwin im Navyrock marschierte Shawn Jakes herein, einen Karton in der Hand, gefolgt von einem riesigen Wachmann und Jason Lyle, dem Zimmergenossen des jüngst verstorbenen Chad Ewing. Entschlossen führte Shawn ihre Begleiter zu Mark, der sie sprachlos ansah. Sie stellte den Karton auf den Boden neben den Tisch der Anklage und gab Jason mit einem Wink zu verstehen, er möge sich neben Mark setzen. Dann wandte sie sich an den Dekan.

»Euer Ehren«, sagte sie selbstsicher, »das College ruft Wachmann George Bianco in den Zeugenstand.«

Der Dekan blinzelte, als könne er die neue Entwicklung der Ereignisse nicht verstehen. Er lehnte sich vor und schüttelte leicht den Kopf. »Ich glaube es nicht.«

»Und ich auch nicht!« tobte Schwitters. »Euer Ehren, Miss Jakes ist nicht mehr Anklägerin in diesem Fall. Sie ist zurückgetreten!«

»Ich habe es mir anders überlegt«, erklärte Shawn. »Ich bitte um Wiedereinsetzung.«

Der Dekan schüttelte den Kopf und schloß sich dem Argument von Schwitters an. »Tut mir leid, Miss Jakes, Sie sind zurückgetreten. Sie können nicht einfach kommen und gehen, wie es Ihnen paßt.«

»Ich habe einen Fehler gemacht. Es tut mir leid.«

»Ich akzeptiere Ihre Entschuldigung, aber wir müssen uns hier an die Vorschriften halten.«

Shawn nickte verständnisvoll. »Ich sehe es so«, begann sie, »daß wir uns entweder an die Vorschriften halten können oder das Richtige tun können. Ich möchte hoffen, daß Sie sich als Richter für das Letztere entscheiden.«

»Miss Jakes, die Entscheidungen hier treffe ich.«

»Und ich, Anson«, sagte eine neue Stimme, und alle Blicke richteten sich auf die Tür. Dort stand Edison Carlisle, der Präsident des College. Er wirkte groß wie schon seit Jahren nicht mehr und sah den Dekan feierlich und herausfordernd an. »Und hiermit stelle ich *Sie* vor eine Entscheidung. Entweder Sie lassen sie sprechen, oder Sie sind gefeuert!« Der Präsident unterstrich seine Worte mit einem Nicken, das Bände sprach, und nahm neben den Geschworenen Platz.

»Euer Ehren«, beharrte Schwitters. »Euer Ehren, Mr. Bianco steht nicht auf der Zeugenliste. Eine Aussage von ihm ist nicht zulässig.«

Shawn bedachte Schwitters mit einem höhnischen Blick. »Nein, er steht nicht auf der Liste. Aber dafür ist er im Zeugenstand, und ich werde ihm ein paar Fragen stellen, und du wirst zuhören. Also setz dich hin und halt die Klappe.«

»Ausdrucksweise, Miss Jakes«, murmelte der Dekan kraftlos.

»Sie können mich«, sagte sie mit einer wegwerfenden Handbewegung. Dann wandte sie sich an den Dekan. »Wenn ich mir's recht überlege, hätte ich gerne einen Moment, um mit meinem Mitankläger zu konferieren.«

Der Dekan sah von Shawn zu Mark, dann zu Carlisle und wieder zu Shawn. Geschlagen sank er in seinen Stuhl zurück und nickte.

Shawn drehte sich um und schenkte Mark ein Lächeln. Langsam ging sie auf ihn zu und zog aus der Tasche ihrer weißen Bluse ein einzelnes Blatt, das sie auseinanderfaltete und ihrem Freund überreichte.

»Lies es«, flüsterte sie.

Er starrte sie kurz an und gehorchte.

Und als er las, nahmen seine Augen Worte von der letzten Seite von *Schuld und Sühne* auf, und für eine der unwahrscheinlichsten Beziehungen in den romantischen Annalen des Simsbury College schloß sich der Kreis.

Ja, ihre Überzeugungen können jetzt auch die deinen sein ...
Ihre Gefühle wenigstens, ihre Bestrebungen ...

Shawn genoß den Augenblick noch ein wenig länger, bevor sie sich wieder dem Zeugen zuwandte.

»Mr. Bianco, hatten Sie am Sonntag morgen, den 22. Februar Dienst?«

»I-Ich«, stotterte er.

»Lassen Sie sich Zeit. Wir haben keine Eile.«

»J-Ja. Ich hatte D-Dienst.«

»Haben Sie ungefähr um halb acht Uhr morgens einen Anruf bekommen?«

»J-Ja.«

»Welcher Art war dieser Anruf?«

»Im S-Sigma-Haus war ein Unfall p-passiert.«

»Und Sie sind dann gleich hinübergelaufen?«

Bianco nickte eifrig. »Genau. Ich war noch v-v-vor den Sanitätern da.«

»Und was haben Sie gesehen, als Sie hinkamen?«

»Einen J-Jungen auf dem Wohnzimmerb-boden.«

»War das Chad Ewing?«

»J-Ja.«

»Mr. Bianco, können Sie beschreiben, in welchem Zustand der Junge war?«

»Er h-hat nicht mehr geatmet. Er hat ge-geblutet. Er war fast t-tot.«

»Einspruch! Er ist ein *Wachmann*, verdammt, und kein Gerichtsmediziner.«

»Stattgegeben.«

Shawn formulierte die Frage neu. »Mr. Bianco, wie hat Chad ausgesehen?«

»Er war n-nackt.«

»Sonst noch etwas?«

»E-Er war über und über voll T-T-Tinte. Von oben bis u-unten.«

»Hatte jemand auf seine Haut geschrieben?«

»Einspruch! Die Vertreterin der Anklage fragt nach Mutmaßungen.«

»Stattgegeben.«

»Mr. Bianco, hat es *ausgesehen*, als ob ihn jemand von oben bis unten vollgekritzelt hätte?«

»N-Nein.«

Shawn runzelte die Stirn. »Es sah nicht so aus?«

»Nein.«

»Wie sah es dann aus?«

»Es … es war kein Gekritzel. Es waren Ge-gedichte.«

Flüstern auf der Geschworenenbank.

»Gedichte? Sie meinen wie … Hinten der Rücken, vorn der Bauch, O. J. ist schuldig, Sigma ist's auch?«

»Einspruch!«

»Stattgegeben. Shawn …«

Shawn schenkte dem Dekan keine Beachtung. »Mr. Bianco, erinnern Sie sich, worum es in diesen Gedichten ging?«

Bianco schüttelte den Kopf und nickte dann.

»Woran erinnern Sie sich?«

Bianco nickte weiter.

Shawn lächelte geduldig. »Mr. Bianco, worum ging es in diesen Gedichten?«

Bianco hörte zu nicken auf und starrte dann in Richtung Tisch der Verteidigung. »Sch-schlimme Sachen.«

Shawn wandte sich ab und wühlte im Knien durch den Karton, den sie mitgebracht hatte. Sie zog ein blauweißes Halstuch aus der Schachtel und hielt es hoch.

»Kennen Sie dieses Tuch, Mr. Bianco?«

»J-Ja.«

»Woher?«

»Bis g-gestern war es in meinem B-Büro.«

»Und wo war es vorher?«

»I-Ich habe es Chad Ewing vom H-Hals genommen.«

»Wann?«

»An d-dem Morgen.«

»Er war also vollgeschrieben und nackt und hatte nur dieses Tuch, das eine Augenbinde gewesen sein könnte, um den Hals?«

»St-stimmt genau. Und na-natürlich hatte er noch die Na-nadel dran.«

Shawn holte einen kleinen Gegenstand aus ihrer Tasche. »*Diese* Nadel?«

Mr. Bianco blinzelte Shawns ausgestreckte Hand an und nickte. »J-Ja.«

Shawn machte eine kleine Kreisbewegung, damit alle die Nadel sehen konnten. »Das ist eine Fuchsnadel der Verbindung Sigma Delta Phi. Wo haben Sie diese Nadel gefunden, Mr. Bianco?«

»Sie hat in Chads Ohr ge-gesteckt.«

»Wie ein Ohrring?«

»J-Ja, w-wie ein Ohrring. Aber Chad hatte kein O-Ohrloch.«

»Woher wissen Sie das?«

»Weil es z-zu stark ge-geblutet hat. Meine Nichte trägt Ohrringe. Aber sie b-blutet nicht.«

»Vielen Dank, Mr. Bianco. Sie haben uns sehr geholfen. Sie sind entlassen.«

Der Dekan blickte zum Tisch der Verteidigung. »Wünscht die Verteidigung ein Kreuzverhör?« Seine Stimme war fast ein Flüstern.

Schwitters verständigte sich mit Thresher und Dominic, und Dominic schüttelte den Kopf. Schwitters stand auf. »Nein, Euer Ehren.«

Während Bianco den Zeugenstuhl räumte, tuschelten die Geschworenen mit kaum verhohlener Empörung. Shawn wandte sich an den Dekan.

»Euer Ehren, das College ruft Jason Lyle in den Zeugenstand.«

Schwitters öffnete protestierend den Mund, blieb aber stumm.

Klein und zerbrechlich trat Lyle in den Zeugenstand. Als er saß, lächelte er Shawn nervös an.

»Mr. Lyle, in welcher Beziehung standen Sie zu Chad Ewing?«

»Er war mein Zimmergenosse.«

»Was haben Sie von ihm gehalten?«

»Er war ein netter Junge. Gab sich Mühe, gemocht zu werden. Deswegen ist er auch zu Sigma gegangen.«

»Einspruch«, sagte Schwitters. »Ich weiß nicht, worauf die Vertreterin der Anklage hinauswill, aber der Zeuge kann unmöglich wissen, welche Beweggründe Chad für den Beitritt zu einer Verbindung hatte.«

»Stattgegeben.«

Shawn schritt durch den Saal. In der Nähe der Geschworenen blieb sie stehen und kehrte sich dem Zeugen zu. »Wie viele Abende in der Woche war Chad mit Fuchsveranstaltungen beschäftigt?«

»Drei oder vier.«

»Hat er Ihnen an diesen Abenden gesagt, wo er hinging und was er vorhatte?«

Jason schüttelte den Kopf. »Nein. Er hat gesagt, daß er es mir nicht sagen darf. Es war vertraulich.«

»Wie war seine Stimmung, bevor er ging?«

»Einspruch.«

»Stattgegeben.«

»Jason, hatten Sie den *Eindruck*, daß er nervös war?«

»Ja.«

»Angespannt?«

»Ja.«

»Ängstlich?«

»Ja.«

Shawn nickte in Richtung Decke. »Waren Sie je in Ihrem Zimmer, wenn Chad von diesen Veranstaltungen zurückkam?«

»Meistens.«

»War er bei seiner Rückkehr jemals sichtlich mitgenommen?«

»Jedesmal.«

»Waren je Anzeichen körperlicher Mißhandlung an ihm zu sehen?«

Jason zögerte und blickte vorsichtig zum Tisch der Verteidigung hinüber. »Manchmal.«

»Zum Beispiel?«

»Einmal«, erinnerte sich Jason, »kam er mit einer blutigen Nase nach Hause. Ein anderes Mal hatte er den Finger in ein T-Shirt gewickelt.«

»Und warum?«

Jason sah die Geschworenen an und schluckte. »Sein Fingernagel war ihm ausgerissen worden.«

Ächzen von den Geschworenen. Shawn machte ein entsetztes Gesicht, während sie durch den Saal ging und wieder in den Karton griff. Diesmal förderte sie ein weißes T-Shirt zutage.

Shawn hielt das T-Shirt hoch. »Ist das das Shirt, das sich Chad um den Finger gewickelt hat?«

»Könnte sein.«

Jetzt schüttelte Shawn das Tuch. »Haben Sie Chad je mit diesem Tuch gesehen?«

Jason nickte. »Er hat es mitgenommen, als er an einem Abend zum Sigma-Haus ging. Ich dachte, es sei seine Augenbinde oder so etwas.«

»Ist er damit zurückgekommen?«

»Ja.«

»Und wo war es?«

»Er hat es an seine Nase gehalten.«

»Warum?«

»Weil sie geblutet hat.«

»Ich danke Ihnen, Mr. Lyle.« Shawn wandte sich den Geschworenen zu. »Diese Gegenstände hat mir Mrs. Carla Ewing geschickt, Chads Mutter. Mr. Ewing hat sie unter dem Bett seines Sohnes gefunden.«

»Einspruch.« Schwitters stand auf. »Wie können wir das als gesichert ansehen? Ich meine, sollten Mr. und Mrs. Ewing nicht persönlich hier aussagen?«

Präsident Carlisle erhob sich und stützte die Hände in die Hüften. »Junger Mann, wie heißen Sie?«

Schwitters schluckte. »Simon Schwitters.«

»Simon Schwitters«, sagte Carlisle, »Sie sollten sich schämen.«

Schwitters setzte sich schnell wieder hin.

Shawn legte die Gegenstände zurück in den Karton und wandte sich noch einmal an Jason. »Jason, wann haben Sie zum letzten Mal mit Mrs. Ewing gesprochen?«

»Vor drei Tagen. Am Telefon.«

»Und was haben Sie ihr gesagt.«

Jason blinzelte. »Pardon?«

»Kurz bevor Sie aufgehängt haben, was haben Sie ihr da gesagt?«

Jason bewegte sich unruhig auf seinem Stuhl.

»Jason«, sagte Shawn in mütterlichem Ton. »Sie haben am Telefon geweint, und bevor Sie aufgelegt haben, haben Sie etwas zu Mrs. Ewing gesagt. Ich habe es aufgeschrieben, falls Sie es vergessen haben.«

Jason sank zurück. »Ich habe ihr gesagt, daß ich Chad vermisse.«

»Und?«

Jason holte tief Atem. »Ich habe ihr gesagt, daß ich glaube, Sigma hat ihn umgebracht.«

Der Gerichtssaal explodierte. Schwitters war als erster auf den Beinen, aber seine verzweifelten »Einsprüche« gingen in dem Chaos um ihn herum unter. Dominic stürmte wie ein Linebacker auf den Zeugenstand los, aber bevor er sein Opfer erreichte, zog ihm Bianco von hinten eins über und warf ihn einfach wieder zurück über den Tisch der Verteidigung. Thresher beschimpfte Shawn, die jede seiner Attacken mit der Heftigkeit einer Wildkatzte beantwortete. Sie schien kurz davor, den Sigma an die Wand zu knallen, als Mark dazukam und ihr die Mühe abnahm. Unterdessen schlugen Templeton und Carlisle mit Hämmern und Fäusten auf Tische, um die Ordnung wiederherzustellen, während die Geschworenen fassungslos das rasende Handgemenge an einem College beobachteten, das sie bewunderten und verehrten und für das sie Spendengelder sammelten.

Und inmitten des Tumults stand die Schachtel mit dem Blut von Chad Ewing, der jetzt endlich in Frieden ruhen konnte.

Zum zweiten Mal innerhalb von achtzehn Tagen stampfte Madame Klatsch über alles andere reguläre Campusgemunkel hinweg und sang von einem Sturz. Sie unterbrach Gespräche, riß Bücher aus Händen und zog Stereoanlagen den Stecker heraus. Sie duschte in Umkleideräumen, schmuste mit Schlafsuchenden und wartete in Schlangen aufs Abendessen.

Es ware ein großer Tag für Madame Klatsch, und für alle, die ihr lauschten, stand eines fest:

Sigma Delta Phi war so tot wie Chad Ewing.

61. KAPITEL

Donnerstag, 12. März

19.42 Uhr

Die Woge des Triumphs hatte Mark und Shawn zu ihrem Apartment und gleich ins Bett getragen und da waren sie geblieben, bis die Lust zuletzt dem Hunger wich. Irgendwie hatten sie dann ein Minimum an Textilien zusammengerafft, um dem Pizzalieferanten gegenübertreten zu können. Sie ließen sich auf die Couch fallen und aßen mit Heißhunger, bis außer einigen Randstükken für Casey nichts mehr übrig war.

Später würden sie vielleicht reden. Vielleicht würde Mark Shawn von den Anschlägen auf sein Leben erzählen, von seinen neuen Verbündeten bei der SWA und darüber, wie er die Scheinreime von Scheinbrüdern gedichtet hatte. Vielleicht würde er ihr sagen, wie schwer es ihm gefallen war, ihr trotz ihrer unerklärten Abwesenheit zu vertrauen, und wie froh er jetzt war, daß er ihr dennoch vertraut hatte.

Und vielleicht würde Shawn ihm von dem Einschüchterungsversuch, dem Einbruch in ihre Wohnung, erzählen und davon, daß der Versuch vorübergehend gelungen war.

Oder vielleicht würden sie so gut wie gar nichts sagen.

Shawn hob eine Dose Mineralwasser an die Lippen

und trank sie aus. Sie leckte sich über die Lippen und kam ihm auf halbem Weg entgegen. Mit einem verführerischen Lächeln sagte sie: »Küß mich, dann küss' ich dich auch.«

19.51 Uhr

An jedem anderen Abend hätte sich Templeton T-Bones Schweigen auf seine drei Voice-Mails und zwei E-Mails damit erklärt, daß der Milliardär eben viel beschäftigt oder einfach weder zu Hause noch in seinem Büro war. Aber es war kein Abend wie jeder andere. Sigma war zum Untergang verurteilt, und alle Welt schien es zu wissen. Und das hieß, Templeton hatte allen Grund, um sein Leben zu fürchten.

Schließlich griff er nach seiner Jacke, schaltete das Licht aus und machte sich auf den Weg zum nächsten Spirituosenladen.

20.00 Uhr

Die Aufsichtsratsmitglieder Davenport und Jefferson saßen in der Bar ihres Lieblingsrestaurants in Freeport und stocherten in ihren Krabbencocktails herum.

Jefferson nahm einen Schluck von seinem Martini und schüttelte den Kopf. »Ich kann es einfach nicht fassen, was ich da heute gesehen habe.«

Davenport schälte eine Krabbe und schob sie sich in den Mund. »Ich auch nicht, Rosie«, knurrte er zwischen bedächtigen Kaubewegungen. »Ich auch nicht.«

»Du weißt, was das bedeutet?«

»Natürlich weiß ich das. Wir müssen Sigma eine Rüge erteilen und auf Bewährung setzen.«

Jefferson sah Davenport an. »Machst du Witze?«

Davenport schüttelte den Kopf.

»Hank«, sagte Jefferson und lehnte sich vor. »Ich habe es doch schon bei dieser ersten Besprechung mit

Templeton gesagt, wir müssen die Verbindung auflösen. Wir müssen die Polizei einschalten. Wir müssen uns damit abfinden, daß der Staatsanwalt Anklage erhebt.«

»Nein.«

»Was meinst du mit *nein*?«

»Ich meine, *nein*, wir lösen Sigma nicht auf, und *nein*, wir werden nicht zulassen, daß Anklage erhoben wird.«

Jefferson sah ihn verständnislos an. »Bist du nicht mehr ganz bei Trost? Wir haben doch gar keine andere Wahl.«

Schwer atmend wandte sich Davenport seinem Kollegen im Aufsichtsrat zu. »Okay, Rosie. Angenommen, wir lösen Sigma auf. Was bringt uns das? Wir sind auf der Seite der Gerechtigkeit, natürlich. Aber kann dieses warme, kuschelige Gefühl die Millionen an jährlichen Stiftungsgeldern aufwiegen, die wir dadurch verlieren? Ich sage nein, verdammt noch mal, nein. Und jetzt nehmen wir mal an, wir schalten die Polizei ein und erzählen ihnen, was wir heute erfahren haben. Denk doch an den *Skandal*, Rosie. Denk an den schwarzen Fleck auf unserem makellosen Ruf und an den plötzlichen und drastischen Rückgang der Zahl von hochklassigen Bewerbern, der folgen wird.«

»Mein Gott, Hank, wir reden hier nicht von Geld und Ruf. Wir reden praktisch über einen *Mord*.«

»Nein. Wir reden über einem *Irrtum*. Wir reden von einer *Fehleinschätzung*.«

»Mord«, wiederholte Jefferson.

»Verdammt, Rosie, jetzt hör schon auf damit.«

»Mord, Hank, und wir kommen damit nicht durch, wenn wir die Sache einfach unter den Teppich kehren. Glaubst du wirklich, daß das kein gefundenes Fressen für die Medien ist?«

Davenport knallte sein Glas auf den Tresen und packte Jefferson an der Schulter. »Führ dich nicht auf wie ein schäbiger Nigger, Rosie!« flüsterte er giftig. »Ich weiß, Sigma hat dich wegen deiner Hautfarbe abgelehnt, aber das war vor über vierzig Jahren. Vierzig Jahre! Vergiß die Sache endlich!«

Jefferson starrte Davenport an und senkte dann den Blick.

Davenport holte tief Atem. »Schon gut, tut mir leid. Aber hör mir doch zu. Es hat schon ein Verfahren gegen Sigma gegeben. Und sie kriegen auch eine *Strafe*. Aber ich kann nicht zulassen, daß dieser Verbindung das Todesurteil gesprochen wird, und genausowenig kann ich es zulassen, daß die Polizei und das FBI hier einen Riesenzirkus veranstalten. Ich meine, wir haben noch nicht einmal die Namen der verantwortlichen Einzelpersonen. Was soll die Polizei denn machen? Vielleicht eine ganze Verbindung verhaften?« Er nahm die Hand von Jeffersons Schulter und legte sie sich auf den Unterarm. »Ich muß dafür sorgen, daß wir unsere Stiftungsfonds behalten und daß wir in der Collegebewertung nicht abrutschen. Ich muß unsere Beziehungen schützen, und genau das werde ich tun. Und wenn du glaubst, ich lasse mich von einem politisch korrekten Disziplinarausschuß oder von einer Ackerly-Arbeitsgruppe oder von der Polizei in einem kleinen Kaff zu einer negativen Entscheidung über die Zukunft eines College zwingen, dessen Leitung mir anvertraut worden ist, dann hast du nicht mehr alle Tassen im Schrank. Wir *kommen* damit durch, Rosie. Das verspreche ich dir.«

Davenport winkte dem Barkeeper. »Noch eine Runde für mich und meinen Freund.«

20.34 Uhr
Dunkel und verlassen ragte das Sigma-Haus auf, nur belebt von einem kerzenbeschienenen Fenster im zweiten Stock, das wie das einzige Auge eines verwundeten Tiers die feindliche Welt beobachtete.

In dieser Nacht, fast dreiundsiebzigtausend Nächte nach der allerersten Nacht der Bruderschaft, herrschte Stille in den Mauern, die einst über alles geherrscht hatten, denn eine unfaßbare Nachricht war aus dem Saal des Disziplinarausschusses bis in das Verbindungshaus gedrungen.

Zum ersten Mal in seiner Geschichte hatte Sigma verloren.

Und da man glaubte, daß alle Mitglieder der Bruderschaft mit Strafen zu rechnen hatten, war es zu einer raschen Flucht gekommen. Als erstes hatten sich die Füchse aus dem Staub gemacht. Die Mutigeren unter ihnen waren als Gruppe erschienen, hatten dem Fuchsmeister Nadeln und Bücher übergeben und sich dann auf das nächstbeste Telefon gestürzt. Fünfzehn frühere Füchse warteten nun verängstigt und dankbar darauf, von ihren Eltern abgeholt zu werden.

Als nächstes waren die Studenten im zweiten Collegejahr gegangen, die außer Verpflichtungen und kurzen Erinnerungen nichts in die Bruderschaft investiert hatten. Sie hatten in aller Stille gepackt und sich dann fluchtartig in die Sicherheit der unabhängigen Wohnheime begeben. Jeder hatte zumindest einen Kumpel, bei dem er pennen konnte. Alle wußten, daß sie jetzt Gezeichnete waren, Zielscheiben, wenn man sie aufspürte, für die Fäuste älterer Brüder, die das sinkende Schiff noch nicht verlassen hatten. Es würde lange dauern, bis sie wieder in den Spiegel schauen konnten.

Die meisten der Sigmas im dritten Studienjahr waren geblieben, vielleicht weil sie sich der Bruderschaft stärker verpflichtet fühlten oder vielleicht weil sie das Standvermögen der Ältesten besser kannten, die sich bisher immer als unerschrockener, einfallsreicher und unschlagbarer Haufen erwiesen hatten. Wenn jemand die Karre aus dem Dreck ziehen konnte, dann waren es Dominic und Co. Aber auch vier Studenten aus dem dritten Jahrgang hatten eine offizielle, auf den 6. März vordatierte Mitteilung unterzeichnet und darin wegen Vergehen der Verbindung, von denen sie erst jetzt erfahren hätten, ihr Ausscheiden erklärt. Sie hatten Simsbury für immer verlassen und planten nun als abgefallene Brüder den Besuch einer staatlichen Schule, wo sie sich mit den Massen herumschlagen und versuchen konnten, ihre Zeit bei Sigma und die einst geschworenen Eide zu vergessen.

Alle Unerschütterlichen hatten sich im Bruderschaftssaal versammelt. Die Stimmung war angespannt, gereizt und unruhig. Niemand wußte genau, was schiefgelaufen war, wie es Mark Jessy gelungen war, einen der Ihren umzudrehen, und wie Shawn Jakes Zeugen mit Mumm gefunden hatte. Aber die Unsicherheit war der Entschlossenheit gewichen.

Wo ein Wille war, da war auch ein Weg.

Die Gruppe der verbliebenen Brüder auf dem Boden des Bruderschaftssaales repräsentierten den Willen.

Jetzt mußten sie nur noch einen Weg finden.

Und um ihnen den zu zeigen, war Alpha gekommen.

Wie ein wütender Wirbelsturm war er aus Boston herangebraust, und seine schockierende Ankunft hatte den letzten einundzwanzig Brüdern eine Mischung aus Schrecken und Ehrfurcht eingejagt. Und seine Kraft übertrug sich auf die Studenten. Der bloße Anblick dieses allmächtigen Mannes, der als Vertreter einer allmächtigen Gruppe erschienen war, reichte aus, um Gefühle der Allmacht zu wecken.

Und während sie nun von ihren Plätzen auf dem Boden im Bruderschaftssaal zu ihm aufblickten, schöpften sogar die deprimiertesten Brüder Hoffnung.
Alpha begann zu reimen.

Wer von euch steht auf und klagt sich selbst an,
Damit Sigma am Schluß doch noch siegen kann?

Wer von euch tritt nun vor und gesteht es ein:
Mein ist die Schuld, ich war's ganz allein.

Wir werden enden das Spiel und zerreißen die Schemen.
Wer wird wie ein Mann alles auf sich nehmen?

Wer laut morgen sagt, daß der Täter er ist,
Darf gewiß sein, daß Sigma ihn niemals vergißt.

Das Ende von Alphas Gedicht hinterließ eine Stille, die schwer wie Blei auf dem Bruderschaftssaal lastete.
Es war eine Stille, die vielleicht noch schrecklicher war als jene, die über dem zerschlagenen Körper von Chad Ewing gelegen hatte. Denn diese Stille verband Entsetzen und Tod mit zwei neuen und kläglichen Empfindungen.
Feigheit. Und Scham.
Hatten sie nicht alle geschworen, daß sie für die Bruderschaft sterben und töten würden? War es ihnen denn nicht ernst gewesen? Aber was jetzt von ihnen verlangt wurde, war nichts im Vergleich zu den Eiden, die sie geleistet hatten.
Kein Muskel rührte sich.
Nicht das leiseste Geräusch war zu hören.
Alpha wartete darauf, einen Bruder zum Helden zu machen.
Quälend langsam verstrichen die Minuten. Blicke tra-

fen sich kurz mit dem des stehenden Mannes und senkten sich wieder auf den Boden.

Und dann erhob sich einer.

Alle Köpfe wandten sich ihm zu.

Bruder My stand so aufrecht er konnte, die Brust männlich vorgeschoben, um seine Fülligkeit zu überspielen. Sein jungenhafter brauner Haarschopf hing ein wenig schief über dazu passenden Augen, die manchmal selbständig lächeln konnten.

»Ich werde es tun«, sagte er.

Alpha nickte, und seine schwarzen Augen fingen Feuer.

Zu dir, My, blick ich voll Achtung auf.
Heut' bist du ein Mann. Sei stolz darauf.

Wieder senkte sich Schweigen über den Raum, aber diesmal war es ein Schweigen der Bewunderung und der Dankbarkeit. Die anderen zwanzig waren erleichtert. Sie liebten My für seine bevorstehende Heldentat, aber sie selbst waren aus dem Schneider. Sie nickten und setzten sich gerade hin. Ohne ein Wort darüber zu verlieren, wie sehr jeder einzelne sich für seine Feigheit verachtete, akzeptierten sie die Situation.

»Nein!«

Die Köpfe schnellten in eine andere Richtung, und erschreckte Augen blickten auf Beta.

»Tu es nicht, My«, bat er leise. »Tu's nicht, Mann.«

»Ich will aber, Beta.«

Beta ging durch die wie benommen dasitzenden Brüder auf seinen Freund zu.

»Tu's nicht, Ran.«

My warf den Kopf leicht zurück. »Ich will aber«, beharrte er.

Beta packte seinen Freund und Bruder am Kragen:

»Hör auf mich, du verdammter Idiot! Überleg doch, worauf du dich da einläßt! Überleg doch!«

My blickte ihm unverwandt in die Augen und antwortete: »Ich hab es mir schon überlegt. Ich weiß, was ich tue, und ich bin dazu bereit.«

Beta ließ My wieder los. Dann trat er einen Schritt zurück und wandte sich den anderen im Raum zu. »Brüder«, sagte er mit flehendem Ton, »es muß eine bessere Möglichkeit geben. Es muß sie einfach geben!«

»Nein«, sagte Alpha. »Es gibt keine andere Möglichkeit.«

Jetzt stapfte Beta über seine Brüder hinweg auf Alpha zu und blieb nur eine Handbreit vor dem Älteren stehen. »Das hier ist nur eine Verbindung«, fauchte er. »Eine gottverdammte *Verbindung*!« Mit dem Daumen zeigte er über die Schulter auf My. »Du versaust diesem Jungen sein Leben!« Mit erbittertem Gesicht blickte er nacheinander die sitzenden Brüder an, bevor er sich wieder Alpha zuwandte. »Er wird von der Schule geschmissen. Und vielleicht muß er sogar ins Gefängnis!«

Alpha schloß die Augen und schüttelte den Kopf. »Er muß nicht ins Gefängnis.«

»Woher willst du das wissen?«

»Weil uns diese Stadt gehört, genau wie uns diese Schule gehört und wie uns das ganze Land gehört«, sagte Alpha mit lauter werdender Stimme, erbost über Betas unbeschreiblichen Verrat. »Wenn ich sage, er muß nicht ins Gefängnis, dann ist das so. Und wenn er von der Schule geschmissen wird, spielt das keine Rolle.« Er blickte vorbei an Beta zu My. »Weil ich ihm sofort eine Stelle in meinem Unternehmen anbiete. Fünfundsiebzigtausend Dollar im Jahr.«

Beta starrte Alpha an.

»Es ist mir egal, wenn ich von der Schule fliege, Beta«, sagte My. »Ich habe sowieso am wenigsten zu verlieren. Meine Noten sind Scheiße, und mein Hauptfach kotzt mich an. Das einzige, was hier für mich zählt, ist Sigma.«

»Das ist die richtige Einstellung«, sagte eine Stimme.

»Du bist unser Mann, My«, sagte eine andere.

Beta senkte kurz den Blick und sah wieder auf. »My, darauf kommt es doch gar nicht an. Es ist doch scheißegal, was du für Noten hast. Hauptsache, du kriegst den Abschluß. Und das kann dir niemand – *niemand* – wieder wegnehmen.« Er schüttelte den Kopf. »Wenn du das jetzt machst, kriegst du dieses Papier nicht. Hier nicht und woanders auch nicht.«

»Ob mit oder ohne Diplom«, konterte Alpha, »er wird mit dreißig Millionär sein, wenn er sich an die Spielregeln hält.«

Beta fuhr herum. »Du bist ein Psychopath, Alpha. Wenn man als Bruder so sein muß wie du, dann wäre ich lieber tot.«

Alpha schob das Kinn vor. »Du stinkst nach Schwäche, Beta.« Er trat beiseite, um My ins Auge zu fassen, und begann wieder zu reimen.

Folg' deiner Absicht, getreu wie zuvor.
Dann steigst du bei Sigma die Stufen empor.

Nur ein Mann kann, was du tust, auch heil übersteh'n,
Den Gefahren der Schlacht ins Auge seh'n.

Es vertrau'n dir die Brüder im ganzen Land,
Drum weis' die Verantwortung nicht von der Hand.

Als unser Erlöser bring' auf dem Altar
Der Bruderschaft dein hehres Opfer dar.

Und führt uns zum Sieg deine edle Mission,
Bleibst du uns für immer der heiligste Sohn.

Bruder Beta brach das darauf folgende Schweigen.

Er sprang über eine unsichtbare Grenze und hämmerte Alpha die Faust ins Gesicht. Der Schlag warf Alpha gegen die Wand, aber der Milliardär prallte nahezu unbeeindruckt zurück.

Fast gelassen streckte er die Arme aus und legte Beta die Hände um den Hals.

Einen eisigen, lähmenden Moment lang sahen zwanzig Studenten erstarrt vor Entsetzen zu, wie ein Führer den anderen würgte. Dann sprangen sie dazwischen.

Gamma war als erster auf den Beinen und stieß Beta zurück. Alphas Finger lösten sich von dessen Hals. Kappa und Delta hielten den atemlosen Beta an die Wand gepreßt, während Gamma und Epsilon mit großer Mühe Alpha zu Boden rangen.

Die Ordnung oder das, was von ihr noch übrig war, war schnell wiederhergestellt. Alpha wurde zu seinem Auto eskortiert und erteilte noch letzte Befehle, bevor er zu seinem Hotel fuhr. Beta wurde zu einem der unbesetzten Schlafzimmer hinuntergebracht, wo ihm zwei Brüder halfen, wieder Luft zu bekommen, während weitere sechs schweigend zusahen.

Dann bat Beta flüsternd darum, mit My allein gelassen zu werden.

Alle außer My verließen das Zimmer und gingen hinunter zu den jüngeren Studenten in der Bar, um den Rest des abgestandenen Biers zu trinken, um das Geschehene irgendwie zu verarbeiten und um sich für den letzten Kampftag zu stählen.

Nur Gamma fehlte. Er hatte noch etwas zu erledigen, etwas, was sich nicht im Sigma-Haus regeln ließ.

22.03 Uhr

... du blöde, egoistische Kuh!

Jocelyn Patricola stockte und riß sich den Hörer vom Gesicht, als wäre er ein heißes Bügeleisen. Verwirrt drückte sie ihn wieder ans Ohr.

»Ich ...« stammelte sie. Doch dann verstummte sie, zu betroffen, um weiterreden zu können.

»Ja genau, *du!*« zischte Pete. »Es geht immer nur um dich, klar. Meine zweihundert Jahre alte Verbindung steckt voll in der Scheiße, und *du* kannst nur daran denken, wie du dich die nächsten vierzehn Tage vergnügst. Du bist zum Kotzen.«

»Pete ...«

»Ich sag dir jetzt, wie du dich die nächsten vierzehn Tage vergnügst. Du fährst heim nach Framingham, setzt dich brav auf dein Bett und denkst darüber nach, daß du das alles mit deiner verdammten großen Klappe ins Rollen gebracht hast.«

»Wir ... fliegen doch morgen, Pete.«

»Nein, tun wir nicht. Wegen dir bin ich nämlich morgen bei dieser Verhandlung.«

»Aber ich kann die Flugtickets nicht mehr zurückgeben.«

»Dann wirst du es dir nächstes Mal vielleicht besser überlegen, bevor du dich bei einer Schlampe wie Shawn ausquatschst.«

Jocelyn öffnete den Mund und schloß ihn wieder. Dann blies sie sich ein paar Strähnen von den Augen und leckte sich über die trockenen Lippen. »Du kannst ja hier bleiben, wenn du willst«, sagte sie zittrig, aber mit einem Hauch von unbewußtem Trotz. »Ich werde auf jeden Fall fliegen.«

»Einen Scheiß wirst du!«

»Und ob ich werde!«

Langes, lastendes Schweigen folgte. Es war das erste

Mal, daß sich Jocelyn Patricola gegen Pete Thresher auflehnte.

»Wenn du fliegst«, sagte Pete endlich, »dann ist es aus zwischen uns.

Aus. *Aus.* Das Wort traf sie mit voller Wucht, traf sie dort, wo es am wehsten tat, in dem Teil ihrer Seele, der den Gedanken ans Alleinsein nicht ertragen konnte. Aber die Qual verging fast sofort wie das intensive Beißen, wenn ein altes Pflaster von neuer Haut gerissen wird. Die Aussicht auf Einsamkeit schmerzte plötzlich viel weniger als die blauen Flecken im Gefolge der Zweisamkeit, und obwohl Jocelyn nicht wußte, woher sie diese plötzliche Eingebung hatte, vertraute sie ihrer Wärme.

»Dann ist es wohl aus zwischen uns«, sagte sie leise und leicht und mit einer Würde, von der sie selbst überrascht und beeindruckt war.

»*Scheißfotze!*« geiferte Pete, und knallte den Hörer auf.

Sie saß irritiert, ehe sie selbst sorgfältig auflegt. Dann vergaß sie alle Würde und begann zu lachen.

22.16 Uhr

Auf Shawns Drängen hin hatten sie sich nach dem sehr erfüllenden, aber akademisch unproduktiven erotischen Sturm wieder in Textilien gehüllt, damit sie noch für ihre letzte Prüfung vor den Frühjahrsferien lernen konnte. Mark hatte nach Casey gepfiffen, aber sie war mit einer unverzehrten Kruste in Shawns Wäschekorb eingeschlafen, und er wollte die idyllische Szene nicht stören. Nach einem Kuß für seine Hündin und einem weiteren Kuß für seine Freundin war er gegangen, um seinerseits noch ein wenig zu lernen.

Die Luft war frühlingshaft lau mit einer Temperatur von ungefähr fünf Grad, wie ihm das Hautthermometer anzeigte, nach dem Studenten im Norden ihre Bekleidung auswählten. Mark ging direkt über das Lacrossefeld und ließ sich Zeit für alles, was ihm in seiner friedlichen Stimmung nach dem Zusammensein mit Shawn in den Sinn kam. Er warf Schneebälle auf kein bestimmtes Ziel und ließ Eisstücke über Pfützenseen springen. Er pfiff eine Kinomelodie und blies dampfenden Atem in die Luft.

Erst zwanzig Meter vor seinem Apartment sah er auf seiner hinteren Terrasse eine sitzende Gestalt, deren Gesichtszüge im Dunkeln lagen. Dominic.

»A. J.«, sagte Mark. »Was willst du?«

»Spielen.« Dominic lachte leicht, streifte aber jede Anwandlung von Humor ab, als er damit begann, Mark langsam zu umkreisen. Der Footballspieler trug Bluejeans und ein zerrissenes Sweatshirt. Er sah aus wie ein Riese. Tau lag auf seinem kurzgeschorenen Haar und aus seinem Mund kam stoßweise kondensierender Atem. Es war bestimmt kein harmloses Spiel, das ihm vorschwebte.

»Du hast uns reingelegt.«

Mark bewegte sich mit ihm, immer darauf bedacht, ihm nicht den Rücken zu kehren. »Ich will nicht mit dir kämpfen, A. J.«

»Das weiß ich. Du schleichst lieber herum und verarschst unsere Füchse, damit sie uns hinhängen.« Er trat einen Schritt näher und setzte seine Kreisbahn fort. »Weißt du, es macht mir gar nichts aus, so eine Runde an einen verschlagenen kleinen Indianer wie dich zu verlieren, wenn du nur eine Runde auf *meine* Weise mit mir spielst.« Dominic blieb stehen und lächelte. »Mann gegen Mann. Egal, was morgen in diesem bescheuerten Verfahren passiert, ich werde immer wissen, daß ich dich geschlagen habe, als es gezählt hat. Und du wirst immer wissen, daß ich der Bessere von uns beiden bin.«

Mark zog seine Jacke aus und ließ sie zu Boden fallen.

Das spöttische Lächeln wich aus Dominics Gesicht. »Ich werde auf deinem Gesicht herumtanzen, Indianerjunge.«

»Wenn du auf auf meinem Gesicht herumtanzt, beiße ich dir die Füße ab.«

Dominic holte zu einem vernichtenden Schlag aus, der gegen Marks Kiefer schmetterte und ihn zu Boden warf. Vom Schwung seines Hakens getragen, stolperte Dominic über ihn, und beide Kämpfer landeten in einer tiefen Matschpfütze.

Mark rappelte sich taumelnd hoch und rieb sich gerade noch rechtzeitig die Augen frei, um den Sigma auf sich zustürmen zu sehen. Geduckt senkte er die Schulter und rammte sie Dominic in den Magen, so daß dieser den Boden unter den Füßen verlor. Einen kurzen Moment lang hingen beide wie erstarrt auf der Stelle, nur Dominics Beine wirbelten durch die Luft.

Dann knallten beide auf den schlammigen Boden.

Die Wucht des Sturzes preßte Mark die Luft aus den Lungen. Dominic nutzte seinen Vorteil und drückte Mark zu Boden. Seine unförmigen Oberschenkel umklammerten Marks Hüften wie eine Schraubzwinge, und seine Fäuste hämmerten gnadenlos gegen Marks Kopf.

Mark keilte wild um sich, aber er traf nur Luft. Geblendet vor Schmerz griff er nach Dominics Gesicht und bohrte ihm die Daumen in seine ungeschützten Augen. Plötzlich hörten die Schläge auf, und Dominic schrie.

Mark drückte, bis er warmes Blut spürte. Dominic versuchte sich mit fieberhaft krallenden Händen aus Marks Griff zu befreien. Mark löste eine Hand von Dominics Gesicht und griff nach der einzigen weichen Stelle an Dominics Körper.

Ein Schrei, noch schauriger als der erste, zerriß die Nacht.

Den Mund brüllend geöffnet, fuchtelte Dominic hilflos mit den Armen. Mark nahm die rechte Hand von Dominics zerquetschter Männlichkeit, ballte sie zur Faust und feuerte einen Schlag ab, der Dominic das Nasenbein zertrümmerte. Dominic fiel stöhnend zur Seite.

Vollkommen groggy von den Prügeln, die er eingesteckt hatte, kämpfte sich Mark auf die Füße. Auf dem Boden lag Dominic, die eine Hand um den Unterleib geklammert, die andere auf der gebrochenen Nase.

Ein geschlagenes Mitglied einer geschlagenen Bruderschaft.

»Egal, was passiert«, stammelte Mark durch aufgeplatzte Lippen, »ich bin der Bessere von uns.« Dann ging er in die Knie.

Er hörte Schritte, viele Schritte, die sich von hinten näherten, und er hörte mehrere Stimmen. Dann wurde er in den Schnee gerollt. Er war zu müde, um sich zu wehren, und lag nur einfach in einer Pfütze, deren eiskaltes Wasser sein zerschundenes Gesicht kühlte. Wenn alle Sigmas gekommen waren, um ihn fertigzumachen – er konnte nichts daran ändern.

Er wurde hochgezogen und starrte benommen in die weit aufgerissenen Augen von Matt Moriarty, seinem Zimmernachbarn.

»Mein Gott, Mark!« krächzte Moriarty. »Bist du okay?«

Mark nickte und zuckte dabei vor Schmerz zusammen. »Ich glaub schon«, murmelte er und sank Moriarty in die Arme.

62. KAPITEL

Freitag, 13. März

Das Licht der Dämmerung fiel auf das erste Statussymbol, einen deutschen Sportwagen mit Jersey-Nummernschildern, der über die Autobahn powerte und mit seinem Vierlitermotor durch die Stadt dröhnte, bevor er auf dem Sigma-Parkplatz zum Stehen kam. Das nächste, eine Spezialanfertigung, die alles andere auf vier Rädern in den Schatten stellte, rollte fünf Minuten später an. Ungefähr zur gleichen Zeit senkten sich aus dem Süden und Westen zwei Privatjets auf die Baumlinie herab, die Georgeville und fünf andere Käffer vom Flughafen Portland trennte. Um 7.00 Uhr hatten sich die Fahrzeuge vor dem Sigma-Haus der Zahl nach verdreifacht und dem Wert nach verzehnfacht. Um 9.00 Uhr war das Grundstück vor dem Gebäude gerammelt voll mit Chrom und Stahl und Leder.

Doch obwohl diese Maschinen die brüderlichste und mächtigste Familie des Landes zusammenbrachten, waren es keine Familienautos. Sie strahlten keine Wärme aus.

Was sie ausstrahlten, war nur Reichtum.

Reichtum, für den viele Brüder töten und sterben würden.

9.13 Uhr

Zur Erinnerung an längst vergangene, glücklichere Zeiten hatten sie die Nacht in dem Zimmer verbracht, das sie sich im zweiten Studienjahr geteilt hatten. Sie hatten die Nacht durchgeredet und die goldenen alten Zeiten wiederbelebt, bevor ein bester Freund hereingelegt wurde und bevor Tod und Drogen ihre geliebte Bruderschaft vom Himmel stürzen ließen. Sie hatten ein wenig gelacht und viel geweint, und als die Sonne aufgegangen war, waren sie auf das Dach hinausgeklettert, um die Aussicht ein letztes Mal zu genießen.

Jetzt zogen sie sich schweigend an.

David Troy Fairchild war vor Michael Kent Robinson angezogen und lächelte, als er seinen Freund mit der Krawatte ringen sah. Er hatte Ran noch nie in einem Anzug gesehen, und unter anderen Umständen wäre es vielleicht sogar ein sehr komischer Moment gewesen. Fairchild trat zu seinem unbeholfenen Freund und schob seine fummelnden Finger beiseite. »Laß mich das machen.« Er schlang einen neuen Knoten und steckte ihn sauber unter Rans Kinn. Dann tätschelte er ihm leicht die Wange. »Alles fertig.«

Ran betrachtete prüfend sein Spiegelbild. »Ich seh lächerlich aus.«

Fairchild schüttelte den Kopf. »Du siehst super aus.«

Ran ließ ein ironisches Gackern hören. »Ich sollte mich an dieses Outfit gewöhnen. Ich ziehe in die Großstadt und werde Geschäftsmann.«

»Und du wirst bestimmt viel Erfolg haben.«

Ran sah ihm ins Gesicht. »Glaubst du?«

»Ich *weiß* es.«

Ran griff nach einem Kamm und fuhr sich damit durchs Haar. »Vielleicht spielst du eines Tages für die Bruins«, sagte er voller Hoffnung. »Dann können wir zusammen in Boston wohnen. Das wäre doch cool, oder?«

Fairchild biß sich auf die Lippe und nickte. »Das wäre cool.« Dann wandte er den Blick ab.

»Dave«, sagte Ran. »Dave, schau mich an.«

Fairchild seufzte schwer und sah ihn an.

»Dave«, sagte Ran und tippte sich mit dem Daumen

auf die stämmige Brust. »Das ist *meine* Chance, zum Helden zu werden. Wahrscheinlich die einzige Chance, die ich habe, bis ich Kinder kriege oder so was. Bitte … laß mir diesen Augenblick.«

Fairchild sah ihn eindringlich an und nickte dann.

Ran lächelte. »Außerdem«, fügte er hinzu, »wird das in zehn Jahren sowieso keinen mehr interessieren. Wir werden alle erfolgreich und glücklich sein, und wir werden immer noch unseren Ort haben, an dem wir uns jeden Frühling treffen. Dort oben.« Er zeigte zur Decke und zum Dach darüber. »Dort sind wir zu Brüdern geworden. Und dort werden wir immer Brüder bleiben.«

Fairchild schüttelte den Kopf vor wehmütiger Verwunderung. »Du wirst mir wirklich fehlen.«

Sie sahen einander an und tauschten in diesem Blick tausend magische und tragische Erinnerungen aus, zu viele, um sie in einem letzten, sehnsüchtigen Kontakt festhalten zu können.

Ran senkte den Blick auf seine Uhr.

Es wurde Zeit.

»Fertig?«

Fairchild schüttelte den Kopf und sah zu Boden. »Ich muß noch schnell Hughes anrufen. Du kannst ja schon vorgehen. Ich komme gleich nach.«

Ran zuckte die Achseln. »Okay. Hey, übrigens, wo muß ich eigentlich hin?«

»Ins Verwaltungsgebäude, der Konferenzraum im zweiten Stock. Schau nach, ob A. J. und Pete in der Küche sind. Dann könnt ihr zusammen rübergehen.«

»Okay. Also, wünsch mir Glück.«

Voller Ernst schritt Ran aus dem Zimmer und über den Gang.

Fairchild ging zurück ins Zimmer, nahm ein Blatt Papier zur Hand und schrieb zwei einfache Worte darauf.

63. KAPITEL

Freitag, 13. März

9.31 Uhr
Mark bewegte sich mit vorsichtigen Schritten über den morgendlichen Campus. Die meisten Vorübergehenden schenkten seinem zerschlagenen Gesicht kaum Beachtung, weil sie viel zu sehr mit dem Leben kurz vor den Frühjahrsferien beschäftigt waren.

Er war dankbar für diese scheinbare Anonymität, als er müde, aber aufgeputscht durch die Tür des Student Center trat und über die Treppe zum Postraum hinunterging. Er hielt den Blick auf die Stufen gesenkt, und jeder Schritt löste eine Welle von Schmerzen aus.

Er fand nichts in seinem Briefkasten, aber etwas hinter sich, als er sich umdrehte.

Eine Armlänge vor ihm stand der kleingewachsene SWA-General, der mit Marcia Heery und Caitlin Kittiwake einen Campus-Kreuzzug gegen Mark und andere widerwärtige Machos geführt hatte.

Mark sah sie neugierig an und fragte sich, was sie wollte.

Der General nickte zunächst langsam wie zur Antwort auf eine knifflige, lang durchdachte Frage, dann entschlossen, und dabei grinste sie.

Sie wollte *Respekt* bekunden.

Mark erwiderte sowohl ihr Nicken als auch ihr Lächeln.

Dann drehte der General ab wie ein Flugzeug, das aus einer Formation ausschert. Ihre Schlacht war geschlagen.

Mark wandte sich ab und steuerte auf seine Schlacht zu.

9.39 Uhr
Während draußen die Statussymbole glitzerten, versammelten sich Sigmas aller Jahrgänge und einer gemeinsamen Steuerklasse in den Wohnzimmern und Speisesälen des Hauses, das sie immer noch wie früher als ihr Zuhause bezeichneten und tauschten den geheimen Händedruck aus, den sie nie vergessen konnten.

Und als alle für den Kampf gerüstet waren, strömten sie als stattliche Streitmacht und massive Miliz hinaus aus den heiligen Hallen.

Offenbar war das Spiel noch nicht zu Ende.

9.44 Uhr
Da er sich die rechte Hand an Dominics Gesicht ruiniert hatte, klopfte Mark mit der linken an Shawns Tür und machte sich auf eine vorhersehbare Abfolge von Reaktionen gefaßt. Zuerst würde sie aufstöhnen und die Hand vor den Mund legen. Dann würde sie fragen, was passiert war. Und wenn sie alles erfahren hatte, würde sie ihm eine Vorlesung über das Unreife und Zerstörerische von Prügeleien halten und sich lauthals darüber wundern, was aus ihrem in letzter Zeit so besonnenen Freund geworden sei.

Die Tür öffnete sich, und da stand sie wie ein Model auf der Titelseite eines Modemagazins.

Bis sie den Zustand von Marks Gesicht registriert hatte.

Sie stöhnte auf und legte die Hand vor den Mund. »Mein Gott, Mark! Was ist *passiert*?«

»A. J. Dominic.«

»Oh«, sagte sie, und ihre Stimme wurde wieder normal. »Ich hoffe, du hast ihm in den Arsch getreten.«

Mark schluckte seinen Schock hinunter und trat ein. »Sagen wir, daß es besser für mich ausgegangen ist, als ich aussehe.«

»Hmmm. Das heißt nicht viel.« Sie küßte ihn leicht auf die Wange, und er zuckte zusammen. »Ach, du Riesenbaby!« rief sie. »Ich bin fast fertig. Ich hol nur noch meinen Mantel. Ach, übrigens«, rief sie, »ich bin Jessica begegnet, als ich mit dem Hund draußen war. Sie hat gesagt, sie bleibt noch bis morgen, also habe ich Casey bei ihr gelassen. Ich dachte mir, wir werden heute ziemlich lang beschäftigt sein.«

»Super.«

Sie trat hinter ihn. »Los jetzt, Schläger, sonst kommen wir zu spät.«

9.51 Uhr

Zwei Türen an entgegengesetzten Enden des Verwaltungsgebäudes öffneten sich gleichzeitig, und es traten zwei Männer ein, die nichts außer Verachtung füreinander übrig hatten. Der Collegedekan Anson J. Templeton und der Collegepräsident Edison T. Carlisle tauschten einen anhaltenden, angewiderten Blick aus und gingen dann durch die lange Halle aufeinander zu.

Wären sie in einem Western gewesen, hätten sie auf dem ganzen Weg Tabak gespuckt und einander unverwandt und voller Haß angestarrt, und in einem Abstand von zwanzig Schritt hätten sie behende ihre Colts gezogen, um zu beweisen, wer der Schnellere ist.

Aber da man hier am zivilisierten Simsbury College war, hüpfte Templeton in seinem Tweedblazer in einen leeren Aufzug, während Carlisle in seinem dreiteiligen Anzug auf die Treppe zusteuerte.

Ihr Duell mußten sie anderswo austragen.

9.55 Uhr

Mark hatte geglaubt, die Balgerei mit Dominic in der vergangenen Nacht hätte das Ende seiner Auseinandersetzung mit Sigma bezeichnet. Seit nunmehr fast einer Woche war er den Anschlägen der Brüder ausgesetzt und fühlte sich, da er immer noch am Leben war, ziemlich sicher. Er hatte in diesem kranken Spiel die Oberhand behalten und erwartet, Sigma würde sich endlich geschlagen geben. Aber diese Hoffnung löste sich in Nichts auf, als er zusammen mit Shawn die Halle des Verwaltungsgebäudes betrat und dort auf einen wartenden Mob traf.

Blaugewandete und adlergeschmückte Sigmas aller Generationen hielten Stühle und Sofas und Wände der Halle besetzt. Es war ein Tableau des Wohlstands. Selbst Mark, der in einer selbstgebauten Hütte ohne Heizung aufgewachsen war, konnte die Dollars spüren, für die diese Männer standen. Leicht eingeschüchtert griff er unter seinen Krawattenknoten, um seine Perlen zu berühren.

Sie hassen mich, dachte er, und obwohl das eigentlich keine Überraschung war, blieb er stehen, aufgehalten durch die schiere Wucht ihres Abscheus. Aber als er in die unversöhnlichen Augen seiner früheren Brüder blickte, der Männer, die ihm eine Anklage wegen Vergewaltigung angehängt und sogar versucht hatten, ihn zu ermorden, verschwand auch die letzte Furcht vor ihrer Macht und ihrem Geld. Plötzlich sah er die Sigma-Milliardäre als das, was sie in Wirklichkeit waren.

Kleine Jungen.

Und er spürte Mitleid, schwach zwar, aber trotzdem überraschend. Doch dann bot sich ihm ein Anblick, der ihn erstarren ließ. Ein Gesicht voller Arroganz und Augen voller Schwärze, die denen glichen, die ihn aus einem Mannschaftsfoto im Käfig angestarrt hatten.

Terrence Bonnell.

Von einer solchen Konfrontation hatte er die ganze Zeit geträumt. Mark als Sieger und vor Publikum. T-Bone als Verlierer vor allen Studenten, die seine Befehle empfingen, und vor den alten Herren, die ihm bei seiner Diktatur halfen. Er hatte seinen Gegner genau da, wo er ihn haben wollte. Es war eine einmalige Gelegenheit vor einer großen, feindseligen Menge.

Aber bevor er dem Scheißkerl an den Kragen gehen konnte, fühlte er ein leises, aber deutliches Ziehen am Jackenärmel, und er hörte die liebe, beharrliche Stimme, die immer Recht von Unrecht unterscheiden konnte.

»Komm, Mark«, sagte Shawn und glitt langsam auf die Treppe zu. »Gehen wir.«

Er schickte einen letzten Blick in T-Bones Richtung und folgte seiner Freundin.

»Na lauf schon, Jessy«, sagte T-Bone.

Markt atmetete tief durch zusammengebissene Zähne und drehte sich um. »T-Bone?«

T-Bone verschränkte grinsend die Arme.

»Laß ihn einfach stehen, Mark«, sagte Shawn.

T-Bone feixte verächtlich. »Tschüs, Rothaut. Deine Squaw ruft dich.«

Mark wandte sich zu T-Bone um.

»Ich habe gewonnen, T-Bone«, sagte er schlicht. »Ich habe gewonnen.«

T-Bone machte ein grimmiges Gesicht. »Von wegen. Du bist nur Indianerabschaum wie dein Vater. In der wirklichen Welt zählst du überhaupt nicht.«

Mark zuckte lächelnd die Achseln. »Vielleicht nicht, T-Bone. Vielleicht nicht. Aber hier, in *dieser* Welt, zähle *nur* ich.« Er schob den Kopf vor. »Und weißt du, was ich dir als der einzige, der zählt, rate?« Er trat einen Schritt näher und war nur noch eine Handbreit von dem Gesicht seines Feindes entfernt. »Zeig die weiße Fahne, um einen Ausdruck meiner Vorfahren zu entlehnen. Halt sie hoch, damit die ganze Welt sie sieht.«

10.03 Uhr

Roy und Carla Ewing marschierten mit ihrer Tochter Julie durch den winterlichen Friedhof, den Kopf gegen den peitschenden Wind gesenkt. Jeder von ihnen trug eine Rose und mehr Erinnerungen, als sich zählen ließen.

Langsam näherten sie sich Chads Grab und hielten an, bevor ihre Stiefelspitzen die frisch umgegrabene und immer noch so weiche Erde berührten. Schweigend ließen sie den Blick über die glänzende, glatte Steintafel gleiten.

Einer nach dem anderen traten sie vor und legten sorgfältig eine frische Rose vor den Grabstein.

Dann umarmten sie sich.

Und verließen zusammen den Friedhof.

10.08 Uhr

Die Menge in der Halle des Verwaltungsbaus hatte sich verlaufen, aber einige der alten Herren standen immer noch mit gesenktem Blick auf ihren Plätzen an der Wand. Jack Dunn vor allem hatte keinen Muskel gerührt, seit Mark Jessy mit dieser hinreißenden Blondine die Treppe hinauf verschwunden war. Er war beunruhigt, so beunruhigt, daß er die hohe Gestalt erst bemerkte, als er eine starke Hand auf der Schulter spürte.

»Laß den Kopf nicht hängen, Jack«, sagte T-Bone.

Dunn blickte auf und schüttelte den Kopf.

»Jetzt komm schon«, fuhr ihn T-Bone an und trat einen Schritt näher. »In *zehn Minuten* wird Sigma freigesprochen. Und wenn sich der Rauch wieder verzogen hat, wird diese Bruderschaft immer noch die zähste, reichste und mächtigste Verbindung des Landes sein.« Er streckte die Wurfhand aus und legte sie Bruder Dunn aufs Herz. »Siegen. *Das* ist unsere Tradition.«

Zur gleichen Zeit stützten sich am anderen Ende der Halle zwei weißhaarige Sigmas, die ein Jahr vor ihrem sechzigsten College-Jahrestreffen standen, auf handgeschnitzte Stöcke und nahmen die Bilder und Geräusche der modernen Simsbury- und Sigma-Welt in sich auf.

»Ich bin aus Loyalität hierhergekommen«, sagte der eine mit erhobenem Kinn zum anderen. »Ich bin gekommen, weil ich einen großen Teil meines Erfolgs Sigma verdanke. Ich bin gekommen, weil ich vor langer Zeit bestimmte Eide geleistet habe, und zu diesen Eiden werde ich bis an mein Lebensende stehen.«

Er trat vor und legte die freie Hand auf die seines Freundes, Exkommilitonen und Bruders. »Aber wenn ich mich hier umschaue, sehe ich nur fette Brieftaschen und empörte Gesichter. Und ich frage mich, was ist eigentlich aus *unserer* Tradition geworden?«

»Was ist eigentlich aus der *Ehre* geworden?«

10.12 Uhr

Als Mark seinen Platz im Konferenzraum einnahm, bemerkte er als erstes, daß Dominic schlimmer aussah als er. Riesige rötlichschwarze Monde umgaben seine Augen und drückten den Höcker seiner gebrochenen Nase entstellend nach oben. Aber es war nicht nur der mitgenommene Zustand seines Gesichts, der wortlos Zeugnis ablegte für seine Niederlage. Es war seine Haltung. Der riesenhafte Block aus Gliedmaßen und Körpermasse saß zusammengesunken da, und der gekrümmte Rükken lag über dem eingezogenen Kopf.

Dominic hob den Kopf und sah leblos in Marks Richtung. Thresher sah natürlich aus wie ein Arschloch, aber wie ein niedergebügeltes Arschloch.

Neben Thresher saß Ran Robinson und sah aus wie ein kleiner Junge, der sich in eine Veranstaltung für große Jungen verirrt hat. Mark brauchte einen Moment, um diese Veränderung wahrzunehmen und sich eine an sich naheliegende Frage zu stellen.

Wo war Dave Fairchild?

Der Dekan erhob sich, forderte die Anwesenden zum Aufstehen auf und schlug mit dem Hammer aufs Pult. »Zur Verhandlung steht die Sache Simsbury College gegen Sigma Delta Phi.« Nachdem er sich niedergelassen hatte, setzte er die Brille auf und blickte nervös zu Präsident Carlisle, der seinen Platz unweit der Geschworenen hatte. »Ist die Anklage bereit für das Abschlußplädoyer?«

»Ja, Euer Ehren«, sagte Shawn, »wir sind bereit.«

Mark stand auf und ging zur Mitte des Saales, um sich den Geschworenen zuzuwenden. Er ignorierte die erschrockenen Reaktionen auf sein ramponiertes Gesicht und räusperte sich.

»Meine Damen und Herren Geschworenen, ich möchte Ihnen zuerst dafür danken, daß Sie sich so viel Zeit für diese Verhandlung genommen und dabei so große Geduld bewiesen haben. Ich bin mir dessen bewußt, daß es manchmal ein frustrierendes Schauspiel für Sie gewesen sein muß, da ich zugegebenermaßen ein Amateur in der Prozeßführung bin.«

»Und mittlerweile«, fügte Mark entspannt hinzu, »bin ich auch zu der Überzeugung gelangt, daß ein Jurastudium nicht das Passende für mich wäre.«

Höfliches Lachen.

»Aber ich hoffe, daß wir beweisen konnten, was wir beweisen wollten: daß Sigma Delta Phi verantwortlich ist für den Tod von Chad Ewing. Daher hoffe ich auch, daß Sie die Angeklagten im Sinne der Anklage schuldig sprechen. Solch ein Urteil kann zwar den Verstorbenen nicht wieder ins Leben zurückrufen, aber es kann zumindest dazu beitragen, daß dieses schreckliche Kapitel in der Geschichte von Simsbury einen gerechten Abschluß findet. Ich danke Ihnen.«

Er kehrte an seinen Platz zurück.

Schwitters erhob sich und ging zur Mitte des Raumes.

»Meine Damen und Herren Geschworenen, auch ich weiß Ihre Mühen im Laufe dieser Woche zu schätzen und möchte mich im Namen meines Klienten bei Ihnen bedanken.«

Er trat zum Tisch der Verteidigung und machte ein Handzeichen.

Ran stand auf.

Schwitters wandte sich an den Dekan. »Euer Ehren, Sigma-Bruder Michael Robinson möchte eine Erklärung abgeben.« Er nahm Platz, schloß seine Aktentasche und legte die Hände auf den Tisch.

Ran faltete mit zitternden Fingern ein Blatt Papier auseinander.

Mark und Shawn lehnten sich gespannt vor.

Die Geschworenen taten es ihnen nach.

Dann begann der Sigma mit bebender Stimme zu lesen. »Ich heiße Michael Robinson und muß ein Geständnis ablegen. Ich habe mich so lange nicht gemeldet, weil ich Angst hatte und weil ich gehofft hatte, die Sache würde sich von selbst legen. Aber inzwischen ist mir klargeworden, daß zu viele unschuldige Menschen für diese Tragödie büßen müßten. Aus diesem Grund stehe ich vor Ihnen, um folgendes zu bekennen.« Er blickte reumütig zu den Geschworenen. »Ich allein bin der Grund dafür, daß Sie heute hier sind. Ich allein bin derjenige, der die Verantwortung tragen muß.«

Ein verwirrtes Raunen ging durch den Saal.

Shawn wandte sich mit ratloser Miene zu Mark und flüsterte: »Was macht er da?«

Mark spürte einen Knoten im Magen und schüttelte

den Kopf. Er sah hinüber zur Sigma-Seite des Raums. Dominic und Thresher hielten sich über dem Tisch bei der Hand und hatten die Augen vor der Selbstaufopferung geschlossen.

»Am Samstag abend, dem 21. Februar«, fuhr Ran fort, »habe ich ...«

Plötzlich flog die Tür zum Konferenzraum auf, und J. C. Miller stürzte mit nassem und verstörtem Gesicht herein. Er blieb neben dem Dekan stehen und konnte einen Augenblick nur mit zitternd geöffnetem Mund nach Luft schnappen.

»A. J. ...« stieß er hervor. »Pete ... Ran ... Mark ... kommt schnell ...« Er drückte die Augen zu, beugte sich vor und stützte keuchend die Hände auf die Knie.

»Was ist?!« schrie Dominic und sprang auf.

»Es ist Fairchild.«

Und dann ertönte das Heulen näher kommender Sirenen.

64. KAPITEL

Freitag, 13. März

10.27 Uhr

Mark und Dominic trafen gemeinsam am Schauplatz des Geschehens ein, als der Rettungswagen hüpfend über den Rand des Rasens rollte. Und in diesem Moment wurde die Eingangstür zum Sigma-Haus knallend wie der Schuß eines Heckenschützen aufgestoßen und Mike Scully stolperte heraus, das Gesicht zu einer Maske des Grauens verzerrt, ihm folgten Neil Birmingham und Kevin Daly, die zusammen Dave Fairchilds leblosen Körper trugen.

Der Anblick ließ Mark zurückprallen, als hätte ihn jemand an seiner Perlenkette gepackt und als würde er mit dem nächsten Schritt in einen tiefen Abgrund geschleudert, aus dem er sich sein Leben lang herausgekämpft hatte.

Aus den geheiligten Hallen des Sigma-Hauses strömten Brüder und alte Herren, und der Rasen füllte sich so schnell wie das Deck eines sinkenden Schiffes, während sich die Mitglieder des Gerichts und Kursbesucher einige Meter hinter dem grausigen Spektakel zusammenballten und abgerissene, wirre Worte stammelten.

Einen Moment lang blieb Mark einfach stehen, ohne mit der Wimper zu zucken, ohne sich zu bewegen, ohne zu atmen, während seine Augen wahrnahmen, was sein Verstand nicht begreifen wollte.

Dann ging er zu seinem toten Freund.

Er kniete sich hin und legte eine Hand auf Dominics breiten, bebenden Rücken und die andere auf Fairchilds hagere, reglose Brust. Seine Augen hingen an den geschlossenen Lidern, den eingefallenen Wangen und den leicht geöffneten Lippen, die jederzeit, wie es ihm schien, mit einem strahlenden Lächeln einen angeschlagenen Zahn enthüllen konnten, um die vielen Menschen zu erfreuen, die einmal mehr herbeigeeilt waren, weil sie ihm zujubeln und ihm ihre Liebe zeigen wollten.

Aber tief in seinem Innersten wußte Mark, daß dieses bläulich verfärbte, geschwollene Gesicht Fairchilds Totenmaske war.

Dafür hatte die grobe Schlinge um seinen Hals gesorgt.

Mark riß den Kopf zurück, als hätte man ihn ins Gesicht getreten, und sah einen Augenblick lang nur Nebel.

Er wandte sich benommen der Ansammlung schokkierter, verstörter Betrachter zu und sah, wie die Eliteschule von Simsbury dem Tod ins Auge blickte.

Die Menge der Studenten, Lehrer, und Ehemaligen teilte sich, als sich die Polizisten und Sanitäter ihren Weg bahnten, dicht gefolgt von einem Team von Fernsehreportern und Kameraleuten. Mark schenkte ihnen kurz Verachtung, dann wandte er sich wieder der Leiche seines Freundes zu, die von Dominic hin und her gewiegt wurde, der sich innerhalb weniger Minuten von einem physisch äußerst zerstörerischen zu einem emotional völlig zerstörten Studenten gewandelt hatte und dessen Augen so tränenblind waren, daß er die Vergeblichkeit seines Flehens nicht erkannte ... halt aus, Kumpel ... du kannst mir doch nicht einfach wegsterben ... halt aus ...

Dann schien Dominic auf einmal zu spüren, daß es vorbei war, und begann mit hängendem Kopf zu schluchzen.

Und dabei glitt ihm ein zusammengefaltetes Blatt Papier aus der Hand.

Mark sah den Zettel zu Boden fallen und zog ihn aus dem Matsch. Er fuhr mit dem Finger über das feuchte Papier.

Verzeiht mir.

Langsam blickte er auf.

Was haben wir getan ...?

Dreißig Meter südlich von der Tragödie und einen Stock näher zum Himmel war es in dem Zimmer, das Dave Fairchild, Ran Robinson und Mark Jessy in ihrem zweiten Collegejahr miteinander geteilt hatten, fast ganz still. Die einzige Bewegung kam von dem durchtrennten Seil, das vom Deckenventilator hing als Mahnung für jene, die die Auflösung eines Helden betrieben und mit angesehen hatten, daß Fairchild gestorben war, weil er zum ersten Mal im Leben seinen hohen Erwartungen an sich selbst nicht gerecht werden konnte.

Und weil er nicht mehr für die Sache stand, für die er früher bereitwillig sein Leben hingegeben hätte.

65. KAPITEL

Freitag, 13. März

19.11 Uhr

Zwölf alte Herren saßen im Bruderschaftssaal.

Die ersten Minuten der Diskussion verliefen chaotisch und explosiv. Irrationale Drohungen wurden ausgestoßen und wieder zurückgenommen. Verrückte Vorschläge wurden gemacht und verworfen. Persönliche Geschäftsinteressen wurden verfochten und dann verlacht. Im Grunde ließen die Äußerungen weder die Einigkeit noch die Ordnung erkennen, die die ersten einhundertneunundneunzig Jahre und zweihundertvier Tage der exklusivsten und mächtigsten Verbindung des Landes geprägt hatten.

Und dann wurde um Ruhe gebeten, und Namen mit der Vorsilbe *Ny* wurden verteilt wie Impfstoffe.

An alle außer einen.

Der hatte bereits einen Namen.

»Wißt ihr«, sagte Ny Delta schließlich, »der Junge hatte wirklich Talent. Er hatte *das Potential*.«

»Aber er hatte auch eine Schwäche«, bemerkte Ny Theta. Dann wandte er sich nach links. »Hast du nicht gesagt, daß er die Operation Blauer Adler blockieren wollte?«

Ny Kappa wies auf die Gestalt, die im Schatten des größten Banners saß. »Frag den Boß.«

Alle Köpfe wandten sich dem Mann zu, der nur ein kurzes, düsteres Nicken aus dem Schatten zur Antwort gab.

Und sonst nichts.

»Klingt für mich, als wäre er besser nie Beta geworden.«

»Darüber hatten wir keine Kontrolle«, sagte Ny Rho. »Die Studenten haben zu ihm aufgesehen und für ihn gestimmt.«

»Und hättest du das nicht gemacht?«

»Nicht, wenn die Zukunft der Bruderschaft auf dem Spiel steht. Der Junge war einfach zu ... *nett*.«

»Sagt einer, der immer für die Demokraten stimmt.«

Ein kurzes Lachen entspannte die Atmosphäre.

Aber nicht lang.

»Ich weiß nicht, was hier so komisch sein soll. Wir haben noch eine Schwäche, die eliminiert werden muß.«

»Erst müssen wir diese Schwäche mal *finden*. Der Mistkerl ist abgehauen.«

»Ach hör doch auf. Der Campus hier ist ungefähr so groß wie eine Briefmarke.«

»Dann such ihn doch. Ich fliege inzwischen wieder nach Philly und mache ein paar Geschäfte.«

Langes, bedeutungsschweres Schweigen.

»Ich dachte, wir warten bis nach der Abschlußfeier«, sagte schließlich Ny Gamma.

»Damit er bis dahin alles rumtratscht? Nein, Erbsenzähler. Das Haus mag verloren sein, aber ich werde bestimmt nicht ...«

»Fürs *erste*. Das Haus ist nur fürs *erste* verloren.«

»Okay, fürs erste«, stimmte Ny Omega zu, »aber ich werde bestimmt nicht wegen dieser Sache in den Knast wandern.« Er lehnte sich vor. »Außerdem ist *er* an diesem ganzen Desaster schuld. Der Aufsichtsrat hätte hundert qualifiziertere Bewerber einstellen können, aber wir haben dafür gesorgt, daß sie ihn nehmen, weil unsere Nachforschungen ergeben haben, daß er kooperativer ist als Ackerly.« Er warf die Arme hoch und zog eine Grimasse. »Und wie dankt er es uns? Er läßt zu, daß Mark Jessy eine zweihundertjährige Tradition zu Fall bringt und unseren Lebensstil bedroht!« Er beugte sich vor und ballte eine Faust. »Ich sage euch, dafür muß er *zahlen*!«

Wieder Schweigen, noch bedeutungsschwerer als zuvor.

Und dann erhob sich der Mann im Schatten und ging zur Mitte des Saales. »Er wird zahlen.«

Zweiundzwanzig Augen weiteten sich und verengten sich wieder, als sie verstanden.

»Ich dachte, dein Mann hat sich verabschiedet.«

»Hat er auch. Der Idiot hat sich *dreimal* von einem Zweiundzwanzigjährigen aufs Kreuz legen lassen.«

»Und jetzt rennt er mit unseren ganzen Geheimnissen herum. Es hat mir nie gepaßt, daß ein Außenstehender unsere dreckige ...«

»Ach, und wer hätte es denn sonst gemacht? Hughes? Edelstein? Die zwei können vielleicht mit einem Golfschläger umgehen, aber nicht mit einer Kanone. Und wie steht's mit dir? Möchtest du unsere Gegner mit einem *Investmentfonds* um die Ecke bringen? Glaub mir, der Typ hat kein Gewissen. Außerdem wird er als erster verknackt, wenn er das Maul aufmacht.«

»Scheiß drauf. Wir sitzen hier und analysieren den Charakter von Leuten, die schon längst aus dem Spiel sind, und dabei haben wir eine Schwäche, die ...«

»Ja, genau«, sagte Ny Kappa. »Wir haben eine Schwäche, die eliminiert werden muß. Gefällt dir wohl, wenn du das sagst. Da kommst du dir wahrscheinlich vor wie der Pate persönlich.«

»Fick dich doch ins Knie, du Arschloch, und kümmer' dich lieber um deine Schiffe.«

»Vielleicht um die Tanker, die du von mir zum Sonderpreis kriegst? Komm mir bloß nicht blöd, sonst kannst du dir deine Verträge sonstwohin …«

»Jetzt reicht's«, sagte der Mann, der aus dem Schatten hervorgetreten war. »Wir *haben* eine Schwäche, die eliminiert werden muß, und wir werden sie eliminieren.«

»Und wie, bitte schön? Wenn du an etwas Ähnliches gedacht hast wie bei Ackerly, sollte ich vielleicht anmerken, daß ich meine Skier nicht dabeihabe.«

»Mein Gott«, sagte Ny Epsilon. »Das hätte gerade noch gefehlt: noch eine Arbeitsgruppe, die nach jemandem benannt ist, den wir …« Er schüttelte den Kopf und blickte zu dem Mann, der das Sagen hatte. »Okay, wie soll die Sache über die Bühne gehen?«

»Mit Gewaltanwendung und mit Hilfe von außen.«

»Von wem?«

»Von der Person, die ich neulich in der E-Mail erwähnt habe, als die diesjährigen Festanstellungen bekanntgegeben wurden.«

Einen Augenblick lang bemühten elf Tycoons ihr Gedächtnis. Dann sah Ny Delta auf und rief: »Die *Frau*!«

»Die *arbeitslose* Frau. Ich habe ihr die Liste mit den Festanstellungen zukommen lassen, damit sie weiß, daß sie nach der Abschlußfeier auf Jobsuche gehen muß. Und dann habe ich ihr ein kleines finanzielles Polster zukommen lassen.«

»Kapier ich nicht. Sie hat doch nur ihre Festanstellung nicht gekriegt. Wie kommst du …«

»Nein. Sie hat ein Spiel verloren. Sie hat geglaubt, mit Templetons Hilfe wird sie fest übernommen. Aber anscheinend hat seine Hilfe nichts gebracht. Und jetzt zahlen wir ihr eine Million Dollar, damit sie sich rächen kann.«

»Mir immer noch zu hoch«, sagte Ny Rho.

»Aber nicht zu hoch für sie.«

»Reicht eine Million?« fragte Ny Gamma.

»Locker.«

22.44 Uhr

Nackt, betrunken und auf der Flucht holte Templeton dreimal tief Atem und ließ sich dann mit geschlossenen Augen zurückgleiten in die drei prallen Kissen vor dem überdimensionalen Kopfteil im westlichsten Zimmer von Georgevilles östlichster Pension. Noch einmal sog er tief die Luft ein, atmete stoßweise aus und schob sich in die Bettmitte. Er ließ die überwiegend aus Eiswürfeln bestehende Flüssigkeit in seinem Glas kreisen und wünschte sich eine weitere Flasche herbei. Zitternd und sehnsüchtig blickt er zur Tür.

Er wartete auf Linda.

Er wünschte sich, sie wäre schon da. Er wünschte sich, sie würde sich wie eine Katze neben ihm oder sogar *auf* ihm zusammenrollen. Er wünschte sich, sie würden zwei Stunden nach Beginn eines gerade noch rechtzeitig gebuchten Jamaikaurlaubs gemeinsam die Träume einer Flugreise nach Süden träumen. Und eigentlich wünschte er sich, er wäre irgendwo anders, nur nicht hier, aber nach Fairchilds Selbstmord (er war ihr Lieblingsstudent) hatte sie völlig die Fassung verloren und war irgendwohin in die Prärie entschwunden. Templeton hätte ihr folgen und sie trösten können, wenn ihn die Angst um sein eigenes Leben nicht so völlig eingenommen hätte.

Statt dessen war er in seine Ecke der Welt geflohen.

Und hatte sich versteckt.

Kurz vor fünf hatte sie sein Handy angeklingelt. Sie

ließ ihn wissen, daß sie immer noch mit ihm nach Jamaika wollte, daß sie aber im Moment viel zu aufgeregt war für den Flug und ob sie nicht die Nacht irgendwo verbringen und erst am Morgen fliegen konnten? Sie bot ihm sogar an, die Reservierung selbst zu übernehmen, was sie sonst nie machte. Später rief sie ihn noch einmal an und gab ihm den Namen einer Pension und eine Zimmernummer durch. Er sollte sie gegen zehn erwarten.

Jetzt hatte sie also fast eine Stunde Verspätung, und das hätte er ihr an jedem anderen Abend ziemlich übelgenommen. Aber an diesem Abend, da das Sigma-Schiff gesunken war und dessen Kapitän ihn wahrscheinlich als den Hauptschuldigen und den Besitzer von Informationen betrachtete, die die gesamte Schiffsbesatzung ruinieren konnten, war Templeton schon dankbar, wenn sie überhaupt kam. Er würde ihr jede Verspätung nachsehen. Er würde sich von ihr bumsen lassen und sogar bereitwillig die häufig damit einhergehende körperliche Züchtigung über sich ergehen lassen. Er würde darauf warten, daß die Sonne den nächsten Flug von USAir nach Jamaika begrüßte.

Und dann würde er rennen wie der Wind.

Bis Mittag würde er sein ganzes Geld bei Grand Cayman Fidelity auf ein Geheimkonto überweisen und alle belastenden Dokumente vernichten. Dann würde er in seiner relativ wohlhabenden und vor allem heilen Haut ein heißes Bad nehmen und überlegen, was nun.

Er nahm den letzten Schluck aus seinem Glas, lutschte an einem Eiswürfel und wartete.

Und wartete.

Und wartete.

Schließlich lenkte ihn seine Blase von der verriegelten Tür ab. Er schlich ins Bad und fuhr zusammen, als der kalte Schock der Fliesen seine nackten Sohlen traf.

Bebend tänzelte er vor der Toilette und betrachtete ein letztes, friedliches Mal mit einem mühsamen Lächeln sein dünnes Spiegelbild.

Alles wird –

Das Klopfen an der Tür unterbrach sein positives Denken. Linda war da. Erleichterung flutete alles außer seiner bereits gefluteten Blase, die aber noch warten konnte, und er trippelte aus dem wohlriechenden Bad über den Teppich zur Tür.

Einen schier unendlichen Moment lang war er hin und her gerissen zwischen grenzenloser Verwirrung und völliger Lähmung. Er wollte Linda sehen, Linda mit Gepäck.

Statt dessen sah er T-Bone mit einem Schwert.

Endlich nahm ihm die Erkenntnis die Fesseln von den Gliedern.

So war das also. Seine größte Furcht würde sich erfüllen, und trotzdem fühlte er sich seltsamerweise ganz ruhig, als wäre die Ungewißheit an sich das Quälendste an diesem Spiel gewesen. Er spürte keinen inneren Druck mehr, sich zu wehren, und er wollte auch nicht um Gnade flehen. Jetzt war ihm nur noch wichtig, mit Würde abzutreten.

Also ging er drei Schritte zurück, um T-Bone hereinzulassen und nahm Haltung an. Er blinzelte einige Male, löste aber nicht den Blick von den Augen, die ihn sterben sehen wollten.

Dann holte er tief Atem, nickte einmal und schloß die Augen.

In dem Augenblick, da der Tod auf ihn niedersauste, wirbelten ihm tausend Gedankenfetzen durch den Kopf, die fast alle um ein überraschendes Bedauern darüber kreisten, daß er seine Eltern für ihre geldlose, aber liebevolle Ehe gescholten, daß er eine im Grunde gute Frau wie Judith so verachtet und daß er seine Seele an den größten Haufen brüderlicher Arschlöcher aller Zeiten verkauft hatte. Schachmatt.

23.00 Uhr

Der Mann legte das Schwert auf den Boden, sammelte Templetons belanglose Leiche auf und schaufelte sie mit dem Gesicht nach unten aufs Bett. Dann trat er zurück und atmete tief durch.

Lange stand T-Bone da und blickte hinab auf den knochigen, weißen Arsch des nackten Idioten, der die Hauptschuld an Sigmas vorübergehendem Sturz trug.

Er zog eine Soßenspritze aus der Tasche, schüttelte sie leicht und sah das Sperma gegen die Plastikwand klatschen.

Er starrte sie an und schrak davor zurück, was er tun mußte. Aber nicht aus Angst. Es war eher eine Sache des Widerwillens. Mit geschlossenen Augen und zusammengebissenen Zähnen erinnerte er sich an die herausfordernden Worte, die seit gestern morgen an ihm genagt hatten.

... dann sollten Sie auch Manns genug sein und ihn selbst erledigen ...

Dann richtete er die Spritze auf ihr Ziel und rammte sie tief in den knochigen, weißen Arsch.

23.41 Uhr

Die neueste Millionärin von Cumberland County saß hinter dem Steuer ihres Civic und zitterte heftig. Zweimal war sie jetzt bereits am ersten, einfachen Schritt ihres Fluchtplans gescheitert. Statt zum Flughafen zu düsen, war sie von Angstattacken so geschwächt worden, daß sie am Straßenrand anhalten mußte, bevor sie noch den zweiten Gang eingelegt hatte. Nach ihrer zweiten Attacke mußte sie sich gegen eine verschneite Böschung an der ländlichsten Straße von Georgeville lehnen, und dort saß sie noch immer. Heftig zitternd.

Ihre Reue war riesig, hundertmal größer als der Ärger, der sie in diese undurchschaubare Situation gebracht hatte. Sie hatte eine Million Dollar angenommen dafür, daß sie Anson in eine »abgelegene, erreichbare Position« brachte. *Sie hatte eine Million Dollar angenommen und war dadurch vielleicht zur Komplizin bei einem Mord geworden!* Fassungslos schüttelte sie den Kopf. Sie lehnte sich mit geschlossenen Augen zurück ins Lederimitat und holte mehrmals lang und tief Luft. Schließlich öffnete sie wieder die Augen. Und machte noch einen Versuch.

Diesmal schaffte sie es mit gelegentlichen Schauern über den Rücken in den dritten Gang, und als ihr der Frühjahrswind den Schweiß und den Selbsthaß und die eine oder andere Träne aus dem Gesicht blies, ließ sie sich von der vorsichtigen Vorstellung leiten, daß sie das alles jetzt hinter sich hatte und sich die unbedeutende Rolle, die sie beim ohnehin unvermeidlichen Mord an einem ziemlich üblen Kerl gespielt hatte, bestimmt eines Tages verzeihen würde.

Sie fuhr parallel zu der viertel Quadratmeile mit dem Namen Simsbury, ohne einen Blick darauf zu verschwenden. Und das war in ihrer geistigen Verfassung vielleicht das beste, denn der Campus ragte so hoch und dunkel und tödlich auf wie der Mann, der sie reich und schuldig gemacht hatte.

Endlich fand die neueste Millionärin von Cumberland County den vierten Gang und drehte das Fenster hinauf. Sie stieg aufs Gas und fuhr Richtung Portland.

66. KAPITEL

Samstag, 30. Mai

11.32 Uhr
Im dritten Jahr nacheinander war der Abschlußtag mit herrlichem Wetter angebrochen und dieser Verheißung auch gerecht geworden. Die Luft knisterte frisch, der Himmel lachte fröhlich, und eine leichte Brise spielte mit Baumwipfeln und dreihundertdreiundvierzig Troddeln. Freunde und Verwandte waren sich einig, daß der Tag perfekt war, wie es dem Anlaß entsprach.

Die Parade der alten Herren war soeben mit der Ansprache des ältesten lebenden Ehemaligen zu Ende gegangen, eines Mannes, der einhundertsechs Jahre zählte. Die uniformierten Mitglieder der Alten Garde standen jetzt feierlich hinter Präsident Edison T. Carlisle, der begann, die Namen der diesjährigen Absolventen zu verlesen.

»Tonya Abbot …«

Die meisten Studenten hatten einen fürcherlichen Kater. Einige hatten überhaupt nicht geschlafen. Trotzdem hatten sie es geschafft, bis 9.00 Uhr in alphabetischer Reihenfolge in Mützen und Roben Aufstellung zu nehmen. Die Prozession war eine schweißtreibende und kraftraubende Übung gewesen, aber jetzt saßen die Absolventen in zwölf langen Reihen glücklich in ihren Metallklappstühlen vor den Stufen des Hendrigan Art Museum. Vier Jahre voller durchbüffelter Nächte, lexikondicker Karteikartenstapel und dreißigseitiger Semesterarbeiten gipfelten nun in der letzten Aufgabe, wach zu bleiben, bis sie aufgerufen wurden, um sich dann in das nächste wilde Getöse zu stürzen.

In der sechsten Reihe saß, die Mütze tief über die Augen gezogen, der Bachelorkandidat Mark Morningstar Jessy. Er hielt den Kopf schräg und leicht nach oben gewandt, ein Manierismus, den er sich wohl von seiner sechs Monate alten Hündin abgeschaut hatte. Die Hände hatte er ineinandergelegt, und sein Knie wartete ungeduldig wippend auf das offizielle Ende eines Studiums der Geisteswissenschaften.

»Demetrius Brown ... Susan Browning ...«

Mark drehte sich in seinem Stuhl nach hinten und ließ den suchenden Blick über die Menge der Zuschauer wandern. Hoffentlich hatte es sein Onkel geschafft. Kiko hatte gestern abend angerufen und um eine Wegbeschreibung nach Georgeville gebeten. Als Abschlußgeschenk für seinen Neffen hatte er nicht nur fahren gelernt, sondern sogar eine Handvoll Dollar gegen einen Lieferwagen aus fünfter Hand eingetauscht, dessen Jungfernfahrt ihn zum Simsbury College führen sollte, um den ersten Collegeabschluß eines Jessy gebührend zu begehen.

Mark konnte ihn in der Menge nicht erkennen, aber das beunruhigte ihn nicht, denn Kiko fühlte sich in einer Menge ohnehin nur wohl, wenn diese aus Fischen bestand. Wahrscheinlich drückte er sich irgendwo hinter einem Baum herum und sah sich das Ganze aus sicherer Entfernung an. Mark wandte sich wieder nach vorn und schenkte der Zeremonie alle Aufmerksamkeit, die er aufbringen konnte.

»Monica Canavan ...«

Die Sache zog sich, aber es hätte schlimmer sein können. Zum Beispiel hätte er einen Kater haben können. Aber einen Kater zu haben war unmöglich, wenn man nicht gefeiert hatte, und allein zu feiern war ziemlich schwierig.

Er war ziemlich viel allein in der letzten Zeit.

»Petra Dennison ...«

Das hatte er sich allerdings so ausgesucht. Gesellschaft konnte er nicht mehr ertragen, und daß er es überhaupt so lang ausgehalten hatte, grenzte schon an ein Wunder.

»Joohi Doshi ...«

Nach Fairchilds Tod war er mit dem Vorsatz nach Hause gefahren, nicht mehr zurückzukehren. Aber nachdem er eine deprimierte Woche lang in eisigem Wasser auf dem Surfbrett herumgetrieben war, war ihm klargeworden, daß er keine Wahl hatte. Er *mußte* zurück. Ohne Collegediplom würde er den Rest seines Lebens Netze auswerfen. So kam er nach Ferienende nach Simsbury zurück, aber erst, nachdem er sich innerlich von allem gelöst hatte, was mit dem College zu tun hatte.

»Carolyn ... Jeanette Estridge ...«

Bei seiner Rückkehr fand er den Campus in noch größerem Aufruhr vor als bei seiner Abfahrt. Der Dekan war ermordet worden. Eine vom Police Chief von Georgeville eingeleitete großangelegte Morduntersuchung war schließlich vom FBI übernommen worden, das offensichtlich der Meinung war, daß es allmählich reichte, und sogar Beamten geschickt hatte, um die Serie von Todesfällen zu beenden.

»Tamara Gregory, summa cum laude ...«

Einer der Bundespolizisten wollte sogar Mark befragen. Er und der Dekan hatten doch in den Wochen vor Templetons Tod ziemlich viel miteinander zu tun gehabt, und vielleicht konnte Mark etwas zum Kommen und Gehen des Dekans oder vielleicht sogar zu seinem damaligen Gemütszustand sagen? Und wußte Mark irgend etwas über einen bewaffneten Mann, der sich in der Nacht vom 10. auf den 11. März gegenüber echten Marshals als US-Marshal ausgegeben hatte? Und konnte sich Mark irgendeine Verbindung zwischen den beiden Ereignissen vorstellen?

Mark hatte dem Typ direkt ins Auge geschaut und ihn hochoffiziell aufgefordert, er solle sich verpissen.

»Brenda Gullickson …«

Die Ermittlungen hatten nichts erbracht außer die Möglichkeit eines Zusammenhangs zwischen dem plötzlichen Verschwinden von Linda Regis, der Lehrerin für Gesundheitswissenschaften (die zuletzt am Freitag vor den Frühjahrsferien gesehen worden war) und dem Tod Templetons. Eine internationale Jagd auf Regis hatte eingesetzt, und bis Ende April war keine Spur von ihr gefunden worden. Sie war sogar in *America's Most Wanted* erschienen.

»Luanne Harris, cum laude …«

In der ersten Maiwoche hatte sich die obere Hälfte von Linda Regis' erstochener und erdrosselter Leiche im Handnetz eines jamaikanischen Fischereiboots verfangen. Nach Untersuchung ihrer Überreste und Erforschung ihrer letzten Tage äußerten die Ermittler aufgrund vager Andeutungen von Regis' Freunden und Angehörigen die Vermutung, daß sie wahrscheinlich von dem Kerl umgebracht worden war, mit dem sie zusammen war, ein Kerl, den niemand je gesehen hatte, dessen Name niemand kannte und mit dem Linda offensichtlich nach Jamaika durchgebrannt war. Wieder gab es eine Suchaktion, diesmal nach *ihrem* Mörder. Zuletzt gelangte man zu dem Schluß, daß Regis und Templeton unabhängig voneinander durch geheime Affären mit gewalttätigen Liehabern den Tod gefunden hatten.

»Jill Herrick, cum laude …«

Angesichts dieser telegenen Morde war der Tod von Chad Ewing und Dave Fairchild bei den meisten der verstörten Studenten schon ziemlich in Vergessenheit geraten.

Gegen die nationalen Medien war Madame Klatsch machtlos.

»Micheline Hollander, magna cum laude …«

Auf der Höhe dieser aufgeregten Spekulationen war in aller Stille das Haus der Verbindung Sigma Delta Phi geschlossen worden, und zwar nach einstimmiger Entscheidung des Aufsichtsrates, der zwischen den vielen Gedenkfeiern irgendwie noch Zeit für eine Abstimmung gefunden hatte. Nachdem die Brüder auf unabhängige Wohnheime verstreut worden waren, ergriff das College Besitz vom Sigma-Anwesen, und der Aufsichtsrat leitete unverzüglich Maßnahmen für eine würdigere Nutzung des Gebäudes ein, das so sehr in Verruf geraten war.

»Brendan Hunter …«

Erst neulich hatte Mark Gerüchte gehört, daß Sigma seine Bruderschaft »im Untergrund« weiterführte. Aber er hatte dieses Gerede kaum beachtet. Es war ihm einfach nicht mehr wichtig.

Nichts mehr war ihm wichtig.

»Lynnette Ibernesser …«

Trotz der um sich greifenden Depression, mit der die Frühjahrsferien begonnen hatten, waren nur zwei Studenten nach den zwei Wochen nicht zurückgekommen. Michael »Ran« Robinson und Anthony James Dominic. Beide, so lautete der allgemeine Tenor, hatten Fairchilds Tod nicht verwinden können. Ran, so hieß es, hatte als Landschaftsgestalter bei seinem Bruder in Maryland angefangen. Und Dominic war angeblich zu den Marines zurückgekehrt.

»Karen Innis …«

Elliot Segal hatte Mark erzählt, daß die ganze schmutzige Angelegenheit nicht nur dem Ansehen, sondern auch der finanziellen Situation des College einen schweren Schlag versetzt hatte. Von den fünfhundertfünfzig Studenten, die für das kommende Jahr in Simsbury angenommen worden waren, hatten nur einhundertsechsunddreißig das Wohngeld überwiesen. Die Zulassungsstelle trug sich inzwischen mit dem Gedanken, *sämtliche* Highschoolabgänger auf der Warteliste und dazu noch einige bereits abgelehnte Kandidaten aufzunehmen.

»Curtis Jackey, magna cum laude …«

Mark war gleich nach den Ferien wieder zu seinem Lacrosseteam gestoßen und hatte im ersten Viertel eines bedeutungslosen Spiels gegen Boston College den Collegetorrekord gebrochen. Das Team hatte die Runde mit neun gewonnenen und fünf verlorenen Spielen beendet und damit die Teilnahme am Turnier der National Collegiate Athletic Association nur knapp verpaßt.

»Shawn Jakes, summa cum laude.«

Der Klang des wundervollsten Namens auf der ganzen Welt ließ Marks Aufmerksamkeit in Richtung der Treppe zum Hendrigan-Bau fliegen. Er beobachtete mit gemischten Gefühlen, wie Shawn mit goldenen Strähnen um die Mütze zum Podium schritt, um ihr Diplom in Empfang zu nehmen. Mit einem strahlenden Lächeln schüttelte sie Präsident Carlisle die Hand, und Mark stellte nüchtern fest, daß sie gut aussah.

Die ungewöhnliche Liebe zwischen ihnen hatte ein abruptes Ende gefunden, als Fairchilds Leiche in den Schnee gelegt worden war. Die Gefühle waren noch da – und vielleicht sogar noch stärker durch die körperliche Abwesenheit des anderen. Aber zusammen hatten sie etwas Unverzeihliches getan – *er* zumindest. Er hatte das Gesetz benutzt, um zu töten.

Und Shawn hatte ihm dabei geholfen.

Und so hatte er ihre vielen Versuche, sich mit ihm zu treffen, und auch ihre zahllosen Anrufe einfach ignoriert. Zuletzt war von ihrer Beziehung nichts mehr übriggeblieben als ein angespanntes »Hallo«, wenn sie sich auf dem Campus begegneten.

Tief drinnen wußte er, eines Tages würde er sich dafür in den Arsch treten, daß er mutwillig eine Liebe verschmähte, die vielleicht zur Liebe seines Lebens hätte werden können. Aber er spürte kein Leben mehr in sich, auf das er einen Anspruch hatte, und so hatte auch die Liebe keinen Platz mehr darin.

Die vierjährige Reise näherte sich ihrem Ende. Im Rückblick sah er das Simsbury College nicht so, wie er es sich vorgestellt hatte. Er sah es nicht als Heimstatt des Geistes. Nicht als Raum, in dem man seine Talente zeigte. Nicht als Ort, an dem man Freunde und Familie und Liebe fand. Sondern als Reich der Täuschung, in dem Geld nur wieder Geld erzeugte und in dem nicht Idealismus, sondern Realismus herrschte. Nur noch wenige Augenblicke trennten ihn vom Abschluß, und er wußte, daß er keine Träne des Heimwehs vergießen würde – nicht eine! Er würde seine Mütze nicht in die Luft schleudern und sich auch nicht für beliebige, verlogene Fotos in Positur schmeißen.

Nein, er würde sich den Wisch schnappen und dann in eine bessere Welt aufbrechen.

»Mark Jessy.«

Er bahnte sich seinen Weg zum Podium und ignorierte das vereinzelte Klatschen, mit dem sein Name begrüßt wurde. Er schüttelte Carlisle die Hand, der ihm die Urkunde mit einem jungenhaften Lächeln überreichte und ihm kurz zuzwinkerte. Mark brachte ein leichtes Zucken um den Mundwinkel zuwege und packte das Diplom, bevor er wieder an seinen Platz zurückkehrte.

Als Carlisle alle Namen aufgerufen hatte, wandte er sich noch einmal mit einem Wort des Dankes an die Absolventen. Dies sei seine letzte Abschlußfeier, verkündete er, und dieser Jahrgang werde in seinem Herzen immer einen besonderen Platz haben.

Ein Glückwunsch wurde gegrölt, und dann war die Zeremonie vorbei. Mützen flogen, Kameras blitzten, Champagnerkorken knallten, und die Studenten knutschten sich gegenseitig ab.

Mark schlüpfte durch die Feierlichkeiten, ohne die fremden Familienklänge zu beachten, und machte sich auf die Suche nach dem Mann mit dem Fünfhundert-Dollar-Auto, das ihn nach Hause karren würde.

Sein schweifender Blick blieb an einer Frau haften, die allein neben einer der vielen Campusstatuen stand. Eine Hand hatte sie in die Hüfte gestemmt, mit der anderen schützte sie die Augen vor der Sonne. Irgendwie kam sie ihm vertraut vor, und er verlangsamte seinen Gang. Zuerst meinte er, sie sei eine Lehrerin, deren Kurse er nie besucht hatte, die er aber ab und zu auf diesem viel zu kleinen Campus gesehen hatte. Aber dann überlegte er, daß eine Lehrerin am Tag der Abschlußfeier von dankbaren Schülern und Eltern umringt gewesen wäre. Und je langsamer er ging und je mehr er starrte, desto klarer erkannte er, daß die schönen Augen unter der schützenden Hand nur ihn im Blick hatten und überhaupt nicht auf die anderen dreihundertdreiundvierzig Absolventen achteten. Diese Frau suchte den Blickkontakt zu ihm, und er fühlte sich seltsam zu ihr hingezogen.

»Hallo, Mark«, sagte sie, als er sich ihr auf Hörweite genähert hatte.

»Hi«, erwiderte er.

Sie bewegte die Hände und verlagerte ihr Gewicht auf das andere Bein. »Sie erinnern sich nicht an mich.«

»Äh … ich …«

»Das macht nichts. Wir sind uns nie begegnet. Zumindest nicht persönlich. Vielleicht haben Sie mich hier einmal gesehen, an einem grauen Tag, aber damals haben wir bestimmt nicht miteinander geredet. Ich war zu sehr mit Trauern beschäftigt. Aber wir haben am Telefon miteinander geredet. Erkennen Sie vielleicht meine Stimme wieder?«

Mark öffnete den Mund und schloß ihn wieder. Er schüttelte den Kopf.

»Ich bin Carla Ewing, Chads Mutter.«

Mark hatte das Gefühl, ein Stein würde ihm vom Hals in den Bauch rutschen und als müßte er das nachrieselnde Geröll hinunterschlucken.

»Oh, hi.«

»Hi. Wie geht es Ihnen?«

Er verbiß sich die Antwort »Gut, und wie geht es Ihnen«, die ihm automatisch über die Lippen wollte, und zuckte aufrichtig die Schultern. »Ich weiß es nicht.«

Carla nickte schweigend.

»Und wie geht es *Ihnen*?« fragte Mark.

Die Hand kehrte zurück zu ihrem Platz über den Augen, wie um sie vor der Frage, vor der kommenden Antwort und vor dem Leben im allgemeinen zu schützen. »Wie soll ich sagen? Ich weiß, es klingt abgedroschen, aber ein Teil von mir ist gestorben, und er wird nie mehr zurückkommen.«

Jetzt antwortete Mark mit wortlosem Nicken.

Sie drehte sich in der Hüfte und betrachtete den Campus, der ihr den einzigen Sohn genommen hatte. Mit den Augen schien sie die viertel Quadratmeile, die sich Simsbury nannte, zu verdammen und ihr zugleich zu verzeihen.

Sie wandte sich ihm wieder zu. »Ich habe mir gesagt, daß ich *nie mehr* hierher zurückkommen werde. Ich meine, was habe ich hier schon zu erwarten? Nichts. Nur Erinnerungen an den Telefonanruf, an den Tag, an die Woche, die das Leben meiner Familie für immer verändert haben. Ich habe Simsbury *gehaßt*, Mark. Mit jeder Faser meines Herzens habe ich es gehaßt.«

Lange starrte sie ins Leere. Und nach einiger Zeit wich langsam, aber stetig aller Haß aus ihrem Gesicht. Als sie wieder sprach, wirkte ihre Miene heiter und gelöst. »Aber dann habe ich mich daran erinnert ... daß Chad diesen Ort eine kurze, schöne Zeit lang geliebt hat. Ich habe es bei unseren allwöchentlichen Telefongesprächen am Sonntag abend gehört. Ich habe sein Lächeln durchs Telefon gehört, wenn er mir erzählt hat von dieser Party, von jenem Mädchen, von diesem Lehrer und von jenem Kurs. Am Ende hat ihn seine Leidenschaft für Simsbury dazu verleitet, sich mit den falschen Leuten einzulassen, aber die Ereignisse in den letzten Wochen seines Lebens ändern nichts an seinen ersten fünf wunderbaren Monaten hier.«

Sie zuckte leichthin mit den Achseln. »Und deswegen bin ich hier. Und weil ich Ihnen danken möchte«, sagte sie.

Er starrte sie an und schüttelte den Kopf. »Dafür gibt es keinen ...«

»Bitte«, drängte sie mit erhobenen Händen, »lassen Sie mich das sagen.« Sie schniefte und rieb sich mit gesenktem Blick die Nase. »Sie haben für die Ehre eines Jungen, den Sie gar nicht kannten, gegen Ihre besten Freunde gekämpft, und dafür haben Sie meine Bewunderung verdient.« Sie blickte wieder auf. »Sie sind ein Held, Mark.«

Ein Held? dachte er. *Habe ich das wirklich getan?*

»Mark«, sagte Carla leise, als könnte sie seine Gedanken lesen. »Sie sind zweiundzwanzig. Sie haben noch ein ganzes Leben voller Härten vor sich. Aber jetzt sollten Sie jung und leidenschaftlich und unvernünftig sein.« Sie lehnte sich vor und versuchte ein Lächeln. »Genießen Sie es.«

Er nickte.

Sie erwiderte sein Nicken und machte sich auf den

Weg in Richtung Quad, in Richtung der Wege und Bäume und Grashalme, um die viertel Quadratmeile von Simsbury zu entdecken, auf die aus einem Spalt im Himmel immer stärkeres goldenes Sonnenlicht herabschien.

Er fand Kiko im Schatten eines riesigen Baumes.

»Hey, du hast es wirklich geschafft.«

»Natürlich«, strahlte Kiko. »Hab ich dich schon mal im Stich gelassen?«

Mark schüttelte den Kopf. »Nein«, sagte er überzeugt. »Danke fürs Kommen.«

Kiko winkte ab. »Sowieso immer Ostwind zur Zeit. Schwimmen nur Hundshaie rum.«

Mark lächelte über Kikos Versuch einer sentimentalen Bemerkung. »Fertig?«

Kiko beschirmte die Augen vor einer Sonne, die nicht auf ihn fiel. »Und du?«

Mark blickte flüchtig zurück auf das Treiben auf dem Quad und sah, wie seine Kommilitonen für Fotos posierten, Champagner kippten und Glückwunschkarten von Großeltern öffneten.

Er biß sich auf die Lippe und wandte sich wieder zu Kiko. »Hauen wir ab.«

Während sie zu seinem Apartment gingen, redeten sie über einfache Dinge. Schellfisch und Fanggrenzen. Zerrissene Netze und der steigende Preis von Dieseltreibstoff. Die Worte waren unkompliziert und vertraut und hatten nicht das geringste mit dem Knoten in Marks Hals zu tun.

Als er Kikos Lieferwagen sah, pfiff er durch die Zähne. »Wow, der ist echt schön. Was für eine Farbe ist das deiner Meinung nach?«

»Heute ist er grün, weil ich ihn gewaschen habe. Normalerweise ist er eher braun.«

»Interessant.«

Mark belud den Wagen. Er hatte alles schon am Abend vorher gepackt und mußte die Sachen jetzt nur noch auf der Ladefläche verstauen. Er hatte weder die Zeit noch das Herz, um seinen Abschied hinauszuzögern, und in einer halben Stunde war sein Apartment bis auf die Collegemöbel und den schweren, abgestandenen Geruch von Hundeschäden und Bier leer geräumt.

Er hob Casey ins Führerhaus und schloß hinter ihrem wedelnden Schwanz sorgfältig die Tür. Dann wischte er sich die Hände und ging um die Wagenfront herum zur Beifahrerseite.

Kiko wartete auf ihn. »Alles klar?«

Mark warf noch einen ungefähren Blick zurück zum Apartment. »Glaub schon. Der Schlüssel liegt unter der Fußmatte, der Hund ist im Wagen. Wir können.«

Kiko lehnte sich an die Beifahrertür und verschränkte die Arme.

»Was ist los, Mann? Kriegst du kalte Füße? Wenn du willst, kann ich fahren.«

Sein Onkel starrte ihn einfach nur an, einen seltsamen Ausdruck im Gesicht.

»Was ist los?«

Zögernd griff Kiko in die Hintertasche und zog eine kleine Schachtel aus Balsaholz heraus. Er drehte sie einmal in der Hand und reichte sie dann Mark.

»Für mich? Ach, Kiko. Daß du gekommen bist, reicht doch schon.«

»Ich weiß.«

»Dann hättest du mir das doch auch nicht schenken brauchen.«

»Hab ich auch nicht.«

Mark runzelte die Stirn. »Wer dann?«

Aber kaum hatte er die halbe Frage gestellt, kannte er

schon die Antwort. Er fühlte sich nackt und beschämt, daß eine einfache Überraschung reichte, um seine neue Leck-mich-Fassade zu durchbrechen. Er kämpfte noch kurz gegen die Schwäche an und ließ sich dann auf den rostigen Kotflügel des Wagens sinken.

Er wußte, die Schachtel stammte von seinem Vater.

Unter dem Deckel ruhte auf einem winzigen Ahornblatt eine steinerne Mohawk-Pfeilspitze, so braun wie die Schachtel, in der sie lag. Unter dem Blatt schlängelte sich eine an der Pfeilspitze befestigte angelaufene Goldkette. Mark holte die Halskette mit zitternden Fingern heraus und hob sie auf Augenhöhe. Eine Zeitlang sah er zu, wie sich die Pfeilspitze hin und her drehte, dann legte er die Kette zurück in die Box und steckte sie in die Tasche.

Er versuchte sich seine Rührung nicht anmerken zu lassen und lehnte sich in die fernen Geräusche der Abschlußfeier.

»Er wollte kommen«, sagte Kiko. »Aber nach dem, was in letzter Zeit los war … mit dem FBI und allem … es ist einfach zu unsicher …«

»Ich weiß«, sagte Mark und senkte wieder den Blick. Dann wandte er sich einem Horizont zu, der in unerreichbarer Ferne lag. »Lebt er noch oben im Norden?«

Kiko stapfte zum Wagen und lehnte sich neben Mark an den Wagen. »Ja«, sagte er mit einer Stimme, die immer noch traurig klang.

»Wo?«

»Bei Longlac, nördlich vom Superior Lake.«

Mark nickte und scharrte mit gespieltem Desinteresse über den Boden. »Und was … was weiß er von … mir?«

Schweigen antwortete, lang und angespannt, und einen Augenblick dachte Mark, daß es dabei bleiben würde. Er fragte sich warum, als Kiko ihn mit knorrigem Griff am Handgelenk packte und den Kopf pendelnd in Marks Gesichtsfeld schob. Vielleicht zum ersten Mal überhaupt sah ihm sein Onkel direkt in die Augen.

»Er weiß, daß er stolz auf seinen Sohn sein kann«, sagte er.

Mark zuckte die Achseln und sah schnell weg. »Okay«, sagte er schließlich munter und klatschte in die Hände. »Ich wäre soweit. Und du?«

Er kletterte auf den Beifahrersitz und warf einen Arm um Casey, die gerade voller Hingabe an einem Duftspender zerrte, der vom gesprungenen Rückspiegel baumelte.

Kiko machte es sich mit einem Seufzer und einem fröhlichen »Okay« auf dem Fahrersitz bequem und schaffte es im dritten Versuch, den Motor zu starten.

Der Lieferwagen setzte sich ruckend und keuchend in Bewegung.

67. KAPITEL

Freitag, 9. Oktober

17.05 Uhr

Einen unberührten und herrlichen Moment lang türmte sich das majestätische Kliff über dem Longnook Beach in Truro in seltener Schönheit vor dem unermeßlichen Cape-Cod-Himmel auf.

Und dann erschien die Hündin.

Sie war auf ihre Art nicht weniger herrlich mit ihrem Pelz, der so golden und flaumig weiß glänzte wie die Dünen um sie herum. Ihr Schwanz, der früher nur ein kleiner, vibrierender Stimmungsknoten war, fegte jetzt mit königlichem Haar hin und her. Ihr Hals, der früher bräunlich und dünn wie ein Bindfaden war, trug jetzt eine prächtige Mähne, die die Seilnarben aus der einzigen schlimmen Woche ihres Lebens verdeckte.

Sie hieß Casey.

Und sie war jetzt ein Strandhund.

Sie bellte einmal vor Freude und raste über den Hang hinab zu der Linie, an der der Ozean die Erde erschütterte.

Und dann trat ihr Herr auf.

Er sah weit weniger königlich aus. Sein Haar war lang. Seine Arbeitskleidung trug die Spritzer und Flekken von stachligen Kiemen und launischen Ködern. Seine Augen hatten die leere Farbe von seichtem Wasser.

Eine reparierte Perlenkette lag wie eine Schlinge um seinen Hals, und darunter verbarg sich eine Pfeilspitze.

Unter dem Arm trug er ein Surfbrett.

Unter den Fischerklamotten kam ein Surfanzug zum Vorschein. Er befestigte ein Klettband um seinen Knöchel und nahm einen tiefen Atemzug, bevor er sich in die Brandung warf und zu paddeln begann.

Er tauchte unter den heranrollenden Wogen durch und glitt über die schwächeren Brecher hinweg, bis er weiter draußen eine Position erreichte, in der ihn der tiefreichende Seegang nur noch rhythmisch über Höhen und Tiefen wiegte. Er drehte bei und trieb parallel zum Ufer. Fast wäre ihm das erste leere Lächeln im Oktober entschlüpft, als er Casey erblickte, die einen zehnmal längeren und drohenderen Schatten als sie selbst über den Strand warf und mit begeistertem Bellen neben den donnernden Wellen herlief. Dann schüttelte er den armseligen Versuch eines Grinsens ab und setzte sich auf.

Und während die untergehende Sonne den Saphirglanz seiner Welt mit einem Schleier von Indigo überzog, ließ Mark die Beine im Atlantik baumeln und holte aus der Tasche seines Surfanzugs eine Münze, die er lange anstarrte, bevor er sie in die Nacht warf.

Er sah, wie sie fast geräuschlos in ein salziges Wasserband eintauchte, das nur vom Herbstmond beleuchtet wurde.

Und wünschte sich Kraft.

68. KAPITEL

Samstag, 10. Oktober

9.04 Uhr

Die Route 6 nach Westen war verlassen. Es war Samstag, und der ganze Verkehr lief in Richtung Cape. Ein niedriger, milchiger Nebel – so ähnlich wie der Dunst bei seiner ersten Reise nach Simsbury vor vier Jahren – hing dick am Straßenrand und klammerte sich an die Bäume. Der Ostwind machte es Mark leichter, die Arbeit an diesem Tag liegenzulassen. Wind aus Ost, kein Fisch auf dem Rost. Thunfisch würde es heute keinen geben.

Während er den Lieferwagen nach Norden Richtung Georgeville steuerte, kam die Sonne durch. Die Blätter verfärbten sich rot, und das Brummen des Motors wurde allmählich hypnotisch. Die Autobahn verwandelte sich mit ihren Straßenschildern und Yankee-Wahrzeichen in einen Weg der Erinnerungen.

Er sah den Nebel des ersten Tages, der sich wie hoffnungsfroher Tau auf Importbier in Flaschen senkte, und fragte sich, ob alles anders gekommen wäre, wenn ihn ihre Leere nicht ausgerechnet zu einer großen, weißen, bezaubernden Kraft geführt hätte.

Er sah einen Haufen Sportskanonen großspurig herumlaufen und voll die Sau rauslassen, hörte ihren Schwur, zu sterben und zu töten, und fragte sich, wie ein Augenblick von solch aufrichtiger Gemeinsamkeit so viele leere Gelübde enthalten konnte.

Er sah einen bekannten Boden, auf dem sich ein nackter Fremder das Genick brach, hörte die geheimen Gründe dafür, fühlte die Gefahr eines tödlichen Spiels und fragte sich, wer noch den Mord an einem Jungen namens Chad Ewing betrauerte und warum.

Er sah schuldbeladene Jungen, die ein großes, lebloses Vorbild in den Schnee legten, hörte das ächzende Entsetzen der Tradition, fühlte die Gewissensbisse, die ihn seither keine Sekunde mehr verlassen hatten, und fragte sich, ob jemals wieder ein vom Leben mit solchen Gaben gesegneter Mensch einen solch sinnlosen Tod sterben würde.

Er sah, wie etwas Besonderes, Schönes und Echtes den mondbeschienenen Abstand zwischen sich und einem Strandengel schluckte, hörte seinen süßen Sinneswandel über dem Tosen des Ozeans, fühlte, wie geküßte Lippen sanft wiederküßten, und fragte sich, ob auch der Engel es sah, hörte und fühlte, als die Sonne über dem nächtlichen Wasser seiner neuen Aufgabe unterging.

Er sah.

Er hörte.

Er fühlte.

Er … fragte sich.

Aber vor allem spürte er Schmerz, wie es die Erinnerungen versprochen hatten.

14.42 Uhr

Das plötzliche Auftauchen der Tore von Simsbury College verschlug ihm den Atem. Er brachte den Wagen zum Stillstand.

Einen Moment lang spielte er sogar mit dem Gedanken, einfach umzukehren und wieder zurück nach Wellfleet zu fahren.

Aber der Moment verging schließlich, wie alles andere, was er kannte.

Also berührte er die Perlen, drückte aufs Gas und fuhr durch den Torbogen.

Und dann erwachte sein Herz zum Leben.

Auf einem riesigen Transparent, das an kooperativen Kiefern über der College Street hing, stand: »Willkommen zum Jahrestreffen«.

Simsbury war lebendig.

Das College hatte überlebt.

Und mahnte Mark Jessy, es auch zu tun.

Mark stieg aus und marschierte los.

Tatsächlich drängten sich auf dem mit Kiefernnadeln übersäten Parkplatz des Emmett Lee Stadium die Kombis. Studenten klönten mit Ehemaligen, Ehemänner küßten Ehefrauen und fragten sie nach den Kindern, und die Männer der Alten Garde ergötzten sich an krassen Übertreibungen über die früheren Zeiten. Kleine Kinder bewarfen sich unter dem kühlen Schatten der Bäume mit Hot dogs und stolperten über die viel zu langen, heiligen rotweißen Footballtrikots, die ihnen Mommy und Daddy gerade im Campusbuchladen gekauft hatten.

Mark pilgerte langsam um den Campus herum wie ein pensionierter Soldat, der noch einmal den Schauplatz einer großen Schlacht aufsucht, blieb immer wieder stehen und schaute sich um. Und als er dahinflanierte, sah, hörte und spürte er die einfachen Verwicklungen einer schmerzfreien Welt, an die er sich besser erinnerte, als er geglaubt hatte.

Eine poetische Welt … voller Wunder.

Er ging diagonal über den Quad auf die Bibliothek und die Gruppe von Leuten zu, die sich um einen dünnen, jungen Baum geschart hatte, der sich gebeugt, aber beharrlich gegen die abendliche Brise stemmte.

Er verlangsamte seinen Schritt, als er näher kam.

Über den Wurzeln des Baums stand auf Holzstiften eine Tafel:

Dieser Baum ist dem Andenken von David Troy Fairchild gewidmet, der jeden Tag bestrebt war, akademisch, sportlich und menschlich sein Bestes zu geben, und dabei immer Klasse bewies. Wir vermissen dich. In Liebe, deine Familie und deine Freunde.

Mark ging weiter und nahm die letzte Kurve des gewundenen Pfades zwischen den efeubedeckten Wohnheimen und den anderen Gebäuden, sprang über die College Street und hob den Blick.

Und da war es.

Das frühere Haus der Verbindung Sigma Delta Phi thronte immer noch mächtig vor dem sich verdunkelnden Himmel und überschattete mit seiner schieren Masse die makellose Fläche des größten Rasens auf dem Campus außerhalb des Quad. Das Haus hatte Kriege, Brände, Sanktionen und sogar den Tod überstanden. Es war zeitlos in seiner Pracht, errichtet von Männern, die stolz auf ihr Handwerk waren, und für die Ewigkeit gebaut.

Aber etwas hatte sich verändert. Es war nicht nur der neue graue Anstrich und die auffallende Abwesenheit von griechischen Buchstaben, die einst so stolz vom Balkon hingen.

Die schlichte Wahrheit war, daß das Haus nicht mehr mächtig aussah.

Es sah nur noch groß aus.

Und das war alles.

Als Mark näher kam, sah er am Eingang ein Plakat.

Wir begrüßen herzlich unsere ehemaligen Studenten. Treten Sie ein und lernen Sie die neueste Errungenschaft des Campus kennen, den Anson-J.-Templeton-Gedächtnisbau für Studien zur Homosexualität.

Das gibt's doch nicht, dachte Mark.

Er schob die Hände in die Taschen und ging langsam über den Rasen.

Auf dem Dach blitzte etwas Braunes vor dem kürbisfarbenen Himmel auf. Braunes Haar. Ein Kopf. Und Mark wußte genau, wem sie gehörten, denn er erinnerte sich plötzlich an die Worte eines betrunkenen Studenten, daran, daß Jahrestreffen war und daß das Dach ihr Ort war, daß sie die Sau rauslassen und sich an alles erinnern wollten.

Er zog eine Postkarte und einen Stift aus einer kleinen weißen Tüte. Er kniete sich auf den Rasen, legte die Postkarte auf den Schenkel und richtete acht einfache Worte an einen Strandengel.

Ich vermisse dich … vermißt du mich denn auch?

Danach joggte er über den Rasen zu einem Briefkasten, der darauf wartete, Karten in alle Welt zu verschikken. Er nahm die einzelne Briefmarke aus der kleinen weißen Tüte, feuchtete sie mit der Zunge an und klebte sie auf die Postkarte. Dann warf er seine Nachricht in den Kasten und wandte sich mit einem tiefen Atemzug wieder dem Dach zu.

Am Montag begann für ihn die Zukunft. Vielleicht

würde er sich einen Anzug und eine Powerkrawatte kaufen und sich um eine Stelle bewerben. Oder vielleicht würde er die Bewerbung für eine Uni ausfüllen und seinen Eintritt in die Wirklichkeit noch ein paar Jahre hinauszögern.

Oder vielleicht würde er nach Cazenova trampen und ein Grab küssen.

Oder vielleicht würde er Kiko sagen, wie sehr er sich danach sehnte, seinen Vater zu sehen.

Oder vielleicht würde er sich auf eine letzte Schlacht mit dem Staat einlassen und in einem Wettrennen gegen die Post und seine Karte zur Chesapeake Bay eilen, um Shawn Cara Jakes zu sagen, wie sehr er sie liebte und mehr als je zuvor.

Aber das war am Montag. Aber jetzt war noch etwas Samstagssonne übrig, und der Montag schien Jahre entfernt.

Außerdem wartete jemand auf ihn.

Er lief zur Rückseite des Hauses, packte die unterste Sprosse der Feuerleiter und zog sich nach oben. Er nahm zwei Stufen auf einmal, so wie er es früher oft gemacht hatte in seiner Zeit als Held und Geächteter. Heute war er weder das eine noch das andere, nur noch ein Mann, der gekommen war, um mit ein paar Geistern zu tanzen und mit einem letzten Schritt ins Land der Lebenden einzutreten und dort Wurzeln zu fassen.

Oben angelangt, spähte er erwartungsvoll über das Dach.

Ran Robinson lehnte allein auf die Ellbogen gestützt neben dem Fenster des alten Bruderschaftssaales, mit einer Flasche Bier in der Hand.

Die zwei Freunde tauschten ein Lächeln.

»Du hast daran gedacht.«

»Klar.«

Mark zog sich aufs Dach, tanzte leichtfüßig über die gefährlich abfallende Stelle und setzte sich zu seinem Freund.

Und zusammen blickten sie über den Campus, tranken Bier und erinnerten sich an alles.

EPILOG

Das 201ste Jahr

Freitag, 6. März

18.07 Uhr
In den Wäldern, die die Sportplätze umgaben, verhallten die fröhlichen Klänge des Jahrestreffens zu einem fernen, unbedeutenden Murmeln. Der Maine-Himmel hatte eine violette Farbe angenommen, kalt, abweisend und schön, und ein frischer Nordwind kündigte den kommenden Winter an.

Plötzlich erstarb der Wind, und völlige Stille legte sich über das Dunkelgrün und Violett. Wassergeschöpfe flitzen flink über Regenpfützen. Ein Nachtvogel ließ seinen Ruf hören.

Und dann erwachte das Waldstück unter dem Gewicht schwerer Tritte. Trockene Zweige knackten, totes Laub raschelte, und stachlige Kiefernäste wurden beiseite geschoben.

Sie waren zu zwölft.

Sie kamen aus allen Richtungen, aber gemeinsam war ihnen die schwarze Kleidung, die Zugehörigkeit zum vierten Collegejahrgang und die Verachtung für die Verwaltung von Simsbury.

Sie waren einzeln unterwegs, aber in Begleitung von Geistern.

Bisher hatten sie sich noch nicht offiziell versammelt. Nur über geheime, verschlüsselte E-Mails hatten sie Kontakt zueinander gehalten. Aber nach sechsmonatigem Warten waren sie nun zum ersten Mal zusammengerufen worden.

Und so blickten sie einander stolz und stumm an, während sie auf Befehl zum Felsen wanderten.

Dort wartete der Führer auf sie.

Er war hoch gewachsen und endlich restlos davon überzeugt, daß keine der polizeilichen Nachforschungen im Zusammenhang mit der Serie von tragischen Vorfällen im Frühjahr zu ihm oder zu den Hunderten anderen führen würde, die dank ihrer brüderlichen Beziehungen Jahr für Jahr ein Vermögen verdienten. Er trug natürlich die heilige schwarze Robe, und er hielt die Laterne und das Schwert. Er war froh, daß die Bundespolizei ihre Ermittlungen noch rechtzeitig eingestellt hatte.

Kurz vor dem Punkt, ab dem ein Leben nach dem Tode nicht mehr möglich gewesen wäre.

Der Wind hatte wieder aufgefrischt und fuhr wild in die lose hängende Robe des Führers. Die Laterne warf seinen Schatten auf den Boden und ließ ihn größer erscheinen.

Die Ankommenden versammelten sich um den Führer und knieten ehrfürchtig vor ihm nieder.

Einen Augenblick herrschte machtvolle Stille.

Dann hob der Führer das Schwert hoch über den Kopf und ließ es krachend auf den Fels niedersausen.

Und abermals begannen die Gedichte.

DANKSAGUNG

Nur durch die Liebe und Unterstützung vieler außergewöhnlicher Menschen konnte dieses Buch in seiner jetzigen Form zustande kommen, und so freue ich mich, ihnen allen an dieser Stelle meinen herzlichsten Dank aussprechen zu können:

Melissa und Charlotte Jerace, die mir den richtigen Weg gezeigt und mir geholfen haben, nicht davon abzukommen;

Melinda Jason, die gelesen hat, als niemand sonst Interesse zeigte, und die Sache auf atemberaubende Weise ins Rollen gebracht hat;

Larry Kennar und Marti Blumenthal von der Writers & Artists Agency, die mich um zwei Uhr morgens buchstäblich aus einem Alptraum gerissen und mich zu meinem Traum zurückgeleitet haben;

Lucas Foster und Cathy Konrad, die an das geglaubt haben, woran ich selbst schon Zweifel hatte, und mich mit ihrem Enthusiasmus angesteckt haben;

meinem Literaturagenten Eric Simonoff und dem Team von Janklow & Nesbit Associates, die es mit einem zufälligen Geschäftsmann probiert und in einer ansonsten verrückten Welt den Standpunkt der Vernunft vertreten haben;

meinem Redakteur Rick Horgan, dem als Mitverschwörer mein Vertrauen und meine Bewunderung gehören und der mir mit seinem genialen Weitblick zur Seite gestanden hat;

Jody Handley, Harvey-Jane Kowal, Maureen Egen,

Jamie Raab, Tina Andreadis, Heather Fain, Larry Kirshbaum und all den anderen großartigen Menschen bei Warner Books, die mich mit offenen Armen aufgenommen haben;

Holly Pompeo und Jeremy Segal, die mir die Verbindung zwischen Collegeidealismus und Geschäftsrealität gezeigt und mir geholfen haben, diesem Roman Wahrheit zu verleihen;

Adam Samarel und Andy Deeble, die mir mit ihrem literarischen Sachverstand unter die Arme gegriffen und mich über die Ziellinie getragen haben;

Lina Foster, die sich uneigennützig meine dummen Ängste angehört und in aller Stille wahren Heldenmut bewiesen hat;

den unübertrefflichen Profis von Deloitte & Touche, LLP, die einen Sonderling gefördert und ihm einen glücklichen Abschied voller Selbstvertrauen beschert haben – ich werde euch nie vergessen;

meinen anderen Freunden, die zu Wasser, zu Lande oder in der Luft träumen, deren beste Seiten in diesem Buch vorgestellt werden und ohne die ich nichts wäre – ihr wißt, wen ich meine;

Betsy, die der Augenstern ihres großen Bruders ist;

Dad, der meine Wunden verbunden und mich bei jedem Spielstand zurück aufs Feld geschickt hat;

und vor allem Mom, die meine schärfste Kritikerin, meine größte Anhängerin und der vorherrschende Wind in meinen immer dankbaren Segeln ist – dieses Buch ist für dich.